a casa da praia

Nora Roberts

Romances

A Pousada do Fim do Rio
O Testamento
Traições Legítimas
Três Destinos
Lua de Sangue
Doce Vingança
Segredos
O Amuleto
Santuário
Resgatado pelo Amor
A Villa
Tesouro Secreto
Pecados Sagrados
Virtude Indecente
Bellissima
Mentiras Genuínas
Riquezas Ocultas
Escândalos Privados
Ilusões Honestas
A Testemunha
A Casa da Praia

Trilogia do Sonho

Um Sonho de Amor
Um Sonho de Vida
Um Sonho de Esperança

Trilogia do Coração

Diamantes do Sol
Lágrimas da Lua
Coração do Mar

Trilogia da Magia

Dançando no Ar
Entre o Céu e a Terra
Enfrentando o Fogo

Trilogia da Gratidão

Arrebatado pelo Mar
Movido pela Maré
Protegido pelo Porto

Trilogia da Fraternidade

Laços de Fogo
Laços de Gelo
Laços de Pecado

Trilogia do Círculo

A Cruz de Morrigan
O Baile dos Deuses
O Vale do Silêncio

Trilogia das Flores

Dália Azul
Rosa Negra
Lírio Vermelho

Nora Roberts

a casa da praia

Tradução
Paulo Afonso

3ª edição

Rio de Janeiro | 2025

Copyright © 2013 *by* Nora Roberts

Título original: *Whiskey Beach*

Editoração: FA Studio

Imagem de capa: © Evgeny Vorobyev/Shutterstock.com

Texto revisado segundo o novo
Acordo Ortográfico da Língua Portuguesa

2025
Impresso no Brasil
Printed in Brazil

Cip-Brasil. Catalogação na publicação
Sindicato Nacional dos Editores de Livros, RJ

R549c 3. ed.	Roberts, Nora, 1950- A casa da praia / Nora Roberts; tradução Paulo Afonso. — 3. ed. — Rio de Janeiro: Bertrand Brasil, 2025. 476 p.; 23 cm. Tradução de: Whiskey beach ISBN 978-85-286-2051-1 1. Ficção americana. I. Afonso, Paulo. II. Título.
15-26730	CDD: 813 CDU: 821.111(73)-3

Todos os direitos reservados pela:
EDITORA BERTRAND BRASIL LTDA.
Rua Argentina, 171 — 3º andar — São Cristóvão
20921-380 — Rio de Janeiro — RJ
Tel.: (021) 2585-2070

Não é permitida a reprodução total ou parcial desta obra, por
quaisquer meios, sem a prévia autorização por escrito da Editora.

Atendimento e venda direta ao leitor:
sac@record.com.br

*Para meus filhos e para
as filhas que eles me deram.
E tudo o que isto acarreta.*

O mar verde-dragão, luminoso, sombrio,
assombrado por serpentes.

— JAMES ELROY FLECKER

Trevas

◆ ◆ ◆

*A maioria dos homens vive uma vida
de manso desespero. O que chamamos de
resignação é desespero confirmado.*

— HENRY DAVID THOREAU

Capítulo 1

◆ ◆ ◆ ◆

Através da gélida cortina de neve miúda, destacada pela luz intermitente do grande farol do promontório escarpado ao sul, a imponente silhueta da Bluff House* avultava sobre Whiskey Beach. Parecia desafiar o frio e turbulento Atlântico.

Vou durar tanto quanto você.

Seus três andares, que se erguiam com sólida indulgência acima da costa acidentada e agreste, contemplavam a agitação das ondas por meio dos olhos escuros das janelas, tal como vinham fazendo — em variadas configurações — há mais de três séculos.

A casinha de pedra, que agora abrigava ferramentas e implementos de jardinagem, era o testemunho de suas origens humildes, das pessoas que haviam enfrentado o feroz e imprevisível Atlântico para forjar uma vida no solo pedregoso de um novo mundo. Eclipsando este início, a extensão e altura das paredes de arenito dourado, as cumeeiras recurvadas e os amplos terraços de pedra corroídos pelas intempéries apregoavam seu apogeu.

A casa sobrevivera a tormentas, abandono, indulgência descuidada, gosto duvidoso, ascensões e quedas, escândalos e moralismos. Entre suas paredes, gerações de Landons haviam vivido e morrido, celebrado e pranteado, conspirado, prosperado, triunfado e definhado.

Brilhara tanto quanto a luz poderosa que varria as águas ao largo da rochosa e gloriosa costa norte de Massachusetts. E se retraíra na obscuridade com as janelas fechadas.

Estava no local há tanto tempo que agora era simplesmente a Bluff House, reinando sobre o mar, as areias e o vilarejo de Whiskey Beach.

---

* Literalmente: Casa do Penhasco. Nos Estados Unidos, assim como na Inglaterra, muitas casas têm nomes. Principalmente em áreas rurais e lugares turísticos. (N.T.)

Para Eli Landon, era o único lugar que restava. Nem tanto um refúgio, mas uma fuga de tudo em que se transformara sua vida nos últimos e horríveis onze meses.

Ele mal se reconhecia.

Dirigira duas horas e meia desde Boston, em estradas escorregadias, e se sentia exaurido. Mas não podia deixar de reconhecer que, quase sempre, a fadiga o acalentava como uma amante. Com a neve martelando o para-brisa e o teto do carro, ele estacionou em frente à casa, no escuro, e tentou decidir se teria forças para sair do veículo ou se deveria permanecer onde estava, talvez até dormir ali.

Bobagem, pensou. É claro que não iria dormir no carro quando a casa, com camas perfeitamente adequadas, estava apenas a alguns passos de distância.

Mas não conseguiu encontrar ânimo para tirar a bagagem do porta-malas. Pegou, então, as duas pequenas sacolas que estavam no assento ao lado, onde guardara seu notebook e algumas coisas de primeira necessidade.

Impulsionada pelo vento cortante do Atlântico, a neve o vergastou quando ele saltou do carro; mas o frio lhe dissipou as camadas externas de letargia. Ondas explodiam contra as pedras e quebravam na areia, emitindo um rugido sibilante. Eli retirou as chaves da casa do bolso do paletó, entrou no abrigo oferecido pelo amplo pórtico de pedra e parou diante da porta dupla, confeccionada há mais de um século com teca importada da Birmânia.

Já faz dois, quase três, anos, pensou ele desde a última vez que esteve aqui. Muito ocupado com a sua esposa, com o seu trabalho e com o desastre de seu casamento para passar um fim de semana ali, umas férias curtas ou mesmo um feriado com sua avó.

Ele se encontrava com ela, é claro, a irrefreável Hester Hawkin Landon, sempre que ela ia a Boston. E se comunicava com ela regularmente por telefone, e-mails, Facebook ou Skype. Embora estivesse se aproximando dos oitenta anos, Hester sempre adotara com entusiasmo e curiosidade as inovações tecnológicas.

Ele a levava para jantar ou tomar uns drinques, lembrava-se de lhe enviar flores, cartões e presentes, e se reunia com ela e sua família no Natal e nos aniversários importantes.

Isto tudo, pensou, era apenas uma racionalização para justificar o fato de não reservar algum tempo para visitá-la em Whiskey Beach, o lugar que ela mais amava, de realmente não lhe dedicar tempo e atenção.

Ele encontrou a chave certa e abriu a porta. Ao entrar na casa, acendeu as luzes.

Ela mudara algumas coisas, constatou ele, mas vovó adotava mudanças ao mesmo tempo em que conservava tradições — as que convinham a ela.

Alguns quadros novos — paisagens marinhas, natureza — acrescentavam cores suaves ao rico tom castanho das paredes. Ele pousou suas bolsas de viagem junto à porta e contemplou o reluzente vestíbulo.

A escada — cujos pilares eram encimados por gárgulas sorridentes que algum Landon extravagante mandara confeccionar — se curvava graciosamente à direita e à esquerda para as alas norte e sul.

Muitos quartos, pensou ele. Bastaria subir a escada e escolher um.

Mas não ainda.

Ele caminhou até o que todos chamavam de salão principal, com suas janelas altas e arqueadas que descortinavam o jardim frontal — ou o que era o jardim antes que o inverno mostrasse suas garras.

Sua avó estava ausente da casa há mais de dois meses, mas ele não viu nem um grão de poeira. Na lareira emoldurada pelo brilho de lápis-lazúlis, havia lenha pronta para ser acesa. Flores recém-cortadas repousavam sobre a mesa Hepplewhite que ela tanto apreciava. Almofadas fofas e acolhedoras cobriam os três sofás distribuídos pelo aposento; as largas tábuas de castanheiro do assoalho reluziam como espelhos.

Ela contratou alguém para cuidar da casa, concluiu ele, esfregando a testa, onde uma dor de cabeça ameaçava irromper.

Ela o informara, não? Dissera que contratara alguém para tomar conta da casa. Uma vizinha, uma pessoa que fazia a limpeza pesada para ela. Ele não se esquecera do que ela lhe dissera, apenas perdera a informação por alguns momentos, na névoa que muitas vezes lhe obscurecia a mente.

Tomar conta da Bluff House, agora, era tarefa sua. Cuidar da casa, como sua avó lhe pedira, para mantê-la viva. E talvez, dissera ela, a casa lhe injetasse um pouco de vida também.

Ele pegou as bolsas e olhou para a escada. De repente, imobilizou-se.

Sua avó fora encontrada ali, na base da escada. Por uma vizinha — seria a mesma? A que limpava a casa para ela? Alguém, graças a Deus, aparecera para ver como ela estava e a encontrou caída lá, inconsciente, machucada, sangrando, com um dos cotovelos destroçado, um dos quadris fraturado e uma concussão na cabeça.

Poderia ter morrido, pensou ele. Os médicos manifestaram seu assombro com o fato de que ela, teimosamente, havia se recusado a morrer. Ninguém da família costumava visitá-la diariamente, ninguém pensara em lhe telefonar e ninguém, inclusive ele mesmo, teria se preocupado se ela não atendesse o telefone durante um ou dois dias.

Hester Landon, independente, invencível, indestrutível.

Que poderia ter morrido após um tombo terrível, se não fosse sua vizinha — e sua inquebrantável vontade.

Agora ela reinava em um conjunto de aposentos na casa dos pais dele, enquanto se recuperava das lesões. E lá permaneceria até ser considerada forte o suficiente para retornar à Bluff House. Ou — caso os pais dele conseguissem se impor — permaneceria lá para sempre. E ponto final.

Ele desejava pensar nela ali, na casa que ela amava, sentada no terraço com seu martíni vespertino, contemplando o oceano. Ou se ocupando do jardim, talvez montando o cavalete para pintar.

Queria imaginá-la forte e cheia de vida, enquanto ela se servia uma segunda xícara de café matinal, e não desamparada, lesionada e caída no chão.

Assim, faria o melhor possível até o regresso dela. Manteria viva a casa de sua avó, como se fosse dele.

Eli começou a subir as escadas. Ficaria no quarto que sempre utilizava em suas visitas — ou que havia utilizado, antes que estas visitas se tornassem cada vez mais raras e espaçadas. Lindsay odiava a Bluff House e Whiskey Beach, tendo transformado suas visitas à casa em uma guerra fria: de um lado, sua avó, rigidamente polida; de outro, sua esposa, deliberadamente sarcástica. E ele espremido no meio.

Assim, ele tomara o caminho mais fácil. Podia lamentar isto agora, lamentar ter parado de vir, lamentar ter inventado desculpas e limitado seus encontros com sua avó às visitas dela a Boston. Mas não podia retroceder no tempo.

Entrou no quarto. Havia flores ali também. As paredes conservavam a mesma tonalidade verde-clara e duas das aquarelas de sua avó que mais o agradavam.

Pousando a bolsa no estrado ao pé da cama, tirou o casaco.

Tudo permanecia igual. A pequena escrivaninha sob a janela, as amplas portas que davam acesso ao terraço, a poltrona *wingback** e o pequeno escabelo com o forro que sua avó bordara há anos.

Ocorreu-lhe que, pela primeira vez em muito tempo, ele estava se sentindo — quase — em casa. Abrindo uma das bolsas, retirou seus artigos de toalete. No banheiro, deparou-se com algumas toalhas limpas e sabonetes em forma de conchas. E um cheiro de limão.

Ele despiu o casaco sem se olhar no espelho. Perdera peso, muito peso, ao longo do último ano. Era algo que não precisava lembrar a si mesmo. Abriu o chuveiro, esperando que a água quente enxaguasse um pouco seu cansaço. Sabia, por experiência, que se fosse para a cama exausto e estressado dormiria mal e acordaria com uma sensação de ressaca.

Ele saiu do chuveiro e pegou uma das toalhas. Novamente, sentiu cheiro de limão ao enxugar os cabelos. Úmidos, já ultrapassavam a nuca. Suas mechas louro-escuras jamais haviam estado tão compridas, desde seus vinte e poucos anos. Claro, ele não via Enrique, seu barbeiro habitual, há quase um ano. Mas já não precisava de um corte de cabelo de cento e cinquenta dólares, nem da coleção de ternos e sapatos italianos.

Não era mais um elegante advogado criminalista com uma sala ampla, prestes a se tornar sócio do escritório. Este homem morrera juntamente com Lindsay. Apenas não sabia disso na época.

Ele puxou o edredom da cama, tão fofo e branco quanto a toalha, enfiou-se por baixo dele e apagou a luz.

No escuro, conseguia ouvir o mar, um rugido contínuo, e a neve martelando os vidros das janelas. Ele fechou os olhos e desejou, como fazia todas as noites, algumas horas de esquecimento.

Algumas horas foram tudo o que conseguiu.

♦ ♦ ♦ ♦

𝒟ROGA, ELE estava furioso. Ninguém, absolutamente ninguém, pensou ele, enquanto dirigia sob a chuva forte e gelada, conseguia tirá-lo do sério como Lindsay.

---

* Poltrona cujo encosto possui duas abas laterais. (N.T.)

Aquela víbora.

A mente dela e, aparentemente, seu código moral não funcionavam como os das outras pessoas que ele conhecia. Ela conseguira se convencer e convencer, ele tinha certeza, uma infinidade de amigos dela, a mãe dela, a irmã dela — e Deus sabe quem mais — de que *ele* fora o culpado pela deterioração do casamento de ambos; que fora por causa dele que eles haviam passado de uma terapia de casal para uma separação temporária e, em seguida, para uma batalha judicial que culminaria no divórcio.

E que *ele,* porra, fora o culpado pelo fato de ela o ter traído durante mais de oito meses — cinco meses a mais que a separação "temporária" que ela tanto advogara. E que, de alguma forma, ele cometera um ato reprovável ao descobrir que ela era mentirosa, traiçoeira e intrigante, antes de assinar sobre a linha pontilhada e obter um acordo amplamente favorável.

Mas ambos estavam furiosos, concluiu. Ele, por ter sido um idiota; ela, por ele ter finalmente descoberto a traição.

E sem dúvida seria dele a culpa pela discussão amarga e violenta que tiveram em público naquela tarde, na galeria de arte na qual ela trabalhava em meio expediente. Ele escolhera mal o momento, reconhecia isto. Mas agora? Não estava nem aí.

Ela queria culpá-lo por ter sido tão descuidada. Tão descuidada que a irmã dele a vira aos beijos com outro homem no saguão de um hotel em Cambridge — antes que os dois entrassem juntos em um elevador.

Tricia havia esperado alguns dias para lhe contar, mas ele não podia criticá-la. Era algo difícil de contar. E ele levara mais alguns dias para absorver o impacto antes de contratar um detetive particular.

Oito meses, pensou de novo. Em que ela dormira com outro homem em camas de hotéis, de pousadas e sabe Deus onde mais — embora fosse esperta demais para usar a casa. O que pensariam os vizinhos?

Talvez ele não devesse ter ido — armado com o relatório do investigador e com sua própria fúria — até a galeria para confrontá-la. Talvez ambos devessem ter demonstrado mais juízo, em vez de iniciar uma competição de gritos que se iniciara no local e terminara na rua.

Mas ambos superariam o vexame.

Uma coisa ele sabia: o acordo já não seria tão agradável para ela. Aquela história de ser bom e justo, de não se ater ao pé da letra ao acordo pré-nupcial? Que nada. Ela iria descobrir isto quando retornasse do leilão beneficente e percebesse que ele havia levado a pintura que comprara em Florença, o diamante *art déco* que pertencera à bisavó dele e o jogo de café em prata, em que ele não tinha o menor interesse, mas era outra herança de família.

Ela logo descobriria que as regras do jogo haviam mudado.

Talvez fosse uma coisa mesquinha, talvez fosse idiota — ou talvez fosse correta e justa. Furioso por ter sido traído, ele simplesmente não se importava. Dominado pela fúria, estacionou o carro na pista de acesso à casa, situada no bairro de Back Bay. Uma casa que, acreditava, serviria como sólida fundação para um casamento que começara a expor algumas rachaduras. Uma casa que um dia, sonhara ele, abrigaria crianças; uma casa que, por curto período, havia cimentado algumas rachaduras, enquanto ele e Lindsay a reformavam, escolhiam móveis, concordavam e discutiam — o que ele considerava normal — a respeito de pequenos detalhes.

Agora teriam que vendê-la e o mais provável era que ambos saíssem com metade de pouco ou praticamente nada. E em vez de alugar um apartamento por pouco tempo, como esperava, ele acabaria tendo que comprar um.

Para si mesmo, pensou, enquanto descia do carro sob a chuva. Sem necessidade de discussões ou acordos.

O que era uma espécie de alívio, percebeu, enquanto dava uma corrida até a porta da casa. Não precisaria mais perder tempo nem fingir que seu casamento poderia ou deveria ser salvo.

Talvez com as mentiras, engodos e traições ela lhe tivesse feito um favor.

Ele podia partir agora, sem culpa ou remorso.

Mas, com certeza, partiria levando o que era dele.

Ele destrancou a porta e entrou no amplo e gracioso vestíbulo. Virando-se para a caixa do alarme, digitou o código. Caso ela o tivesse mudado, ele tinha seu documento de identidade, com seu nome e endereço. E já havia pensado em como responderia às perguntas dos policiais ou dos seguranças.

Diria simplesmente que sua esposa mudara o código — uma verdade — e ele se esquecera do número.

Mas ela não mudara o código. O que era tanto um alívio quanto um insulto. Ela achava que o conhecia muito bem; e tinha certeza de que ele jamais entraria na casa, que era metade dele, sem permissão dela. Ele concordara em se mudar para dar a ambos um pouco de espaço, para não importuná-la, para não pressioná-la demais.

Ela presumiu que ele se comportaria de forma civilizada.

Logo descobriria que não o conhecia nem um pouco.

Ele parou por alguns momentos, absorvendo a quietude, a *atmosfera* da casa. Aquelas tonalidades neutras servindo como pano de fundo para toques de cor, a mistura entre o velho e o novo que, inteligentemente, adicionava estilo à decoração.

Ela era boa nisso, ele tinha que reconhecer. Sabia como se apresentar e apresentar sua casa, sabia como organizar festas de sucesso. Haviam vivido bons momentos ali, picos de felicidade, períodos de satisfação, momentos de compatibilidade, ocasiões de sexo agradável, preguiçosas manhãs de domingo.

Por que tudo dera tão errado?

— Foda-se — murmurou ele.

É entrar e sair, disse a si mesmo. Estar no interior da casa o deixava deprimido. Ele subiu até o segundo piso e se dirigiu à sala em frente ao dormitório principal. Notou que, na prateleira das malas, ela havia deixado uma bolsa de viagem metade cheia.

Ela podia ir para qualquer droga de lugar que quisesse, com ou sem o amante, pensou ele.

Concentrou-se então no motivo de sua vinda. Dentro do *closet*, digitou a combinação do cofre. Ignorou o maço de dinheiro, os documentos e as joias que dera a ela ao longo dos anos ou que ela mesma comprara.

Somente o anel, disse a si mesmo. O anel dos Landons. Ele verificou o compartimento, percebeu o brilho do anel e o enfiou no bolso do paletó. Após fechar a porta do cofre, quando já estava descendo a escada, ocorreu-lhe que deveria ter trazido plástico-bolha ou qualquer outro tipo de proteção para a pintura.

Decidiu usar toalhas de banho e pegou duas no armário do banheiro.

Entrar e sair, disse a si mesmo novamente. Até aquele momento, ainda não tinha percebido o quanto desejava sair daquela casa e das recordações que ela despertava — boas ou más.

Na sala de estar, tirou a pintura da parede. Ele a comprara durante a lua de mel porque Lindsay se encantara com as cores ensolaradas, com o charme e a simplicidade de um campo de girassóis diante de um pomar de oliveiras.

Eles haviam comprado outras obras de arte depois, pensou, enquanto embrulhava a pintura com as tolhas. Pinturas, esculturas, cerâmicas valiosas. Tudo isso poderia ficar para ela, fazer parte do processo de negociação. Mas não aquela pintura.

Pousando o embrulho no sofá, ele perambulou pela sala com a luz dos raios o iluminando. Imaginou se ela estaria dirigindo com aquela tempestade. A caminho de casa, para acabar de arrumar a bolsa e viajar com o amante.

— Aproveite enquanto pode — murmurou.

A primeira coisa que faria na manhã seguinte seria telefonar para o advogado e dar início ao processo de divórcio.

A partir daquele momento, jogaria pesado.

Ele entrou no aposento que haviam transformado em biblioteca e, quando estava prestes a acender a luz, avistou-a no clarão de um relâmpago.

Deste momento até o estrondo de um trovão, sua mente ficou vazia.

— Lindsay?

Ele pressionou o interruptor e se adiantou com passo vacilante. Em sua mente se travava uma batalha entre o que ele estava vendo e o que podia aceitar.

Lindsay estava caída de lado em frente à lareira. Sangue, muito sangue, no mármore branco da lareira e no assoalho escuro.

Os olhos dela, de um rico matiz chocolate, que um dia tanto o haviam seduzido, lembravam vidro opaco.

— Lindsay.

Ele se deixou cair ao lado dela e segurou a mão que estava estendida no chão, como que tentando pegar alguma coisa. A mão estava fria.

♦ ♦ ♦ ♦

$\mathcal{N}$a Bluff House, Eli acordou com a luz do dia, arrastando-se para longe do sangue e do choque que o sonho recorrente sempre provocava.

Durante alguns momentos, permaneceu sentado, desorientado, entorpecido. Olhando ao redor, lembrou-se de onde estava, enquanto as batidas de seu coração se normalizavam.

Bluff House. Ele viera para a Bluff House.

Lindsay morrera havia quase um ano. A casa em Back Bay estava finalmente à venda. O pesadelo ficara para trás. Mesmo que ele ainda sentisse seu bafo no pescoço.

Ele afastou os cabelos que pendiam sobre seu rosto. Gostaria que fosse possível enganar a si mesmo e voltar a dormir, mas sabia que, se fechasse de novo os olhos, logo retornaria à pequena biblioteca, para junto do corpo de sua esposa assassinada.

Mas não conseguia pensar em nenhuma boa razão para sair da cama.

De repente, teve a impressão de ouvir música — fraca, distante. Que diabo de música era aquela?

Ele se acostumara tanto a ruídos — vozes, música, televisão — durante os últimos meses, quando estivera hospedado na casa de seus pais, que não se dera conta de que ali não deveria haver música, nem nenhum outro som além dos emitidos pelo mar e pelo vento.

Teria ligado um rádio, uma televisão, qualquer coisa, e depois se esquecido? Não seria a primeira vez, desde o início de seu longo declínio. Portanto, ali estava uma razão para se levantar, decidiu ele.

Como não tinha trazido o restante da bagagem, vestiu o jeans que usara no dia anterior, a mesma camisa e se dirigiu ao banheiro.

Não parecia um rádio, concluiu, ao se aproximar da escada. Ou não apenas um rádio. Enquanto caminhava pelo primeiro andar, reconheceu facilmente a voz de Adele, mas havia também uma segunda voz feminina. Ambas formavam uma espécie de dueto, alto e entusiasmado.

Seguindo o som, ele atravessou a casa em direção à cozinha.

A parceira de Adele enfiou a mão numa das três sacolas de mercado que estavam sobre o balcão do centro da cozinha, retirou um pequeno cacho de bananas e o depositou em uma fruteira de bambu, na qual já havia maçãs e peras.

Ele não conseguia entender o que estava vendo.

Ela cantava a plenos pulmões e bem — não com a magia de Adele, mas bem. Lembrava uma fada, do tipo alto e esbelto.

Espirais de cabelos castanho-avermelhados lhe caíam sobre os ombros e se esparravam pelas costas de um suéter azul-escuro. O rosto dela era... *incomum,* foi tudo o que ele pôde pensar. Olhos rasgados e amendoados, nariz e bochechas bem destacados, o lábio superior mais grosso, a pinta do canto esquerdo da boca — tudo lhe pareceu sobrenatural.

Ou talvez fossem apenas seu cérebro anuviado e as circunstâncias.

Anéis reluziam nos dedos dela. Brincos balançavam em suas orelhas. Um pingente em forma de meia lua pendia de seu pescoço. Um relógio, cujo mostrador era redondo e branco como uma bola de tênis, cingia seu pulso esquerdo.

Ainda cantando bem alto, pegou na sacola uma caixa de leite e um tablete de manteiga. Ao se virar para a geladeira, ela o viu.

Não gritou, mas cambaleou para trás e quase largou o leite.

— Eli? — Ela pousou a caixa de leite e levou ao peito uma das mãos cobertas de anéis. — Meu Deus! Você me assustou. — Com uma risada rouca e esbaforida, ela afastou os cabelos para as costas. — Você não era esperado até hoje à tarde. Não vi seu carro. Mas entrei pelos fundos — prosseguiu, apontando para a porta que dava para o terraço principal. — Você deve ter entrado pela frente. E por que não? Chegou ontem à noite? Menos trânsito, acho, mas as estradas estão horríveis com essa neve. De qualquer forma, você está aqui. Gostaria de um café?

Ela parecia uma fada de pernas compridas, pensou ele novamente. Seu riso era como o de uma deusa do mar.

E trouxera bananas.

Ele a olhou fixamente.

— Quem é você?

— Ah, desculpe. Pensei que Hester tinha avisado. Meu nome é Abra. Abra Walsh. Hester me pediu para preparar a casa para você. Estou abastecendo a cozinha. Como está Hester? Não falo com ela há alguns dias, só alguns e-mails rápidos.

— Abra Walsh — repetiu ele. — Foi você quem a encontrou.

— Sim. — Ela pegou um saco de café em grãos numa sacola e começou a encher uma máquina bem parecida com a que ele usara diariamente em seu escritório de advocacia. — Foi um dia horrível. Ela não compareceu à aula de ioga, e ela nunca falta. Telefonei, mas ela não atendeu. Então vim dar uma olhada. Tenho uma chave. Faço a limpeza para ela.

Enquanto a máquina zumbia, ela pôs uma caneca enorme sob a saída. Depois, continuou a guardar os mantimentos.

— Entrei pelos fundos, é um hábito. Chamei o nome dela, mas... Então comecei a achar que ela não estava passando bem e decidi ir até o segundo piso. Ela estava caída ao pé da escada. Eu pensei... mas ela tinha pulsação e voltou a si por um momento, quando eu disse o nome dela. Chamei uma ambulância e a cobri com a manta do sofá, porque estava com medo de mexer nela. A ambulância veio rápido, mas, naquele momento, pareceu que demorou horas.

Ela retirou uma caixa de creme do refrigerador e adicionou uma colherada à xícara.

— No balcão ou na mesa?

— O quê?

— No balcão. — Ela pousou a xícara no balcão. — Assim, posso me sentar e conversar com você. — Como ele apenas olhou para o café, ela sorriu. — Está certo, não está? Hester me disse para pôr uma colherada de creme sem açúcar.

— Sim. Sim, obrigado.

Como um sonâmbulo, ele andou até o balcão e se sentou num dos bancos.

— Ela é tão forte, tão inteligente, tão dona de si. Sua avó é a minha heroína. Quando me mudei para cá, há alguns anos, ela foi a primeira pessoa com quem realmente me relacionei.

Ela continuou a falar. Não tinha importância que ele não a estivesse escutando, pensou. Às vezes o som da voz de alguém pode ser reconfortante, e ele dava a impressão de que precisava de apoio.

Ela se lembrou das fotos dele que Hester lhe mostrara anos antes. O sorriso fácil, os olhos luminosos, típicos dos Landons: de um azul cristalino com uma auréola escura em torno da íris. Agora, ele parecia cansado, triste e magro demais.

Ela faria o possível para consertar isso.

Com este pensamento, pegou ovos, queijo e presunto na geladeira.

— Ela se sente agradecida por você ter concordado em ficar aqui. Sei que estava preocupada, sabendo que a Bluff House estava vazia. Ela disse que você está escrevendo um romance.

— Eu... ahnnn.

— Eu li alguns dos seus contos. Gostei. — Ela pôs uma frigideira sobre o fogão para aquecê-la. Em seguida, despejou suco de laranja em um copo, colocou algumas amoras num escorredor para lavá-las e enfiou uma fatia de pão na torradeira. — Quando eu era adolescente, escrevi alguns poemas românticos, muito ruins. Foi pior ainda quando tentei acrescentar música. Eu adoro ler. Admiro qualquer pessoa que consiga juntar palavras para contar uma história. Ela está orgulhosa de você. Hester.

Ele levantou a cabeça e a olhou nos olhos. Verdes, notou ele, como o mar sob um nevoeiro fino, e tão sobrenatural quanto o restante dela.

Talvez ela não estivesse ali, de verdade.

De repente, ela pousou a mão sobre a dele, apenas por um momento, cálida e real.

— Seu café vai esfriar.

— Certo.

Ele ergueu a xícara e tomou um gole. Sentiu-se ligeiramente melhor.

— Você não vem aqui há algum tempo — prosseguiu ela, despejando os ovos e os outros ingredientes na frigideira. — Há um ótimo restaurantezinho na cidade. E a pizzaria ainda está no mesmo lugar. Acho que você está bem abastecido agora, mas o mercado ainda está no mesmo lugar também. Se precisar de alguma coisa e não quiser ir até a cidade, basta me chamar. Moro no chalé Laughing Gull,* se você quiser me fazer uma visita. Você sabe onde é?

— Eu... sim. Você... trabalha para minha avó?

— Limpo a casa para ela uma ou duas vezes por semana, conforme as necessidades dela. Faço limpeza para algumas pessoas, de acordo com o que precisam. Dou aulas de ioga cinco vezes por semana, no porão da igreja, e uma vez por semana, no meu chalé. Certo dia convenci Hester a experimentar a ioga e ela adorou. Também faço massagens — ela lhe lançou

---

* Literalmente: Gaivota Risonha. (N.T.)

um sorriso por cima do ombro — terapêuticas. Tenho diploma. Faço um monte de coisas, porque me interesso por esse monte de coisas.

Ela passou a omelete para um prato, acrescentou as amoras e a torrada, e o pousou em frente a ele, juntamente com talheres e um guardanapo de linho vermelho.

— Tenho que ir. Já estou um pouco atrasada.

Ela guardou as sacolas de mercado em uma enorme bolsa vermelha, vestiu um casaco roxo, enrolou um cachecol de listras multicolores no pescoço e enfiou na cabeça uma touca de lã roxa.

— Vejo você depois de amanhã por volta das nove.

— Depois de amanhã?

— Para fazer a limpeza. Se precisar de alguma coisa até lá, meus números, do celular e de casa, estão naquele quadro de avisos ali. Ou se sair para dar uma volta e eu estiver em casa, dê uma passada lá. Então... bem-vindo de volta, Eli.

Ela caminhou até a porta do pátio, virou-se e sorriu.

— Coma seu café da manhã — ordenou, e se foi.

Ele permaneceu sentado, olhando para a porta. Depois, olhou para o prato. Como não conseguiu pensar em nada melhor para fazer, pegou o garfo e começou a comer.

Capítulo 2

♦ ♦ ♦ ♦

ELI PERAMBULOU pela casa, esperando que isto o ajudasse a se orientar. Detestava a sensação de estar caminhando sobre nuvens, vagueando de um lado para outro, de pensamento em pensamento, sem nenhuma âncora ou raiz. Antes, ele tinha a vida estruturada, tinha propósitos. Mesmo após a morte de Lindsay, quando a estrutura se esfacelou, ele ainda tinha um propósito.

Lutar para não passar o resto da vida na prisão era um propósito firme e definido.

Agora que esta ameaça era menos imediata, menos viável, que propósito ele tinha? A literatura, lembrou-se. Sempre achara que a válvula de escape proporcionada pela literatura havia salvado sua sanidade mental.

Mas onde estava sua âncora agora? Onde estavam suas raízes? Seria a Bluff House? Simples assim?

Ele passara temporadas na casa desde criança, muitos verões com uma praia tão tentadoramente próxima, muitos feriados invernais observando a neve se acumular sobre a areia e sobre as rochas que se projetavam dela.

Uma época simples... inocente? Teria sido mesmo? Castelos de areia e piqueniques com a família, com amigos, velejando com seu avô na chalupa que, sabia ele, sua avó ainda mantinha atracada na marina de Whiskey Beach, barulhentos e concorridos jantares de Natal, com todas as lareiras acesas e crepitando.

Ele jamais se imaginara vagando por aqueles aposentos como um fantasma, tentando recuperar os ecos das vozes ou evocar as imagens desbotadas de tempos melhores.

Quando entrou no quarto da avó, ficou surpreso com o fato de que, embora ela tivesse feito algumas mudanças — a cor das paredes, a roupa de cama —, muita coisa permanecia a mesma.

A grande e fabulosa cama de dossel na qual seu pai — devido a uma nevasca e a um parto rápido — havia nascido. A foto de seus avós no dia do casamento, mais de cinquenta anos antes, tão jovens, cheios de vida e belos, ainda estava sobre a escrivaninha, em sua reluzente moldura de prata. E a vista que se tinha das janelas, do mar, das areias, da curva recortada e rochosa da costa permanecia a mesma.

De repente, ele teve uma lembrança cinematográfica de uma noite de verão, de uma violenta tempestade de verão. Trovões ribombavam, relâmpagos explodiam. Ele e sua irmã, que estavam passando a semana na Bluff House, correram aterrorizados para o leito de seus avós.

Quantos anos ele tinha? Cinco, talvez seis? Mas conseguia ver tudo, como que através de claras lentes de cristal. Os clarões de luz fora das janelas, a maravilhosa cama grande que ele precisara escalar. Ele ouviu seu avô — e não era estranho perceber, naquele exato momento, como seu pai se parecia com seu avô na mesma idade? — rindo, enquanto içava a assustada Tricia para a cama.

Estão dando uma festa de arromba lá em cima! Um concerto de rock celeste.

Tão logo a imagem desapareceu, Eli se sentiu mais tranquilo.

Ele se aproximou das portas do terraço, destrancou-as e saiu sob o vento e o frio. As ondas açoitavam a praia, empurradas pelo vento forte e constante que tinha gosto de neve. Na ponta do promontório, no final da curva, a torre branca do farol se erguia sobre uma pilha de pedras. Ao longe, no Atlântico, ele divisou uma pequena mancha — um navio sulcando as águas agitadas.

Para onde estaria indo? O que estaria carregando?

Eles tinham uma brincadeira, há muito tempo, que usava as iniciais das palavras. O navio está indo para a Armênia, pensou ele, e está transportando alcachofras.

Pela primeira vez em muito tempo, enquanto encolhia os ombros para se proteger do frio cortante, Eli sorriu.

Está indo para Bimini, levando babuínos. Para o Cairo, levando cocos. Para a Dinamarca, com dentaduras, imaginou, enquanto a mancha desaparecia.

Após permanecer ali por mais alguns momentos, ele voltou para dentro, para o calor.

Precisava fazer alguma coisa. Tinha que sair para pegar as coisas no carro. Desfazer as malas e se instalar.

Talvez mais tarde.

Ele voltou a caminhar, a perambular, pela casa. Desta vez, subiu até o terceiro pavimento, que um dia — antes de sua época — servira de alojamento para os criados.

Agora armazenava coisas, móveis cobertos com lençóis, baús, caixas, quase tudo no espaço mais amplo, enquanto os pequenos aposentos nos quais os criados dormiam permaneciam vazios. Ainda sem nenhum propósito, ele foi até o sótão, cujas janelas amplas, de vidraças recurvadas, descortinavam o mar.

O quarto da camareira-chefe, pensou. Ou seria o quarto do mordomo? Ele não conseguia lembrar qual, mas quem quer que tivesse dormido ali ocupara o espaço mais nobre, com entrada privativa e terraço.

Não havia necessidade de tantos empregados agora, nem de manter o terceiro andar mobiliado, conservado ou mesmo aquecido. Sua prática avó fechara aquela parte da casa há muito tempo.

Talvez algum dia quem estivesse a cargo da casa recuperasse aquele andar, jogando fora aqueles móveis fantasmas e lhe devolvendo o calor e a luz.

Porém, no momento, o terceiro andar estava tão vazio e frio quanto ele mesmo.

Eli desceu a escada de novo e continuou a perambular.

E encontrou mais mudanças.

Sua avó transformara um dos quartos do segundo andar em escritório e sala de estar. Um estúdio, presumiu. Com um computador sobre uma admirável escrivaninha antiga, uma cadeira de leitura e um sofá, que ele imaginou ser para tirar um cochilo. Além de outras pinturas dela: peônias de pétalas rosadas transbordando de um vaso azul-cobalto; névoas se erguendo sobre dunas varridas pelo vento.

E a vista, é claro, que era como um banquete para uma alma faminta.

Ele entrou no aposento, foi até a escrivaninha e puxou um papel adesivo que estava fixado no monitor.

Hester diz:

Escreva aqui. Por que você já não está escrevendo?

Mensagem transmitida por intermédio de Abra.

Ele franziu a testa, sem saber ao certo se lhe agradava o fato de que sua avó estava usando a vizinha para transmitir suas ordens. Com o bilhete ainda na mão, ele observou o quarto, as janelas, o pequeno banheiro, o closet, que agora continha artigos de escritório, além de roupa de cama, cobertores e travesseiros. O que significava que o sofá era um sofá-cama.

Prática novamente. A casa tinha uma dúzia de quartos ou mais — ele não conseguia se lembrar —, mas para que desperdiçar espaço quando se podia utilizá-lo para diversas funções?

Ele abanou a cabeça quando viu o frigobar com porta de vidro, abastecido com água mineral e refrigerante Mountain Dew, seu refrigerante favorito desde os tempos de faculdade.

Escreva aqui.

Era um bom espaço, pensou ele, e a ideia de escrever era mais atraente que a de desfazer as malas.

— Tá — disse ele. — Tudo bem.

Ele retornou a seu quarto e pegou o notebook. De volta ao escritório, empurrou para o lado o monitor e o teclado de sua avó e abriu espaço para sua ferramenta de trabalho. E já que o Dew estava ali, que diabo, ele pegou uma garrafa gelada do refrigerante. Iniciou o notebook e espetou nele seu pendrive.

— Tá — disse de novo. — Onde é que nós estávamos?

Ele abriu a garrafa e tomou um gole do refrigerante, enquanto abria o arquivo e repassava o texto. Depois, lançando um último olhar para o panorama da janela, mergulhou no trabalho.

E a válvula de escape se abriu.

Ele escrevia, como hobby, desde a faculdade. Era um hábito ao qual se entregava com prazer. E que o deixara orgulhoso, quando ele conseguiu vender alguns de seus contos.

Ao longo do último um ano e meio — quando sua vida começou a ir pelo ralo —, ele descobrira que escrever era uma terapia melhor e acalmava mais sua mente que passar cinquenta minutos com um psicanalista.

Podia escapar para um mundo que ele mesmo criava, que ele mesmo — até certo ponto, pelo menos — controlava. E, estranhamente, sentia-se mais à vontade neste mundo que fora dele.

Eli escrevia thrillers — novamente, até certo ponto — sobre o que conhecia: advogados. Primeiro, escrevera contos, agora estava elaborando um romance assustador, mas atraente. Esse tipo de literatura lhe dava oportunidade para brincar com a lei, para usá-la bem ou mal, dependendo da personagem. Ele podia criar dilemas e soluções, caminhando por uma corda bamba fina e escorregadia entre a lei e a justiça.

Ele se tornara advogado porque o Direito o fascinava, apesar de todas as suas falhas, todas as suas complexidades e interpretações. E porque o negócio da família, a empresa Landon Whiskey, não se adequava a ele como se adequava a seu pai, a sua irmã e até a seu cunhado.

Ele escolhera o direito penal e perseguira este objetivo com determinação na Faculdade de Direito — ao mesmo tempo em que assessorava o juiz Reingold, um homem que admirava e respeitava —, até ingressar na Brown, Kinsale, Schubert e Associados.

Agora que a lei falhara em relação a ele, em um sentido muito real, ele escrevia para se sentir vivo, para lembrar a si mesmo que havia momentos em que a verdade se sobrepunha às mentiras e a justiça era feita.

Quando voltou ao mundo real, a luz do dia havia mudado, tornando-se sombria, suavizando os matizes do mar. Com certa surpresa, constatou que já passava das três horas. Ele escrevera consistentemente durante quatro horas.

— Hester venceu novamente — murmurou.

Ele salvou o trabalho e entrou em seu e-mail. Verificou que estava cheio de *spam* e os deletou. Não havia muita coisa mais, e nada que se sentisse obrigado a ler naquele momento.

Assim, escreveu uma mensagem para seus pais e outra para sua irmã com praticamente o mesmo texto. Nenhum problema na viagem, a casa parece ótima, é bom estar de volta, estou me instalando. Nada sobre os sonhos recorrentes, a depressão sorrateira ou vizinhas tagarelas que preparavam omeletes.

Depois, compôs uma mensagem para sua avó.

Estou escrevendo aqui, como você mandou. Obrigado. O mar se transformou em aço ondulante, com velozes cavalos brancos. Vai nevar, dá para sentir o gosto. A casa está com aspecto bom e a atmosfera é ainda melhor. Eu tinha me esquecido de como sempre me sinto quando estou aqui. Peço desculpas — não me diga para não pedir desculpas de novo —, peço desculpas, vovó, por ter parado de vir. Agora lamento quase tanto por mim quanto por você.

Talvez se eu tivesse vindo ficar com você, na Bluff House, se tivesse enxergado as coisas com mais clareza, aceitado as coisas, mudado as coisas. Se eu tivesse feito isto, será que tudo teria ido tão mal?

Nunca saberei, e não faz sentido continuar especulando.

Só tenho certeza de que é bom estar aqui, e vou cuidar da casa até você voltar. Agora vou dar um passeio na praia e, quando voltar, acenderei a lareira para aproveitar o calor quando a neve começar a cair.

Te amo.

Ah, P.S. Conheci Abra Walsh. Ela é interessante. Não consigo me lembrar se lhe agradeci por ter salvo o amor da minha vida. Vou fazer isso quando ela voltar.

Depois de enviar o e-mail, Eli percebeu que, embora não se lembrasse de ter agradecido a Abra, se lembrava de que não lhe pagara pelos mantimentos.

Retirando um papel adesivo do bloco que encontrara na gaveta, ele escreveu um bilhete para si mesmo e o prendeu no monitor do computador. Andava muito esquecido ultimamente.

Não havia mais sentido em não ir pegar as malas, disse a si mesmo. Mesmo que fosse só para mudar as roupas que já estava usando pelo segundo dia. Não podia cair no precipício novamente.

Aproveitando o ânimo que o ato de escrever lhe injetara, ele pegou seu casaco, lembrou-se de calçar os sapatos e foi recolher as malas.

Ao desfazê-las, percebeu que não tivera muito critério ao arrumá-las. Dificilmente precisaria de um terno, muito menos de três; nem de quatro pares de sapatos sociais ou quinze (meu Deus!) gravatas. Fora o hábito, disse a si mesmo. Fizera as malas no piloto automático.

Ele pendurou algumas roupas, colocou outras em gavetas, arrumou os livros, pegou o carregador do celular e o iPod. Depois de arrumar tudo no quarto, percebeu que estava se sentindo mais à vontade.

Depois pegou seu talão de cheques — teria que pagar à vizinha quando ela fizesse a limpeza — e o enfiou na gaveta da escrivaninha, juntamente com a capa do notebook e sua obsessiva coleção de canetas.

Decidiu então dar uma caminhada. Esticar as pernas, fazer algum exercício, respirar um pouco de ar puro. Eram coisas saudáveis e produtivas. Como não estava com vontade de se esforçar, obrigou-se a fazê-lo, como prometera a si mesmo. Sair de casa todos os dias, nem que fosse para dar uma volta na praia. Nada de chafurdar na infelicidade, nada de remoer mágoas.

Antes que mudasse de ideia, ele vestiu sua parca, enfiou as chaves no bolso e saiu pela porta do terraço.

Apesar do vento fortíssimo, obrigou-se a atravessar o terraço. Quinze minutos, estabeleceu, enquanto se encaminhava de cabeça baixa e ombros encolhidos para a escada da praia. Este tempo já conta como sair de casa. Caminharia em alguma direção durante sete minutos e meio, e caminharia de volta.

Depois acenderia a lareira, sentaria em frente a ela e ficaria pensando na vida, tomando uma dose de uísque, se lhe apetecesse.

A areia se levantava rodopiando das dunas, enquanto o vento que soprava do mar empurrava com força as ervas marinhas. Os cavalos brancos, que ele mencionara à sua avó, galopavam sobre as águas geladas e cinzentas. O ar lhe arranhava a garganta quando ele respirava, como se contivesse cristais de gelo.

O inverno se agarrava a Whiskey Beach como espinhos gelados, lembrando-lhe que ele se esquecera de calçar suas luvas e pôr um chapéu.

Ele poderia caminhar trinta minutos no dia seguinte, barganhou consigo mesmo. Ou um dia por semana durante uma hora. Quem disse que deveria ser todo dia? Quem ditava as regras? Estava um frio danado ali fora, e até um idiota que olhasse para aquele céu carregado saberia que aquelas nuvens soberbas e revoluteantes estavam prestes a descarregar uma avalanche de neve.

E somente um idiota caminharia na praia durante uma tempestade de neve.

Quando alcançou os degraus inferiores da escada, cobertos de areia, seus próprios pensamentos foram abafados pelos rugidos do mar e do vento. Não havia sentido em prosseguir, convenceu-se. Quando estava a ponto de dar meia-volta e subir a escada de novo, ele levantou a cabeça.

Ondas partiam daquele mundo cinza-metálico e se lançavam contra a orla como aríetes, repletas de força e fúria. Gritos de guerra ecoavam em meio a seus incessantes avanços e retrocessos. Após cada ataque contra as areias deslizantes e as rochas que delas se projetavam, as ondas recuavam, reagrupavam-se e atacavam de novo, numa guerra que nenhum dos lados jamais venceria.

Acima da batalha, o céu borrascoso aguardava, como que calculando o momento certo para utilizar suas próprias armas.

Eli parou, deslumbrado com o poder e a beleza incríveis do que estava vendo. A simples magnificência da *energia*. Depois, enquanto a guerra prosseguia furiosamente, ele começou a caminhar.

Não viu mais ninguém na extensa praia, ouvindo somente o som do vento cortante e das ondas enraivecidas. Acima das dunas, as casas e chalés mantinham as janelas fechadas para se proteger do frio. Ninguém se movia acima ou abaixo das escadas, nem sobre o penhasco, tanto quanto sua vista alcançava. Ninguém contemplava o mar do alto do píer, cujos pilares eram martelados impiedosamente pelas ondas.

Naquele momento, ele se encontrava tão só quanto Robinson Crusoé. Mas não estava sozinho.

Era impossível alguém se sentir sozinho naquele lugar, constatou, cercado de tanto poder e energia. Ele se lembraria disso, prometeu a si mesmo. Ele se lembraria desta sensação na próxima vez que tentasse inventar desculpas, na próxima vez que tentasse arranjar justificativas para se encerrar em si.

Ele adorava a praia, e aquela era sua parte favorita. Ele adorava a atmosfera do local antes de uma tempestade — fosse no inverno, no verão ou na primavera, isto não importava. Adorava a sensação de vida no verão, quando as pessoas mergulhavam nas ondas, deitavam-se sobre toalhas ou se acomodavam sob barracas, em cadeiras de praia. Adorava o visual ao raiar do dia ou a forma como o pôr do sol do verão parecia um beijo em sua pele.

Por que se privara disso por tanto tempo? Não fora culpa das circunstâncias, não fora culpa de Lindsay. Ele poderia e deveria ter vindo — por sua avó e por si mesmo. Mas escolhera o que parecia o caminho mais fácil para não ter que explicar por que sua esposa não viera. Para não ter que inventar desculpas para ela e para si mesmo. E para não ter que discutir com Lindsay quando ela insistia em ir para Cape Cod ou Martha's Vineyard ou em passar umas férias prolongadas na Côte d'Azur.

Mas o caminho mais fácil não tornara as coisas menos difíceis, ele perdera uma coisa importante.

Se não a recuperasse agora, só poderia culpar a si mesmo. Portanto, continuou a caminhar. Percorreu todo o caminho até o píer, enquanto se lembrava da garota com quem tivera um tórrido romance de verão, pouco antes de iniciar os estudos na faculdade. Lembrou-se também de estar pescando com seu pai — sem que nenhum dos dois tivesse o menor jeito para a coisa. E se viu na infância, cavando buracos na areia à procura de um tesouro de piratas durante a maré baixa, com efêmeros amigos de verão.

O Dote de Esmeralda, era isso. A velha e ainda viva lenda do tesouro roubado por piratas em uma feroz batalha naval, e depois perdido quando o navio pirata, o malfadado *Calypso*, colidiu com os rochedos de Whiskey Beach, quase aos pés da Bluff House.

Ele ouvira todas as variações da lenda ao longo dos anos e, quando criança, caçara o tesouro com seus amigos. Encontrariam o tesouro e se tornariam piratas modernos, com moedas de ouro, joias e pratarias.

Como todos os outros, só encontraram mariscos, tatuís e conchas. Mas haviam aproveitado bem aquelas aventuras ao longo daqueles verões longínquos e ensolarados.

Whiskey Beach fora boa para ele e lhe fizera bem. E, naquele momento, observando as ondas perversas pulverizando a praia de espuma, começou a acreditar que isso voltaria a acontecer.

Ele caminhara mais do que pretendia e permanecera mais tempo fora. Agora, enquanto andava de volta, pensava no uísque ao pé do fogo como um prazer, como uma espécie de recompensa, em vez de uma válvula de escape ou uma desculpa para se angustiar.

Provavelmente teria que preparar alguma coisa para comer, pois não havia pensado no almoço. Não havia comido nada, percebeu ele, desde o café da manhã, o que significava que havia negligenciado outra das promessas que fizera a si mesmo: recuperar seu peso e adotar um estilo de vida mais saudável.

Faria algo decente para o jantar e daria início à vida mais saudável. Devia haver alguma coisa que ele pudesse preparar. A vizinha abastecera a cozinha, portanto...

Assim que pensou nela, levantou a cabeça e viu a Laughing Gull aninhada entre suas vizinhas atrás das dunas. O atrevido azul-celeste de suas tábuas se destacava em meio às tonalidades pastel e creme das outras moradias. Ele se lembrava de que, antes, eram cinza-claras. Mas o formato peculiar da construção, com seu telhado em mansarda com terraço e a grande redoma de vidro do solário, tornava a casa inconfundível.

Ele viu luzes brilhando atrás do vidro.

Subiria até lá, decidiu, e pagaria a ela em dinheiro. Depois, poderia parar de pensar no assunto. Voltaria para casa, renovando suas lembranças das outras casas, de quem morava ou havia morado lá.

Parte de seu cérebro registrava que, agora, teria alguma coisa alegre e verdadeira para contar à família. Fora dar um passeio na praia (descrever) e parara para ver Abra Walsh no caminho de volta. Blá-blá-blá... e a nova pintura da Laughing Gull ficou boa.

Vejam, não estou mais isolado, preocupada família. Saí de casa, fiz contatos. Situação normal.

Divertindo-se com a ideia, ele mentalizou um e-mail enquanto subia em direção à casa e entrava em um caminho pavimentado com pedras. Viu então um pequeno quintal, decorado com arbustos, estátuas — uma extravagante sereia com a cauda enrolada, uma rã tocando um banjo — e um pequeno banco de pedra, cujas pernas eram fadas com asas. Ficou tão impressionado o novo — para ele — projeto paisagístico e com sua perfeita adequação à individualidade do chalé, que não notou a movimentação atrás do solário, até pisar na soleira da porta.

Várias mulheres deitadas em esteira de ioga estavam se colocando — com variados graus de fluidez e habilidade — numa posição de V invertido que ele identificou como a Postura do Cachorro Olhando para Baixo.

Quase todas usavam uniformes de ioga — camisetas de regata coloridas e calças *slim* — que via com frequência quando frequentava a academia. Algumas haviam optado por moletons, e outras, por shorts.

Todas elas, algumas vacilando um pouco, adiantaram um dos pés de uma vez só; depois se ergueram — com alguns bamboleios — com a perna da frente dobrada e a de trás esticada, e os braços estendidos para a frente e para trás.

Levemente envergonhado, Eli começou a recuar, quando percebeu que as mulheres apenas seguiam as instruções de Abra.

Com a cabeleira presa em rabo de cavalo na nuca, Abra manteve a posição. Sua camiseta regata roxa deixava à mostra braços longos e torneados; as calças cinzentas se colavam a quadris estreitos e cobriam pernas longas, que terminavam em pés também longos, com unhas pintadas na mesma cor da camiseta.

Enquanto ele a observava, fascinado, Abra, seguida pelas outras, dobrou-se para trás com o braço curvado sobre a cabeça, girou o tronco para o lado e levantou a cabeça.

Depois esticou a perna da frente, inclinou-se para a frente e foi se abaixando cada vez mais, cada vez mais, até pousar a mão no chão, junto ao pé adiantado, enquanto esticava o outro braço para cima. Uma vez mais, ela girou o tronco. E antes que ele recuasse, girou a cabeça também. Foi quando seus olhares se encontraram.

Ela sorriu. Como se ele estivesse sendo esperado. Como se não estivesse — inadvertidamente — agindo como um *voyeur*.

Ele deu um passo para trás, fazendo um gesto que, segundo esperava, comunicava um pedido de desculpa. Mas ela já estava se levantando. Ele a viu acenar para uma das mulheres, enquanto ziguezagueava em meio a esteiras e corpos.

O que ele deveria fazer?

A porta da frente se abriu e ela sorriu para ele.

— Oi, Eli.

— Desculpe, eu não notei... até notar.

— Meu Deus, isso aqui está um gelo! Entre.

— Não, você está ocupada. Eu estava só dando uma caminhada, então...

— Bem, entre aqui antes que eu morra congelada. — Ela deu alguns passos com seus longos pés descalços e lhe segurou a mão. — Sua mão parece uma pedra de gelo. — Ela o puxou, com insistência. — Você não vai querer que o ar frio congele a turma.

Sem alternativa, ele entrou na casa para que ela pudesse fechar a porta. Música New Age, vinda do solário, murmurava como a água de um riacho. Ele observou a mulher na fileira dos fundos retornar à posição original.

— Desculpe — disse ele novamente. — Estou interrompendo.

— Tudo bem. Maureen pode guiar o pessoal. Já estamos quase acabando. Quer tomar uma taça de vinho enquanto eu termino? Vá até a cozinha.

— Não. Não, obrigado. — Ele desejou, quase desesperadamente, não ter feito aquele desvio impulsivo. — Eu só estava dando uma caminhada e, quando estava voltando, percebi que não tinha lhe pagado os mantimentos.

— Hester cuidou disso.

— Ah, eu devia ter imaginado. Vou falar com ela.

O desenho emoldurado que estava pendurado próximo à porta o distraiu por alguns momentos. Ele percebeu que era um trabalho de sua avó, mesmo sem ler o *H.H. Landon* no canto direito.

Ele também percebeu que era um retrato de Abra, na Postura da Árvore, o corpo esguio aprumado como uma lança, os braços sobre a cabeça e um sorriso estampado no rosto.

— Hester me deu no ano passado.

— O quê?

— O desenho. Eu a convenci a comparecer a uma aula para desenhar — um modo de convencer Hester a praticar ioga. Depois que ela se apaixonou pela ioga, ela me deu esse desenho de presente.

— Excelente desenho.

Ele não havia percebido que Abra ainda estava segurando sua mão até dar um passo para trás e se ver forçado a dar um passo para a frente.

— Ombros para baixo e para trás, Leah. Isso. Relaxe a mandíbula, Heather. Bom. Muito bom. Desculpe – disse ela a Eli.

— Não, eu é que peço desculpas. Estou atrapalhando. Vou deixar você trabalhar.

— Tem certeza de que não quer uma taça de vinho? Ou talvez, considerando as circunstâncias... — Ela cobriu a mão dele com a outra mão e a esfregou para aquecê-la. — Um chocolate quente?

— Não. Não, mas obrigado. Preciso voltar. — A fricção das mãos dela lhe injetou na mão uma calidez quase dolorosa que o lembrou de que ele se deixara enregelar até os ossos. — Vai... nevar.

— Uma boa noite para estar diante de uma lareira com um bom livro. Bem... — Ela largou a mão dele e abriu a porta de novo. — Vejo você daqui a dois dias. Telefone ou venha até aqui se precisar de alguma coisa.

— Obrigado.

Ele saiu rapidamente para que ela pudesse fechar logo a porta e evitar a perda de calor. Mas ela permaneceu parada no umbral olhando para ele.

O coração dela — sensível demais, receptivo demais, segundo alguns — estava repleto de compaixão.

Quanto tempo fazia, perguntou-se ela, que alguém que não fosse da família dele lhe abrira as portas para resguardá-lo do frio?

Ela fechou a porta, retornou ao solário e, acenando para sua amiga Maureen, reassumiu o comando dos exercícios.

Ao término do relaxamento final, viu que a neve prevista por Eli estava caindo, densa e macia, no outro lado do vidro. Era como se seu espaço acolhedor fosse o interior de um globo de vidro.

Ela achou ótimo.

— Lembrem-se de se reidratarem. — Enquanto as mulheres rolavam sobre suas esteiras, ela pegou sua própria garrafa de água. — E ainda temos vagas para a aula Oriente Encontra o Ocidente de amanhã pela manhã às nove e quinze, no subsolo da Igreja Unitária.

— Eu adoro essa aula. — Heather Lockaby ajeitou seus cabelos louros e curtos. — Winnie, posso pegar você no caminho, se você quiser.

— Me telefone primeiro. Eu adoraria experimentar.

— A propósito — Heather esfregou as mãos —, aquele era quem eu acho que era?

— Como? — respondeu Abra.

— O homem que apareceu durante a aula. Não era o Eli Landon?

O nome levantou uma onda de murmúrios. Abra sentiu seus ombros se enrijecerem; os benefícios de uma hora de ioga pareciam ter se dissolvido.

— Sim, era Eli.

— Bem que eu lhe falei — disse Heather, cutucando Winnie com o cotovelo. — Eu lhe disse que ele estava se mudando para a Bluff House. Você vai fazer a limpeza enquanto ele estiver na casa?

— Não há muito o que limpar se ninguém estiver morando lá.

— Mas, Abra, você não fica nervosa? Quer dizer, ele foi acusado de assassinato. De matar a mulher dele. E...

— Ele foi absolvido, Heather. Lembra?

— Só porque eles não tinham provas suficientes para prendê-lo não significa que ele não seja culpado. Você não deveria ficar sozinha em casa com ele.

— Só porque a imprensa gosta de um bom escândalo, principalmente quando sexo, dinheiro e famílias tradicionais da Nova Inglaterra estão envolvidos, não significa que ele não seja inocente.

Maureen levantou suas sobrancelhas ruivas.

— Você já ouviu falar daquele velho provérbio jurídico, Heather, *inocente até prova em contrário*?

— Eu sei que ele foi demitido e era advogado criminalista. Acho muito estranho, se você quer saber, ele ter sido demitido se não era culpado. E diziam que ele era o principal suspeito. Testemunhas o ouviram ameaçar a esposa no *mesmo* dia em que foi morta. Ela iria ganhar um monte de dinheiro com o divórcio. E ele não tinha motivo nenhum para estar na casa, tinha?

— Era a casa dele — lembrou Abra.

— Mas ele tinha se mudado. Só estou dizendo é que onde há fumaça...

— Onde há fumaça significa que outra pessoa iniciou o incêndio.

— Você é tão crédula. — Heather pousou um braço sobre os ombros de Abra, num gesto sincero e protetor. — Vou ficar preocupada com você.

— Acho que Abra sabe julgar as pessoas e pode cuidar de si mesma. — Greta Parrish, de setenta e dois anos, a mais velha do grupo, vestiu seu quente e prático casaco de lã. — E Hester Landon não teria aberto a Bluff House para Eli, que sempre foi um homem bem-educado, se tivesse a mínima dúvida sobre a inocência dele.

— Ah, eu tenho muita afeição e respeito pela sra. Landon — disse Heather. — Todos nós rezamos para que ela fique logo boa e volte para casa logo. Mas...

— Sem "mas". — Greta enfiou um chapéu clochê* sobre seus cabelos branco-acinzentados. — Aquele rapaz faz parte de nossa comunidade. Ele pode ter vivido em Boston, mas é um Landon e é um de nós. Deus sabe que ele passou por uma situação muito difícil. Eu detestaria pensar que alguém aqui vai querer aumentar os problemas dele.

— Eu... eu não quis dizer isso. — Ruborizada, Heather olhou de um rosto para outro. — Sinceramente, não foi isso que eu quis dizer. Só estou preocupada com Abra, não posso evitar.

— Acredito que você esteja. — replicou Greta com rápido aceno de cabeça. — E acredito que você não tem nenhum motivo para isso. A aula foi muito boa, Abra.

— Obrigada. Quer que eu a leve de carro até sua casa? Está nevando bem forte.

— Acho que posso dar uma caminhada de três minutos.

As mulheres saíram juntas. Menos Maureen.

— Heather é uma boboca — afirmou ela.

— Muita gente é. E muita gente vai pensar que nem ela. Se ele foi suspeito, deve ser culpado. Isso é errado.

— Claro que é. — Maureen O'Malley, cujos cabelos eriçados eram tão ruivos quanto suas sobrancelhas, tomou outro gole de sua garrafa de água. — O problema é que eu não sei se não pensaria a mesma coisa, pelo menos em algum cínico recanto da mente, se não conhecesse Eli.

— Eu não sabia que você o conhecia.

— Foi com ele que tive meu primeiro amasso sério.

— Espere. — Abra apontou para ela com ambos os dedos indicadores. — Espere um pouco. Essa história merece uma taça de vinho.

— Com todo prazer. Deixe só eu mandar uma mensagem ao Mike dizendo que vou demorar mais meia hora.

— Faça isso. Vou servir o vinho.

Enquanto Maureen se aboletava no sofá da acolhedora sala de estar, Abra foi até a cozinha e pegou uma garrafa de *shiraz*.

---

* Chapéu feminino de copa alta e arredondada, que se tornou popular na década de 1920. (N.T.)

— Ele disse que tudo bem. As crianças ainda não se mataram e, neste momento, estão brincando na neve. — Ela levantou os olhos e sorriu quando Abra lhe estendeu o vinho. — Obrigada. Vou considerar isto como um reforço, antes de caminhar até a casa ao lado para alimentar as tropas.

— Amasso?

— Eu tinha quinze anos. Embora já tivesse sido beijada, aquele foi o primeiro *beijo*. Línguas e mãos e respiração ofegante. Antes de mais nada, devo dizer que o garoto tinha excelentes lábios e mãos muito boas. Foram as primeiras. As primeiras que tocaram estas tetas incríveis. — Ela deu umas palmadinhas nos próprios seios. — Mas não as últimas.

— Detalhes, detalhes.

— Dia da Independência, depois da queima de fogos. Tínhamos acendido uma fogueira na praia. Nossa turma. Eu tinha obtido permissão dos meus pais, com muita dificuldade, fique sabendo; meus filhos vão ter ainda mais dificuldade para obter esse tipo de permissão, devido à minha experiência. Ele era tão bonito. Ah, meu Deus. Eli Landon recém-chegado de Boston para passar um mês. Fiquei de olho nele... e não fui a única.

— O quão bonito?

— Hummm. Aqueles cabelos crespos que o sol alourava cada vez mais, aqueles fabulosos olhos azul-claros. E ele tinha um sorriso que deixava a gente tonta. Um corpo atlético, porque jogava basquete, me lembro bem. Quando não estava na praia, sem camisa, ele estava no centro comunitário jogando basquete sem camisa. Vou repetir: hummm.

— Ele emagreceu — comentou Abra. — Está magro demais.

— Eu vi algumas fotos e os vídeos dos noticiários. É, ele está magro demais. Mas naquele verão? Ele era tão bonito, tão jovem, feliz e *engraçado*. Flertei muito com ele e aquela fogueira do Dia da Independência valeu a pena. Na primeira vez que ele me beijou, nós estávamos sentados em volta da fogueira. Música tocando, alguns de nós dançando, alguns na água. Uma coisa levou à outra e fomos até o píer.

Ela deu um suspiro ao se lembrar.

— Éramos apenas um par de adolescentes cheios de hormônios numa noite quente de verão. Eu não fui mais longe do que deveria, embora tenha certeza de que meu pai não concordaria com isso. Mas foi a experiência mais excitante que eu já tinha tido até aquele momento. Parece tão terna e inocente agora, e ridiculamente romântica. Ondas, mar, luar, música na praia, uma dupla de corpos excitados e seminus que estavam começando a entender realmente como eram as coisas. Então...

— E então? E então? — Inclinando-se para a frente, Abra desenhou círculos no ar com ambas as mãos, em um gesto de pressa. — O que aconteceu?

— Voltamos para perto da fogueira. Acho que eu poderia ter ido mais longe do que deveria, se ele não tivesse me levado de volta ao grupo. Eu estava muito despreparada para o que acontece no nosso corpo quando alguém realmente aciona a alavanca certa. Sabe como é?

— Como sei!

— Mas ele parou e, depois, me levou em casa. Eu o vi mais algumas vezes antes de ele retornar a Boston, e tivemos mais algumas sessões de beijos; mas nada mexeu tanto comigo como aquela primeira vez. Quando ele voltou, no verão seguinte, nós dois estávamos namorando outras pessoas. Nunca mais interagimos, não dessa forma. Provavelmente, ele nem se lembra daquele Dia da Independência com a ruiva, embaixo do píer de Whiskey Beach.

— Tenho certeza de que você está se subestimando.

— Talvez. Quando nos encontrávamos por acaso, quando ele vinha aqui, nós conversávamos um pouco... nada demais. Uma vez me encontrei com ele no mercado, quando eu estava grávida de Liam, com uma barriga enorme. Eli carregou minhas sacolas até o carro. Ele é um homem bom. Eu acredito nisso.

— Você conheceu a mulher dele?

— Não. Eu a vi uma ou duas vezes, mas nunca fomos apresentadas. Ela era linda, reconheço. Mas não creio que gostasse de bater papo em frente a supermercados. Diziam que ela e Hester Landon não se topavam. Depois que eles se casaram, Eli ainda veio aqui, mas sozinho ou na companhia de parentes. De repente, não veio mais. Não que eu saiba, pelo menos.

Ela conferiu o relógio.

— Tenho que voltar para casa. Alimentar a horda de bárbaros.

— Talvez fosse bom você fazer uma visita a ele.

— A essa altura, acho que iria parecer uma intrusão. Ou que eu estou morbidamente curiosa.

— Ele precisa de amigos, mas pode ser que você tenha razão. Pode ser que ainda seja cedo.

Maureen levou sua taça vazia até a cozinha.

— Abracadabra... eu conheço você. Você não vai deixar o cara afundar, não por muito tempo. — Ela vestiu o casaco. — Faz parte da sua natureza consertar coisas, curar coisas, beijar onde está doendo. Hester sabia o que estava fazendo quando lhe pediu para tomar conta dele e da casa.

— Então é melhor eu não decepcioná-la. — Ela deu um abraço em Maureen antes de abrir a porta dos fundos. — Obrigada. Não só por me contar uma história sexy de luxúria adolescente, mas porque essa história me deu uma nova perspectiva dele.

— Você poderia lhe dar uns beijos na boca.

Abra levantou as mãos.

— Você está indo depressa demais.

— Sim, sim. Só estou dizendo que, se aparecer uma oportunidade, ele tem lábios maravilhosos. A gente se vê amanhã.

Abra permaneceu à porta, observando a amiga abrir caminho na neve alta até ver a luz da porta dos fundos da casa ao lado se apagar.

Agora acenderia a lareira, pensou, tomaria uma sopa e pensaria seriamente em Eli Landon.

Capítulo 3

♦ ♦ ♦ ♦

TALVEZ TIVESSE perdido um pouco de ritmo no final, reconheceu Eli, mas trabalhara no livro durante a maior parte do dia e produzira bastante.

Se conseguisse manter a mente concentrada, poderia escrever desde a hora em que acordasse até quando não aguentasse mais. Tudo bem, não era uma coisa saudável, mas seria produtivo.

Além disso, a nevasca não amainara até o meio da tarde. Sua decisão de sair de casa pelo menos uma vez por dia teve que se render a meio metro de neve, ou mais.

A certa altura, quando já não conseguia pensar com clareza suficiente para enfileirar palavras de modo coerente, ele deu seguimento às suas explorações da casa.

Quartos bem arrumados e banheiros imaculados. Para sua surpresa e perplexidade, a antiga sala de estar do segundo piso, na ala norte, agora abrigava um aparelho elíptico, halteres diversos e uma enorme tevê tela plana. Ele andou pelo aposento, olhando, de testa franzida, as esteiras de ioga cuidadosamente enroladas em uma prateleira, as toalhas perfeitamente empilhadas e a grande caixa de DVDs. Ele a abriu e examinou os títulos: *power yoga?* Sua *avó?* Tai chi, pilates... *Músculos Bem Definidos?*

Vovó?

Ele tentou imaginar a situação. Precisava acreditar que tinha excelente imaginação, ou jamais ganharia dinheiro escrevendo romances. Mas, quando tentou imaginar sua avó — a mesma pessoa que desenhava a lápis, pintava aquarelas e cuidava do jardim — levantando halteres, não conseguiu.

Mas Hester Landon jamais fazia alguma coisa sem um motivo. Ele não tinha como negar que o arranjo da sala revelava uma planificação cuidadosa e um bom trabalho de pesquisa.

Talvez tivesse concluído que precisava de um lugar conveniente para se exercitar quando, como naquele dia, o tempo não permitia que desse suas famosas caminhadas de cinco quilômetros. Devia ter contratado alguém para equipar a sala.

Não, ela jamais fazia alguma coisa sem um motivo — e nunca fazia nada pela metade.

Mas ele ainda não conseguia imaginá-la assistindo a um DVD que ensinava como obter músculos bem definidos.

Lentamente, ele examinou mais alguns DVDs e acabou encontrando mais um bilhete em papel adesivo.

Eli, exercícios regulares beneficiam o corpo, a mente e o espírito. Agora, menos devaneios e mais suor.

Te amo,
Vovó, por intermédio de Abra Walsh.

— Meu Deus.

Ele não sabia se deveria rir ou sentir-se constrangido. Quanta coisa sua avó teria contado a Abra? Será que ele não tinha direito a um pouco de privacidade?

Ele enfiou as mãos nos bolsos e caminhou até a janela de frente para a praia.

Embora o mar tivesse se acalmado, permanecia cinzento, sob um céu violáceo. Ondas quebravam na praia coberta de neve, lentamente, roendo aos poucos o manto branco e ondulado. Nas dunas, também cobertas de neve, ervas marinhas despontavam como agulhas em uma almofada e tremulavam ao vento.

A neve soterrara os degraus da escada e se acumulara sobre os corrimãos.

Ele não viu nenhuma pegada, mas o mundo exterior não estava vazio. Bem ao longe, em meio à imensidão cinza, divisou uma coisa saltando — uma forma e um movimento indistintos que desapareceram no instante seguinte. Ele observou as gaivotas planando sobre a neve, sobre o mar, e ouviu seus risos na quietude gelada.

E pensou em Abra.

Virando-se, olhou desanimado para o elíptico. Nunca gostara de percorrer quilômetros sobre um aparelho. Se quisesse suar, jogaria um pouco de basquete.

— Não tenho bola nem cesta — disse, para a casa vazia. — E tenho meio metro de neve. Acho que deveria limpar a entrada. Mas para quê? Não vou a lugar nenhum.

Esta última afirmativa, pensou, expunha parte dos seus problemas há cerca de um ano.

— Tudo bem. Mas não vou fazer essa droga de *power yoga*. Meu Deus, quem é que inventa essas coisas? Talvez dez ou quinze minutos naquela porcaria de aparelho. Uns três quilômetros.

Ele costumava correr alguns quilômetros na pista às margens do rio Charles, geralmente umas duas vezes por semana quando o tempo estava bom. Correr nas esteiras da academia era um último recurso, mas também se exercitara lá.

Com certeza poderia usar o pequeno de sua avó.

Depois poderia enviar um e-mail a ela, dizendo que encontrara o bilhete e fizera sua boa ação. E que, quando quisesse se comunicar com ele, que se comunicasse de verdade. Não havia necessidade de meter sua amiga da ioga em tudo.

Ele se aproximou do aparelho elíptico com uma aversão visceral e olhou para a tela plana. Não, nada de televisão, decidiu. Ele parara de assistir tevê quando começara a ver seu próprio rosto com demasiada frequência, a ouvir comentários e debates sobre sua culpa ou inocência, os horríveis resumos de sua vida pessoal, verdadeiros ou não.

Na próxima vez, se houvesse, pensou, enquanto subia no aparelho, ele traria seu iPod. Mas, no momento, acabaria logo com aquilo e se distrairia com seus próprios pensamentos.

Para se acostumar com o elíptico, segurou as barras de movimentação e moveu os pés. O nome de sua avó apareceu no monitor.

— Hum.

Curioso, ele examinou as opções e selecionou as estatísticas dela.

— Uau. Continue assim, vovó.

Segundo o último registro, justamente do dia em que ela levara o tombo, ela percorrera cinco quilômetros em quarenta e oito minutos e trinta e dois segundos.

— Nada mal. Mas posso vencer você.

Intrigado, ele programou o aparelho para um segundo usuário e digitou seu nome. Iniciou o exercício lentamente, para fazer um aquecimento, e depois acelerou.

Quatorze minutos e dois quilômetros depois, encharcado de suor e com os pulmões ardendo, ele se rendeu. Ofegante, cambaleou até o frigobar e pegou uma garrafa de água. Após esvaziá-la, deitou-se de costas no chão.

— Meu Jesus. Não consigo nem me equiparar a uma velha senhora. Lamentável. Patético.

Olhando para o teto, lutou para recuperar o fôlego, enquanto, contrafeito, notava que os músculos de suas pernas tremiam de choque e fadiga.

Ele jogara basquete em Harvard. Com 1,92 de altura, compensara sua relativa desvantagem em altura com rapidez e agilidade — e resistência.

Fora um atleta, porra, e agora estava fraco, mole, magro demais e lento.

Queria sua vida de volta. Não, não era bem isso. Mesmo antes do pesadelo que foi o assassinato de Lindsay, sua vida era incompleta e profundamente insatisfatória.

Queria *ele mesmo* de volta. Mas, droga, não sabia o que fazer.

Para onde ele fora? Não conseguia se lembrar da sensação de ser feliz. Mas sabia que fora feliz. Tivera amigos, interesses, ambições. Tivera *paixão,* porra.

Não conseguia encontrar nem raiva, pensou. Nem cavando fundo ele conseguia encontrar a raiva pelo que lhe fora arrebatado, pelo que ele, de certa forma, cedera.

Ele tomara antidepressivos, conversara com o psiquiatra. Não queria repetir isto. Não conseguiria.

Assim como não conseguiria continuar deitado no chão sobre uma poça de suor. Tinha que fazer *alguma coisa,* por mais insignificante e trivial que fosse. Faça o que tem que fazer, disse a si mesmo.

Ele se levantou e capengou até o chuveiro.

Ignorando a voz em sua cabeça que o instava a deitar e dormir pelo resto do dia, preparou-se para enfrentar o frio vestindo uma blusa de moletom sobre uma camisa térmica, colocando um gorro de esqui e calçando luvas.

Talvez não fosse a lugar nenhum, mas isto não significava que os acessos, a pista da garagem e até os terraços não precisassem ser limpos.

Ele prometera cuidar da Bluff House, então cuidaria da Bluff House. Passou horas às voltas com a pá e o removedor de neve. Perdeu a conta das vezes que teve de parar para descansar, quando sua pulsação fazia soar um alarme em sua cabeça ou quando seus braços começavam a tremer. Mas limpou a pista da garagem e o acesso à porta da frente, além de abrir um caminho razoável do terraço principal até a escada da praia.

Deu graças a Deus quando a noite começou a cair, tornando impraticável a limpeza dos outros terraços. Entrou em casa, deixou a roupa de frio na lavanderia e andou como um zumbi até a cozinha, onde jantou um sanduíche de carne e queijo suíço. Acompanhou-o com uma cerveja, apenas porque havia cerveja, e o comeu diante da pia da cozinha, olhando pela janela.

Fizera alguma coisa, disse a si mesmo. Conseguira sair da cama, sempre o primeiro obstáculo. Escrevera. Humilhara a si mesmo no aparelho elíptico. E cuidara da Bluff House.

No geral, um dia bem razoável.

Ele engoliu quatro comprimidos de ibuprofeno e arrastou seu corpo dolorido até o segundo andar. Em seguida, tirou a roupa, enfiou-se na cama e dormiu até o alvorecer. Sem sonhar.

◆ ◆ ◆ ◆

*A*BRA FICOU surpresa e satisfeita ao encontrar a pista de acesso à Bluff House limpa. Estava contando com ter que abrir caminho em meio metro de neve recém-caída.

Normalmente, viria a pé de casa, mas acabou optando por não atravessar a neve ou o gelo fino a pé. Estacionando seu Chevy Volt atrás do BMW de Eli, ela pegou sua bolsa e saltou do carro.

Em seguida, abriu a porta da casa, inclinou a cabeça para o lado e ficou à escuta. Como não ouviu nada, concluiu que Eli ainda estava na cama ou enfiado em algum canto.

Pendurou, então, o casaco no armário e trocou as botas pelos sapatos que usava para trabalhar.

Antes de se dirigir à cozinha para preparar o café, acendeu a lareira da sala de estar para aconchegar o ambiente.

Não havia pratos na pia, observou, e então, abriu a lavadora de pratos.

Ela poderia seguir a pista de todas as refeições que ele fizera desde que chegara. O café da manhã que ela preparara, duas pequenas tigelas de sopa, dois pratos pequenos, dois copos, duas xícaras de café.

Ela abanou a cabeça.

A coisa não estava boa.

Para se assegurar, examinou os armários e a geladeira.

Não, a coisa não estava nada boa.

Ela ligou o iPod da cozinha, abaixou o volume e reuniu alguns ingredientes. Após encher uma tigela com panquecas de polme, subiu a escada para procurá-lo.

Se ele ainda estivesse na cama, estava na hora de se levantar.

Ao ouvir o matraquear de um teclado no escritório de Hester, sorriu. Já era alguma coisa. Movendo-se silenciosamente, ela espreitou pela porta e o viu sentado à linda escrivaninha antiga, com uma garrafa aberta de Mountain Dew (registrou o fato mentalmente para lhe trazer mais) ao lado do teclado.

Era melhor lhe dar mais algum tempo ali, decidiu, indo direto para o quarto dele. Fez a cama, tirou o saco de roupa suja do cesto e pendurou novas toalhas de banho.

No caminho de volta, conferiu os outros banheiros, para o caso de ele ter usado as respectivas toalhas e verificou a sala de ginástica.

De volta ao andar térreo, levou o saco de roupa suja até a lavanderia, separou as roupas e carregou a lavadora automática. Depois, sacudiu e pendurou a roupa de inverno que Eli usara.

Não havia muita coisa para arrumar, constatou, pois ela fizera uma limpeza completa no dia anterior à chegada dele. Mas sempre conseguiria encontrar alguma coisa para fazer. Calculou então o tempo. Prepararia uma espécie de *brunch* para ele e então começaria realmente a trabalhar.

Ela voltou a subir a escada, fazendo barulho deliberadamente. Quando chegou ao escritório, ele estava de pé, caminhando em direção à porta. Provavelmente com a intenção de fechá-la, pensou; antes que o fizesse, ela entrou no aposento.

— Bom dia. O dia está maravilhoso.

— Ahn...

— Um céu azul fabuloso. — Segurando o saco de lixo, ela foi até a cesta sob a escrivaninha. — Céu azul, sol brilhando sobre a neve. As gaivotas estão pescando. Eu vi uma baleia hoje de manhã.

— Uma baleia.

— Pura sorte. Por acaso, eu estava olhando pela janela quando ela cantou. Bem, longe, mas, mesmo assim, foi espetacular. Então... — Ela se virou. — Seu *brunch* está pronto.

— Meu o quê?

— *Brunch*. Já está muito tarde para o café da manhã que você, aliás, não tomou.

— Eu... bebi café.

— Agora pode comer.

— Na verdade, eu...

Ele apontou para seu notebook.

— E é chato ser interrompido para comer. Mas, provavelmente, você vai trabalhar melhor depois que ingerir algum alimento. Há quanto tempo você está escrevendo, hoje?

— Não sei. — Aquilo era irritante, pensou ele. A interrupção, as perguntas, a comida que ele achava não ter tempo para comer. — Desde as seis, eu acho.

— Meu Deus! São onze horas. Com certeza já está na hora de fazer uma pausa. Servi seu *brunch* na sala de jantar. A vista é muito bonita lá, principalmente hoje. Você quer que eu limpe aqui enquanto você come... ou em outra hora?

— Não. Eu... Não. — E após uma pequena pausa: — Não.

— Entendi. Vá em frente e coma. Vou fazer o que tiver que fazer neste piso. Assim, se você quiser retornar ao trabalho, estarei no andar de baixo, onde não vou incomodar você.

Ela permaneceu entre ele e o notebook, sorrindo alegremente. Estava usando um moletom roxo desbotado com um símbolo da paz no centro, calça jeans ainda mais desbotada e sandálias Croc de um laranja vivo.

Como discutir lhe pareceu ser perda de tempo, ele simplesmente saiu do aposento.

Pretendia mesmo parar e comer alguma coisa — talvez um *bagel,** qualquer coisa. Acabara perdendo a noção do tempo. Ele *gostava* de

---

* *Bagel* — pão em forma de rosca que é fervido antes de ser assado. De origem polonesa, é muito popular nos Estados Unidos. (N.T.)

perder a noção do tempo, pois isto significava que estava mergulhado no livro.

Mas ela deveria cuidar da limpeza da casa, presumia-se, não bancar sua babá.

Ele não se esquecera de que ela viria. Mas seu plano de interromper o trabalho quando ela chegasse, dar uma caminhada comendo o *bagel* e telefonar para casa enquanto estivesse fora, bem, tudo isso o livro abortou.

Ele dobrou à esquerda e entrou na sala de estar, com a parede curva e envidraçada. Abra tinha razão. A vista valia a pena. Ele daria a caminhada mais tarde, quando conseguisse encontrar um caminho razoável na neve. Pelo menos conseguiria chegar até a escada da praia, bater algumas fotos com seu telefone e enviá-las para casa.

Ele se sentou à mesa, na qual havia uma bandeja coberta, um pequeno bule de café e um copo de cristal. Ela até tirara uma das flores da sala de estar e a enfiara em um jarrinho individual.

Eli se lembrou de que sua mãe, quando ele era criança e estava doente, punha uma flor, um jogo, um livro ou um brinquedo na bandeja de comida que levava até sua cama.

Mas ele não estava doente. Não precisava ser paparicado. Só precisava de alguém que viesse fazer a limpeza, enquanto ele escrevia, vivia e removia a droga da neve, caso fosse necessário.

Sentindo a rigidez no pescoço e nos ombros, fez uma careta. Tudo bem, a Maratona do Orgulho pela Remoção da Neve lhe cobrara um preço, admitiu.

Ele levantou o domo que recobria a bandeja.

Uma onda de vapor aromático se ergueu da pilha de panquecas de mirtilos. Tiras de bacon, bem crocantes, estavam alinhadas na borda da bandeja. Uma pequena tigela com pedaços de melão, guarnecidos com ramos de hortelã, completava a refeição.

— Uau.

Ele permaneceu alguns momentos contemplando a bandeja, debatendo-se entre a irritação e a aceitação.

Ambos os sentimentos se aplicavam, decidiu. Ele comeria porque a comida estava ali e ele estava morto de fome; e poderia continuar irritado.

Ele espalhou um pouco da manteiga que estava em um pratinho sobre a pilha de panquecas e a observou derreter, enquanto adicionava a cobertura.

Estava se sentindo meio aristocrático, mas a comida era saborosa.

Ele sabia que fora criado em meio a privilégios, mas *brunches* maravilhosos com o jornal da manhã dobrado sobre a mesa não eram eventos corriqueiros.

Os Landons eram privilegiados porque trabalhavam, e trabalhavam porque eram privilegiados.

Enquanto comia, ele começou a abrir o jornal, mas logo o empurrou para o lado. Como a televisão, os jornais lhe traziam muitas lembranças ruins. O panorama o satisfazia. Contemplando o mar e a neve que se derretia sob um sol cada vez mais forte, ele deixou a mente vaguear.

Sentiu-se... quase em paz. Quando ela entrou na sala, ele levantou a cabeça.

— O segundo andar já está limpo — disse ela, fazendo menção de pegar a bandeja.

— Deixe que eu levo. Não — insistiu ele. — Eu levo. Olhe, você não precisa cozinhar para mim. Estava ótimo, obrigado, mas você não precisa cozinhar.

— Eu gosto de cozinhar e não gosto de cozinhar só para mim. — Depois de segui-lo até a cozinha, ela continuou a andar até a lavanderia. — E você não está comendo adequadamente.

— Estou comendo — murmurou ele.

— Uma lata de sopa, um sanduíche e uma tigela de cerais? — Ela trouxe uma cesta de roupa lavada e se sentou à mesa do café da manhã para dobrá-la. — Ninguém tem segredos para a governanta — replicou ela, descontraidamente. — Não no que se refere a comida, banhos e sexo. Eu diria que você precisa ganhar uns sete quilos. Dez não lhe fariam mal.

Não, ele não conseguira encontrar a raiva durante meses, mas ela estava lhe mostrando o caminho.

— Escute...

— Você pode me dizer que não é da minha conta — continuou ela —, mas isto não vai me impedir. Portanto, vou cozinhar quando tiver tempo. E estou aqui.

Ele não conseguiu encontrar um modo racional de discutir com uma mulher que estava dobrando suas cuecas.

— Você sabe cozinhar? — perguntou ela.

— Sim. O suficiente.

— Vamos ver. — Ela inclinou a cabeça e o examinou de cima a baixo com seus olhos verdes. — Sanduíches de queijo quente, ovos mexidos, bifes na chapa e hambúrgueres, e... alguma coisa com lagosta ou mexilhões.

Ele chamava o prato de Mexilhões à Eli. Realmente, seria bom se ela saísse de sua mente.

— Você lê pensamentos tão bem quanto faz panquecas?

— Leio mãos e tarô, mas é mais para me divertir.

O que não o surpreendeu, percebeu ele, nem um pouco.

— De qualquer forma, vou preparar alguma coisa que você possa esquentar e comer. Na próxima vez vou passar no mercado antes de vir aqui. Marquei meus dias naquele calendário ali para você poder se programar. Você quer que eu traga alguma coisa para você além de mais Mountain Dews?

Os detalhes práticos que ela enfileirava rapidamente o deixavam aturdido.

— Não estou me lembrando de nada.

— Caso se lembre, anote. Seu livro é sobre o quê? Ou isso é segredo?

— É... um advogado banido da Ordem dos Advogados que procura respostas e reabilitação. Será que ele perderá sua vida, literalmente, ou conseguirá recuperá-la? Esse tipo de coisa.

— Você gosta dele?

Ele permaneceu alguns momentos em silêncio, olhando para ela, pois era exatamente a pergunta certa. Do tipo que desejava responder em vez de evitá-la ou ignorá-la.

— Eu o entendo e estou envolvido com ele. Ele está se transformando em uma pessoa que me agrada.

— Entendê-lo é mais importante que gostar dele, eu diria. — Ela olhou para Eli de cenho franzido, enquanto ele esfregava o ombro e a nuca. — Você fica curvado.

— Como?

— Sobre o teclado. Você fica curvado. A maioria das pessoas fica. — Antes que ele se desse conta, ela pôs de lado a roupa lavada, aproximou-se dele e cravou os dedos em seu ombro.

Uma dor, repentina e agradável, irradiou-se até as solas de seus pés.

— Cuidado, ai!

— Pelo amor de Deus, Eli, isso está duro que nem uma pedra.

O aborrecimento deu lugar a uma espécie de frustração perplexa. Por que aquela mulher não o deixava em paz?

— Eu exagerei ontem. Removendo a neve.

Em parte foi o exagero, pensou ela; em parte, o fato de ficar curvado sobre o teclado. Mas por baixo disso tudo? Um profundo, complexo e arraigado estresse.

— Vou sair um pouco para dar uns telefonemas.

— Ótimo. O dia está frio, mas lindo.

— Não sei quanto devo lhe pagar. Nunca perguntei.

Quando ela lhe disse um preço, ele procurou a carteira no bolso. O bolso estava vazio.

— Não sei onde deixei minha carteira.

— Na sua calça jeans. Agora está no seu armário.

— Está bem, obrigado. Já volto.

Pobre Eli, triste e estressado, pensou. Ela tinha que ajudá-lo. Pensando em Hester, abanou a cabeça, enquanto se encaminhava para a máquina de lavar roupas.

— Você sabia que eu faria isso — murmurou para si mesma.

Eli voltou e pôs o dinheiro sobre o balcão.

— Se eu não voltar antes de você ir embora, muito obrigado.

— De nada.

— Eu só vou... ver como está a praia, telefonar para meus pais e minha avó.

E me afastar de você.

— Ótimo. Mande minhas lembranças a eles.

Ele parou à porta da lavanderia

— Você conhece meus pais?

— Claro. Me encontrei com eles várias vezes aqui. E quando fui a Boston visitar Hester.

— Eu não sabia que você tinha ido a Boston para visitar minha avó.

— Claro que fui. Apenas não nos vimos, você e eu. — Ela ligou a máquina e se virou. — Ela é sua avó, Eli, mas tem sido uma avó para mim também. Adoro ela. Você deveria tirar uma foto da casa vista da praia e lhe enviar. Ela iria gostar.

— Sim, iria.

— Eli — chamou ela, quando ele se virou para sair. — Estarei de volta às cinco e meia. E não tenho nenhum compromisso hoje à noite.

— De volta?

— Sim, com minha mesa. Você precisa de uma massagem.

— Eu não quero...

— Precisa — repetiu ela. — Você pode achar que não precisa, mas pode acreditar em mim: você vai mudar de ideia depois que eu começar. Essa é por conta da casa, um presente de boas-vindas. Massagem terapêutica, Eli — acrescentou. — Sou diplomada. Nada de finais felizes.

— Bem... meu Deus.

Ela se limitou a rir, enquanto saía da lavanderia. — Só para que não haja confusão: cinco e meia!

Ele fez menção de ir atrás dela para deixar claro que não queria o serviço. Mas, quando se afastou da porta, uma dor surda percorreu seus ombros.

— Merda. Que merda.

Ele teve que enfiar os braços dentro do casaco. Era só esperar que o ibuprofeno fizesse efeito, disse a si mesmo. E voltar para dentro de sua própria cabeça, sem a presença de Abra, para poder pensar sobre o livro.

Iria caminhar — para qualquer parte —, daria os telefonemas e respiraria. Quando aquela rigidez incômoda e aquela dor persistente passassem, enviaria a ela uma mensagem de texto — texto era melhor — e lhe pediria que não viesse.

Mas primeiro seguiria a sugestão dela: desceria até a praia e tiraria uma foto da Bluff House. E talvez extraísse de sua avó algumas informações sobre Abra Walsh.

Ainda era um advogado. Tinha que ser capaz de obter algumas respostas de uma testemunha predisposta a seu favor.

Quando estava caminhando pela trilha que abrira na neve do pátio, deu uma olhada para cima e viu Abra à janela de seu quarto. Ela acenou para ele.

Ele ergueu a mão e olhou para o outro lado.

Ela tinha um rosto fascinante, do tipo que faz um homem querer olhá-lo duas vezes.

Portanto, manteve o olhar fixo à frente.

Capítulo 4

♦ ♦ ♦ ♦

$\mathcal{E}$LE GOSTOU do passeio na praia nevada, mais do que previra. O sol pálido de inverno fazia o mar e a neve cintilar. Outros haviam caminhado por ali antes. Ele, então, resolveu seguir os caminhos abertos na úmida e gelada franja de areia que as ondas haviam deixado a descoberto.

Aves marinhas pousavam à beira da água para se exibir, deixando pegadas rasas na areia que as ondas espumantes logo apagavam. Seus grasnados, guinchos e tagarelices lembraram a Eli que a primavera se aproximava, apesar da paisagem invernal ao redor.

Ele seguiu um trio do que julgou ser uma espécie de andorinha-do-mar, parou, bateu duas fotos e as enviou para casa. Enquanto caminhava, conferia a hora e a cotejava com a rotina dos familiares em Boston, esperando o melhor momento para lhes telefonar.

— O que você está fazendo?

— Vovó. — Ele não esperava que ela atendesse. — Estou dando uma caminhada na praia. Temos meio metro de neve. Parece aquele Natal quando eu estava com, não sei, doze anos.

— Você, seus primos e os meninos dos Gradys construíram um castelo de neve na praia. Você pegou meu lindo cachecol vermelho e o usou como bandeira.

— Eu tinha me esquecido dessa parte. Do cachecol.

— Eu não.

— Como você está?

— Indo. Chateada porque não me deixam dar dois passos sem essa porcaria de andador. Eu me viraria *muito bem* com uma bengala.

Como recebera um e-mail de sua mãe, contando detalhadamente a batalha do andador, ele já estava preparado.

— O mais inteligente é tomar cuidado, para não correr o risco de levar outro tombo. E você sempre foi inteligente.

— Esses rodeios não funcionam comigo, Eli Andrew Landon.

— Você nem sempre foi inteligente?

Ele conseguiu fazê-la rir, o que considerou uma pequena vitória.

— Sempre fui e pretendo continuar assim. Meu cérebro está funcionando bem, obrigada, mesmo que eu não consiga me lembrar de como caí. Nem mesmo me lembro de ter me levantado da cama. Mas não importa. Estou melhorando e logo *irei* me livrar desse andador para velhas senhoras inválidas. E você, como vai?

— Vou bem. Escrevendo todos os dias e fazendo grandes progressos no livro. Isso me faz bem. É bom estar aqui, vovó; quero lhe agradecer por...

— Não precisa. — A voz dela tinha a aspereza do granito da Nova Inglaterra. — A Bluff House é tão sua quanto minha. É da família. Você deve saber que tem lenha no galpão, mas, se precisar de mais, fale com Digby Pierce. O número do telefone dele está na minha agenda, na escrivaninha do escritório, e também na cozinha, na última gaveta à direita. Se você não encontrar, Abra tem o telefone.

— Tudo bem. Sem problema.

— Você está comendo direito, Eli? Não quero ver pele e ossos na próxima vez que puser os olhos em você.

— Acabei de comer panquecas.

— Ah! Você foi ao Café Beach, na cidade?

— Não... na verdade foi Abra quem fez as panquecas. Escute, sobre esse assunto...

— Ela é uma boa menina — cortou Hester. — Uma ótima cozinheira também. Se tiver alguma dúvida ou problema, fale com ela. Se ela não tiver a resposta, vai encontrar. É uma menina esperta e também muito bonita, como espero que você tenha notado, a não ser que esteja tão cego quanto magricela.

Ele sentiu um arrepio de advertência na nuca.

— Vovó, você não está tentando me fazer namorar ela, está?

— Por que eu faria uma coisa dessas? Você não consegue pensar por si mesmo? Quando foi que eu interferi na sua vida amorosa, Eli?

— Tudo bem, tem razão. Peço desculpas. É que... Você a conhece melhor do que eu. Não quero que ela se sinta na obrigação de cozinhar para mim, mas parece que não estou conseguindo comunicar isso a ela.

— Você comeu as panquecas?

— Sim, mas...

— Porque se sentiu na obrigação?

— Entendi.

— Mas o que interessa é que Abra só faz o que gosta, garanto a você. É isso que eu admiro nela: ela gosta da vida e a aproveita. Você poderia aprender um pouco com ela.

Outro arrepio de advertência.

— Mas você não está tentando me juntar com ela, está?

— Eu acredito que você conheça sua própria mente, seu coração e suas necessidades físicas.

— Tudo bem, vamos mudar de assunto. Ou mudar um pouco de assunto. Não quero ofender sua amiga, principalmente quando ela está lavando minha roupa. Como eu já disse, você a conhece melhor. O que posso fazer para, diplomaticamente, convencer Abra de que não quero nem preciso de uma massagem?

— Ela lhe ofereceu uma massagem?

— Sim, senhora. Ou melhor, me avisou de que voltará às cinco e meia com sua mesa de massagem. Meu "não, obrigado" não adiantou nada.

— Vai ser uma coisa maravilhosa. Essa garota tem mãos mágicas. Antes de ela começar a me fazer massagens semanalmente e, depois, a me convencer a fazer ioga, eu vivia com dor nas costas, uma na região lombar e outra entre os ombros. Concluí que era velhice e aceitei o fato. Até Abra aparecer.

Ele avistou os degraus que levavam à cidade e percebeu que caminhara mais do que pretendia. Os poucos segundos que levou para mudar de direção deram a Hester uma chance de continuar seu discurso.

— Você está uma pilha de nervos, garoto. Acha que não consigo perceber isso na sua voz? Sua vida foi por água abaixo e isso não é justo. Não é justo. A vida muitas vezes não é justa. Então, tudo vai depender do que nós fizermos a respeito disso. O que você tem que fazer agora é a mesma coisa que todo mundo está me dizendo que eu tenho que fazer: ficar bom, ficar forte, se reerguer. Eu também não gosto de ouvir isso, mas não quer dizer que não seja a pura verdade.

— E uma massagem da sua vizinha fazedora de panquecas é a solução?

— É uma delas. Ouça a si mesmo, ofegando e bufando como um velho.

Insultado e humilhado, ele passou para a defensiva.

— Eu andei até a cidade e grande parte do caminho foi nessa droga de neve. E estou subindo uma escada.

— Desculpas esfarrapadas, vindas de um ex-astro de basquete de Harvard.

— Eu não era um astro.

— Para mim, era. Para mim, é.

Ele parou no topo da escada — sim, para recobrar o fôlego; e para esperar que as batidas de seu coração, que ela acelerara ainda mais, começassem a se normalizar.

— Você viu minha nova sala de ginástica? — perguntou ela.

— Vi. Muito bonita. Quanto peso você levanta no supino, Hester?

Ela riu.

— Você se acha muito engraçado. Fique sabendo que eu não vou acabar esquelética, mirrada e debilitada. Use a sala de ginástica, Eli.

— Já fiz isso... pelo menos uma vez. E recebi sua mensagem. Estou bem diante do The Lobster Shack.

— A melhor lagosta da Costa Norte.

— As coisas não mudaram muito.

— Aqui e ali, mas o que importa são as raízes. Espero que você se lembre das suas. Você é um Landon e tem a fibra dos Hawkins através do meu sangue. Ninguém nos segura, não por muito tempo. Tome conta da Bluff House por mim.

— Vou fazer isso.

— E lembre-se: às vezes uma panqueca é só uma panqueca.

Ela o fez rir. O som podia estar enferrujado, mas se fez presente.

— Tudo bem, vovó. Use o andador.

— Vou usar a droga do andador, por enquanto, se você aceitar a massagem.

— Tudo bem. Veja as fotos que lhe mandei por e-mail. Daqui a alguns dias ligo para você de novo.

Ele passou por lugares dos quais se lembrava — Cones 'N Scoops, Maria's Pizza — e por novos estabelecimentos, com Surf's Up, com seu letreiro cor-de-rosa. O pináculo branco da igreja metodista, a caixa simples da igreja unitária, o venerável prédio do North Shore Hotel e o charme das pousadas que hospedavam os turistas durante a temporada.

O tráfego de veículos, que era pouco, desapareceu quase totalmente quando ele começou a voltar para casa.

Na próxima tarde ensolarada, talvez retornasse à cidade. Compraria alguns cartões-postais, escreveria coisas engraçadas e os enviaria a seus pais e aos poucos amigos que ainda tinha para fazê-los sorrir.

Mal não faria.

E mal não faria entrar em algumas das lojas, antigas e novas, para sentir novamente a atmosfera do lugar.

Para se lembrar de suas raízes, por assim dizer.

Mas, no momento, estava cansado, com frio e queria voltar para casa.

Apenas seu carro estava na pista de acesso, o que era um alívio. Ele havia se demorado o suficiente para que Abra terminasse o serviço. Assim não precisaria conversar com ela nem evitá-la. Considerando o estado de suas botas, ele contornou a casa e entrou pela lavanderia.

Seu ombro estava bem agora, concluiu, enquanto tirava a roupa. Ou quase. Ele poderia enviar uma mensagem de texto a Abra, dizendo-lhe que a caminhada aliviara a dor.

Exceto pelo trato que fizera com sua avó. Ele manteria o trato, mas poderia adiá-lo por alguns dias. Ainda tinha algumas horas para pensar no assunto. Ele era advogado, pelo amor de Deus — mesmo não estando em atividade —, e escritor. Poderia compor uma mensagem clara e razoável.

Ao entrar na cozinha, viu o papel adesivo no balcão.

Ensopado de galinha e batatas no freezer.
Lareiras abastecidas.
Coma uma maçã e não se esqueça de se hidratar depois da caminhada. Vejo você às 5:30.

Abra

— Quem você pensa que é, minha mãe? Talvez eu não queira uma maçã.

E a única razão pela qual pegou água na geladeira foi porque estava com sede. Não queria nem precisava de ninguém para lhe dizer quando comer ou quando beber. Daqui a pouco, ela estaria lhe dizendo para usar o fio dental ou se lavar atrás das orelhas.

Ele iria até o escritório, faria algumas pesquisas e depois escreveria a mensagem.

Chegou a sair da cozinha, mas soltou um palavrão, deu meia-volta e pegou uma maçã na fruteira de vime, pois, droga, agora queria uma.

Sabia que sua irritação era irracional. Ela estava sendo gentil e atenciosa. Mas, no fundo, ele queria ficar sozinho. Queria espaço e tempo para reencontrar seu equilíbrio, não alguém lhe estendendo a mão.

No início havia várias dessas mãos, depois, cada vez menos, à medida que amigos, colegas e vizinhos começaram a se distanciar de um homem suspeito de matar a esposa. De esmagar a cabeça dela porque ela o traíra ou porque o divórcio lhe custaria muito dinheiro.

Ou por uma combinação desses fatores.

Ele já não precisava dessas mãos.

Calçado apenas com as meias, e ainda um tanto enregelado pela longa caminhada, ele foi até o quarto para pegar os sapatos.

Quando entrou no aposento, parou, com a maçã a meio caminho da boca, e olhou intrigado para a cama. Aproximando-se mais, deu sua segunda risada do dia — realmente um recorde.

Ela havia dobrado, retorcido e curvado uma toalha de mão no que parecia um estranho pássaro agachado sobre o edredom. Usava óculos escuros e uma pequena flor, enfiada numa das hastes dos óculos.

Que bobagem, pensou. Mas adorável.

Ele se sentou na beirada da cama e meneou a cabeça para o pássaro.

— Acho que vou querer a massagem.

Deixando o pássaro onde estava, ele foi para o escritório.

Faria algumas pesquisas, talvez trabalhasse um pouco na próxima cena, só para ter um ponto de partida.

Mas, por hábito, conferiu primeiro a caixa de entrada. Em meio ao *spam*, uma mensagem de seu pai e outra de sua avó, em resposta às fotos que ele lhe enviara, ele encontrou um e-mail de seu advogado.

Melhor não, pensou ele. Melhor não clicar. Mas ela permaneceria ali, esperando, esperando.

Com os músculos dos ombros se transformando em punhos, ele abriu o e-mail.

Pulando o jargão jurídico, deixando de lado as afirmativas de que tudo estava bem e até as perguntas sobre procedimentos, ele se concentrou no desagradável miolo.

Os pais de Lindsay, novamente, estavam ameaçando abrir contra ele um processo de homicídio culposo.

Isso nunca iria acabar, pensou. Nunca seria superado. A menos que a polícia prendesse o verdadeiro culpado, ele seria sempre o principal suspeito.

Os pais de Lindsay o desprezavam, e acreditavam, sem sombra de dúvida, que ele assassinara a filha única deles. Se fossem em frente com aquela acusação — e quanto mais tempo ele continuasse a ser o principal suspeito, mais isto seria provável —, o assunto, mais uma vez, seria revolvido fartamente pelos meios de comunicação. E a coisa não respingaria apenas nele, mas também em sua família.

Mais uma vez.

Afirmações de que era pouco provável que o caso prosseguisse ou que ganhasse impulso se e quando o processo fosse aberto não ajudavam muito. Sem dúvida, eles alardeariam sua culpa, legitimados pela certeza de que buscavam a única justiça de que dispunham.

Ele pensou na publicidade, em todos aqueles comentaristas de televisão especulando, discutindo e analisando o caso. Os investigadores particulares que os Piedmonts contratariam — provavelmente já haviam contratado — viriam até Whiskey Beach trazendo as especulações, as dúvidas e as perguntas para o único lugar que lhe restava.

Ele perguntou a si mesmo se o detetive Wolfe, da polícia de Boston, não teria alguma responsabilidade pela decisão deles. Em seus piores dias, Eli considerava Wolfe seu Javert* pessoal — pois o perseguia tenaz

---

* O policial implacável que persegue Jean Valjean, protagonista do romance *Os miseráveis*, de Victor Hugo. (N.T.)

e obsessivamente por um crime que ele não havia cometido. Nos dias melhores, pensava nele como um tira teimoso e desatinado, que se recusava a admitir que a falta de provas poderia equivaler à inocência.

Wolfe não conseguira montar um caso convincente para o promotor, mas isso não impedira o homem de continuar tentando, chegando a ultrapassar os limites, usando intimidação, até que seus superiores o retiraram do caso.

Pelo menos oficialmente.

Não, ele não duvidava de que Wolfe pudesse ter encorajado a iniciativa dos Piedmonts.

Apoiado nos cotovelos, Eli esfregou o rosto. Sabia que isso iria acontecer, sabia que haveria um segundo ato. Portanto, era melhor acabar logo com aquilo.

Concordando com a última frase do e-mail de Neal, "precisamos conversar", Eli pegou o telefone.

Uma dor enlouquecedora chutava, socava e gritava dentro de sua cabeça. As palavras tranquilizadoras de seu advogado de pouco adiantavam para aliviá-la: os Piedmonts estavam ameaçando abrir um processo para aumentar a pressão, para manter a mídia interessada no caso e propor um acordo.

Embora ele concordasse com essas opiniões, nenhuma delas o tranquilizou. As recomendações de manter um comportamento discreto, não discutir a investigação e recontratar seu próprio detetive particular não ajudaram muito. Ele já pretendia manter um comportamento discreto. Mais discreto, ele seria enterrado. Com quem ele poderia discutir *qualquer* coisa? E a ideia de investir dinheiro e esperanças no investigador particular, que não descobrira nada de realmente útil na primeira vez, apenas aumentava sua depressão.

Ele sabia, como também seu advogado e a polícia, que quanto mais tempo se passava, menor era a probabilidade de que fossem encontradas provas sólidas.

O final mais provável? Ele continuaria no limbo, sem ser acusado nem absolvido, e permaneceria sob a sombra da suspeita pelo resto da vida.

Portanto, teria que aprender a conviver com aquilo.

Teria que aprender a viver.

Ele ouviu uma batida na porta, mas não registrou plenamente o som e a origem, até que a porta se abriu. Era Abra, tentando entrar no aposento com algo enorme numa capa acolchoada e um sacolão volumoso.

— Oi. Não repare em mim. Fique aí onde está, enquanto eu entro com isso. Não, não, problema nenhum.

Ela já havia quase conseguido quando ele se aproximou.

— Desculpe. Eu me esqueci de entrar em contato com você para lhe dizer que não é uma boa hora.

Ela se encostou na porta para fechá-la e deixou escapar um sonoro *ufa*.

— Tarde demais — replicou. Mas seu sorriso descontraído se desvaneceu quando ela observou o rosto dele. — Alguma coisa errada? O que aconteceu?

— Nada. — Nada muito fora do habitual, pensou. — Só que não é uma boa hora.

— Você tem algum compromisso? Vai sair para dançar? Tem uma mulher nua esperando você no andar de cima para uma sessão de sexo animal? Não? — Ela mesma respondeu: — Então, é uma hora tão boa quanto qualquer outra.

A depressão se transformou em irritação num piscar de olhos.

— Como assim? "Não" é não.

Abra finalmente deu um suspiro.

— É um excelente argumento, e eu sei que estou sendo insistente e até impertinente. Mas quero cumprir a promessa que fiz a Hester, de ajudar; e também não posso ver ninguém sofrendo. Vamos fazer um trato.

Mas que droga, aquilo lhe lembrava o trato que fizera, com sua avó.

— Quais são os termos?

— Me dê quinze minutos. Se depois desse tempo na mesa você não se sentir melhor, eu arrumo as coisas, vou embora e nunca mais levanto o assunto de novo.

— Dez minutos.

— Dez — concordou ela. — Onde você quer que eu instale as coisas? Há espaço de sobra no seu quarto.

— Aqui está bom.

Resignado, ele apontou para a sala. De lá seria mais rápido tirá-la da casa.

— Tudo bem. Porque você não acende a lareira enquanto eu preparo tudo? Prefiro um ambiente mais quente.

Ele pretendia mesmo acender a lareira. Mas se distraíra e perdera a noção do tempo. Acenderia então a lareira e concederia dez minutos a ela — em troca, ela o deixaria em paz.

Mas ainda estava irritado.

Ele se agachou em frente à lareira para empilhar a lenha.

— Você não está apreensiva por estar aqui? — perguntou. — Sozinha comigo?

Abra abriu o zíper da mesa portátil.

— Por que estaria?

— Muita gente acha que eu matei minha mulher.

— Muita gente acha que o aquecimento global é uma balela. Acontece que eu discordo.

— Você não me conhece. Você não sabe do que eu seria capaz em determinadas circunstâncias.

Ela armou a mesa e dobrou a capa, com movimentos precisos, treinados e... tranquilos.

— Eu não sei do que você seria capaz em determinadas circunstâncias, mas sei que não matou sua esposa.

O tom calmo e coloquial da voz dela o enfureceu.

— Por quê? Porque minha avó não acredita que eu seja um assassino?

— Esta seria uma razão. — Ela colocou uma manta de lã sobre a mesa e a cobriu com um lençol. — Hester é uma mulher inteligente, responsável e se importa comigo. Se tivesse a menor dúvida, teria me aconselhado a ficar longe de você. Mas esta é apenas uma razão. Tenho várias outras.

Enquanto falava, ela distribuía algumas velas pelo aposento e as acendeu.

— Eu trabalho para sua avó e sou amiga dela. Moro em Whiskey Beach, território dos Landons. Portanto, acompanhei a história.

A nuvem negra da depressão voltou a pairar sobre ele.

— Tenho certeza de que todo mundo aqui acompanhou.

— É natural, até humano. Tanto quanto a antipatia e o ressentimento, o fato de as pessoas falarem sobre você e tirarem conclusões é natural e humano. Eu tirei minhas próprias. Vi você na tevê, nos jornais, na internet. E o que vi foi choque e tristeza. Não vi culpa. O que eu vejo agora? Estresse, raiva, frustração. Não culpa.

Enquanto falava, ela tirou um elástico que trazia enrolado no pulso e, em poucos movimentos, prendeu seus cabelos em uma trança.

— Não acredito que os culpados percam muito o sono. Outra razão, e eu disse que tenho várias, é que você não é burro. Por que mataria sua esposa no mesmo dia em que discutiu com ela em público? E no mesmo dia em que soube que tinha algo para enlamear a reputação dela no divórcio?

— Assassinato em primeiro grau não estava sendo considerado. Eu estava furioso. Crime de passional.

— Ora, isso é bobagem — disse ela, pegando o óleo de massagem. — Você era tão passional que foi até a sua própria casa para pegar três itens que inquestionavelmente eram propriedade sua? O caso contra você não se sustentou, Eli, porque era fraco. Os policiais confirmaram a hora em que você entrou na casa porque sabem a hora em que você saiu do escritório naquela noite e a hora em que você desligou o alarme; também sabem a hora em que você ligou para a polícia. Você permaneceu na casa durante menos de vinte minutos. Mas, nessa pequena janela de tempo, foi até o segundo piso, abriu o cofre, pegando só o anel da sua bisavó, desceu, tirou da parede a pintura que você comprou, enrolou a pintura em toalhas de banho, matou sua esposa em um surto passional e depois chamou a polícia. Tudo em menos de vinte minutos?

— A reconstrução feita pela polícia demonstrou que isso era possível.

— Mas não provável — replicou ela. — Agora, podemos ficar aqui debatendo a acusação contra você ou você pode aceitar minha palavra de que não estou com medo de você me matar porque não gosta do modo como dobro suas meias ou o lençol da sua cama.

— As coisas não são tão simples quanto você faz parecer.

— As coisas raramente são tão simples ou tão complicadas quanto qualquer um faz parecer. Vou lavar as mãos. Agora, tire a roupa e deite na mesa. Vou começar com você deitado de costas.

No lavabo, Abra fechou os olhos e fez respirações de ioga durante um minuto. Compreendera perfeitamente que ele investira contra ela para amedrontá-la e expulsá-la da casa. Mas tudo o que conseguira fora aborrecê-la.

Para que a massagem eliminasse o estresse, os pensamentos negativos e as frustrações, ela não poderia reter estas coisas dentro de si. Assim, enquanto lavava as mãos, continuou a limpar a mente.

Quando voltou à sala, viu-o estendido na mesa, sob o lençol, rígido como uma tábua. Será que ele não entendia que até isso, para ela, pesava a favor de sua inocência? Ele fizera um trato e o mantivera, embora estivesse enraivecido.

Sem dizer nada, ela diminuiu a intensidade das luzes e pôs música relaxante para tocar em seu iPod.

— Feche os olhos — murmurou — e respire fundo. Para dentro... para fora. Outra vez — disse, enquanto despejava óleo nas mãos. — Mais uma vez.

Enquanto ele obedecia, ela pressionou as mãos em seus ombros. Que nem mesmo tocavam a mesa, notou, de tão rígidos, tão cheios de nós.

Ela esfregou, pressionou e sovou. Depois, deslizou as mãos suavemente pelo pescoço dele, antes de iniciar uma leve massagem facial. Sabia identificar uma dor de cabeça. Se conseguisse reduzi-la, talvez ele relaxasse um pouco antes que ela iniciasse o trabalho pesado.

Não era a primeira vez que ele se submetia a uma massagem. Antes que sua vida desmoronasse, ele usava os serviços de uma massagista chamada Katrina, uma loura musculosa, cujas mãos poderosas aliviavam as tensões acumuladas do trabalho e as dores provocadas pela prática de esportes.

Com os olhos fechados, ele quase conseguia imaginar que estava de volta à silenciosa sala de massagens de seu clube, enquanto seus músculos eram relaxados após um dia no tribunal ou algumas horas em uma quadra.

Além disso, o trato estaria encerrado dentro de alguns minutos, e a mulher que não era a robusta Katrina iria embora.

Os dedos dela deslizaram pelo seu queixo e pressionaram sob os olhos.

E a violência clamorosa de sua dor de cabeça amainou.

— Tente outra respiração profunda. Uma longa inspiração, uma longa expiração.

A voz dela se fundia com a música, igualmente fluida e suave.

— Ótimo. Para dentro, para fora.

Em seguida, ela lhe massageou ambos os lados do pescoço e levantou sua cabeça.

Nesse ponto, a pressão firme e profunda dos polegares dela lhe provocou uma dor repentina e atordoante. Mas, antes que ele ficasse tenso, a dor cedeu como a rolha de uma garrafa.

Era como quebrar concreto, pensou Abra: um pouquinho de cada vez. Então fechou os olhos enquanto trabalhava e visualizou o concreto amolecendo, desfazendo-se em suas mãos. Quando passou para os ombros, aumentou a pressão, passo a passo.

Sentiu-o relaxar — um pouco. Não o suficiente, mas mesmo esta pequena concessão equivalia a uma vitória.

Ela desceu ao longo do braço, sovando os músculos cansados até a ponta dos dedos. Parte de sua mente poderia ter sorrido com petulância quando o prazo de dez minutos se esgotou sem que ele notasse, mas ela se concentrou em fazer seu trabalho.

Quando pegou a almofada facial, sabia que ele não reclamaria.

— Quero que você se vire e descanse o rosto na almofada facial. Se achar que precisa de um ajuste, me diga. Não precisa se apressar.

Atordoado, semiadormecido, ele simplesmente fez o que ela pediu.

Quando ela pressionou suas omoplatas com as palmas das mãos, ele quase gemeu, sentindo uma maravilhosa mistura de dor e alívio.

Mãos fortes, pensou ele, embora ela não parecesse forte. Mas, à medida que aquelas mãos empurravam, esfregavam e pressionavam, que os punhos dela mergulhavam em suas costas, as dores que ele já se acostumara a suportar vieram à tona e desapareceram.

Ela usava de tudo: seus antebraços lambuzados de óleo, o peso do corpo, os nós dos dedos, os polegares, os punhos. Cada vez que a pressão chegava aos limites do suportável, alguma coisa se distensionava nele.

Ela continuou a massagear, a massagear, a massagear, com um ritmo firme e constante.

E ele mergulhou no sono.

♦ ♦ ♦ ♦

Quando emergiu, flutuando de volta à consciência como uma folha em um rio, Eli levou alguns momentos para perceber que não estava na cama. Permaneceu estirado na mesa acolchoada, modestamente coberto por um lençol. A lareira crepitava; velas bruxuleavam. Ainda havia música no ar.

Ele quase fechou os olhos e voltou a dormir.

Então se lembrou.

Ele se apoiou nos cotovelos e olhou ao redor. Viu o casaco, a bolsa e as botas dela. Podia sentir o cheiro dela, constatou, aquela fragrância sutil e silvestre que combinava com as emanações das velas e do óleo. Cautelosamente, ele se enrolou no lençol antes de se levantar.

Precisava da calça. Primeiro, o mais importante.

Segurando o lençol, ele desceu da mesa. Quando estendeu a mão para pegar a calça, viu o papel adesivo.

Beba a água. Estou na cozinha.

Ele vestiu a calça, olhando para os lados, e pegou a garrafa com água que ela deixara. Estava vestindo a camisa quando percebeu que já não sentia dor nenhuma. Nenhuma dor de cabeça, nenhum endurecimento na nuca, nenhuma daquelas pontadas que sempre o atormentavam quando tentava fazer algum exercício.

Ele bebeu a água em meio ao aconchego das velas, do fogo na lareira e da música. Foi quando percebeu algo que custou a reconhecer.

Estava se sentindo bem.

E como um idiota. Ele a tratara mal deliberadamente. A resposta dela fora ajudá-lo — apesar dele mesmo.

Mortificado, ele desceu a escada e foi até a cozinha.

Ela estava em frente ao fogão, de onde se desprendia um aroma delicioso. Ele não sabia o que ela estava mexendo na panela, mas o que quer que fosse lhe despertou mais uma rara sensação.

Fome de verdade.

Ela escolhera rock pauleira como música ambiente, mas abaixara o volume. Ele voltou a sentir uma pontada... mas agora de arrependimento.

Ninguém deveria se sentir obrigado a tocar um bom rock pesado com o som reduzido a um sussurro.

— Abra.

Ela teve um sobressalto, o que o tranquilizou. Ela era humana, afinal de contas.

Quando se virou, ela semicerrou os olhos e, antes que ele pudesse falar, levantou um dedo. Aproximando-se dele, olhou-o demoradamente. Então, sorriu.

— Ótimo. Você parece melhor. Descansado e mais relaxado.

— Estou me sentindo bem. Mas, primeiro, quero me desculpar. Eu fui grosso e questionador.

— Concordo. Teimoso?

— Talvez. Tudo bem. Teimoso, reconheço.

— Então, vida nova. — Ela pegou uma taça de vinho e a levantou. — Espero que você não se importe por eu ter me servido.

— Não, não me importo. Em segundo lugar, obrigado. Quando eu disse que estava me sentindo bem... Já nem consigo me lembrar da última vez que me senti assim.

O olhar de Abra se suavizou. Piedade o teria deixado tenso novamente, mas compreensão era algo diferente.

— Pois é, Eli. A vida às vezes é uma merda, não é? Você precisa beber o resto da água. Para se reidratar e eliminar as toxinas. Amanhã você poderá se sentir dolorido. Eu realmente precisei fazer muita pressão. Quer uma taça de vinho?

— Na verdade, quero. Vou querer sim.

— Sente-se — disse ela. — O melhor seria você permanecer relaxado, se acostumar a isso. Deveria programar pelo menos duas sessões de massagem por semana, até conseguirmos vencer esse estresse. Depois, uma vez por semana será o suficiente, ou mesmo a cada duas semanas, se preferir.

— É difícil argumentar quando estou meio grogue.

— Ótimo. Vou anotar as sessões no seu calendário. Por enquanto, faremos as massagens na sua casa. Depois, vamos ver como fica.

Ele se acomodou na cadeira e tomou seu primeiro gole de vinho. Pareceu-lhe um néctar dos deuses.

— Quem é você?

— Ah, é uma longa história. Qualquer dia lhe conto, se ficarmos amigos.

— Você lavou minhas cuecas e me botou pelado na sua mesa. Isso é coisa de amigo.

— Isso é trabalho.

— E continua cozinhando para mim. — Ele apontou com o queixo para o fogão. — O que é isso?

— O quê?

— A coisa no fogão.

— A coisa no fogão é uma sopa boa e nutritiva: verduras, feijão e presunto. Com um tempero bem suave, pois não sei se você aguentaria muito tempero. E isso... — Ela se virou e abriu o forno. Um novo aroma subiu, atiçando ainda mais o apetite dele. — ... é bolo de carne.

— Você fez bolo de carne?

— Com batatas, cenouras e vagem. Coisa de macho. — Ela retirou a assadeira do forno e a pousou sobre o fogão. — Você apagou durante duas horas. Eu tinha que fazer alguma coisa.

— Duas... duas *horas!*

Ela apontou para o relógio distraidamente enquanto distribuía pratos na mesa.

— Você vai me convidar para jantar?

— Claro. — Ele olhou para o relógio e de novo para Abra. — Você fez bolo de carne.

— Hester me deu uma lista. Bolo de carne estava entre os três primeiros itens. Além disso, acho que você está precisando de um pouco de carne vermelha. — Ela começou a servir os pratos. — Ah, a propósito: se pedir ketchup para botar nisso, vou bater em você.

— Anotado.

— Mais uma exigência.

Ela manteve a bandeja fora de alcance.

— Em troca de bolo de carne, quase posso garantir que concordo.

— Podemos falar de livros, filmes, arte, moda, hobbies, qualquer coisa desse tipo. Mas nada pessoal, não esta noite.

— Trato feito.

— Então, vamos comer.

Capítulo 5

♦ ♦ ♦ ♦

No porão da igreja, Abra encerrava lentamente o relaxamento final de sua turma. Eram doze alunos aquela manhã; um bom número, considerando a época do ano e a hora do dia.

Um comparecimento que mantinha alto seu nível de satisfação pessoal e seu orçamento equilibrado.

As conversas começaram quando as senhoras — e os dois homens — se levantaram e começaram a enrolar suas esteiras, ou as esteiras sobressalentes que Abra sempre tinha à mão para os alunos que não traziam as suas.

— Você se saiu muito bem nos exercícios, Henry.

O aposentado de sessenta e seis anos a brindou com seu sorriso petulante.

— Qualquer dia desses vou conseguir manter a Postura da Meia-Lua por mais de três segundos.

— Continue respirando.

Abra se lembrou de quando aquele homem — gritando e se debatendo mentalmente — fora arrastado pela esposa até uma aula sua. Henry não conseguia nem mesmo tocar os dedos dos pés.

— Lembrem-se — anunciou ela —, Oriente Encontra o Ocidente, na quinta-feira.

Enquanto Abra enrolava a própria esteira, Maureen se aproximou dela.

— Vou precisar dessa aula e de alguns exercícios aeróbicos bem puxados. Fiz cupcakes para a festa no colégio de Liam e acabei comendo dois.

— Que tipo de cupcakes?

— Chocolate com chocolate e cobertura cremosa. Com confeitos e balas de goma.

— Cadê o meu?

Maureen riu e bateu no próprio estômago.

— Comi. Agora tenho que ir para casa, tomar uma chuveirada, botar minhas roupas de mãe e levar os cupcakes. Caso contrário, iria implorar que você desse uma corrida comigo para queimar esse chocolate todo. Usaria até suborno. Os meninos vão brincar com uns amigos depois da escola e eu estou em dia com meu trabalho. Portanto, não tenho desculpa.

— Fale comigo mais tarde, depois das três. Até lá, estou ocupada.

— Eli?

— Não, ele está programado para amanhã.

— As coisas lá ainda estão indo bem?

— Só se passaram duas semanas, mas sim, eu diria que sim. Ele parou de me olhar com aquela cara de "o que é que ela está fazendo aqui?" quando me vê. Agora é só de vez em quando. Quando eu estou lá durante o dia, ele se fecha no escritório para escrever e me evita saindo para dar uma volta quando vou trabalhar no segundo piso. Mas come o que eu deixo para ele e já está menos magricela.

Abra enfiou sua esteira na sacola.

— Só que cada vez que eu lhe faço uma massagem, e já dei quatro até agora, é como começar do zero. Ele tem muita tensão acumulada. Além disso, passa horas naquele teclado.

— Você vai conseguir amolecer o homem, Abracadabra. Tenho certeza absoluta.

— É a minha missão atual. — Abra vestiu seu moletom com capuz e fechou o zíper. — Mas, no momento, tenho umas bijuterias novas para levar ao Buried Treasures. Vou cruzar os dedos. Em seguida, vou fazer alguns serviços externos para Marcia Frost. O menino dela ainda está com aquele vírus e ela não pode sair. E tenho uma massagem às duas. Depois posso sair para correr.

— Se conseguir um tempo livre, eu lhe mando uma mensagem.

— A gente se vê.

Enquanto seus alunos saíam, Abra amarrou suas esteiras e enfiou seu iPod na bolsa. Quando estava vestindo uma jaqueta sobre o moletom, um homem desceu a escada.

Ela não o reconheceu, mas ele tinha uma fisionomia agradável: olheiras, o que lhe dava um ar cansado, abundantes cabelos castanhos e uma barriga um tanto proeminente, que seria menos visível se ele não andasse curvado.

— Posso ajudar?

— Espero que sim. Você é Abra Walsh?

— Correto.

— Sou Kirby Duncan.

Ele estendeu a mão para apertar a dela e, em seguida, ofereceu-lhe seu cartão de visitas.

— Investigador particular.

Instintivamente, ela adotou uma postura defensiva.

— Estou fazendo um trabalho para um cliente, de Boston. Espero que possa lhe fazer algumas perguntas. Eu adoraria lhe pagar um café, se você puder me conceder alguns minutos.

— Já bebi minha cota hoje.

— Bem que eu gostaria de poder estabelecer uma cota. Tomo café demais. Mas tenho certeza de que aquele café aqui da rua serve chá ou que você preferir.

— Tenho um compromisso, sr. Duncan — disse Abra, enquanto calçava as botas. — É sobre o quê?

— Segundo nossas informações, você trabalha para Eli Landon.

— Suas informações?

Ele manteve sua expressão agradável, até afável.

— Não é nenhum segredo, é?

— Não, não é. E também não é da sua conta.

— Coletar informações é meu trabalho. Você deve estar ciente de que Eli Landon é suspeito de ter assassinado a esposa dele.

— É isso mesmo? — perguntou Abra, enquanto punha o capuz. — Acho que seria mais correto dizer que, depois de um ano de investigações, a polícia não conseguiu reunir provas suficientes para demonstrar que Eli Landon tem alguma coisa a ver com a morte da esposa dele.

— O fato é que muitos promotores não aceitam um caso que não seja causa ganha. Isso não quer dizer que não haja provas, que não haja um caso. E é meu trabalho colher informações. Deixe que eu levo isso para você.

73

— Não obrigada. Estou acostumada a carregar minhas coisas. Você trabalha para quem? — perguntou Abra.

— Como eu disse, tenho um cliente.

— Que deve ter um nome.

— Não posso divulgar essa informação.

— Entendi. — Ela deu um sorriso agradável e caminhou até a escada. — Eu também não tenho nenhuma informação para divulgar.

— Se Landon é inocente, ele não tem nada a esconder.

Ela parou e encarou Duncan.

— É mesmo? Duvido que você seja tão ingênuo, sr. Duncan. Eu lhe garanto que não sou.

— Estou autorizado a recompensar informações — disse ele, quando ambos subiam a escada que levava à pequena sacristia.

— Você está autorizado a pagar por fofoca? Não, obrigada. Quando eu faço fofocas, faço de graça.

Ela saiu da igreja e caminhou em direção ao estacionamento, onde estava seu carro.

— Você está pessoalmente envolvida com Landon? — gritou Duncan.

Ela sentiu seus maxilares se contraírem e maldisse o fato de que aquele homem tivesse acabado com sua boa disposição pós-ioga. Após jogar a bolsa e as esteiras dentro do carro, ela entrou no veículo. Então, em muda resposta à pergunta, ergueu o dedo médio para ele antes de ligar a ignição e se afastar.

♦ ♦ ♦ ♦

O ENCONTRO A deixou em um estado de irritação que não a abandonou enquanto ela emendava um trabalho com outro. Ela pensou em cancelar a massagem que tinha agendado, mas não teria como se justificar. Não poderia penalizar uma cliente só porque um detetive intrometido de Boston estava se metendo em sua vida. E a deixara tão fora de si que ela fora grossa com ele.

Mas não era em sua vida que ele estava se metendo, lembrou a si mesma. Era na vida de Eli.

Apesar de tudo, a intromissão lhe pareceu de uma injustiça monumental.

Ela sabia tudo a respeito de injustiças e intromissões.

Quando Maureen lhe enviou uma mensagem para darem uma corrida, ela quase inventou uma desculpa. Mas concluiu que o exercício e a companhia eram exatamente o que estava precisando.

Então, enfiou um boné na cabeça, calçou luvas sem dedos e foi se encontrar com a amiga nos degraus da praia.

— Preciso dessa corrida — comentou Maureen, executando uma corrida estacionária. — Dezoito alunos do jardim de infância cheios de açúcar. Os professores dos Estados Unidos deveriam ter seus salários dobrados e receber um buquê de rosas todas as semanas. E uma garrafa de Landon Whiskey de rótulo dourado.

— Pelo que estou vendo, os cupcakes foram um sucesso.

— Eles pareciam gafanhotos — disse Maureen, enquanto ambas desciam para a praia. — Acho que não sobrou nem uma migalha. Tudo bem com você?

— Por quê?

— Você está com essa preguinha aqui.

Maureen deu uns tapinhas entre as sobrancelhas.

— Droga. — Instintivamente, Abra esfregou o lugar. — Vou acabar cheia de rugas. Grandes como canais.

— Não, não vai. Você só fica com essa ruga quando está muito preocupada ou furiosa. Qual das opções?

— Talvez as duas.

Elas iniciaram um trote suave, com o mar espumante em um dos lados e a areia, com seus montículos de neve, no outro.

Conhecendo a amiga, Maureen não falou nada.

— Você viu aquele cara quando estava saindo da aula hoje de manhã? Altura média, cabelos castanhos, rosto agradável, meio barrigudo?

— Não sei... talvez... sim. Ele segurou a porta para mim. Por quê? O que houve?

— Ele foi até o porão.

— O que aconteceu?

Maureen parou de repente, mas teve que continuar a correr, pois Abra não parou.

— Querida, ele tentou alguma coisa? Ele...?

— Não, não foi nada disso. Estamos em Whiskey Beach, Maureen, não no Southie.*

— Mesmo assim. Droga. Eu não deveria tê-la deixado sozinha lá. Meu Deus, eu estava pensando nos cupcakes!

— Não foi nada disso. Aliás, quem foi que deu aquele curso de defesa pessoal para mulheres?

— Você, mas isso não significa que sua melhor amiga possa ir embora, lhe deixando sozinha daquele jeito.

— Ele é um detetive particular de Boston. Calma — disse Abra, quando Maureen parou de novo. — Me acompanhe. Preciso dessa corrida para eliminar o mau humor.

— O que ele queria? Aquele miserável ainda está na prisão, não está?

— Sim, mas não era a meu respeito. Era a respeito de Eli.

— Eli? Você disse detetive particular, não polícia. O que ele queria?

— Ele chamou de informações. O que ele queria mesmo era que eu fofocasse a respeito do Eli. Queria desencavar sujeiras e se dispôs a me *pagar*. Está procurando alguém que more aqui — observou ela com desprezo. — Alguém que esteja disposto a espionar Eli e contar o que ele está fazendo, o que está dizendo. Eu nem tenho como saber, pois Eli não está fazendo nem dizendo *nada*. E quando eu basicamente disse a ele para se mandar, ele perguntou se Eli e eu estávamos envolvidos. O que soou como se ele tivesse perguntado se Eli e eu estávamos trepando feito loucos. Eu não gostei disso. Não gostei dele. E agora vou ficar cheia de rugas no rosto.

A raiva e o exercício haviam avermelhado o rosto de Maureen, cuja voz ofegante se elevou acima do estrondo das ondas.

— Ele não tem porra nenhuma a ver com isso, mesmo que vocês *estejam* trepando feito loucos. A mulher de Eli morreu há um ano, e eles estavam no meio de um divórcio. E a polícia não tem nada contra ele, a não ser indícios muito circunstanciais. Como os tiras não conseguem provar nada, agora estão revirando a lama.

— Não acredito que os tiras contratem investigadores particulares.

— Acho que não. Então, quem foi?

---

* South Boston. Bairro predominantemente irlandês de Boston. (N.T.)

— Não sei.

À medida que seus músculos se aqueciam e o ar gelado fustigava seu rosto, Abra começou a melhorar de humor.

— Uma companhia de seguros? Talvez a esposa dele tivesse um seguro e a seguradora não esteja querendo pagar. Mas ele disse que está sendo pago por um cliente. Não quis me dizer quem é. Talvez advogados de uma companhia de seguros ou, sei lá, a família da esposa morta, que está sempre atacando Eli na imprensa. Não sei.

— Eu também não sei. Deixe-me perguntar ao Mike.

— Mike? Por quê?

— Ele lida com advogados e clientes o tempo todo.

— Advogados e clientes de negócios imobiliários — lembrou Abra.

— Um advogado é um advogado, um cliente é um cliente. Ele pode ter alguma ideia. E vai manter tudo em caráter confidencial.

— Não acho que a confidencialidade tenha importância. Se aquele cara me achou, quem vai saber com quem ele anda falando? Estão remexendo tudo de novo.

— Pobre Eli.

— Você também nunca acreditou que foi ele.

— Não.

— Por que você acredita nele, Maureen?

— Bem, como você sabe, eu obtive minha licença de inspetora de polícia pela TV. Dito isto, por que um homem que nunca exibiu comportamento violento iria, de repente, bater na cabeça da esposa com um atiçador de lareira? Ela traiu Eli e isso o deixou irritado. E também a deixou malvista no processo de divórcio. Às vezes me dá vontade de bater na cabeça do Mike com um atiçador.

— Que nada.

— Não literalmente, mas o que quero dizer é que eu realmente amo o Mike. Acho que você tem que realmente amar ou realmente odiar uma pessoa para querer esmigalhar a cabeça dessa pessoa. A menos que se trate de outra coisa. Dinheiro, medo, vingança. Sei lá.

— Então, quem fez isso?

— Se eu soubesse e pudesse provar, seria promovida de inspetora a tenente. Ou capitã. Eu gostaria de ser capitã.

— Você já é. Capitã do lar dos O'Malley.

— É verdade. E você pode ser a capitã do distrito policial televisivo encarregado da absolvição de Eli Landon de uma vez por todas. — Diante do silêncio da amiga, Maureen lhe deu um tapinha no braço. — Brincadeira. Nem pense em se envolver nisso. Esse negócio não vai dar em nada, Abra. Eli vai se sair bem.

— O que eu poderia fazer?

A pergunta, pensou Abra, não significava que ela *não* faria nada.

Quando ambas deram meia-volta para retornar, Abra percebeu que estava feliz por ter saído para correr. Era uma boa oportunidade para pensar, para eliminar o mau humor e enxergar melhor as coisas. Ela sentia falta de correr durante o frio do inverno, sentia falta do som de seus pés martelando a areia enquanto respirava profundamente o ar marinho.

Ela não era o tipo de mulher que ficava desejando que o tempo passasse logo, nem mesmo um minuto sequer, mas ela poderia, sinceramente, desejar a primavera e o verão que vinham logo em seguida

Será que Eli ainda estaria na Bluff House, conjeturou, quando o ar começasse a esquentar e as árvores, a brotar? Será que as suaves brisas da primavera soprariam para longe as sombras que o acossavam?

Talvez aquelas sombras precisassem de alguém para levá-las até a porta de saída. Ela pensaria no assunto.

Foi quando o viu, de pé à beira da água, com as mãos nos bolsos e o olhar perdido no horizonte distante.

— Lá está Eli.

— O quê? Onde? Ah, que merda!

— Qual o problema?

— Nunca imaginei que iria me encontrar com ele, pela primeira vez depois que ele voltou, estando toda suada, de rosto vermelho e bufando. Uma mulher gosta de apresentar certos padrões para encontros casuais com o parceiro de seu primeiro amasso sério. Por que fui vestir minhas calças de corrida velhas? Elas fazem minhas pernas parecerem troncos de árvores.

— Não fazem não. Eu nunca a deixaria usar calças que fizessem suas pernas parecerem troncos de árvores. Você está insultando meu código de amizade.

— Tem razão. Foi uma atitude mesquinha da minha parte. Peço desculpas.

— Desculpas aceitas, mas que isso não se repita. Eli!

— Merda — resmungou Maureen novamente enquanto Eli se virava. — Por que não trouxera pelo menos um batom?

Abra acenou com uma das mãos. Não conseguia distinguir os olhos dele, não quando ele estava de óculos escuros. Como ele não se afastou, ela interpretou isso como um sinal positivo.

— Oi. — Ela apoiou as mãos nas coxas, esticou uma perna para trás e se alongou. — Se tivéssemos lhe visto antes, teríamos o convencido a dar uma corrida.

— Hoje em dia, estou mais para uma caminhada.

Ele virou um pouco a cabeça e retirou os óculos escuros.

Quando seu olhar pousou no rosto de Maureen, Abra o viu sorrir pela primeira vez — um largo sorriso.

— Maureen Bannion. Olha só.

— É, olhe só para mim. — Dando um meio sorriso, ela levantou a mão para arrumar os cabelos, mas se lembrou de que estava usando uma touca de esqui. — Olá, Eli.

— Maureen Bannion — repetiu ele. — Não, desculpe, é... Qual é mesmo o seu sobrenome agora?

— O'Malley.

— Certo. A última vez em que a vi, você estava...

— Grávida, com uma barriga enorme.

— Você está ótima.

— Estou suada e mal-arrumada, mas obrigada. É bom ver você, Eli.

Quando Maureen se aproximou de Eli e lhe deu um forte abraço, Abra pensou que isto, apenas isto, fora o que a levara a se afeiçoar a Maureen tão depressa, tão completamente. Sua compaixão sem rodeios, seu coração abrangente.

Quando viu Eli fechar os olhos, ela se perguntou se ele estava pensando naquela noite, no píer de Whiskey Beach, quando tudo ainda era simples e inocente.

— Eu estava lhe dando tempo para você se instalar — disse Maureen, depois de soltá-lo. — E parece que já se instalou. Venha jantar conosco, conhecer Mike, as crianças.

— Ah, bem...

— Nós moramos na Sea Breeze, bem ao lado da casa de Abra. Vamos marcar uma hora para colocar a conversa em dia. Como está Hester?

— Melhor. Muito melhor.

— Diga a ela que estamos sentindo falta dela nas aulas de ioga. Bem, agora tenho que correr para pegar meus filhos, que estão brincando na casa de uns amigos. Bem-vindo de volta, Eli. Fico feliz por você ter retornado à Bluff House.

— Obrigado.

— Converso com você depois, Abra. Ei, Mike e eu estamos planejando ir ao Village Pub na sexta à noite. Convença Eli a ir também.

Após um breve aceno, ela se afastou correndo.

— Eu não sabia que você duas se conheciam — comentou Eli.

— Somos amigas inseparáveis.

— Hã-hã.

— Não são só as adolescentes que têm amigas inseparáveis. E amigas inseparáveis contam *tudo* umas para as outras.

Ele estava começando a assentir com a cabeça quando Abra percebeu que a ficha caíra.

— Oh. Bem.

Ele recolocou os óculos escuros e pigarreou. Ela deu uma risada e cutucou a barriga dele.

— Doces e eróticos segredos de adolescentes.

— Talvez seja melhor eu evitar o marido dela.

— Mike? Claro que não. Além de ter um alto conceito no meu quesito de simpatia, ele é um homem bom. Um bom pai. Você vai gostar dele. E deveria dar um pulo no pub na sexta à noite.

— Não conheço esse lugar.

— Antes tinha outro nome. Katydids.

— Ah, sim.

— Foi por água abaixo, segundo me disseram. Foi antes do meu tempo. Novo nome, novos proprietários nos últimos três anos. É ótimo. Divertido. Boas bebidas, frequentadores agradáveis, música ao vivo nas noites de sexta e sábado.

— Eu não estou muito interessado em confraternizações.

— Pois deveria estar. Vai ajudar a baixar seu nível de estresse. Você sorriu.

— O quê?

— Quando reconheceu Maureen, você sorriu. Um sorriso de verdade. Você ficou feliz ao ver Maureen e demonstrou isso. Por que não anda comigo? — Ela apontou para seu chalé. E antes que ele tivesse chance de recusar, ela lhe deu a mão e começou a caminhar. — Como está se sentindo? — perguntou ela. — Desde a última massagem.

— Bem. Você tinha razão. No dia seguinte ainda me senti meio dolorido, mas passa.

— Você vai obter mais benefícios depois que eu quebrar esses nós e você se acostumar a ficar descontraído. Vou lhe ensinar alguns alongamentos de ioga.

Não, ela não conseguia ver os olhos dele, mas a cautela estava estampada em sua linguagem corporal.

— Acho que não.

— Ioga não é só para meninas, sabia?

Ela deu um longo suspiro.

— Alguma coisa errada? — perguntou ele.

— Estou travando um debate comigo mesma, ou seja, se devo ou não lhe contar uma coisa. Mas acho que você tem direito de saber, embora provavelmente vá ficar preocupado. Lamento ser a pessoa que vai deixar você desse modo.

— O que é que vai me deixar preocupado?

— Um homem veio conversar comigo hoje de manhã, depois da minha aula. Um detetive particular. O nome dele é Kirby Duncan, de Boston. Ele disse que tem um cliente lá. Queria me fazer perguntas a seu respeito.

— Certo.

— Certo? Não está nada certo. Ele foi insistente, disse que me *recompensaria* por informações, o que eu achei, pessoalmente, um insulto. Então, nada está certo. Isso é assédio, o que também não está certo. Você está sendo assediado. Você deveria...

— Chamar a polícia? Isso não adianta. Contratar um advogado? Já tenho um.

— Isso não está certo. A polícia lhe perseguiu durante um ano. Agora alguém está se escondendo por trás de advogados ou detetives para continuar a persegui-lo? Deve haver um jeito de acabar com isso.

— Não há nenhuma lei que proíba fazer perguntas. E eles não estão se escondendo. Querem que eu saiba quem está pagando pelas perguntas e pelas respostas.

— Quem? E não venha me dizer que não é da minha conta — esbravejou ela, antes que ele tentasse fazê-lo. — Aquele idiota me abordou. E deu a entender que eu me recusei a cooperar porque tinha um relacionamento com você, querendo dizer que eu estava dormindo com você.

— Lamento muito.

— Não. — Quando ele recolheu a mão, ela a agarrou de novo. — Você não tem o que lamentar. E se tivéssemos um relacionamento do tipo que ele sugeriu? Somos adultos, somos solteiros. Não há nada de errado nisso, nada imoral, nada contra você tocar sua vida. Seu casamento já tinha terminado antes que sua esposa morresse. Por que você não poderia ter uma vida que incluísse um relacionamento comigo ou com outra pessoa?

O verde dos olhos dela, percebeu ele, adquiria uma tonalidade particularmente brilhante quando ela estava furiosa. Realmente furiosa.

— Parece que isso a chateia mais do que eu.

— Por que você não está furioso? — perguntou ela. — Por que você não está muito puto?

— Passei muito tempo puto. Não adiantou muito.

— Isso é uma intromissão, uma vingança. De que adianta ser vingativo quando... — De repente ela entendeu tudo, com muita clareza. — É a família dela, não é? A família de Lindsay. Os pais dela não querem desistir.

— Você desistiria?

— Ah, pare de ser tão racional. — Ela se afastou alguns passos, em direção à beirada da água espumante. — Acho que se ela fosse minha irmã, minha mãe ou minha filha, eu procuraria descobrir a verdade.

Ela se virou e o encarou.

— Como eles querem descobrir a verdade contratando alguém para vir aqui, fazer perguntas aqui?

— Bem, não é uma coisa muito lógica. — Ele deu de ombros. — E não vai ser produtiva. Mas eles acreditam que eu a matei. Para eles, não existe mais ninguém que pudesse ter feito isso ou tivesse motivos para fazer isso.

— Isso é estreiteza mental e falta de visão. Você não era a única pessoa na vida dela nem a mais importante na época em que ela morreu. Ela tinha um amante, tinha emprego, tinha amigos, trabalhava em algumas organizações e tinha a família dela.

Ela parou, percebendo que ele a olhava de testa franzida.

— Eu lhe disse que acompanhei o caso e também conversava com Hester. Ela costumava conversar comigo quando ficava difícil conversar com você ou com o resto da família. Eu era alguém que gostava dela, mas não tinha laços familiares com ela. Assim, ela podia desabafar comigo.

Ele permaneceu em silêncio por alguns momentos. Depois meneou a cabeça.

— Deve ter sido bom para ela poder desabafar com você.

— Foi bom. E eu sei que Hester não gostava de Lindsay, nem um pouco. Mas sempre tentou ser gentil com ela.

— Eu sei.

— O que estou querendo dizer é que Hester não gostava dela, e é pouco provável que Hester fosse a única no mundo. Como muita gente, Lindsay devia ter inimigos. Ou, pelo menos, devia haver pessoas que não se davam bem com ela, que lhe guardavam mágoas ou ressentimentos.

— Nenhuma era casada com ela nem discutiu com ela no dia em que morreu nem descobriu seu corpo.

— Pensando desse jeito, espero que você nunca pense em ser advogado de si mesmo.

Ele sorriu um pouco.

— Eu teria um idiota como cliente; portanto, não há perigo. Mas todos esses pontos são válidos. Acrescente a isso a lista de reclamações da família dela. Por exemplo, a de que eu pus minhas necessidades e ambições acima das dela, o que a deixou infeliz; então, procurou a felicidade em outro lugar. Ela lhes disse também que eu a negligenciava, que passava a maior parte do tempo sozinha, que achava que eu estava tendo um caso, que eu era frio e a agredia verbalmente.

— Embora nunca tenha havido a menor prova de que você tenha tido um caso, mesmo depois de uma meticulosa investigação policial, e que ela, sim, é quem tinha? Ou de que você fosse agressivo?

— Eu fui bastante agressivo, verbalmente, na última vez que falei com ela. Publicamente.

— Vocês dois foram, pelo que eu li. E, tudo bem, entendo que a família dela procure apoio, procure racionalizar, procure qualquer tipo de consolo. Mas colocar um detetive particular na sua cola, aqui? Não há nada aqui. Você não vinha aqui há anos, o que ele poderia encontrar?

Sim, pensou ele, desabafar com ela devia mesmo ter ajudado sua avó. Apesar da própria relutância em tocar naquele assunto, ele sabia que estava se sentindo melhor.

— Não se trata apenas de me mostrar que eles não vão me deixar em paz. Os pais dela estão ameaçando entrar com um processo de homicídio culposo.

— Oh, Eli.

— Eu diria que isso é só um modo de me mostrar que eles vão utilizar todas as opções disponíveis.

— Por que essas opções não incluem investigar o amante dela ou outra pessoa com quem ela estivesse envolvida?

— Ele tinha um álibi sólido. Eu não.

— Sólido como?

— Ele estava em casa com a mulher dele.

— Bem, eu li isso, li tudo isso, mas a mulher dele poderia estar mentindo.

— Com certeza, mas por quê? A esposa dele, humilhada e furiosa ao saber pela polícia que ele tinha um caso com alguém que ambos conheciam, jurou, relutantemente, que ele esteve em casa desde as seis horas, naquela noite. As histórias que eles contaram sobre o que fizeram, a linha do tempo durante o período crítico, tudo combinou. Justin Suskind não matou Lindsay.

— Nem você.

— Nem eu. Mas, quando se considera o fator oportunidade, eu tive oportunidade, ele não.

— De que lado você está?

Ele sorriu um pouco.

— Ah, estou do meu lado. Sei que não a matei, assim como sei, com as informações que os pais dela têm, que pareço culpado.

— Então, eles precisam de mais informações. Como se consegue isso?

— Já esgotamos as possibilidades.

— Eles contrataram um investigador particular. Contrate um também.

— Fiz isso, mas ele não obteve nada útil.

— Então você vai desistir? Pare com isso. — Ela lhe deu um leve empurrão. — Contrate outro e tente de novo.

— Agora você está me lembrando meu advogado.

— Ótimo. Ouça seu advogado. Você não pode ficar de braços cruzados. Digo isso por experiência — acrescentou ela. — É uma longa história que lhe contarei algum dia. Neste momento, só posso dizer que ficar de braços cruzados vai fazer você se sentir triste, fraco e acovardado. Vai fazer você se sentir uma vítima. Você só vai ser uma vítima se permitir isso.

— Alguém magoou você?

— Sim. E por muito tempo fiz o que você está fazendo. Simplesmente aceitei. Reaja, Eli. — Ela pousou as mãos nos ombros dele. — Assim, quer acreditem ou não que você é inocente, pelo menos vão saber que você não é o bode expiatório deles. E você vai saber disso também.

Em um impulso, ela se ergueu na ponta dos pés e roçou os lábios levemente nos dele.

— Telefone para o seu advogado — ordenou.

Depois se afastou em direção aos degraus da praia.

Do alto do promontório, Kirby Duncan batia fotos através de sua teleobjetiva.

Ele já imaginara que havia alguma coisa entre Landon e a morena esbelta. Isto não significava nada, é claro, mas seu trabalho era registrar fatos, fazer perguntas e manter Landon inseguro.

As pessoas cometem mais erros quando estão inseguras.

Capítulo 6

♦ ♦ ♦ ♦

QUANDO ABRA chegou à Bluff House para fazer a limpeza, foi recebida por um aroma de café. Ela verificou o que havia na cozinha — que ele mantinha limpa e arrumada — e decidiu fazer uma lista de compras, já que ele não fizera nenhuma.

Quando ele entrou na cozinha, ela estava em pé sobre uma pequena escada, polindo os armários.

— Bom dia. — Ela lhe lançou um breve sorriso por cima do ombro. — Já levantou há muito tempo?

— Sim. Queria trabalhar um pouco. — Principalmente porque a droga do sonho o despertara pouco antes do alvorecer. — Preciso ir a Boston hoje.

— É?

— Vou conversar com meu advogado.

— Ótimo. Já comeu?

— Sim, mamãe.

Sem se ofender, ela continuou trabalhando.

— Vai ter tempo para visitar sua família.

— A ideia é essa. Olhe, não sei quando vou voltar. Posso acabar passando a noite lá.

— Sem problema. Podemos remarcar sua massagem.

— Vou deixar seu dinheiro. O mesmo que na última vez?

— Sim. Se houver alguma diferença para mais ou para menos, podemos acertar tudo na semana que vem. Como você não estará aqui trabalhando, vou fazer uma rápida limpeza no seu escritório. Prometo que não vou tocar em nada na sua escrivaninha.

— Tudo bem.

Ele permaneceu onde estava, olhando para ela. Ela estava usando uma camiseta simples — conservadora para ela —, confortáveis calças pretas e tênis de cano alto.

Brincos com bolinhas carmesins pendiam de suas orelhas. Sobre o balcão central, ele avistou uma pequena tigela repleta de anéis de prata. Ele presumiu que ela os havia tirado para não manchá-los com o polidor.

— Você tinha razão no que disse outro dia — disse ele, por fim.

— Eu adoro quando isso acontece. — Ela desceu da escadinha e se virou. — Eu tinha razão a respeito de quê, especificamente?

— A respeito de lutar. Eu deixei as coisas correrem. Tinha minhas razões, mas isso não me ajudou em nada. Eu precisava pelo menos me armar, por assim dizer.

— Isso é bom. Ninguém é obrigado a tolerar assédio e perseguição, e é isso o que a família de Lindsay está fazendo. Eles não irão em frente com a demanda.

— Não irão?

— Não há o que fazer, legalmente, para que eles sigam em frente. Nada que eu consiga perceber, e eu já vi um monte de séries de tevê com advogados.

Ele deu uma risada.

— Isso qualifica você.

Satisfeita com a reação dele, ela assentiu com a cabeça.

— Eu poderia viver disso. Eles só estão se fazendo de vítimas e remexendo no passado para ferrá-lo.

— É um bom argumento.

— E plausível. Provavelmente, eles acham que, se continuarem a desgastá-lo, talvez consigam novas provas contra você. Ou, no mínimo, vão soterrá-lo em documentos e intimações até você lhes oferecer um acordo financeiro, o que, na cabeça deles, provaria a sua culpa. Eles estão sofrendo e por isso descontam em você.

— Talvez você pudesse mesmo viver disso.

— Eu adoro *The Good Wife*.

— Quem?

— É uma série de tevê com advogados. Bem, na realidade é um drama psicológico. E sexy. Mas o que estou dizendo é que é bom você conversar com seu advogado que esteja tomando precauções. Você está com uma aparência melhor hoje.

— Melhor do que quando?

— Melhor do que estava. — Apoiando uma das mãos no quadril, ela inclinou a cabeça. — Você deveria usar gravata.

— Gravata?

— Normalmente não vejo sentido em um homem usar um laço em torno do pescoço, que é o que as gravatas são, na realidade. Mas você deveria usar gravata. Assim, se sentiria mais forte, mais poderoso. Mais autoconfiante. Além disso, você tem uma coleção enorme lá em cima.

— Mais alguma coisa?

— Não corte o cabelo.

Uma vez mais, ela o deixou desconcertado.

— Não cortar o cabelo por quê?

— Eu gosto dos seus cabelos. Não combinam com um advogado, mas combinam com um escritor. Pode aparar um pouco, se achar absolutamente necessário, coisa que eu mesma poderia fazer para você, mas...

— Não, você absolutamente não pode.

— Capacidade para isso eu tenho. Mas procure não ficar com aquele aspecto de advogado engravatado.

— Usar gravata e não cortar o cabelo.

— Exatamente. E leve flores para Hester. Já há tulipas à venda agora. Isso faria Hester pensar na primavera.

— Devo começar a anotar tudo?

Ela sorriu, enquanto contornava o balcão central.

— Você não apenas está com um aspecto melhor, mas está se sentindo melhor. Reage de maneira bem-humorada. — Ela espanou as lapelas do casaco esporte dele. — Vá botar uma gravata. E dirija com cuidado.

Erguendo-se na ponta dos pés, ela lhe deu um beijo no rosto.

— Quem é você? Sério.

— Chegaremos a isso. Dê lembranças minhas à sua família.

— Tudo bem. Até... quando eu voltar.

— Vou anotar a nova data da massagem no seu calendário.

Ela contornou o balcão novamente, subiu na escada e recomeçou a polir os armários.

Ele botou uma gravata. Não poderia dizer que ela o fez se sentir mais forte ou mais poderoso, mas o fez se sentir — estranhamente — mais completo. Com isso em mente, ele pegou sua pasta, enfiou dentro dela alguns documentos, um bloco novo, lápis afiados, uma caneta sobressalente e, após pensar um pouco, seu minigravador.

Depois, vestiu um sobretudo leve e se olhou no espelho.

"Quem é você?", perguntou a si mesmo.

Ele não tinha o aspecto que tivera, nem o aspecto com o qual se acostumara nos últimos tempos. Não era mais um advogado, pensou, mas ainda não provara que era um escritor. Não era culpado, mas ainda não havia provado que era inocente.

Estava no limbo, mas, talvez... talvez, finalmente, estivesse começando a se reerguer.

Ele deixou o dinheiro de Abra sobre a escrivaninha, desceu a escada e saiu de casa, com a música que ela colocara para tocar — uma antiga gravação de Springsteen — ressoando em seus ouvidos.

Ao entrar no carro, percebeu que aquela era a primeira vez, desde que estacionara ao chegar na casa, três semanas antes.

Era uma sensação boa, concluiu. Controlar sua vida, tomar providências. Ele ligou o rádio e riu de surpresa, ao ouvir a voz de Springsteen.

Enquanto se afastava de Whiskey Beach, pensou que era quase como se Abra estivesse ao seu lado.

Não notou o carro que se posicionou atrás dele.

◆ ◆ ◆ ◆

Como o dia estava relativamente quente, Abra deixou as portas e as janelas abertas para que o ar entrasse. Trocou os lençóis da cama de Eli e esticou o edredom. Pensou durante alguns minutos e compôs a figura de um peixe com uma toalha de rosto. Depois, remexeu no que chamava de sua sacola de bobagens e achou um pequeno cachimbo de plástico que colocou na boca do peixe.

Com o quarto dentro de seus padrões e a primeira leva de roupas batendo na máquina de lavar, ela voltou suas atenções para o escritório.

Ela adoraria fuçar a escrivaninha — para o caso de ele ter deixado anotações sobre o trabalho em andamento. Mas trato era trato. Assim, espanou a poeira, passou o aspirador de pó e reabasteceu o frigobar com água mineral e Mountain Dew. Em seguida, escreveu em um papel adesivo a mensagem que Hester lhe ditara e o colou numa garrafa. Depois passou um pano na cadeira de couro e permaneceu durante algum tempo apreciando a vista das janelas.

Era um cenário bonito, pensou. Os ventos e o sol já haviam quase removido a neve. O mar apresentava um rico tom de azul e as ervas marinhas oscilavam com a brisa. Ela avistou um barco de pesca — vermelho desbotado contra um azul intenso — avançando lentamente sobre a água.

Ele já estaria pensando na casa como um lar?, conjeturou. Aquela vista, aquele ar, os sons e os aromas? Quanto tempo ela havia demorado para se sentir em casa?

Ela não conseguia se lembrar, não com exatidão. Possivelmente, fora na primeira vez que Maureen bateu à sua porta trazendo uma bandeja de brownies e uma garrafa de vinho. Ou talvez na primeira vez que caminhara naquela praia e sentira uma verdadeira paz de espírito.

Assim como Eli, ela fugira para lá. Mas ela tivera escolha e Whiskey Beach fora uma opção deliberada.

A opção certa, achava agora.

Distraidamente, ela deslizou um dedo pelas costelas do lado esquerdo e pela fina cicatriz que as acompanhava. Raramente pensava no assunto agora, raramente pensava na situação da qual havia escapado.

Mas Eli a lembrara, e talvez este fosse um dos motivos que a compeliam a ajudá-lo.

Ela tinha vários outros motivos. E poderia acrescentar um novo, pensou. O sorriso no rosto dele quando ele reconhecera Maureen.

Seu próximo objetivo, decidiu, seria dar a Eli Landon motivos para sorrir com frequência.

Mas, naquele momento, precisava pôr as cuecas dele na secadora.

♦ ♦ ♦ ♦

Eli tinha acabado de se acomodar na sala de espera de Neal Simpson e de recusar café, água ou qualquer outra coisa oferecida por uma das três recepcionistas, quando o próprio Neal Simpson saiu de sua sala para recebê-lo.

— Eli. — Vestido com um terno de primeira qualidade, Neal apertou sua mão com firmeza. — É bom ver você. Vamos até minha sala.

Agilmente, ele atravessou o bem decorado labirinto de salas da Gardner, Kopek, Wright e Simpson. Era um homem autoconfiante e excepcional advogado, que aos trinta e nove anos conseguira se tornar sócio pleno de um dos maiores escritórios de advocacia da cidade.

Eli confiava nele, tinha que confiar. Embora tivessem trabalhado em escritórios diferentes, que frequentemente competiam pelos mesmos clientes, eles frequentavam os mesmos círculos e tinham amigos mútuos.

Isso no passado, pensou Eli, pois a maioria de seus amigos havia desaparecido em face do assédio constante da imprensa.

Na sala, que descortinava uma ampla vista invernal do parque Commons, Neal ignorou sua mesa imponente e indicou a Eli um conjunto de cadeiras de couro.

— Só um minuto — disse, enquanto sua bela assistente surgia com uma bandeja, sobre a qual fumegavam duas grandes xícaras de capuccino espumante.

— Obrigado, Rosalie.

— De nada. Precisa de mais alguma coisa?

— Eu aviso.

Neal se recostou na cadeira, observando Eli, enquanto sua assistente saía da sala e fechava a porta.

— Você está com uma aparência melhor.

— Foi o que me disseram.

— Como vai o livro?

— Em alguns dias melhor que em outros. Levando tudo em consideração, até que não vai mal.

— E sua avó? Ainda se recuperando do acidente?

— Sim. Vou visitá-la mais tarde. Você não precisa fazer isso, Neal.

Com um brilho nos astutos olhos castanhos, Neal pegou sua xícara.

— Fazer o quê?

— Iniciar uma conversa trivial para relaxar o cliente.

Neal provou o café.

— Nós nos dávamos bem antes de você me contratar, mas você não me contratou porque nós nos dávamos bem. Ou isso não estava no topo da sua lista. Quando lhe perguntei por que você me procurou, especificamente, você apresentou algumas boas razões. Entre elas, o fato de acreditar que nós encarávamos a lei e o nosso trabalho de forma semelhante. Nós representamos o cliente em sua totalidade. Eu estou querendo determinar seu estado de espírito, Eli. Isso pode me ajudar a saber que ações devo ou não lhe recomendar. E a determinar como persuadir você a agir de uma forma para a qual talvez você não esteja pronto.

— Meu estado de espírito muda como as marés. No momento é... não digo otimista, mas mais agressiva. Já estou cansado, Neal, de carregar esse fardo. Estou cansado de me lamuriar por não poder ter o que já tive, sem nem mesmo saber se ainda quero ter essas coisas. Estou cansado de ficar de braços cruzados. Pode ser melhor que deslizar por uma ladeira em marcha à ré, que era como eu me sentia alguns meses atrás, mas com certeza não é progredir.

— OK.

— Não há nada que eu possa fazer para mudar o que os pais de Lindsay ou qualquer outra pessoa sentem a meu respeito. Não até que o assassino de Lindsay seja descoberto, preso, julgado e condenado. Mesmo assim, ainda haverá quem ache que, de alguma forma, eu escapei por entre os dedos da justiça. Então, que se danem.

Neal tomou outro gole de café.

— Tudo bem.

Eli se pôs de pé.

— Eu preciso saber, pelo meu próprio bem — disse, andando de um lado para outro. — Ela era minha mulher. Não me interessa que nós não nos amássemos mais, se é que algum dia nos amamos. Não me interessa que ela tenha me traído. Não me interessa que eu quisesse terminar o casamento e tirá-la da minha vida. Ela era minha mulher e eu preciso saber quem entrou na nossa casa e a matou.

— Podemos pôr Carlson no caso, de novo.

Eli abanou a cabeça.

— Não, ele já foi até o fim. Quero alguém que desconheça o caso, que comece do início. Não estou menosprezando Carlson. O trabalho dele era encontrar provas que corroborassem uma dúvida razoável no meu caso.

Quero gente nova. Não para procurar provas de que eu não cometi o crime, mas para descobrir quem o cometeu.

Despreocupadamente, Neal fez uma anotação em seu bloco.

— Essa pessoa deverá entrar no caso sem, automaticamente, eliminar você?

— Exato. Seja quem for que contratemos, deve me investigar também, e a fundo. Quero uma mulher.

Neal sorriu.

— Quem não quer?

Eli deu uma breve risada e se sentou novamente.

— Eu, nos últimos dezoito meses.

— Não me admira que você esteja com esse aspecto horrível.

— Você disse que eu estava com uma aparência melhor.

— Está. Isso mostra como você estava mal. Então você quer, especificamente, uma investigadora.

— Quero uma pessoa inteligente, experiente e do sexo feminino. Uma pessoa com quem as amigas de Lindsay estejam mais dispostas a conversar, a se abrir, mais do que com Carlson. Nós concordamos com a conclusão da polícia, no sentido de que Lindsay deixou o assassino entrar ou de que o assassino tinha uma chave. Não houve arrombamento. Depois que ela chegou em casa, às quatro e meia, e desligou o alarme, a próxima pessoa a desligar o alarme fui eu, por volta das seis e meia. Ela foi atacada por trás, o que significa que virou as costas para o assassino. Não estava com medo dele. Não houve luta, resistência, nem um roubo frustrado. Ela conhecia o assassino e não tinha medo dele. Suskind tem um álibi, mas e se ele não fosse o único amante dela? E se fosse apenas o último?

— Nós percorremos esse caminho — lembrou Neal.

— Então, vamos percorrer de novo, mais devagar, fazendo desvios se parecerem promissores. Os tiras podem manter o caso em aberto, podem continuar me solapando. Não me importa, Neal. Eu não matei Lindsay, e eles esgotaram todas as possibilidades para provar que eu matei. Agora, não se trata de fazer isso parar, não mais. Trata-se de saber a verdade e deixar isso para trás.

— Tudo bem. Vou dar alguns telefonemas.

— Obrigado. E, já que estamos falando de detetives particulares... Kirby Duncan.

— Fiz algumas averiguações. — Neal se levantou, foi até sua mesa e trouxe uma pasta. — Sua cópia. Basicamente, ele é dono do próprio escritório, bem simples. Tem fama de ignorar a lei, mas nunca foi acusado formalmente. Foi tira durante oito anos, no departamento de polícia de Boston, e ainda tem muitos contatos lá.

Enquanto Neal falava, Eli abria a pasta e lia o relatório.

— Eu estava pensando que a família de Lindsay o havia contratado, mas ele parece muito discreto, muito simples para eles. — De cenho franzido, ele lia os detalhes e procurava um novo ângulo, novas possibilidades. — Eu acho que eles procurariam firma mais sofisticada, com mais fama e recursos tecnológicos.

— Concordo, mas as pessoas tomam decisões como essa com base em uma série de fatores. Eles podem ter recebido uma recomendação de algum amigo ou de algum parente.

— Bem, se não foram eles que contrataram esse detetive, não sei quem pode ter sido.

— A advogada deles não confirma nem nega — informou Neal. — A essa altura, ela não tem nenhuma obrigação de revelar informações. Duncan foi policial. É possível que ele e Wolfe se conheçam e Wolfe tenha resolvido investir nele. Se for o caso, ele não vai me contar nada.

— Não me parece que seja o estilo dele, mas... Bem, não há nada que impeça Duncan de fazer perguntas em Whiskey Beach, seja lá quem for o cliente dele. Não há nenhuma lei contra isso.

— Assim como você não tem nenhuma obrigação de falar com ele, o que não quer dizer que nossa investigadora não possa fazer perguntas a respeito dele ou reunir informações sobre ele. Mas também não quer dizer que vamos divulgar que contratamos uma pessoa para isso.

— É — concordou Eli. — Está na hora de agitar as coisas.

— Os Piedmonts, a essa altura, estão só fazendo barulho, tentando provocar dúvidas sobre a sua inocência para manter o público e os meios de comunicação interessados no caso da filha deles, que vem perdendo importância. O benefício indireto é tornar sua vida o mais desagradável possível. Portanto, essa última ofensiva, com um detetive particular, pode ter partido deles.

— Eles estão mexendo comigo.

— Para falar sem rodeios, sim.

— Deixe eles. O caso não pode ficar pior do que quando era um circo funcionando vinte e quatro horas por dia, sete dias por semana. Eu superei aquilo e vou superar isso. — Ele falou com convicção. Não iria simplesmente sobreviver à provação, iria superá-la. — Não vou ficar de braços cruzados enquanto atiram em mim, não desta vez. Eles perderam a filha deles, sinto muito, mas tentar me ferrar não vai adiantar nada.

— Então, quando a advogada deles aparecer com a ideia de um acordo, coisa que acho que fará em algum momento, a resposta será um firme "não".

— Um firme "foda-se".

— A sua resposta é melhor.

— Passei a maior parte do ano passado num nevoeiro de choque, culpa e medo. Sempre que o vento mudava e abria uma clareira, tudo o que eu via era outra armadilha. Ainda não saí do nevoeiro e, meu Deus, tenho medo de que ele fique mais denso e me sufoque; mas, neste momento, hoje, estou disposto a me arriscar a cair numa dessas armadilhas para poder sair disso tudo e voltar a respirar ar fresco.

— Tudo bem. — Neal balançou uma caneta Montblanc sobre o bloco de notas. — Vamos conversar sobre estratégias.

♦ ♦ ♦

QUANDO FINALMENTE deixou o escritório de Neal, Eli deu uma volta pelo parque Commons, perguntando a si mesmo como estava se sentindo após voltar a Boston, mesmo que por um dia. Não conseguiu encontrar uma resposta exata. Tudo lhe parecia familiar, o que era agradável. Os primeiros brotos verdes que despontavam no solo invernal lhe infundiam esperança e gratidão.

Algumas pessoas desafiavam o vento — não tão forte naquele dia — para comer seus lanches nos bancos, para passear como ele ou apenas para encurtar caminho rumo a qualquer lugar.

Ele adorava morar em Boston, lembrou-se. A sensação de familiaridade novamente, a sensação de identidade e propósito. Se quisesse dar uma boa caminhada, poderia ir até o escritório, onde antes recebia seus clientes para formular estratégias, como Neal acabara de fazer com ele.

Ele sabia onde encontrar seu café favorito, onde poderia almoçar rapidamente e onde poderia desfrutar de um longo almoço. Tinha seus bares favoritos, seu alfaiate, o joalheiro no qual costumava comprar presentes para Lindsay.

Nada disso pertencia mais a ele. Enquanto permanecia parado, observando o verde pujante dos narcisos que despontavam, ele percebeu que não lamentava isso. Ao menos não com tanto fervor quanto antes.

Assim sendo, encontraria uma nova barbearia para não aparar realmente os cabelos e, em seguida, compraria tulipas para sua avó. Antes de retornar a Whiskey Beach, pegaria o restante de suas roupas e seu material de ginástica. Levaria a sério a decisão de recuperar as partes de sua vida que ainda poderia retomar e se desligaria para valer do que sobrasse.

Quando estacionou o carro em frente à linda casa de tijolos vermelhos de Beacon Hill, as nuvens haviam tapado o sol. O gigantesco buquê de tulipas roxas, pensou, talvez pudesse compensar isso. Ele o segurou com uma das mãos, enquanto retirava do carro o grande cesto de jacintos — uma das flores favoritas de sua mãe — cultivados em estufa.

A viagem de carro, a reunião com o advogado e a caminhada o haviam deixado mais fisicamente exaurido do que gostaria de admitir. Mas ele não permitiria que sua família percebesse isso. Embora o dia tivesse se tornado sombrio, ele se aferraria à esperança que brotara nele no parque Commons.

Quando se aproximou da porta, esta se abriu.

— Sr. Eli! Bem-vindo ao lar, sr. Eli.

— Carmel.

Ele teria dado um abraço na antiga governanta da casa, se estivesse com os braços livres. Mas se inclinou até seu um metro e sessenta de robusta alegria e lhe deu um beijo no rosto.

— Você está magro demais.

— Eu sei.

— Vou pedir à Alice para lhe preparar um sanduíche. Que você vai comer.

— Sim, senhora.

— Olha que flores lindas!

Eli conseguiu extrair uma tulipa do buquê.

— Para você.

— Você é o meu queridinho. Entre, entre. Sua mãe vai chegar daqui a pouco e seu pai prometeu estar em casa às cinco e meia para não deixar de vê-lo se você não ficar. Mas você vai ficar e jantar. Alice está fazendo *Yankee pot roast** com *crème brulée* de baunilha para a sobremesa.

— Melhor eu guardar uma tulipa para ela.

O rosto largo de Carmel se iluminou com um sorriso. Instantes depois, seus olhos se encheram de lágrimas.

— Não chore. — Lá estavam a dor e a angústia que ele via estampadas no semblante de todas as pessoas que amava, todos os dias, desde a morte de Lindsay. — Tudo vai correr bem.

— Vai. Claro que vai. Aqui. Deixe eu pegar esse cesto.

— Essas são para mamãe.

— Você é um bom menino. Sempre foi um bom menino, mesmo quando não era. Sua irmã vem jantar também.

— Eu deveria ter trazido mais flores.

— Hã-hã. — Ela pestanejou para afastar as lágrimas e fez um gesto para que ele seguisse em frente. — Leve as flores para sua avó. Ela está na sala de estar, provavelmente no computador. Ninguém consegue tirar ela da frente do computador. Fica ali dia e noite. Vou levar um sanduíche para você e um cesto para pôr as tulipas.

— Obrigado. — Ele começou a se encaminhar para a ampla e graciosa escadaria. — Como ela está?

— Cada dia melhor. Ainda está aborrecida porque não consegue se lembrar do acidente, mas está melhor. Ela vai ficar feliz em ver você.

Eli subiu a escadaria e dobrou em direção à ala leste.

---

* Espécie de guisado típico da Nova Inglaterra, região americana na qual se localiza Boston. (N.T.)

Como Carmel previra, sua avó estava sentada à escrivaninha, martelando nas teclas de seu laptop. Costas e ombros eretos como uma régua, cobertos com um imaculado cardigã verde. Os cabelos escuros, com mechas prateadas, penteados com elegância.

Nada de andador, constatou ele, abanando a cabeça. Mas a bengala de castão prateado, no formato de uma cabeça de leão, estava encostada na escrivaninha.

— Agitando as massas de novo?

Ele se aproximou por trás e pousou os lábios no alto da cabeça dela. Ela estendeu o braço e segurou a mão dele.

— Tenho agitado as massas ao longo de toda a minha vida. Por que parar agora? Deixe-me olhar para você.

Ela o empurrou delicadamente, enquanto se levantava da cadeira. Seus olhos castanhos o observaram impiedosamente. Então, seus lábios se curvaram, só um pouquinho.

— Whiskey Beach está lhe fazendo bem. Ainda magro demais, mas não tão pálido, nem tão triste. Você me trouxe um pouco da primavera.

— O mérito é de Abra. Foi ela quem me disse para trazer os narcisos.

— Mas você foi ajuizado o bastante para seguir o conselho dela.

— Ela é do tipo que raramente aceita um não como resposta. Acho que é por isso que você gosta dela.

— Entre outros motivos. — Ela apertou a mão dele por alguns momentos. — Você está melhor.

— Hoje.

— Hoje é o que nós temos. Sente-se. Você é tão alto que está me dando câimbras no pescoço. Sente-se e me conte o que anda fazendo.

— Trabalhando, me angustiando, sentindo pena de mim mesmo. A única coisa que faz com que eu me sinta eu mesmo nessa mistura é o trabalho. Então, vou tentar fazer alguma coisa para eliminar a angústia e a autopiedade.

Hester sorriu, satisfeita.

— Isso. Esse é o meu neto.

— Cadê seu andador?

O rosto dela exibiu rugas altaneiras.

— Dispensei. Os médicos já me colocaram ferragens suficientes para montar um navio de guerra. A terapeuta que trabalha comigo parece um sargento de instrução. Se posso tolerar isso, posso andar por aí sem um andador para senhoras idosas.

— Você ainda sente dores?

— Aqui e ali, de vez em quando, e menos que antes. A mesma coisa que você, eu diria. Ninguém vai nos derrotar, Eli.

Ela também perdera peso. E o acidente, de difícil recuperação, acrescentara-lhe mais rugas ao rosto. Mas seu olhar permanecia tão abrasador quanto antes, o que o reconfortou.

— Estou começando a acreditar que sim.

Enquanto Eli conversava com sua avó, Duncan estacionou o carro ao longo do meio-fio e observou a casa pelas lentes de sua câmera. Em seguida, pousou a câmera, pegou o gravador e ditou suas anotações do dia.

Recostou-se, então, no assento e aguardou.

Capítulo 7

♦ ♦ ♦ ♦

O TÉDIO FAZIA parte do trabalho. Encolhido em seu prosaico automóvel, Kirby Duncan mordiscava palitos de cenoura. Estava com uma nova namorada, e a perspectiva de fazer sexo o convencera a perder cinco quilos.

Já conseguira perder dois.

Ele movera o carro uma vez, nas últimas duas horas, e se perguntou se não deveria movê-lo de novo. O instinto lhe dizia que Landon permaneceria na casa durante algum tempo — para um jantar de família, provavelmente, pois Duncan batera fotos da mãe, do pai e, por último, da irmã, com o marido e a filha pequena a reboque.

Mas seu trabalho era se concentrar em Landon, e era isso o que faria.

Ele o seguira até Boston — um trabalho fácil, mesmo com trânsito —, onde Landon se dirigira ao escritório de seu advogado. Isto lhe permitira examinar o carro de Landon. Nada interessante lá.

Cerca de noventa minutos depois, seguira-o pelo Commons e, depois, até um salão de barbeiro dispendioso, onde Landon aparara os cabelos. Não que Duncan achasse que o corte — de mais de cinquenta dólares — tivesse feito muita diferença.

Mas, Deus sabe, existe de tudo neste mundo.

Landon fez outra parada, numa floricultura, e saiu carregado de flores.

Só um cara fazendo algumas coisas na cidade antes de visitar a família. Atividades corriqueiras.

Na verdade, tanto quanto Duncan podia ver, tudo o que Landon fazia eram atividades corriqueiras, e não muitas. Se o cara tinha matado a esposa e se safado, com certeza não estava comemorando.

Seu relatório, até aquele momento, estava bem magro. Ele dera algumas caminhadas na praia, na qual se encontrara com a governanta sexy e com uma mulher que lhe dera um abraço apertado — que, na verdade, era casada e tinha três filhos.

Ele achava que havia alguma atração entre Landon e a governanta, mas não conseguia conectá-los antes do retorno de Landon à casa na praia.

Entretanto, suas investigações revelaram que Abra Walsh tinha um histórico de ligações com tipos violentos, o que faria de Landon o par perfeito, caso ele tivesse esmigalhado a cabeça da esposa, o que Duncan estava começando a pôr em dúvida. Talvez Landon fosse o namorado atual da garota, pensou, mas isso não interessava muito, já que ele não conseguiu encontrar nem um fiapo de prova que os ligasse antes do assassinato.

Seu relatório magro não combinava com a insistência do cliente, que afirmava que Landon era culpado, ou com a certeza de Wolfe — velho amigo de Duncan e um dos melhores policiais de Boston — de que Landon havia aberto a cabeça da mulher porque ela o traía.

Quanto mais ele observava, menos culpado lhe parecia o pobre sujeito.

Para coletar informações, ele havia tentado a abordagem direta, com a governanta sexy, com a funcionária da pousada na qual se hospedara e com algumas outras pessoas. Apenas mencionara a casa grande do penhasco e indagara, como qualquer turista, acerca de sua história e seus proprietários. Ouvira muita coisa a respeito de uma fortuna construída, inicialmente, com bebidas: de ataques piratas a destilarias e à fabricação de uísque durante os velhos tempos da Lei Seca. Lendas sobre joias roubadas e escondidas durante gerações, escândalos na família, os indefectíveis fantasmas, heróis e vilões — até chegar ao escândalo de Eli Landon.

Sua fonte mais agradável fora a bonita vendedora de uma loja de presentes, que ficara feliz em gastar meia hora de uma tarde sombria fofocando com um cliente disposto a gastar. Fofocas, frequentemente, eram as melhores amigas de um investigador particular, e Heather Lockaby fora bastante amistosa.

Ela sentia muita *pena* de Eli, lembrou-se Duncan. Considerava a esposa morta uma esnobe fria e antipática, que nem ao menos visitava a velha avó de Eli. Heather começou a fugir do assunto quando começou a falar sobre o tombo de Hester, mas ele a reconduzira facilmente ao assunto que o interessava.

Segundo a tagarela Heather, nunca faltara companhia feminina a Landon durante sua adolescência nem durante os verões e feriados que passava em Whiskey Beach. Ele gostava de festas, de beber cerveja nos bares locais e de circular em seu conversível.

Ninguém, segundo Heather, esperava que ele se casasse antes dos trinta anos. O casamento fora *muito* comentado, mas os comentários acabaram cessando quando não nasceu nenhum bebê.

Ficou *claro* que havia problemas no paraíso, quando Eli parou de trazê-la à Bluff House e, depois, também parou de vir. Ninguém nem piscou quando a notícia de um divórcio começou a circular.

E ela pessoalmente já *sabia,* antes que o fato se tornasse conhecido, que aquela lambisgoia estava tendo um caso. Ela não criticava Eli por ele ter se chateado e esclarecido tudo com ela. Não, não culpava. E, se ele a matara — coisa que ela não acreditava nem por um minuto —, ela tinha certeza de que fora um acidente.

Ele não lhe perguntou como bater com um atiçador na cabeça de alguém, diversas vezes, poderia ser um acidente, pois já gastara duzentos e cinquenta pratas em quinquilharias para mantê-la falando e ela ainda não lhe proporcionara nada além de entretenimento.

Mas ele achou interessante saber que pelo menos alguns moradores locais achavam que o menino de ouro da cidade havia cometido um assassinato. As suspeitas abriam portas. Ele bateria em algumas delas nos próximos dias, para justificar seus honorários.

Agora, estava pensando em ir embora e dar o dia por encerrado. Ou pelo menos ir ao banheiro.

Estava deslocando a bunda de um lado para outro, tentando afastar a dormência, quando o celular tocou.

— Duncan. — Ele mudou de posição de novo ao ouvir a voz do cliente. — Por acaso, estou sentado em frente à casa dos pais dele, em Beacon Hill. Ele veio a Boston hoje de manhã. Vou lhe entregar um relatório por volta...

Ele deslocou as nádegas mais uma vez, quando o cliente o interrompeu com uma saraivada de perguntas.

— Sim, é isso. Ele passou o dia em Boston, encontrou-se com o advogado dele, cortou o cabelo e comprou flores.

O cliente pagava as contas, lembrou ele a si mesmo, enquanto anotava a chamada em seu bloco.

— A irmã dele e a família dela chegaram há cerca de meia hora. Parece uma grande reunião familiar. Considerando a hora, eu diria que ele, no mínimo, vai ficar para jantar. Acho que não vai haver mais muita atividade por aqui; então... Posso fazer isso, se é o que você quer..

O dinheiro é seu, pensou Duncan, resignando-se a passar uma parte da noite ali.

— Entro em contato com você quando ele sair.

Ao ouvir o clique do telefone, Duncan abanou a cabeça. Os clientes pagam as contas, pensou novamente, comendo mais um palito de cenoura.

◆ ◆ ◆ ◆

 $\mathcal{E}$ MBORA ELI só tivesse se ausentado por algumas semanas, mas parecia uma festa de boas-vindas. Toras de lenha, em chamas, crepitavam na ampla lareira, diante da qual se enrodilhara a velha cadela Sadie. Estavam todos reunidos no que chamavam de salão da família — com sua tradicional mistura de antiguidades e fotos de família, além dos lírios vermelhos que estavam dentro de um vaso estreito, colocado sobre o piano —, bebendo vinho e conversando como costumavam fazer em qualquer noite antes que o mundo desmoronasse.

Até sua avó — que, em vez de fazer objeções, ficara feliz quando ele desceu a escadaria com ela no colo e a depositou em sua cadeira favorita — conversava como se nada tivesse mudado.

A criança ajudava, presumiu ele. Bela como um confeito, rápida como um raio, Selina, que ainda não completara três anos, enchia o aposento de graça e energia.

Quando lhe pediu que brincasse com ela, Eli se sentou no chão e a ajudou a construir um castelo de blocos para sua boneca princesa.

Algo simples, algo comum, mas que o lembrava de que um dia ele pensara em ter filhos.

Ele achou que seus pais pareciam menos tensos do que quando ele partira para Whiskey Beach, algumas semanas antes. A provação que enfrentara havia acentuado as rugas do rosto de seu pai e conferido uma palidez quase translúcida ao rosto de sua mãe.

Mas eles jamais haviam fraquejado, pensou.

— Vou dar de comer a essa menina ocupada — disse a irmã de Eli, apertando a mão do marido enquanto se levantava. — Tio Eli, por que você não me ajuda?

— Ahn... claro.

Selina, sempre segurando a boneca, erguera os braços para ele e o brindara com seu sorriso irresistível. Ele a pôs no colo e a levou para a cozinha.

A corpulenta Alice regia o amplo fogão de seis bocas.

— Ela está com fome?

Imediatamente, Selina abandonou Eli e estendeu os braços para a cozinheira.

— Essa é a minha princesa. Peguei ela — disse Alice, firmando destramente Selina sobre seu quadril. — Ela pode comer e me fazer companhia; e fazer companhia a Carmel também, assim que eu contar a ela que nossa menina está conosco. Vamos servir o jantar à mesa para vocês, plebeus, daqui a uns quarenta minutos.

— Obrigada. Se ela incomodar vocês...

— Incomodar? Olhe para esse rostinho — disse Alice, arregalando os olhos de maneira cômica.

Rindo, Selina enlaçou os braços no pescoço da cozinheira e falou no que ela achou ser um sussurro:

— Eu ganho biscoitos?

— Depois de jantar — sussurrou Alice de volta. Em seguida, enxotou-os com um aceno. — Tudo bem aqui. Podem relaxar.

— Comporte-se — avisou Tricia à filha, segurando a mão do irmão. Com mais de um metro e oitenta, corpo musculoso e vontade férrea, ela o tirou facilmente da cozinha e o puxou em direção à biblioteca. — Quero falar um minuto com você.

— Eu percebi. Estou bem. Está tudo bem, então...

— Pare com isso.

Ao contrário de sua diplomática mãe, Tricia herdara traços da personalidade de seu resoluto, duro e teimoso avô paterno.

Devia ser por isso que ocupava o cargo de diretora de operações na Landon Whiskey.

— Todo mundo está falando de tudo, menos do que aconteceu, do que está acontecendo e de como você está lidando com as coisas. Isso é ótimo, mas agora estamos sozinhos. Cara a cara, sem nenhum e-mail, que você pode editar cuidadosamente. Como você está, Eli?

— Estou escrevendo direto. Estou caminhando na praia. E estou comendo regularmente as refeições preparadas pela governanta da vovó.

— Abra? Ela é linda, não é?

— Não. Ela é interessante.

Tricia achou graça e se sentou no braço de uma larga cadeira de couro.

— Entre outras coisas. Me alegra ouvir isso, Eli, porque parece justamente o que você deveria estar fazendo agora. Mas, se tudo está indo tão bem, por que você voltou a Boston?

— Eu não posso visitar minha família? Fui banido?

O modo como Tricia levantou um dos dedos o lembrou de seu avô.

— Não desconverse. Você não tinha planos de voltar antes da Páscoa, mas está aqui. Desembuche.

— Não é nada demais. Eu queria conversar cara a cara com Neal. — Ele olhou para a porta. — Escute, eu não quero deixar papai e mamãe preocupados, isso não adianta nada. E parece que eles estão menos estressados. Os Piedmonts estão ameaçando entrar com um processo de homicídio culposo.

— Isso é besteira, pura bobagem. Eles querem é perturbar você, Eli. Você deveria conversar com Neal. — Ela se interrompeu e respirou fundo. — Como você já fez. O que ele acha?

— Ele acha que é apenas conversa fiada, pelo menos por enquanto. Eu pedi a ele que contratasse um novo investigador, uma investigadora dessa vez.

— Você está se recuperando — declarou Tricia, cujos olhos se encheram de lágrimas.

— Não faça isso. Pelo amor de Deus, Tricia.

— Não é só por causa disso, de você, ou não só isso. São os hormônios. Estou grávida. Hoje de manhã chorei quando estava cantando *The Wheels on the Bus* junto com Sellie.

— Ah, puxa! Caramba! — Um sentimento de alegria percorreu seu corpo e foi até o coração. — Isso é bom, não?

— É ótimo! Max e eu estamos empolgados. Não contamos a ninguém ainda, mas acho que mamãe está desconfiada. Estou na sétima semana ainda. Droga. — Ela fungou. — Vou falar com Max. Vamos contar a todo mundo durante o jantar. Por que não o transformamos numa comemoração?

— E assim eu deixo de ser o foco das atenções.

— Sim, não diga que nunca fiz nada por você. — Ela se levantou e o abraçou. — Vou tirar as atenções de cima de você se prometer parar de enviar esses e-mails cautelosos, pelo menos para mim. Quando estiver se sentindo mal, me fale. E, se precisar de companhia, posso dar um jeito de passar uns dias na casa, junto com Sellie. E Max, se ele conseguir tempo. Você não precisa ficar sozinho.

Ela o faria mesmo, pensou ele. Tricia mudaria os horários, reprogramaria a agenda — era especialista nisso. E faria tudo por ele.

— Estou bem sozinho. Não fique chateada. Estou começando a resolver coisas que negligenciei por muito tempo.

— A oferta está de pé. E não vamos esperar um convite se você ainda estiver lá neste verão. Simplesmente iremos. Vou boiar como a baleia que serei na ocasião e deixarei todo mundo me paparicar.

— Como sempre.

— Queria ver você dizer isso se tivesse que carregar dez quilos a mais e se preocupar com estrias. Agora, volte para sala. Vou dar uma olhada na cozinha para me certificar de que Selina não conseguiu persuadir Alice a lhe dar biscoitos antes do jantar.

♦ ♦ ♦ ♦

Às nove horas daquela mesma noite, Abra terminou a aula de ioga em sua casa e pegou uma garrafa de água enquanto seus alunos enrolavam as esteiras.

— Desculpe eu ter chegado um pouco atrasada — disse Heather. — As coisas fugiram do meu controle hoje.

— Sem problema.

— Detesto perder o aquecimento respiratório, sempre me ajuda.

Heather exalou profundamente, empurrando o ar para baixo com as mãos. Abra sorriu.

Nada deprimia Heather. Abra achava que ela devia falar até quando dormia, assim como não parava de falar durante uma massagem de sessenta minutos.

— Saí correndo de casa feito uma louca — continuou ela. — Ah, reparei que o carro de Eli não estava na Bluff House. Não me diga que ele já voltou para Boston.

— Não.

Sem querer deixar o assunto morrer, Heather fechou o zíper do casaco e acrescentou:

— Eu só queria saber. É uma casa tão grande. Hester, bem, ela faz parte das instalações, se é que você me entende. Mas imagino que Eli, com tanta coisa que tem para pensar, deve ficar perambulando pela casa.

— Não que eu tenha notado.

— Eu sei que você se encontra com ele quando vai cuidar da casa; então já é *alguma* companhia. Mas fico pensando que, com tanto tempo à disposição, bem, ele acaba não sabendo o que fazer com si mesmo. Isso não pode ser saudável.

— Ele está escrevendo um romance, Heather.

— Bem, eu sei que é isso o que ele *diz*. Ou isso é o que as pessoas dizem que ele diz, mas ele era advogado. O que um advogado sabe sobre escrever romances?

— Não sei. Pergunte a John Grisham.*

Heather abriu e fechou a boca.

— Ah, é verdade. Mas, mesmo assim...

— Heather, parece que está começando a chover. Você se importa de me dar uma carona até minha casa? Acho que estou meio resfriada — disse Greta Parrish, que se aproximava.

— Oh, claro que sim. Deixe-me só pegar minha esteira.

---

* Advogado e romancista americano que se destacou por seus thrillers jurídicos, como *A Firma* e *Dossiê Pelicano*, best-sellers também no Brasil e que até viraram filmes. (N.T.)

— Você me deve uma — murmurou Greta, depois que Heather saiu.

— E como.

Ela apertou a mão da velha senhora e procurou se mostrar ocupada, empilhando esteiras.

Tão logo a casa ficou vazia, deu um suspiro.

Adorava dar aulas em casa, adorava a intimidade, as conversas descontraídas antes e depois. Mas às vezes...

Após arrumar o jardim de inverno, ela subiu a escada e vestiu seu pijama favorito — ovelhinhas brancas e fofas saltitando sobre um fundo cor-de-rosa. Em seguida, desceu de novo.

Pretendia servir-se de uma taça de vinho, acender a lareira e se acomodar em frente a ela com um livro. O som da chuva sobre seu deque a fez sorrir. Noite chuvosa, lareira acesa, uma taça de vinho...

Chuva. Droga, será que ela havia fechado todas as janelas da Bluff House?

Claro que sim. Ela não teria se esquecido de...

Fechara mesmo? Todas? Como da sala de ginástica de Hester?

Fechando os olhos com força, ela tentou visualizar a si mesma percorrendo a casa e fechando as janelas.

Mas não conseguiu, simplesmente não tinha certeza.

— Droga, droga, droga!

Não conseguiria relaxar até verificar a casa, mas isso só levaria alguns minutos. De qualquer forma, já preparara o ensopado de peru. Assim, poderia levar o pote que havia separado para Eli.

Ela o tirou da geladeira, descalçou as meias confortáveis que usava e enfiou os pés em suas velhas botas forradas de lã. Vestiu, então, o casaco sobre o pijama, colocou um chapéu e correu até seu carro.

— Cinco minutos, dez no máximo, e estarei de volta para beber aquela taça de vinho.

Ela saiu a toda em direção à Bluff House sem se assustar com o estrondo dos trovões. No que dizia respeito ao clima, o final de março era sinônimo de loucura. Trovões naquela noite, neve e sol no dia seguinte. Quem poderia saber?

Ela parou o carro e, com o chaveiro em uma das mãos e o ensopado de peru na outra, correu sob a chuva até a porta da Bluff House.

Fechando a porta com o quadril, pôs o chaveiro no bolso e apertou o interruptor de luz para poder digitar o código do alarme.

— Maravilha. Perfeito — murmurou, quando o vestíbulo continuou às escuras.

Sabia muito bem que a eletricidade da Bluff House era pouco confiável durante uma tempestade — como em toda Whiskey Beach, aliás. Ela acendeu a pequena lanterna que carregava no chaveiro e seguiu o pequeno facho de luz até a cozinha.

Verificaria as janelas e depois relataria a falta de eletricidade — e o fato de que o gerador falhara. Novamente. Ela gostaria que Hester trocasse aquele velho monstro por um aparelho novo. Preocupava-se com a segurança de Hester durante um apagão para valer, embora esta lembrasse que já enfrentara muitos e que sabia se cuidar.

Na cozinha, ela abriu uma gaveta e pegou uma lanterna grande. Talvez devesse ir até o porão para verificar o gerador. Claro que não sabia o que deveria verificar, mas, mesmo assim...

Ela começou a se encaminhar para a porta do porão, mas parou. Escuro, frio, potencialmente úmido. E aranhas.

Talvez não.

Deixaria um bilhete para Eli. Se ele chegasse no meio da noite e encontrasse a casa sem aquecimento e sem luz, poderia se acomodar no sofá da casa dela. Mas, primeiro, verificaria as janelas.

Ela subiu a escada para o segundo piso. Naturalmente, a janela que a preocupava estava bem fechada e, naturalmente, *agora* ela se lembrava claramente de tê-la fechado e passado o trinco. Retornando ao andar de baixo, ela se virou em direção à cozinha. Não se assustava com facilidade, mas queria voltar para casa, sair daquela casa grande, escura, vazia e entrar em seu chalé aconchegante.

Um trovão estrondeou de repente e, desta vez, ela deu um pulo. O que a fez rir de si mesma.

A lanterna caiu de sua mão quando o homem a agarrou por trás. Por um instante, apenas por um instante, um pânico intenso e irracional a dominou. Ela se debateu inutilmente, cravando as unhas no braço que apertava seu pescoço.

Ela imaginou uma faca em sua garganta ou passando entre suas costelas, seccionando a carne no caminho. O terror impulsionou um grito desde suas entranhas até a garganta, onde o braço que lhe cingia o pescoço o transformou num chiado.

Ela lutou para poder respirar. A cozinha começou a dar voltas.

Foi quando o instinto de sobrevivência entrou em cena.

Plexo solar: sobrevivência. Dorso do pé: pisão com toda a força. Nariz: giro repentino quando a pressão diminuiu e pancada com a base da mão, onde a intuição lhe dizia que o rosto deveria estar. Virilha — joelhada rápida e violenta.

Depois ela correu. O instinto, novamente, levou-a cegamente até a porta. Suas mãos bateram na madeira com tanta força que seus braços doeram, mas ela não parou. Abriu a porta e correu até seu carro, tirando as chaves do bolso com mão trêmula.

— Anda, anda.

Jogando-se no interior do veículo, ela enfiou a chave na ignição. Os pneus cantaram quando ela deu marcha à ré. Ela girou totalmente o volante e saiu em disparada pela pista de acesso.

Inconscientemente, passou por sua casa e freou em frente à casa de Maureen.

Luz. Gente. Segurança.

Ela correu até a porta, escancarou-a, e só parou quando viu seus amigos aconchegados em frente à tevê.

Ambos se puseram de pé prontamente.

— Abra!

— Polícia. — Tudo começou a girar de novo. — Chamem a polícia.

— Você está machucada! Está sangrando!

Maureen correu até ela e Mike pegou seu celular.

— Estou? Não.

Cambaleante, olhou para baixo, enquanto Maureen a amparava. Viu o sangue em seu casaco e sobre as pernas da calça do pijama.

Não era da faca. Não. Não desta vez. Não o seu sangue.

— Não, não é meu. É dele.

— Meu Deus. Houve algum acidente? Venha, sente.

— Não. Não! — Não era o seu sangue, pensou novamente. Ela escapara. Estava em segurança. E o aposento parara de girar. — Tinha alguém na Bluff House. Digam à polícia que tinha alguém na Bluff House. Ele me agarrou. — Ela pousou a mão no pescoço. — Ele estava me asfixiando.

— Ele machucou você. Estou vendo. Sente-se. Mike?

— Os tiras já estão vindo. — Ele enrolou uma manta em torno de Abra, enquanto Maureen a conduzia até uma cadeira. — Você está bem, agora. Você está em segurança, agora.

— Vou pegar água. Mike vai ficar aqui — disse Maureen.

Ele se ajoelhou em frente a Abra. Um rosto tão bondoso, pensou ela, ainda ofegante. Um rosto amável, de olhos escuros como os de um cachorrinho.

— Faltou eletricidade — disse ela, quase distraidamente.

— Não, não faltou.

— Na Bluff House. Faltou eletricidade. Estava escuro. Ele estava no escuro. Eu não vi o rosto dele.

— Tudo bem. A polícia já está a caminho e você está bem.

Ela meneou a cabeça, olhando fixamente para aqueles olhos de cachorrinho.

— Estou bem.

— Ele a machucou?

— Ele... ele colocou o braço em volta do meu pescoço e apertou, e apertou minha cintura, acho. Eu não conseguia respirar. Fiquei tonta.

— Querida, tem sangue em você. Você me deixa dar uma olhada?

— É dele. Eu acertei o rosto dele. Eu fiz a DPDNV.

— Você fez o quê?

— DPDNV — disse Maureen, entrando na sala com um copo de água numa das mãos e um copo de uísque na outra. — Defesa pessoal. Plexo solar, dorso do pé, nariz, virilha. Abra, você é um milagre!

— Eu nem pensei. Só fiz. Acho que tirei sangue do nariz dele. Não sei. Consegui me livrar e corri. Saí correndo da casa e vim até aqui. Estou me sentindo... meio enjoada.

— Beba um pouco de água. Devagar.

— Tudo bem. Preciso telefonar para Eli. Ele precisa saber.

— Eu me encarrego disso — disse Mike. — Basta me dar o número e eu me encarrego disso.

Abra tomou um gole de água, respirou fundo, e depois tomou outro.

— Está no meu celular. Eu não estou com o meu celular. Deixei em casa.

— Vou lá pegar. Eu me encarrego disso.

— Eu não deixei que ele me machucasse. Não dessa vez. — Abra tapou a boca com a mão, enquanto seus olhos se enchiam de lágrimas. — Não dessa vez.

Maureen se sentou ao lado dela, abraçou-a e começou a balançar suavemente.

— Me desculpe. Me desculpe.

— Você está bem.

— Estou bem. Eu deveria estar dando pulos de alegria. Não desmoronei... até agora. Fiz tudo certo. Ele não me machucou. Eu não deixei que ele me machucasse. Só que... isso trouxe tudo de volta.

— Eu sei.

— Mas isso já passou. — Ela se recostou na cadeira e enxugou as lágrimas. — Eu me saí bem. Mas, pelo amor de Deus, Maureen, alguém entrou na Bluff House. Não sei de onde ele saiu nem o que estava fazendo. Não notei nada fora do lugar. Só fui até a cozinha e a sala de ginástica. Quase fui até o porão para verificar o gerador, mas... Ele poderia estar lá embaixo. Deve ter cortado a energia para poder entrar. A eletricidade estava desligada. Eu...

— Beba isso agora — disse Maureen, enfiando o copo de uísque na mão dela. — Devagar.

— Estou bem. — Ela bebeu lentamente, e deu um suspiro quando sentiu o calor em sua garganta dolorida. — Começou a chover e eu não conseguia me lembrar se tinha fechado todas as janelas da Bluff House. Isso estava me incomodando; então, peguei o carro e fui até lá. Achei que tinha faltado eletricidade. Não vi nem ouvi o homem, Maureen. Não com aquela chuva e aquele vento.

— Você tirou sangue dele.

Já mais calma, Abra olhou para baixo.

— Eu fiz o cara sangrar. Ponto para mim. Tomara que eu tenha quebrado a droga do nariz dele.

— Tomara que sim. Você é a minha heroína.

— E você é a minha. Por que acha que vim direto para cá?

Mike voltou.

— Ele já está a caminho — disse. — E os policiais estão indo para a Bluff House. Depois que fizerem o que têm que fazer, seja lá o que for, eles virão aqui falar com você. — Ele se aproximou e entregou a ela um agasalho de moletom. — Achei que você poderia precisar disso.

— Obrigada. Meu Deus, Mike. Obrigada. Você é o máximo.

— É por isso que eu fico com ele. — Maureen deu um tapinha na coxa de Abra e se levantou. — Vou fazer café.

Enquanto ela se afastava, Mike desligou a TV. Depois se sentou, tomou um gole do uísque de Abra e sorriu para ela.

— Então, como foi o seu dia? — perguntou, fazendo com que ela risse.

Capítulo 8

♦ ♦ ♦ ♦

ELI FEZ o trajeto de Boston a Whiskey Beach em menos de duas horas. Ele entrara e saíra da chuva, que se dirigia para o sul. Os vinte minutos infernais que passara no meio da tormenta o haviam ajudado a se manter concentrado.

Limite-se a dirigir, disse a si mesmo. E não pense em mais nada além do carro e da estrada.

Pequenas espirais de névoa se erguiam do asfalto quando ele passou em disparada pelo vilarejo. As luzes da rua se refletiam nas poças e nos pequenos riachos que se escoavam pelos esgotos. Ele as deixou para trás, juntamente com as fachadas das lojas e restaurantes, e fez a curva para ingressar na estrada da praia.

Finalmente, com uma guinada brusca, entrou na pista de acesso da Laughing Gull. Quando ainda estava caminhando a passo rápido em direção à casa, a porta da casa ao lado se abriu.

— Eli?

Ele não conhecia o homem que saiu pela porta vestindo um paletó leve e atravessou o pequeno gramado.

— Mike O'Malley — disse ele, estendendo a mão. — Eu o estava esperando.

A voz ao telefone, claro.

— Abra.

— Está conosco. — Ele apontou para a casa. — Ela está bem. Ficou abalada mais do que qualquer outra coisa. Há alguns policiais na Bluff House. Se você quiser falar com eles, eu...

— Mais tarde. Quero ver Abra.

— Lá na cozinha.

Mike fez sinal para que Eli o acompanhasse.

— Ele a machucou?

— Ela está abalada — repetiu Mike — e assustada. Ele a enforcou numa chave de pescoço, ficou meio marcado. Mas parece que ela o machucou mais do que ele a ela. Ele a deixou com alguns hematomas, mas ela o fez sangrar.

Eli percebeu o orgulho na voz de Mike e presumiu que ele estava tentando tranquilizá-lo. Mas queria ver por si mesmo. Precisava ver.

Ele ouviu a voz dela tão logo saíram da acolhedora sala de estar e entraram em uma ampla cozinha. Ela estava sentada à mesa, usando um largo agasalho de moletom e grossas meias rosadas. Ela olhou para ele com ar de desculpa e, ao mesmo tempo, de compaixão. Expressão que foi substituída pela surpresa, quando ele se ajoelhou diante dela e segurou suas mãos.

— Trouxe o anel?

— Não fale — disse ele, enquanto examinava o rosto dela. Em seguida, levantou a mão e tocou suavemente os arranhões em seu pescoço. — Você tem outros machucados?

— Não. — Suas mãos apertaram a dele, num gesto agradecido e tranquilizador. — Ele me assustou.

Eli olhou para Maureen em busca de uma confirmação.

— Ela está bem. Se eu não achasse isso, ela já estaria na emergência do hospital, gostasse ou não. — Maureen se levantou, apontou para a cafeteira e para a garrafa de uísque que estavam lado a lado. — Qual você vai querer? Ou vai querer as duas coisas?

— Café. Obrigado.

— Desculpe nós o termos chamado e deixado seus familiares preocupados... — começou Abra.

— Eles não estão preocupados. Eu disse que tinha faltado energia e que queria retornar para verificar as coisas. De qualquer forma, eu já tinha decidido voltar hoje à noite.

— Ótimo. Não adianta eles se preocuparem. Mas não sei se alguma coisa foi tirada da casa. — prosseguiu Abra. — A polícia disse que nada parecia fora do lugar, mas o que eles podem saber? E esses dois não querem me deixar ir até lá para checar. Maureen dá medo quando está protegendo alguém.

— Se alguém invadiu a casa e roubou alguma coisa, o que você poderia fazer? — Maureen se interrompeu e ergueu as mãos diante de Eli. — Desculpe. Estamos repetindo essas coisas há meia hora.

Ela entregou a xícara de café a Eli. Antes que pudesse oferecer leite ou açúcar, ele engoliu metade, puro.

— Vou até lá conversar com os tiras e dar uma olhada.

— Vou com você. Em primeiro lugar — disse ela, quando Maureen começou a protestar —, eu consegui me defender, não consegui? Em segundo, eu estarei perto dos policiais e de Eli. Em terceiro, eu sei mais a respeito do que está na casa e onde cada coisa fica do que qualquer outra pessoa, com exceção de Hester, que não está lá. E por último...

Ela se pôs de pé e deu um forte abraço em Maureen.

— Obrigada, não só pelas meias, como também por ter cuidado de mim. Obrigada. — Ela se virou e abraçou Mike também.

— Volte para cá e durma no quarto de hóspedes — insistiu Maureen.

— Querida, aquele idiota só me atacou porque cheguei quando ele achava que estava sozinho na casa. Ele não vai entrar furtivamente na minha. Vejo você amanhã.

— Eu cuido dela — disse Eli. — Obrigado pelo café... e por tudo.

— Ela tem os genes da preocupação materna — disse Abra, ao saírem da casa. — Todos nós sabemos que isso não tem nada a ver comigo.

— Você foi atacada; então, tem a ver com você, sim. Eu dirijo.

— Vou seguir você no meu carro, senão você vai ter que me trazer de volta.

— Eu trago.

Ele segurou o braço dela e a levou até o carro.

— Que bom. Todo mundo está com os genes da preocupação materna hoje.

— Me conte o que aconteceu. Mike não me deu detalhes.

— Quando a tempestade começou a cair, eu não conseguia lembrar se tinha fechado todas as suas janelas. Eu arejei a casa hoje, mas não lembrava se tinha fechado a janela na sala de ginástica de Hester. Como isso começou a me incomodar, fui até lá para checar. Ah, levei um pote de ensopado de peru com massa.

— Por falar em genes maternos...

— Eu prefiro dizer "genes de boa vizinha". Não havia luz na casa. Agora me sinto uma tola, pois não pensei muito nisso, nem no fato de que não tinha faltado energia na área, pelo menos até cinco segundos antes.

Só fiquei chateada. Usei minha minilanterna para ir até a cozinha e pegar uma maior.

Ela soltou o ar pesadamente.

— Não ouvi nada, não *senti* nada, o que me deixa furiosa, porque gosto de pensar que tenho um sexto sentido. Mas hoje à noite ele me faltou completamente. Subi para o segundo piso e, é claro, eu tinha fechado a janela. Desci de novo e abandonei a ideia de ir até o porão para ver se conseguia fazer o velho gerador funcionar. Mesmo se não me importasse com as aranhas, a escuridão e os fantasmas, não entendo absolutamente nada de geradores. Foi quando ele me agarrou.

— Por trás.

— Sim. Havia trovões, chuva e vento, mas detesto pensar que não ouvi nem senti nada até ele me agarrar. Depois do pânico inicial, comecei a chutar e a cravar as unhas no braço dele.

— Pele ou pano?

— Pano. — Pequenos detalhes, percebeu ela. O ex-advogado criminalista pensaria nisso, assim como os policias pensariam. — Lã, eu acho. Lã macia. Um suéter, por exemplo. Minha mente não estava muito lúcida porque eu não conseguia respirar. Por sorte, inconscientemente, eu entrei numa atitude de defesa. Já dei aulas de DPDNV. Isso quer dizer...

— Eu sei o que quer dizer. Você se lembrou de usar esse recurso?

— Parte de mim se lembrou. Já contei isso à polícia — disse ela, enquanto ele parava o carro em frente à Bluff House. — Dei uma cotovelada forte para trás e o peguei de surpresa. E o machuquei, pelo menos um pouco, o bastante para ele afrouxar um pouco o aperto, porque consegui respirar. Depois dei um pisão no pé dele, que não deve ter doído muito, pois eu estava com as botas macias, mas o deixou confuso. Então, eu me virei e golpeei o rosto dele. Não conseguia ver o rosto no escuro, mas senti onde estava. Com a base da mão. Depois, o golpe final.

— Joelhada no saco.

— Sei que isso machucou. Na hora, não percebi, já que estava correndo feito louca para a porta, para o meu carro, mas tenho certeza de ter ouvido ele cair. E a pancada no nariz também funcionou, porque ele sangrou em cima de mim.

— Você está bem tranquila.

— Agora. Você não me viu encolhida nos braços de Maureen, chorando feito um bebê.

Esta imagem fez o corpo de Eli se retesar.

— Sinto muito por isso, Abra.

— Eu também. Mas não foi sua culpa nem minha. — Ela saiu do carro e sorriu para o xerife-assistente, que se aproximava.

— Oi, Vinnie. Eli, esse é o xerife Hanson.

— Olá, Eli. Provavelmente, você não se lembra de mim.

— Sim, eu me lembro. — Os cabelos estavam mais curtos, e castanhos em vez de parafinados. O rosto, mais gordo. Mas Eli se lembrou. — Era um dos surfistas.

Vinnie riu.

— Ainda sou, quando consigo pegar uma prancha e uma onda. Lamento o problema ocorrido aqui.

— Eu também. Como ele entrou?

— Cortou a eletricidade. Provocou um curto-circuito e arrombou a porta com um pé de cabra. A porta da lavanderia. Portanto, ele sabia que havia um alarme. Ou suspeitava. Abra disse que você viajou para Boston hoje, no final da manhã.

— Correto.

— Assim, seu carro não ficou aqui durante a tarde e o início da noite. Vocês podem dar uma olhada por aí para ver se está faltando alguma coisa. Nós telefonamos para a companhia de força e luz, mas acho que eles só vão cuidar disso amanhã.

— O prazo está bom.

— Não encontramos nenhum sinal de vandalismo — prosseguiu Vinnie, caminhando à frente deles. — Achamos um pouco de sangue no chão do hall de entrada, no pijama de Abra e no casaco também. É o suficiente para se obter DNA, se ele estiver no sistema, ou se nós o pegarmos. Mas isso não vai ser rápido.

Ele abriu a porta da frente, acendeu sua lanterna e pegou a lanterna que Abra deixara cair, que ele depositara em uma mesa do hall.

— Nós temos alguns arrombamentos de vez em quando, em chalés de aluguel que ficam vazios fora da temporada. Mas são quase sempre garotos procurando um lugar para se reunir, fazer sexo, fumar um baseado e, na pior das hipóteses, vandalizar o local ou roubar alguns aparelhos. Isso não parece coisa de garotos. Para começar, nenhum dos garotos locais se arriscaria a arrombar a Bluff House.

— Kirby Duncan. Investigador particular de Boston. Ele tem andado por aí, fazendo perguntas a meu respeito.

— Não foi ele — disse Abra.

Mas Vinnie pegou seu bloco e anotou o nome.

— Estava escuro. Você não viu o rosto dele.

— Não, mas sei como ele é. Duncan é barrigudo, e esse homem não era. E Duncan é mais baixo e corpulento.

— Falaremos com ele mesmo assim.

Vinnie guardou seu bloco.

— Ele está no Surfside, uma pousada. Eu investiguei — explicou Abra.

— Vamos verificar. Há alguns objetos de valor na casa que poderiam ter sido levados, facilmente. E aparelhos eletrônicos. Um lindo laptop lá em cima, tevês de tela plana. Acredito que a sra. Hester tenha joias em um cofre. Você tinha dinheiro em espécie na casa?

— Sim, um pouco.

Eli pegou a lanterna da cozinha e subiu a escada. Verificou o escritório primeiro, ligou seu laptop.

Se Duncan estivesse procurando alguma coisa, imaginou ele, iria olhar seus e-mails, arquivos. Histórico da internet. Assim, ele rodou um rápido diagnóstico.

— Nada, desde que eu o desliguei de manhã. Isso é evidente. — Depois de abrir as gavetas, ele abanou a cabeça. — Nada parece ter sido revistado aqui. E não está faltando nada.

Eli foi até seu quarto e abriu uma gaveta. Viu os duzentos dólares que costumava guardar para os gastos diários.

— Se ele esteve aqui — disse, girando a lanterna —, deixou tudo como estava.

— Pode ser que Abra o tenha interrompido antes que ele começasse. Bem, não se apressem; deem uma boa olhada por aí. Talvez seja melhor esperarem até a luz ser religada. Nós faremos patrulhas na área, mas ele teria que ser muito burro para querer voltar aqui — observou Vinnie. — Já é tarde, mas não vejo problema nenhum em tirar um detetive particular da cama. Amanhã vou lhe dar um retorno, Eli. Quer uma carona até sua casa, Abra?

— Não, obrigada. Pode ir.

Vinnie assentiu com a cabeça e pegou um cartão.

— Abra já tem um, mas guarde esse. Se encontrar alguma coisa faltando ou tiver mais algum problema, telefone para mim. E se quiser pegar uma prancha vamos ver se você se lembra das aulas que lhe dei nos velhos tempos.

— Em março? A água está gelada.

— É por isso que os homens de verdade usam roupas de neopreno. Vou manter contato.

— Ele não mudou muito — comentou Eli, quando os passos de Vinnie deixaram de ser ouvidos. — Bem, os cabelos. Acho que cabelos compridos e parafinados não combinam com o trabalho policial.

— Mas aposto que nele ficariam uma gracinha.

— Vocês se conhecem? Antes de hoje, quero dizer.

— Sim. Ele perdeu uma aposta para a mulher dele e teve que participar de uma das minhas aulas de ioga. Agora aparece de vez em quando.

— Vinnie é casado?

— E com um filho e meio. Eles moram no South Point e fazem churrascos maravilhosos.

Talvez Vinnie tivesse mudado, pensou Eli, enquanto continuava a examinar o quarto. Ele se lembrava de um garoto magricela, sempre maconhado, que vivia em função da próxima onda e que sonhava em se mudar para o Havaí.

O facho da lanterna passeou sobre a cama e iluminou a toalha de mão, no formato de um peixe fumando cachimbo.

— Sério mesmo?

— Na próxima vez, vou ser se consigo fazer um cão de guarda. Um rottweiler ou um doberman. Talvez funcione.

— Você vai precisar de uma toalha maior. — Ele examinou o rosto dela sob a fraca luz da lanterna. — Deve estar cansada. Vou levar você até em casa.

— Mais elétrica que cansada. Eu deveria ter dito não ao café. Olhe, você não precisa ficar nessa casa sem eletricidade. Vai ficar mais frio. E, sem luz, a bomba não funciona. Então, nada de água. Eu tenho um quarto mais ou menos de visitas e um sofá confortável. Você pode ocupar qualquer um.

— Não, está tudo bem. Não quero deixar a casa vazia depois do que aconteceu. Vou descer e verificar o gerador.

— Tudo bem. Vou descer também para dar gritinhos femininos e lhe passar as ferramentas erradas. Você é meio desajeitado, mas acho que consegue pisar em algumas aranhas. O que é errado, eu sei, considerando o bom trabalho que elas fazem, mas eu tenho uma cisma com aranhas.

— Eu posso fazer ruídos masculinos e pegar, eu mesmo, as ferramentas erradas. Você precisa dormir.

— Não estou preparada. — Ela deu de ombros e estremeceu. — A não ser que você faça grandes objeções à minha companhia, eu prefiro ficar por aqui. Principalmente se puder tomar uma taça de vinho.

— Claro.

Ele suspeitou de que, apesar do que ela dissera a Maureen, que a perspectiva de ficar sozinha na própria casa a deixava nervosa. — Vamos tomar um porre e verificar o gerador.

— É um bom plano. Eu limpei um pouco lá embaixo antes de você chegar, pelo menos na área principal, na adega e no depósito temporário. Não fui muito além disso e acho que Hester também não, há muitos anos. O espaço que sobra é enorme, escuro, úmido e fantasmagórico — disse ela, enquanto ambos começavam a descer a escada. — Não é meu lugar favorito.

— Fantasmagórico? — disse ele, e colocou a lanterna sob o próprio queixo para simular o efeito de um filme de terror.

— Sim, e pare com isso. Os fornos roncam, as coisas batem e rangem. E há vários cubículos e espaços estranhos. É *O Iluminado*[*] dos porões. Então...

Ela parou na cozinha e pegou a garrafa de vinho.

---

[*] *The Shining*, no original. Famoso filme de terror lançado em 1980, dirigido por Stanley Kubrick e estrelado por Jack Nicholson. (N.T.)

— Talvez a uva me dê coragem e contrabalance os efeitos do café e da aventura noturna. Como foi lá em Boston?

— Foi bom. De verdade. — Se ela precisava mudar de assunto, ele podia mudar de assunto. — Vovó parece mais forte, e meus parentes, menos estressados. E minha irmã está esperando o segundo filho. Portanto, tínhamos motivos para celebrar.

— Isso é maravilhoso!

— Tudo mudou, se é que você me entende — disse ele, enquanto servia vinho para ambos. — Em vez de tomarmos cuidado para não falarmos sobre o motivo de eu ter me mudado para cá, nós paramos de pensar no assunto.

— Aos novos inícios, aos novos bebês e à eletricidade — brindou ela, batendo sua taça na dele.

Após tomar um gole, ela decidiu levar a garrafa para o porão. Talvez *ela* se embebedasse um pouco. Isso poderia ajudá-la a dormir.

A porta do porão rangeu. Naturalmente, pensou ela, enfiando um dedo numa passadeira do cinto de Eli quando ele começou a descer. — Para não nos separarmos — disse, quando ele olhou para trás.

— Aqui não é a Amazônia.

— Em termos de porão, é. A maioria das casas em volta nem ao menos *tem* um porão, muito menos um porão de tamanho amazônico.

— A maioria delas não foi construída sobre um penhasco. E parte dele está acima do nível do solo.

— Um porão é um porão. E esse é silencioso demais.

— Eu pensei que fosse ruidoso demais.

— Não se tirarmos todos os fornos, as bombas e sabe Deus que outras coisas entranhas existem aqui embaixo. Então, é silencioso demais. Ele fica à espreita.

— Pois é, agora é você que está me deixando assustado.

— Não quero ficar assustada sozinha.

Na base da escada, Eli pegou uma lanterna que estava pendurada na parede da bem abastecida e meticulosamente organizada adega.

Em outros tempos, pensou ele, cada nicho continha uma garrafa. Eram centenas delas que o mordomo girava de forma sistemática. Porém, mesmos agora, devia haver pelo menos cem garrafas de vinho ali, provavelmente excepcionais.

— Pronto. Agora, se nos separarmos, você pode me mandar um sinal. Eu avisarei a equipe de resgate.

Ela soltou a passadeira da calça dele e acendeu a lanterna que ele lhe entregou.

Pareciam cavernas. Esta era a imagem que lhe vinha à cabeça quando ela pensava no porão da Bluff House. Uma série de cavernas. Algumas das paredes faziam parte da pedra do penhasco que os construtores haviam escavado. Havia corredores, arcadas baixas, diversas seções. Normalmente, ela ligaria os interruptores e inundaria o ambiente de luz, a qual seria muito bem-vinda. Porém, agora, ela só tinha um débil feixe de luz, que se cruzava com o de Eli.

— Como em *Arquivo X*: Scully and Mulder — comentou ela.

— A verdade está lá fora.

Achando graça, ela sorriu e permaneceu junto a Eli, que se abaixou sob uma arcada, dobrou à esquerda e parou, fazendo com que Abra colidisse contra ele.

— Desculpe.

— Ahã.

Eli projetou a luz de sua lanterna sobre o vermelho descascado de um ciclópico aparelho.

— Parece coisa de outro mundo.

— De outra época, em todo caso. Por que nós não modernizamos isso? Por que não trouxemos um gerador novo para esta casa?

— Hester não se incomoda com a falta de eletricidade. Diz que isso a ajuda a ser autossuficiente. E gosta do silêncio. Ela tem um bom estoque de pilhas, velas, lenha, comida enlatada etc.

— Depois desta, ela vai ser autossuficiente com um gerador novo e confiável. Talvez essa droga esteja sem gasolina. Ele deu um leve pontapé no aparelho. Em seguida, tomou um gole de vinho, pousou o copo em uma prateleira e, agachando-se, abriu um latão de vinte litros de gasolina. — Tudo bem, temos gasolina aqui. Agora, vamos checar a criatura de outro mundo.

Abra o observou contornar o aparelho.

— Você sabe como isso funciona? — Perguntou.

— Sim, já nos esbarramos algumas vezes. Já faz tempo, mas não dá para esquecer. — Ele apontou o facho da lanterna para o ombro esquerdo dela e arregalou os olhos. — Ah...

Ela deu um pulo e rodopiou algumas vezes, com a taça de vinho numa das mãos e a garrafa na outra.

— Está em cima de mim? Está em cima de mim? Tire isso de mim!

Ela parou de falar quando ele começou a rir — uma gargalhada sonora e incontrolável que a maravilhou ao mesmo tempo em que a irritou.

— Droga, Eli! O que há de errado com os homens? Vocês são todos umas crianças.

— Você nocauteou um intruso sozinha. Agora grita como uma garotinha por causa de uma aranha imaginária.

— Eu sou uma garota, é natural que eu grite como uma garota. — Ela encheu sua taça e bebeu um pouco mais de vinho. — Isso foi maldade.

— Mas foi engraçado. — Ele segurou a tampa do tanque do gerador e tentou girá-la. Não conseguiu. Depois de sacudir os ombros, tentou outra vez. — Merda.

— Quer que eu afrouxe para você, garotão? — disse ela, batendo as pestanas.

— Vá em frente, menina da ioga.

Ela flexionou os bíceps e se postou ao lado dele. Após duas tentativas, em que usou todas as forças que tinha, deu um passo para trás.

— Mil desculpas. É óbvio que está soldada.

— Não, está velha e enferrujada. Quem a apertou na última vez quis mostrar sua força. Preciso de uma chave inglesa.

— Aonde você vai?

— O setor de ferramentas é aqui atrás... ou costumava ser.

— Eu não quero ir até aí.

— Posso pegar a chave inglesa sozinho.

Abra não estava se sentindo bem sozinha, mas não queria admitir isso.

— Bem, continue falando. E não grite nem faça nenhum som idiota, como se estivesse com falta de ar ou vomitando. Isso não vai me impressionar.

— Se o monstro do porão atacar, vou lutar contra ele em silêncio.

— Continue falando — insistiu ela, enquanto ele desaparecia na escuridão. — Quando foi que você perdeu sua virgindade?

— Hein?

— Foi a primeira coisa que me veio à cabeça. Não sei por quê. Eu falo primeiro. Foi na festa de formatura do segundo grau. Um clichê. Pensei que Trevor Bennington e eu ficaríamos juntos para sempre. Ficamos dois meses e meio; seis meses, contando o período pré-sexo... Eli?

— Aqui. Quem deu o fora em quem?

— Simplesmente fomos nos afastando, o que é decepcionante. Deveria ter havido um pouco de drama, traições e fúria.

— Nem tudo é como deveria ser.

A voz dele tinha um eco lúgubre, o que fez Abra recorrer à respiração *ujjayi*, enquanto vasculhava a área com sua lanterna.

Ela ouviu uma espécie de baque e um palavrão.

— Eli?

— Droga, o que isso está fazendo aqui?

— Não banque o engraçado.

— Acabei de bater com a canela na droga de um carrinho de mão que está plantado no meio do piso. E...

— Você se machucou? Eli...

— Venha até aqui, Abra.

— Eu não quero.

— Não é nenhuma aranha. Preciso que você veja isso.

— Meu Deus. — Ela começou a andar bem devagar. — Está viva?

— Não, não é nada disso.

— Se for uma brincadeira idiota de meninos, vou ficar *muito* chateada. — Ela respirou com mais facilidade quando a luz de sua lanterna o iluminou. — O que foi?

— Isso.

Ele apontou para baixo com seu facho de luz.

O chão, uma combinação de terra batida e pedras, fora escavado. O buraco ia quase de parede a parede, com quase dois metros de largura e um de profundidade.

— Alguma... alguma coisa foi enterrada aqui?

— Alguém obviamente acha que sim.

— Como... um corpo?

— Eu acho que, num porão, é mais provável que um corpo seja enterrado que desenterrado.

— Por que alguém cavaria aqui? Hester nunca disse nada sobre uma escavação. — Ela iluminou uma picareta, algumas pás, alguns baldes e uma marreta. — Cavar nesse chão deve ter demorado uma eternidade.

— Ferramentas elétricas fazem barulho.

— Sim, mas... Ah, meu Deus. O que aconteceu hoje à noite foi por causa disso? Alguém vinha cavar aqui procurando... o que seja. A lenda? O Dote de Esmeralda? Isso é ridículo, mas tem que ser isso.

— Então, ele está desperdiçando tempo e esforço. Pelo amor de Deus, se houvesse algum tesouro, você acha que não saberíamos e já não o teríamos encontrado?

— Eu não estou dizendo...

— Desculpe, desculpe. — Ele se afastou alguns passos. — Isso não foi feito só hoje à noite. Foram semanas de trabalho, algumas horas de cada vez.

— Então, ele esteve aqui antes. Mas cortou a eletricidade e arrombou a porta. Hester mudou o código do alarme — lembrou-se Abra. — Ela me pediu para mudar o código quando foi para o hospital. Ela estava angustiada e isso não fez muito sentido na hora, mas ela insistiu. Mudar o código e o segredo das fechaduras. Eu fiz isso, cerca de uma semana antes de você se mudar para cá.

— Ela não caiu. — A súbita certeza o atingiu como um soco. — O filho da puta. Ele a empurrou, ou a fez tropeçar ou a assustou tanto que ela perdeu o equilíbrio... Depois a deixou lá. No chão.

— Temos que chamar Vinnie.

— Isso pode esperar até amanhã. O buraco não vai a lugar nenhum. Eu errei o caminho quando fui pegar a chave inglesa. Já se passaram anos desde que estive aqui pela última vez, e acabei errando o caminho. Nós ficávamos muito assustados aqui quando éramos crianças. É a parte mais velha da casa. Escute.

Quando ele se calou, ela ouviu os sons claramente. O estrondo das ondas na pedra, o gemido do vento.

— Parece gente... gente morta. Fantasmas de piratas, bruxas de Salem mortas ou sei lá o quê. Não consigo me lembrar da última vez que fui tão longe. Vovó não vinha aqui. Não guardava nada aqui. Eu errei o caminho, jamais teria descoberto isso.

— Vamos sair daqui, Eli.

— Sim.

Ele a acompanhou para fora da câmara, não sem antes parar a fim de pegar uma velha chave inglesa numa prateleira.

— São as joias, Eli — insistiu ela. — É a única coisa que faz sentido. Você não precisa acreditar que existem. Ele acredita. A lenda diz que são valiosíssimas. Diamantes, rubis, esmeraldas — perfeitas, mágicas, extraordinárias. E ouro. O resgate de uma rainha.

— O resgate da filha de um duque rico, se você quiser ser precisa. — Ele torceu a tampa do tanque de gasolina com a chave inglesa. — As joias existiam e, provavelmente, valiam alguns milhões, muitos milhões, hoje. E estão em algum lugar no fundo do oceano, junto com o navio, a tripulação e o resto do butim. — Ele olhou para dentro do tanque com a luz da lanterna. — Completamente seco.

Ela segurou a lanterna enquanto ele enchia o tanque. Enquanto ele se ocupava com botões e uma espécie de medidor, pegou sua taça de vinho.

Ele apertou o botão de ligar. O aparelho arrotou e tossiu. Eli repetiu o procedimento mais uma, duas vezes. O aparelho funcionou.

— Que se faça a luz — declamou Abra.

— Em alguns lugares muito necessitados. — Quando ele pegou a taça de vinho que ela lhe oferecia, sua mão roçou a dela. — Meu Deus, Abra, você está gelada.

— Neste lugar úmido e sem calefação? Como é que pode?

— Vamos subir. Vou acender uma lareira.

Instintivamente, ele abraçou os ombros dela.

E instintivamente, ela aninhou seu corpo no dele.

— Eli? Nem quero acreditar, mas será que quem fez isso foi gente daqui? Eles tinham de saber que você não estava em casa. Não poderiam se arriscar a cortar a eletricidade e arrombar a porta se você estivesse aqui. Ainda era cedo. Não passava muito das nove e meia.

— Eu já não conheço o pessoal daqui como antes. Mas sei que um detetive particular está hospedado em um dos *bed and breakfasts*. E é trabalho dele saber que eu não estava aqui.

— Não foi ele. Tenho certeza.

— Talvez não. Mas ele está trabalhando para alguém, não está?

— Sim. Sim, está. Ou com alguém. Você realmente pensa que ele ou eles machucaram Hester?

— Ela começou a descer a escada no meio da noite. Nenhum de nós jamais vai saber por quê. Vou começar a encarar isso, tudo isso, por um ângulo diferente. Amanhã — acrescentou enquanto entravam na cozinha.

Ele pousou a lanterna e o copo na mesa e massageou os braços dela.

— A Amazônia é mais fria do que eu pensava.

Ela riu, sacudiu os cabelos e ergueu o rosto.

Eles estavam muito próximos. A massagem dele foi diminuindo de intensidade até se transformar em um afago.

Ela sentiu um tremor na barriga, como não sentia desde que iniciara seu jejum sexual — que foi seguido por uma onda de calor.

Ela percebeu que o olhar dele mudara, tornara-se mais intenso e pousara em seus lábios — depois em seus olhos. Atraída, ela se aproximou mais.

Ele deu um passo para trás e baixou as mãos.

— Não é o momento — disse.

— Não?

— Não é o momento. Trauma, angústia, vinho. Deixe eu acender uma lareira para você se aquecer. Depois eu a levo em casa.

— Tudo bem, mas me diga que sentiu alguma coisa.

— Muita coisa. — Por um momento, seus olhos se fixaram nos dela.
— Muita coisa mesmo.

Já era alguma coisa, pensou ela, enquanto ele se afastava. Tomou outro gole de vinho, desejando que eles tivessem escolhido outro modo de se aquecer.

Capítulo 9

♦ ♦ ♦ ♦

 $\mathcal{Q}$ UANDO O xerife-assistente saiu, Kirby Duncan fechou a porta, pegou a garrafa de vodca que repousava no parapeito da janela e se serviu de uma dose.

Filho da puta, pensou, enquanto esvaziava o copo.

Fora uma sorte danada ele ter recibos: um de um café elegante a poucos quarteirões da casa dos Landon, e outro de um posto alguns quilômetros ao sul de Whiskey Beach, no qual havia parado para pôr gasolina no carro e comer um misto quente.

Ele concluíra que Landon estava voltando para casa, parara para abastecer o carro e a si mesmo. Fora uma coisa muito boa. Os recibos provavam que ele não estava nem perto da Bluff House na hora do arrombamento. Caso contrário, ele estava certo de que teria que se explicar aos tiras no distrito policial.

Filho da puta.

Poderia ser coincidência?, perguntou-se. Alguém resolver arrombar a casa exatamente na noite em que ele reportara a seu cliente que Landon estava em Boston?

Claro. Assim como os porcos voam para passar o inverno no sul. Ele não gostava que brincassem com ele. Sempre defenderia os interesses de um cliente, como era seu dever, mas não quando o cliente aprontasse com ele.

Não quando um cliente o usasse — sem seu conhecimento ou sua permissão — para arrombar uma casa. E muito menos quando o cliente agredia uma mulher.

Ele teria dado uma volta pelo interior da Bluff House, se o cliente lhe tivesse pedido, e aguentado as consequências, se fosse apanhado no ato.

Mas jamais teria posto as mãos em cima de uma mulher.

Estava na hora de botar as cartas na mesa, decidiu ele, ou de o cliente procurar outro cão de caça, pois este cão não caçava para clientes que batiam em mulheres.

Duncan tirou seu celular do carregador e fez a chamada. Estava furioso o bastante para não dar a mínima para a hora.

— Sim, é Duncan, sim, consegui alguma coisa. O que consegui foi um xerife-assistente me interrogando sobre um arrombamento e uma agressão a uma mulher na Bluff House, hoje à noite.

Ele se serviu de mais uma dose de vodca e escutou por alguns momentos.

— Não queira me enrolar. Eu não trabalho para gente que me enrola. Não me importo em representar para os tiras locais, mas não quando não conheço o texto. Sim, eles me perguntaram para quem eu estava trabalhando, mas eu não disse. Desta vez. Mas, quando um cliente me usa para que lhe dê a deixa para arrombar a casa do cara que sou pago para investigar e esse cliente ataca uma mulher dentro da casa, quem faz as perguntas sou eu. O que vou fazer daqui para a frente vai depender das respostas. Não vou pôr em risco a minha licença. No momento, tenho informações sobre um crime que inclui a agressão a uma mulher, e isto me torna um cúmplice. Então, é melhor que você me dê algumas boas respostas ou não trabalho mais para você. E, se os tiras voltarem a falar comigo, vou lhes dar o seu nome. Isso mesmo. Certo.

Duncan verificou a hora. Que droga, pensou. Mas, de qualquer forma, estava furioso demais para sentir sono.

— Estarei lá.

Ele se sentou diante do computador e digitou um relato detalhado. Pretendia se inocentar completamente. Caso necessário, levaria aquele relatório detalhado ao xerife do condado.

O arrombamento era uma coisa já bem ruim. Mas a agressão a uma mulher? Isso passava dos limites.

Mas ele daria ao cliente uma chance de se explicar. Às vezes aqueles imbecis assistiam televisão demais e enchiam a cabeça de caraminholas. Deus sabia que aquela não era a primeira vez que ele tinha um cliente imbecil.

Portanto, o cara teria que esclarecer as coisas. E ele também deixaria sua posição bem clara. Nada mais de besteiras. Uma investigação era coisa para profissionais.

Já mais calmo, Duncan se vestiu e fez um gargarejo para disfarçar o cheiro de vodca. Não era boa ideia visitar um cliente com bafo de álcool. Por força do hábito, prendeu no corpo sua 9mm. Vestiu, então, um grosso suéter e, por cima, um anoraque.

Depois de pegar suas chaves, seu gravador e sua carteira, saiu do quarto pela entrada independente. Este pequeno privilégio lhe custava quinze dólares a mais por dia, mas evitava que sua alegre hospedeira observasse suas idas e vindas.

Ele pensou em ir de carro, mas acabou optando por caminhar. Após a viagem de ida e volta para Boston e as horas que passara em frente à casa dos Landons, uma caminhada seria bem-vinda.

Embora se considerasse uma pessoa urbana, ele gostava do sossego do vilarejo àquela hora da noite, com tudo fechado e o barulho das ondas quebrando nas proximidades.

Alguns centímetros de névoa rasteira se somam à atmosfera sobrenatural. A tempestade passara, mas deixara o ar carregado de umidade e o céu pesado demais para que a lua aparecesse.

O pisca-pisca do farol no promontório acentuava a sensação de extemporaneidade. Foi para lá que ele se encaminhou, aproveitando o tempo para refletir sobre como lidaria com a situação.

Agora que se acalmara, percebeu que a melhor opção seria sair do caso. Quando não se podia confiar no cliente, o trabalho ficava prejudicado. Além disso, Landon não fazia droga nenhuma. Após vários dias de vigilância, de entrevistas com os moradores locais, Duncan não obtivera mais que fofocas de uma balconista tagarela.

Talvez Landon tivesse matado a mulher — coisa duvidosa, embora possível. Mas Duncan não acreditava que grandes revelações fossem surgir naquela cidade praiana ou na casa do penhasco.

Talvez ele pudesse ser persuadido a permanecer no caso, se isso significasse retornar a Boston e fazer algumas investigações lá, revisando os relatórios e as provas sob um novo ângulo. Conversando sobre o caso com Wolfe.

Mas, primeiro, as perguntas e as respostas.

Ele queria saber por que seu cliente entrara na casa. E queria saber se fora a primeira vez.

Não que Duncan fizesse objeções a passar algum tempo numa pousada por conta de um trabalho. Mas era burrice achar que haveria alguma coisa naquela casa que ligasse Landon ao assassinato de sua esposa em Boston, um ano antes.

E agora os tiras locais iriam manter estreita vigilância sobre a casa, sobre Landon e sobre o investigador particular contratado para xeretar.

Amadores, pensou Duncan, bufando um pouco enquanto subia a trilha íngreme que levava ao promontório rochoso onde o farol de Whiskey Beach avultava entre as trevas.

A névoa estava mais alta ali, abafando seus passos e convertendo o estrondo das ondas nas rochas no rufar de um tambor.

E prejudicando a vista também, descobriu, quando alcançou o farol. Talvez ele retornasse ali no dia seguinte, quando estivesse voltando para Boston, caso o dia estivesse mais claro.

A decisão estava tomada, percebeu ele. Um trabalho podia ser tedioso. Um cliente podia ser irritante. Uma investigação podia dar em nada. Mas e quando as três coisas se combinavam? Era hora de partir para outra.

Ele não deveria ter esculachado o cliente como o fizera, reconheceu. Mas, meu Deus, o que o cara fizera fora muito idiota.

Ele se virou ao ouvir o som de passos e viu o cliente em meio à neblina.

— Você me botou numa situação danada de difícil — disse. — Precisamos esclarecer isso.

— Sim, eu sei. Desculpe.

— Bem, podemos deixar isso de lado se você...

Ele nem viu o revólver. Tal como fizera com seus passos, a neblina abafou o ruído dos tiros, que soaram como um tamborilar abafado. E o deixaram desconcertado naquele momento de dor dilacerante.

Ele nem tentou sacar sua arma; isso nunca lhe ocorreu.

Apenas caiu no chão, de olhos arregalados, abrindo e fechando a boca. Mas suas palavras eram apenas gorgolejos. Como que vinda de uma longa distância, ele ouviu a voz de seu assassino.

— Sinto muito. Não deveria ser assim.

Ele não sentiu as mãos que pegavam seu telefone, seu gravador, suas chaves e sua pistola.

Mas sentiu frio — um frio cortante que o deixou entorpecido. Em seguida, enquanto seu corpo era arrastado até a beirada do promontório, uma dor indescritível percorreu seu corpo.

Por um instante, pensou que estava voando, com um vento frio soprando sobre seu rosto. Até que colidiu contra as rochas abaixo e foi engolido pelas águas estrondeantes.

Não deveria ser assim. Tarde demais, agora era tarde demais para retroceder. Seguir em frente era a única opção. Nada mais de erros. Nada mais de contratar detetives — *ou qualquer um* — que não merecesse confiança, que não fosse leal.

Faria o que fosse preciso, até o fim.

Talvez concluíssem que Landon matara o detetive, como ocorrera no caso de Lindsay.

Mas Landon *matara* Lindsay.

Quem mais poderia ter sido? Quem mais teria motivos?

Talvez Landon pagasse por Lindsay através de Duncan. A justiça, às vezes, era tortuosa.

No momento, o mais importante era limpar o quarto do detetive, remover tudo o que pudesse conectá-los. O mesmo teria que ser feito no escritório e na casa de Duncan. Um monte de trabalho. Melhor começar logo.

◆ ◆ ◆ ◆

Quando Eli desceu para o primeiro piso na manhã seguinte, verificou a sala de estar. A manta que estendera sobre Abra, quando ela apagara no sofá, estava caprichosamente dobrada sobre o encosto. E as botas que ela usava, notou ele, não estavam ao lado da porta da frente.

Melhor assim, pensou. Muito menos constrangedor, após aquele momento inesperado e inquietante entre eles na noite anterior. Era bom ter a casa só para si novamente.

Ele achou ter sentido cheiro de café. Então, viu o bule recém-preparado e o papel adesivo.

134

Será que a mulher tinha ações da companhia? Um estoque inesgotável?

Omelete no aquecedor. Não se esqueça de desligá-lo. Frutas frescas na geladeira.
Obrigada por ter me deixado dormir no sofá.
Passo aí mais tarde. TELEFONE para Vinnie!

— Tudo bem, tudo bem. Meu Deus, você se incomoda se eu tomar meu café antes, para ver se ainda tenho algum neurônio funcionando?

Ele se serviu de café, acrescentou sua colherada de creme e massageou os insistentes nós em sua nuca. Telefonaria para Vinnie, não precisava ser lembrado. Só queria um minuto, antes de enfrentar policiais e perguntas. Uma vez mais.

E talvez não quisesse a droga da omelete. Quem pedira a ela para prepará-la?, pensou ele, enquanto abria a porta do aquecedor.

Talvez ele só quisesse... Droga, aquilo parecia realmente bom.

Após olhar a omelete de testa franzida, ele a retirou do aquecedor e pegou um garfo. Começou a comê-la enquanto andava em direção à janela. Comer de pé, por mais idiota que parecesse, não lhe parecia tanto como se ele tivesse cedido aos desejos dela.

Equilibrando o prato, ele saiu para o terraço.

O tempo estava frio, mas não congelante, notou. E a brisa que soprava tornara o mundo claro novamente. Sol, ondas, areia, águas cintilantes... O que relaxava alguns dos nós.

Ele observou um casal caminhando na praia, de mãos dadas. Algumas pessoas, pensou ele, eram feitas para que vivessem acompanhadas, para que formassem casais. Ele as invejava. Sua única tentativa séria fora tão malsucedida que só escapara do divórcio por meio de um assassinato.

O que isso dizia a seu respeito?

O casal parou para se beijar. Ele comeu outro pedaço de omelete.

Sim, ele os invejava.

Ele pensou em Abra. Não se sentia atraído por ela.

Mas de que adiantava ser tão incrivelmente burro a ponto de mentir para si mesmo? É claro que se sentia atraído por Abra. Ela tinha aquele rosto, aquele corpo, aquele *jeito*.

Ele gostaria de não se sentir atraído por ela, o que era mais exato. Não queria pensar em sexo. Não queria pensar em sexo com ela.

Só queria escrever, escapar para um mundo que criava e encontrar o caminho para o mundo em que vivia.

Queria descobrir quem matara Lindsay e por quê, pois até lá não havia brisas oceânicas que lhe clareassem o mundo novamente.

Mas desejos não transformavam a realidade. E o que era a realidade? Um buraco no porão cavado por pessoa ou pessoas desconhecidas.

Hora de telefonar para os tiras.

Ele voltou para dentro, depositou o prato na pia e viu que Abra havia apoiado o cartão de Vinnie no telefone da cozinha.

Teve vontade de revirar os olhos, mas o fato era que isso lhe poupava uma viagem até seu quarto para vasculhar os bolsos de suas calças, onde enfiara o cartão que Vinnie lhe dera.

Ele digitou o número.

— Assistente Hanson.

— Oi, Vinnie, é Eli Landon.

— Eli.

— Tenho um problema — disse ele.

♦ ♦ ♦ ♦

*E*m menos de uma hora, Eli já estava ao lado do xerife-assistente, observando o buraco escavado no velho porão.

— Bem. — Vinnie coçou a cabeça. — É um problema interessante. Então... você não andou cavando buracos por aqui?

— Não.

— E tem certeza de que a sra. Hester não contratou alguém para... não sei. Novos encanamentos, qualquer coisa assim?

— Tenho certeza de que não. Se ela tivesse feito isso, Abra saberia. E como se trata de um trabalho em andamento, obviamente, tenho certeza de que, se fosse um trabalho legítimo, a pessoa responsável teria entrado em contato comigo.

— Sim. Não é cem por cento certo, mas é quase. E mais uma coisa. Se fosse um trabalho contratado, eu provavelmente já teria ouvido falar a respeito. Mas, mesmo assim, você se importaria de perguntar à sua avó?

— Não queria ter que fazer isso. — Eli passara metade da noite pesando os prós e os contras da possibilidade. — Não quero que ela fique preocupada. Posso examinar os arquivos dela, as faturas. Se ela contratou alguém, teve que pagar. Não sou nenhum perito, Vinnie, mas acho que esse buraco é profundo demais para encanamentos. Além disso, que diabo estaria fazendo para mandar instalar encanamentos aqui embaixo?

— Estou só tentando eliminar o mais simples. Um buraco desses deve ter levado algum tempo para ser escavado com ferramentas manuais. Tempo e determinação. E seria preciso entrar e sair da casa.

— Abra me disse que minha avó mandou mudar o código do alarme e trocar o segredo das fechaduras das portas, depois que ela caiu.

— Hum. — O olhar de Vinnie se deslocou do buraco para Eli. — Foi mesmo?

— Vovó não tinha nenhum motivo que justificasse sua decisão, mas fez questão disso. Ela não se lembra direito da queda, mas eu fico pensando se não foi o instinto, alguma lembrança soterrada, algo que a fez insistir em mudar a segurança da casa.

— Você encontrou um buraco no porão e agora está achando que a queda da sra. Hester não foi um acidente.

— Em resumo, sim. Abra foi atacada na noite passada. O sujeito teve que cortar a eletricidade para entrar na casa. Ele não estava esperando que ela aparecesse. E sabia que eu não estava aqui. Talvez esteja trabalhando com Duncan. Ele sabia que eu estava em Boston. Você mesmo disse que ele lhe mostrou os recibos e lhe informou seus passos. Ele pode ter dado luz verde para a pessoa que entrou aqui. Estou em Boston, comece a cavar.

— Para quê?

— Vinnie, você e eu podemos não acreditar nessa bobajada do Dote de Esmeralda, mas muita gente acredita.

— Então, alguém consegue a chave e o código da sra. Landon e copia. Posso aceitar isso. Não é tão difícil. Ele usa as duas coisas para ter acesso ao porão e começa a cavar feito doido. Certa noite, ele ataca a sra. Landon e a deixa caída no pé da escada.

— Ela não consegue se lembrar. Ainda.

Quando lhe veio — como sempre vinha — a imagem de sua avó caída no chão, com ossos fraturados, sangrando, Eli tentou controlar a fúria.

— Talvez ela tenha ouvido alguma coisa e descido a escada. Talvez tivesse acabado de descer a escada quando ouviu alguma coisa. Ela tentou subir de volta. A porta do quarto dela é grossa e se tranca por dentro. Queria entrar lá para chamar os tiras. Ou talvez ele só tenha lhe dado um susto e ela escorregou. De qualquer forma, ele a largou lá. Inconsciente, sangrando e com ossos fraturados. Ele a largou lá.

— Se é que isso aconteceu desse modo. — Vinnie pousou a mão no ombro de Eli. — Se.

— Se. Houve um bocado de atividade por aqui depois que ela caiu. Por algumas semanas. A polícia, Abra entrando e saindo para buscar coisas para vovó. De repente, as coisas se acalmam um pouco e ele pode continuar a cavar. Até que corre a notícia de que eu estava voltando para ficar. Até Abra mudar a segurança. Vinnie, ele tinha que saber que a casa estaria vazia por várias horas ontem. E essa informação só pode ter vindo de Duncan.

— Nós falaremos com Duncan de novo. Enquanto isso, vou arranjar alguém para vir aqui bater fotos e tirar medidas. E vamos remover as ferramentas para analisá-las, mas isto levará algum tempo. Temos poucos recursos aqui, Eli.

— Entendi.

— Mande consertar o alarme e a porta. Vamos fazer as patrulhas passarem com mais frequência por aqui. Você deveria pensar em comprar um cachorro.

— Um cachorro? Está falando sério?

— Eles latem. Eles têm dentes. — Vinnie deu de ombros. — South Point não está atravessando nenhuma onda de crimes, mas gosto de saber que há um cachorro na minha casa quando eu não estou. De qualquer forma, vou mandar algumas pessoas virem aqui. Por que cavar neste lugar? — Perguntou Vinnie, quando começaram a sair.

— É a parte mais velha da casa. Já estava aqui quando o *Calypso* afundou ao largo da costa.

— Qual era mesmo o nome do sobrevivente?

— Giovanni Morenni, segundo alguns. José Corez, segundo outros.

— Sim, esses. E já ouvi histórias dizendo que foi o próprio Capitão Broome.

— Pode ser — acrescentou Eli.

— De qualquer modo, ele arrasta a arca com o dote, que convenientemente veio parar aqui na praia junto com ele, e a enterra? Eu sempre gostei da versão que diz que ele roubou um barco e enterrou a arca numa das ilhas ao largo.

— E tem a que diz que minha antepassada o encontrou e o trouxe até a casa, junto com o tesouro. Depois tratou dele até ele ficar bom.

— Minha mulher gosta dessa. É romântica. Exceto pela parte em que o irmão da sua antepassada o mata e joga o corpo dele penhasco abaixo.

— E o dote nunca mais foi visto. O fato é que, seja qual for a teoria, o homem que cavou o buraco acredita na lenda.

— Parece que sim. Vou lá na pousada para interrogar Duncan de novo.

♦ ♦ ♦ ♦

Não era o modo que Eli escolheria para passar o dia: falando com tiras, com a companhia de força e luz, com a companhia de seguros e com técnicos em alarmes de segurança. A casa ficou cheia demais, agitada demais, e o fez se lembrar de como se acostumara com espaços vazios, tranquilidade e solidão. Silêncio e solidão que contrastavam com a vida que levara antes. Os dias repletos de compromissos, reuniões e pessoas, as noites cheias de festas e cerimônias haviam ficado para trás.

Ele não lamentava isso. Se um dia era dedicado a responder perguntas, tomar decisões e preencher formulários parecia anormal, ele concluiu, nada havia de errado nisso.

Quando, por fim, a casa voltou a estar vazia, ele deu um suspiro de alívio.

Antes de ouvir a porta da lavanderia se abrir.

— Meu Deus, o que foi agora?

Ele foi até a cozinha e abriu a porta de comunicação.

Abra pegou uma das sacolas de mercado que trazia pendurada nos ombro e a depositou sobre a máquina de lavar.

— Você precisava de algumas coisas.

— Precisava?

— Precisava. — Ela pegou uma garrafa de sabão líquido e a guardou dentro de um armário branco. — Parece que o alarme está funcionando de novo.

— Sim. E temos um novo código de segurança. — Ele meteu a mão no bolso, pegou um papel e o entregou a ela. — Você vai precisar disso, eu acho.

— A não ser que você queira descer a escada correndo quando eu chegar de manhã. — Ela olhou para o papel e o enfiou na bolsa. — Me encontrei com Vinnie — continuou, passando por Eli e entrando na cozinha. — Disse a ele que informaria a você que Kirby Duncan, ao que parece, foi embora. Ele não avisou formalmente a Kathy, da pousada, que sairia cedo, mas as coisas dele já não estão lá. Vinnie disse que você pode lhe telefonar em caso de dúvida.

— Ele simplesmente foi embora?

— É o que parece — disse ela, enquanto esvaziava as sacolas. — Vinnie vai entrar em contato. Você não adora essa expressão? É típica dos tiras. Ele vai entrar em contato com a polícia de Boston para pedir que interroguem Duncan a respeito da escavação no seu porão. Agora, como ele se foi, não vai mais xeretar por aí nem invadir sua privacidade. Esta é uma boa notícia.

— Será que o cliente pediu para ele voltar? Gostaria de saber. Será que o dispensou? Ou foi Duncan quem caiu fora?

— Não sei dizer. — Ela guardou uma caixa de *cream crackers* em um armário. — Mas sei que ele pagou a pousada até domingo e deu a entender que poderia ficar mais tempo. Então, de repente, fez as malas e se foi. Não que eu ache ruim. Eu não gostava dele.

Após guardar as mercadorias, ela dobrou as sacolas e as meteu na bolsa.

— Bem, acho que isso pede uma comemoração.

— O quê?

— Nada mais de detetives particulares xeretas, a eletricidade voltou e o alarme foi reativado. Foi um dia produtivo depois de uma noite horrorosa. Você deveria ir até o pub, mais tarde, para tomar uma bebida. Boa música hoje à noite, e você poderá conversar com Maureen e Mike.

— Eu perdi a maior parte do dia nessas coisas, preciso compensar.

— Isso é desculpa. — Ela bateu com um dos dedos no peito dele. — Todo mundo pode tirar uma pequena folga numa noite de sexta-feira. Uma cerveja gelada, música e conversa. Além do fato de que sua garçonete, que serei eu, usa uma saia realmente curta. Vou levar uma água para a viagem — falou, virando-se para abrir a geladeira.

Ele pousou a mão na porta, impedindo que ela a abrisse.

— Não posso levar água? — Perguntou ela, arqueando suas sobrancelhas.

— Por que você fica insistindo?

— Não penso assim. — Ele a estava encurralando, percebeu ela. Interessante. E, quer ele percebesse ou não, sexy. — Lamento que você pense assim. Eu gostaria de ver você em uma reunião social. Porque seria bom para você e porque gosto de você. E talvez você precise me ver de saia curta para saber se está interessado em mim ou não.

Ele a encurralou um pouco mais. No entanto, em vez de provocar nela uma reação de alerta, provavelmente sua intenção, acabou despertando desejo.

— Você está apertando botões que não deveria tocar.

— Quem pode resistir a apertar um botão quando o botão está bem aqui? — Replicou ela. — Eu não entendo esse tipo de pessoa nem esse tipo de repressão. Por que eu não deveria averiguar se você sente atração por mim antes de me autorizar a sentir mais atração por você? Isso me parece justo.

Tanta coisa se passando na cabeça dele, pensou ela. Como uma tempestade incessante.

Tentando amainá-lo, ela colocou a mão no braço dele.

— Eu não tenho medo de você, Eli.

— Você não me conhece.

— O que é parte do que estou pretendendo. Eu gostaria de conhecer você melhor, antes de ir mais fundo. De qualquer forma, não preciso conhecê-lo do modo que está sugerindo para ter uma ideia de como você é ou para me sentir atraída. Não acredito que você seja um ursinho de brinquedo inofensivo, assim como não acredito que seja um assassino frio. Há muita raiva por baixo da tristeza e não culpo você por isso. Na verdade eu entendo. Perfeitamente.

Ele deu um passo para trás e enfiou as mãos nos bolsos. Autorrepressão, pensou ela, pois sabia quando um homem desejava tocá-la. E ele desejava.

— Não estou querendo me sentir atraído por você nem me envolver com você. Nem com ninguém.

— Entendo isso, pode acreditar. Eu me sentia exatamente assim antes de conhecê-lo. É por isso que eu estava em jejum sexual.

Ele ergueu as sobrancelhas.

— Estava no quê?

— Eu estava me abstendo de sexo. O que pode ser outro motivo para eu me sentir atraída. Os jejuns acabam um dia e aqui está você. Jovem, bonito, intrigante e inteligente, quando se esquece de remoer tristezas. E precisa de mim.

— Eu não preciso de você.

— Ah, que bobagem. Pura bobagem. — A súbita explosão o pegou de surpresa, assim como o leve empurrão. — Há comida nesta casa porque eu a pus aqui, e você está comendo essa comida porque a preparei para você. Você já engordou alguns quilos e está perdendo aquele ar sombrio. Você tem meias limpas porque as lavo e tem alguém que o escuta quando você fala, coisa que você faz de vez em quando sem que eu tenha de usar pés de cabra verbais para fazê-lo. Você tem alguém que acredita em você e todo mundo precisa disso.

Ela se afastou e pegou sua bolsa, mas a largou no mesmo lugar.

— Você acha que é a única pessoa que passou por alguma coisa horrível, fora do seu controle? A única pessoa que foi destroçada e que teve de aprender a se curar, a reconstruir a vida? Você não pode reconstruir sua vida erguendo barreiras, pois não manterão você em segurança, Eli. Só o manterão sozinho.

— Ficar sozinho é bom para mim — retrucou ele.

— Mais bobagem. Um pouco de solidão, um pouco de espaço, com certeza. A maioria de nós precisa disso. Mas *precisamos* de contato humano, conexões, relacionamentos. Precisamos disso tudo porque somos humanos. Eu vi como você reagiu quando reconheceu Maureen na praia, outro dia. Feliz. Ela é uma conexão. Eu também sou. Você precisa disso tanto quanto precisa comer, beber, trabalhar, fazer sexo e dormir. Então, eu faço o que é preciso para que você tenha comida. E trago água, suco e Mountain Dew porque você gosta. E me asseguro de que você tenha lençóis limpos para dormir. Não me diga que não precisa de mim.

— Você deixou de fora o sexo.

— Isso é negociável.

Como acreditava em instinto, ela se deixou levar: deu um passo à frente, segurou o rosto dele e lhe plantou um beijo nos lábios. Nada sexual, pensou, apenas elementar. Apenas contato humano.

Fosse o que fosse que aquilo despertou nela, foi ótimo. Ela *gostou* da sensação.

Depois deu um passo atrás, deixando as mãos onde estavam por mais alguns momentos.

— Pronto, isso não matou você. Você é humano, você é razoavelmente saudável, você...

Não foi instinto, mas reação. Ela acionara o interruptor e ele mergulhou na explosão de luz.

E nela.

Ele a agarrou, pressionando seu corpo entre o dele e o balcão da cozinha. Agarrou os cabelos dela — aquela massa de anéis rebeldes — e enrolou-os em sua mão.

Ele sentiu as mãos dela pousarem novamente em seu rosto, sentiu os lábios dela se abrirem sob os seus, sentiu o coração dela batendo contra o seu.

Sentiu.

A pulsação do sangue, a dor do desejo que renascia, a pura e tempestuosa glória de ter o corpo de uma mulher estreitado contra o seu.

Cálido, macio, curvas e ângulos.

O aroma dela, o som de agradável surpresa na garganta dela, o deslizar de lábios e línguas o inundaram como um tsunami. E por um momento, por um único momento, ele quis ser arrastado pela torrente.

Ela deslizou as mãos pelos cabelos dele, com suas próprias necessidades aguçadas quando ele a levantou do chão. Ela se viu sobre o balcão, com as pernas abertas pela pressão que ele fazia, enquanto um desejo ardente, *glorioso,* explodia em seu interior.

Sentiu vontade de lhe envolver a cintura com as pernas para que pudessem cavalgar, simplesmente cavalgar — intensamente, entusiasticamente. Porém, mais uma vez, o instinto assumiu o controle.

Não, não impensadamente, avisou a si mesma. Não sem o coração. Ou, no final, ambos lamentariam isso.

Assim, pousou as mãos no rosto dele, mais uma vez, e o afagou enquanto relaxava.

Os olhos dele se fixaram nos dela, emitindo um feroz calor azulado. Neles, ela reconheceu um pouco da fúria subjacente ao desejo.

— Bem. Você está vivo e mais do que razoavelmente saudável, pelo que estou vendo daqui.

— Eu não vou pedir desculpas.

— Quem é que está pedindo desculpas? Fui eu que apertei os botões, não fui? Eu também não vou pedir desculpas. Exceto pelo fato de que já vou ter que ir.

— Ir?

— Tenho que vestir aquela saia curta e ir trabalhar. E já estou um pouco atrasada. A boa notícia é que isto nos dá tempo para refletir se vamos querer dar o próximo passo, o passo natural. Essa é também a má notícia.

Ela desceu do balcão e deu um suspiro.

— Você é o primeiro homem que me tentou a quebrar o jejum desde muito tempo. O primeiro, eu acho, que faria o jejum e a quebra do jejum valerem a pena. Só preciso saber agora se não ficaremos zangados um com o outro se o fizermos. É uma coisa para ser analisada.

Ela pegou a bolsa e começou a se afastar.

— Vá lá hoje à noite, Eli. Vá até o pub ouvir um pouco de música, ver algumas pessoas e tomar umas cervejas. A primeira rodada é por minha conta.

Ela saiu da casa e caminhou até seu carro, antes de pousar a mão sobre seu trêmulo ventre e soltar um longo e entrecortado suspiro.

Se ele a tivesse tocado de novo, se ele lhe tivesse pedido que não saísse... ela chegaria bem tarde no trabalho.

Capítulo 10

◆ ◆ ◆ ◆

$\mathcal{E}$LI DISCUTIU consigo mesmo, pesou os prós e os contras, analisou seu temperamento. No final, justificou sua ida à droga do bar como uma compensação por não ter passado uma hora fora de casa naquele dia, como se impusera. A ida ao bar funcionaria como esta hora.

Ele veria o que os novos donos haviam feito, tomaria uma cerveja, ouviria um pouco de música e voltaria para casa.

Talvez, assim, Abra saísse de sua cola.

E se ao mesmo tempo conseguisse provar, tanto a si mesmo quanto a ela, que podia entrar em um bar e tomar uma cerveja sem nenhum problema, melhor ainda.

Ele gostava de bares, lembrou a si mesmo. Gostava da atmosfera, dos frequentadores, das conversas, da camaradagem de tomar uma cerveja gelada em boa companhia.

Pelo menos já gostara.

Além disso, poderia considerar sua ida como uma espécie de pesquisa. Escrever era uma profissão solitária — que se enquadrava perfeitamente com ele, conforme descobrira —, mas exigia observações, sensações e o raro dom da interação. Caso contrário, ele acabaria escrevendo em um vácuo. Portanto, sua decisão de permanecer uma hora no estabelecimento e absorver um pouco da cor local, que poderia ser utilizada em sua história, fazia sentido.

Ele decidiu ir a pé. Em primeiro lugar, porque seu carro permaneceria diante da casa, o que, juntamente com as luzes que deixaria acesas, poderia convencer um possível arrombador de que havia gente em casa.

Além disso, a caminhada seria um bom exercício, coisa que ainda não fizera naquele dia.

Situação normal, disse a si mesmo.

Mas, ao entrar no Village Pub, ficou aturdido.

145

O bar em que comprara legalmente sua primeira bebida — uma garrafa de cerveja Coors —, em seu vigésimo primeiro aniversário, havia desaparecido. Assim como as paredes um tanto encardidas, as redes de pesca esgarçadas, as gaivotas de gesso, as bandeira de piratas esfarrapadas e as conchas cobertas de areia que compunham a decoração marinha.

Luminárias de bronze escuro com quebra-luzes ambarinos haviam substituído os timões de navios e conferiam ao ambiente um ar melancólico. Pinturas, esculturas nas paredes e uma trinca de desenhos a lápis feitos por sua avó representavam cenas locais.

Em algum momento, alguém lixara e polira anos de sujeira, cerveja derramada e, muito provavelmente, manchas de vômito; o piso de tábuas agora brilhava.

Algumas pessoas estavam acomodadas em mesas, boxes reservados e cadeiras de couro, além dos bancos de ferro que se alinhavam diante do longo balcão do bar apainelado. Outras, poucas ainda, ocupavam uma minúscula pista de dança, sacudindo-se ao som de um conjunto de cinco integrantes que executava um *cover* muito decente de *Lonely Boy*, dos Black Keys.

Em vez das exageradas fantasias de piratas, os funcionários da casa usavam saias ou calças pretas e camisas brancas.

Tudo isso deixou Eli desorientado. Embora o antigo Katydids fosse quase uma espelunca, ele sentia certa saudade do velho bar.

Não tinha importância, disse a si mesmo. Ele tomaria uma cerveja, como qualquer cara normal numa sexta-feira à noite. Depois iria para casa.

Estava começando a se dirigir ao bar, quando avistou Abra.

Ela estava servindo uma mesa com três homens — com idades em torno dos vinte anos, pela sua avaliação —, equilibrando a bandeja em uma das mãos e servindo copos de cerveja com a outra.

Sua saia — curta, como ela avisara — mostrava uma boa parte de pernas longas e torneadas, que pareciam se iniciar em algum lugar próximo às axilas e terminar em sapatos pretos, de salto alto. A imaculada camisa branca acentuava um tronco esbelto e bíceps bem definidos.

Por causa da música, ele não conseguia ouvir o que estavam conversando. Mas não precisava disso para perceber o flerte evidente que partia de todos os lados.

Ela deu uns tapinhas no ombro de um dos homens, que começou a rir como um bobo.

Quando se virou, viu Eli.

Sorriu então simpaticamente, como se sua boca, acentuada por um sinal ridiculamente sexy, não estivesse colada na dele apenas duas horas antes.

Ela pôs a bandeja sob o braço e, em meio à luz melancólica e à música, caminhou na direção dele balançando os quadris, com seus brilhantes olhos de deusa do mar e desgrenhados cabelos de sereia.

— Oi, que bom que você pôde vir.

Ele achou que conseguiria devorá-la de uma só vez.

— Só vim tomar uma cerveja.

— Este é o lugar certo. Temos dezoito tipos na torneira. Qual é sua preferência?

— Ah...

Deixar você nua não parecia uma resposta apropriada.

— Você deveria experimentar uma das locais. — O lampejo de riso em seus olhos o fez conjeturar se ela não teria lido sua mente. — A *Beached Whale* é muito cotada.

— Claro, ótimo.

— Vá sentar junto com Mike e Maureen. — Ela fez um gesto para que ele a acompanhasse. — Eu levo a *Whale*.

— Eu estava indo até o bar só para...

— Não seja bobo. — Ela pegou o braço dele e começou a puxá-lo, desviando-se dos obstáculos quando necessário. — Olhem quem eu encontrei.

Com um sorriso de boas-vindas, Maureen deu umas palmadinhas na cadeira ao lado dela.

— Oi, Eli. Pegue uma cadeira. Sente aqui com os velhinhos para não ter de gritar para conversar.

— Vou pegar sua cerveja. E os *nachos* já devem estar prontos — disse ela para Mike.

— Os *nachos* aqui são ótimos — disse Mike, enquanto Abra se afastava.

Sem muitas opções, Eli se sentou à mesa.

— Aqui, antes, eles costumavam servir batatas fritas passadas e amendoins de origem duvidosa.

Maureen sorriu para Eli.

— Isso foi antigamente. Mike e eu procuramos vir aqui pelo menos uma vez por mês. Um pouco de convívio adulto nos fins de semana e na temporada. É um ótimo lugar para observar pessoas.

— E há muitas aqui.

— O conjunto é popular. Nós chegamos aqui mais cedo para pegar uma mesa. Sua eletricidade já foi restabelecida?

Maureen deu uns tapinhas tranquilizadores na mão dele.

— Eu não tive muito tempo para conversar com Abra hoje, mas ela me contou que alguém andou cavando um buraco no seu porão.

— Sim, o que aconteceu? — Mike se inclinou para a frente. — A não ser que você esteja querendo se esquecer disso durante algumas horas.

— Não, tudo bem. — De qualquer modo, a Bluff House era uma parte importante da comunidade. Todo mundo gostaria de saber a respeito do ocorrido. Assim, Eli fez um resumo básico para eles. Depois deu de ombros.

— Meu palpite é que foi uma caça ao tesouro.

— Eu lhe disse! — Maureen deu um tapa no braço do marido. — Foi o que eu disse, e Mike fez pouco caso. Ele não tem o gene da fantasia.

— Tenho sim, quando você põe aquele vestido vermelho com decotes nos...

— *Michael!* — exclamou ela, em meio a um riso abafado.

— Foi você quem começou, amor. Ah. — Mike esfregou as mãos. — *Nachos.* — Você vai ver o como é bom — disse ele a Eli.

— *Nachos* servidos, três bandejas, com guardanapos extras. — Abra pousou as bandejas delicadamente. — E uma *Beached Whale.*

Aproveitem. A primeira é por minha conta — disse ela, quando Eli procurou a carteira.

— Quando é o seu descanso? — perguntou-lhe Maureen.

— Não agora.

Dito isso, Abra se afastou, atendendo a um sinal de outra mesa.

— Quantos empregos ela tem? — perguntou Eli.

— Já perdi a conta. Gosta de variar. — Maureen se serviu de *nachos*. — O próximo trabalho vai ser acupuntura.

— Ela vai espetar agulhas nas pessoas?

— Ela está aprendendo. Gosta de cuidar de pessoas. Até as joias que confecciona são para tornar as pessoas felizes, mais felizes.

Ele tinha perguntas. Muitas. Refletiu sobre como poderia fazê-las sem que parecesse um interrogatório.

— Ela conseguiu fazer tudo isso em pouco tempo, não? Acho que não mora aqui há tanto tempo assim.

— Vai fazer três anos. Abra veio de Springfield. Você deveria perguntar a ela qualquer dia.

— Perguntar o quê?

— Sobre Springfield. — Com uma sobrancelha levantada, Maureen mordiscou um *nacho*. — E tudo mais que você quiser saber.

— Bem, quais são as chances do Red Sox este ano, na sua opinião? — perguntou Mike.

Maureen lhe lançou um olhar fulminante, enquanto pegava sua taça de vinho tinto.

— Foi um pouco mais sutil que me mandar calar a boca.

— Eu considerei a hipótese. Ninguém gosta mais de discutir beisebol comigo do que sua avó.

— Ela gosta muito — disse Eli.

— Ela pode desafiar estatísticas como ninguém. Eu costumo ir a Boston de duas em duas semanas. Você acha que ela gostaria de uma visita minha?

— Acho que vai gostar.

— Mike é treinador do time infantil — explicou Maureen. — Hester é a treinadora-assistente, em caráter extraoficial.

— Ela adora ver as crianças jogando. — Quando o conjunto fez uma pausa, Mike atraiu a atenção de Abra e circulou o dedo no ar, indicando mais uma rodada. — Tomara que ela volte a tempo de participar de, pelo menos, parte da temporada.

— Nós não sabíamos nem se ela iria sair dessa.

— Oh, Eli.

Maureen pousou a mão sobre a dele.

Ele nunca antes dissera isso em voz alta, percebeu. Não sabia por que aquilo saíra. Talvez porque agora tinha em sua mente novas imagens de sua avó, imagens que ele desconhecia. Ioga, liga infantil de beisebol, desenhos a lápis em um bar.

— Nos primeiros dias... ela fez duas cirurgias no braço. O cotovelo dela simplesmente... se despedaçou. E teve os traumatismos no quadril, nas costelas e na cabeça. Cada dia uma conquista. Ontem, eu estive com ela — só havia se passado um dia? — Já está andando. E usa uma bengala porque andadores, segundo ela, são para velhas senhoras.

— Isso é mesmo coisa dela — comentou Maureen.

— Ela perdeu muito peso no hospital, mas agora está engordando de novo. Parece mais forte. Ela vai gostar de vê-lo — disse ele a Mike. — Ela vai gostar que você a veja bem melhor.

— Irei lá sem falta. Você já contou a ela sobre o arrombamento?

— Ainda não. Não há muita coisa para contar. Eu fico me perguntando quantas vezes o cara que entrou lá ontem, seja quem for, esteve lá antes. Gostaria de saber se ele estava lá no dia do tombo da minha avó.

Quando Eli levantou seu copo para beber, viu que Mike e Maureen trocavam um olhar.

— Que foi?

— Foi exatamente o que eu disse quando soubemos da escavação. — Maureen cutucou o marido com o cotovelo. — Não foi?

— Foi sim.

— E ele disse que leio livros de mistério demais, que isso era impossível. A propósito, livros nunca são demais. De nenhum tipo.

— Vou brindar a isso — disse Eli. Mas ficou girando seu copo entre as mãos enquanto observava Maureen. — Por que você achou isso?

— Hester é muito... não gosto de usar a palavra *ativa*, porque é muito usada para pessoas idosas; chega a ser insultante. Mas é o que ela é. Aposto que você nunca viu sua avó numa aula de ioga.

— Não, nunca vi.

Não sabia ao certo se estava preparado para isso.

— Ela tem um equilíbrio maravilhoso. Consegue sustentar a Postura da Árvore, a terceira Postura do Guerreiro e... O que estou querendo dizer é que ela não é vacilante nem trêmula. Não que ela não possa cair. Até crianças caem em escadas. Mas não parece coisa de Hester.

— Ela não consegue se lembrar de nada daquele dia — explicou Eli. — Não se lembra nem de ter se levantado da cama.

— Não é uma coisa inesperada, certo? Não depois de bater a cabeça daquele jeito. Mas agora sabemos que havia alguém entrando na casa e que esse alguém é louco o bastante para abrir um buraco no porão. Isso me faz pensar. E o cara que entrou na casa machucou Abra. E poderia ter machucado ainda mais se ela não tivesse reagido, se não soubesse o que fazer. Se ele fez isso, pode ter assustado ou mesmo empurrado Hester.

— Segunda rodada! — Abra se aproximou da mesa com uma bandeja. — Epa, que caras sérias.

— Estávamos falando sobre Hester e o arrombamento da noite de ontem. Eu gostaria que você ficasse conosco por algumas noites — sugeriu Maureen, com ar preocupado.

— Ele entrou na Bluff House, não na Laughing Gull.

— Mas se ele achar que você pode identificá-lo...

— Não me obrigue a dar razão a Mike.

— Eu não leio muitos livros de mistério. Leio seus contos — disse Maureen a Eli. — São ótimos.

— Agora você não me deixa escolha a não ser pagar essa rodada — replicou Eli.

Abra riu e lhe entregou o recibo. Depois, distraidamente, passou a mão pelos cabelos dele e a pousou sobre seu ombro.

Maureen chutou Mike por baixo da mesa.

— Talvez Eli queira fazer uma palestra em nosso clube do livro, Abra.

— Não. — Uma sensação de pânico deu um nó na garganta de Eli, que teve de tomar um gole de cerveja para afrouxá-lo. — Ainda estou escrevendo o livro.

— Você é um escritor. Nós nunca tivemos um escritor de verdade no clube do livro.

— Tivemos Natalie Gerson — lembrou Abra.

— Ah, pare com isso. Poesias que ela mesma publicou. Versos livres. Poemas de versos livres horríveis que ela mesma publicou. Tive vontade de arrancar os cabelos antes mesmo que a noite terminasse.

— Eu tive vontade de arrancar os de Natalie. Vou tirar cinco minutos — decidiu Abra, apoiando um quadril na mesa.

— Sente-se aqui. — Eli começou a se levantar, mas ela o empurrou pelo ombro e o fez sentar novamente.

— Não, estou bem aqui. Eli nunca fala sobre o livro dele. Se eu estivesse escrevendo um livro, iria falar sobre ele o tempo todo, para todo mundo. As pessoas começariam a me evitar. Então eu iria procurar desconhecidos para falar sobre o livro, e os desconhecidos começariam a me evitar também.

— É só isso que precisamos fazer? — perguntou Eli.

Ela lhe deu um tapa no braço.

— Houve uma época em que pensei em escrever canções. O único problema foi que eu não sabia ler música nem tinha nenhuma inspiração musical. Do contrário, eu já seria famosa.

— Então resolveu fazer acupuntura.

Ela sorriu para Eli.

— É um interesse meu. E, já que você mencionou o assunto, estou precisando praticar e com você seria perfeito.

— Que ideia maravilhosa.

— Eu poderia trabalhar no alívio das tensões e no fortalecimento da criatividade e da concentração.

— Poderia? Nesse caso, deixe-me pensar um pouco. Não.

Ela se inclinou sobre ele.

— Você é muito retrógrado.

— Mas livre de picadas de agulha.

Abra tinha um aroma inebriante, notou ele, e aplicara alguma coisa escura e exótica ao redor dos olhos. Quando os lábios dela se curvavam, a única coisa em que ele conseguia pensar era na sensação de tê-los colados nos seus.

Sim, um beijo bem guloso resolveria o problema.

— Depois a gente conversa.

Aprumando-se, Abra pegou a bandeja e se dirigiu a uma mesa vizinha para anotar um pedido.

— Não se surpreenda se acabar estirado em uma mesa com agulhas se projetando da sua carne — advertiu Mike.

O pior de tudo era que Eli não se surpreenderia. Nem um pouco.

Ele ficou lá por mais de uma hora aproveitando a companhia. Ocorreu-lhe que não precisaria mais discutir consigo mesmo na próxima vez que pensasse em dar um pulo no bar.

Progressos, concluiu ele, enquanto se despedia de Maureen e Mike e saía do bar.

— Ei! — gritou Abra, disparando atrás dele. — Você não vai dizer boa noite para sua gentil garçonete?

— Você estava ocupada. Meu Deus, volte para dentro. Está frio aqui.

— Estou com calor de sobra, depois de correr de um lado para outro durante as últimas três horas. Você parecia estar se divertindo.

— Foi uma mudança agradável. Gosto dos seus amigos.

— Maureen foi sua amiga antes de ser minha amiga. Mas, sim, eles são fora de série. Vejo você no domingo.

— No domingo?

— Sua massagem. Vai continuar sendo terapêutica — disse ela, quando percebeu o olhar no rosto dele. — Mesmo que você pare de enrolar e me dê um beijo de boa-noite.

— Eu já lhe dei uma gorjeta.

Ela tinha uma risada irresistível, que transmitia uma sensação de felicidade que seu corpo queria absorver. Para provar que era possível, ele se aproximou dela, devagar dessa vez. Pousou então as mãos em seus ombros e as deslizou pelo corpo dela, sentindo o calor que ela ainda conservava, o calor de todos os corpos que pulsavam dentro do bar.

Depois ele se inclinou e a beijou na boca.

Lenta e suavemente agora, pensou ela, terno e sonhador. Um adorável contraste com a urgência e o choque de algumas horas antes. Ela deslizou os braços pela cintura dele e se deixou levar.

Ele tinha mais para dar do que acreditava e mais feridas do que podia admitir. Ambos os aspectos a atraíam.

Quando se afastou, ela deu um suspiro.

— Bem, bem, Maureen tem toda a razão. Você tem talento.

— Um pouco enferrujado.

— Eu também. Não é interessante?

— Por que você está enferrujada?

— Essa é uma história que pede uma garrafa de vinho e um quarto aquecido. Tenho que voltar lá para dentro.

— Quero conhecer a história. A sua história.

Estas palavras a agradaram tanto quanto um buquê de rosas.

— Então, vou lhe contar. Boa noite, Eli.

Ela voltou para o bar, para a música, para as vozes. E o deixou excitado e ansioso. Ansioso pela presença dela, percebeu ele. Ansiava por ela mais do que já ansiara por qualquer coisa, exceto — e por tempo demais — paz de espírito.

◆ ◆ ◆ ◆

ELI TRABALHOU durante o sábado chuvoso. Deixando que a história o absorvesse, escreveu — sem perceber a conexão — uma cena inteira em que chuva e vento martelavam as janelas da casa do falecido irmão do protagonista, onde este encontrava a chave para seu dilema, tanto metafórica quando literalmente.

Satisfeito com seu progresso, forçou-se a abandonar o teclado e ir até a sala de ginástica de sua avó. Lembrou-se das horas que passava na academia de Boston, com os aparelhos reluzentes, os corpos sarados, a música pulsante.

Aqueles dias já eram, pensou.

Isso não significava o mesmo se aplicado a ele.

Talvez os halteres multicoloridos de sua avó lhe dessem uma certa vergonha. Mas cinco quilos eram sempre cinco quilos. Ele estava farto de se sentir fraco, magro e mole, farto de andar a esmo ou, pior, de se deixar levar pela correnteza.

Se conseguia escrever — e provava isso todos os dias —, também poderia malhar, suar e reencontrar o homem que já fora. Ou melhor ainda, refletiu ele, enquanto pegava um par de halteres violeta: poderia se tornar o homem que deveria ser.

Mas não estava preparado para encarar o espelho. Assim, iniciou sua primeira série de bíceps em frente à janela, observando as ondas que se quebravam na praia, fustigadas pela tormenta. Viu a água espumante colidir com as rochas abaixo do farol. Perguntou-se qual direção seu herói deveria tomar, agora que fizera um desvio importante. Perguntou-se também se o fizera tomar esse desvio porque achava ter feito o mesmo, ou, pelo menos, se aproximado disso.

Por Deus, esperava que sim.

Passando dos exercícios com pesos para os aeróbicos, ele conseguiu aguentar vinte minutos, antes que seus pulmões começassem a arder e suas pernas, a tremer. Depois se alongou, bebeu água avidamente e executou mais uma série com pesos, antes de se deixar cair arquejante no chão.

Melhor, disse a si mesmo. Embora tivesse se exercitado por menos de uma hora, sua impressão era de haver completado um triatlo. Mas se saíra melhor desta vez.

E, desta vez, conseguiu chegar até o chuveiro sem mancar.

Muito melhor.

Ao descer a escada em busca de comida, congratulou-se outra vez. Realmente queria comer. Na verdade estava morto de fome, o que tinha de ser bom sinal.

Talvez fosse melhor registrar seus pequenos progressos. Como um incentivo diário.

Isso o deixou com ainda mais vergonha que a utilização dos pesos coloridos.

Quando chegou à cozinha, o aroma o atingiu segundos antes de ele avistar a bandeja de biscoitos sobre o balcão. Qualquer ideia de preparar um sanduíche foi por água abaixo.

Ele pegou o bilhete escrito no onipresente papel adesivo que estava sobre o plástico transparente que envolvia os biscoitos. E o leu enquanto pegava o primeiro biscoito.

Fornada de um dia chuvoso. Ouvi seu teclado e não quis interromper. Aproveite. Vejo você amanhã por volta das cinco.

Abra

Deveria ele retribuir todos os alimentos que ela continuava preparando para ele? Comprar flores para ela ou algo assim? A primeira mordida o informou que flores não estariam à altura. Ele pegou outro biscoito e ligou a cafeteira. Decidiu, então, acender a lareira, pegar um livro ao acaso na biblioteca e mimar a si mesmo.

Ele alimentou o fogo da lareira até as chamas começarem a rugir. Tinha algo a ver com a luz que emitiam, os estalidos, o calor combinava perfeitamente com o sábado chuvoso. Na biblioteca, com o teto decorado e o sofá de couro marrom-chocolate, ele examinou as estantes.

Romances, biografias, manuais diversos, poesia, obras sobre jardinagem, pecuária, ioga — sua avó realmente levava a ioga a sério —, um velho compêndio sobre etiqueta e uma seção exclusiva sobre Whiskey Beach. Nesta, um ou dois romances que pareciam interessantes, livros de história, folclore e alguns a respeito da família Landon. Além de vários sobre piratas e lendas.

Por impulso, ele retirou da estante um magro volume encadernado em couro intitulado *Calypso: Tesouros Malditos*.

Considerando o buraco no sótão, parecia bastante apropriado.

Estirado no sofá com a lareira crepitando, Eli começou a ler, enquanto comia os biscoitos. O velho livro, publicado no início do século vinte, incluía ilustrações, mapas e minibiografias de todos aqueles que o autor considerava peças importantes no caso. Divertindo-se, Eli se concentrou na última e fatídica viagem do *Calypso,* capitaneado pelo pirata e contrabandista Nathanial Broome.

O livro o descrevia como bem-apessoado, enérgico e temerário, o que provavelmente era uma balela para qualquer um que não fosse fã da escola de piratas instituída por Errol Flynn ou Johnny Depp.

Eli leu sobre a batalha naval entre o *Calypso* e o *Santa Caterina,* descrita em estilo aventuresco e incruento, o que o fez suspeitar, talvez injustamente, que o autor fosse na realidade uma mulher escrevendo sob o pseudônimo de Charles G. Harversham.

A abordagem e o afundamento do Santa Caterina, a pilhagem de seus armazéns, o assassinato da maioria dos seus tripulantes foi transformada numa aventura em alto-mar, com generosas doses de romance. O Dote de Esmeralda, segundo Harversham, fora magicamente impregnado pelo coração bondoso de sua dona; portanto, suas joias só poderiam ser usadas por alguém que encontrasse o verdadeiro amor.

— Sério?

Eli comeu outro biscoito. Poderia abandonar aquele livro e escolher outro, mas era óbvio que o autor havia adorado escrever o texto, e seu estilo se mostrava ridiculamente agradável. Além disso, o livro descrevia partes da lenda que ele desconhecia.

Ele não precisava acreditar no poder transformador do amor — transmitido, no caso, por diamantes e rubis mágicos — para saborear a leitura. E gostava da consistência do romantismo da trama, pois o autor afirmava que o sobrevivente do naufrágio do *Calypso* — com o tesouro — não fora um marinheiro de pouca importância, mas o ousado e romântico capitão Broome.

Ele leu o livro até seu trágico (embora romântico) desfecho. Depois, folheou as páginas novamente para observar as ilustrações. Aquecido pelo fogo, entrou em uma espécie de coma induzido por biscoitos, com o livro sobre o peito. Sonhou com batalhas, piratas, joias cintilantes, o coração receptivo de uma jovem mulher, traições, redenções e morte.

Sonhou com Lindsay, estendida no buraco do porão da Bluff House, manchando de sangue as pedras e a terra. E consigo mesmo, de pé ao lado dela, com uma picareta nas mãos.

Acordou suado e com o corpo enrijecido. O fogo fora reduzido a brasas avermelhadas. Enjoado, abalado, ele se arrastou para fora do sofá e saiu da biblioteca. O sonho, aquela imagem final, permanecia nítido em sua mente. Ele desceu até o porão, atravessou o labirinto de cubículos e se deteve junto ao buraco para ter certeza de que o cadáver de sua esposa não estava lá.

Idiota, disse a si mesmo. Somente um idiota sentiria necessidade de verificar o impossível, movido por um sonho delirante provocado por um livro bobo e biscoitos demais. Igualmente idiota era acreditar que, só porque não sonhara com Lindsay durante algumas noites seguidas, o sonho não retornaria.

Por mais absurdo que parecesse, seu otimismo e energia anteriores se dissolveram como giz na chuva. Ele precisava se recompor, achar alguma coisa para fazer antes que as trevas se fechassem ao seu redor. Meu Deus, ele não queria voltar a lutar para encontrar a luz.

Talvez se aterrasse o buraco, disse a si mesmo enquanto retornava. Primeiro falaria com Vinnie. Faria aquilo desaparecer. Que se danasse quem quer que tivesse entrado na Bluff House para uma caça ao tesouro idiota.

Ele acalentou a pequena chama de raiva — era bem melhor que depressão — que avivou enquanto saía do porão. Deixou-a crescer e a dirigiu contra quem quer que tivesse violado o lar de sua família.

Estava farto de ser desrespeitado, de aceitar que alguém tivesse entrado em sua casa — ou na casa que fora dele —, matado sua esposa e o deixado levar a culpa. De aceitar que alguém tivesse entrado na Bluff House e tivesse algo a ver com o tombo de sua avó.

Estava farto de ser uma vítima.

Ao entrar na cozinha, parou de repente.

Abra estava lá, com seu telefone em uma das mãos e uma faca bem grande na outra.

— Espero que você esteja pretendendo fatiar algumas cenouras gigantes com isso.

— Ah, meu Deus! Eli. — Ela largou a faca no balcão, que caiu retinindo. — Eu entrei e vi a porta do porão aberta. Você não respondeu quando eu o chamei. Então ouvi alguém e... entrei em pânico.

— Entrar em pânico seria sair correndo. Um pânico sensato seria sair correndo e chamar a polícia. Ficar parada com uma faca na mão não é sensato nem é entrar em pânico.

— Me pareceu as duas coisas. Preciso de... Posso... Deixe pra lá.

Ela pegou um copo, abriu a geladeira e pegou uma garrafa de vinho. Após retirar a enfeitada rolha, despejou a bebida no copo como se fosse suco de laranja.

— Eu assustei você. Desculpe. — As mãos dela estavam tremendo, notou ele. — Mas uma ida ao porão pode acontecer de vez em quando.

— Eu sei. Não se trata disso. É isso e mais... — Ela tomou um longo gole de vinho e deu um longo suspiro. — Eli, acharam Kirby Duncan.

— Ótimo. — Sua raiva anterior poderia retornar, desta vez com um alvo definido. — Quero conversar com esse filho da puta.

— Você não vai poder. Encontraram o corpo dele, Eli. Encontraram o corpo dele preso nas pedras abaixo do farol. Eu vi a polícia, vi todas aquelas pessoas lá e saí para ver o que era. E... ele está morto.

— Como?

— Não sei. Talvez tenha caído.

— É uma explicação meio fácil, não?

Eles o procurariam novamente, pensou. A polícia, para fazer perguntas. Era inevitável.

— Ninguém vai achar que você tem algo a ver com isso.

Ele abanou a cabeça, sem se surpreender com o fato de ela ter lido seus pensamentos. Dando alguns passos à frente, ele pegou o copo de vinho e tomou um longo gole também.

— Claro que vão. Mas dessa vez vou estar preparado. Foi para isso que você veio aqui.

— Ninguém que o conheça vai pensar que você teve alguma coisa a ver com isso.

— Talvez não. — Ele devolveu o copo a ela. — Mas isso vai pôr lenha na fogueira. Acusado de assassinato ligado a outra morte suspeita. Mais um monte de merda para o ventilador. E você pode ser atingida se não mantiver distância.

— Que se dane. — Ela lhe lançou um olhar fulminante. A cor que havia deixado seu rosto retornou com intensidade. — E não me insulte mais.

— Não é um insulto, é um aviso.

— Que se dane também. Se você acredita que algumas pessoas vão achar que você tem alguma coisa a ver com isso, se acredita que vão jogar merda em você, quero saber o que vai fazer.

— Ainda não sei. — Mas saberia. Desta vez, saberia. — Ninguém vai me expulsar da Bluff House nem de Whiskey Beach. Vou ficar aqui até estar disposto a partir.

— Isso é bom. O que acha de eu preparar alguma coisa para comer?

— Não, obrigado. Já comi os biscoitos.

Abra olhou para a bandeja sobre o balcão e ficou boquiaberta quando viu apenas seis biscoitos.

— Meu Deus, Eli. Eu fiz duas dúzias. Você deve estar enjoado.

— Um pouco, talvez. Vá para casa, Abra. É melhor você não estar aqui quando os tiras aparecerem. Não sei quando eles virão, mas não vai demorar.

— Podemos falar com eles juntos.

— Melhor não. Vou chamar meu advogado para dar a notícia a ele. Tranque suas portas.

— Tudo bem, então. Volto amanhã. Eu gostaria que você me telefonasse se alguma coisa acontecer.

— Posso lidar com o assunto.

— Acho que pode. — Ela inclinou a cabeça para o lado. — O que aconteceu, Eli?

— Basicamente, tive um bom dia. Tenho tido mais desses nos últimos tempos. Posso lidar com o assunto.

— Então nos vemos amanhã. — Ela largou o copo e pousou as mãos no rosto dele. — Um dia você vai me pedir para ficar. Gosto de pensar no que farei quando isso acontecer.

Ela roçou os lábios nos dele, ergueu o capuz do casaco para se proteger da chuva e se foi.

Ele também gostava de pensar no que faria quando isso acontecesse. Mais cedo ou mais tarde, chegaria o momento certo.

Luz

♦ ♦ ♦ ♦

Esperança é a coisa com penas
Que na alma se empoleira
E canta a canção — sem palavras,
E faz isto a vida inteira,
E doce é seu canto na tormenta;
E triste é a borrasca mesquinha
Que pode abater a avezinha
Que tanta gente acalenta.*

— EMILY DICKINSON

---

* Hope is the thing with feathers / That perches in the soul, / And sings the tune—without the words, / And never stops at all, / And sweetest in the gale is heard; / And sore must be the storm / That could abash the little bird / That kept so many warm. (N.T.)

Capítulo 11

♦ ♦ ♦ ♦

 $\mathcal{E}$ LE SE levantou ao amanhecer, após um sonho horrível no qual olhava para o corpo destroçado e ensanguentado de Lindsay nas pedras abaixo do farol de Whiskey Beach.

Não precisava de nenhum analista para lhe explicar o que se passava em seu subconsciente.

Não precisava de nenhum *personal trainer* para lhe dizer que todos os seus ossos, músculos e células de seu corpo estavam doendo porque exagerara nos exercícios do dia anterior.

Como não havia ninguém em volta para ouvir, ele gemeu um pouco, enquanto se arrastava até o chuveiro, esperando que a água quente aliviasse algumas dores.

Como medida de precaução, tomou três comprimidos de analgésico.

Depois, desceu para fazer café, que tomou enquanto verificava os e-mails. Estava na hora, pensou, de mandar notícias à família. Ele gostaria de poder omitir qualquer referência a arrombamentos e cadáveres, mas, àquela altura, era melhor que soubessem de tudo através dele, não de outras fontes. As notícias voavam. As más notícias voavam mais rápido ainda.

Ele tomou cuidado com a redação, garantindo-lhes que a casa estava segura. Se havia encoberto a morte de um detetive particular de Boston, foi porque achou que tinha direito. Pelo amor de Deus, ele nunca nem mesmo vira o homem. Deliberadamente, deu a impressão de que fora um acidente. *Poderia* ter sido um acidente.

Ele não acreditava nisso de jeito nenhum, mas para que deixar a família preocupada?

Falou, então, sobre os progressos em seu livro, sobre o tempo, e fez algumas piadas com o volume que lera sobre o *Calypso* e o dote.

Após ler a mensagem duas vezes, decidiu colocar as más notícias no centro, inseridas entre os textos leves e positivos do início e do fim. Era a estrutura mais equilibrada. Então apertou o botão de enviar.

Lembrando-se do acordo que fizera com sua irmã, redigiu um e-mail somente para ela.

Veja bem, eu não estou editando... não muito. A casa está segura e os policiais locais estão de olho nela. A essa altura, parece que algum idiota andou cavando aqui em busca do tesouro lendário. Não sei o que aconteceu com o cara de Boston, se caiu, pulou ou foi jogado do penhasco pelo fantasma vingativo do capitão Broome.

Estou bem, aqui. Mais do que bem. E quando os policias aparecerem — e eu sei que vão aparecer — saberei lidar com eles. Estou preparado para isso.

Agora, pare de olhar de testa franzida para a tela, como eu sei que está fazendo. Encontre outra pessoa para deixá-la preocupada.

Isso resolveria o assunto, concluiu ele. Ela ficaria um pouco chateada, acharia um pouco de graça e, tomara, acreditaria que ele lhe contara a verdade.

Com uma segunda xícara de café e um *bagel* sobre a escrivaninha, ele abriu o arquivo de seu trabalho e se deixou mergulhar na história, enquanto o sol se elevava sobre o mar.

Ele estava tomando uma Mountain Dew e comendo o último biscoito quando a campainha que ninguém utilizava tocou as primeiras notas do "Hino à Alegria" — uma das músicas favoritas de sua avó.

Sem se apressar, fechou o trabalho, enfiou o refrigerante pela metade no frigobar do escritório e desceu a escada, enquanto as notas ecoavam pela segunda vez.

Ele esperava ver um policial à sua porta. Mas não esperava ver dois, nem o rosto, infelizmente familiar, do detetive Art Wolfe, da polícia de Boston.

O policial mais jovem — com um corte de cabelo militar, rosto quadrado, plácidos olhos azuis e corpo de quem vivia malhando em academias — ergueu seu distintivo.

— Eli Landon.

— Sim.

— Sou o detetive Corbett, do Departamento do Xerife do Condado de Essex. Acho que você conhece o detetive Wolfe.

— Sim, já nos encontramos.

— Gostaríamos de conversar com você.

— Tudo bem.

Em completo desacordo com as recomendações de seu advogado, ele se afastou e os deixou entrar. Tinha tomado sua decisão e, droga, ele mesmo já fora um advogado. Entendia o que havia por trás do lugar-comum "não diga nada, telefone para mim, repasse todas as perguntas para mim".

Mas não podia viver daquela forma. Não podia e não queria viver daquela forma.

Portanto, levou-os até a sala principal.

Ele acendera a lareira mais cedo, prevendo justamente isso. O fogo estava baixo agora, adicionando calor e atmosfera a um aposento já confortável, com seus quadros e antiguidades. Uma sala em que o teto de bandeja acolhia com agrado a luz que se derramava das janelas elevadas e que descortinava o jardim frontal, onde os brotos verdes e resistentes dos narcisos cercavam uma solitária e corajosa flor amarela.

Ele se sentia um pouco assim. Pronto para enfrentar o que viesse e para mostrar suas verdadeiras cores.

— Bela casa — comentou Corbett. — Já a tinha visto de fora. Realmente chama a atenção. O interior também.

— Um lar é onde penduramos o chapéu — replicou Eli. — Se é que vocês usam chapéu. Podemos sentar.

Enquanto o fazia, ele se autoanalisou. Suas palmas das mãos não estavam suadas, seu coração não estava acelerado e sua garganta não estava seca. Eram bons sinais.

Mas os olhos duros e opacos de Wolfe, incrustados em seu rosto de buldogue, o mantiveram em estado de alerta.

— Obrigado por nos ter concedido esse tempo, sr. Landon. — disse Corbett, analisando o aposento, e Eli, enquanto puxava uma cadeira. — Você deve ter ouvido falar de um incidente que tivemos.

— Eu soube que um corpo foi encontrado ontem, perto do farol.

— Correto. Acredito que você conhecia o falecido. Kirby Duncan.

— Não, não conhecia. Nunca me encontrei com ele.

— Mas ouviu falar dele.

— Ao que soube, ele disse que era um investigador particular de Boston e estava fazendo perguntas a meu respeito.

Corbett puxou uma caderneta, tanto para consultá-la quanto para usá-la como muleta psicológica. Eli conhecia a história.

— Não é verdade que você disse à polícia que achava que Kirby Duncan tinha invadido sua casa na noite de quinta-feira?

— Foi a primeira pessoa em que pensei quando soube do arrombamento. Então, dei o nome dele ao agente que respondeu ao chamado. Foi o xerife-assistente Vincent Hanson. — Como vocês sabem muito bem, porra. — No entanto, a mulher que foi atacada durante a invasão da casa, que havia conversado com Duncan mais cedo, declarou categoricamente que o homem não era Duncan. O homem que a agarrou era mais alto e mais magro. Além disso, quando o xerife-assistente Hanson conversou com Duncan, naquela mesma noite, Duncan lhe mostrou recibos que provavam que ele estava em Boston na hora do arrombamento.

— Você deve ter ficado furioso com o fato de ele ter vindo aqui e mexido nas coisas.

Eli desviou seu olhar para Wolfe. Não seria um interrogatório cordial, pensou.

— Não fiquei muito feliz com o fato. E mais: perguntei a mim mesmo quem teria contratado um detetive para me seguir e fazer perguntas a meu respeito.

— A resposta simples é que alguém está interessado em descobrir o que você está tramando.

— E a resposta fácil a essa resposta é que estou apenas me adaptando, trabalhando e tomando conta da Bluff House enquanto minha avó se recupera. Como Duncan não teria mais que isso para relatar a seu cliente, ou seus clientes, acho que eles estão jogando dinheiro fora. Mas eles é que sabem.

— A investigação do homicídio de sua esposa ainda está em aberto, Landon. Você ainda está na lista.

— Ah, eu sei. Assim como sei que, para você, seria prático e conveniente me ligar a uma segunda investigação de homicídio.

— Quem falou em segundo homicídio?

Canalha presunçoso, pensou Eli, mas manteve o tom de voz tranquilo.

— Você é um policial de homicídios. Se acreditasse que a morte de Duncan foi um acidente, não estaria aqui. Sua presença significa que foi um assassinato ou uma morte suspeita. Eu fui advogado criminalista. Sei como isso funciona.

— É, você conhece todas as artimanhas.

Corbett levantou a mão.

— Sr. Landon, você poderia nos dizer onde esteve entre meia-noite e cinco da manhã de sexta-feira?

— Sexta de manhã? Fui a Boston na quinta-feira. Estava na casa dos meus pais quando recebi a notícia do arrombamento. Vim direto para cá. Acho que cheguei por volta das onze e meia. Em todo caso, foi antes da meia-noite. Não sei bem a hora exata. E fui ver como estava Abra... Abra Walsh, a mulher que foi atacada aqui na Bluff House.

— O que ela estava fazendo na casa na sua ausência? — perguntou Wolfe. — Você está dormindo com ela?

— De que forma, exatamente, minha vida sexual está ligada a esta investigação?

— Queira desculpar, sr. Landon. — O olhar que Corbett lançou a Wolfe, embora sutil, era claramente uma advertência. — Você poderia nos dizer por que a srta. Walsh estava na casa àquela hora?

— Ela limpa a casa. Vem fazendo isso para a minha avó há alguns anos. Ela fez a limpeza naquele dia, mas depois não conseguiu lembrar se havia fechado todas as janelas. E começou a chover forte. Você já deve ter falado com ela, mas vou repetir o que aconteceu. Sabendo que eu estava em Boston, ela veio aqui checar as janelas e aproveitou para deixar um ensopado que tinha feito para mim. Alguém a agarrou por trás. A eletricidade tinha sido cortada; portanto, estava escuro. Ela conseguiu se livrar. Então, pegou o carro e foi até a casa dos amigos dela, que são seus vizinhos Mike e Maureen O'Malley. Mike entrou em contato comigo e com a polícia. Saí de Boston assim que Mike me ligou e voltei para Whiskey Beach.

— Chegando mais ou menos entre onze e meia e meia-noite.

— Correto. Abra estava abalada. Como machucou o agressor na luta para se livrar, tinha sangue dele nas roupas. Os agentes que atenderam ao chamado levaram as roupas como prova. Eu passei algum tempo na casa dos O'Malleys antes de vir para cá. Abra veio comigo. Aqui nos encontramos com o xerife-assistente Hanson.

— Um amigo seu — comentou Wolfe.

Eli ignorou a implicação e manteve a voz relaxada.

— Conheci Vinnie quanto éramos adolescentes e mantivemos relações de amizade até nossos vinte anos. Eu já não o via fazia anos. Os policiais que responderam à chamada não encontraram nada faltando nem fora do lugar. Eu falei com o xerife-assistente Hanson a respeito de Kirby Duncan. Mas, como disse antes, a srta. Walsh disse que seu agressor tinha um tipo físico diferente. Por dever de ofício, o xerife-assistente Hanson nos comunicou que iria interrogar Duncan, que estava hospedado, creio eu, na pousada Surfside. Não sei que hora, exatamente, o xerife-assistente Hanson saiu. Meu palpite é que foi por volta de meia-noite e meia ou um pouco antes.

Uma pena, pensou Eli, que ele não tivesse anotado os horários.

— Quando ele saiu, fui até o porão, acompanhado da srta. Walsh. Nosso gerador não é muito confiável, mas eu estava querendo um pouco de eletricidade. Quando chegamos lá embaixo, resolvi procurar ferramentas. Acabei encontrando um grande buraco na parte mais antiga do porão. As ferramentas de escavação ainda estavam lá: picaretas, pás, esse tipo de coisa. A polícia levou tudo como prova. Está claro que quem entrou na casa já havia entrado antes.

— Para cavar um buraco no porão? — perguntou Corbett, intrigado.

— Se você está em Whiskey Beach há algum tempo, já deve ter ouvido falar da lenda... do dote, do tesouro. Para cada pessoa que acredita que essa lenda é bobagem, existem cinco que acreditam piamente nela. Não posso garantir qual foi o propósito da escavação, mas não é nada impossível que alguém tenha achado que iria desenterrar uma fortuna em joias.

— Você mesmo pode ter cavado o buraco.

Dessa vez, Eli não se dignou a olhar para Wolfe.

— Eu não precisaria arrombar uma casa na qual eu moro, e seria muito idiota se mostrasse o buraco a Abra e aos policiais se eu mesmo o tivesse cavado. De qualquer forma, permanecemos lá embaixo algum tempo. Consegui fazer o gerador funcionar e conseguimos eletricidade. Quando subimos de volta, acendi a lareira. Fazia muito frio, e Abra ainda estava abalada. Sentamos aqui e tomamos um pouco de vinho. Abra acabou dormindo no sofá. Eram cerca de duas da manhã quando eu subi para o meu quarto. Acordei por volta das sete e meia, talvez quase oito. Ela já tinha saído e deixado uma omelete no aquecedor. Ela gosta de alimentar as pessoas. Não sei que hora ela saiu.

— Então, você não tem um álibi.

— Não — disse ele a Wolfe. — Pelos seus padrões, acho que não. Por que, exatamente, você acha que o matei?

— Ninguém está acusando você, sr. Landon — replicou Corbett.

— Você está me perguntando onde estive. O principal investigador do homicídio da minha esposa está com você. Vocês não precisam me acusar para eu saber que sou um suspeito. Só queria saber qual foi meu motivo.

— Duncan era um ótimo investigador. Ele o estava investigando e você sabia disso. E todos os registros dessa investigação desapareceram.

— Você o conhece — Eli meneou a cabeça. — Ele deve ter sido um policial em alguma época. Você o conhecia. Foi você quem o contratou.

— Nós fazemos as perguntas, sr. Landon.

Eli olhou para Corbett.

— Por que você não me pergunta o motivo de matar alguém que nunca conheci?

— Ele poderia ter conseguido provas contra você — respondeu Wolfe. — E feito você ficar nervoso.

— Ele conseguiu provas contra mim, em Whiskey Beach, de um crime que não cometi em Boston? Onde estão as provas? Um bom investigador mantém registros e faz backups. Onde estão as provas?

— Um advogado esperto, que conhece todas as artimanhas, teria o cuidado de destruir essas provas. Você pegou as chaves dele, dirigiu até Boston, foi até o escritório dele e se livrou de todas as anotações, de todos os arquivos do computador, de tudo. E fez o mesmo no apartamento dele.

— O escritório e o apartamento dele foram saqueados? — Eli se recostou na cadeira. — Isso é interessante.

— Você teve tempo, oportunidade e motivo.

— Na sua cabeça, porque você está totalmente convencido de que eu matei Lindsay. Então, também tenho que ter cometido esse crime — retrucou Eli, antes que Wolfe pudesse falar. — Pois bem, vamos ver. Ou ele combinou em se encontrar comigo no farol, no meio da noite, no meio da chuva, ou eu ou atraí até lá; isso depois de ele ter descoberto provas de que eu já tinha cometido um assassinato. O que também significa que saí de casa enquanto Abra estava dormindo, o que não é impossível, reconheço. Em seguida matei Duncan, fui até a pousada, entrei furtivamente lá, peguei todas as coisas dele e o carro também. Presumo, então, que dirigi até Boston, fui até o escritório e o apartamento dele e apaguei tudo. Depois, dirigi de volta. Seria idiota em voltar com o carro dele, mas de que outro modo eu poderia voltar? Em seguida, joguei o carro dele em algum lugar, retornei a pé até aqui e entrei na casa, sem que Abra jamais soubesse que eu tinha saído.

Ele sabia que não adiantaria nada falar com Wolfe. Assim voltou-se para Corbett.

— Pelo amor de Deus. Basta reparar na logística e no cronograma para ver que eu precisaria de uma sorte incrível para fazer tudo isso antes que Abra se levantasse e fizesse a omelete.

— Talvez você não tenha feito isso sozinho.

Sentindo a raiva aumentar, Eli se virou para Wolfe.

— Vai arrastar Abra para dentro disso? Uma mulher que só conheço há algumas semanas decide, de repente, me ajudar a cometer um assassinado. Pelo amor de Deus!

— Você é que está dizendo que são algumas semanas. Duncan estava trabalhando no caso aqui e descobre o suficiente para constituir uma ameaça. Há quanto tempo você está transando com a governanta, Landon? Estava corneando a mulher e ela descobriu. Isso apenas lhe dá mais uma razão para ter matado sua esposa.

A raiva que Eli estava conseguindo controlar razoavelmente acabou transbordando.

— Se você quer me perturbar de novo, fique à vontade. Mas deixe a garota fora disso.

— Ou o quê? Eu vou ser o próximo?

— Detetive Wolfe — vociferou Corbett.

Ignorando Corbett, Wolfe bateu com as mãos nas próprias coxas e se inclinou para a frente.

— Você acha que só porque escapou uma vez vai conseguir escapar sempre?

Chegando junto, pensou Eli. Como gostava de fazer nos interrogatórios para intimidar.

— Sim, eu conhecia Duncan — prosseguiu Wolfe. — Ele era meu amigo. Agora, minha missão na vida vai ser desmascarar você em nome dele. Você não vai se livrar dessa vez. Eu saberei tudo o que você e essa mulher fizerem, tenham feito ou pensem em fazer. E quando eu o desmascarar, você estará acabado.

— Ameaças e intimidação — disse Eli, estranhamente calmo novamente. — Isso dará ao meu advogado excelentes argumentos. Eu aceitei isso antes e deixei minha vida se escoar pelo ralo. Não vou aceitar de novo. Já respondi às perguntas de vocês. A partir de agora, só falarei por intermédio do meu advogado. — Ele se pôs de pé. — Quero que vocês saiam da minha casa.

— É a casa da sua avó.

Eli assentiu.

— Aceito a correção. Quero que vocês saiam da casa da minha avó.

— Sr. Landon. — Corbett se levantou da cadeira. — Peço desculpas se você se sentiu ameaçado ou intimidado.

Eli o olhou de olhos arregalados.

— Se? Está falando sério?

— O fato é que, através dessa conexão, do propósito da vítima em Whiskey Beach, você é uma pessoa que nos interessa. Eu gostaria de saber se você possui uma arma.

— Arma? Não. Não, não possuo.

— Existe alguma arma na casa?

— Não sei dizer. — Ele sorriu. — Afinal, é a casa da minha avó.

— Nós vamos obter um mandado — rosnou Wolfe.

— Faça isso. Você vai precisar de um para voltar a entrar nesta casa, porque já estou farto de ser perseguido e intimidado por você. — Eli andou até a porta e a abriu. — Já terminamos.

— Continue pensando assim — murmurou Wolfe enquanto saía.

— Agradeço o tempo que nos concedeu — disse Corbett.

— Ótimo, porque é a última vez que o concedo.

Eli fechou a porta com firmeza. Só então se permitiu cerrar os punhos.

Corbett esperou até estar a sós com Wolfe no carro.

— Mas que diabo! Que porra é essa que você está fazendo?

— Ele cometeu o crime e não vai escapar outra vez.

— Puta merda! — Furioso, Corbett pisou fundo no acelerador. — Mesmo que ele tivesse motivo, o que não sabemos e não podemos provar, a oportunidade que teve está abaixo de zero. Ele faz Duncan ir até o farol no meio da porra da noite, atira nele e o joga do penhasco. Depois faz aquilo tudo? O modo como ele descreveu os acontecimentos está absolutamente correto.

— Não se a mulher tiver participado. Ela poderia ter atraído Duncan. Depois segue Landon até Boston, traz Landon de volta e se transforma no álibi dele.

— Isso é besteira. Uma tremenda bobagem. Eu não a conheço, mas ela está limpa. Assim como os vizinhos dela. E eu conheço Vinnie Hanson. É um bom policial. Ele põe a mão no fogo pelos dois. As coisas aconteceram do jeito que contaram. O arrombamento, a droga do buraco, a cronologia dos fatos.

— Landon tem dinheiro. Dinheiro compra testemunhos.

— Tome muito cuidado, Wolfe. Você está aqui porque nós o convidamos. Podemos retirar o convite, e é exatamente isso o que vou recomendar. Você está obcecado e acabou com qualquer chance que eu tinha de fazer Landon cooperar.

— Ele matou a mulher dele. Ele matou Duncan. Cooperação da parte dele é besteira.

— Você teve um ano para provar que ele matou a esposa. E não conseguiu. Duncan vai ser muito mais difícil. Se você não estivesse com essa ideia fixa, estaria se perguntando quem entrou naquela casa quando Landon estava em Boston e como sabia que ele estava em Boston.

— Uma coisa não tem porra nenhuma a ver com a outra.

Corbett abanou a cabeça.

— Obcecado — repetiu, em voz baixa.

◆ ◆ ◆ ◆

Na casa, Eli subiu a escada, dobrou para a ala sul e entrou no que sempre considerara o aposento das recordações, no qual havia várias caixas com coisas que haviam pertencido a seus ancestrais. Um par de luvas, uma caixa de música com uma borboleta feita de pedras preciosas, um par de esporas de prata ornamentadas. Junto com o que ele considerava uma exposição encantadora e espontânea, estavam três diários encadernados em couro, medalhas militares, um esplêndido sextante de bronze, um almofariz de mármore com a respetiva mão, um par de sapatos abotoáveis com gáspea de cetim e outras interessantes quinquilharias dos Landons.

Entre elas, um armário com armas de fogo antigas. Trancado como sempre, verificou Eli, bastante aliviado. Fora feito sob medida e continha escopetas, um rifle Henry lindamente preservado, uma fascinante pistola *derringer* com o cabo cravejado de pérolas, pistolas de duelo em estilo georgiano, espingardas de pederneira, um Colt 45 de aspecto intimidador.

Ele não relaxou até confirmar que todos os espaços daquele armário estavam ocupados.

Todas as armas estavam presentes. Pelo menos podia ter certeza de que nenhuma arma dos Landon havia matado Kirby Duncan. Tanto quanto sabia, nenhuma fora disparada desde que ele nascera e, provavelmente, nem na geração anterior. Eram por demais valiosas para serem usadas em tiro ao alvo ou tiro esportivo, refletiu ele, lembrando que, quando tinha oito anos, seu avô permitiu que ele segurasse uma das espingardas de pederneira enquanto lhe explicava sua história.

Eram valiosas, pensou Eli mais uma vez, enquanto vagueava pelo aposento. Só as pistolas de duelo já valiam milhares de dólares. E eram fáceis de transportar, fáceis de serem vendidas a um colecionador. Um armário trancado dificilmente deteria um ladrão. Mas quem quer que tivesse escavado o porão ignorara as armas.

Será que desconhecia a existência delas? Não estaria suficientemente familiarizado com a história da casa? Além das armas no armário — cujo valor, com certeza, atingiria os seis dígitos — a casa abrigava diversos outros itens portáteis e valiosos.

Se algo desaparecesse, sua avó acabaria notando. Mas um bom tempo transcorrera entre o acidente dela e o dia em que ele se mudara para a casa. No entanto, se o intruso aproveitara aquele tempo, parecia ter se concentrado no porão.

Objetivo, repetiu Eli. Portanto, não se tratava apenas de dinheiro; caso contrário, por que não levar o que estava à mão? Tratava-se de um *tesouro*.

Mas que sentido teria isso? Seria mais prático passar uma noite transportando obras de arte, antiguidades, objetos de coleção, prataria... Meu Jesus, a coleção de selos de seu tio-avô estava exposta na biblioteca! Mas o sujeito passara sabe Deus quantas noites escavando o piso do porão com ferramentas manuais à procura de uma lenda.

Então era mais do que dinheiro, pensou ele, enquanto percorria a casa, conferindo mentalmente os objetos valiosos fáceis de transportar. Teria sido pela emoção? Pela crença genuína em um tesouro incalculável?

Seria uma obsessão? Como a obsessão de Wolfe com ele?

A ideia o levou de volta ao porão para observar com mais atenção o trabalho do intruso. Obedecendo a um impulso, ele entrou na cova, que chegava quase à altura de seu peito, em algumas partes. Pelo que podia avaliar, o trabalho parecia ter começado no centro e depois avançara, formando uma espécie de retângulo. Norte, sul, leste, oeste.

Teria obedecido aos pontos cardeais? Como poderia saber?

Ele saiu do buraco, pegou seu celular e tirou fotos em diversos ângulos. Os policiais haviam batido fotos, mas ele agora tinha as suas.

Por alguma razão, isso o fez se sentir proativo. Gostava da sensação de estar fazendo alguma coisa. Qualquer coisa.

Disposto a fazer mais, ele saiu do porão, pegou o telescópio de bronze — um presente que dera à sua avó — e foi até o terraço. Proativo significava informado. Talvez não fosse a melhor hora de dar uma caminhada até o farol ou mesmo dirigir até lá. Mas nada o impedia de observá-lo.

Ele apontou, enfocou e ajustou o telescópio até obter uma clara visão da fita amarela que a polícia colocara no local. Os policiais haviam bloqueado toda a área, inclusive o farol. Ele viu algumas pessoas atrás da fita — curiosos, e alguns veículos de aspecto oficial.

Ao girar o telescópio, apontou-o para baixo e observou o que presumiu serem técnicos trabalhando nas rochas que constituíam a cena do crime. Estavam encharcados, apesar das vestes de proteção que usavam.

Um longo percurso, pensou, usando o telescópio para avaliar a distância da beira do penhasco até as pedras abaixo. Era bem provável que a queda, em si, não fosse suficiente para matar Duncan. Mas lhe dar alguns tiros antes garantiria isso.

Por quê? O que ele sabia, vira, fizera?

E como isso estaria ligado à morte de Lindsay? Logicamente, deveria existir alguma conexão. Ele não acreditava que Wolfe estivesse enganado neste ponto. Se a coisa toda não fosse tão ilógica quanto escavar um porão em busca de um tesouro de piratas, os assassinatos estariam vinculados.

O que abria a possibilidade de o assassinato de Duncan estar ligado ao intruso.

Uma vez mais, por quê? O que ele sabia, vira, fizera?

Um enigma. Em sua vida anterior, ele adorara enigmas. Talvez fosse hora de descobrir se ainda tinha aptidão para resolvê-los.

Deixando o telescópio no terraço, ele subiu ao segundo piso para pegar um bloco de notas e uma caneta. Dessa vez, ao passar pela cozinha, montou um sanduíche e, que diabo, pegou uma cerveja. Levou tudo para a biblioteca, acendeu a lareira e se sentou à velha e magnífica escrivaninha de seu bisavô.

Pensou em começar com a morte de Lindsay, mas percebeu que esta nao fora o início — não de fato. Ele considerava o primeiro ano de casamento como um período de ajuste. Altos e baixos, rodeios e uma grande concentração, de ambas as partes, na reforma e decoração da casa nova.

Para ser exato, as coisas começaram a mudar entre eles poucos meses depois de se mudarem para a casa.

Ela havia decidido que queria mais tempo antes de iniciar uma família, e com certa razão. Ele dedicava uma grande parte de seu tempo e energia ao trabalho. Ela desejava que seu marido se tornasse sócio pleno da firma, e ele achava que estava a caminho de sê-lo.

Ela gostava de promover reuniões sociais de se divertir. Além disso, tinha sua própria carreira e seu próprio círculo de amigos. Mas eles não paravam de discutir sobre a excessiva carga de trabalho dele ou sobre os conflitos entre as prioridades de ambos. O que era natural, para ser exato mais uma vez. Sessenta e quatro horas de trabalho por semana não eram coisa incomum e, sendo advogado criminal, ele muitas vezes trabalhava noites inteiras.

Ela gostava dos benefícios, mas começara a se ressentir dos sacrifícios que impunham. Ele se alegrava com o sucesso que ela obtinha em sua própria carreira, mas começara a se ressentir dos conflitos de interesses.

O que estava na base de tudo? Ele reconhecia que eles não se amavam o bastante, não o suficiente para uma longa vida em comum.

Junte-se a isso a intolerância — uma palavra bastante justa — de Lindsay com relação à avó dele e o afeto que ele tinha pela Bluff House e por Whiskey Beach; o resultado foi que o casamento começou a ruir cada vez mais depressa. Ele agora conseguia ver que, já no primeiro ano de casamento, uma lacuna emocional se formou entre ambos e rapidamente se alargou, até o momento em que nenhum dos dois tinha mais energia ou disposição para transpor o abismo.

Mas ele mesmo não se ressentira dela pela decisão que tomara de limitar, e depois suspender, suas visitas à Bluff House? Ele queria salvar seu casamento mais por princípio do que por amor à esposa.

Uma coisa lamentável, pensou.

Só que ele não traíra Lindsay. Portanto, ponto para ele.

Ele passara muito tempo tentando descobrir quando se iniciara a infidelidade dela. Conclusão? Antes de o casamento completar dois anos, quando ela começou a alegar que estava trabalhando até tarde, quando começou a viajar sozinha nos fins de semana — para se *recarregar* —, quando a vida sexual de ambos já tinha ido para o espaço.

Ele anotou a data aproximada do fato, os nomes dos amigos mais chegados, dos membros da família e dos colegas de trabalho dela. Em seguida, desenhou uma linha que partia de Eden Suskind, tanto amiga quanto colega de trabalho e esposa de Justin Suskind, amante de Lindsay por ocasião de sua morte.

Eli circundou o nome de Justin Suskind antes de continuar as anotações.

Eden havia corroborado o álibi de seu marido infiel para a noite do assassinato de Lindsay. De qualquer forma, ele não tinha qualquer motivo.

As provas apontavam que tinha planos de dar uma escapada romântica com Lindsay até o Maine, onde se hospedariam no que se revelou ser o hotel favorito de ambos.

E sua esposa, com certeza, não tinha nenhum motivo para mentir a seu favor. Ela se sentira humilhada e arrasada quando o caso amoroso veio à luz.

O investigador particular contratado por Eli investigara a possibilidade de ter sido um ex-amante, ou um segundo amante, que havia matado Lindsay em um acesso de fúria e paixão. Mas fora uma semente que não deu frutos.

Ainda, lembrou a si mesmo.

Ela deixara alguém entrar na casa naquela noite. Não foram encontrados sinais de arrombamento nem de luta. E, segundo os registros de seu telefone e de seus e-mails — tanto particulares quanto do trabalho —, ela não entrara em contato com qualquer pessoa que não tivesse sido verificada e inocentada na investigação. Mas era bom não esquecer que Wolfe se concentrara nele e que seu investigador poderia ter deixado passar alguma coisa. Ou alguém.

Diligentemente, Eli escreveu todos os nomes de que se lembrava, até o do cabeleireiro dela.

Ao final de duas horas, ele havia enchido várias páginas do bloco com referências cruzadas, perguntas sem respostas e duas agressões, se contasse o tombo de sua avó e o segundo assassinato.

Agora daria uma caminhada, decidiu, para deixar as coisas se assentarem.

Sentia-se bem, percebeu. Apesar das dores musculares — ou talvez graças a elas —, ele se sentia muito bem. Porque ele sabia, tão logo saiu da biblioteca, que jamais se deixaria se tornar um joguete nas mãos de alguém novamente.

Embora de uma forma horrível, o assassino de Kirby Duncan lhe fizera um favor.

Capítulo 12

◆ ◆ ◆ ◆

A BRA TOCOU a campainha primeiro, tanto por educação quanto porque precisava de um pouco de ajuda. Quando ninguém atendeu à porta, ela pegou sua chave, abriu a porta e entrou com sua mesa de massagem. Ao olhar automaticamente para o painel do alarme e ver a luz piscando, começou a murmurar o novo código enquanto o digitava.

— Eli! Você está aí? Preciso de ajuda aqui!

Após alguns momentos de silêncio e de bufar um pouco, ela usou a mesa para empurrar a porta. Depois, retornou ao carro para pegar as sacolas de mercado.

Ela as levou para dentro, largou-as e, com dificuldade, carregou a mesa e a sacola até a grande sala de estar. Em seguida voltou ao carro para pegar mais sacolas de mercado e levou tudo para a cozinha.

Após guardar as verduras e os legumes, pregou o recibo do mercado no quadro da cozinha, desembalou o pote de sopa de batatas com presunto, o pão de cerveja que preparara naquela tarde e o resto dos biscoitos de gotas de chocolate, já que ele parecia ter gostado deles. Em vez de procurá-lo pela casa, ela armou sua mesa de massagem, arrumou as velas que trouxera e avivou o fogo da lareira, ao qual acrescentou mais uma tora. Talvez ele pretendesse inventar uma desculpa para recusar a massagem já marcada, mas iria encontrar uma forte oposição, pois ela estava com tudo preparado.

Satisfeita com a arrumação, ela subiu ao segundo andar, contando com a possibilidade, pouco provável, de que ele estivesse absorto demais em seu trabalho, tirando uma soneca, embaixo do chuveiro ou na sala de ginástica.

Não o encontrou, mas descobriu que seu método de arrumar a cama era jogar o edredom por cima. Ela arrumou a cama e os travesseiros — uma cama bem arrumada, a seu ver, era uma cama convidativa —, dobrou o suéter que ele largara em uma cadeira e jogou na cesta as meias que estavam no chão.

Saindo do quarto, foi até a sala de ginástica, na qual considerou a esteira estendida no chão como um sinal positivo. Intrigada, ela esquadrinhou toda a ala que ele ocupava no segundo andar. Depois, retornou ao primeiro andar, para examiná-lo melhor. Avistou, então, o bloco de notas, assim como o prato e a garrafa de cerveja vazios (pelo menos ele usara um descanso), sobre a velha e esplêndida escrivaninha.

— O que você anda fazendo, Eli? — Enquanto pegava o prato e a garrafa, ela aproveitou para ler a primeira página das anotações. — Bem, isso é interessante.

Ela não conhecia todos os nomes, mas seguiu as linhas que os conectavam, as setas, as anotações rabiscadas. Em meio a elas, havia alguns desenhos bem feitos. Ele tem a mão da avó, constatou, reconhecendo um desenho do detetive Wolfe com chifres de diabo, exibindo dentes afiados.

Enquanto folheava o bloco — ele evidentemente havia passado algum tempo fazendo aquilo tudo —, ela encontrou o próprio nome, ligado ao dele, ao de Hester, ao de Vinnie e ao de Duncan Kirby.

E também um desenho dela, o que a maravilhou. Ele a retratara deitada à beira da praia, com uma cauda de sereia que serpenteava a partir de seu ventre.

Ela deslizou o dedo pela cauda, antes de continuar a ler.

Ele fizera um cronograma da noite da morte de Duncan, que parecia bastante exato, pelo que ela lembrava dos acontecimentos. E indicara a hora da morte como sendo entre a meia-noite e as cinco da manhã.

Então os policiais já haviam falado com ele, assim como haviam falado com ela.

O que não devia ter sido agradável. Como o carro dele estava diante da casa, ele estava a pé. Após a visita dos policiais, para se acalmar, ela preparara a sopa e o pão, e fizera alguns rápidos exercícios de ioga. Ela concluiu que Eli descarregara sua tensão nas anotações. E, provavelmente, estava dando uma caminhada para dissipar o resto.

Bom para ele.

Ela levou o prato e a garrafa para a cozinha. Em seguida, saiu para o terraço. Surpresa ao ver o telescópio, aproximou-se do instrumento e olhou pela lente. O farol preencheu seu campo visual.

Não era de estranhar. Ela mesma sentiu vontade de ter um telescópio. Abraçando a si mesma para se proteger do frio, ela foi até a beirada do terraço e perscrutou a praia.

E lá estava ele, com as mãos nos bolsos e ombros um pouco inclinados, por causa do vento. Ela continuou a observá-lo até que o viu se encaminhar para a escada da praia.

Retornou então à cozinha, serviu duas taças de vinho e as levou até a porta para recebê-lo.

— Lindo dia, não? — Ela lhe entregou uma das taças. — Quase dá para sentir o cheiro da primavera se a gente tentar de verdade.

— Primavera? Minhas orelhas estão congeladas.

— Não estariam se você usasse um chapéu. Eu acendi a lareira da sala de estar novamente.

Mas o olhar dele já havia pousado no balcão da cozinha.

— Você trouxe mais biscoitos.

— São para mais tarde. — Deliberadamente, ela bloqueou a passagem dele. — Depois do vinho, de uma conversa, da massagem e depois da excelente sopa de batatas com presunto e do pão de cerveja que preparei hoje à tarde.

— Então você fez sopa e pão...

— Considerei isso uma terapia, depois de conversar com os policiais. Você está colhendo o resultado. Eles também vieram aqui, não?

— Sim, estiveram aqui.

— Pode me falar sobre isso enquanto bebemos o vinho. Ou prefere que eu comece?

— Prefiro a ordem cronológica. — Ele tirou a jaqueta e a jogou sobre um banco da cozinha. — Que foi? — perguntou, quando a viu olhando para ele com as sobrancelhas arqueadas.

— Sua mãe não lhe ensinou a pendurar as coisas?

— Pelo amor de Deus — resmungou ele, mas pegou a jaqueta e a levou até a lavanderia, onde a pendurou em um gancho. — Assim está melhor?

— Perfeito. Pela ordem cronológica, sou a primeira. — Impulsivamente, ela pegou a garrafa de vinho. — Para o caso de precisar — disse, enquanto se dirigia à sala de estar.

— Você montou isso? — perguntou ele, ao ver a mesa de massagem.

— Montei. E tire esses pensamentos esquisitos da sua cabeça. Massagem é massagem, sexo é sexo. Você pode ter uma coisa ou outra, mas não quando estou lhe cobrando. E estou.

— Pela massagem ou pelo sexo? Porque eu gostaria de saber os preços.

— Você é um cara engraçado quando não está remoendo tristezas. — Ela se sentou no sofá e dobrou as pernas. — Bem, basicamente tive que explicar aos dois detetives, um daqui e outro de Boston, o que aconteceu aqui na quinta-feira à noite, depois que vim verificar as janelas. Depois retrocedi até a conversa que tive com Duncan no porão da igreja. Em seguida, pulei para o momento em que você voltou de Boston e me encontrou na casa de Mike e Maureen, e falei sobre nossa vinda aqui para conversar com Vinnie. O que eu disse a ele, o que você disse, o que Vinnie disse e tudo o que você já sabe. Nossa descida ao porão e a descoberta do buraco. Contei que dormi aqui, bem onde estamos. Disse a que horas me levantei, que foi por volta das seis. Nesse momento pensei em subir a escada e me enfiar na cama junto com você, mas não vi necessidade de contar isso a eles.

— Nem de me contar também, pelo menos até agora.

— Não, não vi. Você estava ferrado no sono. Eu subi a escada.

Os olhos dele se estreitaram.

— Você subiu ao segundo andar naquela manhã?

— Subi. Acordei um pouco enjoada, estresse ainda do dia anterior, eu acho. Mas fiquei realmente grata por não estar sozinha. Como os acontecimentos da noite anterior não saíam da minha cabeça, eu me sentia sozinha aqui embaixo. Então, subi para ver se você, por acaso, estava acordado. Não estava. Pensei em acordá-lo, mas decidi não fazer isso. Vê-lo lá em cima me ajudou a não me sentir sozinha aqui embaixo.

— Você deveria ter me acordado. Dependendo de como fizesse isso, você poderia ter ficado lá ou eu poderia ter descido com você. Assim, você não ficaria sozinha.

— Bem, não foi o que aconteceu. Eu disse aos policiais que subi, vi que você ainda estava dormindo e desci sozinha. Tive a clara impressão de que o seu detetive Wolfe acha que eu sou uma tremenda piranha e uma mentirosa deslavada.

— Ele não é o meu detetive Wolfe.

— Ele acha que é. — Abra tomou um gole de vinho. — Eu recapitulei tudo para eles. Voltei aqui para baixo, preparei café, cortei algumas fatias de melão, abacaxi e outras frutas, comi um pouco e deixei o resto para você, fiz uma omelete, que coloquei no aquecedor, escrevi um bilhete para você e fui para casa, onde meditei um pouco antes de mudar de roupa para dar uma aula matinal.

— Quando vieram aqui, eles sabiam que eu não poderia ter matado Duncan, dirigido até Boston, revistado o escritório e o apartamento dele, e dirigido de volta.

— O escritório dele? Em Boston? Como assim?

— Parece que alguém revistou o escritório e o apartamento de Duncan, em Boston e sumiu com todas as anotações e computadores dele. O que indica que o cliente dele foi o assassino, a menos que você esteja convencida de que fui eu. Mas eles já haviam conversado com você e sabiam que você tinha me visto às duas e às seis da manhã. Não era simplesmente difícil eu fazer tudo isso em quatro horas, era impossível. Eles sabiam que o tempo não seria suficiente.

— Isso depende. — Ela tomou outro gole. — Se você for Wolfe e eu, uma piranha mentirosa, isso me transforma em cúmplice de assassinato.

— Meu Deus. — Eli pousou o copo e pressionou os olhos com a base das mãos. — Lamento muito.

— Ah, pare com isso. Não é você que está insinuando que eu sou uma piranha mentirosa e cúmplice de assassinato. Wolfe não acredita que possa estar errado na crença de que você matou Lindsay; isso significa que sou isso e aquilo. Já conheci indivíduos assim. Eles acreditam totalmente, sem sombra de dúvida, que estão certos. Assim, tudo o que puser em dúvida esta certeza é uma mentira, um subterfúgio ou um erro.

Lentamente, ela bebeu outro gole de vinho.

— Pessoas assim me deixam impaciente — acrescentou.

— Impaciente?

— Sim, antes de me deixarem furiosa. O outro detetive, Corbett, não estava acreditando nisso. Ele foi cauteloso, mas não estava acreditando que eu tinha entrado em conluio com você para matar Duncan. Nem estava muito interessado na linha de interrogatório de Wolfe, ou seja, na hipótese de que não só nós nos conhecemos muito antes de você voltar para Whiskey Beach, como também tínhamos um caso amoroso secreto, o que naturalmente significa que também fomos cúmplices na morte de Lindsay.

Ela mudou de posição no sofá, inconscientemente reproduzindo a pose da sereia.

— Eu também disse a ele, com franqueza, que ainda não tinha decidido se faria sexo com você, mas estava inclinada a isso e, caso me decidisse, o fato não seria segredo e não seria necessariamente um caso amoroso, não nos termos dele, pois nós não somos casados nem estamos envolvidos com outras pessoas.

— Você disse a eles que... — Eli suspirou e pegou sua taça de vinho.

— Bem, ele esgotou minha paciência e depois me deixou furiosa. Me deixou furiosa de verdade, e eu tenho um pavio muito curto. De repente, virei mentirosa, embusteira, destruidora de lares, piranha e assassina. Tudo porque ele não reconhece que está no caminho errado e que você não matou ninguém.

— Imbecil.

Abra esvaziou sua taça e ofereceu a garrafa de vinho a Eli, que abanou a cabeça.

— Agora, sua vez.

— Não tenho muita coisa a acrescentar. Eu recapitulei os fatos e lhes disse a mesma coisa que você e Vinnie, a quem Wolfe deve considerar um policial corrupto por se dar bem com minha amiga piranha e mentirosa.

— E cúmplice de assassinato — lembrou Abra, erguendo seu copo.

— Você está bem tranquila.

— Agora, depois de descascar e picar batatas e de beber uma taça de vinho. Mas voltando atrás. Alguém entrou no escritório e no apartamento de Duncan e agora não há mais nenhum registro de seus clientes, dentre os quais devia estar quem o contratou para investigar você. E todas as coisas dele foram retiradas da pousada. Portanto, a lógica aponta para esse cliente. É o caminho que os policiais têm que seguir.

— Não se o policial for Wolfe. Eu sou a baleia branca dele.

— Eu detestei *Moby Dick*. De qualquer forma, ninguém que conheça Vinnie vai achar que ele é um policial corrupto. E como não nos conhecíamos até você se mudar para cá, não há provas que demonstrem o contrário. Acrescente-se a isso meu jejum sexual e vai ser realmente difícil me enquadrar como piranha. Tudo isso pesa a nosso favor, Eli.

— Não estou preocupado com isso. Não estou preocupado — insistiu ele, ao ver que ela erguia as sobrancelhas de novo. — Bem, essa não é a resposta correta. Estou interessado. E faz muito tempo que não me interesso por mais nada além de escrever. Mas estou interessado em desvendar esse caso.

— Que ótimo. Todo mundo deve ter um passatempo.

— Isso é um sarcasmo?

— Na verdade, não. Você não é policial nem detetive particular. Mas é parte legitimamente interessada. E, agora, eu também sou. Temos um passatempo em comum. Descobrir tudo. Aliás, vi suas anotações na biblioteca.

— Tudo bem.

— Se você tiver alguma coisa que não quiser que eu veja, como aquele fabuloso desenho da Sereia Abra, você deveria guardar em algum lugar, apesar de que eu adoraria se você reproduzisse o desenho num papel de boa qualidade e me desse de presente. Eu tenho uma chave e pretendo continuar a usá-la. Aliás, eu estava procurando você.

— Tudo bem. — A alusão ao desenho o deixara pouco à vontade. — Às vezes rabiscar me ajuda a pensar.

— Aquilo não era um rabisco, era um desenho. Rabiscar é o que eu faço, e fica tudo parecido com bichos feitos com bolas de soprar. Eu também gostei do Diabólico Vampiro Wolfe.

— Esse tinha algum potencial.

— Também achei. E desenhar realmente ajudou você a pensar. Os personagens e as conexões entre eles, as cronologias e as circunstâncias. Estava tudo lá e com lógica. Parece um bom começo. Acho que vou começar a fazer anotações também.

Eli refletiu durante alguns momentos.

— Ele vai investigar você. Wolfe. E, quando fizer isso, não conseguirá descobrir nenhuma ligação entre nós antes de eu me mudar para cá. E também não conseguirá descobrir nada que corrobore o fato de você ser uma piranha mentirosa e assassina.

— Como você sabe? — Ela sorriu. — Eu ainda não lhe contei minha história. Talvez eu seja uma piranha mentirosa com tendências homicidas.

— Me conte sua história para que eu seja o juiz.

— Contarei. Mais tarde. Está na hora da sua massagem.

Ele olhou para a mesa de massagem com ar constrangido.

— Sua honra estará a salvo comigo — disse ela. — Isso não tem nada a ver com sexo.

— Estou pensando em dormir com você.

Na verdade estava pensando em arrancar as roupas dela e cavalgá-la como um garanhão excitado. Mas isto parecia... indelicado.

— Eu ficaria desapontada se você não estivesse, mas isso não vai acontece durante a próxima hora. Tire a roupa e deite na mesa, de rosto para cima. Vou lavar as mãos.

— Você é mandona.

— Posso ser. Sei que é uma falha e estou tentando corrigir isso. Mas não quero ser perfeita. Ficaria entediada.

Ela afagou o braço dele e saiu da sala.

Como não parecia o momento propício para arrancar as roupas dela, ele despiu as próprias. Era estranho ficar nu sob o lençol. E ficou mais estranho ainda quando ela retornou, ligou sua música relaxante e acendeu as velas.

Então, aqueles dedos mágicos começaram a trabalhar em seu pescoço e no alto de seus ombros. Ele não pôde deixar de achar estranho quando o sexo se retirou para o fundo de sua mente.

— Pare de pensar tanto — disse ela. — Relaxe.

Ele pensou em parar de pensar. Pensou em pensar em outra coisa. Pensou em pensar em seu livro, mas os problemas de seus personagens se dissolveram junto com as dores em seus músculos.

Enquanto ele pensava em não pensar, em pensar em outra coisa ou em usar seu livro como válvula de escape, ela desfazia os nós em seu corpo, aliviava suas dores e dissolvia pequenos focos de tensão.

Ele se virou quando ela pediu, enquanto refletia que ela poderia resolver todos os problemas do mundo — guerras, crises econômicas, batalhas sangrentas — apenas deitando os líderes em sua mesa durante uma hora.

— Você tem feito ginástica.

A voz dela era tão segura quanto suas mãos.

— Sim, um pouco.

— Dá para sentir. Mas suas costas são um labirinto de tensões, amor.

Ele tentou pensar na última vez que alguma pessoa, inclusive sua mãe, o chamara de "amor".

— Os últimos dias têm sido interessantes.

— Hum. Vou lhe ensinar alguns alongamentos para aliviar a tensão. Você pode dedicar alguns minutos a eles sempre que se afastar do teclado.

Ela puxou, pressionou, torceu, retorceu e sovou o corpo dele. Depois, massageou cada ponto dolorido até deixá-lo mole como água.

— Como você está? — perguntou, arrumando o lençol sobre ele.

— Acho que vi Deus.

— Como ele é?

Ele abafou uma risada.

— Na verdade, é bastante sexy.

— Sempre desconfiei disso. Não precisa ter pressa para se levantar. Volto daqui a alguns minutos.

Ele já havia conseguido sentar e cobrir as partes importantes com o lençol quando ela retornou trazendo um copo com água.

— Beba tudo. — Ela lhe estendeu o copo e afastou os cabelos que cobriam a testa dele. — Você parece relaxado.

— Existe uma palavra entre *relaxado* e *inconsciente*. Não consigo me lembrar dela agora, mas é onde estou.

— É um bom lugar. Estarei na cozinha.

— Abra. — Ele segurou a mão dela. — Pode parecer uma coisa boba e até um clichê, mas vou dizer de qualquer forma. Você tem um dom.

Ela deu um lindo sorriso.

— Não parece uma coisa boba nem um clichê para mim. Não precisa ter pressa.

Quando ele entrou na cozinha, ela estava segurando uma taça de vinho enquanto aquecia a sopa no fogão.

— Está com fome?

— Não estava, mas isso tem um cheiro bom demais.

— Gostaria de dar outra caminhada na praia antes de comer?

— Pode ser.

— Ótimo. A luz é suave e bonita a esta hora do dia. A caminhada vai abrir nosso apetite.

Ela foi até a lavanderia para buscar os casacos e vestiu o seu.

— Eu olhei pelo telescópio — disse, quando estavam saindo. — O terraço é um bom lugar para ele.

— Vi alguns técnicos da polícia vasculhando as proximidades do farol.

— Não costuma haver assassinatos em Whiskey Beach, e acidentes fatais não atraem turistas. É importante ser minucioso. Quanto mais minuciosos eles forem, melhor para você.

— Talvez, mas estou relacionado ao caso. De certa forma. O policial local me perguntou se havia armas de fogo na casa. Eu fui evasivo, porque de repente me ocorreu que o sujeito que entrou na casa poderia ter levado alguma arma da coleção para matar Duncan.

— Meu Deus, não havia pensado nisso.

— Você nunca foi a principal suspeita de uma investigação de assassinato. De qualquer forma, estão todas no lugar, trancadas em seus armários. Quando eles conseguirem o mandado de busca, e vão conseguir, podem querer levar as armas para um teste de balística. Vão saber que nenhuma das armas da Bluff House matou Duncan.

— Porque já saberão que tipo de calibre foi usado e talvez que tipo de arma. Já vi muitos programas na tevê tipo CSI — acrescentou ela. — São armas antigas. Duvido que Duncan tenha sido morto com um mosquete ou uma pistola de duelo.

— As probabilidades são pequenas.

— Independente disso, estamos desfazendo os benefícios da massagem falando sobre policiais e assassinatos. — Ao chegarem à base da escada da praia, ela sacudiu os cabelos para trás e contemplou o azul minguante do céu crepuscular. — Você gostaria de saber por que me mudei para Whiskey Beach? Por que meu lar agora é aqui?

— Sim, gostaria.

— Vou lhe contar. É uma boa história para ser contada em uma caminhada na praia. Mas tenho que recuar um pouco no tempo para lhe dar o contexto.

— Uma pergunta primeiro, porque é uma coisa que eu tenho tentado descobrir. O que você fazia antes de vir para cá e iniciar seu negócio de massagem/ioga/joalheria/limpeza de casas?

— Você diz profissionalmente? Eu era diretora de marketing de uma organização sem fins lucrativos em Washington, D.C.

Ele olhou para ela — anéis nos dedos, cabelos esvoaçantes.

— Certo. Essa não estava entre as dez primeiras da minha lista.

Ela o cutucou com o cotovelo.

— Sou formada em Administração pela Northwestern University.

— Sério?

— Muito sério. Mas estou me adiantando. Minha mãe é uma mulher incrível. Inteligente, dedicada, corajosa e *solidária*. Ela me deu à luz quando fazia sua pós-graduação. Um dia meu pai decidiu que não estava preparado para ser pai e eles se separaram. Eu tinha dois anos. Na verdade, ele não faz parte da minha vida.

— Sinto muito.

— Eu também senti durante algum tempo, mas superei isso. Minha mãe é uma advogada de direitos humanos. Nós viajávamos muito. Ela me levava sempre que podia. Quando não podia, eu ficava com minha tia, irmã dela, ou com meus avós maternos. Mas quase sempre eu ia com ela. Adquiri uma educação e uma visão de mundo fora de série.

— Espere um minuto. Espere. — O súbito lampejo o deixou boquiaberto. — Sua mãe é Jane Walsh?

— Sim. Você a conhece?

— Claro. Meu Deus, Jane Walsh? Ela ganhou o Prêmio Nobel da Paz.

— Eu disse que ela é uma mulher incrível. Eu queria ser como ela quando crescesse, mas quem não gostaria de ser? — Abra ergueu os braços e fechou os olhos por alguns momentos para saudar o vento. — Ela é uma em um milhão. Uma em dezenas de milhões, no meu entender. Ela me ensinou amor, compaixão, coragem e justiça. No início, pensei em seguir os passos dela e me formar em Direito, mas, meu Deus, isso não era para mim.

— Ela ficou desapontada?

— Não. Outra coisa fundamental que ela me ensinou foi que a gente deve seguir nossa própria cabeça, nosso próprio coração. — Enquanto caminhavam, ela entrelaçou o braço no dele. — Seu pai ficou desapontado por você ter seguido um caminho diferente?

— Não. Tanto você quanto eu tivemos sorte nesse ponto.

— Sim, tivemos. Então me formei em Administração, com especialização no setor de organizações sem fins lucrativos. Eu era boa no que fazia.

— Aposto que era.

— Sentia que estava dando minha contribuição. Nem sempre me parecia um trabalho perfeito, mas se aproximava bastante disto. E eu gostava do trabalho. Gostava da minha vida, do meu círculo de amigos. Conheci Derrick numa campanha para arrecadação de fundos que organizei. Ele também era advogado. Acho que tenho atração por advogados.

Ela fez uma pausa e olhou para o mar.

— Meu Deus, como aqui é bonito. Todos os dias olho para o mar e penso em como tenho sorte por estar aqui, vendo e sentindo esse cenário. Minha mãe está no Afeganistão neste momento, trabalhando com e para as mulheres afegãs. Sei que estamos exatamente onde deveríamos estar e fazendo o que deveríamos fazer. Mas alguns anos atrás eu morava em D.C. Tinha um armário cheio de terninhos profissionais, uma escrivaninha abarrotada de papéis, uma agenda lotada. Na época, Derrick me pareceu a escolha certa no momento certo.

— Mas não foi.

— Estranhamente, foi. Inteligente, charmoso, compenetrado, ambicioso. Ele entendia o meu trabalho e eu entendia o dele. O sexo era satisfatório e as conversas, interessantes. Na primeira vez que ele me bateu, eu convenci a mim mesma que fora um terrível engano, uma aberração, apenas um mau momento provocado pelo estresse.

Sentindo Eli se retesar, ela afagou o braço entrelaçado no dela.

— Eu via o mau gênio dele como paixão e sua possessividade, como uma espécie de homenagem. Na segunda vez que ele me bateu, eu fui embora. Uma vez poderia ter sido um erro terrível, mas duas eram o início de um padrão.

189

Eli pousou a mão livre sobre a dela.

— Algumas pessoas não reconhecem um padrão quando fazem parte dele.

— Eu sei. Conversei com um monte de mulheres em grupos de apoio. Sei como uma mulher pode ser persuadida a aceitar uma desculpa como acreditar que mereceu a agressão. Mas eu fui embora, e rápido.

— Você não deu queixa?

Ela suspirou.

— Não, não dei. Queria que o afastamento fosse suficiente. Por que prejudicar a carreira dele ou me envolver num escândalo? Tirei uma licença curta para não ter que explicar o olho roxo aos colegas e amigos. E passei uma semana aqui.

— Em Whiskey Beach?

— Sim. Eu já viera aqui com minha mãe, há muitos anos. Depois vim de novo com minha tia e a família dela. Tinha boas recordações daqui. Então, aluguei um chalé e comecei a passear na praia. Tirei um tempo para me recuperar. Foi o que pensei.

— Você não contou para ninguém.

— Não na época. Eu tinha cometido um erro e achei que já tinha corrigido esse erro. Queria seguir em frente com minha vida. E, por mais tolo que isso possa parecer, eu me sentia envergonhada. Depois da folga, retornei ao trabalho, mas as coisas estavam diferentes. Amigos começaram a me perguntar o que estava havendo. Disseram que Derrick havia entrado em contato com eles, dizendo que eu tinha tido um colapso nervoso. Isso me colocou na posição, que considerei humilhante, de ter que contar a eles que ele tinha me agredido e que eu o tinha deixado.

— Mas ele plantou sementes.

Ela olhou para ele.

— Esse é outro padrão, não é? Sim, ele plantou sementes, e algumas delas brotaram. Ele conhecia um monte de gente, era esperto e estava furioso. Ele espalhou, aqui e ali, que eu era instável. E começou a me seguir. O problema de ser seguida é que nem sempre sabemos que isso está acontecendo. Eu não sabia. Não até começar a namorar de novo, e foi por acaso. Muito por acaso. Olhe.

Ela apontou para um pelicano que estava mergulhando na água em busca de seu jantar.

— Eu tento sentir pena do peixe, mas é que adoro observar os pelicanos. Eles têm um formato estranhíssimo e parecem desajeitados. Como os alces. De repente, eles se comprimem e mergulham como um arpão.

Eli a forçou a encará-lo.

— Ele machucou você de novo.

— Meu Deus, sim. De várias maneiras. Vou terminar a história. Não há necessidade de contar todos os detalhes. Meu chefe recebeu cartas anônimas a respeito do meu comportamento, do meu suposto abuso de drogas, álcool e sexo, e de como eu usava o sexo para influenciar doadores. Depois de receber muitas delas, meu chefe me chamou e me interrogou. Mais uma vez, eu tive que me humilhar (foi o que me pareceu na época) falando a respeito de Derrick. Meu chefe falou com o chefe dele, e o pandemônio se instalou.

Ela respirou fundo.

— No início, foram pequenas coisas desagradáveis. Meu carro arranhado, os pneus furados. Meu telefone tocava no meio da noite e, quando eu atendia, desligavam. Alguém cancelava minhas reservas para almoço ou jantar. Meus computadores, de casa e do trabalho, foram hackeados. Os vidros do carro do meu namorado foram quebrados e o chefe dele recebeu cartas anônimas, muito pesadas, a respeito dele. Nós paramos de nos ver. Como não era uma coisa séria, não foi uma coisa dolorosa.

— O que os policiais fizeram?

— Conversaram com ele, que negou tudo. Ele é muito convincente. Disse a eles que terminara comigo porque eu era muito possessiva e tinha me tornado violenta. Disse que estava preocupado comigo e que esperava que eu conseguisse ajuda.

— Um policial competente perceberia que era mentira.

— Acho que eles perceberam, mas não tinham como provar nada. E a coisa continuou. Pequenos incidentes, grandes incidentes, durante mais de três meses. Eu vivia tensa e isso começou a prejudicar meu trabalho. Ele começou a aparecer em restaurantes nos quais eu estava almoçando ou jantando. Às vezes eu olhava pela janela do meu apartamento e via o carro dele passar, ou achava que via. Frequentávamos círculos semelhantes e vivíamos mais ou menos na mesma área. Mas, como ele nunca se aproximava de mim, a polícia não podia fazer nada.

— Estourei num dia em que ele entrou no lugar onde eu estava almoçando com uma colega de trabalho. Fui até ele e disse para me deixar em paz, xinguei-o, fiz uma cena horrível. Até que minha colega me tirou dali.

— Ele fez você perder a cabeça.

— Completamente. E ficou absolutamente calmo durante o tempo todo, pelo menos foi o que pensei. Naquela mesma noite, ele entrou no meu apartamento. Estava esperando por mim quando cheguei. E estava fora de controle, totalmente fora de controle. Reagi, mas ele era mais forte. E tinha uma faca, uma das minhas, da minha cozinha. Pensei que ele ia me matar. Tentei fugir, mas ele me agarrou. Nós lutamos. Ele me esfaqueou.

Eli parou de caminhar, virou-se e segurou as mãos dela.

— Ao longo das minhas costelas. Ainda não sei se foi um acidente ou de propósito, mas achei que iria morrer a qualquer momento e comecei a gritar. Então, em vez da faca, ele usou os punhos. Ele me bateu, me sufocou e estava me estuprando quando os vizinhos entraram. Eles tinham chamado a polícia quando ouviram meus gritos, mas graças a Deus não esperaram a polícia chegar. Acho que ele me mataria se eles não tivessem chegado.

Ele a enlaçou com os braços e ela se aninhou nele. Muitos homens recuavam ao ouvir a palavra *estupro*, pensou ela. Mas não Eli.

Ela começou a andar novamente, reconfortada pelo braço dele ao redor de sua cintura.

— Eu tive mais do que um olho roxo dessa vez. Minha mãe estava na África e voltou correndo. Você sabe como é o processo: exames, entrevistas com a polícia, advogados. Foi horrível reviver tudo, e eu estava furiosa por ser vista como uma vítima. Até que aprendi a aceitar que era uma vítima, mas não precisava continuar a ser uma vítima. No final, fiquei agradecida por ter havido um acordo. Assim, eu não teria que passar por tudo de novo em um julgamento. Ele foi para a prisão. Minha mãe me levou para um lugar no campo. A casa de uma amiga nas Laurel Highlands, na Pensilvânia.

Ela me deu espaço, mas não em excesso. E me deu tempo. Longos passeios tranquilos, longos acessos de choro, sessões de culinária noturna entre goles de tequila. Meu Deus, ela é uma mulher maravilhosa.

— Eu gostaria de conhecê-la.

— Talvez isto aconteça. Ela me deu um mês e depois me perguntou o que eu queria fazer da vida. As estrelas já estão aparecendo. É melhor a gente voltar.

Eles deram meia-volta e começaram a caminhar, com a brisa noturna soprando em suas costas.

— E o que você respondeu a ela?

— Eu disse que queria morar na praia. Queria ver o oceano todos os dias. Disse que queria ajudar as pessoas, mas não conseguiria voltar para um escritório, com seus cronogramas, reuniões e metas. Eu falei chorando, porque tinha certeza de que ela ficaria decepcionada. Eu tinha a educação, a habilidade e a experiência para fazer diferença. E vinha fazendo diferença. Mas agora queria ver o mar todos os dias.

— Você estava enganada. A respeito de ela se decepcionar.

— Eu estava enganada. Ela disse que eu deveria encontrar meu lugar e viver de uma forma que me satisfizesse, que me fizesse feliz. Então, vim para cá e encontrei um modo de me sentir feliz e satisfeita. Eu poderia não estar aqui, fazendo o que realmente amo, se Derrick não tivesse me derrubado.

— Ele não derrubou você. Eu não acredito em sorte, destino ou verdades absolutas, mas às vezes damos de cara com essas coisas. Você está onde deveria estar porque você foi feita para estar aqui. Acho que você encontrou seu caminho.

— Lindo pensamento. — Ela parou ao pé da escada da praia, virou-se para ele e pousou as mãos em seus ombros. — Tenho sido muito feliz aqui, mais receptiva do que jamais fui. Há mais ou menos um ano, decidi continuar em jejum sexual porque, embora tenha conhecido muitos homens bons, nenhum deles preenchia uma parte de mim que pode ter sido mais danificada do que eu gostaria de admitir. Sei que é muita responsabilidade para você, Eli, mas eu realmente gostaria que você me ajudasse a quebrar meu jejum.

— Agora?

— Agora estaria ótimo. — Ela se inclinou e o beijou. — Se você não se importar.

— Bem, você fez sopa.

— E pão — lembrou ela.

— Parece que é o mínimo que posso fazer. Vamos entrar na casa, primeiro. — Ele pigarreou enquanto subiam os degraus. — Ah, eu vou ter que dar um pulinho lá na cidade. Estou sem nenhuma proteção. Não estava pensando muito em sexo nos últimos tempos.

— Sem problema, não precisa ir até lá. Outro dia deixei uma caixa de preservativos no seu quarto. Tenho pensado muito em sexo nos últimos tempos.

Ele suspirou.

— Você é a melhor governanta que já tive.

— Ah, Eli, você ainda não viu nada.

Capítulo 13

◆ ◆ ◆ ◆

ESTOU MEIO sem prática, pensou Eli, enquanto ambos subiam a escada da praia. Não estava inteiramente convencido de que fazer sexo fosse como andar de bicicleta.

Claro, os procedimentos básicos eram sempre os mesmos, mas o processo exigia manobras, técnicas, coordenação, sutileza, estilo. Ele gostava de pensar que, um dia, fora muito bom naquilo. Ninguém nunca reclamara, nem mesmo Lindsay.

Ainda.

— Vamos parar de pensar nisso — disse Abra, ao pararem diante da porta. — Estou com a cabeça cheia de caraminholas e aposto que você também.

— Talvez.

— Então, vamos parar de pensar.

Ela tirou o casaco e o pendurou em um gancho. Em seguida, agarrou Eli pelos ombros, puxou-o para ela e o beijou na boca.

A cabeça dele não explodiu, mas chegou perto disso.

— É assim que funciona — disse ela, tirando o casaco dele e o pendurando também.

— Sim, estou começando a me lembrar. — Ele segurou a mão dela e a puxou. — Não quero fazer isso na lavanderia nem no chão da cozinha. O pior é que as duas opções estão me parecendo ótimas.

Com uma risada, ela se aninhou nele e o beijou de novo, enquanto abria os botões da sua camisa.

— Nada nos impede de começar no caminho.

— Tem razão.

Ela estava usando um macio pulôver azul, pelo menos até que ele o arrancasse dela e o jogasse para trás, enquanto disparavam em direção à escada.

195

Ela tentou tirar o cinto dele; ele puxou a camiseta branca que ela usava sob o pulôver. Ambos tropeçaram na base da escada.

Eles oscilaram, mas conseguiram recuperar o equilíbrio.

— Acho melhor subirmos — sugeriu Abra, arquejante.

— Boa ideia.

Ele segurou a mão dela novamente e ambos subiram a escada às pressas. Como duas crianças correndo em direção a um embrulho grande e reluzente sob a árvore de Natal, pensaria ele mais tarde. Só que duas crianças não tentavam arrancar as respectivas roupas enquanto corriam.

Já no quarto, ofegante, ele finalmente conseguiu remover a camiseta branca.

— Meu Deus. Olhe só...

— Olhe depois — atalhou ela, tirando o cinto dele e o deixando cair no chão.

Ele sabia que seria impossível mergulhar na cama, não literalmente, mas achou que chegaram bem próximo disto. E esqueceu tudo o que havia pensado sobre manobras, coordenação e técnicas. E, com certeza, esqueceu a sutileza. Mas ela não pareceu se importar.

Ele queria aqueles seios macios e bonitos entre suas mãos — a feminilidade do formato, a suavidade da pele. Queria sua boca sobre eles, as batidas do coração dela sob seus lábios e língua, enquanto ela agarrava seus cabelos e o apertava contra seu corpo.

Que se arqueava para ele como uma oferenda.

Ele se inebriava com o aroma dela, aquele perfume de deusa do mar que o fazia pensar em sereias. Aquele corpo esguio e trabalhado irradiava uma energia que se infundia no corpo dele.

Enquanto rolavam na cama, agarrando-se e gemendo, Eli se sentiu capaz de fazer qualquer coisa, de ser qualquer coisa, de ter qualquer coisa.

Abra o desejava. Ansiava por ele. Sentia-se mergulhada em um fabuloso frenesi. Suas mãos em seu corpo, as mãos dela nas dele. Ela conhecia seus traços e formas. Mas agora os absorvia, sentia — não para relaxá-lo, mas para incendiá-lo.

E queria que as chamas consumissem a ambos.

Todas as necessidades boas, fortes e sadias que refreara por tanto tempo se libertaram e, transformando-se numa enxurrada enlouquecida, submergiram todas as barreiras.

Ela queria mais e procurou a boca de Eli em busca de mais satisfação. Mas a sua fome só fez se aguçar, como uma lâmina em uma mó. Ela montou sobre ele e cravou seus dentes em seu ombro, perdendo o fôlego quando ele a deitou novamente e, com os dedos, encontrou seu centro incandescente.

O orgasmo atravessou o seu corpo como um choque glorioso. Aturdida e entorpecida, ela o procurou.

— Deus. Deus. Por favor. Agora.

Obrigado, Jesus, pensou ele, pois *teria* que ser naquele momento. Quando se introduziu nela, a terra não apenas se moveu. Tremeu.

O mundo balançou; o ar estrondeou. E seu corpo, incendiado, irrompeu como um vulcão, cheio de triunfo, prazer e uma necessidade desesperada, estonteante, de obter mais.

Abra o enlaçou com seus braços e pernas, numa cavalgada alucinante e veloz, repleta de sons. Os golpes rápidos e rítmicos de peles úmidas, o desvairado rangido da cama e os arquejos de respirações entrecortadas suplantavam o lânguido barulho das ondas que se infiltrava pelas janelas.

Ele se deixou arrastar, simplesmente se deixou arrastar para dentro do turbilhão de sons e prazeres estonteantes.

Para dentro dela.

Poderia jurar que voara muito alto, para muito longe, até um instante de mágica agonia, antes de simplesmente se esvaziar.

Eles não se moveram. A noite caíra enquanto ambos corriam até o quarto, até a linha de chegada, mas ele não tinha muita certeza de que não ficara cego.

Melhor permanecer como estava, por enquanto. Além disso, a sensação daquele corpo liso, firme e absolutamente imóvel sob o seu era deliciosa. Embora ela estivesse relaxada, seu coração continuava a palpitar junto ao dele. As batidas aceleradas o fizeram sentir-se como um deus.

— E eu não sabia se iria conseguir.

— Ah, você conseguiu, e muito bem. Outra como essa vai ser difícil.

Eli pestanejou.

— Eu disse isso em voz alta?

Ela soltou uma risada rouca.

— Não vou usar isso contra você. Mas eu não estava muito segura de que nós conseguiríamos levar a coisa até o fim. Agora, tenho a impressão de que estou brilhando. Não sei como não estou iluminando o quarto todo, como uma tocha.

— Eu pensei que nós tínhamos ficado cegos.

Ao sentir que ele se movera, ela abriu os olhos e perscrutou os dele.

— Não. Estou vendo você. Só está escuro. A lua está em quarto crescente hoje.

— Eu me sinto como se tivesse aterrissado na lua.

— Uma viagem à lua. — Ela sorriu e passou a mão pelos cabelos. — Gosto disso. Agora só preciso de um copo d'água antes que morra de sede. E talvez um pouco de comida antes de iniciarmos a viagem de volta.

— Posso fornecer a água. Tenho água na... — Ele se virou na cama e estendeu a mão, tentando encontrar a mesinha de cabeceira, mas acabou caindo no chão. — Que droga!

— Tudo bem com você? — Ela rolou até a beirada da cama e olhou para ele. — O que você está fazendo no chão?

— Não sei.

— Cadê a lâmpada? Cadê a mesinha de cabeceira?

— Não sei. Será que fomos parar num universo alternativo? — Ele se levantou, espanou o quadril e tentou ajustar seus olhos à escuridão. — Tem alguma coisa errada. As portas do terraço deveriam estar ali, mas estão lá. E o... Espere um pouco.

Ele começou a caminhar pelo quarto escuro, cautelosamente, e soltou um palavrão quando esbarrou em uma cadeira. Contornou-a e encontrou a luminária.

A luz iluminou o quarto.

— Por que estou aqui? — perguntou ela.

— Porque a cama está aí. Estava aqui. Agora está aí, e na diagonal.

— Nós movemos a cama?

— A cama estava aqui — repetiu ele, voltando para junto dela. — Agora está aqui. — Ambos sentaram na cama e observaram o espaço vazio entre as duas mesas de cabeceira.

— Um bocado de energia sexual represada — comentou ela.

— Quantidades industriais, eu diria. Isso já aconteceu com você antes?

— É a primeira vez.

— Comigo também. — Ele se virou e sorriu para ela. — Vou marcar a data no meu calendário.

Rindo, ela enlaçou seu pescoço com os braços.

— Vamos deixar como está, por enquanto. Depois, vamos ver se a colocamos no lugar.

— Há muitas outras camas na casa. Poderíamos fazer experiências. Acho que... Merda. Merda. Energia sexual represada. Abra, a cama está aqui, as mesinhas de cabeceira e os preservativos estão lá. Eu não pensei. Eu não pensei.

— Tudo bem. Estou tomando pílulas. Há quanto tempo você está armazenando sua energia sexual?

— Pouco mais de um ano.

— Eu também. Acho que a área de segurança está coberta, por assim dizer. Agora, por que não nos hidratamos, comemos e depois vemos o que mais nós podemos mover?

— Eu realmente gosto do jeito que sua cabeça funciona.

◆ ◆ ◆ ◆

 $\mathcal{E}$ LA TINHA razão sobre a sopa. Estava excepcional. Ele estava começando a pensar que ela raramente se equivocava em alguma coisa.

Eles estavam sentados junto ao balcão da cozinha. Eli de calça de flanela e camiseta; Abra usando um dos roupões da avó dele. Tomando sopa, comendo pão, bebendo vinho, conversando sobre filmes que ela achava que ele deveria ver ou sobre livros que ambos haviam lido.

Ele lhe falou sobre o livro que encontrara na biblioteca da casa.

— É interessante. Com certeza foi escrito por uma mulher usando um pseudônimo masculino.

— Isso parece preconceituoso e meio petulante.

— Não foi minha intenção — defendeu-se ele. — Mas tive a sensação de que o livro foi escrito por uma mulher, principalmente considerando a época da publicação. É meio floreado, muito romântico. Gostei do livro. Só acho que deveria ser considerado como obra de ficção.

— Eu gostaria de avaliar por mim mesma. Você me empresta?

— Claro. Por causa do buraco, pensei em dar uma passada na biblioteca daqui para ver o que havia sobre a lenda, o *Calypso,* Nathanial Broome e Violeta, a minha antepassada.

— Esse é um projeto que eu posso apoiar. Eu sempre tive vontade de pedir a Hester que me emprestasse alguns dos livros, mas nunca fiz isso. Minha tendência é mais para ficção ou autoajuda.

Como a considerava uma das mulheres mais seguras e bem resolvidas que já conhecera, Eli não teve como deixar de perguntar:

— Que tipo de ajuda você precisa?

— Depende do dia. Mas quando me mudei para cá, eu me sentia meio insegura. Então li um monte de livros que ensinavam como encontrar o equilíbrio e como lidar com traumas.

Ele pousou a mão sobre a dela.

— Não quero lhe trazer lembranças ruins, mas gostaria de perguntar quanto tempo ele pegou.

— Vinte anos. Ele estava sendo processado por estupro, lesão corporal e tentativa de homicídio. Poderia pegar prisão perpétua. Então, para obter um acordo, diminuíram as acusações para tentativa de estupro qualificada, acrescentando a faca e aplicando a pena máxima. Eu não achei que ele fosse aceitar, mas...

— Considere a perseguição, a premeditação, comprovada pelo fato de ele ter entrado na sua casa, e os testemunhos dos vizinhos. Ele foi esperto em aceitar o acordo. O que você achou dos vinte anos?

— Achei bom. Estou satisfeita. Quando chegar a época da condicional, eu pretendo conversar com a junta. Vou levar fotos tiradas de mim depois da agressão. Acho que isso não é uma vingança, mas...

— Não é.

— Mesmo que fosse, estou em paz com a minha consciência. Eu me sinto melhor sabendo que ele está na cadeia e vou fazer o que puder para que ele fique lá. Longe de mim. Longe de qualquer outra pessoa que ele escolha como alvo. Encontrei meu equilíbrio, mas, de vez em quando, gosto de receber um estímulo, alguma coisa que me abra novos horizontes.

Sorrindo, ela tomou mais uma colherada de sopa.

— Como está seu equilíbrio, Eli?

— Neste momento, eu me sinto capaz de dar saltos mortais numa corda bamba.

Ela riu e tomou um gole de vinho.

— Sexo foi a melhor invenção.

— Nem se discute.

— Talvez seja bom você incluir um pouco de sexo no seu livro, a não ser que ache isso muito feminino e floreado.

— Estou notando um certo desafio.

— Você não gostaria que seu herói encontrasse o equilíbrio no final? — Ela se inclinou e o beijou levemente nos lábios. — Eu adoraria ajudar você com suas pesquisas.

— Eu seria um louco se dissesse não. — Olhando-a fixamente, ele lhe acariciou a coxa. — O chão da cozinha ainda me parece um bom lugar.

— Deveríamos verificar como é.

Neste exato momento, a campainha da porta tocou.

— Droga. Não esqueça essa ideia.

Ao ver Vinnie diante da porta, ele percebeu que não atingira o equilíbrio. Ver um policial à sua frente, mesmo sendo um velho amigo, ainda lhe deixava o coração apertado.

— Oi, Vinnie.

— Oi, Eli. Eu recebi um chamado nesta área. Como estava voltando para casa, já que meu turno terminou, resolvi fazer uma parada aqui para... Oh, oi, Abs.

— Oi, Vinnie. — Abra se postou ao lado de Eli. — Entre e saia desse frio.

— Ah, bem, cheguei na hora errada. Posso conversar com você amanhã, Eli.

— Entre, Vinnie. Estávamos apenas tomando uma sopa que Abra fez.

— Quer um prato? — perguntou ela.

— Não. Obrigado. Não. Ah, eu jantei há umas duas horas e...

— Faço massagens em Eli duas vezes por semana — disse Abra descontraidamente. — E estou obrigando ele a comer, o que é uma coisa que ele anda negligenciando. E estamos fazendo sexo. Esse é um novo desdobramento.

— Tudo bem. Meu Deus. Abra. Eli.

— Por que você não entra e conversa com Eli? Vou preparar um café.

— Eu não quero atrapalhar.

— Tarde demais — disse ela, enquanto se afastava.

Eli a observou, sorrindo.

— Ela é incrível.

— Sim. Olhe, Eli, eu gosto de você. Pelo menos gostava nos velhos tempos, e estou inclinado a continuar gostando. Mas não sacaneie ela.

— Vou me esforçar para não fazer isso. Vamos sentar — respondeu Eli, virando-se para a sala. Mas se deteve ao ver Vinnie olhando para a mesa de massagem. — Ela não aceitará um "não" como resposta.

— Não costuma aceitar mesmo. — Vinnie enfiou os polegares no cinto de seu uniforme. — Bem, Eli, eu sei que os detetives Corbett e Wolfe vieram conversar com você.

— Sim, batemos um papo interessante, mais cedo.

— Corbett é direto e inteligente. E meticuloso. Eu não conheço Wolfe, mas está claro que ele cravou os dentes nesse osso e não quer largá-lo de jeito nenhum.

— Ele vem cravando os dentes em mim há um ano. — Eli se deixou cair no sofá. — Estou cheio de cicatrizes.

— Ele agora vai cravar os dentes em Abra. E em mim.

— Sinto muito, Vinnie.

Vinnie abanou a cabeça e se acomodou em uma cadeira.

— Eu não vim pedir piedade. Mas achei que você deveria saber que ele vai fazer o possível para desacreditar Abra como seu álibi. E vai me atacar também, pois estou envolvido.

— Ele é um valentão. — Abra entrou na sala com uma xícara de café. — E do tipo perigoso, eu acho.

Vinnie pegou a xícara e ficou olhando para o café.

— Ele é um policial experiente e determinado, e tem uma sólida reputação. Sabe o que eu acho? Ele está perseguindo você porque o instinto dele e os indícios circunstanciais lhe dizem que você é culpado. Como não consegue provar isso, fica furioso.

— Não vou me declarar culpado de assassinato só para manter a ficha dele imaculada.

— Ele conhecia Duncan.

— Eu já soube.

— Eu ainda não pesquisei muito, mas meu instinto me diz que eles se conheciam muito bem. Então, agora, ele tem mais um motivo para derrubar você. Só que, desta vez, você tem um álibi.

— Que sou eu.

Ele olhou para Abra.

— Ele vai ver você como uma mentirosa, que está protegendo seu...

— A palavra atualmente é *amante* — completou ela. — Ele pode tentar me desacreditar, mas estará condenado ao fracasso. Pela sua expressão, posso ver que você está pensando que as coisas eram mais fáceis e mais claras antes, quando eu não estava dormindo com Eli. Eu... nós complicamos tudo. Mas a verdade é sempre a verdade, Vinnie.

— Só quero que vocês saibam que ele vai agitar as coisas. Vai investigar a fundo. Ele já investigou Eli o máximo que pôde; então, vai fazer a mesma coisa com você, Abs.

— Isso não me preocupa. Eli já sabe a respeito de Derrick, Vinnie.

— Tudo bem. — Vinnie meneou a cabeça e tomou um gole de café. — Não quero que vocês se preocupem. Só quero que estejam preparados.

— Eu agradeço.

— Eles já fizeram os testes de balística? — perguntou Eli.

— Não posso lhe dar detalhes da investigação. — Vinnie deu de ombros e bebeu mais café. — Sua avó tem uma linda coleção de armas de fogo antigas lá em cima. Uma vez, ela me mostrou. Não me lembro de ter visto nenhuma de calibre 32.

— Não — disse Eli, com a mesma naturalidade. — Não há nada assim na coleção, nem na casa.

— Bem... é melhor eu ir. Obrigado pelo café, Abra.

— Às ordens.

Eli se levantou e o acompanhou até a porta.

— Agradeço por você ter vindo, Vinnie. Não vou esquecer isso.

— Cuide bem dela. Abra sabe como as pessoas podem ser perversas, mas a tendência dela é pensar que não serão. Fiquem fora de encrencas.

Eu pensei que estivesse, refletiu Eli. Mas as encrencas sempre encontram uma passagem, mesmo através das menores aberturas.

Quando ele retornou à sala, Abra havia acabado de acrescentar mais uma tora ao fogo da lareira. Com as chamas já aumentando, ela aprumou o corpo e se virou para ele.

— Seja o que for que tenha acontecido — disse Eli —, seja quem for o culpado, o fato de você estar aqui, comigo, coloca você na berlinda. Sua vida pessoal, as coisas que aconteceram com você, as escolhas que você fez, seu trabalho, sua família, seus amigos, tudo mesmo será revirado, investigado, analisado e comentado. Você já passou por algo assim antes, e deixou isso para trás. Mas terá que enfrentar tudo de novo se permanecer aqui.

— É verdade. Que mais?

— Você deveria parar para pensar nisso, decidir se quer mesmo sofrer esse tipo de escrutínio.

Ela olhou para ele em silêncio, com ar sereno.

— Isso significa que você acha que não pensei no assunto e que não acredita muito na minha autoconfiança nem na minha capacidade para avaliar as consequências das minhas ações.

— Não foi o que eu quis dizer.

— Você não vai me salvar de mim mesma, Eli. Eu não sou nenhuma boba. Não me oponho a que você cuide de mim, pois acho que as pessoas devem cuidar umas das outras. Mas Vinnie se enganou. A gente escuta tudo nessas casas antigas, e eu tenho uma audição excelente — explicou ela. — Sei como as pessoas podem ser perversas, mas não tenho nenhuma tendência a pensar que elas não serão. Tenho tendência a desejar que não sejam, o que é muito diferente.

— Geralmente são, se tiverem a mínima chance.

— É uma pena que você pense assim, mas, considerando o que aconteceu e o que está acontecendo agora, é impossível criticar você. Podemos discutir esse assunto qualquer dia desses, pois é interessante. Mas quer saber o que estou pensando neste exato momento?

— Quero sim.

— O chão da cozinha me parece bom, mas esse sofá parece melhor ainda. Quer experimentar para ver?

— Sim. — Ele se aproximou dela. — Quero.

◆ ◆ ◆ ◆

*A*BRA NÃO voltou para casa. Quando ambos finalmente foram para a cama, exaustos, ela descobriu que ele não gostava de dormir abraçado. Assim, ganhou meio ponto na contagem dela, em vez de um, ao não se opor a que ela o abraçasse.

Ela acordou em meio a uma luz cinza-perolada, ao sentir que ele se afastava dela.

— Hummm. Você já vai se levantar?

— Sim. Desculpe ter acordado você.

— Tudo bem. — Mas ela se aninhou nele novamente. — Que horas são?

— Perto das seis. É melhor você voltar a dormir.

— Tenho que dar aula às oito. O que você vai fazer?

— Geralmente tomo um café e vou trabalhar.

Mas poderia se adaptar, pensou ele, deslizando a mão pelas costas longas e nuas de Abra.

— Então você vai ter tempo para me acompanhar numa rápida sessão de alongamentos. Depois eu lhe preparo um bom café da manhã, como recompensa.

— Nós podemos nos alongar aqui.

Ela não fez objeções quando ele rolou para o lado e penetrou nela. Pelo contrário, suspirou fundo e sorriu para ele.

— Excelente maneira de saudar o sol

Lenta e suavemente, como se estivessem flutuando em um mar tranquilo. Um lânguido contraponto ao frenesi retumbante da noite anterior a inundou como o sol nascente, como uma promessa de coisas ternas, novas e auspiciosas.

Ela podia vê-lo agora, as linhas de seu rosto, a luminosidade de seus olhos, ainda anuviados por uma sombra de preocupação.

Era da natureza dela afastar as trevas e trazer a luz. Entregou-se a ele para lhe dar prazer, para se dar prazer, iniciando uma suave ascensão até o clímax, tornando a descer e observando por um instante, o instante de ambos, a luz sobrepujar as trevas.

Depois permaneceu deitada, enlaçada nele, saboreando o momento.

— Pense em mim hoje.

Ele virou a cabeça e lhe acariciou o pescoço com os lábios.

— Acho que as probabilidades são boas.

— Pense em mim deliberadamente — corrigiu ela. — Por volta do meio-dia, digamos. E eu, deliberadamente, pensarei em você. Enviaremos pensamentos poderosos e eróticos para o universo.

Ele levantou a cabeça.

— Pensamentos eróticos para o universo.

— Mal não vai fazer. De onde os escritores, artistas, inventores e todas as pessoas criativas tiram suas ideias?

Ela ergueu as mãos e desenhou círculos no ar com os dedos indicativos.

— É daí que elas vêm?

— Estão próximas de nós. — Abaixando as mãos, ela deslizou os dedos pela espinha dele. — As pessoas têm que se abrir, procurar por elas. Pensamentos positivos ou negativos dependem de cada um. Uma das maneiras de captar os bons é começar o dia se abrindo.

— Acho que conseguimos isso.

— Segundo passo. — Ela o empurrou para o lado e correu até o banheiro. — Veja se consegue me arranjar uma calça de moletom ou um short. Pode ser de cordão. Vou usar uma das escovas de dente extras que estão aqui no armário.

— Certo.

Ela devia saber mais sobre essas coisas do que ele, pois era ela quem as guardava.

Ele encontrou um short de cordão e vestiu uma calça de moletom.

— Vai ficar grande em você — disse, quando ela saiu do banheiro.

— Eu me viro. — Ela colocou o short e apertou o cordão. — Me encontre na sala de ginástica.

— Oh. Eu realmente...

— Já passamos um bom tempo pelados e agarrados, Eli.

Era difícil argumentar com ela à sua frente, usando um short curto e nua da cintura para cima.

— Acho que exercícios respiratórios e alongamentos estão entre as últimas coisas que podem deixar alguém constrangido. — Ela vestiu sua camiseta. — Preciso de um elástico para prender o cabelo... tenho um na minha bolsa. Na sala de ginástica — repetiu ela, saindo do quarto.

Ele se demorou um pouco. Não é que estivesse constrangido, pensou consigo mesmo. É que preferia começar o dia tomando um café, como as pessoas normais.

Encontrou-a na sala de ginástica, sentada de pernas cruzadas em uma das duas esteiras de ioga que estendera no chão, com as mãos sobre os joelhos e olhos fechados.

Ela deveria parecer ridícula naquele short. Por que, então, parecia sexy, serena e perfeita?

De olhos ainda fechados, ela estendeu a mão e deu umas palmadinhas na outra esteira.

— Sente-se e fique à vontade. Tire alguns minutos para respirar.

— Eu normalmente respiro o dia inteiro. De noite também.

Os lábios dela se curvaram um pouco para cima.

— Respiração consciente. Inspirando pelo nariz. Expandindo o abdome como se estivesse soprando um balão. Expelindo o ar pela boca, esvaziando o balão. Respiração longa, profunda e pausada. Abdome subindo e descendo. Relaxe a mente.

Ele não achava que fosse muito bom em relaxar a mente, a não ser escrevendo. Só que isso não era relaxar a mente, e sim usá-la. Mas ele poderia tomar o café mais rapidamente se respirasse.

— Agora, inale, levantando os braços até suas palmas se tocarem, e exale baixando os braços. Inale para cima — prosseguiu ela, em voz suave e relaxante —, exale para baixo.

Ela o fez se estender sobre suas pernas cruzadas, para um lado e para o outro. Sobre uma perna estendida e sobre a outra. Sobre ambas as pernas estendidas. Ele relaxou um pouco até que ela lhe disse para ficar de pé diante de sua esteira.

Ele a viu sorrindo para ele, emoldurada pela luz do dia nascente que entrava pela janela. Se ela lhe pedisse para se transformar em um *pretzel*, ele tentaria fazê-lo.

Mas ela apenas o fez repetir verticalmente o que ele antes fizera no chão. Respirar, estender-se, dobrar-se, com algumas variações. Tudo tão fácil de executar quanto o amor que haviam feito ao alvorecer.

No final, ela o fez se deitar de costas, com as palmas das mãos para cima e os olhos fechados. E lhe disse para relaxar, respirar a luz e expirar a escuridão, enquanto massageava suas têmporas com as pontas dos dedos.

Quando ela o trouxe de volta, fazendo com que ele sentasse de novo e se inclinasse para a frente, de modo a — como disse — selar os exercícios, a impressão que ele tinha era a de que acabara de tirar uma soneca em um mar tépido.

— Ótimo. — Ela lhe deu um tapinha no joelho. — Pronto para o café?

Ele a olhou nos olhos.

— Eles lhe pagam pouco.

— Quem?

— As pessoas que frequentam suas aulas.

— Você não sabe quanto cobro pelas aulas.

— É pouco.

— Eu cobro mais por aulas particulares. — Sorrindo, ela afagou o braço dele. — Interessado?

— Bem...

— Pense no assunto — disse ela, enquanto se levantava. — Por enquanto, quando estiver no teclado, faça a cada duas horas os alongamentos de pescoço que lhe ensinei. Esses e as rotações de ombros — continuou ela, enquanto desciam a escada. — Como já estou sentindo cheiro de primavera, estou pensando em fazer omelete-primavera. Você pode fazer o café.

— Você não precisa ter esse trabalho. Precisa dar aula.

— Tenho tempo, principalmente se puder pegar meu equipamento de massagem quando vier trazer os mantimentos e arrumar a casa.

— Parece... eu me sinto meio estranho com você cuidando da casa, cozinhando e tudo, quando estamos dormindo juntos.

Ela abriu a porta da geladeira e começou a retirar o que queria.

— Você está me despedindo?

— Não! É que fico com a impressão de que estou me aproveitando.

— Quem iniciou os preâmbulos sexuais?

— Você, mas só porque passou à minha frente.

— É bom ouvir isso. — Depois de lavar os aspargos e os cogumelos, ela os levou até o balcão para fatiá-los. — Eu gosto de trabalhar aqui. Gosto da casa. Gosto de cozinhar e me sinto muito satisfeita ao ver que minha culinária está funcionando para você. Você ganhou um pouco de peso, de modo saudável, desde que começou a comer as refeições que preparo. E gosto de fazer sexo com você. Se alguma dessas coisas mudar, eu falo com você e a gente vê o que faz. Se chegar à conclusão de que não gosta do jeito que cuido da casa ou da minha comida, ou não quiser mais fazer sexo comigo, é só me dizer, e a gente vê o que faz. Está bom assim?

— Mais do que bom.

— Ótimo. — Ela pegou uma frigideira e a untou com azeite. — Que tal aquele café?

Capítulo 14

♦ ♦ ♦

ELE NÃO poderia classificar o tempo que passava com Abra como rotina, mas achava que ambos haviam desenvolvido uma espécie de padrão nos dias que se seguiram.

Ela preparava a comida, quer na Bluff House, quer em seu chalé. Eles caminhavam na praia e ele, também, começou a sentir cheiro de primavera.

Ele foi se acostumando a ter as refeições postas à sua frente, a ver a casa cheia de flores e velas, a sentir o perfume dela e a ouvir a sua voz.

Ela.

Seu livro progrediu de tal forma que ele começou a pensar que de fato conseguira alguma coisa, além de uma fuga dos próprios pensamentos.

Ele lia, trabalhava e se arrastava até a sala de ginástica de sua avó. Durante alguns preciosos dias, até mesmo a ideia de assassinato parecia pertencer a outro mundo.

Foi quando o detetive Corbett bateu à sua porta, com uma equipe de policiais e um mandado de busca.

— Temos um mandado para revistar a casa, qualquer edificação anexa e os veículos.

Com um nó no estômago, Eli pegou o mandado e o leu às pressas.

— Acho melhor vocês começarem logo. A casa é grande.

Quando se afastou para lhes dar passagem, ele avistou Wolfe. Sem dizer nada, foi até a cozinha, pegou o telefone e o levou até o terraço para chamar seu advogado. Aprendera que é melhor prevenir do que remediar.

Sim, estava sentindo o cheiro de primavera, pensou ele, quando desligou o telefone. Mas a primavera, assim como o inverno, trazia tempestades. Teria que enfrentá-la como enfrentara as outras.

Corbett surgiu no terraço.

— Você tem uma bela coleção de armas lá em cima.

— Sim. E, ao que eu saiba, estão descarregadas e não são disparadas há pelo menos uma geração.

— Eu gostaria que você nos desse as chaves dos armários.

— Tudo bem. — Eli entrou na casa, foi até a biblioteca e abriu a gaveta de seu avô. — Você sabe muito bem que nenhuma dessas armas disparou o tiro que matou Duncan.

— Então você não tem nenhum problema com isso.

— Tenho um problema enquanto Wolfe ignorar provas, cronologias, declarações de testemunhas e tudo o mais, menos a mim.

Eli lhe estendeu as chaves.

— Detetive — disse, quando Corbett dava meia-volta. — Depois que você terminar e não encontrar nada, se voltar aqui sem nenhuma prova concreta, motivo concreto ou causa provável, vou processar seu departamento e o departamento de polícia de Boston por coação.

Um fulgor de irritação relampejou nos olhos de Corbett.

— Isso está parecendo uma ameaça.

— Você sabe que não é. É apenas um basta. Isso já passou dos limites.

— Estou fazendo meu trabalho, sr. Landon. Se você não tiver nada a esconder, quanto melhor eu faça esse trabalho, mais depressa você estará livre de suspeitas.

— Diga isso a alguém que não tenha sido perseguido durante mais de um ano.

Eli saiu da sala e vestiu um casaco. Sabia que não deveria abandonar a casa, mas não tinha estômago para ver aqueles homens revistando a Bluff House, remexendo em suas coisas e nas coisas de sua família. Não novamente.

Foi até a praia, onde contemplou o mar, os pássaros e as crianças, que aproveitavam os feriados da Semana Santa.

Sua mãe lhe pedira que fosse jantar com eles no Domingo de Páscoa. Ele pretendia ir e pedir a Abra que fosse com ele. Havia se preparado para isso: levar Abra a um evento de família para saborear o grande presunto que Alice prepararia e sua mãe insistiria em glaçar pessoalmente. As cestas, os doces, os ovos coloridos.

As tradições e as familiaridade delas.

Mas agora... Permanecer onde estava parecia uma atitude mais inteligente, permanecer fora do caminho de todo mundo, da vida de todo mundo, até que a polícia encontrasse o assassino de Duncan.

O assassino de Lindsay.

Ou até que sua investigadora encontrasse ao menos uma chave que servisse em alguma fechadura.

Embora, até o momento, ela não tivesse conseguido encontrar nada.

Ele olhou para o chalé Laughing Gull. Onde estaria Abra?, perguntou a si mesmo. Dando uma aula? Efetuando uma incumbência para algum cliente, limpando uma casa? Atarefada em sua cozinha, enfiada no pequeno quarto no qual confeccionava brincos e berloques?

Ele fora louco ao se envolver com ela, ao arrastá-la para aquela confusão. Ou, melhor dizendo, ao permitir que ela se envolvesse.

Havia coisas dela na Bluff House. Roupas, xampus, uma escova de cabelos — pequenos objetos íntimos. Ele sentiu um frêmito de raiva ao imaginar a polícia remexendo nas coisas dela porque ela as deixara na casa dele.

Já previa os comentários, os sorrisos maliciosos, as especulações. E pior: a culpa por associação que se enraizaria no cérebro de Wolfe.

E depois, caso encontrassem um juiz que assinasse o mandado, eles revistariam a casa dela.

O pensamento o deixou enfurecido e o fez retornar à casa para pegar o telefone que não se lembrara de trazer com ele.

Mais uma vez foi até o terraço e telefonou para o advogado.

— Mudou de ideia? — disse Neal, ao atender. — Posso chegar aí em duas horas.

— Não, não precisa. Escute, estou envolvido com Abra Walsh.

— Eu já sabia disso. A não ser que você me diga que está dormindo com ela.

— É o que estou lhe dizendo.

Ele esperava ouvir um suspiro e não se decepcionou.

— Tudo bem, Eli. Desde quando?

— Desde alguns dias atrás. Eu compreendo seu ponto de vista, Neal; portanto, não se preocupe. Fatos são fatos. Só estou pedindo que você fique atento para o caso de Wolfe tentar obter um mandado de busca para a casa dela, o chalé Laughing Gull. É alugado, mas posso encontrar o dono se você achar necessário. Não quero que ela seja incomodada por causa disso. Ela não tem nada a ver com o caso.

— Ela é seu álibi, Eli. A polícia está revistando sua casa por causa de Duncan, mas ela tem muito a ver com o fato de eles estarem revistando sua casa. Não seria má ideia ela contratar seu próprio advogado. Ela sabe como isso funciona.

O corpo dele se retesou.

— Como?

— Eli, você é meu cliente. Ela é seu álibi. Wolfe insinuou que vocês dois eram amantes quando Lindsay estava viva. Você acha que eu não investiguei o passado de Abra? Exatamente como você teria feito no meu lugar? Ela está limpa, é inteligente e, ao que consta, sabe se defender. Não há nenhuma lei que proíba vocês de terem um relacionamento; portanto, relaxe. Se tentarem aprontar com ela, ela vai saber lidar com isso. Mas deveria arranjar um advogado. Não estou lhe dizendo nada que você não saiba. Você deixou de me dizer alguma coisa?

— Não. Ela só me trouxe um ensopado, Neal. E acabou sendo atacada e atirada no meio de uma investigação de assassinato. Eu quero fazer alguma coisa. Droga, quero fazer alguma coisa além de ficar parado aqui.

— Você já fez. Você me telefonou. E eu falei com um contato que tenho no departamento de polícia de Boston. Wolfe pressionou bastante para obter esse mandado. Já esgotou quase todo o crédito que tem lá, no que diz respeito a você. Deixe a coisa rolar, Eli. Eles não vão a lugar nenhum. E o processo dos Piedmonts não passou de umas queixas aos poucos repórteres que ainda se dão ao trabalho de ouvi-los.

— A casa da minha avó está cheia de policiais. É difícil esquecer isso.

— Deixe a coisa rolar — repetiu Neal. — Depois, feche a porta. Se eles pressionarem de novo, vão ter um processo pela frente. Acredite no que estou dizendo, Eli. O alto escalão da polícia não está querendo isso, um processo e a publicidade decorrente. Wolfe vai ser silenciado. Me avise quando eles saírem daí.

— Claro.

Eli desligou. Talvez os superiores calassem Wolfe oficialmente. Mas Eli não acreditava, nem por um instante, que isto fosse detê-lo.

◆ ◆ ◆ ◆

$\mathcal{A}$TENDENDO A um pedido de emergência de uma cliente, cujo filho estava de cama, Abra tivera que ir até a mercearia para comprar mantimentos. Assim, chegou um pouco mais tarde do que pretendia para a aula no porão da igreja.

Onde ela entrou às pressas.

— Desculpem! O menino da Natalie está com uma forte infecção de garganta e ela precisava de mantimentos. Ela não vem à aula hoje, é claro.

Assim que largou a bolsa e se sentou em sua esteira, ela sentiu as vibrações. Notou, então, os olhares especulativos e, mais ainda, a vermelhidão colérica no rosto de Maureen.

— Aconteceu alguma coisa? — perguntou em tom despreocupado, enquanto abria o zíper do casaco.

— É que a Bluff House está cheia de policiais, muitos mesmo. Não me olhe assim, Maureen — esbravejou Heather. — Não estou inventando isso. Eu vi os policiais. Acho que estão prendendo Eli Landon por ter matado o pobre homem e, talvez, a própria esposa.

— Muitos policiais? — repetiu Abra, tão calmamente quanto possível.

— Ah, pelo menos uma dúzia. Talvez mais. Eu diminuí a marcha do carro quando passei por lá e vi os policiais entrando e saindo.

—E você acha que eles enviaram uma dúzia, ou mais, de policiais para prender um homem? Mandaram a SWAT também?

— Eu entendo que você esteja na defensiva. — Disse Heather, com voz carregada de solidariedade melosa. — Considerando o relacionamento de vocês.

— Você está considerando isso?

— Pelo amor de Deus, Abra, isso não é segredo. As pessoas têm visto seu carro estacionado lá tarde da noite ou de manhã cedo.

— Quer dizer que perguntar por que é preciso um pelotão de tiras para prender uma única pessoa, que eu sei que não matou *aquele pobre homem,* pois eu estava com ele, é estar na defensiva porque Eli e eu estamos dormindo juntos?

— Eu não estou criticando você, querida.

— Besteira! — Explodiu Maureen. — Você finge estar com pena de Abra, enquanto, com a cara mais limpa do mundo, questiona a escolha dela. Você já prendeu, julgou e condenou Eli sem saber de porra nenhuma!

— Eu não sou suspeita de *dois* assassinatos, nem estou com a casa cheia de policiais. Eu não condeno Abra, mas...

— Por que você não para de falar — sugeriu Abra. — Eu não condeno você também, Heather, por fofocar ou tirar conclusões precipitadas a respeito de alguém que nem conhece. Por enquanto, vamos considerar esta sala uma área livre de acusações para podermos começar os exercícios.

— Tudo o que eu fiz foi contar o que vi como meus próprios olhos. — Que se encheram de lágrimas. — Eu tenho filhos. E tenho direito de me preocupar com a possibilidade de termos um assassino morando aqui em Whiskey Beach.

— Estamos todos preocupados. — Greta Parrish deu umas palmadinhas no ombro de Heather. — Principalmente por não sabermos quem matou o detetive da cidade, nem por quê. Acho que é melhor nós nos mantermos unidos em vez de ficarmos apontando o dedo.

— Eu não estava apontando o dedo. A Bluff House está cheia de policiais. Aquele detetive particular era de Boston, onde Eli Landon morava, e alguém deu um tiro nele aqui, onde Eli Landon *mora*. Tenho todo o direito de falar sobre o assunto e de me preocupar com a minha família.

Afogada em lágrimas, Heather juntou seus pertences e saiu às pressas.

— Agora ela é a vítima — suspirou Maureen.

— Tudo bem, Maureen. Tudo bem. — Abra respirou fundo. — Vamos desanuviar o ambiente. Heather está angustiada. Alguém foi assassinado. Estamos todos angustiados e preocupados. Eu sei que Eli não foi o responsável porque eu estava com ele na noite em que o fato ocorreu. Ele não pode estar em dois lugares ao mesmo tempo. Minha vida pessoal é assunto particular, a não ser que eu resolva falar sobre ela. Se alguém não se sente à vontade com minhas escolhas pessoais, tudo bem. Se alguém quiser cancelar as aulas comigo, devolverei o dinheiro, sem problemas. Caso contrário, vamos nos sentar em nossas esteiras por um minuto e respirar.

Ela desenrolou sua esteira. Quando viu que os demais faziam o mesmo, o nó que tinha no estômago afrouxou um pouco.

Mesmo sem conseguir encontrar seu centro, seu equilíbrio e sua calma, ela conseguiu chegar ao fim da aula.

Maureen permaneceu junto a ela. Abra não esperava outra coisa.

— Na sua casa ou na minha? — Perguntou Maureen.

— Na minha. Tenho que fazer uma limpeza dentro de uma hora. Preciso mudar de roupa.

— Ótimo. Assim, você pode me dar uma carona. Eu vim a pé.

— Sundaes ontem à noite?

— Doces hoje de manhã. Eu não devia nem ter doces em casa, mas sou fraca.

— Prepare-se para ser mais fraca ainda — avisou Abra, enquanto caminhavam juntas. — Eu fiz brownies.

— Droga.

Elas se acomodaram no carro.

— Estou tentando ser benévola com a fonte da fofoca.

— A fonte é uma idiota.

Abra suspirou.

— Ela pode ser, mas nós também podemos.

— O defeito de Heather é ser idiota.

— Não, o defeito dela é ser fofoqueira. Você e eu também gostamos de uma fofoca, de vez em quando. Também estou tentando me lembrar de que ela tem filhos, e tende a ser superprotetora, no meu entender. Mas eu não tenho filhos.

— Eu tenho, e ela está extrapolando. Ela implantaria um GPS em cada um dos filhos dela, se pudesse. Não fique aí sendo tolerante e compreensiva. Ela ultrapassou os limites. Tudo mundo, inclusive Winnie, a melhor amiga dela, achou isso. Meu Deus, Abra, ela estava exultante por ter visto policiais na Bluff House.

— Eu sei. Eu sei. — Abra parou em frente ao chalé, cantando pneus.

— A exultação dela era mais por ser quem deu a notícia, mas ela também estava vibrando com o sofrimento de Eli. Eu *não* sou tolerante nem compreensiva. — Ela saiu do carro, pegou sua bolsa e bateu a porta. — Estou puta.

— Ótimo. Eu também. Vamos comer uma pilha de brownies.

— Eu estou com vontade de ir até lá, mas estou com medo de tornar as coisas mais difíceis para ele. E estou com vontade de procurar Heather e lhe dar uns bons tapas. Mas depois ficaria me sentindo um lixo.

— Sim, mas a sensação seria ótima.

— Realmente seria. — Deixando a bolsa ao lado da porta, Abra foi até a cozinha e puxou o plástico transparente que estava sobre uma bandeja de brownies.

— Que tal se eu desse umas bofetadas nela e você só olhasse? — Sentindo-se em casa, Maureen pegou alguns guardanapos, enquanto Abra punha a chaleira no fogo. — Você se sentiria um lixo.

— Provavelmente. — Abra pegou um brownie, mordiscou um pedaço e gesticulou para que Maureen fizesse o mesmo. — Ela acha que estou mentindo a respeito de estar com Eli quando Duncan foi morto. Ela estava com aquela expressão de *pobrezinha, estou preocupada com você* no rosto.

— Eu *odeio* essa expressão. — Solidária, Maureen deu uma mordida em seu brownie. — Não passa de uma expressão de superioridade, falsa e irritante.

— Se ela acha que estou mentindo, talvez a polícia também ache. Isso me preocupa muito mais.

— Eles não têm nenhum motivo para achar que você está mentindo.

— Estou dormindo com ele.

— Não estava quando isso aconteceu.

— Agora estou. — Ela deu outra mordida no brownie, antes de servir o chá. — Eu gosto de dormir com ele.

— Desconfiei que este era o motivo de você dormir tanto lá.

— Ele é bom de cama.

— Você está quase se gabando. Mas, considerando as circunstâncias, continue.

Abra deu uma risada abafada. Depois, tirou o vaso de íris que estava sobre a mesa, para abrir espaço, e o colocou no balcão.

— Na verdade, o sexo é ótimo.

— Sem fundamento. Me dê um exemplo.

— Nós movemos a cama.

— As pessoas sempre movem as camas, os sofás, as mesas. Chama-se rearrumar os móveis.

— Enquanto estávamos nela, fazendo sexo.

— Pode acontecer.

Abra abanou a cabeça e pegou uma caneta.

— Aqui está a cama — disse ela desenhando sobre um guardanapo. — Encostada na parede, quando começamos a fazer sexo. Quando terminamos, a cama estava aqui. — Ela esboçou a cama no novo lugar. — Daqui para aqui, e virada de lado.

Mastigando um brownie, Maureen observou o guardanapo.

— Você está inventando.

Abra sorriu.

— A cama tem rodas?

— Não, não tem rodas. O poder da energia sexual represada é uma coisa incrível.

— Agora fiquei com inveja. Mas posso superar isso pensando que, sem dúvida, Heather jamais moveu a cama.

— Vou lhe dizer o que realmente me deixou puta. É ela ter agido como se eu fosse uma dessas mulheres levianas que escrevem para assassinos em série que estão na prisão. Aquelas que se apaixonam por um cara que estrangulou seis mulheres com os cordões dos sapatos. Eu não sei como Eli lida com isso, juro. Com essa nuvem de suspeitas que está constantemente sobre a cabeça dele.

— Deve ser fácil para ele, tendo você.

— Espero que sim. — Abra respirou fundo. — Espero que sim. Eu sinto alguma coisa por ele.

— Você está apaixonada por ele? — Subitamente preocupada, Maureen lambeu o chocolate que estava em seus dedos. — São só algumas semanas, Abra.

— Não estou dizendo que estou apaixonada por ele. Não estou dizendo que não estou. O que estou dizendo é que sinto alguma coisa por ele. Desde a primeira vez que me encontrei com ele, embora achasse que era só compaixão. Ele parecia tão arrasado, tão cansado, tão triste. E com aquela raiva reprimida que devia ser difícil de segurar, dia após dia. Agora que o conheço, a compaixão ainda existe, mas também existe respeito. É preciso muita coragem, muita fibra para enfrentar o que ele tem enfrentado. E existe atração, obviamente, e afeto.

— Achei que ele relaxou e se divertiu naquela noite em que foi ao pub.

— Ele precisa da companhia das pessoas. E acho que, mesmo junto à família, ele se sentiu solitário por muito tempo. — Na opinião de Abra, ficar sozinho era algo esporadicamente necessário para recarregar as energias. Sentir-se sozinho era uma condição que lhe dava pena e vontade de ajudar. — Mas tenho notado que, ao longo do tempo, ele está ficando mais descontraído e disposto a se divertir. Ele tem senso de humor e um coração realmente generoso. Ainda assim, estou preocupada com ele.

— Por que você acha que a Bluff House está tão cheia de policiais?

— Se Heather não está exagerando, acho que conseguiram um mandado de busca. Eu já lhe disse que o detetive Wolfe está convencido de que Eli matou Lindsay. E está obcecado em provar isso. E agora quer provar que Eli voltou a matar.

— Eles vão ter que *refutar* seu testemunho. — Maureen segurou a mão de Abra. — Eles vão interrogar você de novo, não vão?

— Tenho certeza disso. Talvez você e Mike também.

— Nós saberemos lidar com isso. E saberemos lidar com fofoqueiras como Heather também. Se ela vier à sua próxima aula, no chalé.

— Se vier, não vá bater nela.

— Desmancha prazeres. Só por causa disso, vou até levar mais um brownie para a viagem. Se precisar de mim, é só me chamar. Vou ficar em casa durante o resto do dia. Tenho que examinar uma papelada antes que os meninos cheguem em casa.

— Obrigada. — Abra lhe deu um abraço quando se levantaram. — Por ser o antídoto perfeito contra aquela idiota.

Quando Maureen saiu, Abra foi até o quarto para trocar de roupa. Dois brownies antes do meio-dia a haviam deixado meio enjoada, mas aquilo passaria. E quando tivesse terminado os trabalhos do dia iria se encontrar com Eli. Para o que desse e viesse.

◆ ◆ ◆ ◆

A BUSCA DEMOROU horas. Quando o escritório foi liberado, Eli se refugiou nele, enquanto os policiais ainda enxameavam a casa. Depois de rearrumar algumas coisas, ele se ocupou em dar alguns telefonemas, abrir seus e-mails e colocar em dia algumas tarefas burocráticas.

Ele detestava telefonar para o pai. Mas as más notícias sempre acabavam vazando. Era melhor que sua família se inteirasse de tudo através dele. Portanto, não se deu ao trabalho de minimizar as coisas. Seu pai era inteligente demais para merecer isto. Mas, pelo menos, poderia tranquilizá-lo, assim como o resto da família.

Os policiais não encontrariam nada, pois nada havia para ser encontrado.

Mas ele não conseguia se obrigar a escrever, não com a polícia, metaforicamente, fungando no seu cangote. Assim, optou por passar o resto do dia fazendo pesquisas tanto para seu livro quanto a respeito do Dote de Esmeralda.

Até que um barulho na porta o fez se virar na cadeira móvel. Quando viu que era Corbett, não se levantou nem falou nada.

— Estamos indo.

— Tudo bem.

— Sobre aquela escavação no porão...

— O que tem ela?

— O buraco é enorme. Você não tem nenhuma ideia de quem fez essa escavação?

— Se tivesse, teria dito ao xerife-assistente Hanson.

— A teoria dele, e sua, pelo que eu soube, é que o buraco foi feito por quem arrombou a casa, na noite em que Duncan foi morto. E como ele não cavou tudo em uma só noite, com toda certeza, não deve ter sido a primeira vez que ele entrou na casa.

— É uma teoria.

Um lampejo de irritação atravessou o rosto de Corbett, que entrou no aposento e fechou a porta.

— Escute, Wolfe está a caminho de Boston. Se voltar aqui, a menos que tenha alguma prova conclusiva contra você, estará por conta própria. Não há nada que ligue você ao assassinato de Duncan, até este momento.

A única conexão é que uma ou mais pessoas o contrataram para vigiar seus movimentos. Não vejo você nisso, por todas as razões que já discutimos em nosso último encontro. Além disso, não tenho motivo nenhum para duvidar da palavra de Abra Walsh, apesar de meus poderes investigativos terem me dito que ela passou algumas noites aqui desde então, e não foi no sofá lá de baixo.

— Relações sexuais consentidas entre adultos, na última vez que verifiquei, não são proibidas em Massachusetts.

— Graças a Deus, não. O que eu estou lhe dizendo é que você não está no meu radar. O problema é que não há ninguém no meu radar por esse crime. Ainda. O que eu tenho é um arrombamento e uma agressão, na mesma noite. Isso me deixa intrigado. Então, se você tiver alguma pista de quem andou cavando aqui, seria do seu maior interesse me contar a respeito.

Ele caminhou na direção da porta, mas fez uma pausa e olhou para Eli.

— Eu ficaria furioso se tivesse um bando de policias andando pela minha casa o dia inteiro. Mas são homens que escolhi pessoalmente. Se nós não encontrarmos nada, é porque não há nada para ser encontrado. Devo acrescentar também que fomos cuidadosos. Acontece que esta casa é muito grande e tem um monte de coisas dentro. Portanto, algumas delas podem estar fora de lugar.

Quando Corbett abriu a porta, Eli hesitou um pouco, mas acabou aproveitando a deixa.

— Eu acho que seja quem for que cavou aquele buraco empurrou minha avó na escada. Ou provocou o tombo. Depois a deixou caída lá.

Corbett deu um passo atrás e fechou a porta de novo.

— Pensei nisso também. — Sem esperar por um convite, ele atravessou o aposento e se sentou. — Ela não se lembra de nada?

— Não. Ela não se lembra nem de ter se levantado e descido a escada. O trauma na cabeça... Os médicos disseram que não é incomum. Talvez ela se lembre, talvez não. Talvez de algumas partes, talvez de nenhuma. Ela poderia ter morrido, e provavelmente morreria se Abra não a tivesse encontrado. Matar um detetive particular não está muito longe de empurrar uma senhora idosa escada abaixo e a deixar lá para morrer. Eu quero saber quem foi o responsável.

— Me diga onde você estava naquela noite, na noite em que ela caiu.

— Meu Deus.

— Vamos ser meticulosos, sr. Landon. Você se lembra?

— Sim, eu me lembro. E nunca vou me esquecer do olhar da minha mãe na manhã seguinte, quando veio me contar o que tinha acontecido, depois do telefonema de Abra. Eu não havia dormido bem. Não vinha dormindo bem desde... muito tempo. Me mudei para a casa dos meus pais depois do assassinato de Lindsay e estava lá na noite do acidente com minha avó. Meu pai e eu tínhamos jogado baralho e tomado cerveja até as duas da manhã. Acho que não teria conseguido me arrastar até aqui, empurrar minha avó na escada, me arrastar de volta a Boston e me deitar antes que minha mãe aparecesse para me dizer que vovó se machucara e estava no hospital.

Ignorando o comentário, Corbett pegou sua caderneta e fez algumas anotações.

— Há muitas coisas valiosas nesta casa.

— Eu sei e não consigo entender isso. Há muita coisa que se pode enfiar nos bolsos e obter um bom lucro. Mas ele passou horas, dias, escavando o piso do porão.

— O Dote de Esmeralda.

— É a única coisa que me ocorre.

— Bem, isso é interessante. Alguma objeção a que eu fale com sua avó, se os médicos autorizarem?

— Eu não quero que ela seja perturbada, só isso. Nem quero minha família arrastada para outra confusão.

— Serei cuidadoso.

— Por que você se importa?

— Porque embarquei um homem morto para Boston. E, pelo que eu sei, ele só estava fazendo o trabalho dele. Porque alguém arrombou sua casa e poderia ter ido além da agressão a uma mulher, se ela não tivesse se defendido e fugido. E porque você não matou sua esposa.

Eli havia começado a falar alguma coisa, mas o que quer que estivesse em sua cabeça desapareceu de repente.

— O que você disse?

— Você acha que não li e reli todas as palavras do seu processo? Você nunca mudou sua história. Talvez as palavras e as frases, mas nunca o conteúdo. Você não estava mentindo, e se aquilo foi um crime passional, como disseram, um bom advogado criminalista, como você era, teria coberto seus rastros muito melhor.

— Wolfe acha que fui eu.

— O instinto de Wolfe lhe diz que foi você, e eu acho que ele tem um bom instinto. Mas, desta vez, ele está enganado. Acontece.

— Talvez o seu instinto esteja enganado.

Corbett deu um leve sorrido.

— Você está do lado de quem?

— Você é o primeiro policial que me olha na cara e me diz que eu não matei Lindsay. Preciso de tempo para me acostumar.

— O promotor também acha que não foi você. Mas você era tudo o que eles tinham, e Wolfe estava completamente convencido de que você era o culpado. Então eles fizeram pressão até ficarem sem espaço. — Corbett se levantou. — Você passou por maus bocados. Isso não vai mais acontecer no que depender de mim. Você tem meu telefone, caso se lembre de alguma coisa relevante.

— Sim, tenho seu telefone.

— Vamos sair do seu pé.

Sozinho novamente, Eli tentou ordenar seus sentimentos desencontrados. Um policial o achava inocente, outro policial o achava culpado. Era bom que um policial acreditasse nele, era bom que as palavras de Corbett ainda ecoassem no ar.

Porém, de qualquer ângulo que olhasse, ainda se via no centro de tudo.

Capítulo 15

◆ ◆ ◆ ◆

*A*BRA ESTAVA preocupada, pois não sabia como iria encontrá-lo. Deprimido e taciturno? Enraivecido e desdenhoso?

Fosse qual fosse a reação dele, ela não poderia criticá-lo. Sua vida fora novamente tumultuada e seu caráter, questionado. Sua privacidade, devassada, não só pela polícia como também por pessoas como Heather. Novamente.

Ela se preparou para se mostrar compreensiva, o que poderia significar tanto ser firme e prática como compassiva e solidária.

Mas não estava preparada para encontrá-lo na cozinha, em frente ao balcão abarrotado de alimentos, com uma expressão exasperada no rosto e uma cabeça de alho na mão.

— Bem. O que está acontecendo aqui?

— O caos. É o que sempre acontece quando eu tento cozinhar.

Ela pousou o prato de brownies.

— Você está cozinhando?

— *Tentando* é a palavra correta.

Ela achou a tentativa encantadora e positiva.

— O que você está tentando fazer?

— Um negócio com galinha e arroz. — Ele passou a mão nos cabelos e olhou de testa franzida para a bagunça que fizera. — Peguei a receita na internet sob o título Culinária para Tapados.

Ela deu a volta no balcão e estudou a receita que ele imprimira.

— Parece bom. Quer ajuda?

Ele olhou para ela.

— Como me qualifico como tapado nesses assuntos, acho que eu deveria saber me virar.

— Ótimo. Se importa se eu tomar uma taça de vinho?

— Vá em frente. Pode me servir uma também. Num copo bem grande.

223

Embora achasse relaxante o ato de cozinhar, ela entendia as frustrações dos cozinheiros iniciantes ou ocasionais.

— O que inspirou essa bênção doméstica? — perguntou, enquanto tirava duas taças do armário, apesar do pedido dele.

Ele semicerrou os olhos, enquanto ela se dirigia à despensa para pegar o vinho.

— Está querendo um chute no bumbum?

— Na verdade, estou querendo um bom *pinot grigio* — respondeu ela. — Ah, aqui está. Espero ser convidada para o jantar — prosseguiu, enquanto trazia a garrafa para a cozinha. — Faz tempo que ninguém cozinha para mim.

— A ideia era essa. — Ele a observou tirar a rolha do vinho que, provavelmente, ela mesmo colocara no resfriador de vinhos. — O telefone da defesa civil está na discagem rápida?

— Sim. — Ela lhe entregou a taça e lhe deu um beijo no rosto. — E obrigada.

— Não me agradeça até que as possibilidades de um incêndio na cozinha e de envenenamento alimentar estejam descartadas.

Disposta a arriscar ambas as coisas, ela se sentou em um banco e saboreou seu primeiro gole de vinho.

— Quando foi a última vez que você cozinhou alguma coisa que não estivesse numa lata ou numa caixa?

— Algumas pessoas convencidas olham com desdém para uma lata ou uma caixa.

— É o que nós fazemos. Uma vergonha.

Ele contemplou a cabeça de alho.

— Presume-se que eu tenha que descascar e fatiar esse alho.

Quando ele voltou a olhar para ela, ela desceu do banco e pegou uma faca.

— Vou lhe mostrar como se faz.

Ela removeu um dente da cabeça de alho, exibiu-o para Eli e o deixou sobre a tábua de corte, na qual golpeou o alimento com o lado da faca. A casca saiu tão facilmente quanto a roupa de uma *stripper*. Após picá-lo, ela lhe devolveu o resto do olho e a faca.

— Entendeu?

— Sim. — Mais ou menos. — Nós tínhamos uma cozinheira. Quando eu era garoto, nós sempre tivemos uma cozinheira.

— Nunca é tarde para aprender. Pode ser até que você goste.

— Acho que isso não vai acontecer. Mas eu deveria ser capaz de seguir uma receita para tapados.

— Acredito muito nisso.

Ele imitou o procedimento dela. Como não decepou nenhum dedo, sentiu-se levemente esperançoso.

— Eu sei quando estão se divertindo às minhas custas.

— Mas é uma diversão carinhosa. Tão carinhosa que vou lhe ensinar um truque.

— Que truque?

— Uma marinada para essa galinha, rápida e fácil de fazer.

Temor e rejeição transpareceram na voz dele.

— Aqui não fala nada sobre marinada.

— Pois deveria. Espere um minuto.

Levantando-se, ela foi até a despensa. Ao ver tudo misturado e desorganizado, teve um sobressalto. Então se lembrou da polícia.

Sem dizer nada, pegou uma garrafa de mistura líquida para *margarita*.

— Pensei que a gente fosse beber vinho.

— E vamos. A galinha é que vai beber isso.

— Onde está a tequila?

Ela riu.

— Dessa vez não. A galinha que eu uso para fazer sopa de tortilhas é que bebe tequila. Essa só vai beber a mistura.

Ela enfiou a galinha numa grande sacola e acrescentou a mistura líquida. Depois fechou a sacola e girou o embrulho algumas vezes.

— É só isso?

— Só isso, nada mais.

— Essa parte é que deveria ser para tapados. Eu poderia ter feito isso.

— Na próxima vez, você faz. Fica bom com peixe também, só para sua informação.

Quando ela sentou novamente, ele se concentrou em fatiar o alho sem decepar os próprios dedos.

— A polícia esteve aqui hoje, o dia inteiro, executando um mandado de busca. — Ele levantou os olhos. — E você já soube.

— Sim, eu soube que os policiais estiveram aqui e presumi que fosse para fazer uma busca. — Estendendo o braço por cima do balcão, ela roçou os dedos no pulso dele. — Sinto muito, Eli.

— Depois que eles saíram, eu fui até alguns cômodos e arrumei as coisas. Como isso começou a me irritar mais ainda, resolvi fazer outra coisa.

— Não se preocupe com a arrumação. Vou cuidar disso.

Ele abanou a cabeça. Pretendia arrumar dois aposentos de cada vez até que a casa voltasse ao normal. A Bluff House e tudo o que estava nela eram sua responsabilidade agora.

— Poderia ter sido pior. Eles poderiam ter depredado tudo. Eles foram meticulosos, mas não jogaram as coisas de um lado para o outro. Eu já presenciei outras buscas.

— Ótimo, ponto para eles. Mas ainda é injusto. Ainda é errado.

— Injustiça e erros acontecem a toda hora, todos os dias.

— É um ponto de vista muito triste e cínico.

— Realista — corrigiu ele.

— Porra nenhuma — explodiu Abra, percebendo que estivera contendo a raiva. — Isso é apenas uma desculpa para não fazer nada.

— Você tem alguma sugestão sobre o que se deve fazer quando se recebe um mandado devidamente autorizado por um juiz?

— Ter de aceitar isso não é a mesma coisa que aceitar que a vida é assim. Não sou advogada, mas fui criada por uma. Está bem claro que eles tiveram que forçar a barra, e forçar muito, para obter um mandado de busca. E está muito claro também que foi aquele policial de Boston que forçou a barra.

— Nem se discute.

— Ele deveria ser punido. Você deveria processá-lo por danos morais. Você deveria estar furioso.

— Eu estava. E falei com meu advogado. Se Wolfe não parar com isso, vamos conversar sobre um processo.

— Por que você já não está furioso?

— Pelo amor de Deus, Abra. Eu estou preparando uma galinha com uma receita que baixei na internet porque andar pela casa arrumando a bagunça deixada pelos policiais me deixou puto novamente e eu precisava fazer alguma coisa. Não tenho mais espaço para a raiva.

— Parece que eu tenho, e muito. Não me diga mais que injustiça e erros são coisas da vida. O sistema não tem direito de maltratar as pessoas, e não sou ingênua o bastante para acreditar que não é justamente isso o que acontece às vezes. Mas sou humana o bastante para desejar que as coisas não fossem assim... Preciso de um pouco de ar.

Ela se levantou bruscamente e saiu para o terraço.

Após refletir por alguns momentos, Eli pousou a faca, limpou as mãos em sua calça jeans e a seguiu.

— Não ajudou. — Ela abanou a mão para ele enquanto caminhava de um lado para outro. — Aquilo não ajudou nada, sei disso.

— Não sei do que você está falando.

— Está entalado na minha garganta, embora eu já tenha comido dois enormes brownies.

Eli conhecia o clássico apego das mulheres ao chocolate, embora preferisse cerveja.

— Como você soube?

— Na minha aula matinal de ioga, através de uma aluna. Fofocar é a religião dela. Bem, estou sendo uma víbora. E detesto ser uma víbora. Vibrações negativas — acrescentou ela, sacudindo os braços como que para afastar para longe aquelas vibrações. — É que ela é sempre tão moralista, porra, tão *preocupada,* tão cheia dessas coisas. Do jeito que ela falava, era como se a polícia tivesse enviado um esquadrão para prender o assassino psicopata com quem tenho a imprudência de estar dormindo. Ela age como se estivesse preocupada com a comunidade e, claro, comigo, como se você fosse me asfixiar quando eu estivesse dormindo ou esmagar minha cabeça, ou... Ah, meu Deus, Eli — interrompeu-se ela, consternada. — Desculpe. Desculpe. Foi uma atitude idiota. Idiota, venenosa e insensível, as três coisas que eu mais detesto ser. Eu deveria animá-lo, apoiá-lo, ou ambas as coisas. Em vez disso, eu o estou recriminando sem parar, dizendo coisas horríveis e idiotas. Vou parar. Ou então vou embora, levando essa droga de mau humor junto comigo.

Raiva e frustração ruborizavam o rosto dela, percebeu ele. E seu olhar transmitia um envergonhado pedido de desculpas. A brisa do mar brincava em seus cabelos, cujos anéis esvoaçavam.

— Olhe, minha família e os amigos que me restaram não falam sobre isso. Noto que ficam fazendo rodeios como se o assunto fosse... não digo um elefante, mas a porra de um tiranossauro no meio da sala. Às vezes acho que esse tiranossauro vai me engolir inteiro. Mas eles só falam sobre isso quando é absolutamente necessário. "Não perturbem Eli, não façam com que ele pense no assunto, não o deixem deprimido". Mas já era muito deprimente saber que eles não podiam ou não queriam me dizer como se sentiam, o que estavam pensando além de "vai ficar tudo bem, nós o apoiamos". Era bom saber que eles me apoiavam, mas o silêncio gritante daquele tiranossauro e do que estavam pensando no íntimo quase me sufocava.

— Eles o amam — afirmou Abra. — Eles sentem medo por você.

— Eu sei. Eu não vim para cá porque vovó precisava de alguém na casa. Eu já tinha decidido sair da casa dos meus pais, encontrar outro lugar. Não conseguia ou não tinha energia suficiente para fazer isso, mas sabia que teria de me afastar daquele silêncio. Por mim e por eles.

Ela entendia perfeitamente. Um monte de gente havia evitado falar com ela depois que Derrick a atacara. Por medo de dizer a coisa errada, por medo de dizer qualquer coisa.

— Foi uma terrível provação para todos vocês.

— E voltou a ser, porque hoje tive de contar a eles o que estava acontecendo antes que soubessem da história através de outra pessoa.

Um sentimento de solidariedade a dominou novamente. Ela ainda não tinha pensado naquilo.

— Foi uma coisa difícil.

— Tinha que ser feita. Eu amenizei a importância do fato. Acho que é assim que os Landons lidam com as coisas. Você é a primeira pessoa que disse o que pensava, o que sentia, sem rodeios. A primeira pessoa que não finge que o tiranossauro não está aqui, que alguém esmagou a cabeça de Lindsay, e muita gente pensa que fui eu.

— Os pensamentos, os sentimentos e o modo exaltado de se expressar eram gigantes na minha casa.

— Quem teria imaginado?

Isto a fez sorrir levemente.

— Eu não pretendia dizer nada, mas devo ter esgotado minha cota de autocontrole hoje, quando não dei um chute na bunda de Heather.

— Menina durona.

— Pratico tai chi.

Deliberadamente, ela levantou uma perna, assumindo a postura da garça.

— Eu achava que isso era kung fu.

— Ambas são artes marciais. Já não me sinto mais tão furiosa.

— Nem eu.

Ela se aproximou dele e enlaçou os braços em seu pescoço.

— Vamos fazer um trato.

— Tudo bem.

— Vamos revelar nossos pensamentos e sentimentos sempre que necessário. E, se um dinossauro entrar no aposento, não vamos ignorá-lo.

— Como cozinhar. Você vai ser sempre melhor que eu nisso, mas vou fazer uma tentativa.

— Muito bom. Então vamos entrar, para eu ver você cozinhando.

— Certo. Agora que nós... pusemos as cartas na mesa, há algumas coisas que devo dizer.

Ele entrou primeiro na casa. No balcão, pegou uma pimenta e a estudou, como se estivesse tentando descobrir como cortá-la.

— Vou lhe mostrar de novo — disse Abra.

Enquanto ela cortava as extremidades da pimenta, retirava as sementes e a picava, ele pegou sua taça de vinho.

— Corbett sabe que eu não matei Lindsay.

— Quê? — Ela levantou a cabeça bruscamente e imobilizou a faca. — Ele lhe disse isso?

— Sim. E não tenho nenhum motivo para pensar que ele está me enrolando. Ele disse que leu o processo, examinou tudo e sabe que não matei Lindsay.

— Acabei de mudar de opinião sobre ele. — Ela estendeu o braço e segurou a mão de Eli por alguns momentos. — Não admira que você não estivesse tão furioso quanto eu.

229

— Isso aliviou um pouco. Ainda há muita coisa pela frente, mas isso aliviou um pouco.

Enquanto contava a ela o que Corbett dissera, ele tentou picar a pimenta.

— Então ele também acha que a pessoa que estava na casa naquela noite poderia estar na casa quando Hester levou o tombo. E também acha possível que essa pessoa tenha matado Duncan.

— Acho que ele vai trabalhar neste ângulo. Meu advogado vai me matar, e com razão, se souber o que eu conversei com Corbett, o que contei a ele. Mas...

— Às vezes a gente tem que confiar.

— Quanto a confiar, não sei. Mas ele está em melhor posição para descobrir o assassino de Duncan. Se e quando isso acontecer, vamos obter algumas respostas.

Ele deixou a pimenta verde de lado e pegou a vermelha.

— Enquanto isso, existe alguém por aí que quer entrar nesta casa, alguém que já atacou você e pode ter machucado minha avó. E existe também alguém por aí que matou um homem. Talvez seja a mesma pessoa. Talvez seja um sócio, talvez um competidor.

— Competidor?

— Muita gente acredita que o Dote de Esmeralda existe. Quando os caçadores de tesouros encontraram os destroços do *Calypso,* trinta anos atrás, eles não encontraram o dote. E não o encontraram ainda, apesar de terem procurado muito. Portanto, não há nenhuma prova concreta de que o navio estivesse transportando o dote quando naufragou em Whiskey Beach ou que alguma vez tenha transportado. Por tudo o que se sabe, o dote naufragou junto com o homem de confiança da família de Esmeralda quando o *Calypso* atacou o *Santa Caterina*. Ou o homem de confiança se evadiu com o dote e viveu como um rei nas Índias Ocidentais.

— "Se evadiu". Quanta classe.

— Eu sou um cara de classe — disse ele, terminando de picar a pimenta. — A maior parte do que se conta são rumores e muitos deles, conflitantes. Mas quem quer um que tenha tido o trabalho que esse cara teve, e que tenha matado, acredita mesmo na história.

— Você acha que ele vai tentar entrar de novo com você em casa?

— Acho que ele está dando tempo ao tempo, esperando que as coisas se acalmem um pouco. Depois, sim, ele vai voltar ao trabalho. Isso é uma coisa. A outra é que há pessoas na cidade, pessoas que você conhece e a quem dá aulas, que vão acreditar que eu sou um assassino; ou que, pelo menos, vão ficar na dúvida. Isso põe você no bolo, com a possibilidade de ser atacada e a certeza de ser alvo de fofocas. Não quero você nesse bolo.

— Não podemos controlar o que as outras pessoas dizem e fazem. E quanto à possibilidade de ser atacada acho que já provei que sei me defender.

— Ele não estava armado. Ou não achava que precisaria de uma arma. Naquela ocasião.

Ela assentiu com a cabeça. Não poderia negar que a ideia a deixava nervosa, mas decidira há muito tempo não viver a vida com medo.

— Me matar enquanto eu estiver esfregando o chão ou matar nós dois por falar nisso, enquanto estivéssemos dormindo, só traria os policiais de volta. Acho que isso é a última coisa que ele quer. Ele não quer chamar atenção, não só para si mesmo como também para a Bluff House.

— Isso parece lógico. Mas, contemplando o quadro geral, ele não tem sido muito lógico até o momento. Eu não quero vê-la machucada. E não quero que você passe de novo pelo que passou hoje de manhã só porque está envolvida comigo.

Olhando para ele friamente, ela tomou um longo gole de vinho.

— Você está me preparando um jantar de despedida, Eli?

— Acho que será melhor nós darmos um tempo.

— "O problema não é você, sou eu." É isso o que vem agora?

— Olhe. É porque eu... porque eu me importo com você. Você deixou algumas coisas suas aqui em casa e os policiais remexeram nelas hoje. Pode ser que Corbett acredite em mim, mas Wolfe não acredita. E não vai parar. Ele vai fazer o possível para desacreditar você, pois é o seu testemunho que me deixa fora da equação no assassinato de Duncan.

— Ele vai fazer isso quer eu esteja com você ou não.

Por alguns instantes, ela refletiu sobre a possibilidade de ser protegida — de agressões, de fofocas — e concluiu que isso a fazia se sentir muito bem, embora não estivesse disposta a aceitar o fato.

— Fico agradecida por sua atitude. Você acha que precisa me proteger de agressões, de fofocas e de investigações policiais. E eu gosto de estar com um homem disposto a fazer isso. Mas o fato, Eli, é que já passei por tudo isso e muito mais. E eu também me importo com você.

Ela levantou sua taça enquanto o observava.

— Eu diria que estamos num impasse, exceto por uma coisa.

— Que coisa?

— Tudo vai depender de como você responder à minha pergunta. Que é a seguinte: você acha que as mulheres devem receber um salário igual ao dos homens pelo mesmo trabalho?

— O quê? Sim. Por quê?

— Ótimo, porque essa discussão tomaria outro rumo se você tivesse respondido não. Você também acha que as mulheres devem ter o direito de escolha?

— Meu Deus. — Ele passou a mão pelos cabelos. — Sim.

Sabendo para onde ela o estava conduzindo, ele começou a preparar uma réplica mentalmente.

— Maravilha. Isso nos poupa de um debate longo e acalorado. Os direitos vêm com as responsabilidades. Eu posso escolher como vou viver minha vida, com quem vou ficar e com quem vou me importar. Eu tenho direito de fazer essas escolhas e assumir as responsabilidades. — Ela o olhou fixamente, de olhos semicerrados. — Sim, vá em frente.

— Como assim?

— Fui criada por uma advogada — lembrou ela. — Já posso *ver* o sr. Advogado de Harvard elaborando uma refutação complicada para embaralhar todos os meus argumentos. Então, vá em frente. Você pode até usar alguns termos como *data venia*. Não vai fazer diferença. Já tomei minha decisão.

Ele mudou de tática.

— Você faz ideia de como vou ficar preocupado?

O olhar de Abra se endureceu.

— Isso sempre funcionou quando minha mãe usava — defendeu-se ele.

— Você não é minha mãe — lembrou ela. — Além disso, não tem poder materno. Você está preso a mim, Eli. Se quiser que eu me afaste, será porque não me quer, porque quer outra pessoa ou algo assim. Se eu quiser me afastar, será pelas mesmas razões.

Revelar os sentimentos, pensou ele.

— Eu não me importava mais com Lindsay, mas não se passa um dia sem que eu lamente não ter feito alguma coisa para evitar o que aconteceu com ela.

— Você se importou com ela um dia e ela não merecia morrer daquele jeito. Você teria protegido Lindsay, se pudesse.

Ela se levantou, aproximou-se dele e o enlaçou pela cintura.

— Eu não sou Lindsay. Você e eu vamos cuidar um do outro. Somos ambos inteligentes. Vamos dar um jeito.

Ele a apertou e pressionou seu rosto no dela. Não deixaria que nada lhe acontecesse. Não sabia como poderia manter esta promessa não verbalizada, mas faria o que fosse necessário.

— Inteligente? Estou usando uma receita para tapados.

— É seu primeiro dia no trabalho.

— Preciso cortar essa galinha em cubos. Vou precisar de uma fita métrica?

Ela se afastou um pouco, aproximou-se de novo e lhe deu um longo e satisfatório beijo.

— Vou lhe mostrar outra vez.

♦ ♦ ♦

*A*BRA ENTRAVA e saía da Bluff House. Aulas matinais, trabalhos de limpeza — inclusive na casa dele —, comercialização de suas peças de artesanato, leituras de tarô em festas de aniversário.

Enquanto trabalhava, Eli mal se dava conta de que ela estava na casa. Mas, quando não estava, sentia isso agudamente. A energia da casa — ele estava começando a pensar como ela — parecia desaparecer sem a presença dela.

Eles passeavam muito na praia. E, embora tivesse decidido que cozinhar jamais o deixaria relaxado, ele a ajudava de vez em quando.

Era difícil para ele imaginar a casa sem ela. Imaginar dias e noites sem ela. Apesar disso, quando ela insistiu para que ele fosse ao pub à noite, ele deu uma desculpa. Queria continuar suas pesquisas sobre o dote e o navio, lembrou a si mesmo.

Levando os livros para o terraço, com o propósito de lê-los enquanto ainda havia luz, ele se acomodou junto aos grandes vasos de barro nos quais Abra plantara amores-perfeitos roxos e amarelos.

Como sua avó sempre fazia na primavera, lembrou-se.

As flores aguentariam as noites frias e até uma caída brusca na temperatura, caso houvesse outra. O que era provável, pensou ele, apesar da temperatura agradável dos últimos dias.

Muitas pessoas estavam na praia, aproveitando o tempo bom. Ele chegou a avistar Vinnie com seu telescópio, surfando com a mesma destreza e entusiasmo de quando era adolescente.

O calor, as flores, as vozes arrastadas pelo vento e o azul do mar quase o levaram a crer que tudo estava normal, resolvido e correto.

Ele imaginou como seria sua vida se isso fosse verdade, se passasse a morar ali, fizesse seu trabalho e fincasse suas raízes ali, sem o peso dos grilhões que carregava.

Abra entrando e saindo da casa, enchendo-a de flores, velas e sorrisos.

E ali estava ele, em meio ao calor e à luz, tendo feito uma promessa que não sabia se conseguiria cumprir.

Pensamentos e sentimentos revelados, lembrou-se. Ele não sabia como descrever o que sentia com ela ou por ela. E não sabia ao certo o que fazer com esses sentimentos.

Mas sabia que era mais feliz com ela do que jamais fora sem ela. Mais feliz do que jamais acreditara que seria, apesar de tudo.

Ele pensou nela — sapatos de salto alto, saia preta curta, camiseta branca bem ajustada, deslizando pelo bar barulhento com sua bandeja.

Uma cerveja não lhe cairia mal, nem um pouco de barulho. Ou ver o rápido sorriso dela quando ele entrasse no bar.

Mas se lembrou de que havia negligenciado as pesquisas nos últimos dias e começou a ler.

Não que visse alguma utilidade em histórias — pois o que mais poderiam ser? — de piratas, tesouros, amantes desditosos e mortes violentas.

O pior de tudo é que essas histórias eram o único meio que ele tinha para lidar com uma morte real e talvez, apenas talvez, ter alguma chance de limpar seu nome.

Ele leu durante uma hora, até a luz começar a minguar. Então se levantou e caminhou até a beira do terraço para contemplar o mar, que se fundia com o céu. Uma família — homem, mulher, dois meninos pequenos — passeavam à beira da água. Rápidos como caranguejos, os meninos entravam e saíam dos baixios.

Talvez ele fosse tomar aquela cerveja, afinal. Faria uma pequena pausa e depois trabalharia sobre as anotações que fizera, tanto a respeito da lenda quanto de sua tortuosa realidade.

Ele pegou suas coisas e voltou para dentro de casa. Largou tudo sobre o balcão da cozinha quando ouviu o telefone tocar. Ao ver o número de seus pais no mostrador, seu coração deu um pulo, ante o medo de que sua avó tivesse levado outro tombo. Ou pior.

Porém, tentou parecer o mais alegre possível.

— Oi.

— Oi, você. — Ele relaxou ao ouvir o tom descontraído da voz de sua mãe. — Sei que já está meio tarde.

— Ainda não são nem nove horas, mamãe. E não tenho que ir à escola amanhã.

Ele ouviu o sorriso na voz dela.

— Não deixe para fazer seu dever de casa no domingo. Como você está, Eli?

— Bem. Estava lendo um livro sobre o Dote de Esmeralda.

— Ótimo.

— Como está vovó? E papai? Tricia?

— Todos bem. Sua avó está cada vez mais parecida com ela mesma. Ainda se cansa mais rápido do que eu desejaria, e sei que ainda sente dores, principalmente depois da terapia. Mas todos nós queremos ser tão fortes como ela quando chegarmos à idade dela.

— Amém.

— Ela está ansiosa para ver você na Páscoa, Eli.

Eli fez uma careta.

— Acho que não vou poder ir, mãe.

— Ah, Eli.

— Não quero deixar a casa vazia por muito tempo.

— Houve mais algum problema?

— Não. Mas estou aqui. Se a polícia tem alguma pista de quem entrou aqui, não me falou nada. Então, não é uma boa ideia deixar a casa vazia por um dia ou dois.

— Talvez seja melhor trancar a casa e contratar um vigia, até que eles prendam a pessoa que andou entrando aí.

— Mamãe, há sempre um Landon na Bluff House.

— Meu Deus, como você se parece com sua avó.

— Sinto muito. Mesmo. — Ele sabia o quanto os feriados tradicionais significavam para sua mãe, e já a havia decepcionado muitas vezes. — Eu precisava de um lugar e ela me arranjou um. Eu preciso tomar conta dele.

Ela deu um suspiro.

— Tudo bem. Você não pode vir a Boston. Nós iremos a Whiskey Beach.

— Quê?

— Não há nenhuma razão para nós não irmos até aí. Hester iria adorar, e nós vamos pedir permissão para os médicos dela. Sua irmã e a família dela também adorariam ir. Já está mais do que na hora de reunir a família toda para um feriado na Bluff House.

A primeira reação dele foi de pânico. Mas se transformou. Ela tinha razão, estava mais do que na hora.

— Só espero que vocês não me obriguem a preparar um presunto.

— Eu cuidarei disso e de tudo o mais. Vamos deixar Selina procurar os ovos de Páscoa. Você se lembra de como você e Tricia adoravam isso? Chegaremos no sábado à tarde. Assim é melhor. Melhor do que você vir até aqui. Eu deveria ter pensado logo nisso.

— Estou feliz por você ter pensado nisso. Ah, escute, eu gostaria que Abra estivesse presente também.

— Isso seria perfeito. Hester, principalmente, gostaria de vê-la. Você sabia que ela telefona de dois em dois dias para falar com sua avó? Nós adoraríamos que ela estivesse presente.

— Tudo bem, ótimo, porque eu estou saindo com ela.

Fez-se um longo silêncio.

— Saindo *saindo*?

— Sim.

— Oh, Eli, isso é maravilhoso! Isso é tão... tão bom de ouvir. Nós adoramos Abra e...

— Mamãe, não é como... Só estamos saindo. Saindo.

— Eu tenho direito de me sentir feliz. Você não tem... Já faz muito tempo que você teve alguém em sua vida. E nós particularmente gostamos de Abra. Eu te amo, Eli.

Alguma coisa no tom de voz de sua mãe lhe deu um frio na barriga.

— Eu sei. Te amo também.

— Quero que você tenha sua vida de volta. Quero que você seja feliz novamente. Sinto falta do meu menino. Sinto falta de vê-lo feliz.

Ele ouviu as lágrimas e fechou os olhos.

— Eu vou ter minha vida de volta. Estou me sentindo mais eu mesmo aqui do que tenho me sentido desde muito tempo. Ei, já engordei cinco quilos. — Quando ela começou a chorar, seu pânico retornou. — Mamãe, não chore. Por favor.

— É de felicidade. É só felicidade. Mal posso esperar para vê-lo. Vou contar para seu pai e Hester, e telefonar para Tricia. Vamos levar um banquete. Não se preocupe com nada. Apenas continue se cuidando.

Depois que ela desligou, ele precisou de alguns momentos para se reorientar. Preparado ou não, sua família viria à Bluff House. O "não se preocupe com nada" de sua mãe não adiantaria muito.

Ele sabia muito bem que sua avó esperaria ver a Bluff House brilhando, e não poderia descarregar toda a responsabilidade em Abra.

Daria um jeito. Tinha mais de uma semana para imaginar um modo. Faria uma lista.

Mais tarde, decidiu. Agora, descobriu, estava mesmo querendo aquela cerveja. E num bar barulhento. Com Abra.

Tomaria um banho e iria caminhando até a cidade. Desse modo, ela poderia trazê-lo após terminar o trabalho.

Ao se dirigir para a escada, percebeu que estava sorrindo. Sim, pensou, sentia-se mais como ele mesmo do que vinha se sentindo há muito tempo.

Capítulo 16

◆ ◆ ◆ ◆

*A*BRA SE deslocava entre as mesas, recolhendo copos e pratos vazios, anotando pedidos e verificando carteiras de identidade, já que a banda de Boston atraíra um grande número de universitários. Seguindo as orientações da casa, ela servia bebidas não alcoólicas grátis ao motorista de cada grupo — quando havia um.

O restante dos clientes preferia, amplamente, cerveja e vinho. Ela os mantinha felizes — flertando com os garotos, elogiando as roupas, os cabelos ou os sapatos das garotas, rindo das piadas e entabulando rápidas conversas com os conhecidos. Ela gostava do trabalho, do barulho e da confusão. Gostava de observar os frequentadores e especular sobre eles.

O motorista designado de uma mesa com cinco pessoas, totalmente sóbrio, descarregava sua ânsia por cerveja paquerando as cinco garotas de uma mesa ao lado, principalmente a ruiva de pele leitosa. Pela reação dela, pelo modo como os dois dançavam, pelos cochichos das amigas dela quando foram todas ao banheiro, Abra achou que o motorista iria ter sorte mais tarde.

Ela serviu uma rodada para uma dupla de casais — fazia limpeza para uma delas — e ficou feliz ao ver brincos que ela confeccionara pendurados nas orelhas de ambas as mulheres.

Animada, dirigiu-se à mesa dos fundos, que tinha um único ocupante. Não era um conhecido e, segundo a avaliação dela, não parecia feliz. Qualquer indivíduo que se sentasse sozinho nos fundos de um bar, tomando água tônica com limão, não estava almejando a felicidade.

— Tudo bem por aí?

Como resposta, obteve um longo olhar e uma batidinha no copo vazio.

— Tônica com limão. Vou providenciar. Posso lhe trazer algo mais? Somos famosos pelos nossos *nachos*.

Vendo que o homem apenas abanava a cabeça, ela recolheu o copo vazio e exibiu um sorriso simpático.

— Já volto.

Voltou, então, para o bar, pensando que o sujeito da tônica com limão devia ser pão-duro com as gorjetas.

Arriscado, pensou ele. Fora arriscado ir até ali e ficar tão próximo a ela. Mas estava razoavelmente certo de que ela não o vira naquela noite, na Bluff House. Agora, depois que ela o olhara nos olhos sem o menor sinal de reconhecimento, ele estava absolutamente certo. E recompensas, sabia Deus, exigem riscos.

Ele queria observá-la, ver como se comportava. E contava encontrar Landon ali, o que lhe abriria uma nova oportunidade para entrar na casa.

Antes, esperara que a polícia levasse Landon para interrogá-lo. Precisava só de uma pequena oportunidade para entrar na casa, plantar a arma e dar um telefonema anônimo.

Agora que a polícia já revistara a casa, plantar a arma na Bluff House não adiantaria nada. Mas sempre haveria outros caminhos. E a mulher poderia ser o melhor deles.

Ela poderia ser sua nova via de acesso. Ele precisava refletir sobre isso. *Tinha* que entrar na Bluff House novamente para terminar sua busca. O dote estava lá. Ele acreditava nisso com todas as fibras do seu ser. Já se arriscara muito, já perdera muito. Não poderia retroceder, lembrou a si mesmo. Cometera um assassinato e achara isto mais fácil do que imaginara. Bastara pressionar o dedo no gatilho, o esforço fora quase nenhum. Seria ainda mais fácil da próxima vez, logicamente, caso houvesse uma próxima vez.

Na verdade, ele poderia até gostar de matar Landon. Mas a morte teria que parecer um acidente ou um suicídio. Nada que fizesse a polícia, a imprensa ou qualquer pessoa questionar a culpa de Landon.

Pois ele sabia, sem sombra de dúvida, que Eli Landon matara Lindsay.

Ele poderia usar isso, e já se imaginava forçando Landon a escrever uma confissão antes de morrer. E derramar aquele sangue azul dos Landons, enquanto o covarde implorava por sua vida. Sim, percebeu, ele gostaria disso mais do que pensara.

Olho por olho, dente por dente. E muito mais.

Landon tinha que pagar; merecia morrer. Fazer isso acontecer seria uma recompensa quase tão boa quanto o Dote de Esmeralda.

Quando viu Eli entrar no bar, uma onda de raiva quase o sufocou. A névoa candente do ódio toldou sua visão e lhe deu ímpetos de tirar o revólver do coldre, o mesmo que usara para matar Kirby Duncan. Até podia ver, ver de verdade, as balas se alojando no corpo miserável de Landon. E o sangue jorrando enquanto ele caía.

Suas mãos tremeram ante a necessidade de encerrar a vida do homem que ele odiava acima de tudo.

Acidente ou suicídio. Ele repetiu as palavras infindavelmente em sua cabeça, numa tentativa de recuperar o autocontrole, de amenizar sua fúria homicida. O esforço cobriu sua testa com gotas de suor, enquanto ele analisava as opções.

No bar, Abra aguardava seus pedidos serem atendidos enquanto conversava com seu personagem local favorito. Baixo, entroncando, com uma careca de frade em seus ralos cabelos brancos, Stoney Tribbet estava na sua segunda cerveja. Stoney raramente deixava de comparecer ao pub às sextas-feiras. Dizia que gostava da música e das garotas bonitas.

Completaria oitenta e dois anos no próximo verão e passara cada um deles — exceto pelo período em que estivera no exército, lutando na Coreia — em Whiskey Beach.

— Vou construir uma academia de ioga para você quando se casar comigo — disse ele.

— Com um bar de sucos?

— Se for necessário.

— Vou ter que pensar nisso, Stoney, porque é uma proposta muito tentadora. Principalmente partindo de você.

O rosto enrugado dele se ruborizou, por baixo do bronzeado permanente.

— Agora estamos chegando a algum lugar.

Quando estava lhe dando um beijo na bochecha grisalha, Abra avistou Eli.

Seu rosto se iluminou.

— Pensei que você não vinha.

Stoney se virou no banco e brindou Eli com um olhar duro, que em seguida se suavizou.

— Ah, está na cara que você é um Landon. Você não é o neto de Hester?

— Sim, senhor.

— Stoney Tribbet, Eli Landon. — Stoney estendeu a mão. — Conheci seu avô, você tem os olhos dele. Participamos de algumas aventuras juntos, nos velhos tempos. Tempos muito velhos.

—Eli, por que você não faz companhia a Stoney enquanto eu sirvo esses drinques?

— Claro. — Como não havia nenhum banco vazio, Eli se reclinou no balcão do bar. — Posso lhe pagar uma cerveja?

— Parece que já tenho uma aqui. Anime-se, garoto, e eu lhe pago uma. Você sabia que seu avô e eu paqueramos a mesma garota?

Eli tentou imaginar seu avô, alto e desengonçado, competindo pela mesma mulher com aquele baixinho.

Uma situação difícil de visualizar.

— É mesmo?

— É a pura verdade. Então ele foi estudar em Boston e eu fiquei com Mary. Ele ficou com Harvard e Hester. E nós concordamos que não poderia ter sido melhor. Vai beber o quê?

— O mesmo que você.

Satisfeita com o fato de que duas de suas pessoas favoritas estavam bebendo e conversando, Abra foi entregar seus pedidos. Ao se aproximar dos fundos do bar, viu a mesa vazia e o dinheiro sobre ela.

Estranho, pensou, colocando o dinheiro em sua bandeja. Seu cliente solitário desistira de tomar outra tônica com limão.

No bar, alguém se levantou de um banco no qual Eli então se instalou para ouvir mais histórias — algumas exageradas, presumiu — sobre a adolescência e a juventude de seu avô.

— Ele dirigia aquela motocicleta a toda velocidade. As pessoas ficavam loucas com ele.

— Meu avô. Numa moto.

— Geralmente com uma garota bonita no *sidecar*. — Com os olhos brilhando, Stoney lambeu a espuma de sua cerveja. — Ele achou que iria conquistar Mary por causa daquela moto. Ela adorava andar de moto. O máximo que eu podia oferecer a ela era a garupa da minha bicicleta. Tínhamos dezesseis anos. Fazíamos as melhores fogueiras da praia, e bebíamos o uísque que Eli surrupiava do armário do pai dele.

Eli tentou imaginar o homem de quem recebera o nome dirigindo uma moto com *sidecar* e assaltando o estoque de bebidas do pai.

A imagem lhe veio com mais naturalidade. Talvez com a ajuda da bebida.

— Havia grandes festas na Bluff House — prosseguiu Stoney. — Pessoas elegantes vinham de Boston, Nova York, Filadélfia e de muitos outros lugares. Eles acendiam as luzes da casa, que ficava parecendo uma árvore de Natal. Pessoas usando smokings e vestidos de noite passeavam nos terraços. Era uma cena danada de bonita — completou Stoney, esvaziando seu copo.

— Sim, aposto que era.

Lanternas chinesas, candelabros de prata, grandes vasos com flores tropicais — e pessoas vestidas com elegância, como numa festa de Gatsby.*

— Eli fazia os criados nos trazerem comida e champanhe francesa. Tenho certeza de que os pais dele sabiam disso. Nós fazíamos nossa própria festa, na praia. E Eli circulava entre uma festa e outra. Ele era bom nisso, se você me entende. Bom em ser um meio-termo entre rico e sofisticado, de um lado, e pessoa comum, de outro. A primeira vez que vi Hester foi quando ele a trouxe de uma festa na casa dele. Ela estava usando um longo vestido branco. E ria muito, sempre foi assim. Foi só eu dar uma olhada, e percebi que Mary era minha. Eli não conseguia deixar de olhar para Hester Hawkin.

— Mesmo garoto, eu já percebia que eles eram felizes.

— E eram.

Meneando a cabeça compenetradamente, Stoney bateu com a mão no balcão, seu sinal para pedir outra rodada.

---

* Alusão ao milionário que protagoniza o romance *The Great Gatsby* (O grande Gatsby), do escritor americano F. Scott Fitzgerald (1896-1940). (N.T.)

— Eli e eu nos casamos com nossas garotas com apenas alguns meses de diferença. E continuamos amigos. Ele me emprestou o dinheiro que me permitiu estabelecer minha oficina de marcenaria. Não aceitou um não como resposta, quando soube que eu iria fazer um empréstimo no banco.

— Você viveu toda a sua vida aqui.

— Pois é. Eu nasci aqui e pretendo morrer aqui, daqui a uns vinte ou trinta anos. — Ele sorriu para os restos de cerveja de seu copo. — Fiz um bocado de trabalhos na Bluff House ao longo dos anos. Estou aposentado há algum tempo, mas, quando Hester meteu na cabeça que iria transformar aquele quarto do segundo andar em uma sala de ginástica, ela me trouxe as plantas para eu dar uma olhada. Fico feliz em saber que ela está melhor. Whiskey Beach não é a mesma sem ela na Bluff House.

— Não é. Quer dizer que você conhece bem a casa.

— Tão bem quanto as pessoas que têm vivido lá. Mexi também nos encanamentos. Não tenho licença para trabalhar como encanador, mas minhas mãos são hábeis. Sempre foram.

— O que você pensa a respeito do Dote de Esmeralda?

Stoney deu um risinho.

— Acho que, se esse negócio existiu, já desapareceu faz tempo. Não me diga que você está procurando isso. Se estiver, é porque tem os olhos de seu avô, mas não o bom senso dele.

— Não estou. Mas alguém está.

— Não me diga.

Às vezes, o melhor modo de se conseguir informações, pensou Eli, era dando informações. Contou, então, a história.

Stoney puxou o lábio inferior e refletiu um pouco.

— Que diabo alguém poderia enterrar naquele porão? O chão tem tanto pedras quanto terra. Há lugares melhores para se esconder um tesouro. Mas, para começar, não é uma coisa muito inteligente achar que está dentro da casa. Com gerações de pessoas morando lá, além dos criados e operários como eu e minha turma. Muitos de nós estivemos em todos os lugares daquela casa em um momento ou outro, inclusive nas passagens dos criados.

— Passagens dos criados?

243

— Foi muito antes do seu tempo. Havia escadas atrás das paredes para que os criados pudessem subir de um lugar a outro sem dar de cara com os membros ou hóspedes da família. Uma das primeiras coisas que Hester fez quando passou a morar na casa foi mandar fechar essas passagens. Eli cometeu o erro de lhe contar que alguns meninos acabavam se perdendo ou ficando presos nesses corredores. Ele inventou metade dos fatos, eu acho, era seu modo de contar uma boa história. Mas ela bateu o pé. Eu mesmo fechei os corredores, eu e mais três homens que contratei para o trabalho. O que ela não fechou, abriu, como a sala do café da manhã e um quarto com banheiro no segundo andar.

— Eu não sabia disso.

— Ela estava grávida do seu pai quando fizemos o trabalho. Todo mundo que mora na Bluff House acaba deixando sua marca, de um modo ou de outro. O que você pretende fazer?

— Não pensei nisso. É a casa da minha avó.

Stoney sorriu, meneando a cabeça.

— Traga ela de volta para casa.

— É o que estou pretendendo fazer. Talvez você possa me dar uma ideia de onde essas passagens ficavam.

— Posso fazer melhor. — Stoney pegou um guardanapo de papel e tirou um lápis do bolso. — Minhas mãos já não são tão hábeis quanto antes, mas não há nada de errado com minhas células cerebrais ou com minha memória.

♦ ♦ ♦ ♦

$\mathcal{E}$LES FORAM os últimos a sair do bar. Embora Stoney tivesse bebido duas vezes mais que ele, Eli se sentiu feliz por não ter que dirigir de volta para casa. E igualmente feliz quando Stoney lhe disse que estava a pé.

— Vamos lhe dar uma carona — sugeriu Eli.

— Não precisa. Vivo bem perto daqui. E parece que há outro Landon paquerando minha garota.

— Não sei se esse Landon conseguiria consertar minha porta de tela. — Abra enlaçou o braço no de Stoney. — Vou pegar as chaves de Eli e levar nós três para casa.

— Eu não vim de carro. Achei que poderia voltar com você.

244

— Eu vim a pé.

Eli olhou intrigado para os sapatos de salto alto que ela estava usando.

— Com esses sapatos?

— Não. Com esses. — Ela tirou um par de sapatos Croc da bolsa. — E parece que vou ter de calçá-los de novo, porque vamos todos voltar a pé.

Ela trocou os sapatos e vestiu um casaco. Ao saírem do bar, segurou as mãos de Eli e Stoney. — Acho que ganhei na loteria hoje. Dois homens bonitos.

E ambos meio embriagados, pensou ela, enquanto caminhavam.

Ignorando as objeções de Stoney, eles o levaram até a porta de sua bem-cuidada casinha. Mal se aproximaram da porta, ouviram latidos esganiçados.

— Tudo bem, Prissy! Tudo bem.

Os latidos se converteram em ganidos extasiados.

— A coitada está meio cega — explicou Stoney —, mas ouve bem. Ninguém consegue passar pela velha Prissy. Podem ir, agora. Façam o que jovens saudáveis devem fazer numa noite de sexta-feira.

— A gente se vê na terça.

Abra lhe deu um beijo no rosto.

Eles se afastaram um pouco, mas esperaram até as luzes se acenderem, antes de retornarem à rua da praia.

— Terça? — perguntou Eli.

— Faço a limpeza para ele, terça sim, terça não. — Ela ajustou a bolsa no ombro. — Não cheguei a conhecer Mary. Ela morreu há cinco anos. Eles tiveram um filho e duas filhas. O filho está em Portland, Maine. Uma das filhas mora em Seattle. A mais próxima está em Washington, D.C. Mas todos dão um jeito de visitá-lo. Ele tem netos também. Oito. E cinco bisnetos, até agora. Ele sabe se cuidar sozinho, mas não faz mal nenhum ter alguém com ele, de vez em quando.

— Então você limpa a casa dele semana sim, semana não.

— E faço algumas tarefas. Ele já não gosta muito de dirigir. O vizinho dele tem um garoto de uns dez anos que é louco por Stoney; portanto, raramente se passa um dia sem que alguém apareça na casa dele. Eu também sou louca por ele. Ele prometeu construir uma academia de ioga para mim se eu me casar com ele.

— Eu poderia... — Eli avaliou seus talentos como marceneiro. — Eu poderia mandar construir uma academia de ioga para você.

Batendo repetidamente as pestanas, ela aproximou seu rosto do dele.

— Isso é um pedido de casamento?

— O quê?

Ela riu e enlaçou o braço no dele.

— Eu devia ter lhe avisado que Stoney tem uma capacidade impressionante para suportar os efeitos do álcool. Ele costuma dizer que foi criado com o uísque de Whiskey Beach.

— Nós estávamos nos alternando. Ele pagou a primeira rodada; então, eu paguei a segunda. Daí, ele pagou a terceira e eu me senti obrigado a pagar a quarta. Já nem me lembro mais de quantas vezes me senti obrigado a pagar a rodada. Há um bocado de ar fresco aqui.

— Há sim. — Ela o segurou com mais força quando ele oscilou. — E gravidade também. Esse lugar está cheio de ar e gravidade. É melhor entrarmos em casa. A minha está mais perto.

— Sim... mas é que não gosto de deixar a casa vazia. Parece uma coisa errada.

Meneando a cabeça, ela mudou de assunto.

— Uma caminhada com ar fresco e gravidade pode lhe fazer bem. Estou feliz por você ter vindo hoje.

— Eu não estava pretendendo vir, mas comecei a pensar em você. E tinha esse negócio da Páscoa.

— O Coelhinho da Páscoa já apareceu?

— O quê? Não. — O som de sua risada ecoou na rua vazia. — Ele ainda não terminou de botar os ovos.

— Eli, é a Galinha de Páscoa que bota os ovos. O coelhinho os esconde.

— Pode ser. Este ano, o pessoal lá de casa vem comemorar a Páscoa na Bluff House.

— Eles vêm?

Ela olhou para seu chalé, pelo qual estavam passando, mas achou que não deveria correr até lá para mudar de roupa. Poderia encontrá-lo dormindo no meio da rua.

— Foi o que minha mãe disse. Eles vão chegar no sábado.

— Isso é ótimo. Hester está podendo viajar?

— Ela vai conversar com o médico primeiro, mas as perspectivas são boas. Todo muito vem. Preciso fazer umas coisas primeiro. Não consigo me lembrar de quais são neste momento. Só sei que não terei que fazer o presunto. E você terá que ir.

— Darei um pulinho lá, com certeza. Vou adorar ver sua família, principalmente Hester.

— Não.

Embora estivesse se sentindo um pouco mais firme graças à brisa marinha, Eli teve uma súbita vontade de comer batatas fritas. Ou pretzels. Qualquer coisa que absorvesse o excesso de cerveja em seu estômago.

— Você vai ter que estar lá para esse negócio. A Páscoa — continuou ele. — Eu achei que deveria contar a minha mãe que nós estamos saindo juntos, senão ficaria estranho. Mas aí ficou estranho mesmo, como se eu tivesse ganhado alguma medalha, ou coisa parecida, e ela começou a chorar.

— Ah, Eli.

— Ela disse que era choro de felicidade, coisa que eu não entendo, mas as mulheres entendem.

Ele olhou para ela para se certificar.

— Sim, nós entendemos.

— Então, provavelmente, vai ficar estranho, mas você terá que ir, de qualquer maneira. E preciso comprar umas coisas.

— Vou pôr essas coisas na lista.

— Tudo bem. — Ele balançou de novo. — Não é a cerveja, são os buracos. Meu avô andava numa moto com *sidecar*. Eu não sabia disso. Acho que deveria saber. Eu não sabia que havia passagens para criados na casa. Há muita coisa que eu não sei. Olhe a casa. — A silhueta da Bluff House se destacava à luz das estrelas, iluminada também por dentro. — Nunca lhe dei o devido valor.

— Não acho que isso seja verdade.

— Foi muita coisa. Eu não dei mútua atenção a ela, principalmente nos últimos anos, já que estive envolvido demais com as minhas coisas, sem conseguir me libertar. Preciso melhorar isso.

— Você vai.

Ele se deteve um momento e olhou para ela.

— Estou um pouco bêbado. Você está maravilhosa.

— Estou maravilhosa porque você está um pouco bêbado?

— Não. Em parte é por você saber quem você é e se sentir bem com isso, se sentir feliz fazendo o que faz. Em parte são esses seus olhos de bruxa do mar e essa boca sexy com esse sinal ao lado. Lindsay era linda. Era de tirar o fôlego.

Um pouco bêbado, lembrou-se Abra. Podia fazer concessões.

— Eu sei.

— Mas ela, eu acho, não sabia realmente quem era e não se sentia bem com isso. Ela não era feliz. Eu não a tornei feliz.

— Antes disso, a própria pessoa tem que se tornar feliz. Lembre-se disso.

— Vou me lembrar. — Ele se inclinou para beijá-la à sombra do casarão, sob um céu repleto de estrelas. — Preciso ficar sóbrio, porque quero fazer amor com você e quero ter certeza de que vou me lembrar disso também.

— Então, vamos fazer com que seja inesquecível.

Tão logo entraram na casa, Eli digitou o código do alarme e a abraçou com força.

Abra retribuiu seu abraço e seus beijos, mas logo se afastou um pouco.

— Primeiro as coisas mais importantes — disse, e o arrastou na direção da cozinha. — O que você precisa é um grande copo com água e umas duas aspirinas. Hidratação e prevenção da ressaca. Eu vou tomar uma taça de vinho para não ficar muito atrás de você.

— Muito justo. O que eu quero mesmo é arrancar suas roupas. —Ele se postou à frente dela e a empurrou contra o balcão. — Quero arrancar suas roupas porque sei o que há por baixo e isso me deixa louco.

— Parece que chegou a hora do chão da cozinha — disse ela, enquanto ele mordiscava seu pescoço. — Pelo jeito, vai estar à altura das expectativas.

— Deixe eu... espere.

— Ah, claro, agora me pede para esperar depois de...

— Espere.

Ele a afastou para o lado, com expressão séria. Ela seguiu seu olhar até o painel do alarme.

— Como você sujou tanto o painel? Amanhã eu limpo — disse ela, estendendo os braços para ele.

— Eu não sujei. — Ele foi até a porta e examinou o painel. — Acho que a porta foi forçada. Não toque em nada — disse ele, quando ela se acercou. — Chame a polícia. Agora.

Ela enfiou a mão na bolsa, mas se imobilizou quando o viu retirar uma faca do suporte de madeira.

— Meu Deus, Eli.

— Se houver algum problema, saia correndo. Está me ouvindo? Saia por essa porta e corra. Não pare até se sentir segura.

— Não. Espere. — Ela digitou os números em seu celular. — Vinnie, é Abra. Eli e eu acabamos de chegar à Bluff House. Achamos que alguém arrombou a porta. Não sabemos se ele ainda está aqui. Sim, na cozinha. Sim. Sim. Tudo bem. Ele já está vindo — informou a Eli. — E vai pedir reforços. Pediu para nós ficarmos onde estamos. Se virmos ou ouvirmos alguma coisa, devemos sair e nos afastar da casa.

O coração dela disparou quando ela viu o olhar de Eli se dirigir para a porta do porão.

— Se você descer, vou descer também.

Ele a ignorou, andou até a porta e girou a maçaneta.

— Está trancada por este lado. Como eu deixei.

Ainda segurando a faca, ele foi até a porta dos fundos, abriu-a e se agachou.

— Marcas recentes aqui. Porta dos fundos dando para a praia. Para ninguém ver. Ele devia saber que eu não estava aqui. Como será que soube?

Ele deve ter observado a casa e visto você sair.

— Eu estava a pé — lembrou Eli. — Se fosse apenas dar uma caminhada, poderia estar de volta em dez, quinze minutos. Seria muito arriscado.

— Ele deve ter seguido você e visto você entrar no bar. Um risco calculado para ter certeza de que teria mais tempo.

— Talvez.

— O painel do alarme. — Com cautela, Abra se aproximou mais um pouco. — Já vi isso na televisão, mas pensei que fosse bobagem. Eles borrifavam alguma coisa no painel para revelar a gordura deixada pelos dedos e descobriam os números que tinham sido pressionados. Depois, um computador rodava diferentes combinações até revelar o código.

— Deve ter sido isso. Foi assim que ele entrou aqui antes, quando a minha avó estava aqui. Ele pode ter conseguido as chaves dela e feito cópias. Depois entrou na casa. Mas, como não sabia que nós tínhamos mudado o código, o número antigo não funcionou; então ele cortou a energia.

— Deve ser um idiota.

— Talvez esteja desesperado ou em pânico. Ou apenas furioso.

— Você está querendo descer para o porão. Posso ver isso. Quer saber se ele começou a cavar novamente. Vinnie vai chegar daqui a pouco.

Se ele descesse para o porão junto com ela e alguma coisa acontecesse, ele seria o responsável. Se descesse para o porão sozinho, deixando-a onde estava, e alguma coisa acontecesse, ele seria o responsável.

Portanto, concluiu Eli, ele estava imobilizado.

— Eu fiquei fora por cerca de três horas. Droga, dei a ele uma ótima oportunidade.

— O que você pretende fazer? Nunca mais sair de casa?

— Esse sistema de alarme, com certeza, não está adiantando. Vamos ter que arranjar coisa melhor.

— Ou isso. — Ela ouviu o barulho de sirenes. — Vinnie está chegando.

Eli enfiou a faca de volta no suporte.

— Vamos falar com ele.

◆ ◆ ◆ ◆

A CASA ESTAVA cheia de policiais novamente. Eli já estava começando a se acostumar. Bebendo café, ele os acompanhou, começando pelo porão.

— Pilantra determinado — comentou Vinnie, observando o buraco. — Ele cavou mais alguns palmos. Deve ter trazido mais ferramentas e as levou dessa vez.

Eli olhou ao redor para se certificar de que Abra não descera.

— Acho que ele é louco.

— Bem, esperto ele não é.

— Não, Vinnie, eu acho que ele é louco. Se arriscar de novo só para passar algumas horas cavando o chão? Não há nada aqui. Conversei com Stoney Tribbet esta noite.

— Esse é uma figuraça.

— Se é! Ele me disse uma coisa que faz muito sentido. Por que alguém enterraria alguma coisa aqui? A terra é dura e pedregosa, ou a maior parte é. Foi por isso que nunca nos demos ao trabalho de revestir esse chão com cimento. Quando alguém enterra algo, que não seja um cadáver, não é com a intenção de desenterrá-lo novamente?

— Provavelmente.

— Então, para que ter tanto trabalho? Basta enterrar no jardim e plantar uma moita por cima. Na frente da casa, onde o solo é mais macio ou mais arenoso. Ou não enterre nada, esconda por baixo das tábuas do assoalho ou atrás de uma parede. Se eu estivesse procurando um tesouro, não iria cavar esse chão com pá e picareta. Mas, se fosse maluco o suficiente para acreditar que o tesouro está aqui, eu esperaria que a casa ficasse vazia por alguns dias, como quando minha avó ia a Boston. E usaria uma britadeira.

— Não sou eu que vou discutir, mas as coisas são como são. Vou informar a Corbett sobre isso. Vamos aumentar o patrulhamento aqui. E vamos divulgar aos quatro ventos que colocamos patrulhas extras — acrescentou Vinnie. — Se ele ainda estiver na área, vai ouvir a notícia. Assim, pensará duas vezes antes de tentar de novo.

Eli duvidava que isso fosse o suficiente para deter alguém disposto a se arriscar tanto por uma lenda.

Capítulo 17

◆ ◆ ◆ ◆

Na manhã seguinte, Abra passou na mercearia após sua aula de tai chi. Depois, fez uma segunda parada. Não sabia ao certo qual seria a reação de Eli ao que ela iria levar para ele, mas tinha uma boa ideia de qual seria — inicialmente.

Eles acabariam se entendendo. Ou, para ser sincera, ela o faria entender. Não era uma coisa inteiramente justa, e ela detestava manipular as pessoas. Mas, naquele caso, ela acreditava com firmeza que era a melhor opção.

Enquanto descarregava o carro, ela calculou o tempo de que dispunha. Além do trabalho rotineiro, teria que arrumar a desordem deixada pelos policiais. Mas não havia nada que a impedisse de fazer o trabalho todo, comer alguma coisa e voltar para casa a tempo de ministrar sua aula de ioga.

Bastava se organizar.

Porém, ao entrar na cozinha, teve que refazer os planos. Em vez de estar trabalhando no escritório, Eli estava diante do balcão, servindo-se de café.

— Pensei que você estava trabalhando.

— Eu estava. Estou. É que precisei andar um pouco para pensar... — Ele fez uma pausa ao ver o grande cão marrom que cheirava a perna de sua calça. — O que é isso?

— É a Barbie.

— Barbie? Sério?

Automaticamente, ele coçou a grande cabeça entre as orelhas da cadela.

— Pois é. A Barbie é loura e peituda, mas não são os cães que escolhem seus nomes.

Ela o observou pelo canto do olho enquanto guardava os mantimentos. Ele havia interrompido o que estava fazendo para afagar a cadela.

Tinha no rosto aquele ar de satisfação que as pessoas que de fato amam os cães tendem a exibir.

Até o momento, tudo bem.

— Bem, ela é bonita. Sim, você é bonita — acrescentou ele, alisando o animal, enquanto Barbie grunhia e se apoiava nele. — Você está tomando conta de cães?

— Não exatamente. Barbie é um amor. O dono dela morreu há algumas semanas. A filha tentou ficar com a cadela, mas o marido dela é alérgico. Há um neto, mas ele mora num prédio que não permite animais de estimação, ou seja, a pobre Barbie perdeu seu melhor amigo e não pôde ficar com a família dele. Então foi alojada em um canil. Tem permanecido lá nas últimas semanas enquanto a organização local tenta encontrar um bom lar para ela. Barbie é muito bem treinada, saudável e castrada. Mas as pessoas querem filhotes. Assim, fica difícil encontrar um dono para um animal mais velho. Principalmente porque a família do dono anterior quer que ela permaneça em Whiskey Beach. É a praia dela.

— Barbie, o cachorro da praia?

Eli sorriu e se agachou, enquanto Barbie rolava para que ele afagasse seu ventre.

Quase lá, pensou Abra.

— Barbie, a cadela da praia, seria mais exato. Mas ela é tão meiga que fica difícil chamá-la de cadela. Na verdade, eu pensei em ficar com ela. Cheguei a me candidatar, lá no canil. Mas, com os horários que tenho, não paro muito em casa. Não me pareceu justo, pois ela está acostumada a ter companhia. Ela é um *chesapeake bay retriever* misturado com alguma outra coisa. Os *retrievers* adoram estar junto com pessoas.

Abra fechou o último armário e sorriu.

— Ela realmente gostou de você. E você gosta de cachorros.

— Com certeza. Nós sempre tivemos cães. Na verdade, acho que a minha família vai trazer... — Ele aprumou o corpo e se imobilizou. — Espere um minuto.

— Você trabalha em casa.

— Eu não estou procurando um cachorro.

— As melhores coisas, às vezes, são as que nós não estamos procurando. E ela ainda tem uma grande vantagem.

— Qual?

— Barbie? Fale!

Sentando-se, o animal começou a latir alegremente.

— Ela sabe truques.

— Ela late, Eli. Eu tive a ideia quando ouvi o cachorro de Stanley latir quando nós o levamos em casa. Alguém está entrando na casa, passando pelo seu alarme sofisticado. Então, vamos usar uma coisa menos sofisticada. Cachorros que latem impedem arrombamentos de casas. Pode conferir no Google.

— Você acha que eu devo adotar um cachorro porque late quando mandam?

— Late quando ouve alguém se aproximando da porta e para de latir quando mandam. Está no histórico dela.

— Histórico? Você deve estar brincando.

— Não estou.

— A maioria dos cães late — argumentou Eli. — Com ou sem histórico, fotos na parede ou seja lá o que for que ela tem. Não é razão suficiente para se adotar um cachorro.

— Pois eu acho que vocês deveriam se adotar, agora. Ela late e precisa de um lar em Whiskey Beach; e vocês fariam companhia um ao outro.

— Cães precisam comer, beber e andar. Precisam de veterinários, equipamentos e atenção.

— Tudo verdade. A cadela já vem com suas vasilhas, comida, brinquedos, coleira e registros médicos, que estão atualizados. Foi criada por um homem com mais de oitenta anos e é muito bem comportada, como você pode ver. O fato é que realmente adora homens, fica mais feliz na companhia de homens, pois foi criada por um homem. Adora buscar coisas que são arremessadas, é ótima com crianças e late. Quando você precisar se ausentar por algumas horas, sempre haverá alguém em casa.

— O animal não é alguém. É uma cadela.

— Por isso é que late. Escute, por que você não tenta por alguns dias para ver o que acontece? Se não funcionar, eu fico com ela ou convenço Maureen a ficar com ela. Maureen é fácil de ser convencida.

A cadela permaneceu sentada como uma dama, olhando para ele com seus grandes olhos castanhos e a cabeça inclinada, como que perguntando: e aí, como é que fica?

Eli sentiu que estava cedendo.

— Homem nenhum deveria ter uma cadela chamada Barbie.

Vitória, concluiu Abra, e se aproximou dele.

— Isso nunca será usado contra você.

Educadamente, Barbie aninhou o focinho na mão dele.

Cedendo rápido.

— Alguns dias.

— É justo. Vou sair para pegar as coisas dela. Eu pensei em começar a limpeza pelo segundo andar hoje e vir descendo. Mas não vou usar o aspirador de pó lá em cima até você resolver sair de casa.

— Ótimo. Você sabe que isso foi uma cilada. E sabe que eu sei que você sabe.

— Eu sei. — Ela segurou o rosto dele entre as mãos. — Foi e eu sei que foi. — Ela pousou os lábios nos dele por alguns momentos. — Vou encontrar um jeito de compensar você.

— Isso é chantagem.

— Se *é!* — Ela riu e o beijou novamente. — Agora vou ter que compensar você duas vezes. Pode voltar ao trabalho — sugeriu ela, enquanto saía da cozinha. — Depois eu mostro a casa para Barbie.

Eli observou a cadela; a cadela observou Eli. Depois, levantou uma das patas, em um gesto convidativo. Somente um homem sem coração se recusaria a apertá-la.

— Parece que vou ter uma cadela chamada Barbie. Por alguns dias.

Quando ele começou a caminhar, Barbie o acompanhou, abanando a cauda entusiasticamente.

— Pelo jeito, você quer ir comigo.

Barbie o seguiu até o escritório. Quando ele sentou, a cadela se aproximou e cheirou o teclado. Depois saiu do aposento lentamente, fazendo as garras tamborilar no assoalho.

Tudo bem, pensou Eli. Barbie não era insistente. Ponto para ela.

Ele começou a trabalhar. A certa altura, imobilizou-se na cadeira e travou um debate consigo mesmo. Por fim, resolveu arriscar.

Enviou um e-mail para sua agente literária, que o acompanhava desde que ele ainda estava na faculdade de Direito. Disse-lhe que achava já ter material suficiente para ela dar uma olhada. Tentando ignorar as vozes pessimistas em sua cabeça, anexou os cinco primeiros capítulos e apertou o botão de enviar.

— Agora está feito — disse, dando um suspiro.

Para se distanciar das vozes pessimistas, decidiu sair de casa.

Ao se levantar, quase tropeçou na cadela, que entrara em silêncio no escritório e se aninhara atrás de sua cadeira.

Levantando os olhos, Barbie bateu polidamente com a cauda no chão.

— Acho que você é uma cachorrinha muito bonita.

A cauda se agitou com mais força.

— Quer dar um passeio na praia?

Ele não sabia a palavra-chave, nem se ela entendia frases completas. Mas Barbie se pôs de pé, com a alegria brilhando nos olhos. Agora, não era apenas a cauda que se agitava, e sim seu corpo todo.

— Vou tomar isso como um sim.

A cadela desceu a escada com ele. Quando ele pegou a coleira que Abra deixara sobre o balcão, voltou a abanar a cauda, acrescentando um alegre latido quando ambos entraram na lavanderia, onde Abra estava descarregando a secadora.

— Olá, vocês, como vão indo? — Abra depositou a roupa em um cesto e fez um carinho em Barbie. — O dia tem sido bom?

— Vou dar uma caminhada. Barbie quis vir comigo. — Ele pegou um casaco. — Por que você não vem também?

— Eu adoraria, mas tenho compromissos hoje.

— Seu patrão está lhe dizendo que você pode descansar um pouco.

Ela riu.

— Eu sou minha própria patroa. Você apenas me paga. Vá passear com Barbie. Vocês podem almoçar quando voltarem. Ah, pegue isso. — Ela tirou uma bolinha vermelha de uma cesta de brinquedos de cães que estava sobre a lavadora. — Ela gosta de buscar.

— Certo.

Ela também estava certa sobre a ser sua própria patroa, pensou ele. Ele admirava essa qualidade nela, a capacidade para encontrar e realizar trabalhos que a satisfaziam em muitos níveis. Antes, achava ter encontrado isso na advocacia, sendo a literatura apenas um passatempo criativo.

Agora estava mergulhado na literatura, e sua vida — sob diversos aspectos — dependia da reação de uma mulher de Nova York, dona de uma colorida coleção de óculos escuros, um forte sotaque do Brooklyn e um apurado senso crítico.

Melhor não pensar nisso agora, disse a si mesmo, enquanto descia a escada da praia, com Barbie. Mas como não conseguia deixar de pensar no assunto quando caminhava, enquanto a cadela trotava e abanava o rabo alegremente, ele parou e observou a praia.

Tecnicamente, Barbie deveria permanecer na coleira. Mas, que diabo, não havia ninguém na praia.

Ele a soltou, tirou a bola do bolso e a arremessou.

Barbie saiu em disparada, espalhando areia para todos os lados. Após abocanhar a bola, correu de volta até ele e a depositou a seus pés. Ele arremessou a bola outra vez, e mais outra, até perder a conta. Quando calculava bem o tempo, a cadela se mostrava rápida o bastante para saltar e abocanhar a bola ainda no ar.

E todas as vezes que trazia a bola de volta, eles sorriam um para o outro.

Ela não perseguia as aves, embora lhes lançasse olhares cobiçosos.

Em determinado momento, o garoto que havia dentro dele decidiu arremessar a bola na água para ver como Barbie reagiria.

Com um latido de puro deleite, ela se jogou no mar.

Nadava como um... bem, como um *retriever,* concluiu ele, rindo tanto que teve que apoiar as mãos nas próprias coxas. A cadela nadou de volta para a areia, com a bolinha vermelha nos dentes e uma selvagem felicidade faiscando nos grandes olhos castanhos.

Após largar a bolinha aos pés dele, ela se sacudiu. E o deixou encharcado.

— Que droga! — resmungou ele.

Mas arremessou a bolinha na água novamente.

Ele permaneceu fora de casa mais do que pretendia. Seu braço de arremesso parecia ter se transformado em espaguete cozido. Mas, ao retornarem à Bluff House, homem e cão se sentiam relaxados e satisfeitos.

257

Ao entrar na cozinha Eli avistou uma bandeja envolta em papel plástico sobre o balcão. Nela havia um sanduíche de frios com picles e uma tigela com salada de macarrão. Ao lado, um biscoito para cães no formato de um osso, sobre o qual havia um papel adesivo com os seguintes dizeres:

Adivinhe qual é e para quem.

— Engraçadinha. Acho melhor comermos.

Eli pegou o biscoito canino. Assim que o viu, Barbie se sentou. Seu olhar se tornou levemente ensandecido. Como um viciado em crack quando avista a droga, pensou ele.

— Pare com isso Barbie. Você é uma boa cachorrinha.

Ele almoçou no terraço, ao sol, com a cadela espichada ao lado de sua cadeira com ar satisfeito.

Tirando o problema dos assassinatos, pensou ele, sua vida estava muito boa naquele momento.

Ao subir para o segundo piso de novo, ouviu Abra cantando. Então deu uma olhada em seu quarto de dormir. Como o cão já entrara lá para explorar o ambiente, ele entrou também, para examinar a nova obra de arte feita com toalhas que Abra deixara sobre a cama.

Um cão, com certeza, pensou. Com um papel adesivo pregado no corpo, no qual ela escrevera:

BARBIE AMA ELI

Eli olhou ao redor e viu que Abra trouxera uma grande almofada marrom para o quarto. Estava no chão próximo às portas do terraço. Era óbvio, considerando o modo como a cadela se aboletou nela, que aquela almofada já lhe servira de cama.

— Sim, faça de conta que a casa é sua.

Deixando a cadela no quarto, ele seguiu o som da canção.

Abra abrira completamente as janelas do quarto de sua avó, embora ainda estivesse um pouco frio. Pendurado numa espécie de varal portátil, o edredom drapejava ao sopro da brisa.

E, embora Hester não estivesse ali, havia um vaso de violetas sobre a mesinha de cabeceira.

Um pequeno detalhe, pensou ele. Abra era boa em realizar pequenas coisas que faziam grandes diferenças.

— Oi. Como foi o passeio?

Ela retirou a capa de um travesseiro.

— Ótimo. Barbie gosta de nadar.

Abra sabia disso, pois os observara do terraço. E, enquanto os observava, seu coração simplesmente se derretera.

— Estar na praia, para ela, é uma necessidade.

— Sim. Ela agora está na cama dela, tirando um cochilo.

— Nadar cansa.

— Sim — disse ele de novo, contornando a cama e se aproximando dela. — O que você está fazendo?

— Como sua família está vindo, achei melhor arejar as roupas de cama para que elas fiquem fresquinhas.

— Bem pensado. Elas já me parecem arejadas e fresquinhas.

Ele começou a pressioná-la com o corpo, até que ela caiu sobre a cama, por baixo dele.

— Eli, meus compromissos.

— Você é sua própria patroa — lembrou ele. — Pode ajustar sua programação.

Ela aceitou a derrota quando as mãos e a boca de Eli entraram em ação, mas ainda ensaiou um débil protesto.

— Posso ajustar. Mas devo?

Ele levantou a cabeça enquanto removia a camiseta dela.

— Vou ficar com a cadela. Mas foi uma cilada — acrescentou ele, ao ver que o rosto dela se iluminava. — Portanto, você tem que me recompensar.

— Já que você vê as coisas por esse ângulo...

Ela arrancou a camisa dele.

— Alguém anda malhando.

Ela lambeu o peito dele.

— Um pouco.

— E ingerindo proteínas.

Ela enroscou as pernas na cintura dele e rolou até vê-lo sob seu corpo.

— Meu dever é limpar sua casa para merecer meu pagamento, não me deitar nua com você nesta cama antiga e maravilhosa.

— Pode me chamar de sr. Landon para aplacar sua consciência.

Ela riu gostosamente, sem desgrudar a boca da pele dele.

— Acho que minha consciência pode ser flexível, neste caso.

Ela era toda flexível, pensou ele. Aqueles braços longos, aquelas pernas longas, aquele tronco longo... Todo aquele conjunto que se movia sobre ele era macio e fluido, assim como seus cabelos desgrenhados que passeavam por sua pele.

Músculos que ele estava começando a reconhecer se retesavam, enquanto ela deslizava os lábios sobre a pele dele e suas mãos hábeis pressionavam, afagavam e apertavam seu corpo. Excitando, acalmando e seduzindo o já seduzido.

Nua na cama. Era como ele a desejava.

Ele removeu a calça elástica que ela usava, arrastando-a por suas pernas, explorando cada centímetro dela até chegar aos tornozelos e subindo de novo pela curvatura firme da panturrilha e da coxa até chegar ao núcleo quente e úmido.

Ela retesou o corpo e mergulhou as unhas no lençol, enquanto o prazer a dominava e a fazia estremecer. E aumentava, aumentava, aumentava até que ela se entregou e mergulhou no turbilhão de sensações.

Ela o enlaçou com os braços e o puxou, até que ambos os corpos permaneceram colados na cama.

Uma sensação de calor a inundou, fazendo seu sangue ferver sob a pele, enquanto a brisa penetrava pelas janelas abertas e os inundava.

O vento dançava entre seus cabelos, notou ele, enquanto o sol a banhava como se fosse ouro derretido. Era como se estivessem em alguma ilha perdida, sob o domo azul do céu, aspirando o ar salgado, ouvindo a voz incessante do mar e os guinchos zombeteiros das gaivotas.

Braços e pernas o envolveram — numa exigência, num convite, numa súplica. Ele aceitou o que ela lhe oferecia e lhe ofereceu o que ela pedia. Seu corpo mergulhou no dela, enquanto lábios insaciáveis se encontravam.

Movimentos cada vez mais rápidos e fortes. Ela inclinou a cabeça para trás e ele pousou os lábios em sua garganta, como que lhe sorvendo a pulsação descontrolada.

Então, ela gritou o nome dele, apenas o nome dele. E ele sentiu que perdia o pouco controle que ainda tinha sobre si mesmo.

◆ ◆ ◆ ◆

ᴇʟᴇ ᴇsᴛᴀᴠᴀ deitado de bruços e ela, de costas, ambos ofegantes. De olhos fechados, Abra deslizou a mão pela cama. Ao encontrar o braço dele, tateou-o até poder entrelaçar os dedos nos dele.

— Nossa, que pausa para o lanche da tarde.

— Meu tipo favorito de pausa — murmurou ele, com a voz abafada pelo colchão.

— Agora, sério, vou ter que me levantar e voltar ao trabalho.

— Deixe-me escrever uma justificativa para sua chefe.

— Ela não vai acreditar. É muito rigorosa.

Ele virou a cabeça e, com olhos sonolentos, observou o perfil dela.

— Não, não é.

— É que você não trabalha para ela. — Ela se curvou na direção dele. — Ela pode ser uma víbora.

— Vou contar a ela que você disse isso.

— Melhor não. Ela pode me despedir. E aí, quem vai limpar a casa?

— Você tem razão. — Ele a enlaçou com um braço. — Vou ajudá-la a terminar o trabalho.

Ela ensaiou uma recusa, rápida e gentil. Gostava de seguir uma rotina, e ele ficaria no caminho dela. Mas deixou acontecer... por hoje.

— Por que você não faz seu próprio trabalho?

— Vou tirar uma folga pelo resto do dia.

— Amor canino?

— Não. — Ele passou os dedos pelos cabelos dela e se sentou. — Como eu já tinha terminado e revisado uma boa parte, resolvi enviar esse bloco para minha agente.

— Que ótimo. — Ela se sentou ao lado dele. — Não é?

— Acho que vou descobrir nos próximos dias.

— Me deixe ler. — Ao vê-lo abanar a cabeça, ela revirou os olhos. — Tudo bem, entendi. Mais ou menos. Que tal me deixar ler pelo menos uma cena? Só uma. Uma página?

— Talvez. Mais tarde, talvez. — Mude de assunto agora, pensou ele, pois ela tinha um modo tortuoso de persuadi-lo a fazer as coisas. Como se ele fosse um cachorro. — Mas primeiro vou encher você de vinho para que você fique meio alta.

— Eu não posso ficar meio alta. Tenho que dar uma aula de ioga na minha casa.

— Em outro momento, então. Eu a ajudo a arrumar a bagunça que os policiais fizeram.

— Tudo bem. Você pode começar trocando a roupa de cama. É uma coisa básica.

Ela estava rolando para fora da cama quando a cachorra deu três latidos de advertência.

— Perfeito — murmurou Eli, pegando sua calça, enquanto Barbie descia as escadas, latindo feito louca. — Você venceu desta vez. — Ele vestiu a camisa. — E está nua.

— Posso dar um jeito nisso.

— Que pena. Arrumar a casa pelados teria sido divertido.

Ela sorriu, enquanto ele descia a escada às pressas, chamando a cadela.

Eli Landon, pensou ela, estava recuperando suas forças.

Ao chegar ao andar térreo, ele mandou a cadela parar de latir. Ela o surpreendeu fazendo exatamente isso e se postando ao lado dele.

Quando abriu a porta e viu os policiais, ele tentou dominar uma automática sensação de pânico e afastar a nuvem negra que geralmente surgia em seguida.

Pelo menos não era Wolfe, pensou.

— Detetive Corbett. Vinnie.

— Lindo cachorro — comentou Corbett.

— Ei, essa não é Barbie? — Quando a cadela soltou um breve latido e abanou o rabo, à guisa de cumprimento, Vinnie se abaixou para afagá-la. — Você ficou com a Barbie, a cadela do sr. Bridles! Ele morreu durante o sono, faz umas duas semanas. Uma vizinha foi ver como ele estava, como costumava fazer, e encontrou Barbie tomando conta da cama. Ela é uma ótima cadela.

Como que se lembrando do motivo de sua visita, Vinnie aprumou o corpo.

— Desculpe. Fiquei feliz em saber que ela está numa boa casa. É um animal excelente.

— Boa menina — observou Corbett. — Pode nos ceder alguns minutos, sr. Landon?

— A polícia sempre me pede isso — disse Eli.

Mas se afastou para que os homens entrassem.

— O xerife-assistente Hanson me falou sobre a última tentativa de arrombamento. Então, pedi a ele que viesse comigo falar contigo. Você teve chance de vasculhar a casa para verificar se há alguma coisa faltando ou fora de lugar?

— As coisas ficaram fora de lugar depois da revista. Nós ainda estamos arrumando a casa, mas até agora não encontramos nada faltando. O homem não é um ladrão, não no sentido clássico da palavra.

— Eu li sua declaração sobre os acontecimentos de ontem à noite, mas você se importaria de me contar tudo de novo?

Corbett levantou os olhos quando Abra, totalmente vestida, desceu a escada carregando um cesto de roupas.

— Srta. Walsh.

— Oi, detetive. Oi, Vinnie. Dia de faxina. Vocês aceitam um café? Alguma bebida?

— Não, obrigado. — Corbett mudou de posição na cadeira. — Você estava com o sr. Landon quando o arrombamento foi descoberto?

— Correto. Eu trabalho no Village Pub quase todas as noites de sexta. Quando Eli apareceu no pub, eram cerca de... que horas mesmo? Nove e meia, por aí. Ele e Stoney Tribbet ficaram no bar trocando mentiras.

— Stoney é uma figura local — explicou Vinnie.

— Ficamos lá até o fechamento — prosseguiu Eli. — Abra e eu levamos Stoney até a casa dele. Depois viemos para cá.

— O xerife-assistente Hanson registrou seu telefonema à uma hora e quarenta e três minutos.

— Certo. Nós viemos até a cozinha e vimos que o painel do alarme estava manchado. Então checamos a porta e encontramos marcas recentes de arrombamento. E, sim, trocamos o código. De novo.

— E acrescentamos um reforço — disse Abra, afagando o pelo de Barbie.

— Você viu algum carro que não reconheceu ou mesmo alguém na praia ou na rua?

— Não, mas eu também não estava procurando ninguém. Antes, eu já tinha saído para o terraço. Passei algum tempo lá, fazendo pesquisas em livros. Não reparei em nada nem em ninguém. Eu não pretendia ir ao bar. Nem disse a ninguém que iria. Foi um impulso.

— Você costuma ir ao bar nas sextas-feiras à noite?

— Eu só tinha ido lá uma vez.

— Você viu alguém no bar que tenha chamado sua atenção? Alguém agindo de forma estranha?

— Não.

— Bem, vou botar essas roupas na máquina de lavar — disse Abra, afastando-se alguns passos. De repente, parou e se virou. — Tônica com limão.

— Como?

— Não é nada. Tenho certeza de que não é nada. Mas é que servi uma mesa ocupada apenas por um homem que não reconheci. Ele sentou nos fundos, sozinho, e bebeu tônica com limão. Bebeu dois copos e pediu mais um, mas não ficou para beber o terceiro.

— Por que isso seria fora do comum? — perguntou Corbett.

— Quase todas as pessoas vão lá acompanhadas por amigos ou para ver os amigos. Se estiverem passando por acaso, tomam uma cerveja ou uma taça de vinho. Talvez o homem não bebesse ou apenas quisesse escutar a banda. O grupo é bom. Mas...

— Continue — encorajou Corbett.

— Relembrando os acontecimentos, acabei de perceber que ele saiu do pub logo depois que Eli chegou. Eu anotei o pedido dele, juntei com os outros e fui até o bar para entregar as comandas. Fiquei por ali alguns minutos, conversando com Stoney. Eu estava de frente para a porta principal e vi quando Eli entrou. Então, apresentei os dois e peguei meus pedidos. Quando fui até a mesa dos fundos, o homem tinha desaparecido. Deixou o dinheiro sobre a mesa.

— Eu conheço o bar. — Corbett semicerrou os olhos enquanto pensava. — Existe outra saída, mas é preciso passar pela cozinha.

— Correto. Acho que não teria visto o sujeito sair se ele tivesse saído depois que Eli entrou. Eu teria me virado, entende, e não estaria de frente para a porta. A menos que ele tenha saído pela cozinha, ele saiu do bar entre o momento em que Eli entrou e o momento em que eu fui levar a bebida dele. De qualquer forma, saiu cinco minutos depois de ter pedido a tônica.

— Você se lembra da aparência dele?

— Meu Deus. Vagamente. Branco, trinta e tantos anos, eu acho. Cabelos castanhos, ou louro-escuros... a luz é fraca lá. E longos, cobriam o colarinho. Não sei descrever a cor dos olhos. Nem a compleição dele, pois ele estava sentado. Tinha mãos grandes. Talvez eu me lembre mais se clarear minha mente.

— Você aceitaria trabalhar com um desenhista da polícia?

— Bem, sim, mas... Você acha realmente que ele pode ser o homem que entrou aqui?

— Vale a pena investigar.

— Desculpem. — Ela olhou de Eli para Vinnie. — Ontem à noite não me ocorreu que isso fosse importante.

— É por isso que fazemos investigações — disse Vinnie.

— Não sei se vou ser muito útil. Vocês sabem como é a luz lá, principalmente quando os músicos estão se apresentando. E ele estava sentado nos fundos, num canto mais escuro ainda.

— O que ele falou com você? — perguntou Corbett.

— Não muita coisa. Tônica com limão. Perguntei se ele estava esperando alguém, pois as cadeiras são muito valorizadas lá nos fins de semana. Ele apenas repetiu o pedido. Não era do tipo simpático.

— Nós providenciaremos o desenhista quando for conveniente para você. Vamos manter contato. — Como Barbie estava cheirando seus sapatos, Corbett se abaixou e lhe afagou a cabeça. — Ah, e um cachorro é uma boa ideia. Um cachorro latindo dentro de uma casa faz muitos ladrões pensarem duas vezes.

Enquanto Eli levava os policiais até a porta, Abra permaneceu parada, com o cesto de roupas apoiado no quadril.

— Me desculpe, Eli — disse ela, quando ele retornou.

— Por quê?

— Se eu tivesse me lembrado do cara na noite passada, nós já poderíamos ter um desenho. Também estou chateada porque não sei se vou conseguir dar uma boa descrição do homem. Realmente não prestei atenção no rosto dele, depois de ele ter deixado claro que queria ficar sozinho.

— Nós nem sabemos se ele está envolvido nisso. Se estiver, mesmo que você não se lembre muito bem do sujeito, já é mais do que nós tínhamos.

— Mais tarde vou meditar, para ver se consigo clarear minha mente e trazer a lembrança de volta. E não zombe da meditação.

— Eu não falei nada.

— Mas pensou. Vou colocar isso na lavadora. — Ela conferiu o relógio. — Estou atrasada, com certeza. Amanhã tiro algum tempo para preparar os aposentos que ficaram faltando. Agora vou terminar o quarto da sua avó e ver o que mais posso fazer até as cinco horas. Tenho umas coisas para fazer em casa antes da aula.

— Você volta depois da aula?

— Eu realmente tenho que fazer umas coisas. E vou querer minha casa limpa para poder meditar sem as suas vibrações céticas. Além disso, você e Barbie precisam cimentar a amizade de vocês. Volto amanhã. Tenho que botar essas roupas na máquina — murmurou ela, afastando-se às pressas.

— Agora estamos sós, Barbie — disse Eli.

Talvez fosse melhor. Ele estava se acostumando rápido demais com a presença de Abra. Talvez fosse melhor para ambos dispor de um pouco de tempo, de um pouco de espaço.

Mas ele não se sentiu melhor.

Capítulo 18

♦ ♦ ♦ ♦

$\mathcal{B}$LOQUEADA, CONCLUIU Abra. Ela estava bloqueada. Esta deveria ser a resposta. Ela meditara, tentara sonhar ativamente — sem ser muito boa nisto — e trabalhara com o desenhista da polícia. Mas seu tempo, seu esforço e o talento do artista só conseguiram produzir um esboço que se assemelhava a quase qualquer homem entre trinta e quarenta anos.

Qualquer homem, pensou ela, examinando sua cópia do desenho mais uma vez. Rosto magro e longo, cabelos castanhos um tanto desgrenhados e lábios finos.

Nem a respeito dos lábios ela tinha certeza, por falar nisso. Eram realmente finos ou ela os imaginara finos porque o cara lhe parecera um chato?

Seus poderes de observação eram nulos, pensou, cansada. Poderes que ela sempre considerara acima da média.

Claro, não havia nenhuma prova de que aquele cliente chato, que bebia água tônica com limão, tivesse algo a ver com o caso. Mesmo assim...

Não se podia fazer nada, pelo menos até depois da Semana Santa. Ela acrescentou a última bolinha prateada ao par de brincos de citrino e prata que estava confeccionando. Enquanto preenchia o cartão descritivo, imaginou a família de Eli a caminho da Bluff House.

Uma coisa boa. Outra coisa boa? A casa era perfeita para um feriado "de família". Tais pensamentos, pelo menos, afastavam de sua mente o lamentável malogro com o desenhista.

Ela queria fazer progressos, pensou, enquanto tirava os óculos que usava para ler e trabalhar com bijuterias. Desejava desempenhar um papel na identificação do intruso, admitia, desejava ajudar Eli a resolver seus problemas. E ainda havia a emoção de solucionar um mistério. Queria tornar tudo claro e ordenado, sabendo, sem sombra de dúvida, que a vida era tudo, menos clara e ordenada.

Agora não conseguia se livrar de uma incômoda sensação de contrariedade e de um subjacente desassossego.

Sua nova série de joias, pelo menos, ficara muito boa, disse a si mesma. Mas suas esperanças de que a energia criativa lhe desbloqueasse a mente não se concretizaram.

Ela dobrou sua mesa de trabalho e a guardou no minúsculo segundo quarto, no qual também depositou, em latas rotuladas, suas ferramentas e material de trabalho. Agora levaria sua nova produção para a loja de presentes. E talvez, com os lucros, comprasse alguma coisa para si mesma.

Decidiu ir a pé, para poder admirar os narcisos e jacintos que começavam a brotar alegremente, os coloridos ovos de Páscoa que pendiam das árvores e a vibrante floração das forsítias.

Ela sempre adorara o início de uma nova estação, fossem os primeiros brotos verdes da primavera ou as primeiras neves do inverno. Mas, naquele momento, estava atormentada pela ansiedade e arrependida por não ter passado na casa de Maureen, para convidá-la a ir até a cidade com ela.

Era uma idiotice achar que estava sendo observada. Uma reação residual ao que ocorrera na Bluff House. E também no farol, pensou, enquanto observava a torre branca e sólida. Ninguém a estava seguindo, embora ela não conseguisse resistir ao impulso de olhar por cima do ombro nem deixasse de sentir calafrios lhe percorrendo a espinha.

Ela conhecia aquelas casas, conhecia a maioria de seus moradores ou proprietários. Ao passar pelo Surfside Bed & Breakfast, resistiu a uma sensação de medo e ao impulso de correr de volta para casa.

Não se deixaria intimidar por seus próprios pensamentos tolos. Não se privaria do prazer de caminhar pelo lugar onde estabelecera seu lar.

E não pensaria em ser agarrada por trás em uma casa escura e vazia.

O sol brilhava, os passarinhos cantavam e o trânsito do feriado fluía preguiçosamente.

Mas ela soltou um suspiro de alívio quando finalmente entrou na cidade, com suas lojas, restaurantes e pessoas.

Era um prazer ver os clientes se reunirem diante da vitrine da loja de presentes. Turistas aproveitando o feriadão na praia, famílias, como as de Eli, que lá passariam o fim de semana. Ela fez menção de entrar na loja, mas avistou Heather atrás do balcão.

Ela deu então um passo para trás e começou a se afastar.

— Droga — murmurou. — Que droga.

Ela não via a vendedora desde que esta saíra correndo da aula de ioga, em lágrimas. Heather também não comparecera à aula em sua casa nem à aula seguinte. Raiva e ressentimento haviam impedido Abra de lhe telefonar para confirmar sua presença.

Energia negativa, disse a si mesma, e parou. Estava na hora de expelir aquilo, de reequilibrar seu *chi*. E, talvez, de romper aquele bloqueio de uma vez por todas.

Heather era quem era. Para ambas as partes, não havia sentido em alimentar rancores.

Ela se forçou a voltar e entrar na loja. Bons aromas, uma luz bonita, a agradável sensação de estar cercada de artesanato e objetos de arte. Pegue esta sensação, ordenou a si mesma, e fique com ela.

Com ar despreocupado, acenou para a outra vendedora, que atendia uma cliente. Não pôde deixar de notar que a mulher se contraíra. Era óbvio que Heather incutira seus preconceitos em suas colegas de trabalho.

Quem poderia realmente criticá-la?

Deliberadamente, Abra parou perto de Heather e aguardou sua vez com paciência, enquanto era propositalmente ignorada. Quando Heather terminou a venda, ela se adiantou.

— Oi. Quanto movimento. Só preciso de cinco minutos. Posso esperar até você ter tempo.

— Realmente não sei dizer quando vou ter tempo. Temos clientes. — Empertigada, apertando os lábios, Heather contornou o balcão e foi ao encontro de uma trinca de mulheres.

Abra se sentiu quase sufocada por um súbito sentimento de raiva. Então, respirou fundo e, impulsivamente, pegou um par de taças de vinho que admirava há semanas, mas que não tinha recursos para comprar.

— Com licença. — Com um sorriso estampado no rosto e as taças nas mãos, Abra se aproximou de Heather. — Você poderia me vender essas taças? Eu as adorei. Não são maravilhosas? — disse, olhando para as outras mulheres e recebendo interjeições admirativas.

Uma delas chegou a pegar duas taças de champanhe confeccionadas pelo mesmo artista.

— Dariam um ótimo presente de casamento.

— Não é mesmo? — Toda sorrisos, Abra revirou uma das taças à contraluz. — Amei esses pés trançados. Não há como errar aqui na Buried Treasures — acrescentou, sorrindo para Heather e lhe estendendo as taças.

— Claro. Se tiverem alguma dúvida, é só perguntar — disse Heather a uma das clientes.

Depois retornou ao balcão.

— Agora, sou uma cliente — informou Abra. — Em primeiro lugar, sentimos sua falta na aula.

Com os lábios ainda apertados, Heather pegou um pedaço de plástico-bolha e começou a embrulhar uma das taças.

— Tenho andado ocupada.

— Sentimos sua falta — repetiu Abra, e pousou a mão sobre a de Heather. — Lamento nós termos discutido e dito coisas que feriram seus sentimentos.

— Você fez com que eu parecesse uma intrometida, e eu... A polícia *estava* lá.

— Eu sei. Mas agora não está mais, porque Eli não fez nada. Alguém entrou duas vezes na Bluff House arrombando a porta. Temos certeza disso. Na primeira vez, ele me agarrou, seja lá quem for.

— Eu sei. Esse é outro motivo de eu estar preocupada.

— Eu agradeço sua preocupação, mas não foi Eli quem tentou me machucar. Ele estava em Boston. E não foi ele que... — Ela olhou em volta para se assegurar de que nenhuma cliente estava próxima o bastante para ouvir a conversa. — ... que atirou no detetive de Boston, pois eu estava com Eli quando isso aconteceu. Esses são os fatos, Heather, confirmados pela polícia.

— Os policiais revistaram a Bluff House.

— Porque são minuciosos. Pode ser que revistem meu chalé.

— Seu chalé? — Choque e uma genuína preocupação se estamparam no rosto de Heather. — Por quê? Isso é ridículo. Não é direito.

Barreira rompida, pensou Abra, diante da entonação ofendida da voz de Heather.

— É porque há um, só um, detetive de Boston que não aceita os fatos e as provas. Ele está perseguindo Eli há um ano. E agora começou a me investigar.

— Acho isso horrível.

— Eu também, mas, como nós não temos nada a esconder, ele que investigue o que quiser. Os policiais daqui também estão investigando. Eu acredito que serão mais capazes de descobrir o que aconteceu e quem é o verdadeiro culpado.

— Nós protegemos nosso pessoal — comentou Heather, repleta de orgulho cívico. — Mas tome cuidado.

— Tomarei cuidado.

Abra tentou não estremecer quando Heather registrou a venda das taças. Adeus, uniforme de ioga novo, pensou, enquanto enfiava a mão na bolsa para pegar seu cartão de crédito. Foi quando se lembrou das bijuterias.

— Já ia me esquecendo. Fiz mais uma dúzia de peças.

Ela as estendeu sobre o balcão, todas envoltas em plástico transparente.

— Dê uma olhada nelas e depois fale comigo.

— Vou fazer isso. Oh, adorei esses! — Ela exibiu os brincos de citrino e prata, as últimas peças que Abra confeccionara. — Pequenas luas e estrelas de prata. E o citrino é como se fosse o sol.

— São muito bonitos.

A mulher que pegara as taças de champanhe se aproximou do balcão.

— Abra é uma das nossas artistas. E acabou de trazer peças novas.

— Que sorte nossa! Oh! Joanna, venha ver esse colar. É a sua cara.

Trocando um olhar de satisfação com Heather, Abra lhe estendeu o cartão. A julgar pelo modo como as mulheres se aglomeravam em torno das novas peças, ela poderia adquirir seu uniforme de ioga novo.

♦ ♦ ♦

𝒯RINTA MINUTOS depois, cedendo a um impulso, ela comprou uma casquinha de sorvete. Estava voltando para casa com uma atitude mental muito mais positiva. Vendera na hora metade de suas peças novas, e mais duas outras do estoque que havia na loja. De fato, chegara o momento de comprar o uniforme novo, pensou. Já havia até adicionado o modelo no site de sua loja favorita.

Além disso, recebeu o suficiente pelas deslumbrantes taças de vinho.

Na primeira chance que tivesse, levaria Eli até seu chalé para um jantar à luz de velas, regado a vinho e então usaria as taças.

Naquele momento, porém, tentaria meditar de novo. Talvez com menos incenso. Geralmente preferia o ar fresco do mar, mas isso não vinha funcionando. Era preciso uma mudança, concluiu ela.

Assim que entrou em casa, ocupou-se em desembrulhar e lavar suas novas taças, que depois alinhou em uma das prateleiras da cozinha. Admirá-las reforçava sua atitude mental positiva.

Em seguida, pegou sua cópia do desenho, um lápis, um bloco e os levou para seu quarto, onde colocou tudo ao lado da almofada de meditação. Embora fosse uma artista medíocre, segundo sua própria avaliação, ela achava que conseguiria reproduzir as mudanças e acréscimos que lhe viessem à mente enquanto estivesse meditando. Já em meio aos exercícios respiratórios, ela foi até o armário para pegar a caixa na qual guardava os palitos de incenso, juntamente com os diversos suportes que colecionara ao longo do tempo.

Talvez o aroma de lótus, refletiu, para abrir o olho mental. Na verdade, deveria ter tentado isso antes.

Ela tirou a caixa da prateleira superior e a abriu.

Então, com um grito abafado, largou-a, como se houvesse uma cobra em seu interior.

Os palitos de incenso se espalharam pelo chão e os suportes caíram com estrépito. A pistola produziu apenas um som seco. Instintivamente, ela se afastou. Seu impulso seguinte foi sair correndo. Mas a lógica acabou entrando em ação.

Quem quer que tivesse posto a arma ali, não ficaria esperando, dentro da casa, que ela a encontrasse. A pistola fora colocada ali, pensou, recobrando o fôlego, para que a polícia a encontrasse.

O que significava que a pessoa que havia segurado aquela arma por último era um assassino.

Rapidamente, ela foi até o telefone.

— Vinnie, estou com um problema muito sério. Você pode vir até aqui?

Em menos de dez minutos, ela o recebeu à porta.

— Eu não sabia o que mais fazer.

— Você fez a coisa certa. Onde está?

— No quarto. Não toquei nela.

Após conduzir Vinnie até o quarto, ela se manteve afastada, enquanto ele se agachava para examinar a arma.

— Calibre 32.

— É do mesmo tipo da...

— Sim.

Vinnie se aprumou, tirou seu telefone do bolso e bateu diversas fotos.

— Você não está de uniforme — notou Abra. — Você não estava nem de serviço. Estava em casa com sua família. Eu não deveria...

— Abs. — Ele se virou, abraçou-a e lhe deu umas palmadinhas paternais nas costas. — Relaxe. Corbett vai querer ser informado disso.

— Eu juro que essa pistola não é minha.

— Eu sei que não é sua. Ninguém vai pensar que é. Relaxe — repetiu ele. — Nós vamos resolver isso. Você tem alguma coisa gelada?

— Gelada?

— Sim, Coca-Cola, chá, qualquer coisa.

— Ah, claro.

— Uma bebida gelada seria bem-vinda. Talvez você possa cuidar disso. Daqui a pouco, eu vou até a cozinha.

Ela sabia que ele lhe dera uma coisa para fazer com o propósito de acalmá-la.

Por isso, encheu uma panela com água e açúcar e a pôs para ferver no fogão. Enquanto isso, começou a espremer limões.

Quando Vinnie entrou na cozinha, ela estava despejando a mistura em uma jarra alta.

— Você não precisava fazer tudo isso.

— Isso me manteve ocupada.

— Limonada fresca. Feita na hora.

— Você merece. Diga a Carla que eu lamento ter interrompido o fim de semana de vocês.

— Ela se casou com um policial, Abra. Ela entende essas coisas. Corbett já está a caminho. Quer ver a pistola no local.

Ela queria ver aquela arma, com sua aura de morte, fora de sua casa.

— Depois vocês levam isso embora?

— Depois a levamos embora — prometeu ele. — Mas me conte o que aconteceu.

— Eu fui até a cidade e passei algum tempo na loja de presentes. Em seguida, comprei uma casquinha de sorvete e vim para casa.

Enquanto falava, ela despejou a limonada sobre cubos de gelo e pousou uma bandeja de biscoitos sobre a mesa.

— Eu não devo ter ficado fora mais que uma hora, uma hora e quinze minutos.

— Você trancou as portas?

— Sim, tenho sido cuidadosa depois dos arrombamentos na Bluff House.

— Quando foi a última vez que você abriu essa caixa?

— Eu não uso incenso com muita frequência. Aliás, já faz tempo que não compro incenso. Quando compro, acabo dando de presente. Mas estou divagando. — Ela tomou um gole de limonada. — Não sei exatamente quando foi, mas acho que há umas duas semanas. Provavelmente três.

— Você passa muito tempo fora de casa, grande parte desse tempo na Bluff House.

— Sim. Aulas de ioga, trabalhos de limpeza, compra de mantimentos. A pessoa que matou Kirby Duncan deve ter plantado a arma aqui, Vinnie, tentando me incriminar.

— Pode apostar que sim. Vou dar uma olhada nas portas e nas janelas, certo? Ótima limonada — acrescentou ele. — Ótimos biscoitos também.

Em vez de acompanhá-lo, Abra preferiu permanecer ali. Examinar seu chalé não deveria ser tarefa demorada. Era diminuto, tinha apenas três quartos, sendo que um deles, que mal poderia ser chamado de *closet,* servia como oficina. Além da cozinha e uma sala com jardim de inverno, que era seu principal atrativo. E dois pequenos banheiros.

Não, aquilo não iria demorar. Ela se levantou, aproximou-se de uma janela e contemplou o terraço dos fundos. Aquele generoso espaço ao ar livre era mais um atrativo do chalé. Quando o tempo estava bom, ela o usava tanto quanto a área interna. E havia aquela vista, a curva recortada do pequeno cabo encimado pelo farol, o mar e o céu.

Tudo o que sempre desejara. Uma fonte constante de tranquilidade e prazer.

Mas, agora, alguém violara seu lar. Alguém estivera dentro de sua casa, percorrera seus aposentos e deixara atrás de si um resquício de morte.

Ela olhou para Vinnie quanto este retornou, aguardando enquanto ele observava a porta e as janelas que davam para o terraço.

— Você deixou algumas janelas destrancadas, na frente e nos fundos.

— Sou uma idiota.

— Não é.

— Gosto de abrir a casa, para arejá-la. É uma obsessão. — Ela puxou os próprios cabelos. Era mais fácil que chutar a si mesma. — Estou surpresa por ter trancado algumas das janelas.

— Há algumas fibras de tecido enganchadas aqui. — Ele tirou uma foto da janela com seu celular. — Você tem pinças?

— Sim. Vou buscar.

— Eu não me lembrei de trazer um estojo — disse ele, enquanto ela se afastava. — Trouxe um saco para a pistola, mas não muita coisa mais. Deve ser Corbett — disse, ao ouvir uma batida na porta. — Quer que eu atenda?

— Não, já estou aqui.

Com uma pinça na mão, ela abriu a porta da frente.

— Detetive Corbett, obrigada por vir. Vinnie... o xerife-assistente Hanson está na cozinha. A arma... vou lhe mostrar.

Ela o conduziu até o quarto.

— Deixei cair a caixa... deixei cair tudo quando vi o que estava dentro da caixa. Fui pegar incenso e ela estava lá.

— Quando foi a última vez que você abriu a caixa?

— Provavelmente há três semanas, como eu disse a Vinnie. Hum, Vinnie tirou fotos — acrescentou, quando viu Corbett sacar uma câmera.

— Agora eu tenho as minhas. — Corbett se abaixou, pegou um lápis e o enfiou no guarda-mato da arma. — Você tem alguma arma de fogo, srta. Walsh?

— Não. Nunca tive. E nunca segurei uma arma de fogo. Nem mesmo de brinquedo. Minha mãe era radicalmente contra armas de brinquedo. Eu gostava de resolver enigmas e fazer trabalhos manuais... Estou divagando. É que estou nervosa. Não gosto de ter uma arma dentro de casa.

— Nós vamos levar essa arma conosco.

Corbett estava calçando luvas quando Vinnie entrou na sala.

— Detetive, encontrei algumas janelas destrancadas. Abra me disse que às vezes se esquece de trancá-las. Achei algumas fibras presas em uma das janelas dos fundos.

— Depois examinaremos isso. Quem esteve dentro da casa nas últimas semanas?

— Ah, eu dou aulas de ioga aqui. Uma vez por semana, à noite. Portanto, meus alunos estiveram dentro da casa. E os filhos dos meus vizinhos também entram aqui. Ah, meu Deus, as crianças. Isso está carregado? Essa coisa está carregada?

— Sim, está carregada.

— E se uma das crianças tivesse entrado aqui e... Estou sendo irracional. Eles não mexeriam na caixa, que estava na prateleira mais alta do meu armário. Mas se tivessem mexido...

Ela fechou os olhos.

— Algum operário, para fazer algum conserto? — Perguntou Corbett, tirando um saco de provas do bolso.

— Não.

— Senhorio, funcionário da tevê a cabo, alguma coisa assim?

— Não. Só meus alunos e as crianças.

— Eli Landon?

Abra lançou um olhar fulminante a Corbett, que se limitou a observá-la.

— Você disse a ele que sabe que ele é inocente.

— Mesmo assim, tenho que fazer a pergunta.

— Ele não esteve no chalé nas últimas semanas. Ele evita sair da Bluff House desde o primeiro arrombamento. Tive de insistir para que fosse comprar mantimentos, pois a família dele vem passar este fim de semana aqui.

— Tudo bem. — Corbett aprumou o corpo. — Vamos examinar as fibras.

Enquanto eles observavam as fibras e murmuravam, Abra permaneceu imóvel. Por fim, eles pegaram as fibras com a pinça e as enfiaram em um saco de provas.

— Você gostaria de tomar uma limonada, detetive? Acabei de fazer.

— Seria ótimo. Por que você não se senta?

Alguma coisa no modo como ele falou fez as mãos de Abra começar a suar. Ela serviu a bebida e se sentou à mesa.

— Você viu alguém rondando por aqui?

— Não. E não voltei a ver o homem do bar. Pelo menos, acho que não. Eu o reconheceria, embora não tenha ajudado muito com a descrição. Foi por isso que fui pegar o incenso. Achei que meditando me lembraria de mais coisas. E tenho andado nervosa nos últimos dias.

— Nervosa?

— Com tudo o que tem acontecido, não é de estranhar. Além disso... Alguém anda me seguindo.

— Você viu alguém?

— Não, mas sinto isso. Não é imaginação minha. Tenho quase certeza de que não é. Eu sei o que é ser seguida. Você sabe o que aconteceu comigo há alguns anos.

— Sim, sei.

— Estou sentindo a mesma coisa há vários dias.

Ela olhou pela janela que deixara destrancada, para a porta de vidro que dava para o terraço e para os vasos de flores variadas que distribuíra pelo terraço para que apanhassem sol.

— Eu saio muito de casa, e tenho passado a maioria das noites com Eli. E como fui descuidada o suficiente para não trancar as janelas, deve ter sido lamentavelmente fácil entrar aqui para deixar essa arma. Mas por quê? Não consigo entender por quê. E por que eu? Ou talvez eu entenda, mas é complicado. Se alguém quisesse me desacreditar e lançar dúvidas sobre o álibi de Eli, por que não plantou a arma na Bluff House quando entrou lá?

— Nós revistamos a casa antes que ele pudesse plantar a arma lá. Ou ele não pretendia deixar a arma. — disse Vinnie. — Desculpe, detetive. Me antecipei a você.

— Tudo bem. Nos últimos dias, Wolfe tem feito pressão para obter um mandado de busca para este chalé. Mas os superiores dele não estão lhe dando apoio. Nem os meus. Ele continua insistindo, no entanto. Alega ter recebido um telefonema anônimo. Segundo ele, a pessoa que telefonou lhe disse que avistou uma mulher de longos cabelos anelados se afastando do farol na noite em que Duncan foi assassinado.

— Entendi. — Um abismo se abriu em seu estômago. — Você iria encontrar a arma aqui. Então, eu teria matado Duncan ou seria uma cúmplice. Será que vou precisar de um advogado?

— Não faria mal, mas, no momento, tudo está parecendo o que é: uma armação. Isto não significa que não investigaremos mais.

— Tudo bem.

Corbett provou a limonada.

— Escute, srta. Walsh... Abra. Vou lhe dizer como a coisa está parecendo e como meu chefe irá interpretar os fatos. Se você estivesse envolvida no assassinato de Duncan, por que não jogaria a arma pelo penhasco? Principalmente depois que revistamos a Bluff House. Guardar a pistola no seu quarto, junto com um monte de incenso? Isso faria de você uma idiota, e não há nenhum indício de que você seja uma idiota.

Ainda sem confiança na voz, Abra assentiu com a cabeça.

— Você encontrou a arma e deu o alerta. Coincidentemente, o detetive que investiga o homicídio da esposa de Landon recebe um telefonema anônimo, de um celular pré-pago, transmitido de uma torre local, alegando que viu uma mulher com o seu tipo de corpo e cabelo sair da cena do crime na noite em questão. Isso, três semanas depois do assassinato.

— E o detetive Wolfe acreditou nele.

— Talvez sim, talvez não, mas ele gostaria de obter um mandado de busca. Tudo isso parece uma clamorosa armação, e malfeita, por sinal. Assim, acho que Wolfe não acreditou na história. Mas, como disse, ele gostaria de dar uma olhada na sua casa.

— Não há nada aqui. Nada... além dessa pistola.

— Nós daremos seguimento à investigação. Posso obter um mandado de busca, mas seria mais fácil se você nos desse sua permissão.

Ela não queria. A simples ideia a deixava enjoada. Mas, acima de tudo, queria que aquilo terminasse.

— Tudo bem. Procurem, olhem, façam o que tiverem de fazer.

— Ótimo. Quando terminarmos, queremos que você mantenha este lugar trancado, inclusive as janelas.

— Sim, vou fazer isso. E acho que vou passar a dormir na Bluff House ou na casa dos meus vizinhos até que... por enquanto.

— Melhor ainda.

— Eli precisa saber disso agora? — Ela deixou pender a mão, ao se dar conta de que estivera retorcendo o pingente de quartzo cinza que estava usando, e que ela mesma confeccionara na oficina. — É que a família dele vem aí. Provavelmente passarão a Páscoa aqui. Uma coisa dessas vai angustiar todo mundo.

— Se eu não precisar falar com ele novamente, não preciso lhe dizer nada.

— Ótimo.

— Eu convoquei um perito para procurar impressões digitais. Mas...

— Não vai haver nenhuma, mas é o procedimento.

— Isso mesmo.

Casa pequena, pensou ela. Aquilo não demoraria. Para não atrapalhar o procedimento, ela se manteve fora do caminho, saindo para o terraço de vez em quando. Era assim que Eli se sentira, concluiu, assim que ele devia ter se sentido quando a polícia chegara à casa dele para revistá-la em busca de provas. Naquele espaço de tempo, ele deve ter tido a sensação de que a casa não era dele. Que suas coisas não eram dele.

Vinnie saiu para o terraço.

— Eles já estão terminando. Nada — informou. — Nenhuma impressão digital na janela, na caixa ou no conteúdo da caixa. — Ele pousou a mão nas costas dela. — A revista é uma formalidade, Abs. O fato de você ter dado autorização sem necessidade de um mandado reforça o fato de que tudo isso foi uma armação.

— Eu sei.

— Quer que eu fique um pouco com você?

— Não, vá para junto da sua família. — Para pintar ovos de Páscoa com o filhinho dele, pensou. — Você não precisa ficar mais tempo.

— Quero que você me chame se acontecer alguma coisa. A qualquer hora.

279

— Chamarei. Pode contar com isso. Agora vou me arrumar um pouco e depois vou à Bluff House. Quero ver Hester.

— Dê a ela minhas lembranças. Posso esperar até você se arrumar.

— Não, estou bem. Estou melhor. É dia claro. Há pessoas na praia. Ele não tem nenhum motivo para me incomodar agora.

— Mesmo assim, tranque as portas e as janelas.

— Farei isso.

Ela o acompanhou até a porta. A vizinha da frente acenou para ela e continuou a cavucar seu jardim. Alguns garotos passaram de bicicleta.

Muita movimentação para que alguém tentasse entrar na casa, disse a si mesma. E nenhum motivo para fazê-lo.

Ela pegou um saco de lixo e foi até seu quarto. Ajoelhando-se, colocou nele tudo o que estava no chão, inclusive a caixa. Não tinha como saber no que ele havia tocado. Se pudesse, jogaria no lixo tudo o que havia dentro do armário.

Em vez disso, retocou e colocou algumas roupas e pertences em uma sacola, na qual enfiou também o desenho. Em seguida, arrumou a cozinha e embrulhou as tortas de ruibarbo que havia preparado-as.

Depois as levou até seu carro e voltou para pegar sua bolsa e a sacola. Quando trancou a porta da frente, sentiu o coração apertado.

Ela amava seu pequeno chalé, mas não sabia quando voltaria a se sentir segura dentro dele.

Capítulo 19

♦ ♦ ♦ ♦

GENTE, BARULHO e agitação enchiam a Bluff House. Eli havia se esquecido de como era estar em meio a tantas vozes falando ao mesmo tempo, a tantas atividades se sobrepondo umas às outras, a tantas perguntas para responder.

Após o choque inicial, ele descobriu que estava gostando da companhia e do caos. Gostando de levar bagagens para o segundo piso ou bandejas para a cozinha, gostando de ver sua sobrinha saltitar por todas as partes — e travar sérias conversas com a cadela — e gostando de ver a surpresa e a aprovação de sua mãe quando ele ofereceu a todos uma bandeja com frutas e queijo.

Mas seu maior prazer foi ver sua avó de pé no terraço contemplando o mar, enquanto uma leve brisa lhe agitava os cabelos.

Quando ele saiu para lhe fazer companhia, ela se recostou nele.

Em seu cantinho ensolarado, a velha cadela Sadie ergueu a cabeça, balançou um pouco a cauda e voltou a dormir.

— O sol aquece os velhos ossos — comentou Hester. — Os meus e os de Sadie. Sinto falta disso.

— Eu sei. — Ele pousou o braço em seus ombros. — E eu acho que a casa sente sua falta.

— Gosto de pensar que sim. Você plantou amores-perfeitos nos vasos.

— Abra plantou. Eu rego as plantas.

— Trabalho de equipe é uma coisa boa. Saber que você está aqui tem me ajudado, Eli. Não só pelo lado prático de ter alguém na casa, mas porque esse alguém é *você*. Pois eu acho que a casa também sentiu sua falta.

Uma sensação de culpa e remorso, já familiar, se apoderou dele.

— Sinto muito ter me afastado durante tanto tempo. E sinto, mais ainda, ter pensado que tinha de fazê-lo.

— Você sabia que eu detestava velejar?

Surpreso, ele olhou para ela boquiaberto.

— Você? Hester Landon, oficial da marinha? Pensei que você adorava.

— Seu avô adorava. Eu tinha que tomar um comprimido para não enjoar. Eu adoro o mar, mas quando estou em terra firme olhando para ele. Nós velejávamos juntos, Eli e eu, e não lamento nem um comprimido que tomei, nem um só minuto que passei no mar junto com ele. O casamento envolve uma série de concessões e, na melhor das hipóteses, as concessões constroem uma vida, uma parceria. Você fez uma concessão, Eli, e não tem por que pedir desculpas.

— Eu estava pensando em levá-la para velejar amanhã.

Ela riu, um riso breve e alegre.

— Melhor não.

— Por que você conserva o barco?

Quando ela se limitou a olhá-lo e sorrir, ele compreendeu. Por amor, pensou ele, e lhe deu um beijo no rosto.

Ela se virou e o olhou nos olhos.

— Então você tem um cachorro.

— Acho que sim. Ela precisava de um lugar para ficar. Eu sei como é se sentir assim.

— Um cachorro é um passo inteligente. — Ela o observou com mais atenção, apoiada na bengala.

— Você parece melhor.

— Espero que sim. E você parece melhor, vovó.

— Espero que sim. — Ela deu outra risada. — Éramos dois guerreiros feridos, não éramos, menino Eli?

— Estamos nos recuperando agora e ficando cada vez mais fortes. Volte para cá, vovó.

Ela suspirou, apertou o braço dele e, com o auxílio da bengala, caminhou até uma cadeira, na qual se acomodou.

— Ainda preciso me recuperar mais.

— Você pode se recuperar aqui. Eu ficarei com você, pelo tempo que precisar.

Algo brilhou nos olhos dela. Por um momento, Eli receou que fossem lágrimas, mas era apenas a luminosidade.

— Sente-se — disse ela. — Eu pretendo mesmo voltar, mas ainda não é o momento. Seria imprudente e pouco prático, pois os malditos médicos e fisioterapeutas estão em Boston.

— Posso levá-la para as consultas. — Ele não tinha se dado conta, não de fato, não até vê-la em pé no terraço contemplando o mar, do quanto desejava que ela voltasse. — Ou podemos providenciar para que você faça a terapia aqui.

— Meu Deus, como sua mente se parece com a minha! Eu pensei exatamente nisso, desde o momento em que acordei no hospital. A ideia de voltar para cá foi uma das coisas que mais me ajudaram na recuperação. Eu venho de uma linhagem forte, e o casamento com um Landon me deu mais força ainda. Eu fiz aqueles médicos passarem o diabo quando mellhore, quando consegui me pôr de pé novamente.

— Eles não sabiam quem era Hester Landon.

— Agora sabem. — Ela se recostou na cadeira. — Mas ainda falta um pouco. Eu preciso da sua mãe. Ah, preciso de seu pai também. Ele é um bom filho, sempre foi. Mas eu preciso de Lissa, bendita seja, por mais algum tempo. Já consigo ficar de pé, mas não pelo tempo que eu gostaria e pelo tempo que pretendo ficar. Portanto, vou permanecer em Boston até sentir que estou firme de novo. E você ficará aqui.

— Pelo tempo que você precisar.

— Ótimo, pois é justamente onde eu quero que você fique. Sempre quis. Eu às vezes me perguntava se seria a última pessoa da família Landon a residir na Bluff House. A última a morar em Whiskey Beach. Muitas vezes me perguntei se o motivo de eu nunca ter simpatizado com Lindsay não foi o fato de ela segurar você em Boston.

— Vovó...

— Bem, por mais egoísta que isso pareça, foi um dos motivos. Não o único, mas um deles. Eu teria aceitado o fato, ou tentado aceitar, se ela estivesse fazendo você feliz. Como a família de Tricia e o trabalho dela na Landon Whiskey a fazem feliz.

— Ela faz mágicas lá, não faz?

— Ela puxou seu avô e seu pai. Nasceu para isso. Você se parece mais comigo. Ah, nós podemos cuidar de negócios, se for preciso, não somos bobos. Mas o que nos atrai é a arte.

Ela estendeu o braço e deu umas palmadinhas na mão dele.

— Mesmo que você tenha se decidido pela carreira jurídica, escrever é o que mais faz você feliz.

— Parecia uma coisa divertida demais para ser uma profissão. E agora que virou uma profissão vi que é algo muito mais trabalhoso. Quando eu estava na carreira jurídica, tinha a impressão de que havia me dedicado a uma coisa importante, sólida. Mais do que ficar sonhando acordado diante de uma folha de papel.

— Escrever é só isso? Sonhar acordado?

— Não. Lindsay é que dizia isso. — Ele quase havia se esquecido. — Não por maldade, mas... um punhado de contos não era uma coisa impressionante.

— Ela preferia o que era impressionante. Não estou falando por maldade. Ela era quem era. Mas naquela série de concessões a que me referi, Lindsay raramente cumpria a parte dela. Não que eu pudesse ver. As pessoas que dizem que não se deve falar mal dos mortos simplesmente não têm coragem de dizer o que pensam.

— Você tem coragem de sobra. — Ele não esperava que a conversa se desviasse para Lindsay, não ali com sua avó. Mas talvez aquele local fosse um bom lugar para encerrar o assunto. — Ela não teve culpa.

— Raramente a culpa é de uma pessoa só.

— Eu achei que nós abriríamos nosso próprio caminho, que compartilharíamos nossas forças, nossas fraquezas e nossos objetivos. Mas me casei com uma princesa. Era assim que o pai dela a chamava. Princesa.

— Ah, sim, me lembro disso.

— Ela sempre teve o que quis. Foi criada para acreditar que poderia e deveria ter o que quisesse. Era naturalmente charmosa, incrivelmente linda e acreditava piamente que teria uma vida perfeita, do jeito que imaginava.

— E a vida não é uma série de contos de fadas, nem mesmo para uma princesa.

— Acho que não — concordou ele. — Acabou que, comigo, a vida dela não era perfeita.

— Ela era jovem e mimada. Mas se tivesse tido oportunidade poderia ter amadurecido e se tornado menos egocêntrica. Ela tinha charme e um olho excelente para as artes, para decoração, para a moda. Com tempo, poderia ter tirado proveito disso e conseguido alguma coisa. Mas a verdade nua e crua é que não era sua companheira, sua parceira ou o amor de sua vida. Você não era dela.

— Não — reconheceu ele. — Nós não éramos feitos um para o outro.

— O melhor que se pode dizer é vocês dois cometeram um erro. Ela pagou caro demais por esse erro, e eu lamento isso. Era uma mulher jovem, linda, e sua morte foi injustificável e cruel. Caso encerrado.

Não, pensou Eli. Não até que o responsável pagasse.

— Tenho uma pergunta para lhe fazer — continuou Hester. — Você é feliz aqui?

— Eu seria louco se não fosse.

— E consegue trabalhar bem aqui?

— Muito melhor do que esperava ou desejava. Na maior parte do ano passado, escrever era uma válvula de escape, um modo de escapar dos meus próprios pensamentos ou de pensar em outras coisas. Agora é meu trabalho. E quero ser bom nesse trabalho. Acho que o fato de estar aqui tem me ajudado nisso.

— Porque aqui é o seu lugar, Eli. Você pertence a Whiskey Beach. Todos nós conhecemos a vida de Tricia, sua família, o lar dela é em Boston. — Ela olhou para trás, onde Selina estava esparramada diante das portas, ao lado de uma exultante Barbie. — Aqui é um lugar para ela vir, para passar um fim de semana, algum feriado de verão ou de inverno. Não é um lar para ela, nunca foi.

— É seu lar, vovó.

— Pode acreditar que é. — Ela levantou a cabeça e contemplou os botões de amores-perfeitos e as ondas do mar. Seu olhar se tornou mais profundo e terno. — Eu me apaixonei por seu avô nessa praia, numa inebriante noite de primavera. Eu sabia que ele seria meu, que nós viríamos morar nesta casa, que criaríamos nossos filhos aqui e aqui viveríamos nossas vidas. É a minha casa e o que é meu tenho liberdade para doar.

Ela se virou para Eli, seu olhar mais duro.

— A menos que você me diga, e me faça acreditar, que não quer a casa e que não pode viver sua vida aqui nem ser feliz aqui, vou tomar providências para transferi-la para você.

Atordoado, ele só conseguiu ficar olhando para ela.

— Vovó, você não pode me dar a Bluff House.

— Posso fazer exatamente o que quiser, menino. — Ela bateu com um dedo no braço dele. — Como sempre fiz e pretendo continuar a fazer.

— Vovó...

Ela bateu com o dedo de novo, dessa vez como um sinal de advertência.

— A Bluff House é um lar, e um lar é feito para que pessoas vivam nele. Será seu legado e sua responsabilidade. Só preciso saber se você está disposto a fazer dela seu lar, se está disposto a permanecer aqui, quando eu voltar e quando eu me for. Existe algum outro lugar onde você prefira morar?

— Não.

— Bem, então está combinado. É uma coisa a menos para me preocupar. — Dando um suspiro de satisfação, ela voltou a olhar para o mar.

— Simples assim?

Ela sorriu e pousou a mão sobre a dele, agora delicadamente.

— A cadela decidiu tudo.

Enquanto ele ria, Tricia surgiu à porta do terraço.

— Se vocês dois conseguirem sair daí, está na hora de pintar ovos de Páscoa.

— Vamos lá. Me dê a mão, Eli. Eu consigo me sentar, mas tenho dificuldade para me levantar.

Ele a ajudou a se pôr de pé e passou os braços em torno dela.

— Vou cuidar bem da casa, prometo. Mas volte logo.

— A ideia é essa.

♦ ♦ ♦ ♦

HESTER LHE dera um monte de coisas para pensar, mas pintar ovos de Páscoa junto com uma criança — para não mencionar o avô dela, com cinquenta e oito anos, mas muito competitivo — tornava pensar difícil.

Portanto, Eli se deixou levar. Quando a campainha da porta soou, poças de tinta se espalhavam pelos jornais que cobriam o balcão da cozinha.

Com a cadela a seu lado, Eli abriu a porta para Abra, que trazia sacolas penduradas nos dois ombros e estava segurando uma bandeja coberta.

— Desculpe, mas não me sobraram mãos para abrir a porta.

Ele sorriu e se curvou sobre a bandeja para beijá-la.

— Eu já ia lhe telefonar. — Ele pegou a bandeja e se afastou para que ela passasse. — Achei que você chegaria antes. Mas, com muito esforço, consegui reservar alguns ovos para você.

— Obrigada. Eu tinha uns assuntos para resolver.

— Alguma coisa errada?

— O que poderia estar errado? — Ela pousou as sacolas. — Olá, Barbie. Olá. — Era melhor ser evasiva do que dar notícias desagradáveis em uma festa de família. — Fazer tortas leva tempo.

— Tortas?

— Tortas. — Ela pegou a bandeja de volta e o acompanhou até os fundos da casa. — Pelo jeito, parece que todos já estão à vontade.

— Como se estivessem aqui há uma semana.

— Isso é bom ou ruim?

— Bom. Muito bom.

Ela comprovou isso por si mesma assim que entrou na cozinha. Todo mundo se postara ao redor do balcão da cozinha. Ovos, pintados em vários níveis de habilidade e criatividade, estavam empilhados em caixas. Ela conseguiu sorrir quando as atenções se concentraram nela, tentando deixar aquele dia horrível para trás.

— Feliz Páscoa. — Ela pousou as tortas sobre o balcão da pia e se virou imediatamente para Hester, a quem enlaçou com os braços. Fechando os olhos, ela balançou um pouco. — É bom demais ver você aqui.

— Deixe-me ver você. — Hester a afastou um pouco. — Senti sua falta.

— Preciso visitar você com mais frequência.

— Com suas atividades? Vamos sentar. Uma taça de vinho para você e um Martini para mim, e você me conta todas as fofocas. Não tenho vergonha nenhuma de dizer que senti falta das fofocas também.

— Você está quase atualizada, mas posso desenterrar mais alguns mexericos em troca de vinho. Rob. — Abra se ergueu na ponta dos pés para abraçar o pai de Eli.

Eli a observou cumprimentando sua família. Abraçar era uma coisa natural nela, o contato físico, o toque íntimo. Mas vê-la com seus parentes o fez constatar que ela estava entrelaçada na vida deles de modos que ele não havia compreendido.

Ele estivera... afastado, pensou. Permanecera à margem. Por tempo demais.

Em questão de minutos, ela estava lado a lado com sua irmã, usando um lápis de cera para pintar um ovo e conversando sobre possíveis nomes para o novo bebê.

Seu pai o levou para um canto.

— Enquanto elas estão terminando o trabalho aqui, me leve até lá embaixo e me mostre aquele negócio no porão.

Uma incumbência não muito agradável, mas necessária. Eles desceram a escada e começaram a caminhar. Quando passaram pela adega, Rob se deteve e pôs as mãos nos bolsos da calça.

Ele transmitira sua estatura, sua compleição e os olhos dos Landons para o filho.

— Na época da minha avó, toda essa área era cheia de geleias, compotas, frutas e hortaliças, caixas de batatas e de maçãs. Para mim, aqui tinha sempre cheiro de outono. Sua avó continuou a tradição, mas em menor escala. A era das festas magníficas já havia terminado.

— Eu me lembro de algumas festas magníficas.

— Nada que se comparasse com as da geração anterior — disse Rob, enquanto se moviam. — Eram centenas de pessoas. Dezenas delas permaneciam dias aqui, e até semanas, durante o verão. Para isso, eram necessários tempo ocioso, um armazém cheio de comidas e bebidas e um exército de criados. Meu pai era um homem de negócios. Se tivesse uma religião, seria a religião dos negócios, não a da vida social.

— Eu não sabia que havia passagens para os criados. Acabei de saber.

— Para meu grande desapontamento, quando eu era garoto, elas foram fechadas antes de eu nascer. Mamãe ameaçou fazer a mesma coisa com algumas partes do porão. Eu gostava de entrar lá com meus amigos. Sabe Deus por quê.

— Eu fiz a mesma coisa.

— Você acha que eu não sabia? — Rob riu e deu uma palmada no ombro de Eli. Quando chegaram à área antiga, ele parou novamente. — Deus do Céu. Você me disse que era grande, mas eu não acreditei muito. Que tipo de loucura é essa?

— Febre do tesouro, eu acho. Não existe outra coisa que faça sentido.

— É impossível ser criado em Whiskey Beach e não se deparar com a febre do tesouro ou mesmo se contagiar levemente.

— E você?

— Quando eu era criança, acreditava fervorosamente no Dote de Esmeralda. Pesquisava em livros, caçava mapas. Tomei lições de mergulho para me tornar caçador de tesouros. Superei isso, mas uma parte de mim ainda tem dúvidas. Só que isso... isso não faz sentido. E é perigoso. A polícia não tem pistas?

— Não até o momento; pelo menos não me informaram nada. Mas eles têm um assassinato para desvendar.

Eli já havia pensado no assunto, pesado os prós e os contras de contar tudo a seu pai. Mas até o momento não sabia que já havia tomado sua decisão.

— Acho que os casos estão relacionados.

Rob olhou para o filho.

— Acho que devemos levar nossos cachorros para passear. Então, você me explica por quê. E como.

◆ ◆ ◆ ◆

ABRA ESTAVA sentada ao lado de Hester na sala de estar.

— Isso é ótimo — disse. — Já estava sentindo falta.

— Você cuidou maravilhosamente bem da casa. Eu sabia que você conseguiria. — Ela apontou para os potes de flores no terraço. — Trabalho seu, eu soube.

— Tive alguma ajuda. Mas Eli não gosta muito do trabalho de jardinagem.

— Isso pode mudar. Ele já mudou, desde que veio para cá.

— Ele precisava de tempo, de espaço.

— É mais do que isso. Tenho tido vislumbres da pessoa que ele era, misturados com a pessoa que ele está se tornando. Isso faz bem ao meu coração, Abra.

— Ele está mais feliz do que quando chegou. Parecia muito triste, muito perdido e, por trás de tudo isso, muito enraivecido.

— Eu sei. Ele já está melhor do que esteve em todo o ano passado. Ele se deixou envolver porque tinha feito umas promessas e manter promessas é uma coisa importante para ele.

— Ele amava a esposa? Não me sinto bem em perguntar isso a ele.

— Acho que ele gostava de algumas características dela e queria alcançar o que achava que eles poderiam conseguir juntos. Queria isso o suficiente para manter a promessa.

— Promessas são coisas assustadoras.

— Para algumas pessoas são. Para pessoas como Eli. E como você. Se o casamento dele tivesse sido feliz, ele poderia ter se tornado outra pessoa, outra combinação de si mesmo. Alguém feliz na atividade jurídica, feliz com sua vida em Boston. E teria mantido a promessa. Eu teria perdido o menino que foi criado em Whiskey Beach, mas tudo bem. O mesmo se pode dizer a seu respeito.

— Acho que sim.

— Ele está vendo gente?

— Ele gosta de ficar sozinho, mas isso faz parte do trabalho que ele escolheu. Mas sim. Ele e Mike O'Malley parecem ter se entendido e ele reatou a amizade com Vinnie Hanson.

— Ah, aquele garoto. Quem diria que aquele surfista seminu, vadio e maconheiro acabaria sendo xerife-assistente?

— Pelo jeito, você sempre gostou dele.

— Ele era muito gentil. Fico feliz em saber que Eli reatou com ele e se tornou amigo de Mike.

— Acho que Eli sabe fazer amigos e os mantém com facilidade. Ah, ele passou quase uma noite inteira batendo papo com Stoney no pub. Eles *realmente* se deram bem.

— Meu Deus. Espero que alguém o tenha levado para casa, e não estou me referindo a Stoney.

— Nós viemos a pé. — Abra percebeu as implicações do "nós" quando as sobrancelhas de Hester se ergueram.

— Bem que eu desconfiava. — Com um leve sorriso, Hester ergueu sua taça de martíni. — Lissa ficou muito empolgada quando soube que você passaria o fim de semana conosco.

— Eu não queria criar nenhum constrangimento, Hester. Você significa muito para mim.

— Por que isso iria criar um constrangimento? Quando pedi a Eli que viesse para cá, eu esperava que ele encontrasse tempo e espaço, e encontrasse a si mesmo. E esperava que vocês dois... começassem a vir juntos para casa.

— É mesmo?

— Por que não? Na verdade, eu pretendia dar uma forcinha, se fosse necessário, quando me recuperasse totalmente. Você está apaixonada por ele?

Abra tomou um gole de vinho.

— Você é rápida.

— Estou velha. Não posso perder tempo.

— Velha, o cacete.

— Não tão velha que não tenha reparado que você não respondeu à pergunta.

— Eu não sei a resposta. Eu adoro ficar com ele e ver que ele está se transformando do jeito que você descreveu. Sei que as coisas estão complicadas para nós dois, mas não deixo de me sentir feliz.

— Complicações fazem parte da vida. — Sem se apressar, Hester provou uma das duas azeitonas que estavam na sua taça. — Eu soube de algumas coisas que aconteceram aqui, mas não tudo, eu acho. Todo mundo pisa em ovos para falar comigo. Eu tenho uma lacuna na minha memória, mas minha cabeça funciona perfeitamente.

— Claro que sim.

— E o resto de mim logo estará igualmente bem. Sei que alguém entrou na Bluff House arrombando a porta, o que é uma coisa angustiante. Sei que alguém foi morto e que a polícia vasculhou a casa, o que é mais angustiante ainda.

— O detetive encarregado da investigação não considera Eli um suspeito — disse Abra rapidamente. — Na verdade, ele acredita que Eli também não teve nada a ver com a morte de Lindsay.

Com uma expressão de alívio combinado com contrariedade, Hester se recostou na cadeira.

— Por que ninguém me contou *isso?*

— Imagino que eles não queriam perturbar você, contando tudo o que aconteceu. Mas, por pior que tenha sido, o que aconteceu despertou Eli. Ele está furioso, Hester, muito furioso. E está pronto para reagir. Isso é uma coisa boa.

— Uma coisa muito boa. — Hester olhou o mar pela janela. — E aqui é um bom lugar para resistir.

— Desculpem eu interromper. — Lissa entrou na sala e deu uma pancadinha sobre seu relógio de pulso.

— Ah, é a carcereira — proclamou Hester.

— Hester, você precisa repousar.

— Estou sentada. E bebendo um excelente Martini. Estou repousando.

— Nós fizemos um trato.

Bufando, Hester engoliu o resto do Martini.

— Tudo bem, tudo bem. Tenho que tirar uma soneca, que nem a pequena Sellie.

— Quando isso não acontece, você fica tão irritada quanto Sellie, quando ela não tira a soneca.

— Minha nora não acha nada demais me insultar.

— É por isso que você me ama — disse Lissa, ajudando Hester a se levantar.

— Essa é uma das muitas razões. Mais tarde a gente conversa — disse ela a Abra.

Sozinha, Abra cedeu a um momento de depressão, de preocupação. Deveria dar uma desculpa e voltar correndo para casa? Para quê? Para se certificar de que ninguém entrara lá para deixar outros indícios incriminadores?

Ela não tinha nada a ganhar com uma preocupação obsessiva que corroesse sua mente. Era melhor permanecer ali na companhia de pessoas. Era melhor aproveitar o momento.

Só Deus sabia o que aconteceria depois.

Levantando-se, ela foi até a cozinha. Gostaria de cozinhar alguma coisa, percebeu, mas, no momento, era uma convidada, não a governanta. Portanto, não tinha liberdade de movimentos.

Ela deveria levar suas coisas para cima e arrumar os pequenos presentes que confeccionara para a família.

Precisava se manter ocupada.

Ela se virou quando Lissa entrou.

— Hester sempre reclama da soneca, mas dorme como uma pedra durante uma hora.

— Ela sempre foi muito ativa e independente.

— E eu não sei? De qualquer forma, uma soneca de uma hora não é nada. Logo depois do tombo, ela raramente permanecia acordada por mais de uma hora. Ela contrariou todas as previsões, o que não é de estranhar. Isso aí parece bom.

— Deixe eu lhe servir uma taça. Eu estava me perguntando o que posso fazer para ajudar. Com o jantar ou qualquer outra coisa.

— Ah, eu vou chamá-la para ajudar na cozinha. Eu consigo me virar na minha cozinha quando Alice permite. Mas não sou nenhuma Martha Stewart.* Você deve ser uma excelente cozinheira.

— Sério?

— Hester disse que você é e estou vendo a prova por mim mesma. Eli está ganhando peso em vez de perder. Devo isso a você.

— Eu gosto de cozinhar e ele se lembrou de que gosta de comer.

— E também se lembrou de que gosta de cachorros, de passeios na praia e de companhia. Sou grata a você, Abra.

— Gosto de lembrar coisas a ele.

— Não é de estranhar. Nós já nos dávamos bem antes de vocês começarem a sair juntos.

---

* Personalidade da TV americana que atualmente apresenta um programa de culinária. (N.T.)

293

— Tem razão. — Abra deu um suspiro. — Eu não me envolvia com alguém há muito tempo, principalmente com alguém de uma família tão unida. Posso falar a verdade? Estou tão acostumada a fazer as coisas aqui que não sei bem o que devo ou não fazer na condição de convidada.

— Por que não eliminamos a palavra *convidada* e consideramos que somos todos uma família? Hester considera você como parte da família. Eli também. Por que não começamos por aí?

— Isso seria bom. Assim, eu poderia parar de me reprimir.

— Pedi ao Max para levar suas coisas para o quarto de Eli. — Lissa sorriu descontraidamente e deu uma piscada. — Não vejo sentido em você ficar se reprimindo.

Surpresa, Abra riu e assentiu com a cabeça.

— Isso simplifica tudo. Porque você não me diz o que pretende preparar para o menu do fim de semana e eu começo a trabalhar?

—- Podemos fazer isso. Mas, como dispomos de alguns minutos, eu gostaria que você me dissesse exatamente o que aconteceu. Eli saiu com o pai, usando aquela linda cachorrinha e a velha Sadie como pretexto para lhe contar todos os detalhes que não nos contou. Para evitar que as mulheres da família esquentem as lindas cabeças.

Abra pousou as mãos nos quadris.

— É mesmo?

— Não é tão mau assim, mas não está longe da verdade. Eu também vivi este último ano, Abra. Vivi todos os dias. Todas as horas. Quero saber o que está acontecendo com meu filho.

— Então vou lhe contar.

◆ ◆ ◆ ◆

*A*BRA ESPERAVA ter feito a coisa certa, mas não havia outra opção. Perguntas diretas merecem respostas diretas. Agora, como ela confiara em Lissa, ambos os pais de Eli sabiam de tudo.

Não havia mais necessidade de omitir os detalhes desagradáveis.

Mas o que ela mesma estava fazendo?, perguntou a si mesma. Não estava omitindo detalhes desagradáveis? Eli, com certeza, tinha direito de saber sobre a arma plantada em seu chalé e sobre a busca efetuada pela polícia. Não deveria ela confiar nele e revelar tudo?

— Aí está você. — Descabelado e sorridente, Eli entrou na sala. — Barbie me abandonou para ficar com meu pai e com Sadie, sua nova melhor amiga. Acho que ela é meio maria vai com as outras.

— Ainda bem que ela foi esterilizada. Algum cachorro simpático poderia seduzi-la.

— Estou realmente feliz por você estar aqui. Eu contei tudo ao meu pai, com todos os detalhes sórdidos e lamentáveis. Achei que já era tempo.

— Ótimo, porque acabei de fazer a mesma coisa com sua mãe.

— Minha...

— O vento sopra dos dois lados, Eli. Ela me fez uma pergunta direta. Eu respondi. E vai se preocupar menos sabendo de tudo do que especulando.

— Eu só queria que ela se sentisse segura e livre de preocupações durante alguns dias.

— Eu entendo. Pensei a mesma coisa. Foi por isso que eu não... Foi Hester que gritou?

Ao ouvir o grito, Eli saiu da sala antes mesmo que Abra terminasse a pergunta e correu até o quarto de sua avó. Abra o seguiu de perto.

Ao entrar no quarto, viu Hester sentada na cama, branca como um lençol e ofegante. As mãos que estendeu para Eli tremiam.

Abra disparou até o banheiro para buscar água.

— Tudo bem. Eu estou aqui. Fique calma, vovó.

— Aqui, Hester, beba um pouco de água. Lembre-se de respirar. — A voz de Abra era como um bálsamo sobre um ferimento. — Segure o copo para ela, Eli, enquanto eu arrumo os travesseiros. Quero que você relaxe agora e respire.

Hester segurou com força a mão de Eli e bebeu lentamente, antes de deixar que Abra acomodasse suas costas nos travesseiros.

— Ouvi um barulho.

— É que eu vim correndo — explicou Eli. — Não pensei que...

— Não. — Hester abanou a cabeça e olhou fixamente para Eli. — Naquela noite. Naquela noite, eu ouvi um barulho. Eu me levantei porque ouvi um barulho. Eu me lembro... Eu me lembro de ter levantado.

— Que tipo de barulho?

— Passos. Eu achei... achei que estava imaginando coisas. Casas velhas fazem barulho. Já estou acostumada. Pensei que tivesse sido o vento, mas quase não estava ventando naquela noite. Devia ser a casa rangendo, como uma mulher idosa. Então, decidi fazer um chá, usando aquela erva especial que você me deu, Abra. É calmante. Tomaria o chá e depois voltaria a dormir. Eu me levantei da cama, com a intenção de descer a escada e ir até a cozinha. Só me lembro de fragmentos. Está tudo fragmentado.

— Tudo bem, vó. Você não precisa se lembrar de tudo.

Ela apertou a mão dele com mais força.

— Eu vi alguma coisa. Vi alguém. Alguém dentro de casa. Será que corri? Será que caí? Não me lembro.

— Quem você viu?

— Não sei direito. — A voz dela estava muito fraca. — Não consigo ver o rosto. Tentei descer a escada, mas ele estava atrás de mim. Acho... acho que não podia subir; então, corri para baixo. Estou ouvindo, estou ouvindo o homem correndo atrás de mim. Não consigo me lembrar de mais nada, até acordar no hospital. Você estava lá, Eli. Foi a primeira pessoa que vi quando acordei. Quando vi você, eu soube que tudo ficaria bem.

— Você está bem.

Eli beijou a mão dela.

— Havia alguém na casa. Eu não sonhei isso.

— Não, você não sonhou isso. Não vou deixar que ele volte, vovó. Ele não vai machucar você de novo.

— É você que está morando na casa agora, Eli. Você precisa se proteger.

— Vou me proteger. Prometo. Sou o responsável pela Bluff House agora. Confie em mim.

— Mais do que em qualquer outra pessoa. — Ela fechou os olhos durante alguns momentos. — Atrás do armário do terceiro piso, o grande armário duplo, há um mecanismo que abre um painel.

— Eu pensei que todas as passagens tinham sido fechadas.

A respiração de Hester se estabilizou. Quando ela voltou a abrir os olhos, seu olhar estava límpido.

— Sim, a maioria foi selada, mas não todas. Garotinhos curiosos não conseguiriam mover aquele armário pesado. Nem o armário aberto do porão, na área antiga, onde seu avô teve uma pequena oficina durante um curto período. Atrás desse armário, há outro painel. O resto foi selado. Foi uma concessão.

Ela conseguiu sorrir para ele.

— Seu avô me deixava fazer as coisas a meu modo e eu o deixava fazer as coisas ao modo dele. Então, não selamos essas duas passagens. Isso quebraria totalmente uma das tradições da Bluff House. Eu nunca contei isso ao seu pai, nem mesmo quando ele já tinha idade suficiente para não fazer besteiras.

— Por quê?

— O lugar dele era em Boston. O seu é aqui. Se você precisar se esconder ou fugir, use os painéis. Ninguém mais sabe da existência deles, com exceção de Stoney Tribbet, se ele se lembrar.

— Ele se lembra. Ele fez para mim um desenho com a localização dos painéis. Só não me disse que ainda estão abertos.

— Lealdade — disse Hester, com simplicidade. — Eu pedi para ele não contar a ninguém.

— Tudo bem. Agora que eu sei, você não precisa mais se preocupar comigo.

— Mas preciso ver o rosto dele, o rosto do homem que estava dentro da casa naquela noite. Eu vou conseguir. E vou juntar as peças.

— Você quer que eu prepare uma xícara daquele chá para você? — sugeriu Abra.

— Já passou da hora do chá. — Hester aprumou os ombros. — Mas, se você quer me ajudar, me leve lá para baixo. Depois me sirva um bom copo de uísque.

Capítulo 20

◆ ◆ ◆ ◆

Duas vezes, durante a noite, Eli se levantou para vasculhar a casa, acompanhado fielmente pela cachorra. Verificou as portas, as janelas e o alarme. Chegou a ir até o terraço para ver se havia movimento na praia.

Todas as pessoas que lhe importavam estavam dormindo na Bluff House. Portanto, não daria chance ao acaso.

O que sua avó lembrara mudava as coisas. Não em relação à existência do intruso — ele já acreditava que havia mais alguém na casa na noite em que sua avó levara o tombo. Mas no tocante à localização. Ela dissera que vira alguém no piso *acima,* que depois correra para baixo ou tentara fazê--lo. Não alguém no térreo, alguém vindo do porão.

Isso deixava apenas três opções.

A de que a mente de sua avó estava confusa. O que era possível, claro, considerando o trauma que sofrera. Mas ele não acreditava nisso.

Também era possível que eles estivessem lidando com dois intrusos diferentes, conectados ou separados. Ele não podia, nem queria, descartar esta opção.

Por fim, a possibilidade de que havia apenas um intruso, o mesmo que arrombara a porta da casa e atacara Abra, a mesma pessoa que havia escavado o velho porão. Isso levantava a questão: o que ele estaria procurando no terceiro piso? Qual seria seu propósito?

Assim que sua família regressasse a Boston, ele esquadrinharia a casa novamente, aposento por aposento, espaço por espaço, procurando respostas sob esta perspectiva.

Até lá, ele e Barbie montariam guarda.

Ele permaneceu acordado, ao lado de Abra, tentando montar o quebra--cabeça. Um intruso sem nome, de conluio com Duncan? Pondo em prática o ditado "não há honra entre ladrões", o indivíduo anônimo mata Duncan e recolhe do escritório do detetive todos os registros que possam incriminá-lo.

Era possível.

O intruso contrata Duncan. Duncan fica sabendo que seu cliente arrombou a casa e atacou uma mulher. Confronta, então, o cliente, ameaçando denunciá-lo à polícia ou tentando fazer chantagem. O cliente o mata e remove os registros.

Igualmente possível.

O intruso (ou intrusos) não tem nenhuma relação com Duncan. Ao fazer seu trabalho, Duncan o descobre e é assassinado.

Possível também, mas pouco provável. Era o que parecia às quatro da manhã.

Ele tentou dirigir a mente para seu trabalho. O enredo de seu romance, pelo menos, apresentava caminhos e possibilidade que ele poderia resolver antes que o dia raiasse.

Seu personagem principal estava encurralado: pelo antagonista, por uma mulher e pelas autoridades. Com a vida tumultuada, enfrentava conflitos e consequências em todos os níveis. Tudo se resumia a opções. Deveria virar à direita ou à esquerda? Ou deveria permanecer imóvel, aguardando os acontecimentos?

Eli analisou as três opções até que o sono toldasse sua mente.

E, em algum lugar no labirinto de seu subconsciente, a ficção e a realidade se fundiram. Eli abriu a porta da frente da casa em Back Bay.

Conhecia cada degrau, cada som, cada pensamento. Mas não era capaz de mudar nada. Dê meia-volta e volte para a chuva. Pegue o carro e vá embora. No entanto, repetiu todos os passos que dera na noite do assassinato de Lindsay e que revia em sonhos desde então.

Ele não conseguia mudar as coisas, mas as coisas mudavam. Ele abriu a porta da casa em Back Bay e entrou no porão em Whiskey Beach.

Segurando uma lanterna, deslocava-se no escuro. Uma parte de si mesmo pensou: faltou luz. Faltou luz de novo. Ele precisava ligar o gerador.

Ele passou por um armário aberto, no qual potes de vidro reluziam, cuidadosamente rotulados. Morangos em conserva, geleia de uva, pêssegos, vagens, tomates cozidos.

Alguém tem andado ocupado, pensou, contornando uma pilha de batatas. Muitas bocas a serem alimentadas na Bluff House. Seus parentes dormiam em suas camas. Abra dormia na dele. Muitas bocas para alimentar, muitas pessoas para proteger.

Ele prometera cuidar da casa. Os Landons cumpriam suas promessas.

Precisava religar a energia, restabelecer a luz, o calor, a segurança; e proteger o que era dele, o que ele amava, o que era vulnerável.

Ao se aproximar do gerador, ouviu o murmúrio do mar: uma nota que subia e descia, subia e descia, subia e descia.

Sobrepondo-se ao murmúrio do mar, ele ouviu um som de metal colidindo contra pedra. Era como um metrônomo marcando o tempo.

Alguém estava na casa, golpeando a casa. Ameaçando o que ele tinha de proteger. Ele sentiu o cabo de uma pistola em sua mão. Baixou os olhos e viu — sob uma luz que se tornara azul e fantasmagórica como o mar — uma reluzente pistola de duelos.

Então seguiu em frente, enquanto o murmúrio se transformava em rugido.

Quando entrou na área antiga, viu apenas o enorme buraco.

Aproximou-se, olhou para o fundo do buraco e a viu.

Não era Lindsay, não ali. Abra jazia no fundo do buraco. Um sangue morbidamente vermelho começava a encharcar sua camisa e seus cachos maravilhosamente desgrenhados.

Wolfe saiu das sombras e se imobilizou sob a luz azul.

Me ajude. Ajude ela. Em súplica, Eli caiu de joelhos e a tocou. Fria. Fria demais. Enquanto o sangue de Abra lhe cobria as mãos, ele se lembrou de Lindsay.

Tarde demais. Não, não poderia ser tarde demais. Não de novo. Não com Abra.

Ela está morta, como a outra. Wolfe ergueu seu revólver de serviço. Você é o culpado. O sangue delas está em suas mãos. Dessa vez, você não vai escapar.

A explosão do tiro o despertou de seu sonho e o mergulhou em pânico. Arquejante, ele pressionou a dor fictícia em seu peito e olhou para baixo, certo de que veria sangue jorrando por entre seus dedos. Mas, sob a palma de sua mão, só havia seu coração palpitando selvagemente, impelido por um medo entranhado.

Ele tateou a cama à procura de Abra, mas o espaço ao lado estava frio e vazio.

Já era dia, tranquilizou-se ele. Fora apenas um sonho. O sol penetrava no quarto pelas portas do terraço e pontilhava o mar de estrelas brancas. Todos na Bluff House estavam seguros. Abra se levantara e iniciara seu dia.

Estava tudo ótimo.

Ele levantou a cabeça e viu a cadela enrodilhada em sua cama, com uma das patas possessivamente pousada sobre um osso de brinquedo. Por alguma razão, o animal adormecido o acalmou mais um pouco, lembrando a ele que a realidade podia ser tão simples quanto a visão de um cão adormecido em uma manhã de domingo.

Ele se aferraria à simplicidade enquanto esta durasse, em vez de mergulhar nas complexidades e angústias dos sonhos.

Tão logo pôs os pés no chão, Barbie levantou a cabeça e abanou a cauda.

— Está tudo ótimo — disse ele, em voz alta.

Ele vestiu uma calça jeans e uma camiseta, e foi procurar Abra onde ela costumava estar de manhã.

Não foi nenhuma surpresa encontrá-la na sala de ginástica. A surpresa foi encontrar sua avó lá também. Mais estranho ainda foi ver a indomável Hester Landon sentada de pernas cruzadas sobre uma esteira vermelha, usando uma calça preta com elástico, cujas pernas mal alcançavam os joelhos e uma camiseta regata violeta que deixava seus braços e ombros à mostra.

As cicatrizes da operação percorriam todo o seu braço esquerdo até o cotovelo, formando, em alguns lugares, profundos buracos. Como no porão, pensou ele. Cicatrizes no que era dele, no que ele amava, no que ele precisava proteger.

— Incline-se para a esquerda e inale. Não exagere no alongamento, Hester.

— Você me pegou fazendo ioga para velhas senhoras.

A contrariedade na voz de Hester tornou a cena um pouco menos estranha.

— Estamos indo devagar. Respire. Inale. Ambos os braços para cima, palmas das mãos se tocando. Exale. Inale e se incline para a direita. Ambos os braços para cima. Repita duas vezes.

Enquanto falava, Abra se ajoelhou atrás de Hester e começou a massagear seus ombros.

— Você tem um toque mágico, menina.

— E você tem muita tensão aqui. Relaxe. Ombros para baixo e para trás. Estamos só alongando.

— Deus sabe como eu preciso disso. Acordo toda dura e permaneço assim. Estou perdendo minha flexibilidade. Não sei nem se consigo tocar os dedos dos pés.

— Você vai recuperar a flexibilidade. O que os médicos disseram? Não foi mais grave...

— Não morri — corrigiu Hester.

Eli viu Abra fechar os olhos.

— Porque você tem ossos fortes, coração forte.

— E cabeça dura.

— Nem se discute. Você se cuidou e permaneceu ativa durante toda a sua vida. Agora está se recuperando, mas tem que ser paciente. Quando chegar o verão, você já vai estar fazendo Meias-Luas e Posturas de Alongamento Intenso.

— É uma pena que eu não tenha conhecido essas posições quando o meu Eli estava vivo.

Eli levou alguns momentos para entender e ficar chocado. A risada maliciosa de Abra foi imediata.

— Em memória do seu adorado Eli, exale, cole o umbigo na espinha e se incline para a frente. Suavemente. Suavemente.

— Espero que o jovem Eli aprecie sua flexibilidade.

— Posso atestar.

Dito isso, o jovem Eli decidiu se retirar discretamente.

Faria um café, encheria um copinho plástico e levaria os cachorros para passear. Quando retornasse, sua avó já deveria estar vestida como sua avó. E a alusão ao sexo com seu avô já teria desaparecido de sua mente.

Ele sentiu cheiro de café assim que se dirigiu à cozinha, onde encontrou sua irmã ainda de pijama, segurando uma xícara fumegante.

Sadie, que estava deitada a um canto, ergueu-se para que ela e Barbie pudessem se cheirar.

— Onde está seu bebê?

— Bem aqui. — Tricia deu uns tapinhas em seu ventre volumoso. — A irmã mais velha está lá em cima, sendo mimada pelo pai. Estou aproveitando o sossego e tomando a única xícara de café que posso tomar por dia. Tome uma também e depois me ajude a esconder os ovos.

— Depois que eu levar os cachorros para passear, posso fazer isso.

— Feito. — Tricia se inclinou para afagar Barbie. — Ela é uma gracinha e uma ótima companhia para Sadie. Se ela tivesse um irmão ou irmã, eu iria querer para mim. Ela foi maravilhosa com Sellie. Muito paciente e gentil.

— Pois é.

Que ótimo cão de guarda, pensou Eli, servindo-se de café.

— Eu não tive muito tempo para conversar com você. Não a sós. Queria dizer que você está com boa aparência. Está parecendo Eli.

— Quem eu estava parecendo antes?

— Com o tio esquelético, pálido e meio chato de Eli.

— Obrigado.

— Foi você quem perguntou. Você ainda está meio magricela, mas parece Eli. É por causa disso que eu adoro Abra. Adoro mesmo.

Quando ele olhou para o lado, ela perguntou:

— Não vá me dizer que ela não tem nada a ver com isso.

— Não. Só vou dizer que não sei como vivi minha vida inteira com essa família sem nunca perceber essa obsessão por sexo. Acabei de ouvir vovó fazer uma alusão de ordem sexual ao vovô, quando estava conversando com Abra.

— É mesmo?

— É mesmo. Agora vou ter que eliminar essa lembrança da minha memória. Vamos, Barbie. Vamos levar Sadie para passear.

Mas Sadie, dando um enorme bocejo, voltara a se aninhar no chão.

— Parece que Sadie está recusando a oferta — observou Tricia.

— Ótimo. Só eu e você, então, Barbie. Estaremos de volta daqui a pouco para brincar de Coelhinho da Páscoa.

— Que bom.

Como não tinha que acompanhar o ritmo venerando de Sadie, ele decidiu tentar algo diferente. A praia estava vazia naquele Domingo de Páscoa. Assim que terminou de beber o café, ele jogou o copinho plástico ao pé da escada e, então, começou a trotar. Quando perguntou ao próprio corpo o que achava da ideia, este ficou na dúvida.

Mas a cadela gostou. Gostou tanto que começou a aumentar o ritmo até que Eli se viu correndo. Ele pagaria por isso mais tarde, pensou, sem dúvida. Ainda bem que tinha uma massagista à disposição.

De repente, teve um vislumbre dela como ela lhe aparecera no sonho, pálida e ensanguentada sobre o piso frio e pedregoso do porão. A imagem lhe acelerou o coração, mais ainda que a corrida.

Por fim, ele conseguiu fazer a cadela voltar a caminhar. Aproveitou para respirar o ar úmido da praia, de modo a aliviar a secura de sua garganta.

Ele estava mais preocupado com os arrombamentos do que queria admitir. Mais preocupado com a segurança de sua família, e com a segurança de Abra, do que queria admitir à fria luz do dia.

— Vamos ter que fazer mais que latir — disse ele à cadela, quando já estavam voltando para casa. — Mas temos que esperar passar o dia de hoje e de amanhã.

Ele olhou em direção à Bluff House, espantado ao ver a distância que haviam percorrido.

— Meus Deus.

Menos de dois meses antes, ele estaria arquejante e coberto de suor após oitocentos metros. Hoje haviam coberto o dobro desta distância.

Talvez tivesse realmente voltado a ser ele mesmo.

— Vamos lá, Barbie, vamos completar o circuito.

Começou, então, a correr, acompanhado alegremente pelo cão. Quando olhou para a Bluff House, viu Abra no terraço, com um agasalho sobre o uniforme de ioga. Ela levantou um braço saudando-o.

Esta era a cena que guardaria em sua mente, prometeu a si mesmo. Abra com a Bluff House ao fundo e a brisa dançando em seus cabelos.

Ele recolheu o copinho plástico. Quando chegou ao topo da escada da praia, estava sem fôlego, mas se sentia muito bem.

— Um homem e seu cão — disse Abra, recepcionando os dois.

— Um homem, seu cão e a trilha sonora de *Rocky, Adrian!**

Ele a levantou do chão e rodopiou com ela. A risada de Abra ecoou pelo terraço.

— O que havia nesse café? Será que sobrou um pouco?

— O dia vai ser ótimo.

— Vai?

— Claro. Qualquer dia que se inicie com coelhinhos de chocolate no café da manhã é um ótimo dia. Temos que esconder os ovos.

— Já fizemos isso, Rocky. Você perdeu.

— Melhor ainda, agora vou procurá-los. Me dê algumas pistas — pediu.

— Você pode não saber, mas Robert Edwin Landon, diretor-presidente da Landon Whiskey, presidente e vice-presidente de diversas instituições de caridade e patriarca da renomada família Landon, vai impedir sua pequena neta de vencer a caça aos ovos.

— Não acredito.

— Bem, talvez ele dê uma chance à menina, mas com certeza vai atrapalhar o desempenho de seu único filho.

— Talvez seja verdade, mas não espere que eu lhe dê dicas. Vamos entrar para você pegar sua cesta de Páscoa antes que o pai dela desça e pegue todas.

Foi um ótimo dia, embora ele tivesse comido tantos doces que a simples ideia de comer waffles no café da manhã o deixasse enjoado. Mas ele os comeu mesmo assim, deixando as preocupações de lado e saboreando aqueles momentos. Seu pai com orelhas de coelho, fazendo Selina rir às gargalhadas. O prazer estampado no rosto de sua avó quando ele lhe deu um cesto repleto de aromáticas flores de primavera. Travando uma guerra de pistolas d'água contra seu cunhado e acertando (quase) acidentalmente sua irmã, quando esta abria a porta do terraço. Surpreendendo Abra com uma orquídea intensamente verde, porque a flor o fazia se lembrar dela.

---

* Alusão ao filme *Rocky: Um Lutador*. Adrian é a esposa de Rocky, personagem-título. (N.T.)

O banquete de presunto, batatas assadas, aspargos frescos, pão de ervas feito por Abra e ovos já desprovidos de suas cascas decoradas — e muito mais — na sala de jantar formal. Velas bruxuleado, cristais tilintando, o canto de sereia das ondas que se quebravam na costa rochosa — um perfeito pano de fundo para o ótimo dia que ele previra.

Ele não conseguira se lembrar da Páscoa anterior, com o assassinato de Lindsay ainda recente, as horas que passara sendo interrogado e o temor de que a polícia batesse novamente à sua porta, desta vez, para levá-lo algemado. Tudo era agora uma lembrança desfocada: os rostos pálidos e tensos de seus parentes, a gradual e constante deserção daqueles a quem considerava amigos, a perda do emprego, as acusações que lhe lançavam quando se aventurava a sair de casa.

Ele superara tudo isso. E superaria qualquer coisa que retornasse para assombrá-lo.

Jamais renunciaria novamente à sensação de haver reencontrado seu lar e suas esperanças.

A Whiskey Beach, brindou ele em pensamento, erguendo sua taça e captando o olhar de Abra, o sorriso de Abra. Bebeu à saúde deste sorriso e tudo o que este prometia.

♦ ♦ ♦ ♦

Segunda-feira de manhã, ele ajudou sua família a colocar as coisas nos carros. Quando deu um abraço de despedida em sua avó, ainda conservava o sentimento de esperança.

— Vou me lembrar — cochichou ela em seu ouvido. — Cuide-se bem até eu voltar.

— Farei isso.

— E diga a Abra que não continuarei ausente das aulas de ioga dela por muito tempo.

— Farei isso também.

— Vamos, mãe, vamos entrar no carro.

Rob deu um abraço varonil em seu filho, seguido por um tapa nas costas.

— Nos veremos em breve.

— O verão está chegando — disse Eli, ajudando sua avó a entrar no carro. — Reservem um tempo, certo?

— Vamos reservar. — Seu pai se acomodou no assento do motorista. — Foi bom ver todos os Landons na Bluff House novamente. Prepare-se. Nós voltaremos.

Eli acenou para eles até o carro desaparecer na curva da estrada. Barbie soltou um leve ganido.

— Você ouviu o que ele disse. Eles vão voltar. — Virando-se, Eli observou a Bluff House. — Temos trabalho a fazer antes disso. Vamos descobrir o que aquele idiota estava procurando. Vamos vasculhar completamente a Bluff House. Certo?

Barbie abanou a cauda.

— Vou interpretar isso como um sim. Podemos começar.

♦ ♦ ♦ ♦

ELE COMEÇOU pelo terceiro andar, onde os criados tinham seus quartos nos velhos tempos. Agora servia como depósito de móveis velhos, baús com roupas antigas e objetos diversos que os Landons anteriores haviam conservado; eram demasiadamente sentimentais para jogá-los fora e demasiadamente práticos para expô-los.

— Se eu fosse um caçador de tesouros obcecado, o que procuraria aqui?

Não o próprio tesouro, concluiu Eli. Salvo em *A Carta Roubada** esconder algo à vista de todos tinha suas limitações. Ninguém seria capaz de acreditar que algum ocupante anterior tivesse enfiado um baú cheio de joias atrás de um sofá desmantelado ou de um espelho manchado.

Ele perambulou pelo andar, remexendo em caixas e baús, e removendo os lençóis que cobriam alguns móveis para protegê-los da poeira. Partículas de poeira dançavam nos raios de sol que entravam pelas janelas. O silêncio da casa acentuava o marulho das ondas.

Ele não conseguia se imaginar vivendo com o exército de criados que antes dormiam naqueles cubículos ou se reuniam no aposento maior para

---

* *The Purloined Letter* — noveleta de Edgar Allan Poe (1808-1849), publicada em 1844. (N.T.)

comer ou fofocar. Uma verdadeira solidão e um verdadeiro silêncio seriam impossíveis ali, para não falar de uma intimidade genuína.

Era uma troca, presumiu ele. Manter uma casa como aquela, recebendo hóspedes e convidados como faziam seus antepassados, exigia um exército de criados. Seus avós haviam preferido um estilo de vida menos elaborado.

De qualquer forma, os dias de Gatsby haviam terminado, pelo menos na Bluff House.

Mas era uma pena e um desperdício ocupar um andar inteiro com móveis cobertos, caixas de livros, baús com vestidos perfumados por sachês de lavanda.

— Seria um excelente estúdio para um artista, não? — perguntou ele a Barbie. — Se eu soubesse pintar. Vovó sabe, mas daria muito trabalho subir até aqui. Ela prefere usar sua sala de estar para isso. Ou então pinta no terraço.

Após parar para fazer os alongamentos de ombros que Abra recomendara, ele começou a esquadrinhar a sala dos criados.

— Mas a luz é ótima. Uma pequena cozinha ali. Uma pia moderna, um micro-ondas, uma reforma neste banheiro — acrescentou ele, examinando o velho vaso sanitário. — Ou melhor, restaurar essas velhas instalações. Aproveitar alguns móveis que estão aqui.

Franzindo a testa, ele se aproximou das janelas que davam para a praia. Generosas, ofereciam uma vista deslumbrante — provavelmente uma opção arquitetônica, não uma benfeitoria para os criados.

Ele foi até o sótão, lembrando-se de quando andara por ali no dia em que chegara.

Sim, ele poderia trabalhar ali, pensou novamente. Não sairia muito caro fazer uma pequena reforma. Ele não precisava de muita coisa. Trazer a escrivaninha, alguns arquivos, prateleiras e... sim, reformar aquele banheiro também.

— Que artista não precisa de um sótão? Sim, talvez. Talvez eu faça isso depois que vovó voltar. Vou pensar no assunto.

Mas estava se esquecendo de seu propósito, reconheceu, iniciando uma segunda ronda. Imaginou as criadas saindo de seus catres de ferro ao alvorecer, pés descalços que se contraíam ao pisar no chão frio. Um mordomo vestindo sua camisa branca engomada, a governanta-chefe verificando sua lista de tarefas para o dia.

Todo um mundo existira ali. Um mundo que seus antepassados provavelmente mal conheciam. Mas o que não existia, tanto quanto ele podia ver, era algo pelo qual valesse a pena arrombar uma casa ou quebrar os ossos de uma velha senhora.

Ele voltou para a sala e examinou o velho armário. Estava encostado a uma parede recoberta com um papel de motivos florais — que ele achou de mau gosto. Ao observá-lo mais de perto, não viu nenhum sinal de que tivesse sido movido na última década ou mais.

Por curiosidade, tentou fazê-lo. Apoiando as costas numa das laterais, fez força com as pernas. O armário se moveu apenas alguns centímetros. Ele tentou enfiar a mão na estreita fresta que o separava da parede.

Nenhum menino levado conseguiria introduzir a mão naquela fresta, muito menos, um adulto. Não sozinho, pensou Eli.

Obedecendo a um impulso, pegou seu celular e examinou os contatos que Abra havia inserido para ele. Selecionou o número de Mike O'Malley.

— Oi, Mike, Eli Landon... Sim, tudo bem, obrigado. — Ele se recostou no armário, que lhe pareceu sólido e intimidante como uma sequoia. — Olhe, você teria alguns minutos livres hoje? ... É mesmo? Se está com o dia livre, não vou querer interromper nenhum plano... Neste caso, você poderia me ajudar numa coisa. Preciso de músculos. — Ele riu quando Mike lhe perguntou quais músculos. — Todos eles... Obrigado.

Ele desligou e olhou para Barbie.

— Deve ser besteira, certo? Mas quem consegue resistir a um painel secreto?

Ele desceu a escada e entrou em seu escritório. Passou alguns momentos imaginando a mudança para o terceiro andar. Não era uma ideia completamente louca, concluiu. Excêntrica, talvez.

O papel de parede teria que sumir. Provavelmente a calefação, a fiação elétrica e os encanamentos teriam que ser revisados. Com o tempo ele decidiria o que fazer, se é que faria alguma coisa, com o restante do espaço.

Mas era bom pensar no assunto.

Barbie levantou a cabeça e deu três latidos, alguns segundos antes que a campainha tocasse.

— Que ouvidos você tem — disse-lhe Eli, descendo a escada atrás dela.

— Oi. Você veio rápido.

— Você me salvou de trabalhar no jardim... temporariamente. Ei, olá. — Ele fez um afago em Barbie, que estava cheirando sua calça. — Eu soube que você ganhou um cachorro. Como é o nome dele?

— Dela. — Eli lutou para não fazer uma careta. — Barbie.

— Cara... — Tristeza e compaixão se estamparam no rosto de Mike. — Sério?

— Ela já veio com esse nome.

— Bem, pode continuar a usar esse nome. Só não pode é arranjar um companheiro para ela e lhe dar o nome de Ken. Faz tempo que não venho aqui — acrescentou ele, enquanto atravessava o hall de entrada. — Um lugar e tanto. Maureen me disse que sua família passou a Páscoa aqui. Como está a sra. Landon?

— Melhor. Muito melhor. Espero que ela esteja de volta à Bluff House no final do verão.

— Vai ser ótimo termos ela de volta. Não que a gente queira expulsar você de Whiskey Beach.

— Vou ficar.

— Sério? — Mike deu um largo sorriso e um soco no ombro de Eli. — Cara, fico feliz em saber disso. Precisamos de carne nova no nosso pôquer mensal. Podemos até jogar aqui, para dar mais classe, quando você puder nos receber.

— De quanto é a parada?

— Cinquenta. Somos pés de chinelo.

— Me avise na próxima vez que forem jogar. A coisa está lá em cima — disse Eli, virando-se para subir a escada. — Terceiro piso.

— Beleza. Nunca subi até lá.

— O andar não é usado desde que eu era criança. Nós brincávamos lá quando o tempo estava ruim e uma ou duas vezes dormimos lá. Antes, contávamos histórias de terror. Agora é só um depósito, na verdade.

— Vamos trazer alguma coisa para baixo?

— Não. Só vamos deslocar um armário. Grande. Duplo — acrescentou ele quando chegaram ao topo da escada. — É aqui.

— Ótimo espaço, péssimo papel de parede.

— Nem me fale.

Mike observou o aposento e se deparou com o armário.

— Meu Deus. Ele se aproximou do móvel e deslizou os dedos sobre as portas entalhadas. — Uma beleza. Mogno, certo?

— Acho que sim.

— Eu tenho um primo que vende antiguidades. Ele mijaria nas calças só de ver isso. Para onde vamos levá-lo?

— Só vamos empurrar um pouco. — Quando percebeu o olhar confuso de Mike, Eli deu de ombros. — É que... há um painel atrás dele.

— Um painel?

— Uma passagem.

— Caramba! — Mike deu um soco no ar, enquanto seu rosto se iluminava. — Uma passagem secreta? Para onde?

— Vai até o porão, pelo que me disseram. Acabaram de me contar. Não sei muito bem. Eram passagens para os criados — explicou Eli. — Elas deixavam minha avó nervosa. Por isso, ela mandou fechar todas. Mas só bloqueou esta aqui e a do porão.

— Que legal. — Mike esfregou as mãos. — Vamos mover essa porra.

Era mais fácil falar, descobriram eles. Levantar o armário era impossível. Empurrá-lo simultaneamente pelas duas laterais também. Assim, eles tentaram uma nova estratégia. Posicionavam-se ambos na mesma lateral e empurravam o móvel alguns centímetros; depois, repetiam a operação no outro lado.

— Na próxima vez, vamos trazer um guindaste.

Esticando o corpo, Mike massageou seus ombros doloridos.

— Como conseguiram trazer essa coisa até aqui?

— Dez homens e uma mulher dizendo a eles que o armário ficaria melhor na outra parede. Se você disser a Maureen que eu falei isso, vou jurar que você é um tremendo mentiroso.

— Você está me ajudando a empurrar um armário de dez toneladas. Devo lealdade a você. Está vendo aqui? Dá para ver a borda do painel. O papel de parede horroroso disfarça, mas quando se sabe que está aí...

Ele tateou a superfície da parede até encontrar a trava do painel. Quando ouviu um leve estalido, olhou para Mike.

311

— Vai nessa?

— Está brincando? Claro que vou! Pode abrir!

Eli pressionou o painel, que se deslocou levemente para depois se abrir alguns centímetros em sua direção.

— Abre para fora — murmurou, escancarando a porta camuflada.

Deparou-se com um estreito patamar e uma série de degraus íngremes, que desapareciam na escuridão. Automaticamente, tateou a parede interna à procura de um interruptor. Ficou surpreso ao encontrar um.

Mas quando o acionou não aconteceu nada.

— Ou não há eletricidade aqui, ou está faltando a lâmpada. Vou pegar duas lanternas.

— E talvez um pedaço de pão. Para espalhar migalhas — explicou Mike. — E um porrete grande para o caso de haver ratos. Bem, traga só as lanternas — disse ele para um atônito Eli.

— Já volto.

Eli acabou pegando também duas garrafas de cerveja. Era o mínimo que podia fazer.

— Isso é melhor que um pedaço de pão. — Mike pegou a cerveja e apontou o facho de sua lanterna para o alto do patamar. — Sem lâmpada.

— Na próxima vez, vou trazer algumas lâmpadas. — Com a lanterna na mão, Eli entrou pela abertura. — Bastante estreita, mas mais larga do que eu imaginei. Acho que eles precisavam de espaço para carregar bandejas ou sei lá mais o quê. Os degraus parecem sólidos, mas tome cuidado.

— Cobras, muito perigosas. Vá você primeiro.

Abafando uma gargalhada, Eli começou a descer a escada.

— Não acredito que vamos encontrar os restos mortais de um mordomo detestado — disse — ou as últimas palavras de uma criada imprestável gravadas na parede.

— Um fantasma, talvez. É bem fantasmagórico aqui.

Além de úmido e poeirento. Os degraus rangiam, mas, pelo menos, nenhum rato de olhos vermelhos apareceu sob a luz das lanternas.

Eli fez uma pausa quando sua lanterna iluminou outro painel.

— Deixe-me pensar. — Ele tentou se orientar. — Este deve ser o patamar do segundo andar. Está vendo como se bifurca aqui? Deve sair no quarto de minha avó, que sempre foi o quarto principal, tanto quanto eu saiba. Meu Deus, nós seríamos capazes de matar para que essas passagens ficassem abertas quando éramos crianças. Eu poderia me esconder e pular para fora de repente. Minha irmã morreria de susto.

— Foi exatamente por isso que sua avó mandou fechar as portas.

— Sim.

— Está pensando em abrir as portas de novo?

— Sim. Nenhum motivo especial, mas sim.

— Basta saber que vai ser bacana.

Eles seguiram a passagem, descendo os degraus ou fazendo uma curva. Pelo desenho, que decorara, Eli concluiu que os painéis se abriam em locais estratégicos da casa — salões, cozinha, uma das salas de estar, um vestíbulo e finalmente o porão.

— Droga. Deveríamos ter removido o armário que está bloqueando o lado de fora — observou ele.

Mas acabou encontrando a trava e conseguiu puxar a porta para o lado de dentro. Então, por entre velhos potes e ferramentas enferrujadas, puderam enxergar o porão.

— Você deveria abrir essas passagens, cara. Pense nas festas de Halloween.

Mas Eli estava pensando em outra coisa.

— Eu poderia montar uma armadilha para ele — murmurou.

— Hein?

— O idiota que está entrando aqui, cavando aqui. Preciso pensar nisso.

— Vai se esconder aqui e atrair o cara para cá. Uma emboscada clássica — concordou Mike. — Mas e depois?

— Estou pensando no assunto. — Eli fechou a porta, determinado a deslocar o armário aberto e formular um plano.

— Me avise. Eu não me importo nem um pouco em ajudar a pegar esse cara. Maureen ainda está bastante assustada — disse Mike, quando eles começaram a subir a escada. — Não sei se ela vai conseguir relaxar até prenderem esse cara, principalmente considerando que quase todos nós achamos que ele é o mesmo cara que apagou o detetive particular. É uma coisa lógica.

— É mesmo.

— E quando ela soube que ele plantou aquela pistola na casa de Abra ficou mais do que assustada.

— Não se pode criticá-la por... O quê? Que pistola? De que você está falando?

— A pistola que Abra encontrou no... Oh. — Mike fez uma careta e enfiou as mãos nos bolsos. — Que merda, ela não lhe contou.

— Não, ela não me contou. Mas você vai contar.

— Me arranje outra cerveja e eu desembucho.

Promessa

♦ ♦ ♦

Um pensamento doce e solene
Me vem à mente sem cessar;
Estou mais perto de casa hoje
Do que jamais estive antes.

— PHOEBE CARY

Capítulo 21

♦ ♦ ♦ ♦

 $\mathcal{A}$ o final de um longo dia — duas aulas, um grande trabalho de limpeza e duas massagens — Abra estacionou ao lado de seu chalé.

E permaneceu sentada.

Não queria entrar em casa. Detestava saber que não queria entrar em sua própria casa, cuidar de suas coisas, tomar uma ducha no seu chuveiro.

Ela amava a Laughing Gull, desde a primeira vez que a vira. E queria de volta este sentimento, assim como o orgulho, o bem-estar e a *legitimidade* de estar em seu lar; mas tudo o que sentia era medo.

Ele arruinara tudo, fosse ele quem fosse, entrando em sua casa e deixando em seu rastro violência e morte. Um monstro no armário sob a forma de uma arma.

O que lhe dava duas opções, concluiu. Permitir que o monstro vencesse, desistindo de lutar, sentando-se e ruminando a tristeza. Ou reagir e resolver o problema.

Vendo as coisas sob esta perspectiva, pensou, não havia escolha.

Ela saltou do carro, pegou sua mesa de trabalho e sua sacola, e as levou até a porta. Depois que entrou em casa, encostou a mesa à parede e levou a sacola até a sala.

Dirigir por cerca de trinta quilômetros para comprar o incenso orgânico sobrecarregara sua agenda já lotada. Mas quando o retirou de sua bolsa sentiu que fizera algo positivo.

Ela queimaria a sálvia e purificaria a casa. Se sentisse que a casa estava purificada, seria porque a casa *estava* purificada. E assim que recuperasse seu espaço acrescentaria a ele uma pequena estufa, na qual cultivaria suas ervas em quantidades maiores. Faria seus próprios incensos orgânicos e teria ervas frescas o ano inteiro para cozinhar.

E talvez até as vendesse. Mais um empreendimento: criar suas próprias misturas e sachês.

Era algo a ser considerado.

Mas, por enquanto, faria o possível para clarear a mente, para ter pensamentos puros e positivos quando acendesse a sálvia — sobre uma concha de haliote, por segurança — e soprasse a chama para avivar a fumaça. Seu lar, pensou ela. Os pisos, tetos e os recantos que pertenciam a ela.

O ritual de andar de aposento em aposento, sentindo o aroma da sálvia e da lavanda, deixou-a mais calma, assim como relembrar o que erigira ali, para si mesma e para os outros.

Fé, esperança e os respectivos símbolos, pensou, forjavam a força.

Quando terminou de purificar a casa, saiu para o pátio, sempre balançando o incenso orgânico, de modo a disseminar naquele pequeno espaço toda a sua esperança e toda a sua fé.

Foi quando viu Eli e Barbie subindo a escada da praia.

Ela se sentiu um pouco tola, parada ali com a sálvia fumegante, enquanto a noite caía sobre a praia, enquanto o homem e a cadela com ar feliz se aproximavam dela.

Para disfarçar o embaraço, ela encaixou o amarrado de ervas nos seixos que rodeavam seu pequeno poço zen, onde poderia queimar em segurança.

— Que casal simpático. — Sorrindo, ela foi ao encontro deles. — E que ótima surpresa. Acabei de chegar.

— O que você está fazendo?

— Ah. — Ela olhou, assim como ele, para o incenso orgânico. — Apenas um ritual doméstico. Uma espécie de purificação primaveril.

— Queimando sálvia? Isso é para afastar os maus espíritos.

— Acho que é um modo de afastar a negatividade. Seus parentes partiram hoje de manhã?

— Sim.

— Desculpe eu não ter me despedido deles. Hoje foi um dia atarefado para mim.

Alguma coisa estava indo mal, pensou ela, ou alguma coisa não estava muito bem. Tudo o que ela queria naquele momento era paz, silêncio e — uma coisa rara nela — solidão.

— Ainda tenho muita coisa para fazer — prosseguiu. — Que tal eu passar amanhã de manhã na sua casa, antes da minha aula, para pegar sua lista de compras? Posso trazer o que você precisa antes de voltar para arrumar a casa.

— O que eu preciso é que você me diga por que tive que saber através do Mike que alguém pôs uma pistola na sua casa e que a polícia fez uma busca aqui. Isso é o do que preciso.

— Eu não quis envolver sua família nisso. Chamei a polícia.

— Mas não me chamou. Você não me chamou nem me contou.

— Eli, não havia nada que você pudesse fazer com a casa cheia de gente...

— Bobagem!

Isso a deixou irritada. O alívio que sentira com o ritual colidiu contra sua própria raiva e contra a raiva dele, como aço na pedra.

— Não é bobagem. E não faria sentido eu entrar na Bluff House no sábado anunciando que tinha acabado de encontrar uma arma na minha caixa de incensos e que os policiais haviam revistado minha casa.

— Mas faria sentido contar para mim. Ou deveria fazer.

— Bem, não concordo. O problema era meu e a decisão foi minha.

— O problema era seu? — A indignação abriu caminho em meio à raiva. — Então é assim? Você pode entrar na minha casa com potes de sopa, mesas de massagem e, meu Deus, cachorros. Você pode entrar na minha casa, no meio da noite, para fechar a porra de uma janela e reagir a uma agressão, mas quando alguém planta uma arma na sua casa, tenta implicar você num assassinato, é problema seu? Um assassinato que, provavelmente, tem relação comigo. Mas não é da minha conta?

— Eu não disse isso. — Mesmo a seus próprios ouvidos sua defesa pareceu fraca. — Eu não quis dizer isso.

— O que você quis dizer?

— Eu não quis aborrecer você e sua família.

— Você está envolvida nisso porque está envolvida comigo. Foi entrando de mansinho.

— Entrando de mansinho? — A indignação dela era tanta que ela se virou para captar um pouco da fumaça e da serenidade.

Mas logo percebeu que precisaria de um feixe de ervas do tamanho do farol de Whiskey Beach para se controlar.

— De mansinho?

— Foi o que você fez desde que pus os pés aqui. Agora que você está dentro não quer aborrecer? Você não dá a ninguém a mínima oportunidade para se aborrecer. Mas, quando a coisa é com você, você não confia em mim o bastante para que eu possa lhe ajudar.

— Ah, meu Deus! Isso não tem nada a ver com confiança. Tem a ver com o momento.

— Se isso fosse verdade, você depois me contaria. Você encontrou tempo para contar a Maureen.

— Ela estava...

— Em vez de encontrar tempo, estava aqui queimando um feixe de ervas e espalhando fumaça.

— Não ridicularize meu ritual.

— Não me importa que você ponha fogo numa plantação de sálvias ou que sacrifique uma galinha. O que me importa é que você não me contou que estava com problemas.

— Eu não estou com problemas. A polícia sabe que a pistola não era minha. Eu telefonei para Vinnie assim que encontrei a arma.

— Mas não telefonou para mim.

— Não. — Ela suspirou, perguntando-se como tentar fazer a coisa certa pudera dar tão errado. — Não telefonei.

— Minha família foi embora hoje de manhã, e você não me contou. Nem iria me contar agora.

— Eu precisava purificar a casa com o incenso orgânico para me sentir bem aqui novamente. Está esfriando. Preciso entrar.

— Ótimo. Entre e prepare uma mala.

— Eli, eu só quero ficar sozinha e em paz.

— Você pode ficar sozinha e em paz na Bluff House. A casa é grande. Você não vai ficar aqui sozinha até que essa maldita encrenca seja resolvida.

— Essa é a minha casa. — Seus olhos estavam ardendo, coisa que ela gostaria de atribuir à fumaça do incenso, já rarefeita. — Não vou deixar que nenhum miserável me tire da minha própria casa.

— Então, eu e Barbie vamos dormir aqui.

— Eu não quero que vocês durmam aqui.

— Se você não quer que a gente durma dentro da casa, vamos dormir aqui fora, mas vamos ficar aqui.

— Deus do Céu.

Ela se virou e entrou na casa. E não disse nada quando ele e Barbie, esta um tanto hesitante, entraram também.

Foi direto até a cozinha e se serviu de uma taça com vinho *syrah*, de uma garrafa que já estava aberta.

— Sei tomar conta de mim mesma.

— Sem dúvida. Você sabe tomar conta de si mesma e de todo mundo. O que você não sabe, ao que parece, é deixar que alguém tome conta de você. Isso é presunção.

Ela bateu com o copo no balcão.

— É independência, autossuficiência.

— Até certo ponto. Além desse ponto se tornam presunção e teimosia. Você ultrapassou esse ponto. Não é como se houvesse um cano vazando em casa e você resolvesse consertar, ou chamasse um encanador, em vez do cara que está dormindo com você. Diga-se de passagem que o cara que está dormindo com você também está envolvido nessa merda. E é advogado.

— Eu telefonei para um advogado — disse ela, mas imediatamente lamentou tê-lo dito.

— Ótimo. Muito bom. — Eli enfiou as mãos nos bolsos e começou a andar em círculos. — Você falou com os policiais, com um advogado, com os vizinhos. Com qualquer um, menos comigo, é claro.

Ela abanou a cabeça.

— Eu não queria estragar o fim de semana da sua família. Não parecia necessário fazer você, todos vocês, ficarem preocupados.

— Você estava preocupada.

— Eu precisava... Sim, tudo bem. Sim, eu estava preocupada.

— Preciso que você me conte tudo o que aconteceu, em detalhes. Preciso que você me conte o que disse aos policiais e o que os policiais disseram a você. Tudo o que você puder lembrar.

— Porque você é advogado.

O olhar sereno e demorado que ele lhe lançou obteve o que palavras não haviam conseguido. Ela se sentiu tola. E sentiu que estava equivocada.

— Porque você está envolvida. — A entonação da voz dele, tão serena quanto o olhar, terminou o trabalho. — Porque isso começou comigo ou com a Bluff House, ou ambas as coisas. E porque sou advogado.

— Tudo bem. Vou arrumar a mala. — Ao vê-lo erguer as sobrancelhas, ela deu de ombros. — Está frio demais para vocês dormirem ao relento. E sei que não há nenhuma razão para ele voltar aqui. Mas ele tem razões para tentar entrar na Bluff House de novo. Ou assim parece. Então, vou com você.

Concessões?, especulou ele. Não fora sobre isso que sua avó falara? O toma lá dá cá necessário para se alcançar um equilíbrio.

— Ótimo.

Quando ela se afastou, ele pegou o copo de vinho que ela não terminara.

— Vencemos essa batalha — disse a Barbie. — Mas acho que não vencemos a guerra. Ainda.

♦ ♦ ♦ ♦

ELE A deixou em paz no trajeto para casa e permaneceu no térreo quando ela subiu a escada para desfazer a mala. Se ela pusesse suas coisas em outro quarto, ele resolveria isso depois. Por enquanto, bastava saber que ela estava com ele, e segura.

Na cozinha, ele examinou a geladeira e o congelador. Sobras do presunto e vários acompanhamentos. Até ele conseguiria improvisar uma refeição decente.

Quando ela finalmente desceu, ele já colocara o jantar de segunda--feira sobre a mesa.

— Você pode me contar tudo enquanto comemos.

— Tudo bem — disse ela, estranhamente reconfortada quando Barbie preferiu se enrodilhar a seus pés em vez de aos pés de Eli. — Lamento ter feito você pensar que não confio em você. Não foi isso.

— Em parte foi, mas conversamos sobre isso depois. Me diga exatamente o que aconteceu. Passo a passo.

A resposta dele a deixou ainda mais abatida.

— Eu queria meditar — começou ela, e lhe contou tudo da forma mais precisa que conseguiu.

— Você não tocou na arma?

— Não. Caiu no chão quando eu larguei a caixa e ficou lá.

— Pelo que você sabe, eles não encontraram nenhuma impressão digital que não devesse estar lá?

— Não, só as fibras.

— E a polícia não voltou a entrar em contato com você?

— Vinnie telefonou para mim hoje, só para ver como eu estava. Disse que os resultados dos testes de balística sairão amanhã ou quarta-feira, mais provavelmente quarta-feira.

— E a pistola? Estava registrada?

— Ele não me disse. Acho que ele tem que ter cuidado com o que fala comigo. Mas eles sabem que a pistola não era minha. Nunca tive uma pistola, nem nunca segurei uma pistola. Se for a pistola usada para matar Kirby Duncan, eles sabem que eu estava aqui com você.

Cada um, convenientemente, encobrindo o outro, pensou Eli. O que Wolfe pensaria a respeito disso?

— O que seu advogado disse?

— Que telefonasse para ele, caso os policiais quisessem me interrogar de novo. E ele entraria em contato como o detetive Corbett. Não estou preocupada com a possibilidade de ser suspeita de assassinato. Ninguém acha que matei Duncan.

— Eu poderia ter plantado a pistola na sua casa.

— Isso seria idiota, coisa que você não é.

— Eu poderia a estar usando como amante e como bode expiatório.

Pela primeira vez, num intervalo de tempo que parecia ter durado horas, ela sorriu.

— Se você me fizer de bode expiatório, não vai ter mais sexo. E não seria uma coisa lógica, pois dirigiria os holofotes outra vez para você e faria a polícia suspeitar de você novamente. O que é exatamente o que o cara que plantou a arma queria; para isso, ele deu o telefonema anônimo para Wolfe. O fato é que isso cheira a armação, e Corbett não é idiota.

— Não, não acredito que seja. Mas há outro ângulo. Você já pode ter tido contato com o assassino por três vezes. Aqui, no bar e no seu chalé, onde ele plantou a arma. Isso é uma coisa preocupante e você sabe disso. Você também não é idiota.

— Eu não posso fazer nada a respeito, a não ser tomar cuidado.

— Você poderia ir visitar sua mãe, por algum tempo. Mas não vai — acrescentou, antes que ela falasse. — E não a censuro. Mas é uma opção. Outra opção é confiar em mim.

Ao ouvi-lo dizer isso, sabendo que lhe dera motivos para fazê-lo, ela se sentiu completamente arrasada.

— Eli, eu confio em você.

— Não quando a coisa fica feia. Não a censuro por isso também. Os homens a têm decepcionado. Seu pai. Tudo bem que o casamento entre ele e sua mãe não funcionou, mas ele ainda é seu pai. E optou por não ser, por não fazer parte de sua vida. Ele decepcionou você.

— Eu não fico remoendo isso.

— O que é uma atitude saudável. Mas o fato permanece.

A ideia ficou pairando no ar até que ela reconheceu a derrota.

— Sim, o fato permanece. Eu realmente não tenho importância para ele, nunca tive. Não fico remoendo isso, mas o fato é esse.

— Você não fica remoendo isso porque é improdutivo e você é produtiva.

— Um modo interessante de colocar a questão. — Ela sorriu novamente. — E verdadeiro.

— Você não fica remoendo isso porque sabe que a perda é dele. E depois tem o canalha que feriu você. Isso é mais do que uma decepção. Você gostava dele e confiava nele, mas ele se virou contra você. Ele a violentou.

— Por pior que pareça, se isso não tivesse acontecido, eu poderia não estar aqui.

— Uma atitude positiva e meritória. Mas isso aconteceu. Você depositou sua confiança em alguém e esse alguém traiu sua confiança. Por que não aconteceria de novo?

— Eu não penso assim. Não vivo assim.

— Você leva uma vida receptiva, ativa e satisfatória, que eu acho fascinante. Uma vida que exige coragem e entusiasmo. Admirável. Você não costuma procurar ajuda, o que é admirável. Mas chega um momento em que você poderia procurar ajuda, deveria procurar ajuda e não procura.

— Eu lhe teria contado, se sua família não estivesse aqui. — De repente, ela cedeu e revelou toda a verdade. — Provavelmente eu teria adiado um pouco. Diria a mim mesma que você já tinha problemas demais e que não faria sentido acrescentar mais um até que eu tivesse mais informações ou o problema fosse resolvido de alguma forma. Talvez. Mas isso não tem nada a ver com confiança.

— Piedade?

— Preocupação. E confiança em mim mesma. Não gosto da palavra *presunção*. Eu precisava cuidar de mim mesma, tomar decisões, lidar com os problemas e, sim, talvez dos problemas dos outros para reconstruir a confiança que Derrick destruiu. Gosto de saber que posso resolver as coisas sozinha quando não posso contar com mais ninguém.

— E quando você pode contar com alguém?

Talvez ele estivesse certo novamente, e era aí que a coisa se complicava; talvez tivesse chegado a hora de fazer uma pequena autoanálise.

— Não sei, Eli. Não sei a resposta, pois faz muito tempo que não me permito fazer essa escolha. Mesmo assim, eu recorri a você naquela noite, depois que fui atacada. Recorri a você e você não me decepcionou.

— Eu não posso mais me envolver com alguém que não está disposta a dar tanto quanto recebe nem a receber tanto quanto dá. Descobri, da pior maneira possível, que acabo de mãos vazias e deprimido. Acho que nós dois vamos ter que decidir quanto podemos dar e quanto podemos receber.

— Eu o magoei porque não pedi sua ajuda.

— Sim, magoou. E me deixou furioso. E me fez pensar. — Ele se levantou e recolheu os pratos, que mal haviam sido tocados. — Eu decepcionei Lindsay.

— Não, Eli.

— Decepcionei sim. Nosso casamento pode ter sido um erro, mas estávamos juntos nele. Nenhum de nós obteve o que esperava. No final, não pude impedir o que aconteceu a ela. Ainda não sei se ela morreu por causa de alguma escolha que eu fiz ou de escolhas que fizemos juntos. Ou se foi simplesmente má sorte. E decepcionei minha avó — continuou ele —, espaçando cada vez minhas visitas à Bluff House e meus encontros com ela. Hester não merecia isso. Nós quase a perdemos também. Será que o tombo na escada teria ocorrido se eu tivesse vindo morar com ela depois do assassinato de Lindsay?

— Você agora é o centro do universo? Depois eu é que sou presunçosa.

— Não. Mas sei, sei *mesmo*, que estou no centro dessa situação e que tudo está interligado.

Ele se virou para ela, mas não se aproximou nem a tocou. Manteve a distância que os separava.

— Eu nunca a decepcionarei, Abra. Sempre farei de tudo, goste você ou não, durma comigo ou não, para que nada de mau lhe aconteça. E quando tudo isso terminar vamos avaliar nossa situação e ver que rumo tomar.

Sentindo-se um tanto acuada, Abra se levantou.

— Eu lavo a louça.

— Deixe que eu lavo.

— Equilíbrio, como você disse. Toma lá dá cá — lembrou ela. — Você preparou o jantar. Eu lavo a louça.

— Tudo bem. Preciso de uma cópia de sua programação.

Abra sentiu sua nuca se arrepiar. Como um aviso.

— Está sempre mudando, Eli. Essa é a beleza da coisa.

— Quero saber onde você está quando não está aqui. Não quero vigiar nem controlar você.

Abra pousou no balcão da pia o prato que segurava e respirou fundo.

— Devo dizer que não pensei isso. Devo dizer também que me dei conta de uma coisa que não havia percebido até hoje: eu trouxe de Washington uma bagagem maior do que pensava. Espero que caiba em uma pequena maleta e que eu possa me livrar dela.

— Isso leva tempo.

— Eu pensei que já havia superado tudo, mas, pelo jeito, não é bem assim. Então... — Ela pegou o prato novamente e o colocou no lava-louça. — Vou ficar aqui durante a maior parte do dia. De manhã, vou dar aula no porão da igreja. E tenho uma massagem às quatro e meia. Greta Parrish.

— Certo. Obrigado.

Ela terminou de encher o lava-louça e começou a limpar os balcões.

— Você não me tocou nem uma vez desde que apareceu no meu chalé. Por quê? Porque está furioso?

— Talvez um pouco. Mas, principalmente, porque não sabia como você iria reagir.

Seus olhares se encontraram.

— Como saberei reagir se você não me toca?

Ele deslizou a mão sobre o braço dela. Depois, a virou para ele e a puxou.

Ela largou o pano de limpeza sobre o balcão e o enlaçou com os braços.

— Desculpe. Eu estava sonegando coisas. Mas... Meu Deus, Eli, ele esteve dentro da minha casa. Mexeu nas minhas coisas. Tocou nas minhas coisas. Quebrou algumas coisas enquanto esperava eu chegar.

— Ele não vai machucar você. Não vou deixar que ele a machuque.

— Tenho que superar isso. Tenho que superar.

— Você vai superar.

Mas não sozinha. Não sem ele.

◆ ◆ ◆ ◆

Quando ela saiu, na manhã seguinte, ele disse a si mesmo que não se preocupasse. Ela não só estava na igreja, a menos de três quilômetros de distância, como também não havia nenhum motivo para que alguém lhe fizesse mal.

Ela estaria de volta no meio da manhã. Assim que soubesse que ela estava dentro de casa, ele poderia trabalhar. Com a cabeça ocupada demais para se concentrar no livro, ele desceu até o porão e passou quase uma hora esvaziando o armário aberto e o afastando da parede.

Demorou ainda mais tempo para abrir o painel pelo lado do porão. Assim que o conseguiu, decidiu lubrificar as dobradiças.

Os rangidos tornavam o ambiente mais interessante, mas se quisesse surpreender alguém, silêncio era indispensável. Munido de uma lanterna e de uma caixa de lâmpadas, ele subiu a escada testando a iluminação, até chegar ao terceiro piso.

Após lubrificar as dobradiças, ele posicionou uma cadeira em frente ao painel e se certificou de que poderia abri-lo e fechá-lo.

Recolocou o armário no lugar e se certificou de que poderia se mover facilmente no espaço que o separava da parede, entrando ou saindo da passagem. Depois recolocou as coisas que estavam no armário em seus respectivos lugares.

Camuflagem, pensou, caso fosse necessária.

A armadilha estava montada, ou quase. Agora só precisava do anzol e da isca.

Como estava sujo de poeira e fuligem, ele se lavou, mudou de roupa e passou algum tempo pesquisando câmeras de vídeo e babás eletrônicas na internet.

Estava se servindo da primeira Mountain Dew do dia quando Abra entrou com as sacolas de compras.

— Oi! — Ela largou as sacolas e vasculhou uma delas. — Olhe o que eu trouxe para você! — Ela se virou para Barbie com um osso de couro. — É para uma boa cachorrinha. Você conhece alguma boa cachorrinha?

Barbie pousou o traseiro no chão.

— Foi o que eu pensei. Você tem sido um bom menino? — perguntou ela a Eli, enquanto desembrulhava o osso.

— Preciso sentar no chão?

— Eu trouxe os ingredientes para minha lasanha, que é famosa, e para um *tiramisù*.

— Você sabe fazer *tiramisù?*

— É o que vamos descobrir. Decidi ter um bom pressentimento a respeito de hoje. Parte do motivo, uma boa parte, é o equilíbrio. Ou saber que estamos nos esforçando para alcançar um equilíbrio. Outro motivo? — Ela deu um forte abraço em Eli. — Descobri que você não é rancoroso.

— Posso ser rancoroso como qualquer pessoa — replicou ele. — Mas não contra uma pessoa de quem gosto.

— O rancor é uma energia negativa voltada para dentro; portanto, é bom saber que você não guarda rancor. E por falar em energia negativa dei um pulo no meu chalé e já me senti melhor. Não como antes, mas melhor.

— Por causa de uma fumaça malcheirosa?

Ela espetou um dedo na barriga dele.

— Funcionou comigo.

— Fico feliz com isso, mas espero sinceramente que você não esteja achando que precisamos de algumas caixas de feixes malcheirosos para neutralizar a energia negativa da Bluff House.

— Mal não faria, mas podemos conversar sobre isso depois.

Muito, mas muito depois, esperava ele.

— Você vai trabalhar agora? Vou só fazer a cama e recolher a roupa para lavar. Depois ficarei fora do seu caminho até você fazer uma pausa.

— Ótimo. Mas primeiro quero lhe mostrar uma coisa.

— Claro. O quê?

— Lá em cima. — Ele apontou para o teto antes de segurar a mão dela.
— Você não notou uma coisa.

— Eu?

Insultada, ela apressou o passo.

— Uma coisa grande — acrescentou ele. — Lá em cima.

— Terceiro piso? Eu não arrumo lá mais que uma vez por mês. Só
passo o espanador e o aspirador de pó. Se quiser voltar a usar esse andar,
você deveria...

— Não é isso. Não exatamente. Mas estou pensando em levar meu
escritório para lá, na mansarda sul.

— Eli, que ideia sensacional.

— Sim. Ando pensando nisso. Ótima luz, ótima vista. Bastante
silêncio. É uma pena que eu não seja pintor nem escultor, pois a velha sala
dos criados daria um ótimo estúdio.

— Pensei a mesma coisa. Um dos quartos voltados para a praia daria
uma ótima biblioteca para suas obras de referência. Uma mistura de biblioteca com sala de estar para quando você quiser fazer uma pausa sem realmente parar de trabalhar.

Ele não pensara em tudo isso, mas...

— Talvez.

— Eu poderia ajudá-lo a se instalar lá, se você decidir fazer isso. Ah,
aqueles tetos maravilhosos têm muito potencial. E sempre achei uma pena
não utilizar a casa toda. Hester me disse que usou esse andar há muitos
anos para pintar, mas descobriu que trabalhava melhor na sala dela; e
melhor ainda ao ar livre. De qualquer forma, seria difícil, para ela, subir
dois andares.

— Estou pensando em voltar a usar toda a casa.

Ele se adiantou e abriu o painel.

— Ah, meu Deus, isso é fantástico. Olhe só. — Ela correu até o painel.
— Isso é muito legal.

— As luzes estão funcionando — demonstrou ele. — Agora. A escada
vai até o porão. Eu desloquei o armário; portanto, o painel de lá também
funciona.

— Eu brincaria de princesa guerreira aqui, se ainda fosse criança.

— É mesmo? — Ele conseguiu imaginar a cena perfeitamente. — Está vendo? Você deixou de ver uma coisa grande.

— Eu entro nisso se você me garantir que despachou qualquer aranha maior do que uma mosca. Você deveria abrir todos os painéis.

— Estou pensando nisso.

— E pensar que já limpei aqui muitas vezes e nunca percebi que isso existia. É... Ele não sabe da existência disso. — Com os olhos chamejantes, ela olhou para Eli. — Ele não sabe.

— Acho que não. Com toda certeza, nunca usou isso. Eu e Mike tivemos que suar muito para mover esse armário. E gastei mais de uma hora trabalhando sozinho para deslocar o armário do porão o suficiente para eu passar.

— Preparando uma emboscada. Eli...

— Estou pensando nisso também.

— Tomando a iniciativa, em vez de ficar na defensiva. — Com as mãos nos quadris, ela andou de um lado a outro. — Eu sabia que hoje seria um bom dia. Nós podemos *fazer* alguma coisa. Vamos pegar o sujeito com a boca na botija.

— Estou pensando nisso. Não é tão simples quanto pular para fora e gritar "buuu". Na verdade, esse cara não é só um arrombador. Ele é um assassino. Não devemos nos precipitar.

— Vamos planejar — concordou ela. — Eu sempre penso criativamente quando faço a limpeza. Então, vamos começar. Nós dois pensaremos.

— Enquanto aguardamos notícias dos policiais.

— Ah, sim. — Ela murchou um pouco. — Acho que sim. Talvez eles consigam rastrear a arma e isso acabe logo. Seria melhor assim. Não tão empolgante, mas, para ser realista, seria muito melhor.

— Haja o que houver, não decepcionarei você.

— Eli. — Ela segurou o rosto dele entre as mãos. — Vamos fazer um novo pacto. Prometemos não decepcionar um ao outro.

— Trato feito.

Capítulo 22

◆ ◆ ◆ ◆

ELE TINHA que trabalhar. Por isso, deixou os planos de armar uma cilada fermentando em um recesso da mente, pois tinha que pôr as palavras no papel para terminar o livro.

Sua agente não lhe dera notícias sobre o material que ele enviara, mas o feriado havia desorganizado tudo. Além disso, lembrou a si mesmo, ele não devia ser o único cliente dela.

Não era nem mesmo um cliente importante.

Era melhor continuar trabalhando na história. Assim, teria mais coisas para enviar. Se ela tivesse problemas com o texto que ele já escrevera, ele veria o que fazer.

Poderia retroceder, polir mais uns cinco capítulos e remetê-los à sua agente para que ela tivesse uma ideia melhor do todo. Mas estava cada vez mais empolgado com a história e não queria se arriscar a jogar água na fervura.

Ele não parou de trabalhar até o meio da tarde, quando Barbie o arrancou de seus pensamentos ao sentar-se ao seu lado e olhar fixamente para ele.

Era o sinal que ele já conhecia: *desculpe interromper, mas preciso ir!*

— Tudo bem, tudo bem, só mais um segundo.

Enquanto salvava o trabalho, ele percebeu que se sentia meio atordoado, como se tivesse bebido algumas taças de excelente vinho num espaço curto de tempo. Assim que se levantou da cadeira, Barbie saiu correndo. Ele a ouviu descendo a escada a toda velocidade.

Ela se sentaria na cozinha, sabia ele, e esperaria que ele aparecesse com a coleira. Ele chamou Abra distraidamente enquanto atravessava a sala. Ao entrar na cozinha, encontrou a cadela exatamente onde esperava encontrá-la.

Encontrou também um *club sandwich,* no balcão, envolto em plástico transparente e encimado por um papel adesivo.

Coma alguma coisa depois de passear com Barbie.
Beijos e abraços

— Ela nunca se esquece — murmurou.

Ele saiu com a cadela e aproveitou o passeio quase tanto quanto Barbie, mesmo quando começou a cair um chuvisco gelado. Com os cabelos úmidos, a Barbie encharcada e a mente concentrada no livro, ele atendeu o telefone quando estava subindo a escada da praia.

— Sr. Landon, aqui é Sherrilyn Burke, da Burke-Massey Investigações.

— Sim. — Ele sentiu um frio na barriga, temendo más notícias. — É bom falar com você.

— Tenho um relatório para você. Poderia mandar por e-mail, mas prefiro repassá-lo com você pessoalmente. Eu posso ir à sua casa amanhã, se for da sua conveniência.

— É alguma coisa com que eu deva me preocupar?

— Preocupar? Não. Gosto de tratar desses assuntos cara a cara, sr. Landon. Assim podemos perguntar e responder. Posso estar aí por volta das onze.

Rápida, pensou ele, e profissional. E firme.

— Tudo bem. Por que você não me envia o relatório? Assim, eu estarei preparado para as perguntas e respostas.

— Está bem.

— Você sabe como chegar a Whiskey Beach?

— Passei um ótimo fim de semana aí há alguns anos. E quem vai a Whiskey Beach acaba conhecendo a Bluff House. Eu encontro você. Onze horas.

— Estarei esperando.

Nada com que se preocupar, pensou, enquanto entrava em casa com Barbie. Mas, claro, tudo a respeito do assassinato de Lindsay, a investigação da polícia e sua própria posição o preocupavam.

Mas ele queria respostas. Precisava delas.

Ele levou seu iPad e o almoço para a biblioteca. Abra deveria estar passando o aspirador de pó ou fazendo alguma coisa no andar de cima, presumiu. A chuva lhe deu vontade de acender uma lareira. Foi o que fez. Depois, sentou-se no sofá, com o tablet no colo, para ler o relatório enquanto comia.

Ignorando os outros e-mails, ele baixou o anexo enviado pela investigadora.

Ela havia conversado pessoalmente com amigos, vizinhos e colegas — tanto dele quanto de Lindsay. Conversara também com Justin e Eden Suskind, assim como alguns dos vizinhos e colegas do casal. Falara com Wolfe e abordara um dos promotores-assistentes.

Estivera na cena do crime, embora essa tivesse sido esquadrinhada e limpa há muito tempo, e a casa já estivesse à venda. Por fim, fizera sua própria reconstituição do assassinato de Lindsay.

Meticulosa, pensou ele.

Ele leu a análise dela, que incluía suas impressões.

Os Suskinds haviam se separado recentemente. O que não era nenhuma surpresa, refletiu ele, considerando as tensões que a infidelidade de um dos cônjuges sempre produz em um casamento. Acrescentem-se a isso um assassinato e a cobertura intensiva dos meios de comunicação, que transformara o casamento deles em uma iguaria para as massas.

O mais surpreendente, pensou ele, era eles terem permanecido juntos durante quase um ano.

Dois filhos, lembrou-se. Uma pena.

A detetive falara com recepcionistas, porteiros e camareiras dos hotéis e resorts nos quais Lindsay se hospedara em suas viagens. E confirmou o que já se sabia: quase todas as viagens que ela fizera, ao longo dos últimos dez ou onze meses de sua vida, haviam sido feitas em companhia de Justin Suskind.

O que ele, Eli Landon, sentia a respeito disso? Não muita coisa, não mais. A raiva se dissipara, desaparecera. Até mesmo a humilhação por ter sido traído se abrandara, assim como uma pedra varrida pelas ondas vai perdendo suas arestas.

Ele sentia... tristeza. Com o tempo, a raiva e o rancor que ele e Lindsay sentiam acabariam se esgotando. E cada um seguiria seu próprio caminho.

Mas nenhum deles teve a oportunidade. O indivíduo que matara Lindsay se encarregara disto.

Era sua obrigação — tanto com ela quando consigo mesmo — ler os relatórios e conversar com a investigadora. Fazer tudo, enfim, para descobrir quem e por quê. E depois virar a página.

Ele leu o relatório duas vezes e refletiu sobre o que lera, enquanto tomava a vitamina que encontrara na geladeira com um papel adesivo dizendo: *beba-me*.

Decidiu tomar um novo rumo. Pegou seu bloco de notas, que estava na escrivaninha, e retirou da estante mais um livro sobre o Dote de Esmeralda.

Passou a hora seguinte lendo as tortuosas especulações do autor que defendia firmemente a teoria de que o marinheiro sobrevivente e Violeta, a privilegiada menina da casa, haviam se apaixonado. Quando o irmão dela, Edwin, descobriu o romance, matou o amante dela. Violeta, imprudente e enfurecida, fugiu para Boston e nunca mais retornou. E nunca mais se soube do Dote de Esmeralda.

O que Eli sabia da história da família confirmava que Violeta fugira, fora deserdada e praticamente eliminada de qualquer documento, por força da riqueza e do poder de sua família, revoltada com o escândalo.

O tom prosaico utilizado para relatar os eventos podia não ser tão atraente quanto o de outros livros que ele lera nas últimas semanas, mas parecia mais baseado no bom senso.

Talvez fosse hora de contratar um genealogista para averiguar o paradeiro da estouvada Violeta Landon.

Em meio a tais considerações, Eli ouviu seu celular tocar e o puxou do bolso.

Viu o nome de sua agente na tela. Respirou fundo. Lá vamos nós, pensou, e atendeu o telefone.

◆ ◆ ◆ ◆

$\mathcal{E}$LE ESTAVA sentado no sofá, com o bloco, o tablet e o telefone, quando Abra entrou no aposento.

— Terminei lá em cima — informou ela. — O andar está liberado, caso você queira voltar ao trabalho. Tenho mais um lote de roupas na secadora.

Pensei em limpar a frente da casa. Está demorando um pouco, pois os degraus da escada precisam de vários baldes de água para que fiquem realmente limpos. E achei que se trabalhasse pelada seria mais divertido.

— O quê?

— Ah, como pensei, o "pelada" atravessou o muro. Você está trabalhando aqui? Pesquisando? — perguntou, inclinando a cabeça para ler o título do livro que ele pousara no sofá: *Whiskey Beach: Um Legado de Mistério e Loucura.* — É mesmo?

— A maior parte é bobagem, mas alguns detalhes são pertinentes. Há um trecho sobre esta região. E outro sobre os Landons durante a Lei Seca, que é bastante interessante. Minha tetravó ajudou a distribuir o produto aos estabelecimentos locais escondendo as garrafas sob as roupas de baixo. Assim enganava as autoridades, que jamais lhe pediriam para levantar a saia.

— Esperta.

— Eu já tinha ouvido essa história; portanto, deve ser verdadeira. A teoria sobre o dote é que o marinheiro conseguiu escondê-lo. Depois roubou o coração da bela e obstinada Violeta, juntamente com várias de suas joias. Tudo culminou com uma caçada feroz numa noite tempestuosa, quando o marinheiro saltou do penhasco do farol, cortesia de Edwin Landon, o malvado irmão de Violeta. O dote provavelmente acompanhou o marinheiro de volta ao mar implacável.

— E repousa até hoje nas areias abissais?

— Segundo esse cara, o bandido e o baú com o tesouro colidiram contra as pedras, e as joias se espalharam.

— Se for verdade, acho que algumas peças, pelo menos, já teriam sido encontradas. E a notícia se alastraria ao longo dos anos.

— Não se as pessoas que recolheram um colar, ou seja o que for, ficassem de bico calado, o que ele acha, e parece mesmo, muito provável. Agora...

Abra sorriu, intrigada.

— Agora...?

— Ela gostou.

— Quem? A obstinada Violeta?

— Quem? Não. Minha agente. Meu livro. Os capítulos que eu enviei a ela. Ela gostou. Ou então está mentindo para não ferir meus sentimentos.

— Ela faria isso? Mentiria?

— Não. Ela gostou do livro.

— Abra se sentou na mesinha do café e o encarou.

— Você estava achando que ela não iria gostar?

— Eu não sabia ao certo.

— Agora você sabe.

— Ela acha que consegue vender o livro com base nos cinco primeiros capítulos.

— Eli, isso é ótimo.

— Mas ela também acha que poderia fazer um negócio espetacular com o livro inteiro.

— Quando falta?

— Eu já quase terminei a primeira versão. Faltam umas duas semanas, talvez. — Menos, pensou, se eu continuar no mesmo ritmo. — Depois vou ter que enxugar um pouco. Não sei exatamente.

— É uma decisão importante e muito pessoal, mas... Ah, Eli! Você deve tentar o negócio espetacular.

Ele não conseguiu deixar de sorrir ao ver como ela se agitava sobre a mesa.

— Sim, é o que ela pensa.

— Mas o que você pensa?

— O negócio espetacular. Eu me sentiria melhor terminando o livro antes que ela o envie a alguma editora. Pode ser que ela esteja enganada e eu acabe batendo o recorde mundial de rejeições, mas já terei terminado o livro.

Ela bateu com o joelho no dele.

— Mas ela pode estar certa e você terá vendido seu primeiro romance. Não me faça queimar um incenso orgânico para eliminar a energia e os pensamentos negativos.

— Não poderíamos fazer sexo em vez disso? — Ele sorriu para ela. — Eu sou sempre muito positivo quando se trata de sexo.

— Vou pensar no assunto. Quando é que você vai me deixar ler o livro?

Quando ele deu de ombros, ela revirou os olhos.

— Tudo bem, vamos voltar ao meu pedido de algum tempo atrás. Uma cena. Só uma cena.

— Sim, talvez. Uma cena.

— É. Nós deveríamos comemorar.

— Eu não acabei de sugerir sexo?

Rindo, ela deu um tapa na perna dele.

— Há outras maneiras de se comemorar.

— Neste caso, podemos comemorar quanto eu terminar o livro.

— Está bem, vou retornar às masmorras.

— Posso ajudar você.

— Pode. Mas pode também voltar ao seu trabalho. — Ela se levantou, ergueu as mãos e, com ambas, fez o V de vitória. — Preparada para o sucesso.

Ele sorriu.

— Vou trabalhar mais algumas horas, pois terei que perder tempo amanhã. A investigadora que contratei vem conversar comigo.

— Alguma novidade? — perguntou ela, sentando-se novamente.

— Não sei. Já li o relatório dela. Não há muitas novidades, mas ela pesquisou bastante. Os Suskinds se separaram.

— É difícil superar uma infidelidade, principalmente quando foi tão pública. Eles têm filhos, não têm?

— Sim. Dois.

— Fica mais difícil ainda. — Ela hesitou e abanou a cabeça. — Só para não repetir um erro, devo lhe dizer que Vinnie me telefonou algumas horas atrás. As balas que eles retiraram do corpo de Duncan foram disparadas pela pistola que eu encontrei no meu chalé.

Ele pousou a mão sobre a dela.

— Eu ficaria surpreso se as balas não combinassem.

— Eu sei. O fato de eu ter chamado Vinnie quando encontrei a arma pesa a meu favor. E o telefonema anônimo para Wolfe, efetuado de um celular pré-pago, cheira a armação. Mas ele queria que eu soubesse que Wolfe está investigando meu passado e meus movimentos, tentando nos colocar juntos antes do assassinato de Lindsay.

— Nós não estávamos juntos; portanto, ele não vai conseguir.

— Não, não vai.

— Conte isso para o seu advogado.

— Já contei. Ele está acompanhando. Não existe nada, Eli, e acho que Wolfe só se interessa por mim como um meio de chegar a você. Se, de alguma forma, ele conseguir nos ligar à morte de Duncan, a hipótese de você estar envolvido na de Lindsay se tornará mais plausível.

— A coisa funciona dos dois lados — lembrou ele. — Como não temos nada a ver com o assassinato de Duncan, isso torna mais provável que eu não tenha nada a ver com o de Lindsay.

— Então você concorda com Wolfe no básico. Os dois assassinatos estão interligados.

— Não consigo acreditar que estou tão próximo de dois assassinatos, um acidente quase fatal, uma série de arrombamentos e uma agressão sem que haja conexões entre esses fatos.

— Concordo com você. Tudo está relacionado. — Ela se levantou de novo. — Vou pensar bem no assunto. Talvez eu consiga encontrar uma forma de ser o herói e a heroína de nosso romance e de ajudar a capturar o bandido.

— Nós podíamos jantar fora hoje à noite.

Ela ergueu as sobrancelhas.

— Podíamos?

— Sim. Barbie pode tomar conta da casa. Podemos sair para jantar em algum lugar. E você pode usar uma roupa sexy.

— Como namorados, Eli?

— Deixei escapar isso. Escolha um lugar — disse ele. — Vamos jantar fora como namorados.

— Tudo bem, eu escolho. — Ela se inclinou e lhe deu um beijo. — Mas você vai ter que usar uma das suas muitas gravatas.

— Posso fazer isso.

Boas notícias e notícias inquietantes, pensou ele depois que ela saiu. Perguntas a serem feitas e a serem respondidas. Mas naquela noite ele iria jantar com uma mulher fascinante, que o fazia pensar, que o fazia sentir.

— Vou trabalhar mais um pouco — disse ele a Barbie. — Depois você pode me ajudar a escolher uma gravata.

◆ ◆ ◆ ◆

Ele não podia vigiar a casa vinte e quatro horas por dia, todos os dias. Mas a observava ao acaso. Sabia que poderia entrar de novo, mesmo que Landon mudasse o código do alarme outra vez. Preferia continuar sua busca com a casa vazia, mas Landon estava sempre em casa. Assim, ele teria que se arriscar a entrar quando Landon estivesse dormindo.

Ele estava começando a acreditar que havia se equivocado ao escolher o porão, pelo menos aquela área daquele espaço gigantesco. Mas teria que terminar o trabalho para ter certeza. Ele já investira tanto tempo, suor e dinheiro naquela escavação que se via obrigado a ir até o fim.

Precisava subir até o terceiro andar novamente. Em algum daqueles baús, embaixo de alguma almofada, atrás de algum quadro, ele encontraria uma pista. Um diário, um mapa, coordenadas.

Ele estivera na biblioteca da Bluff House enquanto a velha senhora dormia, mas não descobrira nada de importante. Não encontrara nada que corroborasse o que já sabia através de pesquisas meticulosas e detalhadas a respeito do Dote de Esmeralda.

Ele conhecia a *verdade*. Por trás da lenda, por trás das histórias de aventuras escritas com base naquela noite tempestuosa em Whiskey Beach, ele *conhecia* a verdadeira história.

O vento, as rochas, o mar revolto, e só um homem sobrevivera. Um homem, pensou ele, e um tesouro de valor incalculável.

Um butim de piratas, obtido pela força, pela coragem, pelo sangue derramado. E que lhe pertencia por direito, por sua linhagem. A linhagem que partilhava com Nathanial Broome. Ele era descendente de Broome, que reivindicava o tesouro, e de Violeta Landon, que dera ao pirata seu coração, seu corpo e um filho.

Ele tinha as provas, escritas pela mão de Violeta. Sempre achara que aquelas mensagens póstumas, aquelas cartas e aquele diário encontrados após a morte de seu tio-avô haviam sido escritos diretamente para ele.

E não para seu tio-avô, um idiota *negligente*.

Ele era o herdeiro do tesouro. Quem teria mais direito ao espólio do que ele?

Não Eli Landon.

Ele obteria o que lhe pertencia. Mataria, se fosse necessário.

E já matara. E, agora que matara, sabia que poderia fazê-lo novamente. À medida que os dias se passavam e seu acesso à Bluff House era bloqueado, ele adquiria mais certeza de que mataria Eli Landon antes de tudo terminar, antes de tudo realmente terminar.

Após obter o que lhe pertencia, mataria Landon, assim como Landon matara Lindsay.

Isso era justiça, disse a si mesmo. Justiça nua e crua, como os Landons mereciam. Como Nathanial Broome aprovaria.

Seu coração deu um pulo, quando ele os viu saindo da casa. Landon de terno, a mulher com um vestido vermelho curto. De mãos dadas, rindo um para o outro.

Sem nenhuma preocupação no mundo.

Será que ele estaria transando com ela enquanto ainda estava com Lindsay? Hipócrita metido a besta. Ele merecia morrer. Ele gostaria de poder matá-los naquele exato minuto.

Mas tinha que ser paciente. Precisava recuperar seu legado, depois faria justiça.

Ele os observou entrando no carro, viu a mulher se inclinando para dar um beijo em Landon, antes que este ligasse o carro e se afastasse.

Duas horas, calculou ele. Se pudesse contratar alguém para segui-los, como já o fizera, saberia com mais precisão. Mas poderia se arriscar a permanecer umas duas horas dentro da casa.

Ele pagara uma boa soma pelo decodificador de alarmes, e dinheiro logo se tornaria um problema. Fora um investimento, lembrou a si mesmo, enquanto estacionava o carro e retirava a sacola do porta-malas.

Sabia que os policiais estavam patrulhando a área. Observara-os passar pela Bluff House e acreditava ter uma noção dos horários. Achava que teria sido um bom pirata e considerava suas aptidões uma prova de sua linhagem, de seus direitos.

Sabia como se evadir, como planejar, como obter o que desejava.

O tempo chuvoso e escuro lhe proporcionava uma boa cobertura. Ele correu em direção à porta lateral, o ponto de entrada mais acessível e mais resguardado. Levaria tempo para fazer uma impressão em cera da chave da mulher. Ela não devia ter levado o pesado chaveiro que costumava carregar, não vestida com aquela elegância. Ele encontraria a chave e a copiaria.

E, na próxima vez, simplesmente usaria uma chave para entrar.

No momento, teria de usar seu pé de cabra que retirou da sacola. Depois, pendurou o decodificador de alarmes no pescoço para que não estorvasse seus movimentos.

Mas quando encostou um dos pés na porta ouviu frenéticos latidos de advertência vindos do interior da casa.

Ele cambaleou para trás com o coração aos pulos.

Vira Landon com um cachorro na praia, mas o animal parecia amigável, brincalhão, inofensivo. Do tipo que se traz para brincar com as crianças.

Ele pusera alguns biscoitos caninos na sacola para usar como suborno.

A violência dos latidos, entretanto, não indicava um cachorro fácil de subornar. Indicavam dentes afiados e mordidas ferozes.

Aos palavrões, quase chorando, ele bateu em retirada. Na próxima vez... na próxima vez traria carne. Envenenada.

Nada o manteria afastado da Bluff House, longe do que era seu por direito.

Ele precisava se acalmar, precisava pensar. O que mais o enfurecia era que teria de voltar ao trabalho, pelo menos por alguns dias. Mas isso lhe daria tempo para pensar e planejar. Talvez lhe ocorresse uma nova ideia para implicar Landon ou a mulher. Para colocar um deles... talvez ambos sob custódia da polícia por algum tempo, o que os afastaria da casa. Era o que bastava.

Ou talvez um dos Landons de Boston sofresse um acidente, o que tiraria o miserável da casa. E deixaria o caminho livre.

Coisas a serem pensadas.

Agora tinha que voltar para Boston e se reorganizar. Manter as aparências, assegurar-se de que era visto onde deveria ser visto, assegurar-se de conversar com quem deveria conversar.

Todo mundo veria um homem comum, metido com seu trabalho e com sua vida. Ninguém poderia adivinhar como ele era extraordinário.

Ele havia se precipitado, pensou, enquanto controlava a velocidade do carro, assegurando-se de que não ultrapassaria o limite estabelecido. Saber que estava tão perto o fizera ir rápido demais. Ele teria que desacelerar um pouco, dar tempo para as coisas se acalmarem.

Quando regressasse a Whiskey Beach, estaria pronto para a ação, pronto para vencer e se apossar de seu legado. Pronto para fazer justiça.

Então viveria conforme merecia. Como um rei pirata.

Dirigindo prudentemente, ele passou pelo restaurante à beira da praia, no qual Eli e Abra se davam as mãos por cima da mesa.

◆ ◆ ◆ ◆

—— EU ADORO namorar — comentou Abra. — Já tinha quase me esquecido de como é.

— Eu também.

— E adoro os primeiros encontros. — Ela pegou sua taça de vinho e sorriu. — Principalmente os primeiros encontros nos quais não preciso decidir se vou para a cama com o cara.

— Gostei dessa última parte.

— Você está se sentindo em casa. Você está se sentindo em casa em Whiskey Beach. Dá para notar. E eu sei como é. Me fale sobre seus planos para a Bluff House. Sei que você tem planos — acrescentou ela, afastando um dos dedos da taça de vinho e o apontando para ele. — Você é um planejador.

— Eu fui. Por algum tempo, por tempo demais. Chegar ao final do dia já era um plano. Mas você tem razão. Eu tenho feito planos para a casa.

Ela se inclinou para a frente, com a luz das velas cintilando em seus olhos. Pela ampla janela ao lado viam-se as ondas quebrando na praia.

— Me conte tudo.

— Primeiro os aspectos práticos. Vovó precisa voltar. Ela vai ficar em Boston fazendo a terapia até ficar boa. Então voltará para casa. Eu estava pensando em um elevador. Conheço um arquiteto que pode vir até aqui para dar uma olhada. Vai chegar uma hora em que ela não conseguirá subir a escada. Um elevador pode ser uma boa opção. Se não for possível, poderemos transformar a sala de estar menor em uma suíte para ela.

— Gostei da ideia do elevador. Ela adora o quarto dela, e adora andar pela casa toda. Com um elevador, ela poderia continuar fazendo isso. Ainda vão se passar muitos anos antes que ela precise de um elevador, mas é uma boa ideia. Que mais?

— Trocar o velho gerador e fazer alguma coisa com o porão. Ainda não sei o quê. Não é uma prioridade. O terceiro andar é mais interessante.

— Um novo espaço de trabalho para o romancista.

Ele sorriu e meneou a cabeça.

— É a primeira coisa da lista, junto com o elevador. E quero dar festas na Bluff House novamente.

— Festas?

— Eu gostava de festas. Amigos, parentes, boa comida, música. Quero ver se ainda gosto.

Ouvir isso a deixou empolgada.

— Vamos organizar uma festa, uma festa grande, para quando você vender seu livro.

— Se eu vender.

— Sou otimista, para mim é "quando".

Eli se calou quando o garçom começou a servir as saladas e esperou até que ambos estivessem a sós novamente. Supersticioso ou não, ele não queria planejar uma festa para um livro que não havia nem terminado, muito menos vendido.

Concessões, lembrou-se.

— Por que não damos uma festa de boas-vindas quando vovó retornar?

— Perfeito. — Ela deu um leve aperto na mão dele antes de pegar o garfo. — Ela iria adorar! Eu conheço uma excelente banda de *swing*.

— *Swing?*

— Vai ser divertido. Meio retrô. Mulheres com vestidos bonitos, homens com ternos de verão, pois sei que ela estará de volta antes do final do verão. Lanternas chinesas nos terraços, champanhe, martínis, flores por toda parte. Bandejas de prata cheias de comida bonita em mesas brancas.

— Você está contratada.

Ela riu.

— Eu organizo algumas festas, às vezes.

— Por que isso não me surpreende?

Ela espetou o ar com o garfo.

— E conheço gente que conhece gente.

— Aposto que sim. E que me diz dos seus planos? Sua academia de ioga.

— Está na pauta.

— Eu poderia ajudá-la.

— Eu gosto de ajudar a mim mesma.

— Você não aceita investidores?

— Ainda não. Eu queria um bom espaço, confortável, sereno. Boa luz. Uma parede com espelhos, talvez uma pequena fonte, bem bonita. Um bom sistema de som, coisa que o da igreja não é. Luzes que eu possa regular. Esteiras, mantas, blocos de ioga, essas coisas, em cores harmoniosas. Quando estiver estabilizada, contratarei um par de instrutores, mas nada grande demais. E uma pequena sala para massagens. Mas, por enquanto, sou feliz com o que faço.

— Isso é tudo?

— Tudo o de que gosto. Não somos afortunados?

— Estou me sentindo muito afortunado neste exato momento.

— Eu quis dizer, por podermos fazer o que gostamos. Estamos sentados aqui, em nosso primeiro encontro como namorados, o que me agrada, conversando sobre planos de fazer coisas que nos agradam. Ter de fazer coisas que não nos agradam não é bom negócio.

— O que não a agrada?

Ela sorriu.

— Neste momento, neste lugar? Não consigo pensar em nada.

Mais tarde, aconchegada nele, sentindo-se aquecida e relaxada enquanto deslizava em direção ao sono, ela percebeu que tudo lhe agradava nele. E quando pensava no futuro, pensava nele.

Ela compreendeu enquanto se fundia com o mar que murmurava além das janelas, que, se deslizasse um pouco mais, acabaria se apaixonando por ele.

Só esperava estar preparada.

Capítulo 23

◆ ◆ ◆ ◆

*P*ELO NOME — Sherrilyn Burke — e pela voz ao telefone, com um acentuado sotaque da Nova Inglaterra, Eli imaginara uma loura magricela enfiada em um terninho elegante. Mas abriu a porta para uma morena de cabelos curtos, com cerca de quarenta anos, usando calça jeans, suéter preto e um velho casaco de couro. A mulher segurava uma maleta e calçava tênis pretos.

— Sr. Landon

— Sra. Burke.

Ela empurrou os óculos escuros para cima de seus cabelos curtos e estendeu a mão para ele.

— Bonito cachorro — disse ela, também estendendo a mão para Barbie.

Polidamente, Barbie estendeu sua pasta.

— Ela dá uns latidos terríveis, mas não me parece que goste de morder.

— Os latidos bastam.

— Aposto que sim. Você tem uma casa e tanto.

— É verdade. Entre. Gostaria de tomar um café?

— Eu nunca recuso um café. Prefiro puro.

— Sente-se, por favor. Vou pegar o café.

— Talvez a gente possa poupar tempo se eu for até a cozinha com você. Você atendeu a porta e está indo buscar o café. Isso me diz que os empregados estão de folga.

— Eu não tenho empregados, coisa que você já sabe.

— Faz parte do trabalho. E você me pegou — acrescentou ela com um sorriso que revelava um dente incisivo torto. — Eu gostaria de dar uma olhada na casa. Já vi algumas fotos em revistas, mas não é a mesma coisa que estar aqui.

— Tudo bem.

Ela observou o hall de entrada, enquanto o atravessava; depois, o salão principal e a sala de música, cujas portas duplas podiam se abrir para o salão durante uma festa.

— Parece que não tem fim, não é? Mas é aconchegante, não é como um museu. Eu estava curiosa. Vocês mantiveram a personalidade da casa, e isso diz muito. O interior combina com o exterior.

— A Bluff House é importante para minha avó.

— E para você?

— Sim, para mim também.

— É uma casa grande para uma só pessoa. Sua avó morou aqui sozinha durante muitos anos.

— É verdade. Ela vai voltar assim que os médicos autorizarem. E eu vou morar com ela.

— A família em primeiro lugar. Eu sei como é. Tenho dois garotos, uma mãe que me deixa louca e um pai que deixa *ela* louca desde que se aposentou. Ele completou os trinta anos.

— Seu pai era policial?

— Sim, era um dos Rapazes. Mas você já sabia disso.

— Faz parte do trabalho.

Ela deu um sorriso maroto. Voltou-se e seguiu para a cozinha.

— Essa parte foi remodelada, mas ainda reflete a personalidade da casa. Você sabe cozinhar?

— Na verdade, não.

— Nem eu. Parece que esta cozinha foi feita para cozinheiros profissionais.

— Minha avó gosta de fazer pães, bolos e tortas. — Ele se aproximou da cafeteira enquanto ela se acomodava num dos bancos do balcão central. — E a mulher que cuida da casa é uma cozinheira muito competente.

— Você está falando de Abra Walsh. É ela... que está cuidando da casa para você, no momento.

— Correto. Minha vida pessoal é relevante, sra. Burke?

— Me chame de Sherrilyn. E tudo é relevante. É assim que trabalho. Portanto, preciso saber como funciona a casa. E também sou admiradora da mãe da srta. Walsh. E, pelo que eu já soube, da filha também. Ela está levando uma vida muito interessante aqui, depois de alguns contratempos. Mas e você?

— Estou me recuperando.

— Você até que era correto, para um advogado. — Ela deu outro sorriso maroto. — Está tentando ser escritor, agora.

— Certo.

— Pode fazer sucesso, com o nome que tem. Família rica, escândalo, mistério.

Ele sentiu uma pontada de desgosto.

— Não estou querendo fazer sucesso com o dinheiro de minha família nem com o assassinato de minha esposa.

Ela deu de ombros.

— As coisas são o que são, sr. Landon.

— Me chame de Eli, se é para me insultar.

— Estou só estudando o terreno. Você colaborou com a polícia mais do que eu esperava, depois da morte de sua mulher.

— Mais do que eu deveria, olhando em retrospecto. — Ele pousou o café em frente a ela. — Eu não estava pensando como advogado. Quando comecei a pensar, já era um pouco tarde.

— Você a amava?

Fora ele que pedira uma mulher, lembrou a si mesmo. Queria uma pessoa que desconhecesse o caso e fosse minuciosa. Conseguira uma, uma investigadora que em nada se parecia com o detetive que ele contratara após a morte de Lindsay.

Agora, teria que lidar com o resultado de sua escolha.

— Não quando ela morreu. Nem sei se cheguei a amá-la. Mas ela tinha importância para mim. Era minha esposa, e tinha importância para mim. Quero saber quem a matou. Quero saber por quê. Passei a maior parte do ano passado me defendendo em vez de tentar encontrar as respostas.

— Ser o principal suspeito de um assassinato tende a manter a pessoa na defensiva. Ela o traiu. E lá estava você tentando obter um divórcio justo e civilizado enquanto um monte de dinheiro e a reputação de sua família estavam em jogo. Mesmo com um acordo pré-nupcial, havia um monte de dinheiro e bens na linha. De repente, você descobre que ela estava fazendo você de bobo. Então vai até a casa que pagou com seu dinheiro, pois o dela ainda estava aplicado quando você comprou o imóvel. Você a procura, perde a cabeça, pega o atiçador e dá o que ela merece. Então... "Que merda que eu fui fazer." Você chama os policiais e conta a velha história: "Quando eu entrei, encontrei ela assim."

— Foi o que eles acharam.

— Os policiais.

— Os policiais, os pais de Lindsay e os meios de comunicação.

— Os pais dela não contam, os meios de comunicação, para me repetir, são o que são. E os policiais, no final, não conseguiram montar um caso.

— Eles não conseguiram montar um caso, mas isso não me torna inocente aos olhos deles e de muitas pessoas. Os pais de Lindsay perderam uma filha; portanto, têm importância. E eles acreditam que eu cometi um crime impune. A imprensa pode ser como é, mas tem influência. Eles montaram um caso muito bom no tribunal da opinião pública, e minha família sofreu por causa disso.

Ao se dar conta de que ela o observava em silêncio enquanto ele falava, ele percebeu que ela estava analisando a personalidade dele, assim como analisara a da casa.

— Você está tentando me deixar puto?

— Talvez. Pessoas bem-educadas não falam muita coisa útil. O caso de Lindsay Landon parecia uma barbada para os policiais. Marido distanciado, sexo, traição, dinheiro, crime passional. O principal suspeito só poderia ser o marido e também a pessoa que descobrira o corpo. Você era as duas coisas. Não havia sinal de arrombamento nem de luta. Nenhum sinal de que tivesse sido um ladrão pego em flagrante. Além disso, você havia discurso em público com a vítima na manhã do mesmo dia. Havia muita coisa contra você.

— Tenho consciência disso.

— O problema é que tudo isso é superficial. Quando se vai mais fundo, a coisa desmorona. A cronologia não bate: a hora da morte, a hora em que você foi visto por algumas testemunhas saindo do seu escritório, a hora em que você desativou o alarme para poder entrar. Você não poderia ter entrado e saído, e depois voltado novamente, pois foi visto no seu escritório, conversou com clientes e com outras pessoas até depois das seis da tarde. E as testemunhas corroboram a hora em que a vítima saiu da galeria na qual trabalhava. Ela entrou na casa, e isso foi comprovado, cerca de duas horas antes que você chegasse, naquela noite.

— Os policiais perceberam que a cronologia estava apertada, mas acharam que era possível, para mim, entrar, discutir, matar minha mulher e depois tentar encobrir o crime chamando a polícia.

— Isso não se sustentou na reconstituição, nem mesmo na reconstituição feita pelo promotor. Ótimo café — comentou ela, e prosseguiu. — Depois, há o que foi demonstrado pela perícia forense. Não havia respingos de sangue em você, e é impossível desferir golpes como aqueles sem se sujar de sangue. Não havia respingo nas suas roupas. E testemunhas descreveram o terno e a gravata que você estava usando no escritório. Como você teria tempo, em aproximadamente vinte minutos, para mudar de roupa e tornar a mudar? E onde estavam as roupas manchadas de sangue ou o que quer que você tenha usado para cobrir seu terno?

— Você parece meu advogado.

— Ele é um cara esperto. Acrescente-se a tudo isso o fato de você não ter um histórico de violência nem de nenhum delito. E por mais que eles pressionassem você, você se manteve fiel ao seu relato. Eles não conseguiram fazer você se contradizer.

— Porque era a verdade.

— Acrescente-se também que o comportamento da vítima pesava a seu favor. Era ela quem estava mentindo, ela quem estava traindo, ela quem estava planejando um acordo generoso enquanto mantinha um caso amoroso secreto. A mídia também veiculou isso.

— É fácil manchar a reputação de uma mulher morta, e não era isso o que eu queria.

— Mas isso ajudou, assim como os telefonemas trocados entre ela e Justin Suskind depois que você a confrontou naquela tarde. E apontou os holofotes para ele durante algum tempo.

Ele não estava aguentando tomar café; portanto, abriu a geladeira para pegar água.

— Eu queria que o culpado fosse ele.

— Aí temos um problema. Primeiro: motivo, a menos que você aceite a teoria de que ela decidiu terminar o relacionamento depois que vocês discutiram. Esta teoria é ainda mais difícil de aceitar porque ela soube manter o relacionamento em segredo. Amigos, colegas, vizinhos, ninguém sabia da existência dele. Alguns desconfiaram de que havia alguém, mas nunca falaram sobre isso. Havia muita coisa em jogo. Ela não mantinha um diário, e os e-mails que eles trocavam eram cautelosos. Ambos tinham muito a perder. Eles se encontravam exclusivamente em hotéis e restaurantes fora da cidade. Nada do que os policiais descobriram apontava para alguma tensão entre eles.

— Não. — Eli gostaria que a ferida parasse de doer, mesmo quando a dor já tivesse abrandado. — Acho que ela gostava bastante dele.

— Talvez gostasse ou talvez gostasse da aventura. Você provavelmente nunca vai saber ao certo. Mas o maior problema da teoria de que Suskind foi o assassino é que a esposa dele corroborou seu álibi. Ele traiu a esposa. Ela parece transtornada, arrasada pelo caso, mas diz à polícia que ele estava em casa naquela noite. Eles jantaram juntos, sozinhos, pois os filhos deles estavam em uma festa na escola. Os garotos confirmam que chegaram em casa às oito e quinze e encontraram os pais.

Ela abriu sua maleta e pegou uma pasta.

— Como você já sabe, os Suskinds se separaram recentemente. Eu achei que ela poderia mudar a história, agora que o casamento acabou. Conversamos ontem. Ela se mostrou amargurada, cansada, farta do marido e do casamento, mas não mudou a história.

— Onde isso nos deixa?

— Bem, quem comete traição com uma, talvez cometa traição com outra. Talvez outro amante não estivesse muito satisfeito com Lindsay e Suskind, ou talvez outra mulher casada tenha feito uma visita a ela. Eu ainda não encontrei nada, o que não quer dizer que não vou encontrar. Você se importa de eu tomar outro?

Sherrilyn apontou para a cafeteira.

— Não, claro.

— Eu mesma poderia fazer o café, mas essa cafeteira parece ser daquelas que exigem um manual de instruções.

— Sem problema.

— Obrigada. Você poderá verificar, e acho que seu outro detetive relatou isso, que nem sempre ela usava cartão de crédito para alugar os quartos. Às vezes usava dinheiro, e dinheiro é difícil de rastrear.

— A essa altura, temos testemunhas que identificaram Justin Suskind como companheiro dela em diversos lugares. Agora temos que procurar algumas que identifiquem outra pessoa.

Ele trouxe mais café e se sentou novamente para examinar o conteúdo da pasta enquanto Sherrilyn continuava a falar.

— Ela deixou o assassino entrar na casa. Virou as costas para ele. Conhecia quem a matou; portanto, temos que descobrir quem ela conhecia. Os policiais de Boston foram meticulosos, mas escolheram você como principal suspeito. E o investigador que ficou com o caso não quis abrir mão de você.

— Wolfe.

— Ele é um buldogue. Você era o culpado ideal para ele. Eu sei por quê. Você era advogado criminalista. O inimigo. Ele se mata para tirar os bandidos da rua e você enchia os bolsos os libertando.

— Preto e branco.

— Eu fui policial durante cinco anos antes de me tornar investigadora particular. — Segurando a xícara de café, ela se reclinou na cadeira para saboreá-lo. — Eu vejo muitos tons de cinza, mas ele é do tipo que fica furioso quando algum figurão consegue que algum idiota lhe conceda a liberdade por causa de algum detalhe técnico ou de algum malabarismo jurídico. Wolfe olha para você e vê um cara rico, privilegiado, mimado, maquinador e culpado. Construiu um ótimo caso baseado em provas circunstanciais, mas não conseguiu que seus superiores lhe dessem crédito. Depois você vem morar em Whiskey Beach e, mal acaba de chegar, um novo assassinato acontece à sua porta.

— Agora você não está parecendo meu advogado. Está parecendo um policial.

— Eu tenho muitas vozes — replicou a ela, descontraidamente, pegando outra pasta e pousando-a no balcão.

— Kirby Duncan. Ele basicamente trabalhava sozinho. Era discreto e da velha escola. Não era dos detetives mais requisitados, mas sempre conseguia clientes. Os policiais gostavam dele. Ele fora um deles e jogava limpo. Wolfe o conhecia e gostava dele. Está furioso por não poder culpar você e depois utilizar isso como prova de que você matou sua mulher.

— Percebi isso claramente — concordou Eli.

— Mas neste caso nada se encaixa. Duncan não era idiota, não teria se encontrado sozinho, numa área deserta, com o cara que estava seguindo. E a menos que tivesse dado uma louca nele não iria até o farol à noite, no meio de uma tempestade. Ele foi se encontrar com alguém, provavelmente alguém que conhecia. E esse alguém o matou. Você tem um álibi e não há absolutamente nada que indique que você e Duncan tenham se falado ou se encontrado. Nada que indique que você tinha saído de Boston (onde foi confirmado que você estava) quando Abra Walsh foi atacada aqui nesta casa. Então deu um jeito de se encontrar com Duncan, matou o detetive e voltou para Boston, onde revistou o escritório e o apartamento dele. Em seguida, voltou para cá novamente. Ninguém acredita nisso.

— Wolfe...

Sherrilyn abanou a cabeça.

— Acho que nem Wolfe acredita nisso, por mais que tente. Mas se ele puder ligar Walsh a isso de alguma forma, provando que você recebeu ajuda, ou descobrir que você tinha um cúmplice em Boston para cuidar das coisas lá, a história poderia colar.

— Alguém plantou a arma do crime na casa de Abra.

— O quê? — Ela aprumou o corpo, com um olhar irritado e contra-feito. — Como diabos eu não soube disso?

— Desculpe. Eu mesmo só soube segunda-feira.

Com uma expressão sombria, ela tirou um bloco e uma caneta de sua maleta.

— Me conte tudo.

Ele contou o que sabia, enquanto ela escrevia as informações no que ele achou ser taquigrafia policial.

— Armadilha malfeita — concluiu ela. — O cara que fez isso é impulsivo, desorganizado e talvez meio burro.

— Ele assassinou um investigador tarimbado, e até agora não foi preso por isso.

— Até os burros podem ter sorte. Eu gostaria de examinar o chalé de Abra antes de retornar a Boston.

— Vou falar com ela.

— E também esse buraco no seu porão. Depois vou falar com os policiais locais, para ver o que eles estão dispostos a me contar. — Ela tamborilou com a caneta sobre a pasta à sua frente e observou Eli com ar avaliativo. — Pelo seus e-mails e pelas nossas conversas por telefone, você acha que todas essas coisas estão interligadas?

— Se não estiverem, seria uma baita coincidência.

— Talvez. Eu desenterrei mais uma coisa que acho interessante.

Ela pegou outra pasta.

— Há cerca de cinco meses, Justin Suskind comprou um imóvel conhecido como Sandcastle, na extremidade norte de Whiskey Beach.

— Ele... comprou um imóvel aqui?

— Correto. Está escriturada em nome da Legacy Corp, uma empresa de fachada que ele montou. A esposa dele não aparece na escritura nem na hipoteca. Se e quando eles iniciarem um processo de divórcio, isso não vai aparecer. É bem possível, neste momento, que ela não saiba nada.

— Por que diabo ele compraria uma casa aqui?

— Bem, a praia é bonita e não deixa de ser um bom investimento imobiliário. — O sorriso maroto reapareceu. — Mas a cínica que existe dentro de mim me diz que ele tem outros motivos. Poderíamos especular que ele esteja querendo pegá-lo em algum erro e vingar sua amante morta; mas você não estava morando aqui cinco meses atrás, nem pretendia vir para cá.

— A Bluff House estava aqui. Minha avó...

— Nada disso estabelece uma conexão entre ele e a morte de sua esposa, e foi para isso que você me contratou. Mas eu adoro um enigma, ou não estaria nesse negócio. E também sou xereta. Ele compra um imóvel aqui, relativamente perto da casa ancestral de sua família, um lugar que, de acordo com minhas informações, você raramente visitou depois de se casar.

— Lindsay não gostava daqui. Ela e minha avó não se davam bem.

— Ela poderia ter mencionado a casa e todas as suas conexões durante uma conversa com ele. Então, alguns meses depois, ela morre e ele compra o tal imóvel. E você acaba com um buraco no porão, uma avó no hospital e um detetive no seu encalço, que depois é assassinado. E agora a arma do crime é plantada na casa na casa da mulher com quem você está envolvido. O que há no centro de tudo isso, Eli? Não é você. Você não estava aqui quando ele deu o primeiro passo. O que há no centro de tudo?

— O Dote de Esmeralda. Uma coisa que provavelmente não existe. Se existir, com certeza não está enterrada no porão. Ele deixou minha avó caída no chão para que ela morresse.

— Talvez. Não se pode provar isso ainda, mas talvez. Eu não teria lhe dado todas essas informações se minhas observações não tivessem me convencido de que você não é do tipo que perde as estribeiras e faz coisas idiotas. Não vá manchar minha reputação como avaliadora de índoles.

Ele levou um susto, pois percebeu que pouco lhe faltava para perder as estribeiras e fazer uma coisa idiota.

— Ele poderia ter matado minha avó. Ela ficou caída lá, sabe Deus quanto tempo. Uma velha senhora indefesa, e ele a abandonou para que ela morresse. Ele pode ter matado Lindsay. — Voltando ao turbilhão de emoções, continuou. — A mulher dele pode ter lhe fornecido um álibi falso por lealdade ou por medo. Ele é capaz de matar. É provável que Duncan estivesse atrás dele também. Quem mais? Quem mais se importaria com o que eu estou fazendo? Pensei que fossem os pais de Lindsay, mas isso faz mais sentido.

— Fiz algumas pesquisas sobre esse assunto. Sou xereta — repetiu ela. — Os Piedmonts contrataram uma excelente firma de investigações, de Boston, que pôs dois dos seus melhores detetives no caso. Três semanas atrás, a firma saiu do caso.

— Saiu... do caso?

— A minha informação é de que os investigadores relataram que não restava mais nada a ser descoberto. Não estou dizendo que os pais dela não vão contratar outra firma, mas posso dizer que não foram eles que contrataram Kirby Duncan.

— Se foi Suskind, ele saberia quando eu saía de casa, onde eu estava e quanto tempo ele teria para cavar. Ele veio até aqui na noite em que eu estava em Boston porque Duncan lhe disse que eu estava em Boston. De repente, Abra chegou. Se ela não tivesse se defendido, ele poderia... — Ele caminhou até as portas do terraço e voltou. — Você disse que Duncan era um cara correto.

— Sim, ele tinha essa reputação.

— Vinnie... o xerife-assistente Hanson foi conversar com ele na noite em que entraram aqui. Falou a Duncan sobre o arrombamento e sobre Abra. Um cara honesto não gostaria de ser usado para que seu cliente pudesse infringir a lei e agredir uma mulher. Então, Suskind resolveu matar Duncan, para não ser denunciado.

— Isso poderia resolver o caso, quando e se puder ser provado. Mas neste momento... — ela tamborilou de novo sobre a pasta que tinha à frente — ... só o que podemos provar é que ele comprou o imóvel. E a mulher dele não me pareceu leal nem amedrontada quando conversei com ela. Pareceu humilhada e amargurada. Não sei por que mentiria pelo marido.

— Ele ainda é o pai dos filhos dela.

— É verdade. Manterei essa linha de investigação. Enquanto isso, vou dar uma olhada por aqui para ver se consigo descobrir quais são as intenções de Suskind. Ele vai ser meu alvo.

— Eu gostaria que você que contasse aos policias o que descobriu sobre ele.

Ela fez uma careta.

— Isso dói. Veja bem, os policiais vão querer conversar com ele, vão fazer perguntas e tirar as próprias conclusões. Ele pode se assustar e ir embora, acabando com nossa melhor teoria. Me dê mais algum tempo, digamos uma semana. Deixe-me ver o que consigo descobrir de mansinho.

— Uma semana — concordou Eli.

— Por que você não me mostra o famoso buraco do porão?

No porão, ela bateu algumas fotos do buraco com uma pequena câmera digital.

— Quanta determinação — comentou. — Eu li alguma coisa a respeito do dote, do navio e tudo o mais, só para ter uma visão geral. Gostaria de mandar um dos meus detetives pesquisar esse assunto mais a fundo, se você permitir.

— Tudo bem. Eu mesmo tenho feito algumas pesquisas. Se houvesse alguma coisa para ser encontrada, nós já teríamos encontrado há muito tempo. Ele está só perdendo tempo.

— Provavelmente. Mas a casa é grande. Imagino que tenha muitos esconderijos.

— A maior parte da casa foi construída depois do naufrágio do *Calypso*. Foi a indústria do uísque que a construiu, geração após geração, juntamente com as destilarias, os armazéns e os escritórios.

— Você não entrou no negócio da família — disse ela, quando começaram voltar para cima.

— É coisa para a minha irmã. Ela é boa nisso. Eu vou ser o Landon da Bluff House. Sempre há um aqui — explicou ele —, desde que este lugar não passava de uma casinha de pedra no penhasco.

— Tradições.

— São importantes.

— Foi por isso que você retornou à casa de Back Bay. Para recuperar o anel de sua avó.

— O anel não fazia parte dos bens dela. No acordo pré-nupcial, isso ficou claro. Mas eu não confiava em Lindsay.

— Por que confiaria? — comentou Sherrilyn.

— O anel pertencia aos Landons. Foi dado a mim pela minha avó para ser dado a minha esposa, como um símbolo de que ela fazia parte da família. Lindsay não honrou esta simbologia. E eu fiquei furioso — acrescentou, fechando a porta do porão. — Eu queria recuperar as coisas que eram minhas. O anel e o jogo de café em prata, que estava com a minha família há duzentos anos. A pintura... Foi uma idiotice — reconheceu ele. — Eu não queria que ela ficasse com uma coisa que eu tinha comprado com um sentimento de confiança, quando ela havia traído essa confiança. Foi uma idiotice, porque depois de tudo o que aconteceu não consigo nem olhar para a pintura.

— Isso adicionou mais peso ao seu lado da balança. Você foi até lá e pegou o anel, só o anel. Deixou de lado todas as joias que havia comprado para sua mulher. Você não espalhou tudo pelo chão nem jogou pela janela.

Não exibiu nenhum sinal de disposição violenta. Você não é um homem violento, Eli.

Ele pensou em Suskind. Em Lindsay, na sua avó, em Abra.

— Posso ser.

Ela lhe deu umas palmadinhas maternais na mão.

— Não comece a mudar. Eu reservei um quarto na pousada por uma noite. Quero ter uma conversa com a proprietária a respeito de Duncan. A respeito de qualquer pessoa que ela tenha visto na companhia dele. Diante de um bolinho de mirtilos, as pessoas às vezes se lembram de coisas que não lhes ocorreram quando estavam falando com os policiais. Quero ver o chalé de Abra e vou bisbilhotar o imóvel de Suskind. Talvez eu converse com alguns dos vizinhos dele e alguns lojistas. Ele tem que comprar comida e umas cervejinhas de vez em quando.

— Sim. Vou telefonar para Abra e lhe falar sobre a visita ao chalé.

Ao pegar o telefone, ele olhou para a lista pendurada sobre o quadro de avisos da cozinha.

— Essa é a programação dela?

— De hoje.

— Mulher atarefada.

Sherrilyn estudou a programação enquanto Eli conversava com Abra. Uma mulher metida em tanta coisa, pensou, saberia um pouco a respeito de muita gente. Isso poderia ser útil.

— Ela disse que você pode pegar a chave com a vizinha dela, na casa à direita do chalé. Maureen O'Malley.

— Ótimo. Vou deixar essas pastas. Tenho cópias. — Ela fechou a maleta. — Manterei você informado.

— Obrigado. Você me deu um monte de coisas para pensar. — Quando ele a estava acompanhando até a porta, teve o lampejo. — Cerveja. Bar.

— Para mim, um chope.

— Abra, na noite do segundo arrombamento. Nós estávamos no bar em que ela trabalha às sextas-feiras. Ela viu um cara, desconhecido, antipático. Ele pediu outra bebida, mas foi embora antes que ela a servisse. Foi logo que eu entrei no bar.

— Ela pode descrever esse homem?

— É escuro lá dentro. Ela trabalhou com um desenhista da polícia. O desenho não ficou lá essas coisas. Mas...

— Se você lhe mostrar uma foto de Suskind... Vale a pena. Há uma foto dele numa das pastas. Isso só provaria que esteve no bar, o que, considerando que ele tem uma casa aqui, não é muita coisa. Mas já é mais um passo.

Eli se deu conta de que queria saber mais. A ideia de que o homem com quem sua mulher o traíra poderia tê-la assassinado lhe dava um frio no estômago. O homem poderia também ter provocado o tombo de sua avó e a largado ao pé da escada para morrer lá. Ele poderia ter atacado Abra.

E invadido a Bluff House. Todo mundo em Whiskey Beach conhecia os Landons. Portanto, comprar uma casa lá fora uma decisão deliberada. Motivada pela proximidade com a Bluff House, com certeza.

Ele levou as pastas para a biblioteca, sentou-se diante da velha escrivaninha e pegou seu bloco de notas.

E começou a trabalhar.

Quando Abra chegou, pouco depois das cinco, ele ainda estava trabalhando. A cadela, que a havia recepcionado à porta, ainda a olhava com olhos suplicantes.

— Eli.

— Hã? — Pestanejando, ele olhou em volta, franzindo a testa. — Você chegou.

— Sim, cheguei. Na verdade, estou um pouco atrasada. — Ela andou até a escrivaninha, examinou as pilhas de papéis e de anotações, e recolheu duas garrafas vazias. — Uma sessão de duas Mountain Dews.

— Vou levar as garrafas.

— Deixe que eu levo. Você almoçou?

— Ah...

— Você levou a cadela para passear?

— Oh. — Ele olhou para Barbie que o fitava com ar entristecido. — Eu me distraí.

— Duas coisas. Primeira: não vou permitir que você relaxe consigo mesmo novamente, pulando refeições e se alimentando apenas de refrigerantes amarelos e café. E segunda: você não pode se esquecer de um cão que depende de você.

— Tem razão. Eu estava atarefado. Vou sair com Barbie já, já.

Como resposta, Abra simplesmente se virou e saiu da sala, acompanhada pela cadela.

— Merda.

Ele olhou para os papéis, para os progressos que fizera e passou as mãos pelos cabelos.

Não pedira um cachorro, pedira? Mas aceitara o animal, e isto era o que valia. Ele se levantou e foi até a cozinha. Encontrou-a vazia. A enorme bolsa de Abra repousava sobre o balcão. Uma olhada pela janela o informou de que ela mesma levara a cadela para passear. Já descera metade da escada da praia.

— Não vou me chatear com isso — murmurou, pegando um casaco e a bola favorita de Barbie enquanto se dirigia à porta.

Quando as alcançou, mulher e cadela caminhavam rapidamente pela beira da praia.

— Eu me distraí — repetiu ele.

— É óbvio.

— Olhe, a investigadora me deu um bocado de informações novas. São importantes.

— A saúde e o bem-estar do seu cachorro também são, para não falar de você.

— Eu simplesmente me esqueci de que ela estava lá. Droga, ela é tão educada. — Como isto soou como uma acusação, ele olhou a cadela com ar de arrependimento. — Vou me redimir. Ela gosta de correr atrás da bola. Está vendo? — Ele soltou a coleira. — Vá pegar, Barbie! — gritou ele, arremessando a bola na água.

A cadela disparou atrás da bola, exultante.

— Está vendo? Ela me perdoou.

— Ela é um cão. Perdoa quase tudo.

Abra se afastou rapidamente, quando Barbie, completamente encharcada, retornou para largar a bola na areia.

Eli pegou a bola e a arremessou outra vez.

— Você se lembrou de dar comida para ela? E a tigela de água dela estava vazia.

— Droga. — Tudo bem, ele bobeara. — Não vai acontecer de novo, eu estava...

— Distraído — completou ela. — Então se esqueceu de dar água para sua cadela e passear com ela. Se esqueceu de comer. E acho que não escreveu nada. Em vez disso, gastou todo o seu tempo e a sua energia em assassinatos e tesouros.

De jeito nenhum ele iria pedir desculpas por isso.

— Eu preciso de respostas, Abra. Pensei que você também precisasse.

— Eu preciso. — Ela procurou se manter calma enquanto ele animava o animal com outro arremesso. — Eu preciso, Eli, mas não às suas custas. Não se custar o que você reconstruiu para si mesmo.

— Não tem nada a ver com isso. Foi só uma tarde, pelo amor de Deus. Uma tarde em que todas as portas se abriram em áreas que eu preciso explorar. Porque reconstruir não basta se a gente não sabe onde pisa.

— Eu compreendo. Compreendo mesmo. E talvez eu esteja exagerando, mas não no que se refere a Barbie, porque aí não há desculpa.

— Você está querendo que eu me sinta um lixo?

Ela pensou na pergunta. Pensou nele. Pensou em Barbie.

— Quero que você se sinta um lixo a respeito do que fez com ela.

— Missão cumprida.

Dando um suspiro, ela tirou os sapatos e enrolou as pernas da calça até os joelhos para andar pelo raso da água.

— Você é importante para mim. Demais. E isso é um problema, Eli, você ser tão importante para mim.

— Por quê?

— É mais fácil simplesmente viver minha vida. Você passou por isso — acrescentou ela, afastando os cabelos que o vento lhe soprava sobre o rosto. — É mais fácil viver minha vida do que dar esse passo de novo, correr esse risco de novo. Dá medo quando parece que a gente não vai conseguir deixar de dar esse passo. E parece que eu não vou conseguir.

O rumo da conversa o deixou desconcertado e um tanto desconfortável.

— Você é mais importante para mim do eu pensei que seria. Mais do que pensei que qualquer pessoa seria. Isso dá um pouco de medo — disse.

— Eu não sei se algum de nós se sentiria assim se tivéssemos nos encontrado alguns anos atrás, sendo as pessoas que éramos então. Você conseguiu sair de um poço, Eli.

— Tive ajuda.

— Eu não creio que as pessoas aceitem ajuda se não estiverem preparadas para isso, saibam disso ou não. Você estava preparado. Sinto uma dor no coração quando me lembro de como você estava triste, exaurido e sombrio quando chegou a Whiskey Beach. Meu coração se partiria se eu o visse naquele estado outra vez.

— Isso não está acontecendo.

— Eu quero que você obtenha as suas respostas. Eu também quero obter essas respostas. Só não quero que elas enviem você para aquele poço de novo, nem que o transformem numa pessoa que eu não reconheceria. É uma coisa egoísta, mas quero você como é agora.

— Tudo bem. Tudo bem. — Ele demorou um pouco para organizar os pensamentos. — Eu sou esse que você está vendo. E esse que você está vendo se esquece de coisas, fica distraído e está aprendendo a gostar de ter alguém por perto para lhe dizer que não seja assim. Eu não estou muito diferente do que fui antes que tudo isso acontecesse. Mas o que aconteceu me ensinou a me concentrar no que é importante. Eu não quero ser um problema para você, mas não pretendo ir a lugar nenhum. Estou onde quero estar. Disso eu tenho certeza.

Ela passou a mão nos cabelos de novo e inclinou a cabeça para o lado.

— Jogue uma gravata fora. Qualquer uma, você escolhe. E me deixe ler uma cena do seu livro. Simbolismo. Jogar fora uma coisa de antes e me oferecer uma coisa de agora.

— Isso resolve o problema?

Ela abanou a mão.

— Veremos. Agora vou pensar no que farei para o jantar. E obrigarei você a comer. — Ela lhe deu um cutucão na barriga. Você ainda está meio magricela.

— Você também não está muito gorda.

Para provar o que dizia, ele a levantou do chão. Ela começou a rir, enquanto enlaçava as pernas em torno da cintura dele.

— Então vamos ter um banquete.

Ela o beijou nos lábios, enquanto ele rodopiava com ela no colo. Quando afastou a cabeça, viu para onde ele estava indo.

— Não faça isso! Eli!

Eles caíram juntos na água e rolaram por entre as ondas. Ela conseguiu se levantar, arquejante, no exato momento em que a onda seguinte bateu nela e a derrubou de novo.

Rindo como louco, Eli a levantou novamente.

— Eu queria ver como era.

— Molhado. E frio. — Ela empurrou os cabelos para trás, enquanto a entusiasmada cadela nadava em torno deles. Por que aquele ato impulsivo e bobo, eliminara todo o seu nervosismo e toda a sua irritação? O que isto queria dizer a respeito dela? — Bobalhão.

— Sereia. — Ele a puxou contra seu peito novamente. — É o que você parece, bem como eu pensei.

— Esta sereia tem pernas e está congelando. E está com areia em alguns lugares bem inconvenientes.

— Parece que um longo banho quente está a caminho.

Segurando a mão dela, ele a puxou para a beira da água. — Vou ajudá-la a tirar essa areia. — Ele riu de novo quando o vento o açoitou. — Meu Deus, estou congelando. Venha, Barbie.

Conquistada, pensou ela. Era o que tudo aquilo dizia a respeito dela. Ela estava simplesmente conquistada. Enquanto corriam pela praia, ainda conseguiu recolher seus sapatos.

Capítulo 24

♦ ♦ ♦ ♦

TÃO LOGO entraram na lavanderia, Abra arrancou seu casaco gotejante e jogou no chão os sapatos encharcados.

— Frio, frio, frio — entoou por entre os dentes chocalhantes, enquanto removia a camiseta e a calça ensopadas.

A visão de Abra, molhada, nua e trêmula, retardou os movimentos de Eli, que ainda estava pelejando para tirar sua calça empapada, quando ela começou a correr.

— Espere um pouco!

Ele arrancou a calça, a cueca e deixou tudo no chão sobre uma poça de água marinha e torrões de areia molhada. E correu atrás dela.

— Frio, frio, frio! — repetia ela.

Ele a alcançou logo após o primeiro jorro de água quente sair do chuveiro, juntamente com seus gritos de alívio.

— Quente, quente, quente!

Ela deu um gritinho quando ele a enlaçou por trás.

— Não! Você ainda está frio.

— Não por muito tempo.

Ele a virou de frente, abraçou-a com força e agarrou os cabelos dela. Depois a beijou na boca, sentindo o calor aumentar.

Ele queria tocar toda aquela pele molhada, aquelas longas linhas, aquelas curvas sutis. Queria ouvir sua risada rouca, seu suspiro entrecortado. Quando voltou a estremecer, foi por excitação e expectativa, enquanto a água quente jorrava sobre ambos.

As mãos dela deslizaram pelo corpo dele, um leve arranhar de unhas, um roçar erótico dos dedos. Eles giraram várias vezes sob a cachoeira pulsante, com as bocas coladas numa ânsia úmida e candente.

Ele queria fazê-la feliz, queria apagar a inquietação que vira em seus olhos quando estavam na praia. Queria protegê-la dos problemas que certamente viriam.

Problemas, pensou, que pareciam se grudar nele como uma segunda pele.

Pelo menos naquele momento só havia calor, prazer e desejo. Ali, naquele momento, ele poderia lhe dar tudo o que tinha.

Abra se agarrava a ele. Quando ele a virava para deslizar as mãos sobre seu corpo, ela estendia um braço para trás e o enganchava no pescoço para mantê-lo junto a si. Erguia o rosto, como sempre fazia quando chovia.

Seu corpo ansiava por mais. Ele a tocava aqui e ali. Paciente e implacável, ele transformou aquele anseio em uma agonia profunda e gloriosa.

Quando ela se virou — boca sobre boca novamente —, ele a encostou nos ladrilhos molhados e a penetrou.

Devagar agora, devagar, subindo como o vapor, descendo como a água, flutuando em densas e úmidas nuvens de prazer. Por entre as brumas, ela o olhou nos olhos. Lá estavam as respostas, pensou. Teria apenas que aceitar o que já sabia, reter o que seu coração já desejava.

Você, pensou, enquanto se deixava levar. Eu estava esperando você.

Quando encostou o rosto no ombro dele, estremecendo junto com ele em um mergulho final, sentiu-se cheia de amor.

Perdido nas profundezas dela, ele a segurou por mais um momento, simplesmente a segurou. Depois lhe ergueu o rosto e a beijou nos lábios.

— Por falar naquela areia...

A risada dela tornou perfeito aquele momento.

♦ ♦ ♦ ♦

Na cozinha, tépida e seca, Abra planejava o jantar, enquanto ele servia o vinho.

— Poderíamos comer uns sanduíches — sugeriu ele.

— Acho que não.

— Você está tentando fazer com que eu me sinta culpado de novo, por não ter almoçado?

— Não, já superei isso — respondeu ela, colocando alho, tomates--cerejas e um pedaço de queijo parmesão sobre o balcão. — Estou com fome e você deveria estar também. Obrigada. — disse, pegando a taça de vinho que ele lhe estendera e a tocando na dele. — Mas já que levantou o assunto poderia me dizer o que deixou você tão distraído.

— Conversei com a investigadora hoje.

— Você disse que ela viria. — Já em frente à geladeira aberta, Abra se virou para ele. — Você disse também que ela tinha uma novidade.

— Pode-se dizer que sim. — Algo lhe veio à mente e ele ergueu um dedo. — Espere. Quero tentar uma coisa. Só vai levar alguns minutos.

Ele foi até a biblioteca, abriu uma das pastas deixadas pela investigadora e retirou a foto de Justin Suskind. Depois a levou até seu escritório e fez uma cópia, tentando rever mentalmente o retrato feito pelo desenhista da polícia.

Usando um lápis, acrescentou cabelos mais longos e sombreou os olhos. Ele não era nenhum Rembrandt, pensou. Nem mesmo uma Hester H. Landon. Mas valia a pena tentar.

Desceu então com a foto e a cópia, detendo-se por alguns momentos na biblioteca para pegar as pastas e as anotações.

Quando voltou à cozinha, ela já colocara duas panelas sobre o fogão. Uma pequena bandeja com azeitonas, alcachofras e pimentões marinados repousava sobre o balcão, onde ela estava picando alho.

— Como você consegue fazer isso? — perguntou ele, jogando uma azeitona na boca.

— Magia culinária. O que é isso tudo?

— Arquivos que a investigadora deixou e anotações que eu fiz. Ela recomeçou a investigação desde o início.

Quando ele terminou de falar, fazendo uma pausa antes de informá-la da presença de Suskind em Whiskey Beach, Abra já pousara sobre o balcão uma travessa de *campanelle** com tomates, manjericão e alho. Enquanto ela ralava o queijo sobre a massa, ele a observou atentamente.

— Você fez isso em, o que, meia hora. Sim, sim, magia culinária — disse, antes que ela pudesse responder.

---

* Tipo de massa italiana, no formato aproximado de um cone. (N.T.)

Em seguida, serviu o prato dela e o seu.

Sentando-se ao lado dele, Abra provou a comida.

— Ficou boa. Funcionou. Então ela também acha que está tudo interligado?

— Sim, ela... boa? — disse ele ao provar a comida. — Está ótima. Você deveria escrever a receita.

— E perder a espontaneidade? Ela vai conversar com Vinnie, certo? E com o detetive Corbett.

— A ideia é essa. E terá algumas coisas novas para lhes informar.

— Por exemplo.

— Vamos ver isso aqui primeiro. — Ele pegou a foto retocada e a pousou sobre o balcão, entre ambos. — Esse cara lhe parece familiar?

— Eu... Ele se parece com o homem que eu vi no bar, naquela noite. Se parece muito com o homem do bar. — Ela levantou a foto e a estudou cuidadosamente. — Está mais parecido com ele do que eu consegui explicar ao desenhista da polícia. Onde você conseguiu?

Em resposta, Eli lhe mostrou a foto original.

— Quem é? — perguntou ela. — Está com os cabelos mais curtos e uma aparência mais limpa e cordial. Como ela encontrou o homem que eu vi no bar?

— Ela não sabia que tinha encontrado. Esse é Justin Suskind.

— Suskind, o homem com quem Lindsay estava envolvida? Sim, claro. — Uma expressão de contrariedade atravessou seu rosto. — Droga! Vi a foto dele em um jornal no ano passado, mas não me lembrei dele nem juntei as coisas. Não prestei muita atenção, eu acho. O que ele estava fazendo no pub?

— Estava nos vigiando. Alguns meses atrás, ele comprou o Sandcastle, um chalé na extremidade norte.

— Ele comprou uma casa em Whiskey Beach? Eu conheço essa casa. — Ela apontou um dedo para Eli. — Às vezes faço trabalhos de limpeza para a casa em frente. Eli, só há uma razão para ele comprar uma casa aqui.

— Para ter acesso a esta casa.

— Mas isso é loucura. É loucura quando se pensa no assunto. Ele estava tendo um caso com sua esposa e agora... Será que ele teve o caso só para obter informações sobre a casa e sobre o tesouro? Ou será que soube de tudo durante o caso?

— Lindsay nunca se interessou muito pela Bluff House.

— Mas ela era uma *conexão* — insistiu Abra. — Ela conhecia a história do *Calypso* e do dote, não?

— Com certeza. Eu lhe contei a história na primeira vez em que a trouxe aqui. Mostrei a ela a enseada onde os piratas costumavam ancorar. E lhe falei sobre o contrabando de uísque durante a Lei Seca. Queria impressionar a garota com a cor local e o folclore dos Landons.

— E ela? Ficou impressionada?

— A história é boa. Lembro que ela me pediu para contar a história em alguns jantares, mas foi só para arrancar risadas. Ela não pensava nem se interessava muito por Whiskey Beach.

— Obviamente, Suskind se interessava e ainda se interessa. Eli, isso é importantíssimo. Ele pode ser o responsável por tudo o que aconteceu. Os arrombamentos. O tombo de Hester. O assassinato de Duncan. Quanto ao assassinato de...

— No caso de Lindsay, ele tem um álibi.

— Mas esse álibi não foi fornecido pela mulher dele? Se ela mentiu...

— Eles se separaram. E ela continua a manter a declaração original. Com um pouco de relutância, Sherrilyn acha, pois não é propriamente uma amiga de Suskind.

— Ela ainda pode estar mentindo. — Abra pescou um pouco de macarrão. — Ele cometeu outros crimes.

— Inocente até que prove o contrário — lembrou Eli.

— Ah, não banque o advogado comigo. Me dê uma razão, que não seja mal-intencionada, para ele ter comprado essa casa.

— Posso lhe dar algumas. Ele gosta da praia, quis fazer um investimento, seu casamento estava naufragando e ele precisava de um lugar para ir, algum lugar tranquilo onde pudesse refletir sobre tudo. Ele e Lindsay decidiram vir até aqui, um dia, para que ela lhe mostrasse a Bluff House. Então, ele comprou um chalé aqui para se lembrar desse dia maravilhoso.

— Ah, isso é bobagem.

Ele deu de ombros.

— Dúvida razoável. Se eu estivesse defendendo Suskind, botaria a boca no mundo, alegando que meu cliente estava sendo interrogado simplesmente por ter comprado uma casa na praia.

— E, se *eu* fosse a promotora, botaria a boca no mundo, chamando atenção para a série de coincidências e conexões. Uma casa exatamente na praia na qual a família Landon possui sua casa ancestral, casa esta que sofreu uma série de arrombamentos desde que ele fez a aquisição?

Ela deu um risinho; depois o encarou com ar sério.

— Excelência, declaro que o acusado adquiriu o referido imóvel e nele estabeleceu residência com o único propósito de entrar ilegalmente na Bluff House para procurar um tesouro de piratas.

Ele sorriu e se debruçou para lhe dar um beijo.

— Protesto. Especulação.

— Acho que eu não teria gostado do Advogado Landon.

— Talvez não. Mas, com o que temos aqui, eu teria livrado Suskind, sem dificuldade.

— Então inverta as coisas. Como o Advogado Landon teria montado um caso contra Suskind?

— Para começar, descobrindo se ele tem conhecimentos sobre o Dote de Esmeralda e se interessa pelo assunto. Ligando a ele as fibras encontradas no seu apartamento, isso seria fundamental. Rastreando a pistola até ele; ou qualquer das ferramentas encontradas no porão. Verificando se minha avó consegue identificá-lo como o intruso. Desmontando o álibi fornecido pela mulher dele. Melhor ainda seria encontrar um jeito de situá-lo na casa, quando Lindsay foi assassinada, mas isso não vai acontecer. Encontrar uma testemunha ou testemunhas de desavenças entre ele e Lindsay. Isso seria um bom começo.

Abra bebericou seu vinho e refletiu.

— Aposto que vamos encontrar com ele livros, anotações e todo o tipo de informações sobre a Bluff House e o dote.

— Não sem um mandado de busca, e não se consegue um mandado de busca sem uma causa provável.

— Não me venha com detalhes técnicos. — Abra abanou a mão, com ar de pouco caso. — A polícia poderia comparar as fibras com as roupas dele. E com o DNA do meu pijama.

— Tudo isso requer um mandado, que requer uma causa provável.

— E a pistola...

— Não está registrada. Provavelmente ele comprou a arma nas ruas, em dinheiro. Ou com algum comerciante inescrupuloso. Não é uma coisa difícil de se fazer em Boston.

— Como se pode rastrear uma coisa assim?

— Mostrando o retrato dele a traficantes de armas conhecidos pela polícia. Se algum deles o reconhecer, fazer com que ele identifique Suskind e preste testemunho. — Eli refletiu sobre o processo e as probabilidades. — Para tudo isso acontecer será preciso a mesma sorte necessária para ganhar na Mega Millions.

— Alguém sempre acaba ganhando. Sua investigadora poderia fazer tudo isso. Acho que devemos deixar Hester se lembrar sozinha, se e quando ela se lembrar. E, sinceramente, estava escuro. Não acredito que ela realmente o tenha visto. Deve ter visto uma sombra, um vulto.

— Concordo com você nesse ponto.

— Rastrear as ferramentas não vai ser fácil. Provavelmente foram compradas há meses. Quem é que vai se lembrar de um cara comprando uma picareta ou uma marreta? Mas... acho que você deveria ir a Boston falar com a mulher dele.

— O quê? Com a Eden Suskind? Por que ela falaria comigo?

— Que droga, Eli. Isso demonstra como você conhece pouco as mulheres. Principalmente as enraivecidas, traídas ou entristecidas. Vocês dois foram traídos. Pelo marido dela e por sua mulher. Não deixa de ser um elo. Vocês compartilharam uma experiência difícil.

— É um elo muito fraco, se ela acha que eu matei Lindsay.

— Só há um jeito de descobrir. E já que vamos estar em Boston poderíamos passar no escritório de Kirby Duncan.

— Nós?

— Claro, eu vou com você. Uma mulher solidária.

Abra pousou a mão sobre o coração, num gesto mudo de solidariedade.

— Ótimo. Você representa muito bem.

— Bem, eu me *sinto* solidária. Ela pode se sentir mais à vontade se houver outra mulher presente. Uma mulher que possa demonstrar solidariedade e compreensão. E precisaremos exibir a foto de Suskind no escritório de Duncan.

— Para isso servem os investigadores.

— Sim, claro, mas você não está curioso? Não posso fazer isso esta semana. Já tenho compromissos agendados. Além disso, precisamos planejar um pouco mais. Provavelmente terei tempo na semana que vem. Enquanto isso, talvez nossa investigadora ganhe na loteria. E ficaremos de olho em Suskind e atentos ao que acontece no Sandcastle.

— Não podemos ficar rondando a casa. Se ele nos detectar, pode se assustar e ir embora. E você também vai se manter longe da casa. Isso nem se discute — acrescentou, antes que Abra pudesse replicar. — É uma regra escrita na pedra, não na areia. Não sabemos ao certo se ele tem outra pistola, mas é praticamente certo que, se tiver, ele a usará. Duncan tinha uma arma registrada que não foi encontrada no corpo dele nem, tanto quanto eu saiba, em lugar nenhum.

— Especulação. Mas concordo com quase tudo. Não precisaremos rondar a casa. Venha comigo, vou lhe mostrar.

Ela o levou até o terraço e se aproximou do telescópio.

— Segundo Mike, os proprietários anteriores compraram a casa como investimento há cerca de cinco anos, pouco antes do estouro da bolha financeira. A economia despencou, as pessoas deixaram de gastar muito em férias e coisas não essenciais — prosseguiu ela, virando o telescópio para o sul. — O imóvel ficou à venda por mais de um ano; eles tiveram que diminuir o preço. Então...

Ela tirou o olho do telescópio e aprumou o corpo.

— Meu Deus, sou uma idiota. Você precisa conversar com Mike. Foi ele quem fez a corretagem do negócio.

— Você está brincando.

— Não, não me lembrei. Ele era o corretor desse imóvel. Pode saber alguma coisa sobre alguma coisa.

— Vou falar com ele.

— Mas agora dê uma olhada. — Ela deu um tapinha no telescópio. — Sandcastle.

Eli se inclinou e olhou pelo telescópio. A casa estava situada na extremidade norte. Era de madeira, com dois andares e um amplo deque em frente à praia. As janelas e as portas de correr estavam fechadas com persianas, notou ele. Havia uma pequena entrada para carros, mas nenhum carro estacionado.

— Parece que não tem ninguém em casa.

— Seria uma ótima ocasião para ir até lá e olhar mais de perto.

— Não — disse ele, ainda observando a casa.

— Você sabe que quer fazer isso.

Com certeza queria, mas não queria que ela fosse junto com ele.

— A única coisa que há para ver é a casa, com as persianas fechadas.

— Aposto que nós conseguiríamos abrir uma fechadura.

Foi a vez de ele aprumar o corpo.

— Está falando sério?

Ela encolheu os ombros e teve a decência de parecer envergonhada.

— Mais ou menos. Nós poderíamos encontrar alguma prova de...

— A prova seria completamente inadmissível num tribunal.

— Advogado.

— Ajuizado — corrigiu ele. — Nós não vamos arrombar a porta dessa casa, nem da casa de ninguém. Especialmente da porta de um homem que pode ser um assassino.

— Você faria isso, se eu não estivesse aqui.

— Não, não faria.

Pelo menos esperava que não.

Ela semicerrou os olhos e deu um suspiro.

— Você não faria. Mas, pelo menos, me diga que *gostaria* de fazer.

— O que eu gostaria era de que ele estivesse na casa. Gostaria de chutar a porta, entrar na casa e encher o cara de porrada.

A raiva fria na voz dele a fez arregalar os olhos.

— Ah. Você já encheu alguém de porrada antes?

— Não. Ele seria o primeiro. Mas eu adoraria. Que se dane se tudo ainda é uma especulação. — Ele enfiou as mãos nos bolsos e começou a andar pelo terraço. — Dane-se a especulação. Não sei se ele matou Lindsay, mas as probabilidades são de que matou. E eu sei, eu *sei* que ele é o responsável pelo que aconteceu com vovó. Sei que ele pôs as mãos em você.

E meteu uma bala em Duncan. Ele faria tudo de novo, e ainda mais, para conseguir o que quer. E não posso fazer porra nenhuma.

— Ainda.

Ele parou e tentou dominar sua frustração.

— Ainda.

— O que você pode fazer neste momento?

— Posso conversar com Mike. Posso pensar em conversar com Eden Suskind e na melhor maneira de me aproximar dela. Podemos contar aos policiais que você identificou Justin Suskind, o que lhes daria um motivo para ter uma conversa com ele; mas vamos aguardar alguns dias para dar algum tempo a Sherrilyn. A identificação não vai servir para muita coisa, mas deixará Suskind apreensivo. Posso continuar a pesquisar sobre o dote para ver se consigo imaginar o que ele acha que vai descobrir aqui.

Enquanto pensava no assunto, ele foi se acalmando.

— Tenho confiança na investigadora, ela vai realizar o trabalho dela. Mas posso engendrar um plano para atrair Suskind até aqui. Assim, posso pegar o cara em flagrante.

— Nós — corrigiu ela.

— Como nós podemos ver a casa dele, ele certamente pode ver a Bluff House. Portanto, ele está vigiando a casa, pelo menos de forma intermitente. Precisamos ter certeza de que ele está em casa. Então, saímos de casa acintosamente. Talvez até levando algumas malas.

— Como se fôssemos fazer uma rápida viagem.

— Isso daria a ele a oportunidade perfeita. Nós estacionaríamos fora de vista, retornaríamos a pé e entraríamos pelo lado sul. Depois nos esconderíamos na passagem secreta com uma câmera de vídeo. Tenho olhado algumas on-line, e também babás eletrônicas.

— Excelente ideia, proativa. E pode funcionar. Mas e Barbie?

— Droga. Sim, ele pode não entrar se a ouvir latindo. Nós levamos Barbie conosco e a deixamos com Mike. Será que eles ficariam com ela por algumas horas?

— Sem dúvida.

— Temos que aprimorar o plano. — Ele gostaria de repassá-lo, pensou, para cronometrar o tempo — É uma boa alternativa. Mas vamos torcer para que Sherrilyn e os policiais consigam reunir dados suficientes para deter Suskind e fazer pressão sobre ele.

— Gostei da ideia de me aninhar numa passagem secreta com meu namorado. — Ela o abraçou. — Preparando uma cilada para um frio assassino. Seria como uma cena de um thriller romântico.

— Só não pode espirrar.

— De jeito nenhum. E por falar em cenas de livro...

— Sim, trato é trato. Vou escolher uma. Deixe-me pensar no assunto.

— É justo. Agora, a respeito daquela gravata...

— Você estava falando sério?

— Muito sério. Você pode pegar uma delas enquanto eu ponho essas roupas molhadas na máquina de lavar. Em seguida, posso examinar essas pastas, enquanto você lava os pratos. Quando terminarmos, já será hora de Barbie fazer seu passeio de antes de dormir.

— Você pensa em tudo.

— Eu tento. — Ela beijou uma de suas bochechas, depois a outra. — Uma gravata — repetiu, enquanto o empurrava para fora da cozinha.

Mais relutante do que esperava, ele foi até seu quarto e puxou o cabide de gravatas de dentro do armário.

Ele gostava de suas gravatas. Não que tivesse algum apego emocional, mas gostava de ter uma variedade. Opções.

O que ainda não explicava por que as trouxera para a praia, sobretudo considerando que, nos últimos seis meses, só usara gravata em raras ocasiões.

Tudo bem, talvez ele tivesse um leve apego emocional. Obtivera vitórias nos tribunais usando aquelas gravatas — e algumas derrotas. Selecionara uma delas em todos os dias de sua vida profissional. Ele as afrouxava quando permanecia até tarde no escritório. Atara e desatara aquelas gravatas em incontáveis ocasiões.

Em outra vida, reconhecia.

Ele pegou uma delas — com listras azuis e cinzentas —, mudou de ideia e pegou uma marrom, com um sutil estampado. Mudou de ideia de novo.

— Droga.

Fechando os olhos, ele pegou uma às cegas.

Porra, tinha que ser uma Hermès.

— Pronto.

Realmente lhe doeu separá-la das outras. Para superar a tristeza, foi até o escritório.

Ela diria a ele que estava boa, pensou, enquanto tentava decidir que cena escolheria. Ela mentiria.

Ele não queria que ela mentisse. Queria que fosse sincera.

Estranhamente, deu-se conta de que sabia a cena que lhe daria para ler. Era a única em que a opinião dela poderia ser útil.

Examinou o texto e encontrou as páginas. Antes de mudar de ideia, deu o comando de imprimir.

— Não seja covarde — ordenou a sim mesmo enquanto descia a escada com os papéis.

Abra estava sentada diante do balcão, esfregando os pés descalços no dorso da cadela, que repousava no chão. Estava usando óculos, de moldura larga e alaranjada.

— Você usa óculos.

Ela os tirou, como se fossem um segredo vergonhoso.

— Às vezes, para ler. Principalmente quando as letras são pequenas. E essas são muito pequenas.

— Ponha os óculos de novo.

— Sou vaidosa. Não tem jeito.

Ele afastou as folhas para o lado, pegou os óculos e os colocou novamente sobre o nariz dela.

— Você ficou uma graça.

— Achei que uma armação chamativa faria diferença, mas sou mesmo vaidosa e detesto usar esses óculos. Só para ler, às vezes, e quando estou confeccionando bijuterias.

— As coisas que a gente aprende. Uma graça mesmo.

Ela revirou os olhos por trás das lentes e tirou os óculos de novo. De repente, avistou a gravata.

— Bonita — disse ela, enquanto a pegava. Quando viu a etiqueta, ergueu as sobrancelhas. — Hermès. *Muito* bonita. As moças da loja de roupas usadas vão ficar muito contentes.

— Loja de roupas usadas?

— Não posso simplesmente jogar fora. Ela poderá ser usada por alguém.

Ele olhou para a gravata enquanto ela a enfiava na bolsa.

— Posso comprar de volta?

Ela deu uma risada e abanou a cabeça.

— Você não vai sentir falta. Isso é para mim? Ela apontou para as folhas impressas.

— Sim. Uma cena. São apenas algumas páginas. Resolvi fazer tudo de uma vez. Como se estivesse arrancando uma atadura.

— Não vai doer.

— Sempre dói. Não quero que você minta para mim.

— Por que eu mentiria para você?

Ele afastou as folhas quanto Abra tentou pegá-las.

— Você é uma encorajadora nata e está dormindo comigo. E não gosta de ferir os sentimentos de ninguém. Você não vai ferir meus sentimentos, se disser a verdade. Bem, isso é mentira. Mas preciso saber se a coisa funciona ou não, mesmo que fique magoado.

— Não vou mentir para você. — Ela abanou os dedos para lhe pedir as folhas. — Pare de pensar no que estou fazendo e vá encher a máquina de lavar.

Ela apoiou os pés no segundo banco e, como estavam à mão, colocou os óculos. Após olhar para ele por cima das páginas e fazer um gesto para que ele se afastasse, pegou a taça de vinho que estava saboreando. E começou a ler.

Ela leu o texto duas vezes, sem dizer nada, enquanto os pratos tilintavam e a água jorrava na pia.

Depois colocou as páginas de lado e tirou os óculos, para que ele pudesse ver seus olhos com clareza.

Então sorriu.

— Eu poderia mentir um pouco. Mas com o tipo de mentira que considero como "mentira suave", pois é como uma almofada que suaviza a queda para ambas as partes.

— Uma mentira suave.

— Sim. Desse modo posso mentir sem me sentir culpada. Mas me sinto realmente feliz por não ter que mentir, mesmo que fosse uma mentira suave. Você me entregou uma cena de amor.

— Bem, sim. Por uma razão. Não escrevi muitas delas. Pode ser um ponto fraco.

— Não é. É sexy, romântica e mais: você me mostrou o que eles estão sentindo. — Ela pousou a mão no coração. — Eu sei que ele está magoado. Aqui novamente — disse ela, batendo com a mão no peito. — Ela quer chegar até ele, e deseja muito que ele chegue até ela. Não conheço todos os motivos, mas sei que aquele momento era importante para os dois. Não é um ponto fraco.

— Ele não esperava encontrá-la. Eu não esperava que ele a encontrasse. Ela o torna um homem diferente, no livro.

— E ele vai torná-la uma mulher diferente?

— Espero que sim.

— Ele não é você.

— Eu não quero que seja, mas há traços meus. Ela não é você, mas... Tenho certeza absoluta que vai usar óculos de armação laranja.

Ela riu.

— Minha contribuição para sua obra literária. Mal posso esperar para ler o livro, Eli, do início ao fim.

— Isso ainda vai demorar um pouco. Eu não conseguiria escrever essa cena três meses atrás. Não teria acreditado nela e não a sentiria. — Ele se aproximou dela. — Você me mostrou mais que óculos de leitura.

Ela passou o braço ao redor da cintura dele e pousou o rosto em seu peito. Não era de admirar que, após ela ter dado aquele primeiro passo arriscado, as coisas tivessem se precipitado tão rapidamente.

Algo que não lamentaria.

— Vamos levar Barbie para passear — disse.

Ao ouvir as palavras "passear" e "Barbie", a cadela se pôs de pé e começou a abanar a cauda freneticamente.

— E poderei lhe falar sobre algumas ideias que tive para o seu escritório do terceiro andar — acrescentou ela.

— Para o meu escritório.

Os lábios de Abra se abriram em um sorriso, enquanto ela se afastava dele.

— São só ideias — prosseguiu ela, enquanto se levantava para pegar a coleira e um dos casacos dele, pois o dela, no momento, estava na secadora de roupas. — Inclusive uma belíssima pintura que vi numa das lojas da cidade. Uma das pinturas de Hester, na verdade.

— Já não há quadros suficientes na casa?

— Não no seu novo escritório. — Ela arregaçou as mangas do casaco e fechou o zíper. — Além disso, os quadros do seu escritório têm que ser inspiradores, estimulantes e pessoais.

— Eu sei o que poderia me inspirar e estimular. E que também se qualifica como pessoal — disse, pegando um casaco. — Uma foto em tamanho natural de você, usando somente esses óculos.

— É mesmo?

— Em tamanho natural — repetiu, enquanto colocava a correia na coleira de Barbie.

— Há uma boa possibilidade.

— O quê? — Ele levantou a cabeça rapidamente, mas ela já estava se encaminhando para a porta. — Espere aí. Está falando sério?

A risada dela ecoou no ambiente, enquanto ele e Barbie a seguiam.

Capítulo 25

♦ ♦ ♦ ♦

*A*PÓS TROCAR e-mails com a investigadora, Eli passou uma hora pesquisando sobre o Dote de Esmeralda e, depois, mergulhou em seu livro. Já convencera Abra a adiar a viagem a Boston, pois o livro estava entrando em uma fase decisiva. Ele ansiava pelas horas que passava mergulhado no trabalho, agora com a possibilidade, estimulantemente próxima, de redefinir sua vida.

Também precisava de tempo para se preparar. Se de fato pretendia se encontrar com Eden Suskind para conversar sobre aspectos delicados do casamento dela, precisaria fazer a coisa bem-feita.

Não seria muito diferente, a seu ver, de interrogar uma testemunha em um julgamento.

Ele ainda queria dispor de mais um ou dois dias para testar a câmera de vídeo e as babás eletrônicas que havia comprado.

Na verdade, ele se viu relutante em sair de Whiskey Beach, nem que fosse por um dia. Periodicamente, ia até o terraço e dava uma olhada pelo telescópio.

Segundo os sucintos relatórios de Sherrilyn, Justin Suskind permanecia em Boston, cuidando dos próprios assuntos e morando perto de seu escritório. Visitara sua casa uma vez, mas só durante o tempo suficiente para pegar seus dois filhos e os levar para jantar.

Entretanto, poderia voltar a qualquer momento. Eli não queria deixar passar a oportunidade.

Quando levava Barbie para passear, à tarde, tendia a caminhar na direção norte. Por duas vezes passou pelo Sandcastle, ocasião quando subiu pela escada do norte e voltou para casa pela estrada costeira.

Assim, pôde olhar a casa mais de perto, atentando para as portas e janelas.

As persianas do Sandcastle continuavam completamente fechadas.

Ele disse a si mesmo que deixaria passar mais alguns dias, até que as coisas serenassem e as ideias amadurecessem em sua cabeça.

Este arranjo lhe ofereceria a remota possibilidade de se encontrar com Suskind em um de seus passeios com a cadela. Assim teria a satisfação de olhá-lo cara a cara.

Ele achava que merecia isto.

Quando terminou o trabalho do dia, pensou em Abra. Desceu a escada e levou Barbie até o terraço, onde sabia que a cadela gostava de relaxar e aproveitar o sol antes do seu passeio da tarde.

Depois conferiu a programação de Abra. Aula às cinco, observou. Talvez fosse melhor preparar o próprio jantar.

Pensando melhor, resolveu pedir uma pizza, decisão muito mais segura e apetitosa. Poderia comer ao ar livre, sob a luz tênue de uma noite primaveril, junto aos amores-perfeitos e narcisos. Acenderia algumas velas. Gostava de velas. Depois ligaria os cordões de luzes — que encontrara no depósito e conseguira consertar — e os penduraria no beiral do telhado que se projetava sobre o terraço principal.

Talvez pegasse algumas das flores que estavam distribuídas pela casa e as colocasse sobre a mesa. Abra iria gostar disso.

Assim, teria tempo para passear com a cadela, passar cerca de uma hora na biblioteca e até arrumar a mesa ao ar livre antes que ela chegasse em casa.

Em casa, pensou. Tecnicamente, a casa dela era a Laughing Gull. Mas, para todos os propósitos, ela morava na Bluff House, com ele.

E como se sentia sobre isso?

À vontade, constatou. Sentia-se à vontade com isso. Se alguém lhe tivesse perguntado, meses antes, como se sentiria sobre ter qualquer tipo de relacionamento, ele não saberia responder.

Quando abriu a geladeira, pensando em uma Mountain Dew, ou talvez um Gatorade, viu uma garrafa de água com um papel adesivo, coisa que não notara de manhã.

Seja bom consigo mesmo.
Me beba primeiro.

— Tudo bem, tudo bem.

Ele pegou a garrafa e removeu o papel adesivo, o que o fez sorrir.

À vontade, ele dissera? Era verdade, concluiu, mas era mais do que à vontade. Pela primeira vez, em muito tempo, ele estava feliz.

Não, não restava muito dele no início de tudo, mas havia muito dela. Ela preenchia os espaços. E o fizera desejar a mesma coisa, nem que fosse apenas consertar um cordão de luzes e o pendurar no beiral, porque as luzes o faziam pensar nela.

— Estou progredindo — murmurou.

Ele passearia com a cadela, beberia a água e então faria as pesquisas.

Quando ouviu a batida na porta, voltou para a frente da casa.

— Olá, Mike — cumprimentou ele, afastando-se para dar passagem ao visitante.

Mais um progresso, pensou. Era bom receber a visita de um amigo.

— Oi, Eli. Desculpe não ter me comunicado com você antes. Estávamos atolados de trabalho. A venda de casas tem aumentado e a locação também. A primavera está bombando.

— Boa notícia.

Eli franziu a testa.

— Que foi?

— A gravata.

— Ah, sim, muito bonita, não? Comprei na loja de roupas usadas. *Hermès* — acrescentou Mike, com uma entonação ironicamente pedante. Quarenta e cinco dólares, mas serve para impressionar os clientes.

— Sim. — Tempos atrás, Eli pensara a mesma coisa. — Aposto que sim.

— Bem, dei uma olhada nos meus arquivos do Sandcastle para refrescar a memória. Posso lhe dizer o que está no registro público e lhe dar algumas impressões. Algumas coisas, como você sabe, são confidenciais.

— Entendi. Quer tomar alguma coisa?

— Alguma coisa gelada. O dia foi cansativo.

— Vamos ver o que temos — disse Eli, dirigindo-se para a cozinha. — Você ficou com a impressão de que Suskind queria o imóvel como residência ou como investimento?

— Investimento. A compra foi feita através da empresa dele e se cogitou o uso da casa pela empresa. Mas não houve muita conversa — explicou

Mike, quando chegaram à cozinha. — A maior parte do negócio foi feita a distância. E-mails e telefonemas.

— Hã-hã. Temos cerveja, suco, Gatorade, água, Mountain Dew e Pepsi Diet.

— Mountain Dew? Não tomo esse refrigerante desde que estava na faculdade.

— É uma delícia. Vai um?

— Por que não?

— Vamos lá fora para fazer companhia a Barbie.

Mike passou alguns momentos afagando a cadela antes de se sentar e esticar as pernas.

— Ah, isso é que é vida. As flores estão bonitas, cara.

— O mérito é de Abra. Mas estou na brigada de irrigação e isso vale alguma coisa.

Ele gostava de fazer este trabalho, gostava de observar as cores e as formas das flores que ela havia posto em vasos, bem como os arbustos que margeavam os canteiros. Às vezes ele pensava em trabalhar ali fora, mas concluiu que nunca conseguiria fazer nada. Simplesmente ficaria sentado, como estava agora, ouvindo o tilintar dos sinos de vento e o barulho das ondas, enquanto olhava para o mar com a cadela ao seu lado.

— Você já viu alguma garota pelada com essa coisa?

Eli olhou para o telescópio.

— Ah, uma ou duas.

— Acho que vou comprar um.

— Lamento dizer que tenho passado mais tempo olhando para o norte. Daqui, tenho uma boa vista do Sandcastle.

— Eu passei por lá hoje. Parece que a casa está fechada.

— Sim. Ele não vem aqui há algum tempo.

— É uma pena. Eu poderia alugar essa casa num instante. Por semana, em fins de semana prolongados...

Interessado, Eli se virou pra ele.

— Aposto que poderia. Talvez você possa ligar para ele e ver se ele está interessado.

Mike tomou mais um gole de Mountain Dew e assentiu com a cabeça.

— Posso fazer isso. Você acha realmente que foi esse cara que andou entrando aqui e que matou aquele detetive particular?

— Eu tenho analisado as coisas por todos os ângulos, várias vezes. E a conclusão é sempre a mesma.

— Então foi ele que machucou a sra. Landon.

— Não posso provar, mas foi. Se o resto se encaixa, isso também se encaixa.

— Filho da puta — murmurou Mike, e abriu sua maleta. — Tenho o número do celular dele no arquivo. Vamos ver o que ele diz.

Após abrir a pasta com o arquivo, Mike digitou o número em seu telefone.

— Ah, olá, Justin. Aqui é Mike O'Malley, da Imobiliária O'Malley e Dodd, em Whiskey Beach. Como está você?

Eli se recostou na cadeira, enquanto escutava Mike aplicar sua conversa de vendedor. O homem que ele achava ter provocado mortes, sofrimento e terror, pensou, estava no outro lado da linha. O homem que lhe destroçara a vida e acabara com a vida de outros.

E ele não podia alcançá-lo. Ainda não. Não podia tocá-lo, não podia detê-lo. Mas faria isso.

— Você tem meu telefone, se mudar de ideia. E, se houver qualquer coisa que eu possa fazer por você aqui, basta me ligar. Nesta primavera está fazendo um tempo ótimo, e o verão promete arrebentar. Você deveria vir aqui para aproveitar... Ah, sei como é. Tudo bem, então. Tchau.

Mike desligou o telefone.

— Empolado e antipático, exatamente como eu me lembro. Eles não estão interessados em alugar o imóvel agora. É possível que o imóvel seja utilizado pela empresa ou pela família. Ele é um homem ocupado.

— Como ele achou esse imóvel?

— Pela internet, bendita seja ela. Ele encontrou nossa página. E selecionou três imóveis. Um deles era recuado, sem vista para o mar; mas ficava numa rua calma e agradável, a uma curta caminhada da praia. O outro era no sul, perto da nossa casa, mas os donos desistiram da venda. Decidiram alugar a casa por mais um verão. Foi uma atitude inteligente, pois nós já fizemos reservas para toda a estação.

Mike tomou um longo gole de Mountain Dew.

— Cara, isso me traz recordações. Bem, o fato é que nós marcamos um encontro. Ele queria que eu ou Tony, Tony Dodd, meu sócio, lhe mostrássemos os imóveis. Insistiu que teria de ser um de nós. Eu fiz uma anotação aqui no arquivo, porque antipatizei com ele desde o início. Mas sem problema, negócio é negócio.

— Ele não gosta de perder tempo com subalternos. É importante demais. Conheço o tipo.

— Sim, ele deixou isso claro — concordou Mike. — Bem, ele chegou no final da semana. Terno caro, corte de cabelo de duzentos dólares. Ele tem aquela atitude de superioridade de quem frequentou uma universidade de renome. Sem querer ofender, pois você provavelmente frequentou uma também.

— Frequentei, mas não me ofendi. Conheço o tipo.

— Tudo bem. Ele não aceitou café nem quis bater papo. Tinha um compromisso. Mas, quando estávamos indo ver os dois imóveis, ele fez perguntas a respeito da Bluff House. Todo mundo faz. Então, não achei nada de mais. Era um desses dias frios e sombrios, com o céu totalmente encoberto. A casa parecia ter saído de um filme. Algum velho filme gótico, pelo aspecto que ela tem. Contei-lhe a história da casa e falei sobre os piratas, pois isso sempre atrai o interesse do cliente. Meu Deus, Eli. Espero não ter dito nada que tenha desencadeado tudo isso.

— Ele já sabia. Estava aqui porque já sabia.

— Eu não gostei dele, mas ele não me pareceu um maníaco homicida nem nada assim. Só um babaca pernóstico e rico. Primeiro eu mostrei a casa recuada. O Sandcastle era mais novo e maior. A comissão também era maior. Eu tinha a impressão de que ele gostaria de uma casa maior. Mas o levei até a outra. Ele me perguntou o que as pessoas sempre perguntam, perambulou por lá e foi até o deque superior. Dali se via o oceano.

— E a Bluff House.

— Sim. Ele não ficou muito satisfeito com a proximidade das outras casas. Queria saber quais tinham moradores permanentes e quais eram alugadas. Mas essa não é uma pergunta incomum. Então, o levei-o ao Sandcastle. Esse imóvel tem algumas características interessantes e as outras casas não estão tão próximas. Ele passou um bocado de tempo no lado de fora. E de lá, claro, dá para se ver a Bluff House.

— Ele concordou com o preço pedido na hora — prosseguiu Mike —, o que não é comum. Na verdade, é muita burrice nesse negócio, pois os vendedores estão sempre preparados para baixar o preço. Acho que ele achou que regatear estava abaixo da dignidade dele. Eu o convidei para almoçar e disse que, enquanto isso, a papelada poderia ser preparada e os proprietários, informados. Ele não se interessou.

Com um olhar aborrecido, Mike bateu no mostrador de seu relógio.

— Tique-taque, tique-taque, sabe como é? Eu tive que aprontar o contrato às pressas. Ele fez o cheque do sinal e me informou seus dados. E se mandou. É difícil reclamar de uma venda fácil, mas ele me irritou.

— E depois? Tudo continuou fácil e rápido?

— O negócio foi concluído em trinta dias. Ele chegou, assinou os papéis e pegou as chaves. Mal disse qualquer coisa além de sim e não. Nós costumamos preparar uma cesta de boas-vindas para os novos proprietários, com uma garrafa de vinho, alguns queijos finos e pão. Também lhes damos um vaso com uma planta e alguns cupons para os restaurantes locais. Ele deixou tudo em cima da mesa. Não se deu ao trabalho de levar nada.

— Já tinha o que queria.

— Depois não o vi mais. Eu gostaria de ter mais informações. Mas, se você descobrir um jeito de pegar o pilantra, é só me avisar. Estou às ordens.

— Agradeço muito.

— Já vou indo. Olhe, vou preparar alguns hambúrgueres na grelha amanhã à noite. Por que você e Abra não vêm?

— Por mim, tudo bem.

— Vejo vocês, então. Obrigado pelo Dew.

Após a saída de Mike, Eli coçou a cabeça de Barbie suavemente, atrás das orelhas. Estava pensando no homem que Mike acabara de descrever.

— O que será que ela viu nele? — perguntou a si mesmo. Depois deu um suspiro. — Acho que ninguém sabe o que atrai uma pessoa, nem por quê. — Ele se pôs de pé. — Vamos dar um passeio.

Eli decidiu deixar passar mais alguns dias, só mais alguns dias. A rotina o acalmava. Corridas de manhã com a cadela. Ioga, quando Abra conseguia atraí-lo. Consideráveis períodos de trabalho no livro — de janelas abertas, aproveitando a brisa marinha de maio, suave e refrescante.

Lendo no terraço com Barbie estirada a seus pés, ele aprendeu mais sobre a história da casa e da destilaria do que jamais imaginara.

Ele sabia que a destilaria original se expandira ao final dos anos 1700, após a Guerra da Independência. Mas não se dera conta, ou não se lembrava, de que as consideráveis ampliações na casa, antes humilde, haviam começado logo em seguida, quando um banheiro fora acrescentado. O primeiro em Whiskey Beach, segundo sua fonte.

No espaço de vinte anos, a Landon Whiskey e a Bluff House continuaram a se expandir. A Landon Whiskey construiu uma escola. Um de seus ancestrais havia provocado um escândalo, ao fugir com a professora.

Antes da Guerra Civil, a casa já contava com três elegantes andares, atendidos por um pequeno exército de criados.

E os Landons deram continuidade a suas iniciativas pioneiras: foi a primeira casa com encanamento embutido, a primeira com luz a gás e, mais tarde, a primeira com eletricidade. Eles sobreviveram à Lei Seca, fabricando uísque às escondidas para abastecer os bares clandestinos e os clientes particulares.

O Robert Landon de quem seu pai recebera o nome havia comprado e vendido um hotel — e depois outro, na Inglaterra, onde havia se casado com a filha de um conde.

Mas até o momento ninguém falara a respeito de um tesouro de piratas, a não ser em termos jocosos.

♦ ♦ ♦ ♦

— *A*TÉ QUE enfim!

Abra pendurou a bolsa no ombro, enquanto ambos saíam da casa. Vestira-se de forma conservadora — no entender dela — para a viagem a Boston: calça preta, sapatos de salto alto, blusa com motivos florais e arremates rendilhados. Brincos compridos, marchetados com pedras multicoloridas, dançaram em suas orelhas quando ela segurou a mão de Eli.

Para Eli, ela parecia um hippie sexy, o que, presumiu ele, não estava longe da verdade.

Ao chegarem ao carro, ele olhou para trás e viu Barbie à janela, de olhos fixos nele.

— Eu detesto deixar Barbie sozinha.

— Barbie está bem, Eli.

Então por que estava olhando para ele com aquele ar triste?

— Ela está acostumada a ter alguém por perto.

— Maureen prometeu vir aqui hoje à tarde para passear com ela. Os garotos virão junto, para brincar com Barbie na praia.

— Sim.

Ele balançou o chaveiro que tinha na mão.

— Você sofre de ansiedade por separação.

— É... talvez.

— Você é incrivelmente adorável. — Ela lhe deu um beijo no rosto. — Mas nós vamos fazer uma coisa boa. É mais um passo, e ainda temos que dar muitos passos. — Ela entrou no carro e esperou que ele se acomodasse ao lado dela. — Além disso, não vou a Boston há mais de três meses. E nunca fui com você

Ele olhou para trás outra vez. Barbie estava à janela.

— Vamos tentar conversar com a esposa do homem que, na nossa opinião, cometeu assassinatos, além de arrombar a Bluff House. Também cometeu adultério. Não vamos esquecer isso. Não vai ser, exatamente, uma viagem agradável.

— Isso não significa que não possa ser agradável. Você passou dias pensando em como irá abordar Eden Suskind. E imaginou modos diferentes de se aproximar dela, dependendo de ela estar no trabalho ou em casa. Você não é o inimigo, Eli. Ela não tem motivos para ver você como inimigo.

Ele tomou a estrada costeira e atravessou a cidade.

— As pessoas tratam você de maneira diferente, até gente que você conhece, depois que você é acusado de um crime. De um crime de morte. Ficam nervosas perto de você. Evitam você. E, quando não podem evitar, seus rostos nos dizem que gostariam de ter evitado.

— Isso já acabou.

— Não acabou. Não vai acabar até que o homem que matou Lindsay seja descoberto, preso e julgado.

— Então estamos dando um passo nessa direção. Ele vai retornar a Whiskey Beach. Quando fizer isso, Corbett vai conversar com ele. Eu preferiria que não tivéssemos que esperar por isso.

— É complicado, para Corbett, ir a Boston por causa disso. E ele não quer passar o trabalho para Wolfe. Sou grato por isso.

— Nós temos os endereços de Suskind, do escritório e do apartamento dele. Nós poderíamos ver o que ele anda fazendo, como ele fez conosco.

— Para quê?

— Curiosidade. Mas podemos falar disso depois. — Melhor mudar de assunto, concluiu Abra. Quase podia ver a tensão se acumulando nos músculos da nuca de Eli. — Você ficou acordado até tarde ontem, às voltas com seus livros. Encontrou alguma coisa interessante?

— Na verdade, sim. Encontrei dois que vão fundo na história da casa, da família, da cidade e da empresa. E mostrou como tudo está interligado. Uma relação simbiótica.

— Que palavra bonita.

— Gosto dela. A Landon Whiskey teve um grande impulso durante a Guerra da Independência. Com os bloqueios impostos pela Inglaterra, os colonos não conseguiam obter açúcar nem melado; portanto, nada de rum. O uísque se tornou a opção para o exército colonial. E os Landons tinham uma destilaria.

— Quer dizer que George Washington bebeu o uísque de vocês.

— Pode apostar. Depois da guerra, os Landons expandiram o negócio e a casa. Uma coisa excepcional, em se tratando da casa, já que Roger Landon, o chefe da família na época, pai da teimosa Violeta e talvez do homicida Edwin, tinha reputação de ser sovina.

— Um legítimo e econômico ianque.

— Um conhecido pão duro. Mas ele gastou um bom dinheiro na casa, no mobiliário desta e na empresa. Quando morreu, o filho dele ocupou seu lugar. Mas esperou bastante tempo para assumir as rédeas, pois o velho Rog não as soltou até estar com quase oitenta anos. Ele e a mulher dele, uma imigrante francesa...

— Que chique.

— Pois é. Eles foram os primeiros moradores a dar festas grandes e elaboradas. E um dos filhos deles, Eli...

— Eu gosto desse nome.

— Tem que gostar. Ele construiu... mandou construir a primeira escola da cidade. Seu irmão mais novo se apaixonou pela professora e os dois fugiram juntos.

— Que romântico.

— Nem tanto. Eles morreram quando estavam rumando para o oeste, a fim de tentar a sorte.

— Isso é muito triste.

— De qualquer forma, Eli deu andamento à tradição de expandir a casa e os negócios. As festas continuaram até a Lei Seca, entremeadas com alguns escândalos e tragédias. Se as coisas ficaram difíceis, isso não transparecia no modo como eles viviam. Os anos vinte deram lugar aos anos trinta, e o governo percebeu que fizera besteira. Banir as bebidas alcoólicas estava lhe custando um bocado de dinheiro. As pessoas retornaram aos bares, abertamente, e nós abrimos outra destilaria.

— O império do uísque.

— Ao longo do tempo, tivemos de tudo: conhecedores de arte que tiveram casos amorosos com atrizes, suicidas, dois que foram espiões dos Aliados, alguns que morreram em várias guerras, uma que ficou famosa como dançarina em Paris e outra que fugiu com um circo.

— Gosto dessa última.

— Uma duquesa por meio de casamento, um jogador de cartas trapaceiro, um oficial de cavalaria que morreu junto com Custer, heróis, vilões, uma freira, dois senadores, médicos, advogados. Procure qualquer coisa que, provavelmente, você vai encontrar na minha família.

— É uma longa linhagem. A maioria das pessoas não consegue rastrear suas origens até tão longe nem tem uma casa que permanece na família há muitas gerações.

— É verdade. Mas você sabe o que está faltando.

— Uma sufragista, uma coelhinha da Playboy e uma estrela do rock? Ele riu.

— Tivemos algumas sufragistas. Não encontrei as outras. O que está faltando é o Dote de Esmeralda. Só é mencionado em conexão com o *Calypso*, o naufrágio e algumas conjeturas sobre Broome. Broome sobreviveu ou o sobrevivente foi um simples marujo? O dote foi preservado? Nas duas obras mais profundas e sensatas que encontrei, a preferência é pelo não.

— Isso não significa que estejam corretas. Prefiro acreditar que o dote foi preservado. E, na minha versão, o irmão mais novo e a professora conseguiram chegar ao oeste, onde cultivaram suas terras e fizeram bebês.

— Eles se afogaram quando estavam atravessando um rio. A carroça virou.

— Eles plantaram milho e tiveram oito filhos. Tenho certeza absoluta.

— Tudo bem.

De qualquer modo, pensou ele, o casal já morreu há muito tempo.

— Voltando ao dote — continuou —, eu fico pensando: que informação Suskind tem que eu não tenho? Por que ele tem tanta certeza da existência do dote, a ponto de se arriscar tanto, a ponto de matar? E se for tudo uma bobagem?

— Como assim?

— E se tudo isso não tiver nada a ver com o tesouro perdido? Eu tirei essa conclusão automaticamente. Alguém andou cavando no porão. E daí?

— Exatamente, Eli. — Abra olhou intrigada para ele. — E daí?

— Não sei. Nada do que eu descobri me leva a outra conclusão. Mas, em termos realistas, nada do que descobri me leva a essa conclusão. — Ele olhou para ela. — Acho que ele está completamente louco.

— Isso o preocupa.

— Claro que preocupa. Não se pode argumentar com um louco. Não se pode prever o resultado. Não se pode fazer planos.

— Discordo.

— Tudo bem. E?

— Não digo que ele não esteja perturbado. Acho que qualquer indivíduo que tira uma vida, a não ser em caso de defesa pessoal ou de outra pessoa, é perturbado. Mas já está comprovado que ele e Lindsay tinham um caso.

— Sim, sim — repetiu ele. — E ela não andaria com um louco. Um cara abertamente louco. Mas as pessoas podem esconder sua verdadeira natureza.

— Você acha? Eu não. Pelo menos por muito tempo. Acho que o que nós somos aparece. Não só em nossas ações, mas também em nosso rosto, em nossos olhos. Ele trabalha nisso há mais de um ano, quase dois anos agora, pelo que nós sabemos. Ele se aproximou de Lindsay e a convenceu a ir com ele até Whiskey Beach sem ela gostar do local. Algum charme ele deve ter. E também está fazendo malabarismos para se comportar normalmente diante da ex-esposa e dos filhos. E no trabalho. Perturbado, eu acho, mas não maluco. Um maluco é alguém que está fora de controle. Ele ainda mantém o controle sobre si mesmo.

— Perturbado já é ruim o bastante.

Quando já estavam abrindo caminho em meio ao trânsito de Boston, ele se virou para ela.

— Você tem certeza de que quer participar?

— Não vou ficar sentada no carro, Eli. Nem pensar. Acho que nós deveríamos ir à casa dela primeiro. Se não virmos nenhum carro, podemos tentar o trabalho dela. Ela trabalha em meio-expediente; portanto, é cara ou coroa. Há tanta energia nessa cidade! Adoro ficar aqui por um dia ou dois. Depois, já estou querendo ir embora.

— Eu pensava que precisava da cidade. Não acho mais.

— Whiskey Beach é um lugar bom para um escritor.

— É bom para mim. — Ele pousou a mão sobre a dela. — Assim como você.

Ela levou a mão dele até seu rosto.

— A coisa perfeita para se dizer.

Ele seguiu o GPS, embora achasse que poderia encontrar a casa sozinho. Conhecia a área. Na verdade, tinha amigos — ou ex-amigos — que moravam lá.

Era uma bela casa vitoriana, pintada de amarelo claro, com uma sacada no mesmo lado em que uma escada dava acesso ao deque.

Um sedã BMW estava estacionado na pista de acesso. Uma mulher usando um chapéu de abas largas regava os vasos de flores no deque lateral.

— Parece que ela está em casa.

— Sim. Vamos resolver isso.

A mulher pousou o regador quando eles estacionaram atrás do BMW e caminhou até a beirada do deque.

— Olá. Posso ajudar em alguma coisa?

— Sra. Suskind?

— Correto.

Eli caminhou até a base da escada.

— Poderia me conceder alguns minutos? Sou Eli Landon.

Ela ficou boquiaberta, mas não recuou.

— Achei que tinha reconhecido você.

Seus olhos, serenos e castanhos, voltaram-se para Abra.

— Essa é Abra Walsh. Sei que isso é uma intrusão, sra. Suskind.

Ela deu um longo suspiro e uma expressão de tristeza relampejou em seu olhar.

— Sua mulher, meu marido. Isto nos autoriza a usar nossos primeiros nomes. O meu é Eden. Subam.

— Obrigado.

— Uma investigadora apareceu aqui na semana passada. E agora você. — Ela tirou o chapéu e passou a mão pelos cabelos louros. — Você não gostaria de deixar tudo isso para trás?

— Sim. Muito. Mas não posso. Eu não matei Lindsay.

— Isso não me importa. É uma coisa horrível de dizer, mas não me importo. Podem sentar. Tenho chá gelado.

— Quer que eu ajude? — perguntou Abra.

— Não precisa.

— Então, você se importa se eu usar seu banheiro? Viemos direto de Whiskey Beach.

— Ah, você tem casa lá, não? — perguntou ela a Eli. Depois se dirigiu a Abra. — Eu lhe mostro onde é.

Isto deu a Eli uma chance avaliar a área. Uma mulher atraente, pensou, uma casa atraente em um bairro nobre, com jardins bem cuidados e um amplo gramado verdejante.

Cerca de quinze anos de casamento, recordou-se, e dois belos garotos.

Mas Suskind deixara tudo isso de lado. Por Lindsay? — Ou por uma obsessiva caça ao tesouro?

Momentos depois, Eden e Abra retornaram, trazendo uma bandeja com uma jarra e três copos altos e quadrados.

— Obrigado — disse Eli. — Sei que as coisas foram difíceis para você.

— Você deve saber. É horrível descobrir que a pessoa em que você confia, a pessoa com quem você construiu uma vida, um lar e uma família, o traiu. Mentiu. Que a pessoa que você ama traiu seu amor e o fez de boba.

Ela se sentou à mesa redonda, de teca, sob a sombra de um guarda-sol azul. E gesticulou para que eles se juntassem a ela.

— E Lindsay — continuou. — Eu a considerava uma amiga. Eu a via quase todos os dias. Frequentemente trabalhávamos juntas, saíamos para tomar drinques e conversávamos sobre nossos maridos. E o tempo todo ela estava dormindo com o meu. Foi como uma punhalada no coração. Para você também, suponho.

— Nós já não estávamos juntos quando eu descobri. Foi mais como um pontapé no meu orgulho.

— Tanta coisa aconteceu depois... Aquilo já durava quase um ano. Meses em que ele mentiu para mim, em que chegava em casa vindo diretamente dos braços dela. Faz a gente se sentir uma idiota.

Ela dirigiu o último comentário diretamente a Abra, e Eli viu que Abra tinha razão. A presença de uma mulher compreensiva tornava tudo mais fácil.

— Mas você não foi nenhuma idiota — replicou Abra. — Você confiava no seu marido e na sua amiga. Isso não é ser idiota.

— Eu digo isso a mim mesma. Mas a gente começa a duvidar de si mesma. E a gente se pergunta: o que faltou, o que você não tem, o que você deixou de fazer? Por que não era boa o bastante?

Abra pousou a mão sobre a dela.

— Não deveria ser assim. Mas sei como é.

— Nós temos dois meninos. São ótimos meninos, e isso foi devastador para eles. As pessoas comentam. Nós não podemos erguer um muro ao redor deles. Foi a pior coisa. — Ela bebericou o chá, lutando visivelmente para segurar as lágrimas. — Nós tentamos. Justin e eu tentamos manter a família unida e fazer o casamento funcionar. Fomos a um conselheiro matrimonial, viajamos juntos. — Ela abanou a cabeça. — Mas não conseguimos juntar os pedaços. Tentei perdoar Justin e talvez tenha conseguido, mas não podia confiar nele. Então, tudo começou de novo.

— Sinto muito.

Abra apertou a mão dela.

— Me engane uma vez... — prosseguiu Eden, pestanejando para afastar as lágrimas. — Ele ficava até tarde no escritório, fazia viagens de negócio. Só que, dessa vez, ele não estava lidando com uma tola que confiava nele.

Verifiquei e descobri que ele não estava onde tinha me dito que estaria. Não sei quem ela é nem se há mais de uma. Não me importa. Simplesmente não ligo mais. Tenho minha vida, meus filhos e, finalmente, um pouco de orgulho. E não tenho vergonha de dizer que, quando eu me divorciar, vou arrancar até as roupas dele.

Ela deu um suspiro e uma risada curta.

— Ainda estou furiosa, obviamente. Eu o aceitei de volta depois do que ele fez, e ele simplesmente me tratou como lixo.

— Eu não tive tempo para fazer uma escolha. — Eli esperou que Eden olhasse para ela. — Não tive tempo para ficar furioso. Alguém matou Lindsay no mesmo dia em que eu descobri o que ela tinha feito e continuara a fazer, mesmo quando eu achava que nós estávamos tentando salvar nosso casamento.

Eden assentiu compreensivamente.

— Nem posso imaginar como é. Quando eu estava no meu pior momento, quando os noticiários não paravam de falar na morte dela e da investigação, eu tentei imaginar como seria se Justin fosse a pessoa assassinada. — Ela levou os dedos aos lábios. — Teria sido horrível.

— Eu não acho — disse Abra, baixinho.

— Mas mesmo no meu pior momento, eu não consegui imaginar como me sentiria no seu lugar, Eli. — Ela fez uma pausa e tomou um gole de chá. — Você quer que eu diga que menti para proteger Justin. Que ele não estava comigo naquela noite. Bem que eu gostaria. Meu Deus, como gostaria! — Ela fechou os olhos. — Eu não deveria pensar assim. Nós fizemos dois lindos meninos. Mas, neste momento, eu gostaria de poder lhe dizer o que você quer ouvir. A verdade é que Justin voltou para casa naquela noite, por volta das cinco e meia, ou poucos minutos depois. Tudo parecia normal. Ele até deixou o celular dele à mão, como vinha fazendo nos últimos meses. Disse que estava esperando um e-mail importante do trabalho e que poderia ter de pegar a mala de viagem e sair. Mas não demoraria nem duas horas, se tanto.

Eden abanou a cabeça.

— Mais tarde percebi que ele estava esperando uma mensagem de Lindsay e que eles haviam planejado viajar por um ou dois dias. Mas naquela noite ele se comportou como sempre. Os meninos estavam na escola, ensaiando uma peça na qual os dois trabalhariam. Depois comeriam uma pizza por lá. Eu preparei *fajitas* * de frango e ele, margaritas. Foi uma noite tranquila, sem nada de especial. Só um casal se curtindo, antes que os garotos voltassem para casa e o barulho começasse. Estávamos assim, quando o telefone tocou. Era Carlie, da galeria. Tinha acabado de ver um boletim na tevê. Ela me disse que Lindsay estava morta e que poderia se tratar de um crime.

Um gato malhado subiu a escada e pulou no colo dela. Eden começou a afagar o bichano enquanto terminava a história.

— Eu deveria ter desconfiado naquele momento. Ele ficou muito abalado. Ficou branco. Mas eu também fiquei muito chocada. Como estava pensando em Lindsay, nunca imaginei... Eu nunca acreditaria que eles estavam tendo um caso. Quando os policiais chegaram e me disseram, não acreditei. Na hora, não consegui acreditar. Sinto muito, Eli, sinto muito por não poder ajudá-lo.

— Agradeço por você ter falado comigo. Não deve ter sido fácil.

— Estou superando tudo isso, ainda que com muito esforço. Você deveria fazer o mesmo.

Quando eles retornaram ao carro, Abra afagou a mão dele.

— Eu também sinto muito.

— Agora sabemos o que aconteceu.

Mas alguma coisa ainda o incomodava.

---

* Carne grelhada sobre uma tortilha. (N.T.)

Capítulo 26

♦ ♦ ♦ ♦

O ESCRITÓRIO DE Kirby Duncan ocupava alguns míseros metros quadrados de espaço em um prédio de tijolos dilapidado que escapara a qualquer proposta de revitalização urbana. O prédio ficava numa calçada rachada. As vitrines do andar térreo anunciavam uma vidente em um dos lados e uma sex shop no outro.

— Quase um serviço completo — refletiu Abra. — Você pode consultar Madame Carlotta e descobrir que vai ter sorte que poderá gastar alguns dólares no Quarto Vermelho.

— Se você precisa perguntar a uma vidente é porque provavelmente não vai ter sorte.

— Eu leio tarô — lembrou ela. — É uma forma antiga e interessante de alcançar sabedoria e autoconhecimento.

— São cartas.

Ele abriu a porta do meio e entrou em um saguão estreito com uma escadaria.

— Vou fazer uma leitura para você. Sua mente está muito fechada a possibilidades, principalmente para um escritor.

— Como advogado, há alguns anos, defendi uma vidente que aliviou seus clientes de uma considerável quantia de dinheiro.

— Pessoas que fraudam outras pessoas não têm nenhum dom verdadeiro. Você ganhou o processo?

— Sim, mas só porque os clientes dela tinham a mente aberta a possibilidades e eram extremamente idiotas.

Ela lhe deu uma leve cutucada com o cotovelo, mas riu.

No segundo andar, portas de vidro esmerilhado informavam: BAXTER TREMAINE, ADVOGADO, alguma coisa chamada EMPRÉSTIMOS RELÂMPAGOS, uma companhia chamada SERVIÇO ASSOCIADO DE

RECEPÇÃO DE CHAMADAS e, por fim, KIRBY DUNCAN, INVES-TIGAÇÕES PARTICULARES.

Em frente à porta de Duncan havia uma faixa de isolamento colocada pela polícia.

— Pensei que a gente poderia entrar para dar uma olhada.

— Caso de assassinato ainda em aberto. — Eli deu de ombros. — Eles querem manter a cena do arrombamento intacta. Wolfe, com certeza, tem alguma coisa a ver com isso. Ele não larga o osso facilmente.

— Podemos descer e falar com Madame Carlotta para ver se ela tem alguma visão.

Ele apenas olhou para ela. Depois, aproximou-se da porta do advogado.

Numa exígua saleta de recepção, uma mulher com cerca de cinquenta anos martelava esforçadamente um teclado.

Ela fez uma pausa e tirou do rosto os óculos de armação dourada, que ficaram pendurados em seu pescoço por meio de uma corrente.

— Bom dia. Posso ajudá-los?

— Estamos procurando informações a respeito de Kirby Duncan.

Sem deixar de sorrir, ela os examinou com ar cínico.

— Vocês não são policiais.

— Não, senhora. Nós queríamos falar com o sr. Duncan sobre... um assunto pessoal enquanto estamos em Boston. Viemos até aqui esperando que ele nos encaixasse na agenda dele. De repente, vimos a fita de isolamento na porta dele. Houve algum arrombamento?

Ainda com expressão de cinismo, ela virou a cadeira para olhá-los mais diretamente.

— Sim. A polícia ainda não liberou a cena do crime.

— Que falta de sorte!

— Mais uma razão para nós não morarmos na cidade — comentou Abra, com um leve sotaque sulista.

Eli se limitou a lhe dar umas palmadinhas no braço.

— O sr. Duncan está trabalhando em outro escritório? Eu deveria ter telefonado antes, mas não consegui encontrar o cartão dele. Você teria o número, para nós telefonarmos?

— Não vai lhe adiantar nada. O sr. Duncan foi morto a tiros algumas semanas atrás.

— Ah, meu Deus! — Abra agarrou o braço de Eli. — Quero ir embora. Realmente quero ir para casa.

— Não foi aqui — explicou a recepcionista, acrescentando com um leve sorriso. — Nem nesta cidade. Ele estava trabalhando ao norte, em um lugar chamado Whiskey Beach.

— Que coisa horrível! Simplesmente horrível. O sr. Duncan me ajudou com um...

— Problema pessoal — completou a recepcionista.

— Sim. Há alguns anos. Ele era um cara legal. Realmente sinto muito. Presumo que você o conhecia.

— Claro. Kirby fazia trabalhos para o meu patrão, de tempos em tempos. E para a companhia de empréstimos no outro lado do corredor.

— Eu realmente sinto muito — repetiu Eli. — Obrigado por sua ajuda. — Ele deu um passo para trás e parou. — Você disse que ele estava no norte, mas houve um arrombamento aqui. Não estou entendendo.

— Os policiais estão trabalhando nisso. Parece que quem o matou veio procurar alguma coisa aqui. Tudo o que sei é que ele disse ao meu patrão que iria trabalhar fora durante alguns dias. De repente, os policiais colocam fita de isolamento na porta e vêm me perguntar se eu vi algo ou alguém suspeito. Não vi, mas às vezes aparecem alguns, com tanta gente buscando ajuda para seus problemas pessoais.

— Imagino.

— Pelo que eu ouvi, isso provavelmente aconteceu na mesma noite em que ele foi morto. Portanto, não devia haver muita gente por perto para ver alguma coisa. Mas... posso lhe indicar outro investigador.

— Quero ir embora — Abra puxou a mão de Eli. — Podemos ir para casa e resolver isso lá?

— Sim. Tudo bem. Obrigado. Foi uma pena.

Quando saíram para o corredor, Eli pensou em sondar os outros dois escritórios, mas não viu sentido nisso. Abra permaneceu em silêncio até começarem a descer as escadas.

— Você é realmente bom nisso.

— Em quê?

— Em mentir.

— Em tergiversações.

— É assim que os advogados chamam isso?

— Não, nós chamamos de mentira.

Ela riu, e bateu com o ombro no dele.

— Eu não sei o que esperava encontrar aqui. O arrombamento aconteceu tarde da noite ou de manhã bem cedo. Ninguém teria visto nada.

— Eu consegui alguma coisa.

— Me conte — pediu ela, quando voltaram para o carro.

— Se nós aceitarmos a teoria de que Suskind contratou Duncan, temos um cara de alta classe média. Um cara formal que mora com a família numa casa grande, num bairro nobre. Status é importante para ele. Mas, quando ele resolve contratar um detetive, ele procura um de baixo escalão.

— Talvez alguém tenha recomendado Duncan a ele.

— Duvido. Acho que ele não quis um detetive caro por duas razões. Primeira: ele não queria alguém que já tivesse trabalhado para alguém de seu próprio círculo. Segunda, e mais reveladora: ele teria muitas despesas.

— Ele comprou uma casa de praia — lembrou Abra.

— Um investimento em busca do tesouro. E ele tenta ocultar o fato de que é o dono.

— Porque sabe que vai haver um processo de divórcio. O cara é um verme — declarou Abra. — Na roda do carma, ele vai reencarnar como uma lesma.

— Estou aberto a essa possibilidade — disse Eli. — Mas em sua atual posição na roda do carma, ele vai ter despesas legais. E, nesse caso, acho que vai procurar um advogado de alto escalão por causa das altas despesas com pensão alimentícia e acordo de divórcio. Estou achando que ele pagava Duncan em dinheiro para a despesa não constar dos registros quando ele tivesse que mostrar sua situação financeira aos advogados.

— Mas teve que arrombar o escritório, porque o investigador devia ter registros dos clientes e até das transações em dinheiro.

— Arquivos, eletrônicos ou em papel, cópias dos recibos do dinheiro, registros, uma lista de clientes — concordou Eli. — Ele não queria ser identificado como cliente de um detetive contratado para me seguir e que acabou morto. Seria uma situação delicada.

— Muito delicada. Provavelmente, ele nunca foi ao escritório do detetive.

— Provavelmente não. Deve ter escolhido um lugar como um café ou um bar que não fosse na área dele nem na de Duncan.

Eli parou diante de outro prédio, de aço e concreto.

— Era aqui que ele morava?

— No segundo andar. Uma área perigosa.

— O que isso lhe diz?

— Que Duncan achava que sabia cuidar de si mesmo. Não estava preocupado com a possibilidade de lhe roubarem o carro ou de os vizinhos se meterem com ele. Cara durão, talvez, ou apenas alguém que sabia jogar o jogo. Alguém assim não pensaria duas vezes antes de se encontrar com um cliente a sós.

— Você quer entrar no prédio para falar com alguns dos vizinhos?

— Não preciso. Os policiais já devem ter falado. Suskind não viria até aqui se não tivesse que revistar o apartamento. Não só porque não tinha um motivo para se encontrar com Duncan aqui, mas porque essa área o deixaria assustado. South Boston não é a área dele.

— Nem a sua, barão do uísque.

— Barão é meu pai. Ou minha irmã, a baronesa. De qualquer forma, já fiz alguns trabalhos de assessoria legal gratuita no Southie. Não é minha área, mas também não é um território desconhecido. Bem, acho que esclarecemos algumas coisas.

— Ele estava só fazendo o trabalho dele — disse Abra. — Não gostei dele nem do modo como ele estava fazendo o trabalho quando conversou comigo. Mas ele não merecia morrer por fazer o próximo trabalho.

— Não, não merecia. Mas pense que ele deve ter ganhado mais uma volta na roda do carma.

— Sei quando estão me gozando, mas foi boa. E vou pensar nisso.

— Ótimo. Vamos ver como está vovó, antes de voltarmos.

— Você pode passar pela casa em que morou com Lindsay?

— Para quê?

— Para eu ter uma ideia melhor de quem você era.

Ele hesitou, mas depois pensou: por que não? Por que não completar o circuito?

— Tudo bem.

Parecia estranho percorrer aquelas ruas, indo naquela direção. Ele não retornara à casa de Back Bay desde que obtivera permissão para levar o que quisesse. Tão logo o fez, contratou uma empresa para vender o resto. Depois, pôs a casa à venda.

Ele pensava que cortar aqueles laços o ajudariam, mas não poderia dizer que isso ocorrera. No caminho, passou por lojas e restaurantes que já haviam feito parte de sua rotina. O bar em que costumava beber com os amigos, o spa favorito de Lindsay, o bufê de comida chinesa, com sua incrível galinha *kung pao** e seu sorridente entregador. As belas árvores e os jardins bem cuidados do seu antigo bairro.

Ao parar em frente à casa, não disse nada.

Os novos proprietários haviam acrescentado uma árvore ornamental ao jardim frontal, em cujos galhos pendentes um delicado tom róseo começava a vicejar. Na calçada ele avistou um triciclo, de um alegre vermelho-vivo.

O resto parecia igual, não? Os mesmos cumes e ângulos, as mesmas janelas reluzentes, a porta da frente bem larga.

Por que tudo lhe parecia tão estranho?

— Não se parece com você — disse Abra.

— Não?

— Não. É muito comum. É grande e bonita a seu modo. Bonita como um casaco elegante, mas o casaco não serve em você. Pelo menos não lhe serve agora. Talvez servisse, quando você usava a gravata Hermès com um terno italiano, carregava uma maleta de advogado e parava no café local para tomar um café de preço exorbitante enquanto respondia a mensagens em seu telefone. Mas esse não é você.

Ela se virou para ele.

— Estou certa?

— Acho que sim. Pelo menos era a estrada em que eu estava, quer o casaco me servisse ou não.

---

* Prato extremamente condimentado da culinária chinesa. A galinha é servida com amendoins e legumes. (N.T.)

— E agora?

— Não quero o casaco de volta. — Ele olhou para ela. — Quando a casa finalmente foi vendida, alguns meses atrás, foi um alívio. Foi como me livrar de uma pele que já não me servia. Foi por isso que você quis vir aqui? Para que eu admitisse ou enxergasse essas coisas?

— Isso foi um benefício extra. Mas, acima de tudo, foi por curiosidade. Eu já usei um casaco não muito diferente. Vamos ver Hester.

Outra rota familiar, de uma casa para outra. À medida que a distância de Back Bay aumentava, a tensão em seus ombros diminuía. Automaticamente, ele parou na floricultura que havia perto da casa da família.

— Gosto de levar alguma coisa para ela.

— O bom neto. — Satisfeita, ela saltou do carro junto com ele. — Se eu tivesse pensado antes, nós poderíamos ter trazido alguma coisa de Whiskey Beach. Ela teria adorado.

— Na próxima vez.

Ela sorriu enquanto entravam no estabelecimento.

— Na próxima vez.

Abra passou pela floricultura, deixando que ele selecionasse as flores. Queria ver quais ele escolheria. Torcia para que não fossem rosas, por mais lindas que estivessem. Muito previsíveis, muito banais.

Gostou quando ele escolheu íris azuis, que combinou com alguns lírios asiáticos rosados.

— Perfeito. Lembram bastante a primavera. São muito, muito Hester.

— Quero que ela esteja em casa antes do final do verão.

Abra pousou a cabeça em seu ombro, enquanto a florista embrulhava o ramo de flores e o prendia com barbante.

— Eu também.

— É bom ver você, sr. Landon. — A florista entregou uma caneta a Eli para que ele assinasse o recibo. — Dê lembranças a sua família.

— Obrigado. Darei.

— Por que você ficou tão surpreso? — perguntou Abra, ao saírem da loja.

— Eu me acostumei com o fato de que as pessoas que conheci... em minha outra vida, digamos, finjam que não me conhecem. Ou se afastem.

Ela ficou na ponta dos pés e lhe deu um beijo no rosto.

— Nem todo mundo é idiota — disse.

Quando saíram para a rua, viram Wolfe ao lado do carro de Eli. Por alguns momentos, passado e presente se misturaram.

— Lindas flores.

— Compradas de forma legal — disse Abra alegremente. — Eles têm outras flores lindas na loja, se você está interessado.

— Você tem assuntos para resolver em Boston? — perguntou Wolfe, mantendo o olhar em Eli.

— Por acaso, tenho.

Eli começou a contornar Wolfe para abrir a porta para Abra.

— Por que você não explica o que tinha em mente quanto esteve no prédio do escritório de Duncan fazendo perguntas?

— Isso também é legal.

Eli entregou as flores a Abra para liberar suas mãos.

— Algumas pessoas não conseguem resistir à vontade de retornar à cena do crime.

— E outras não conseguem resistir à vontade de malhar em ferro frio. Algo mais, detetive?

— Só que vou continuar investigando. O ferro ainda não esfriou totalmente.

— Ah, já chega! — Furiosa, Abra passou as flores para Eli e remexeu em sua bolsa. — Aqui, dê uma olhada. *Esse* é o homem que andou entrando na Bluff House.

— Abra...

— Não. — Ela contornou Eli. — Chega. Esse é o homem que eu vi no bar naquela noite, o homem que quase com certeza matou Kirby Duncan, uma pessoa que você conhecia. E depois plantou uma pistola na minha casa antes de telefonar anonimamente para você. E, se você quiser parar de bancar o ridículo, pergunte a si mesmo por que Justin Suskind comprou uma casa em Whiskey Beach, por que contratou Duncan e por que matou Duncan. Talvez ele não tenha matado Lindsay, mas talvez tenha. Talvez ele saiba de *alguma coisa,* pois é um criminoso. Então, seja um policial e faça algo a respeito.

Ela pegou as flores de volta e abriu a porta do carro.

— Chega — repetiu ela, batendo a porta.

— Sua namorada é geniosa.

— Você provocou, detetive. Vou visitar minha avó e depois vou retornar a Whiskey Beach. Vou viver minha vida. Faça o que tiver de fazer.

Ele entrou no carro, ajustou o cinto de segurança e partiu.

— Desculpe. — Encostando a cabeça no assento, Abra fechou os olhos por alguns momentos, tentando recuperar o equilíbrio. — Desculpe, provavelmente piorei as coisas.

— Não, não piorou. Você surpreendeu Wolfe com o desenho de Suskind. Não sei o que ele vai fazer a respeito, mas você o pegou de guarda baixa.

— Já é um consolo. Não gosto dele e nada do que ele fizer ou deixar de fazer vai mudar isso. Agora... — Ela respirou fundo duas vezes. — É desanuviar e tranquilizar a mente. Não quero que Hester perceba que estou transtornada.

— Pensei que você estava furiosa.

— Não há muita diferença.

— No seu caso, não.

Ela estava refletindo sobre o assunto quando Eli dobrou a última esquina do caminho da casa de Beacon Hill.

Essa casa, pensou, era mais parecida com Eli. Talvez porque transmitisse uma sensação de história e tradições familiares. Ela gostava de suas formas, do jardim ancestral, colorido agora com os primeiros brotos do início da primavera.

Ela lhe devolveu as flores quando se aproximaram da porta.

— O bom neto.

Eles encontraram Hester na sala, com um bloco de desenho, um copo de chá frio e uma bandeja de biscoitos. Deixando de lado o bloco e o lápis, ela estendeu ambas as mãos.

— Exatamente o que eu precisava para alegrar meu dia.

— Você parece cansada — disse Eli, de imediato.

— Há uma boa razão. Acabei de terminar minha terapia física diária. É como se fosse uma sessão com o Marquês de Sade.

— Se estiver muito pesada para você, é melhor nós...

— Ah, pare com isso. — Ela fez um gesto impaciente com a mão. — Jim é maravilhoso e tem um aguçado senso de humor, que me mantém sempre alerta. Ele sabe o que eu posso suportar e até onde pode ir. Mas termino a sessão exausta. Agora, revendo vocês e essas flores deslumbrantes, já estou me sentindo melhor.

— Eu pensei que teria que intervir para encaminhar Eli no rumo certo, mas ele tem um gosto excelente — comentou Abra. — Não seria melhor eu levar as flores para Carmel para que ela as ponha em um vaso?

— Obrigada. Vocês já almoçaram? Vamos descer. Eli, me dê uma ajuda.

— Por que você não fica sentada mais um pouco? — Para reforçar sua sugestão, Eli também se sentou. — Podemos descer depois que você se recuperar da sessão com o Marquês de Sade. — Ele fez um aceno de cabeça para Abra, que saiu da sala com as flores. Depois se virou para Hester. — Você não precisa se esforçar tanto.

— Você se esquece de com quem está falando. A gente só consegue as coisas com esforço. Fico feliz por você ter vindo e por ter trazido Abra.

— Não é muito difícil vir a Boston agora.

— Nós dois estamos nos recuperando.

— Eu não me esforcei muito nos primeiros dias.

— Nem eu. É preciso adquirir um pouco de impulso.

Ele sorriu.

— Te amo, vovó.

— Ainda bem. Sua mãe vai chegar daqui a umas duas horas, mas seu pai só chega depois das seis. Você vai esperar para ver sua mãe?

— A ideia é essa. Depois vamos embora. Tenho uma casa e uma cadela para cuidar.

— Cuidar das coisas faz bem. Nós dois percorremos um longo caminho nos últimos meses.

— Eu pensei que iria perdê-la. Nós todos pensamos. Pensei até que iria perder a mim mesmo.

— Mas aqui estamos. Me conte como vai o livro.

— Acho que vai bem. Alguns dias melhor que outros. E, às vezes, acho que está uma porcaria. De qualquer forma, ser capaz de escrever me faz pensar por que não me dediquei sempre a isso.

— Você tinha talento para o Direito, Eli. É uma pena que não tivesse transformado o Direito em hobby ou uma espécie de segunda ocupação, e a literatura em ocupação principal. Mas pode fazer isso agora.

— Talvez possa. Acho que todos nós sabemos que sempre fui uma nulidade no que se refere aos negócios da família. Ao contrário de Tricia.

— Que sempre demonstrou uma incrível aptidão.

— Com certeza. Mas, apesar de não ter sido feito para o negócio, agora estou aprendendo mais a respeito dele, ou de sua história. Estou prestando mais atenção a suas raízes e seus inícios.

Os olhos dela se iluminaram.

— Você anda metido na biblioteca da Bluff House.

— É verdade. Sua avó por afinidade contrabandeava uísque.

— Ela fazia isso. Gostaria de tê-la conhecido melhor. O que me lembro é de uma irlandesa enérgica e teimosa. Ela me intimidava um pouco.

— Deve ter sido muito corajosa para fazer isso.

— Ela era. E seu avô a adorava.

— Eu vi algumas fotos. Era muito bonita. E encontrei mais coisas pesquisando a Bluff House. Mas as raízes do uísque Landon remontam a uma época muito anterior à Guerra da Independência.

— Foi tudo fruto de inovação, audácia de jogador, cabeça de negociante, avaliação de riscos e recompensas. E a constatação de que as pessoas gostam de uma boa bebida. A guerra ajudou, claro, por mais impiedosa que tenha sido. Os combatentes precisavam de uísque, inclusive os feridos. Na verdade, o Landon Whiskey foi forjado durante uma luta contra a tirania e uma busca pela liberdade.

— Falou como uma verdadeira ianque.

Abra voltou com um vaso de flores artisticamente arrumadas.

— Elas são realmente lindas.

— São mesmo. Quer que eu as deixe aqui ou prefere que eu as leve para seu quarto?

— Aqui. Estou passando mais tempo sentada que deitada, graças a Deus. Agora que Abra voltou, por que não falamos sobre o que vocês realmente querem saber?

— Você se acha muito esperta — disse Eli.

— Eu *sei* que sou.

Ele sorriu e acenou com a cabeça.

— Vamos deixar de rodeios e falar sobre o que realmente eu quero saber. No meu entender, a história da casa e do negócio está relacionada com o que aconteceu. Só não sei como. Mas podemos pular alguns séculos.

— Não consigo ver o rosto do intruso. — Hester formou um punho com a mão direita, que estava em seu colo. A esmeralda que sempre usava nesta mão faiscou. — Tentei de tudo o que me ocorreu, até meditação, coisa em que não sou muito boa, como você sabe, Abra. Tudo o que eu vejo, ou me lembro, são sombras, movimentos e um vulto que me pareceu ser de um homem. Lembro que acordei pensando ter ouvido barulhos e depois me convenci de que não era nada. Agora, sei que eu estava errada. Me lembro de ter levantado e ido até a escada. Então, percebi o movimento e o vulto. Tive o impulso instintivo de descer a escada e me afastar. Isso é tudo. Desculpe.

— Não precisa pedir desculpas — disse Eli. — Estava escuro. Você pode não se lembrar do rosto porque não o viu, pelo menos não claramente. Me fale sobre os sons que escutou.

— Desses eu me lembro melhor, acho. Pensei que estivesse sonhando e bem poderia ter sido isso. Então pensei: esquilos na chaminé. Já tivemos isso há muito tempo, mas pusemos grades. Ouvi um rangido e, ainda meio adormecida, pensei: quem está lá em cima? Então acordei totalmente e concluí que tinha imaginado coisas. Como me sentia meio agitada, resolvi ir até a cozinha para fazer um chá.

— Sentiu algum cheiro? — perguntou Abra.

— Poeira. Suor. Sim. — De olhos fechados, Hester se concentrou. — Engraçado, eu nunca tinha pensado nisso até você me perguntar.

— Se ele desceu do terceiro andar, será que há alguma coisa lá, alguma coisa que você ache que ele estivesse procurando?

Ela abanou a cabeça.

— Quase tudo o que está lá em cima são objetos sentimentais e históricos, que não têm lugar na vida prática. Há algumas coisas maravilhosas, como roupas, recordações, diários, livros de registro da casa e fotos.

— Já vi um bocado disso.

— Um plano de longo prazo que eu tenho é chamar alguns peritos para catalogarem tudo e abrir um museu em Whiskey Beach.

— Que ideia maravilhosa! — Abra deu um largo sorriso. — Você nunca me falou sobre isso.

— Ainda está no estágio de pré-planejamento.

— Livros de registro da casa — pensou Eli, em voz alta.

— Sim, além de livros contábeis, listas de convidados e cópias de convites. Não examino essas coisas há muito tempo e, sinceramente, nunca examinei tudo. As coisas mudam, os tempos mudam. Seu avô e eu não precisávamos de muitos empregados depois que nossos filhos saíram de casa. Assim, começamos a usar o terceiro andar para armazenar coisas. Eu tentei pintar lá em cima durante um ou dois anos. Quando Eli morreu, só restavam Bertie e Edna. Você deve se lembrar deles, jovem Eli.

— Sim, me lembro.

— Quando eles se aposentaram, eu não tive mais ânimo para ter criados residentes. Só precisava cuidar da casa e de mim mesma. Essa pessoa devia estar lá por curiosidade. Ou, então, esperava encontrar alguma coisa.

— Existe alguma coisa lá em cima que remonte ao tempo do naufrágio do *Calypso*?

— Deve existir. Os Landons sempre gostaram de guardar coisas. As coisas mais valiosas daquele tempo, e outras, estão expostas pela casa. Mas deve haver algumas bugigangas no terceiro andar.

Ela juntou as sobrancelhas, enquanto pensava.

— Acho que negligenciei essa área — continuou ela. — Simplesmente parei de ir lá. Disse a mim mesma que qualquer dia chamaria os peritos. Ele deve ter pensado que há mapas lá, o que é bobagem. Se nós soubéssemos que havia um X marcando o lugar, nós já teríamos desenterrado o dote há muito tempo. Ou então ele presumiu que deve existir algum diário, de Violeta Landon talvez. Mas dizem que ela destruiu todos os diários dela depois que o irmão matou seu amante. Se é que os diários existiam. Se existiam e não desapareceram, eu teria ouvido falar deles ou os encontraria em algum momento.

— Tudo bem. Você se lembra de ter recebido algum telefonema, correspondência ou visita de alguém perguntando se você estava interessada em vender algumas antiguidades? Ou alguém a visitou pedindo para entrar na casa porque estava escrevendo um livro?

— Meu Deus, Eli, já nem sei quantas vezes. A única coisa que me tentou a contratar outra pessoa que não fosse Abra foi a ideia de ter alguém para lidar com esse tipo de coisa.

— Nada que chamasse a atenção?

— Não que eu me lembre.

— Me avise caso se lembre de alguma coisa. — Ela já estava cansada, avaliou Eli, e parecia meio pálida. — O que temos para o almoço?

— Vamos descer e descobrir.

Ele a ajudou a se levantar. Mas, quando começou a erguê-la, ela o afastou.

— Eu não preciso ser carregada. Me viro muito bem com a bengala.

— Talvez eu goste de bancar o Rhett Butler.*

— Ele não descia a escada carregando a avó dele na hora do almoço — disse ela, quando Eli a tomou nos braços.

— Mas teria feito isso.

Abra pegou a bengala. Enquanto observava Eli descendo a escada com Hester no colo, entendeu perfeitamente por que havia se apaixonado.

---

* Um dos personagens principais do romance *E o Vento Levou*, de Margareth Mitchell, publicado em 1936. No cinema, foi interpretado por Clark Gable. (N.T.)

Capítulo 27

◆ ◆ ◆ ◆

Um dia muito bom, pensou Abra, enquanto se despediam de Hester. Quando já estavam se dirigindo para o carro, ela segurou a mão de Eli para dizer exatamente isso. Foi quando avistou Wolfe no outro lado da rua, encostado em seu próprio carro.

— O que será que ele está fazendo? — perguntou ela. — Para que isso? Será que ele está pensando que você, de repente, vai atravessar a rua e confessar tudo?

— Ele quer que eu saiba que ele está lá. — Eli se acomodou atrás do volante e, calmamente, deu partida no motor. — Uma guerrinha psicológica surpreendentemente eficiente. No inverno passado, eu cheguei ao ponto de raramente sair à rua, porque se eu fosse cortar a porra do cabelo não poderia garantir que ele não se sentaria na cadeira ao lado.

— Isso é constrangimento ilegal.

— Tecnicamente sim, e nós poderíamos ter apresentado uma queixa. Mas, àquela altura, ele não levaria mais que uma reprimenda. Isso não mudaria nada. Na verdade, eu estava cansado demais para me dar a esse trabalho. Era mais fácil ficar dentro de casa.

— Você mesmo se pôs em prisão domiciliar.

Ele não pensara no fato nesses termos, não na época. Mas ela não estava errada. Assim como ele considerara, em algum recanto da mente, que sua mudança para Whiskey Beach fora um exílio autoimposto.

Esta época havia terminado.

— Eu não tinha para onde ir — disse ele. — Meus amigos começaram a se afastar ou simplesmente sumiram. Meu escritório me demitiu.

— E aquela história de "inocente até que se prove o contrário"?

— Isso é o que diz a lei, mas não vale muito no que se refere a clientes importantes, reputação e horas faturadas.

— Seu escritório devia tê-lo apoiado, Eli, nem que fosse pelo princípio.

— Havia outras firmas associadas, sócios, clientes e funcionários a serem considerados. No início, eles chamaram meu afastamento de licença, mas eu estava fora, e todos nós sabíamos disso. De qualquer forma, isso me deu tempo e motivação para escrever, para tentar me concentrar em escrever.

— Não comece a achar que eles lhe fizeram um favor — replicou Abra, com voz cortante como tesoura. — Você fez um favor a si mesmo. Você fez uma coisa positiva.

— Escrever foi uma tábua de salvação e é mais positivo que entregar os pontos. Todos os dias eu esperava que alguém aparecesse para me prender. Como ninguém se apresentou, decidi ir para a Bluff House.

Uma espécie de purgação, pensou Abra. Uma fuga que o deixara exaurido, tenso e, no entender dela, conformado em demasia com o que parecia ser seu destino.

— E agora? — perguntou.

— Agora a tábua de salvação já não é o bastante. Não posso mais ficar de braços cruzados esperando a desgraça. Vou encontrar as respostas. Quando as tiver, vou enfiá-las pela goela de Wolfe.

— Te amo.

Ele olhou para ela sorridente, mas o sorriso se transformou em uma expressão de surpresa quando viu o olhar dela.

— Abra...

— Epa, é melhor olhar a estrada.

Ao ver o gesto dela, ele pisou nos freios, bem a tempo de evitar uma colisão com a traseira de uma caminhonete.

— Escolhi um mau momento — prosseguiu ela. — Nem romântico, nem conveniente. Mas acredito em expressar os sentimentos, principalmente os positivos. O amor é o sentimento mais positivo que existe. Gosto de sentir amor, e não sabia ao certo se um dia voltaria a sentir amor. Nós passamos por tantas porcarias, Eli, que uns restos ficaram grudados na sola dos nossos sapatos. Talvez nos ajudem a ser o que somos. Mas a coisa ruim é que nos fazem ter medo de confiar de novo, de estender a mão de novo, de correr riscos de novo.

Era incrível, pensou ela, era simplesmente incrível como o fato de dizer aquelas palavras em voz alta a fazia se sentir mais forte, mais livre.

— Eu não espero que você decida correr riscos só porque eu decidi, mas você deveria se considerar um homem de sorte por ter uma mulher inteligente, segura e interessante apaixonada por você.

Abrindo caminho pelo trânsito complicado, ele conseguiu chegar à estrada 95 Norte.

— Eu me considero um homem de sorte — disse ele.

E entrou em pânico.

— É o que basta. Precisamos de uma música melhor — decidiu ela, e começou a percorrer as estações de rádio.

É isso?, pensou ele. Te amo e vamos mudar de estação? Como um homem poderia acompanhar uma mulher assim? Ela era mais difícil de entender do que o trânsito de Boston, e ainda mais imprevisível.

Enquanto percorria a estrada, ele tentava pensar em outras coisas, mas aqueles pensamentos continuavam a retornar, como dedos tentando aplacar uma incômoda coceira. Mais cedo ou mais tarde ele teria que dar uma resposta, fosse como fosse. E eles teriam que lidar com... o assunto. Como diabos ele poderia pensar com clareza, racionalmente, sobre o amor e suas implicações quanto tinha tanta coisa para enfrentar e resolver?

— Precisamos de um plano — disse Abra, o que o devolveu ao estado de pânico. — Meu Deus, que cara. — Ela não conseguiu deixar de rir. — É um tratado sobre o terror masculino mal disfarçado. Eu não estou me referindo a um plano para lidar com a situação de "Abra ama Eli". Portanto, relaxe. Estou me referindo a um plano para esclarecer por que Justin se arriscou a entrar furtivamente no terceiro andar da Bluff House. Precisamos examinar sistematicamente as coisas que estão lá em cima.

— Já comecei a fazer isso. Duas horas por dia, todos os dias, e quase não avancei. Você já viu quanta coisa há lá em cima?

— Foi por isso que eu falei "sistematicamente". Vamos nos ater à ideia de que ele está atrás do dote. Podemos expandir essa ideia com a razoável suposição de que ele tem alguma informação, certa ou errada, que o levou a cavar naquela parte do porão. E podemos expandir isso mais ainda com uma especulação lógica. Ele estava procurando mais informação, uma nova pista, alguma coisa que confirme, no entender dele, a localização do dote.

Eli achou que faltavam muitos pontos, ou estavam invisíveis, mas de modo geral era um bom modo de interligar o que já tinham.

— Tanto quanto sabemos, ele pode ter encontrado o que estava procurando.

— Talvez, mas retornou à casa. Ele ainda acha que a casa é a chave.

— As coisas não estavam reviradas — raciocinou Eli. — Não sei que tipo de ordem havia nas arcas, nos baús, nas caixas, nas gavetas e em todos os móveis que estão lá. Assim, podem ter sido examinados antes da revista da polícia. Mas, se ele fez isso, foi cuidadoso. Depois que os policiais vieram, ficou tudo revirado.

— Como ele poderia saber que ninguém subiria antes que ele encontrasse o que procurava? Ele não queria que ninguém soubesse que ele tinha acesso à casa. Nós nunca saberíamos se não estivéssemos perambulando pelo porão no escuro.

— Nós estávamos perambulando pelo porão porque ele cortou a energia, o que é uma boa pista para um arrombamento de residência.

— Bem pensado. Mas você teria revistado o porão? Se você tivesse chegado em casa e chamado a polícia, é improvável que tivesse ido até o porão para procurar indícios de que o intruso tinha estado lá. Ou, se fizesse isso, é pouco provável que tivesse ido além da adega.

— Tudo bem. Ele assumiu um risco calculado.

— Porque ele quer e precisa ter acesso à casa. Se nós fizermos essa busca sistemática, talvez encontremos algo que nos revele o motivo. Temos de esperar que ele volte antes de tentarmos a cilada — lembrou ela. — Mas podemos muito bem fazer alguma coisa enquanto isso — acrescentou. — Sei que você anda fazendo pesquisas, relacionando coisas, formulando teorias e conexões; e a viagem de hoje nos deu novas informações. Mas gosto da ideia de arregaçar as mangas.

— Podemos dar uma olhada mais cuidadosa.

— Além disso, passar algum tempo lá em cima lhe dará mais ideias a respeito de como irá usar aquele espaço. Vou lhe trazer um mostruário de cores.

— Vai?

— As cores inspiram.

— Não — disse ele, após alguns momentos. — Não consigo acompanhar.

— O quê?

— Você. — O alívio que ele sentiu quando entrou na cidade foi temperado com frustração. De amor para estações de rádio, depois para buscas sistemáticas, depois para emboscadas, depois para mostruário de cores. — Em quantas direções você consegue ir ao mesmo tempo?

— Posso pensar em muitas coisas ao mesmo tempo, principalmente quando as considero importantes, relevantes ou interessantes. O amor é importante e, com certeza, música durante uma viagem de carro é importante. Examinar o terceiro andar e aperfeiçoar um plano para, se tudo correr bem, flagrar Suskind dentro da casa são coisas extremamente relevantes. E um mostruário de cores é interessante. E mais cedo ou mais tarde pode se tornar importante e relevante.

— Eu me rendo — disse ele, enquanto estacionava diante da Bluff House.

— Boa escolha. — Abra saltou do carro, abriu os braços e fez um rodopio. — Eu adoro o cheiro daqui, a consistência do ar. Vou dar uma corrida na praia e me encher desse ar.

Ele não conseguia deixar de observá-la, não conseguia resistir à atração que ela exercia sobre ele.

— Você é importante para mim, Abra.

— Eu sei disso.

— É mais importante do que qualquer pessoa já foi.

Ela abaixou os braços.

— Espero que sim.

— Mas...

— Pare. — Ela a pegou sua bolsa no carro e sacudiu os cabelos para trás. — Você não precisa qualificar. Não estou querendo que você equilibre a balança. Aceite o presente, Eli. Se eu lhe dei muito cedo ou embrulhei de forma errada, não tem mais jeito. Mas ainda é um presente.

Quando ela se aproximou da porta, Barbie começou a latir furiosamente.

— Seu alarme está tocando. Vou mudar de roupa e levar Barbie para correr junto comigo.

Ele pegou a chave da porta.

— Uma boa corrida também não me faria mal.

— Ótimo.

♦ ♦ ♦ ♦

$\mathcal{E}$LA NÃO tocou mais no assunto. Mas mergulhou com vontade nos projetos para o terceiro andar. A cada arca, baú, caixa ou gaveta que abriam, Abra inventariava o conteúdo em um laptop.

Eles não eram peritos em buscas, mas uma enumeração organizada poderia contribuir para o museu que Hester planejava abrir. Assim, separavam, examinavam, catalogavam e tornavam a guardar tudo o que iam encontrando. Eli separava livros de registro e os de contabilidade da casa, assim como os diários que encontrava.

Depois os folheava, fazendo anotações e formulando teorias.

Assim como Abra, Eli precisava trabalhar. Mas ajustava seu cronograma de modo a incluir o que chamava de escavação do passado. À sua pilha de livros diários, acrescentou registros sobre a aquisição de aves, carne de vaca, ovos, manteiga e hortaliças diversas. O vendedor era um fazendeiro local chamado Henry Tribbet.

Ele presumiu que o fazendeiro Tribbet fosse um ancestral de Stoney, seu companheiro de copo. Estava rindo sozinho, imaginando Stoney usando um chapéu de palha e macacão quando Barbie soltou um rosnado de advertência e desceu a escada latindo.

Ele se levantou de seu posto de trabalho temporário — uma mesa de jogo e uma cadeira desdobrável — e se dirigiu à escada. Momentos depois, os latidos cessaram e Abra o chamou pelo nome.

— Sou eu. Não precisa descer se estiver ocupado.

— Estou no terceiro andar — gritou ele.

— Ah. Vou guardar umas coisas e subo já.

Era uma coisa boa, reconheceu ele. Ouvir a voz dela quebrar o silêncio da casa, saber que ela subiria as escadas para se juntar a ele, trabalhar com ele, contando-lhe os incidentes do dia e falando sobre as pessoas que vira.

Sempre que tentava imaginar sua vida sem ela, ele se lembrava dos tempos nebulosos e sombrios, da prisão domiciliar que impusera a si mesmo, quando tudo era monótono, insípido e pesado.

Ele jamais retornaria àqueles tempos, uma vez que já avançara demais em direção à luz para retroceder. E sempre pensava: Abra era a luz mais brilhante.

Pouco tempo depois, ele a ouviu subir correndo as escadas.

Ela estava usando uma bermuda jeans e uma camiseta vermelha que proclamava: *GAROTAS QUE FAZEM IOGA SÃO PIRADAS*.

— Oi. Alguém cancelou uma sessão de massagem, então... — Ela parou a meio caminho da mesa onde ele estava, esperando seu beijo de saudação. — Oh, meu Deus!

— Que foi?

Ele se pôs de pé com um pulo, pronto para defendê-la de qualquer coisa, fosse uma aranha ou um fantasma homicida.

— Aquele vestido!

Ela quase pulou sobre o vestido que ele estendera sobre o baú que estava catalogando.

Pegando o vestido — enquanto o coração dele, agradecido, voltava ao lugar —, ela correu até um espelho, descobrindo-o rapidamente. Como ele já a vira fazer com vestidos de baile, de noite, terninhos ou qualquer outra roupa que a encantasse, ela apertou contra o corpo o amplo vestido coral dos anos vinte, cuja bainha franjada ia até seus joelhos.

Ela se virou para a esquerda e para a direita, agitando as franjas da bainha.

— Um grande colar de pérolas com um monte de pérolas, um chapéu clochê combinando e uma piteira de um quilômetro. — Ainda o segurando, ela deu um rodopio. — Imagine por onde esse vestido andou! Dançou Charleston em alguma festa fabulosa ou em um bar clandestino durante a lei seca. Andou num Ford T, enquanto sua dona bebia gim caseiro e uísque contrabandeado.

Ela deu outro giro.

— A mulher que usou isso era corajosa, até um pouco imprudente, e completamente segura de si.

— Combina com você.

— Obrigada, porque o vestido é fabuloso. Com o que nós encontramos e catalogamos até agora, já poderíamos montar um museu de moda aqui em cima.

— Prefiro uma estaca afiada cravada no olho.

Homens são sempre homens, imaginou ela, sem nenhum desejo de mudar a situação.

— Tudo bem, não aqui. Mas você realmente já tem o suficiente para uma fantástica exibição no museu de Hester. Algum dia. — Ela dobrou cuidadosamente o vestido e o embrulhou com papel de seda. — Olhei pelo telescópio antes de vir. Ele ainda não apareceu.

— Ele vai voltar.

— Eu sei, mas detesto esperar. — Com atraso, ela deu um beijo nele. — Por que você não está escrevendo? Ainda é cedo para você dar o dia como encerrado.

— Terminei a primeira versão. Agora estou dando uma parada, deixando as coisas se assentarem um pouco.

— Você terminou o livro. — Ela enlaçou os braços no pescoço dele enquanto sacudia os quadris. — Isso é fantástico! Por que não vamos comemorar?

— A primeira versão ainda não é o livro.

— Claro que é, é um livro que só precisa de um polimento. Como está se sentindo?

— Sinto que o livro ainda precisa de um polimento. Mas estou ótimo. O final foi mais rápido do que eu esperava. Assim que o visualizei claramente, a coisa andou.

— Temos que comemorar. Vou fazer alguma coisa incrível para o jantar e pôr uma garrafa de champanhe no gelo. — Eufórica, ela se deixou cair no colo dele. — Estou muito orgulhosa de você.

— Você ainda não leu o livro. Só uma cena.

— Não importa. Você terminou o livro. Quantas páginas?

— Neste momento? Quinhentas e quarenta e três.

— Você escreveu quinhentas e quarenta e três páginas, e fez isso em meio a um pesadelo pessoal, durante uma importante transição em sua vida, enfrentando conflitos e um estresse permanente. Se não está orgulhoso de si mesmo, ou você é irritantemente modesto ou é burro. Qual das opções?

Ela sempre o deixava animado, constatou ele. Simplesmente o deixava animado.

— Acho melhor dizer que estou orgulhoso de mim mesmo.

— Bem melhor. — Ele lhe deu um beijo ruidoso e o enlaçou pelo pescoço novamente. — A essa altura, no ano que vem, seu livro estará publicado ou em vias de publicação. Seu nome estará limpo e você terá as respostas para todas as perguntas que pairam sobre você e a Bluff House.

— Gosto do seu otimismo.

— Não se trata apenas de otimismo. Fiz uma leitura de tarô.

— Ah, bom. Vamos gastar meu fabuloso adiantamento em uma viagem a Belize.

— Aceito. — Ela se inclinou para trás. — Otimismo e uma leitura do tarô equivalem a uma força muito poderosa, sr. Realista, principalmente se você acrescentar esforço e suor. Por que Belize?

— Sei lá. Foi a primeira coisa que me veio à cabeça.

— As primeiras coisas muitas vezes são as melhores. Algum achado interessante hoje?

— Nada que se relacione ao dote.

— Bem, ainda temos muita coisa para examinar. Vou abrir outro baú.

Ela trabalhou algum tempo ao lado dele, depois resolveu deixar o baú de lado e pesquisar uma velha cômoda.

Era impressionante o que as pessoas guardavam, pensou ela. Velhos jogos americanos, velhos bordados desbotados, desenhos de crianças em papel tão seco que ela temia que se esfarelassem em suas mãos. Ela encontrou uma coleção de discos que, segundo presumiu, deveriam ser da mesma época do deslumbrante vestido coral. Com ar divertido, ela destapou um gramofone, deu-lhe corda e pôs um disco para tocar.

Quando a música crepitante e metálica inundou o ambiente, ela sorriu para Eli. Depois levantou as mãos e fez alguns movimentos de jazz, emendando depois para um rápido *shimmy*,* o que o fez retribuir o sorriso.

— Você deveria colocar esse vestido.

Ela piscou para ele.

— Talvez depois.

Ainda dançando, ela retornou à cômoda e abriu a gaveta seguinte.

Começando a formar pilhas, notou que muitas roupas haviam sido pouco usadas ou nem haviam sido usadas. Alguém usara aquela cômoda para costurar em alguma época, pensou, ao ver peças de seda, brocados, lãs e cetins de boa qualidade. Alguns vestidos encantadores, com certeza, haviam saído dali; outros deviam ter sido idealizados, mas nunca concretizados.

---

* *Shimmy*: dança popular nos anos 1920 em que o dançarino permanecia no mesmo lugar, movendo apenas ombros e braços. (N.T.)

Quando tentou abrir a gaveta de baixo, esta só abriu pela metade. Após algumas sacudidelas, ela conseguiu retirar alguns retalhos de tecido, um envelope com alfinetes, uma velha alfineteira no formato de um tomate vermelho e uma lata com diversos carretéis de linha.

— Oh, modelos dos anos 1930 e 1940. — Cuidadosamente ela os retirou da gaveta. — Blusas e vestidos de noite. Meu Deus, olhe só para esse vestido de verão!

— Vá em frente.

Ela mal olhou para ele.

— Esses modelos são maravilhosos. Esse nosso projeto me faz perguntar por que nunca tentei fazer roupas de época. Gostaria de saber se consigo fazer um vestido de verão como esse.

— Fazer um vestido? — Ele lhe lançou um rápido olhar. — Pensei que fosse para isso que servissem as lojas.

— Nessa seda amarela com violetinhas, talvez. Nunca confeccionei um vestido, mas adoraria tentar.

— Fique à vontade.

— Eu poderia até tentar usar aquela velha máquina de costura que nós encontramos aqui. Só para manter tudo dentro da época.

Imaginando o que faria, ela empilhou os modelos e se virou para a gaveta vazia.

— Está emperrada — murmurou. — Talvez alguma coisa esteja impedindo...

Ela se agachou, enfiou a mão na gaveta e tateou o fundo da gaveta de cima, procurando alguma obstrução; depois as laterais e o fundo.

— Deve estar torta ou...

De repente, seus dedos passaram sobre o que lhe pareceu um objeto metálico.

— Tem alguma coisa aqui no canto — disse a Eli. — Nos dois cantos — acrescentou.

— Já vou aí olhar.

— Não sei por que isso está aqui. É como...

Impaciente, ela pressionou os dois cantos. A gaveta deslizou para fora, quase caindo em seu colo.

Eli olhou para ela, surpreso.

— Oh!

— Tudo bem com você?

— Sim, só abalou meus joelhos um pouco. É como um compartimento, Eli. Um compartimento secreto no fundo da gaveta.

— É, eu encontrei alguns nas escrivaninhas e outro num velho guarda-louça.

— Mas você encontrou alguma coisa assim?

Ela ergueu uma caixa de madeira, esmeradamente entalhada com um estilizado *L* e a levou até a mesa dele.

— Até agora não. — Intrigado, ele interrompeu o inventário. — Está trancada.

— Talvez a chave esteja na coleção que estamos reunindo. Encontrei a maioria das chaves no guarda-louça.

Ela olhou para o vaso que ambos estavam utilizando para guardar as chaves que encontravam no terceiro andar. Em seguida, tirou um grampo de seus cabelos.

— Vamos tentar isso primeiro.

Ele não conseguiu deixar de rir.

— Sério? Você vai abrir a fechadura com um grampo de cabelo?

— É o método clássico, não? Não deve ser muito complicado.

Ela dobrou o grampo e o inseriu na fechadura. Depois o girou para um lado, sacudiu-o e o girou para o outro lado. Percebendo que ela estava determinada a abrir a caixa, Eli se levantou e caminhou em direção ao vaso. Foi quando ouviu um pequeno clique.

— Você já fez isso antes?

— Não, desde quando tinha treze anos e perdi a chave do meu diário. Mas certos talentos nunca se perdem.

Ela levantou a tampa da caixa e encontrou um maço de cartas.

Eles haviam encontrado cartas antes, a maioria delas tão longas e tortuosas quanto a estrada que ligava Whiskey Beach a Boston ou Nova York. Algumas de soldados que participavam de alguma guerra, outras de filhas que haviam se casado e mudado para longe.

Ela torcia para que aquelas fossem cartas de amor, pois até o momento não encontrara nenhuma.

— O papel parece velho — disse, retirando-as cuidadosamente da caixa. — Foram escritas com uma pena, eu acho e... sim, há uma data aqui. Cinco de junho de 1821. Escrita para Edwin Landon.

— É o irmão de Violeta. — Eli deixou seu trabalho de lado e se virou para olhar. — Ele devia estar na casa dos sessenta anos. Morreu em... — Ele rebuscou a memória, tentando se lembrar da história da família, que tanto estudava. — Acho que foi no início da década de 1830. Quem é o remetente?

— James J. Fitzgerald, de Cambridge.

Eli anotou a informação.

— Você consegue ler a carta?

— Acho que sim.

"Senhor, lamento as desafortunadas circunstâncias de nosso encontro no inverno passado. Não era minha intenção me intrometer em vossa privacidade e abusar de vossa boa vontade. Embora o senhor tenha manifestado vossas opiniões e vossa decisão de forma... muito completa e clara naquela oportunidade, sinto que é meu dever vos escrever em nome — ou melhor — por uma necessidade imperiosa de minha mãe e vossa irmã, Violeta Landon Fitzgerald."

Abra se interrompeu e olhou de olhos arregalados para Eli.

— Eli!

— Continue a ler. — Ele se levantou para observar a carta por cima do ombro dela. — Na história de nossa família não há nenhum registro de que ela tivesse se casado e tido filhos. Continue a ler — repetiu ele.

— "Como lhe informei em janeiro, vossa irmã se encontra gravemente doente. Nossa situação continua difícil, devido às dívidas acarretadas pela morte de meu pai, há dois anos. Meu emprego como escrevente do ilustríssimo senhor Andrew Grandon me proporciona um honesto salário, com o qual tenho sustentado minha esposa e filhos. Agora, evidentemente, estou atendendo às necessidades de minha mãe e tentando renegociar as dívidas".

"Não é minha intenção, nem nunca será, abordar o senhor em busca de ajuda financeira para mim, mas devo fazê-lo, repito, em nome de minha mãe. Como a saúde dela continua debilitada, os médicos têm insistido para que a tiremos da cidade e a levemos para o litoral, onde, acreditam eles, o ar marinho lhe será extremamente benéfico. Receio que ela não chegue a ver mais um verão, caso a situação continue como está".

"O mais caro desejo de vossa irmã é retornar a Whiskey Beach, retornar à casa na qual nasceu e da qual retém tantas lembranças".

"Não estou apelando ao senhor como um tio. Dou-vos minha palavra de honra de que jamais pedirei qualquer favor para mim mesmo em função de nossa conexão familiar. Apelo ao senhor como um irmão cuja única irmã deseja voltar para casa."

Consciente da fragilidade do papel, Abra deixou a carta de lado.

— Eli!

— Ela fugiu. Espere, deixe-me pensar. — Ele se endiretou e começou a andar pela sala. — Não há registro do casamento dela nem de algum filho, nem mesmo de sua morte. Pelo menos nos arquivos da família. E eu nunca ouvi falar dessa conexão Fitzgerald.

— O pai mandou destruir os arquivos, não foi?

— Sim, é o que se conta. Ela fugiu e ele, além de cortar todos os laços com ela, praticamente eliminou todos os registros.

— Ele deve ter sido um homenzinho muito feio.

— Alto, moreno e bem-apessoado, nos quadros — corrigiu Eli. — Mas você quer dizer por dentro. Provavelmente você tem razão. Portanto, Violeta fugiu daqui, rompida com a família, e foi para Boston, ou Cambridge, e foi deserdada pela família. A certa altura se casou e teve filhos, pelo menos esse filho. Será que Fitzgerald era o sobrevivente do *Calypso?* Um nome irlandês, não espanhol.

— Ele pode ter sido obrigado. Ou ela pode ter se encontrado com ele depois de sair de casa. Será que não houve nenhuma tentativa de reconciliação até isso acontecer? Até ela estar à beira da morte?

— Não sei. Algumas das histórias especulam a possibilidade de ela ter fugido com um amante. Mas a maioria diz que ela fugiu depois que seu irmão matou o amante. Durante as minhas pesquisas me deparei com relatos de que ela foi exilada porque estava grávida e, depois, deserdada porque não quis entrar na linha. Basicamente, eles a apagaram do mapa, pois não há nenhuma referência a ela nos registros da família até no final da década de 1770. Agora que temos essa informação, podemos fazer uma busca por James J. Fitzgerald, de Cambridge, e retroceder a partir dele.

— Eli, a carta seguinte foi escrita em setembro do mesmo ano. Outro apelo. Ela está pior e as dívidas estão aumentando. Ele diz que sua mãe está fraca demais para segurar uma pena e escrever ela mesma. Ele escreve as palavras para ela. Ah, isso corta meu coração:

"Irmão, sê misericordioso. Eu não quero me encontrar com Deus tendo uma inimizade pairando sobre nós. Eu te suplico, com o alegre amor que um dia sentimos um pelo outro, que me permitas morrer em casa. Que permitas a meu filho conhecer meu irmão, aquele a quem eu estimava e que me estimava antes daquele dia horrível. Eu pedi a Deus que perdoe meus pecados e os teus. Será que tu não podes me perdoar, Edwin, assim como eu te perdoo? Perdoa-me e leva-me para casa."

Abra limpou as lágrimas que lhe escorriam pelo rosto.

— Mas ele não a perdoou, perdoou? Eis a terceira e última carta. Está datada de seis de janeiro.

"Violeta Landon Fitzgerald partiu deste mundo no dia de hoje às seis da manhã. Ela sofreu muito nos últimos meses de sua permanência na Terra. Este sofrimento, senhor, está em vossas mãos. Que Deus vos perdoe, porque eu não perdoarei".

Em seu leito de morte, ela me relatou tudo o que ocorreu naqueles últimos dias de agosto, no ano de 1774. Ela me confessou seus pecados, os pecados de uma jovem, e vossos pecados também, senhor. Ela sofreu e morreu almejando estar na casa em que nasceu, na casa de seus ancestrais, recebendo o aconchego da família que a rechaçou. Não esquecerei isto, e ninguém de meu sangue esquecerá isto. Vós estimais mais as riquezas que tendes que a vida dela. Não a vereis novamente, nem vos encontrareis com ela no Céu. Por vossas ações, vós estais amaldiçoado, assim como todos os Landons que descenderem de vós."

Ela pousou a última carta sobre as outras.

— Concordo com ele.

— Pelo que se sabe, Edwin Landon e o pai dele eram homens duros e intransigentes.

— Eu diria que essas cartas corroboram isso.

— E mais. Não sabemos se Edwin respondeu nem o que ele escreveu, caso tenha respondido. Mas é claro que tanto ele quanto Violeta "pecaram" em agosto de 1774, cinco meses depois que o Calypso naufragou ao largo de Whiskey Beach. Precisamos buscar informações a respeito de James Fitzgerald. Precisamos de uma data de nascimento.

— Você acha que ela já estava grávida quando partiu ou foi repudiada?

— Acho que esse é o tipo de pecado que homens como Roger e Edwin Landon teriam condenado. Considerando a época, isto mancharia o prestígio que haviam alcançado na sociedade com o crescimento de seus negócios. Uma filha grávida de um homem inferior, um fora da lei? Inaceitável.

Ele voltou para junto dela, leu a carta novamente e estudou a assinatura.

— James era um nome comum, um nome popular. Alguns filhos recebem o nome dos pais.

— Você acha que o amante dela, o marinheiro do *Calypso,* era James Fitzgerald?

— Não. Acho que o amante dela era Nathanial James Broome, que sobreviveu ao naufrágio do navio, juntamente com o dote de Esmeralda.

— O nome do meio de Broome era James?

— Sim. Quem quer que Fitzgerald fosse, aposto que ela estava grávida quando se casou com ele.

— Broome pode ter fugido com ela e mudado de nome.

Eli afagou os cabelos dela com ar distraído, lembrando-se do final feliz que Abra havia imaginado para a professora e para o antigo Landon.

— Acho que não. O homem era um pirata muito conhecido. Não o vejo se estabelecendo tranquilamente em Cambridge e criando um filho que se torna escrevente. Além disso, ele jamais teria permitido que os Landons ficassem com o dote. Edwin o matou, é como vejo as coisas. Ele o matou, se apossou do dote e expulsou a irmã de casa.

— Por dinheiro? No final das contas, eles a baniram, eles a *apagaram,* só por dinheiro?

— Ela escolheu como amante um malfeitor conhecido. Um assassino, um ladrão, um homem que com certeza teria sido enforcado, se fosse capturado. Os Landons estavam adquirindo riquezas, prestígio social e poder político. De repente a filha deles, que teriam casado com um membro de outra família rica, cai em desgraça. Eles poderiam cair em desgraça também, caso se espalhasse a notícia de que tinham dado abrigo a um homem procurado, ou mesmo que sabiam de sua presença na propriedade. Ela e a situação dela constituíam um problema que tinha que ser resolvido.

— Resolvido? *Resolvido?*

— Não estou concordando com o que foi feito, estou descrevendo a posição deles e suas prováveis ações.

— Advogado Landon. Não, ele não seria uma das minhas pessoas favoritas.

— O Advogado Landon só está expondo as motivações de homens de outra época, a mentalidade deles. Filhas eram uma propriedade, Abra. Não era certo, mas é a história. De repente, em vez de um patrimônio, Violeta passou a ser um prejuízo.

— Acho que não consigo escutar mais.

— Não fique assim — sugeriu ele, quando ela se pôs de pé. — Estou falando do século dezoito.

— Você parece concordar com isso.

— É a história. O único modo de obtermos uma ideia clara da situação é pensando logicamente, não sentimentalmente.

— Prefiro os sentimentos.

— Você é boa nisso. — Bom, ele usaria os sentimentos também, decidiu. — Tudo bem, o que seus sentimentos lhe dizem que aconteceu?

— Dizem que Roger Landon era um canalha, egoísta e insensível. E o filho dele, Edwin, um filho da puta desalmado. Eles não tinham direito de destruir uma vida, como destruíram a de Violeta. E isso não é só *história*. São pessoas.

— Abra, você já percebeu que estamos discutindo por causa de alguém que morreu há duzentos anos?

— E daí?

Ele esfregou o rosto.

— Então, digamos assim: nós chegamos, basicamente, à mesma conclusão. Parte dessa conclusão é que Roger e Edwin Landon eram uns canalhas cruéis, implacáveis e oportunistas.

— Agora melhorou. — Ela apertou os olhos. — Oportunistas. Você então acredita realmente que o dote não só existiu como também chegou à praia com Broome; e que Edwin matou Broome e roubou o dote.

— Bem, já era propriedade roubada. Mas sim. Acho que ele descobriu o dote e ficou com ele.

— Então, onde está?

— Temos que descobrir. Mas tudo será duvidoso se a premissa básica estiver errada. Tenho que traçar o paradeiro do filho de Violeta.

— Como?

— Eu mesmo poderia fazer isso. Levaria muito tempo, porque não é minha área, mas há várias ferramentas úteis, alguns bons sites de genealogia. Ou posso entrar em contato com alguém da área. Conheço um cara. Já fomos amigos.

Abra entendeu. Alguém que virara as costas para Eli. E por mais lógica que fosse a argumentação dele, concluiu ela, ele sabia o que Violeta havia passado. Ele sabia o que era ser abandonado, condenado, ignorado.

— Tem certeza de que quer fazer isso?

— Pensei em fazer isso algumas semanas atrás, mas fui adiando. Porque... realmente não quero fazer isso. Mas tentarei aprender com a experiência de Violeta. No momento crucial, o melhor é perdoar.

Ela se aproximou dele e lhe segurou o rosto entre as mãos.

— No final das contas, você vai ter aquela comemoração. Na verdade, vou descer e começar a trabalhar nisso. É melhor você guardar essas cartas em algum lugar seguro.

— Pode deixar.

— Eli, por que você acha que Edwin guardou as cartas?

— Não sei. Só sei que os Landons gostam de guardar coisas. Talvez essa cômoda possa ter pertencido a ele. Um compartimento escondido pode ter sido sua maneira de guardar as cartas sem ter que olhá-la.

— O que os olhos não veem, o coração não sente. Como Violeta. — Abra meneou a cabeça. — Que homem triste ele deve ter sido.

Triste?, pensou Eli depois que ela saiu. Ele duvidava disso. Achava que Edwin Landon fora um filho da puta satisfeito consigo mesmo. Não há nenhuma árvore genealógica que não tenha alguns galhos tortos, presumiu.

Ele encontrou no laptop o número do telefone do antigo amigo e pegou então seu celular. Perdoar, descobriu ele, não era fácil. Mas a conveniência se impunha. Talvez o perdão viesse em seguida. Se não viesse, ao menos ele teria algumas respostas.

Capítulo 28

♦ ♦ ♦ ♦

Com os cabelos presos no alto da cabeça e as mangas arregaçadas até os cotovelos, Abra estava colocando fatias de batata em um ensopado quando Eli entrou na cozinha.

— Como foi?

— Constrangedor.

— Que pena, Eli.

Ele deu de ombros.

— Mais para ele que para mim, eu acho. Na verdade, eu conhecia melhor a esposa dele. Ela é técnica jurídica na firma na qual trabalhei. Ele ensina História em Harvard e se interessa por genealogia. Nós jogávamos basquete duas vezes por mês e bebíamos umas cervejas aqui e ali. Só isso.

Na mente de Abra, isso já era o suficiente para que ele merecesse um pouco de lealdade e compaixão.

— De qualquer forma, depois da hesitação inicial e do entusiasmo forçado quando disse "que bom ter notícias suas, Eli", ele concordou em fazer o trabalho. Na verdade, acho que se sente culpado o bastante para tornar esse trabalho uma prioridade.

— Ótimo. Isso ajuda a equilibrar a balança.

— Então por que estou com vontade de socar alguma coisa?

Ela olhou para a batata que havia fatiado com golpes furiosos. Sabia exatamente como ele se sentia.

— Porque você não vai lá em cima e faz um pouco de musculação? Assim, vai abrir o apetite para costeletas de porco recheadas, batatas gratinadas e almôndegas com vagens. Um jantar de comemoração bem masculino.

— Acho que vou, sim. Mas tenho que alimentar a cadela.

— Já fiz isso. Neste momento, a cadela está estirada no terraço observando as pessoas brincarem no que considera o quintal dela.

— Eu deveria estar ajudando-a.

— Estou com cara de quem está precisado de ajuda?

Ele teve que sorrir.

— Não, não está.

— Vá fazer musculação. Gosto dos meus homens bem musculosos.

— Nesse caso, acho que vou demorar um pouco.

♦ ♦ ♦ ♦

O EXERCÍCIO o ajudou a se livrar da frustração e da depressão que estavam querendo se instalar dentro dele. E assim que a ducha levou para o ralo os últimos vestígios, ele descobriu que podia relaxar.

Tinha o que precisava: um perito para resolver um problema. Se um sentimento de culpa o ajudava a fazê-lo, isso não tinha importância nem deveria ter.

Por impulso, levou Barbie para dar uma caminhada na cidade. Ficou surpreso ao ver que as pessoas falavam com ele, chamavam-no pelo nome e perguntavam como ele estava sem a cautela e o constrangimento a que ele se acostumara.

Ele comprou um buquê de tulipas cor de berinjela. No caminho de volta, acenou para Stoney Tribbet, que estava se dirigindo ao Village Pub.

— Posso lhe pagar uma cerveja, menino? — perguntou o velho.

— Não hoje — respondeu ele. — Tenho um jantar esperando por mim. Mas guarde um banquinho para mim na sexta à noite.

— Trato feito.

Eram coisas assim, compreendeu Eli, que faziam de Whiskey Beach a sua casa. Um banquinho num bar em uma noite de sexta-feira, um aceno casual, um jantar no forno e saber que a mulher de quem ele gostava daria um sorriso quando ele lhe entregasse as tulipas roxas.

Foi o que ela fez.

As tulipas acompanharam as velas na mesa do terraço, enquanto as ondas marulhavam, as estrelas cintilavam e a champanhe borbulhava. Ali, naquele momento, Eli sentiu que tudo em seu mundo era bom.

Ele se recuperara, pensou. Despira uma pele apertada demais, atravessara a rua, virara a página — qualquer analogia funcionava. Estava onde queria estar, junto à mulher com quem desejava estar, fazendo aquilo que lhe dava a sensação de estar realmente vivo.

No terraço, viam-se luzes coloridas, sinos de vento, vasos de flores e uma cadela dormitando no alto da escada da praia.

— Isso está...

Abra levantou os olhos.

— O quê?

— Perfeito. Simplesmente, perfeito.

E, quando ela sorriu novamente, ele viu que estava. Simplesmente perfeito.

Mais tarde, com a casa em silêncio e seu corpo colado no dela, ele não saberia dizer por que estava sem sono. Imóvel, ouvia a respiração ritmada de Abra e os ganidos abafados de Barbie, que, em seus sonhos, imaginou ele, corria atrás de uma bola vermelha que fora arremessada na água.

Ouvindo os ruídos característicos da Bluff House, recordou-se de que sua avó despertara no meio da noite ao ouvir ruídos que não se encaixavam no padrão.

Inquieto, levantou-se para pegar um livro. Mas, em vez disto, subiu para o terceiro andar. Sentado à mesa de jogo, com seu bloco de notas e o laptop, começou a verificar a pilha de livros de registro e de contabilidade da casa.

Durante duas horas, ele leu, calculou, verificou datas e cotejou a contabilidade doméstica com a empresarial.

Quando sua cabeça começava a doer, ele esfregava os olhos e continuava. Ele estudara Direito, lembrou a si mesmo. Direito Criminal, não Direito Corporativo, Contabilidade ou Administração.

Deveria passar o trabalho para seu pai ou sua irmã. Mas não conseguia parar.

Às três da manhã, afastou-se da mesa. Era como se tivesse esfregado uma lixa nos olhos e apertado suas têmporas e nuca com um torno de bancada.

Mas achava que agora sabia. Acreditava que tinha entendido.

Precisando de tempo para processar as informações, ele desceu as escadas, foi até a cozinha e pegou alguns comprimidos de aspirina em um armário. Engoliu-os com água, como um homem morrendo de sede, e saiu para o terraço.

Um aroma de mar e flores o envolveu como um bálsamo. As estrelas brilhavam, e a lua, quase cheia, palpitava no céu noturno.

No penhasco, acima das pedras onde homens haviam morrido, o farol de Whiskey Beach girava sua luz auspiciosa.

— Eli? — Vestindo um roupão branco como a lua, Abra entrou no terraço. — Não está conseguindo dormir?

— Não.

Uma brisa agitou o roupão e os cabelos dela. A luz da lua se refletia em seus olhos.

Quando é que ela ficara tão linda?, pensou ele.

— Eu tenho um chá que pode ajudar. — Ela se aproximou e, automaticamente, começou a massagear seus ombros para eliminar a tensão. Quando seu olhar cruzou com o dele, sua preocupação se transformou em curiosidade. — Que aconteceu?

— Muitas coisas. Um monte de coisas importantes e inesperadas, interligadas de um modo ainda mais inesperado.

— Por que você não se senta? Pode me contar tudo enquanto eu trabalho nesses ombros.

— Não. — Ele segurou as mãos dela e as manteve entre as suas. — Só quero lhe dizer uma coisa: eu também te amo.

— Oh, Eli. — Ela apertou os dedos dele. — Eu sei.

Não era a reação que ele esperava. Na verdade, pensou ele, era até um pouco irritante.

— É mesmo?

— Sim. Mas... meu Deus. — Quase sem fôlego, ela o abraçou com força e apoiou o rosto em seu ombro. — Meu Deus, como é maravilhoso ouvi-lo dizer isso. Eu disse a mim mesma que não seria nada demais se você não dissesse. Mas não sabia que me sentiria assim ouvindo isso. Como poderia saber? Se soubesse, eu o perseguiria como uma loba para lhe arrancar essas palavras.

— Se eu não disse, como você sabia?

— Quando você me toca, quando olha para mim, quando me abraça, eu sinto isso. — Ela olhou para ele de olhos marejados. — Eu não conseguiria amar tanto você sem que você me amasse também. Não poderia saber com certeza como é bom estar contigo se não soubesse que você me ama.

Ele afagou os cabelos dela, aqueles cachos desordenados, e se perguntou como pudera passar um só dia sem ela.

— Então você só estava esperando que eu me emparelhasse com você?

— Eu só estava esperando você, Eli. Acho que estava esperando você desde que cheguei a Whiskey Beach, porque você é tudo o que estava faltando.

— Você representa o que é certo. — Ele encostou os lábios nos dela. — Simplesmente o que é certo. Isso me deixou apavorado, no início.

— Eu sei, também me senti assim. Mas agora... — Lágrimas se derramaram de seus olhos de sereia e faiscaram à luz da lua. — Agora me sinto extremamente corajosa. E você?

— Eu me sinto feliz. — Ternamente, ele limpou as lágrimas dela com beijos. — E quero fazer você ser tão feliz quanto eu.

— Você faz. A noite está boa. Ou o dia, eu acho. Mais um dia realmente bom. — Ela pressionou os lábios nos lábios dele. — Vamos nos dar um monte de dias bons.

— Prometo.

Os Landons cumprem suas promessas, pensou ela. Emocionada, ela o abraçou novamente.

— Nós encontramos um ao outro, Eli. Exatamente quando e exatamente onde deveríamos estar.

— Isso tem alguma coisa a ver com esse negócio de carma?

Ela se afastou dele para rir.

— Você tem toda a razão: tem. É por causa disso que você não conseguia dormir? Porque de repente aceitou seu caminho cármico e queria me contar?

— Não. Na verdade eu não sabia o que iria dizer até você vir para cá. Foi só eu olhar para você e tudo saiu de uma vez, tudo.

— É melhor voltarmos para a cama — disse ela, com um sorriso cheio de promessas. — Aposto que posso ajudar você a dormir.

— Há outro motivo para eu amá-la. Você sempre tem boas ideias. — Mas, quando pegou a mão dela, ele se lembrou. — Meu Deus, me enrolei.

— Como de costume.

— Não, quero dizer que esqueci por que vim para cá e *por que* não conseguia dormir. Antes disso, eu tinha subido para o terceiro andar e começado a trabalhar nos livros de registro e nos livros de contabilidade.

— Com todos aqueles números e colunas? — Instintivamente, ela esfregou as têmporas, como se estivessem doloridas. — Você deve ter caído no sono em cinco minutos.

— Eu encontrei, Abra. Encontrei o Dote de Esmeralda.

— O quê? Como? Meu Deus, Eli! Você é um gênio. — Ela o agarrou e rodopiou com ele. — Onde?

— Está aqui.

— Mas aqui onde? Vou precisar de uma pá? Puxa! Teremos que entregar tudo a Hester e a sua família. O tesouro precisa ser protegido e... Deve haver algum meio de rastrear os descendentes de Esmeralda e fazê-los participar da descoberta. O museu de Hester. Você pode imaginar o que isso significa para Whiskey Beach?

— Conversas sobre fugir com o tesouro — comentou Eli.

— Bem, Eli, *pense* nisso. Um tesouro desenterrado após mais de dois séculos. Você poderia escrever um novo livro sobre o assunto. E pense nas pessoas que poderiam ver o tesouro agora. Sua família poderia emprestar peças para os museus, o Smithsonian, o Metropolitan, o Louvre.

— É isso o que você faria? Doaria, emprestaria e exibiria o tesouro?

— Bem, sim. Ele pertence à história, não?

— De certa forma, sim. — Fascinado com ela, ele observou seu rosto radiante. — Você não quer esse tesouro? Nem uma peça?

— Bem... Já que você mencionou, eu não diria não a uma peça de bom gosto. — Ela riu e rodopiou. — Ah, pense na história, no mistério solucionado, na magia liberada.

Ela parou e riu novamente.

— Onde está ele, droga? E com que rapidez podemos colocar esse tesouro em segurança?

Ele a fez dar meia-volta e apontou.

— Nós já temos o tesouro. E já está em segurança. Abra, o tesouro é a Bluff House.

— O quê? Não estou entendendo.

— Meus ancestrais não eram tão altruístas e filantrópicos como você. Eles não se limitaram a guardar o tesouro. Eles o gastaram. — Ele apontou novamente para a casa. — A casa não foi construída só com uísque, mas também com um saque de piratas. A expansão da destilaria e a época em que isso ocorreu, a expansão da casa, as primeiras inovações, o madeirame, as pedras, a mão de obra.

— Você está dizendo que eles venderam o dote para expandir o negócio e construir a casa?

— Aos poucos, creio eu, se entendi bem a contabilidade. Ao longo de uma geração, começando com os empedernidos Roger e Edwin.

— Ah. Tenho que me acostumar com a ideia. — Ela puxou os cabelos para trás. Para trás, pensou ele, também haviam ficado seus sonhos entusiásticos de museus e exibições. — A Bluff House é o Dote de Esmeralda.

— Basicamente. De outra forma as coisas não fariam sentido. Não se você realmente interpretar corretamente a contabilidade. O folclore da família fala em jogadores. Os Landons gostavam de jogar e tiveram sorte. E eram astutos negociantes. Depois vieram a guerra e a reconstrução do país. Não nego nada disso, mas jogadores precisam de dinheiro.

— Você tem certeza de que foi o dote?

— É uma coisa lógica. Quero que Tricia dê uma olhada nos livros e analise as contas. Depois quero saber de James Fitzgerald. A coisa bate, Abra. O dote está nas paredes, nas pedras, nos cristais, nos telhados da Bluff House. Roger e Edwin gastaram o tesouro a seu modo, pois o consideravam propriedade deles.

— Sim. — Ela meneou a cabeça. — Homens capazes de descontar uma filha e uma irmã tão completamente de suas vidas pensariam assim. Estou entendendo.

— Broome chegou a Whiskey Beach com o dote e Whiskey Beach pertencia a eles. Eles lhe deram abrigo e ele desgraçou a filha e irmã deles. Então, eles se apossaram do que ele havia roubado e construíram o que quiseram.

— Cruel — murmurou ela. — Cruel e errado, mas... uma justiça poética, não? — Ela aninhou a cabeça em seu ombro. — De certo modo, um final feliz. Como você se sente a respeito disso?

— Talvez uma grande parte da casa tenha sido construída sobre sangue e traições. Não podemos mudar a história; então, vivemos com ela. A casa sobreviveu a isso. A família também.

— É uma boa casa e uma boa família. Acho que ambas significam mais que uma historia antiga.

— Cruel e errado — repetiu ele. — E sinto muito por isso. O assassinato de Lindsay foi cruel e errado. Tudo o que posso fazer agora é tentar encontrar a verdade. Talvez isto seja justiça.

— É por isso que eu te amo — disse ela baixinho. — Só por isso. Já é tarde para telefonarmos para Tricia e acho que nenhum de nós vai conseguir dormir. Vou preparar uns ovos.

— É por isso que eu te amo.

Rindo, ele se virou para ela e a puxou. Mas, quando olhou por cima da cabeça dela, ficou imóvel.

Ao longe, na extremidade norte, viu um brilho de luz.

— Espere.

Eli caminhou rapidamente até o telescópio e colou o olho na lente. Depois, endireitou o corpo e olhou para Abra.

— Ele voltou.

Segurando o braço dele com uma das mãos, ela também olhou pelo telescópio.

— Eu estava torcendo para isso acontecer, para acabar logo com essa história, mas agora... — Ela pensou por alguns momentos. — Continuo achando a mesma coisa. Agora podemos *fazer* alguma coisa. — Ela lhe lançou um sorriso friamente feroz. — Agora podemos quebrar os ovos para fazer a omelete.

Enquanto ela o fazia, literalmente, ele preparava o café, surpreso como o fato de que aquela manhã se parecia com qualquer outra, embora tivesse começado antes das cinco horas. Duas pessoas apaixonadas — o que era uma novidade entusiasmante — preparando o café da manhã. Bastava tirar o assassino da equação.

— Poderíamos chamar Corbett — disse ela, lavando morangos na pia. — Ele poderia ter uma conversa com Suskind.

— Sim, poderíamos.

— Mas isso não adiantaria muito. Uma conversa com o homem que vi num bar.

— Um homem que estava envolvido com Lindsay e que comprou um imóvel em Whiskey Beach.

— Coisas que, segundo o Advogado Landon, não se sustentariam em um tribunal.

Eli a olhou fixamente, enquanto pousava sobre o balcão o café que preparara para ela.

— Mas já é um passo.

— Um passo pequeno numa caminhada vagarosa, que revelará a Suskind que você *sabe*. Suskind não ficará de sobreaviso?

— É um passo que poderá assustá-lo, e até fazer com que ele saia de Whiskey Beach. A ameaça daqui é eliminada, enquanto a investigação sobre a morte de Duncan prossegue e nós verificamos os fatos relativos ao dote, a Edwin Landon, a James Fitzgerald e por aí vai.

— "Fatos relativos" parece jargão de advogado.

— Piadinhas sobre advogados nunca me incomodaram, nem quando eu exercia a profissão.

Em uma frigideira aquecida ela fatiou alguns pedaços de manteiga, que começou a crepitar. Depois sorriu para ele.

— A linha entre a verdade e uma piadinha é muito tênue. De qualquer forma, fazer algo é melhor que fazer piadinhas. Nós temos uma chance, Eli, de provar que ele é o cara que está entrando na Bluff House. Prove isso e conseguirá incriminá-lo pelo tombo de Hester, o que já é muita coisa, acho, para nós dois. E também acrescentará mais credibilidade à associação dele com Duncan. Ligue as duas coisas e estará a um passo de incriminá-lo por assassinato.

— Há um bocado de pontos fracos nesse raciocínio.

Ela derramou os ovos batidos na frigideira.

— Eles o perseguiram por um ano por causa da morte de Lindsay, com menos motivos e nenhuma prova. Vamos dar uma mãozinha ao carma e fazer o homem que, pelo menos, desempenhou um papel nisso tudo, sofrer a mesma coisa.

— "Carma", neste caso, seria outra palavra para "vingança"?

— Como quiser.

Sobre o balcão, ela colocou os ovos, frutas e pedaços de pão integral que torrara.

— Por que não comemos na sala de estar? — sugeriu — Podemos ver o sol nascer.

— Seria sexista eu dizer que adoro vê-la fazer o café da manhã, principalmente nesse roupão?

— Seria sexista se você exigisse isso. — Lentamente, ela deslizou os dedos pelas laterais do roupão. — Gostar disso apenas demonstra que você tem bom gosto.

— Era o que eu pensava.

Eles carregaram os pratos e o café até a sala de estar e se sentaram em frente à ampla janela. Abra pegou um pouco de ovos mexidos com a colher.

— Só para completar o raciocínio — acrescentou. — Seria sexista você pensar que precisa me colocar em segurança antes de se concretizar o plano de atrair Suskind até aqui.

— Eu não falei nada disso.

— Uma mulher apaixonada lê pensamentos.

Deus do Céu, ele esperava que não, embora ela já tivesse demonstrado essa aptidão demasiadas vezes para que ele se sentisse tranquilo.

— Se nós tentarmos atraí-lo e isso funcionar, não há necessidade de nós dois ficarmos aqui.

— Ótimo. Onde é que você vai ficar enquanto eu filmo o cara escondida na passagem? — Placidamente, ela jogou um morango dentro da boca. — Preciso entrar em contato com você assim que terminar.

— Bancar a espertinha antes do amanhecer é uma coisa irritante.

— Proteger a coitadinha também é. Eu não sou nenhuma coitadinha e acho que já demonstrei que sei cuidar de mim mesma.

— Quando eu comecei a planejar a cilada, eu não sabia que a amava. Eu não conseguia me mostrar receptivo a tudo o que sinto por você. Agora tudo mudou. — Ele pousou a mão sobre a dela. — Tudo. Quero as respostas.

Quero a verdade sobre o que ocorreu a Lindsay e a vovó, e sobre tudo o que ocorreu desde que retornei a Whiskey Beach. Quero respostas sobre o que ocorreu há duzentos anos. Mas posso desistir de tudo se achar que procurar essas respostas pode lhe causar algum mal.

— Sei que você está falando sério e isso... — Ela virou a mão para entrelaçar os dedos nos dele. — Isso faz com que eu me sinta plena. Mas também preciso das respostas, Eli. Por nós. Portanto, vamos confiar um no outro, vamos cuidar um do outro e encontrar as respostas juntos.

— Se você ficasse na casa de Maureen, eu poderia lhe fazer um sinal quando e se ele entrar na casa. Assim, você pode chamar a polícia. E os policiais vão aparecer quando ele estiver aqui. Ele será pego em flagrante.

— E se eu estiver contigo posso chamar a polícia aqui de dentro, enquanto você estiver usando sua famosa câmera de vídeo.

— Você só está querendo brincar na passagem secreta.

— Bem, quem não gostaria? Ele machucou você, Eli. Ele machucou minha amiga. E poderia ter me machucado. Não vou ficar de braços cruzados na casa de Maureen. Ou juntos, ou nada.

— Isso está parecendo um ultimato.

— Porque é. — Ela encolheu os ombros e os relaxou em um movimento natural. — Se brigarmos por causa disso, você pode ficar furioso e eu posso me sentir insultada. Não vejo sentido nisso, principalmente nessa manhã deslumbrante, quando estamos apaixonados. Eu o protejo, Eli, e você me protege. É assim que eu vejo as coisas.

O que ele poderia responder?

— Pode não funcionar.

— Pensamentos negativos são contraproducentes. Além do mais, o histórico e o padrão de conduta dele dizem que vai funcionar. Isso pode terminar rápido, Eli. E hoje à noite, no mínimo, ele já poderá estar sob a custódia da polícia, acusado de arrombamento, violação de domicílio e, talvez, dano patrimonial. E será interrogado sobre o resto.

Ela se inclinou para a frente.

— Quando isso acontecer, Wolfe vai ter que engolir a arrogância.

— Você tinha essa argumentação na manga — comentou Eli.

— Chegou a hora do carma, Eli.

— Tudo bem. Mas vamos preparar tudo muito bem, levando em conta todas as contingências.

Ela serviu a ambos uma segunda xícara de café.

— Vamos planejar uma estratégia.

Enquanto eles conversavam, o sol despontou no horizonte, tingindo de dourado o escuro mar noturno.

♦ ♦ ♦ ♦

*U*M DIA como outro qualquer, pensou Eli quando Abra saiu às pressas para sua aula matutina. Ou assim pareceria para quem quer que estivesse vigiando a movimentação, as idas e vindas da Bluff House.

Ele saiu para passear com a cadela e, claramente visível para quem estivesse no Sandcastle, correu tranquilamente ao longo da praia. Para contentar Barbie e para completar a cena, passou algum tempo arremessando a bola para ela pegar, fazendo-a chapinhar na água e nadar um pouco.

De volta à casa, enquanto a cadela se estirava no terraço ensolarado, Eli telefonou para sua irmã.

— Hospital Psiquiátrico dos Boydons. Tudo bem, Eli?

— Tudo ótimo. — Ele segurou o fone a alguns centímetros do ouvido, quando uma série de gritos esganiçados ameaçou perfurar seus tímpanos. — Que negócio é esse?

— Selina se opõe firmemente a ficar de castigo. — Tricia também estava falando alto, de modo que Eli afastou o telefone mais alguns centímetros. — E, quanto mais ela gritar e se comportar mal, mais tempo vai ficar de castigo.

— Que foi que ela fez?

— Resolveu que não quer morangos no café da manhã.

— Bem, isso não parece...

— Então jogou os morangos em mim, e é por isso que está de castigo. Tenho que mudar de blusa, o que também significa que ela vai chegar tarde na creche e eu vou chegar tarde no escritório.

— Tudo bem. Escolhi mal a hora. Telefono para você mais tarde.

— Nós vamos chegar tarde, de qualquer forma, e preciso me acalmar, senão vou acabar aplicando uma máscara facial de morangos na minha adorada filha. O que houve?

— Eu desenterrei uns livros de registro e uns livros de contabilidade da casa. São realmente muito velhos. Datam do final do século dezoito e do início do dezenove. Depois de analisá-los cuidadosamente, cheguei a algumas conclusões interessantes.

— Por exemplo.

— Eu queria saber se você teria tempo para examiná-los. Então veremos se suas conclusões batem com as minhas.

— Você não poderia me dar uma pista?

Ele bem que gostaria, mas...

— Não quero influenciá-la. Talvez eu tenha me precipitado.

— Você tem toda a minha atenção. Eu adoraria examinar esses livros.

— Que tal eu escanear algumas páginas e lhe enviar, só para começar? Eu devo ir aí no fim de semana, e aí levo os livros.

— Pode fazer isso. Ou então Max, Sellie e eu podemos ir aí na sexta à noite para passar um fim de semana na praia. Então eu examino esses livros.

— Melhor ainda. Mas não teremos morangos, já que eles provocam tanta reação.

— Geralmente ela adora morangos, mas as meninas são temperamentais. Agora tenho que tirá-la do castigo para irmos embora. Me mande o que puder e eu dou uma olhada no material.

— Obrigado. E... boa sorte.

Seguindo sua agenda matinal, ele subiu até o escritório para pegar o laptop. Sentou-se no terraço com sua fiel Mountain Dew sobre a mesa, bem à vista do Sandcastle, e começou a examinar seus e-mails.

Abriu um de Sherrilyn Burke primeiro e começou a ler seu relatório atualizado sobre Justin Suskind.

O cara não havia passado muito tempo no trabalho desde o último relatório, observou Eli. Um dia aqui, outro ali e um punhado de compromissos fora do escritório. O mais interessante fora em um escritório de advocacia, no qual se reunira com um especialista em Direito Imobiliário. E de no qual saíra obviamente furioso.

— Você não ouviu as respostas que esperava — solidarizou-se Eli. — Sei como se sente.

Através do relatório, ele seguiu os passos de Suskind, enquanto este pegava os filhos na escola e os levava para brincar no parque, depois para jantar, depois para casa. Sua breve visita à esposa não transcorrera muito melhor que a reunião com o advogado, pois ele deixara a casa visivelmente mal-humorado e se afastara às pressas.

Às dez e quinze da noite anterior, saíra de seu apartamento com uma mala, uma maleta e uma caixa de armazenagem. Saíra de Boston pelo norte, parara em um supermercado 24 horas e comprara meio quilo de carne moída.

Uma hora depois Justin fizera outra parada, em uma loja de departamentos 24 horas, na qual comprara uma caixa de veneno para ratos.

Carne moída. Veneno.

Interrompendo a leitura, pôs-se de pé com um pulo.

— Barbie!

Ao não vê-la no terraço, teve um momento de puro pânico. Mas, quando começou a correr em direção à praia, a cadela se levantou de onde estava, no topo da escada. E, abanando o rabo alegremente, foi ao encontro dele.

Eli se ajoelhou e a abraçou. O amor às vezes acontece rápido, constatou, mas isso não o torna menos real.

— Filho da puta. Que filho da puta. — Inclinando-se para trás, ele aceitou as lambidas amorosas. — Ele não vai lhe fazer mal. Não vou deixar que ele lhe faça mal. Fique perto de mim, menina.

Ele a levou de volta para perto da mesa.

— Fique aqui comigo.

Em resposta, ela pousou a cabeça no colo dele, suspirando de satisfação.

Ele leu o restante do relatório e remeteu sua resposta. Começou assim:

O miserável planeja envenenar meu cachorro. Se você estiver em Whiskey Beach, não venha aqui. Não quero que ele fique se perguntando quem você é. Não vou esperar que ele dê o primeiro passo."

Depois, fez um resumo de suas pesquisas, do que havia feito e do que pretendia fazer.

O que pretendia fazer, não o que queria fazer naquele exato momento: achar Suskind e enchê-lo de porrada.

Ainda furioso, voltou para dentro de casa, com seu trabalho e a cadela.

— Nada mais de sair sozinha, até que esse canalha esteja atrás das grades.

Ele pegou o telefone ao ouvir a campainha, e não ficou surpreso ao ver o nome de Sherrilyn no mostrador.

— Eli falando.

— Eli, Sherrilyn. Vamos conversar sobre essa sua ideia.

Ele ouviu a expressão que ela não dissera: "ideia idiota". Mas deu de ombros.

— Claro. Vamos conversar.

Ele ficou andando pela casa enquanto ela falava. Isso servia para lembrá-lo do motivo de sua luta — pois todos aqueles acontecimentos, para ele, haviam se transformado em uma luta corpo a corpo, ainda que lhe fosse negada a satisfação de um enfrentamento físico.

Ele foi até o terceiro andar e entrou na mansarda de vidraças recurvadas, onde pretendia escrever algum dia, quando a luta estivesse terminada e vencida, quando pudesse garantir a segurança de todas as pessoas que amava, quando tivesse recuperado sua autoestima.

— Você fez sugestões válidas — disse ele, por fim.

— Que você vai ignorar.

— Eu não ignorarei suas sugestões, pois você está certa. O problema é que se eu recuar agora e deixar que a polícia se encarregue de tudo, ou mesmo você, estarei de volta ao ponto em que estava há um ano: deixando as coisas acontecerem, sendo levado pelos acontecimentos em vez de me pôr à frente deles. Preciso fazer isso por mim mesmo e por minha família. E quero que ele saiba disso. Preciso disso quando penso em Lindsay, na minha avó e nesta casa.

— Você não acreditou na história da mulher dele.

— Não.

— O que foi que eu não vi?

Ele pousou a mão na cabeça de Barbie, que havia se encostado nele.

— Você disse que tem filhos. Que é casada.

— Correto.

— Quantas vezes?

Ela riu.

— Só uma vez. Deu muito certo.

— Deve ser esse o motivo. Você não conheceu o lado sombrio. Talvez eu esteja enganado e exagerando as coisas, mas não creio. O único modo de garantir nossa segurança é lhe preparando uma armadilha. E é isso o que eu vou fazer. Aqui, no meu terreno. Na minha casa.

Ela deu um suspiro.

— Eu posso ajudar.

— Sim, acho que pode.

Quando terminou de falar com ela, sentiu-se mais leve.

— Sabe de uma coisa? — disse ele a Barbie. — Vou trabalhar por algumas horas para me lembrar de como minha vida deve ser. Você pode ficar comigo.

Deixando para trás o passado e o que este trazia a reboque, ele desceu a escada e mergulhou no presente.

Capítulo 29

◆ ◆ ◆ ◆

ABRA ENTROU no mercado com a lista nas mãos. Havia concluído uma série de aulas de ioga, seguida por uma massagem esportiva aplicada em um cliente que se preparava para uma corrida de cinco quilômetros. Por fim, fizera uma limpeza de última hora num chalé alugado. Tudo o que queria agora era comprar o que precisava e voltar para junto de Eli.

Para falar a verdade, pensou ela, isso era o que ela gostaria de fazer pelo resto da vida. Voltar para junto de Eli.

Aquela noite poderia ser um divisor de águas para ele. Para ambos. O ponto em que poderiam deixar as perguntas e a dor do passado *no* passado, e começar a trabalhar pelo amanhã.

Independentemente de como fosse o amanhã, ela continuaria feliz, pois Eli trouxera o amor de volta à sua vida. O tipo de amor que aceitava, compreendia e — melhor ainda — apreciava quem e o que ela era.

Poderia haver algo mais mágico e maravilhoso?

Ela se imaginou levantando os grilhões que ainda arrastava e os arremessando no mar.

E ponto final.

Mas agora não era hora de sonhar, lembrou a si mesma. Agora era hora de fazer. De corrigir o que estava errado. Se isso envolvia um pouco de aventura, tanto melhor.

Ela estendeu a mão para seu detergente favorito — biodegradável, desenvolvido sem o uso de cobaias —, jogou-o na cesta e depois se virou.

Quase esbarrou em Justin Suskind.

Não conseguiu refrear um leve arquejo, mas tentou convertê-lo em uma desculpa atabalhoada, enquanto seu coração escoiceava como uma mula assustada.

— Mil desculpas, eu não estava prestando atenção.

Rezando para não tremer, ela forçou um sorriso, que sentiu fraquejar nas comissuras dos lábios.

Ele havia cortado os cabelos e os tingira de louro com mechas douradas. E, a menos que tivesse passado as últimas duas semanas apanhando sol, estava usando um autobronzeador.

Além disso, ela estava razoavelmente certa de que ele mandara depilar as sobrancelhas.

Ele lhe lançou um olhar ríspido e começou a andar.

Levada por um impulso, ela usou o cotovelo e derrubou algumas mercadorias da estante no chão.

— Meu Deus! Como estou desastrada hoje. — Agachando-se para recolhê-los, ela bloqueou a passagem dele. — Não é sempre assim quando a gente está com pressa? Preciso ir para casa. Meu namorado vai me levar para jantar em Boston. Depois vamos passar a noite no The Charles. Ele já reservou uma suíte. E eu ainda nem sei o que vou usar.

Ela se levantou com os braços cheios de produtos de limpeza e o brindou com um sorriso escusatório.

— E eu *ainda* estou atrapalhando sua passagem. Desculpe.

Ela deu um passo para o lado e começou a rearrumar o que derrubara, resistindo ao impulso de olhar para ele enquanto o ouvia se afastar.

Agora você sabe, pensou ela. Ou acha que sabe. Não vai querer desperdiçar sua *oportunidade,* assim como eu não vou desperdiçar a minha.

Ela se obrigou a completar a lista, para o caso de ele a estar observando. E até parou para conversar, por alguns momentos, com uma de suas alunas de ioga. Está tudo normal, disse a si mesma. Apenas uma rápida parada no mercado, antes de sua grande noite em Boston.

Como se mantinha atenta, ela o avistou no estacionamento enquanto punha as sacolas no carro, sentado em uma SUV escura. Após entrar no carro, ela aumentou deliberadamente o volume do rádio, verificou os cabelos no espelho retrovisor e retocou o batom. Depois rumou para casa, dirigindo a apenas alguns quilômetros acima do limite de velocidade.

Quando entrou na pista de acesso da Bluff House, deu mais uma olhada no espelho retrovisor. Suskind passou direto. Pegando as sacolas, ela entrou correndo em casa.

— Eli!

Pousando as sacolas, subiu a escada, também correndo, e se encaminhou para o escritório dele.

Como seu grito o fizera se aproximar da porta, eles quase colidiram um com o outro.

— Que foi? Tudo bem com você?

— Tudo bem, estou ótima. É que acabei de ganhar o prêmio "pense rápido e represente como nunca na vida". Eu literalmente esbarrei em Suskind no mercado.

— Ele tocou em você?

Instintivamente, Eli segurou os braços dela, procurando ferimentos.

— Não, não. Ele sabia quem eu era. Eu me fiz de boba, mas fui é esperta. Derrubei algumas coisas da prateleira, assim, ele não conseguiu passar por mim. Depois balbuciei alguma coisa sobre ser desastrada e estar com pressa, pois meu namorado iria me levar a Boston para um jantar e para uma noite de delícias no The Charles.

— Você conversou com ele? Meu Deus, Abra.

— Não, eu *falei* com ele. Ele não disse uma palavra, mas esperou que eu pagasse a conta. Ficou dentro do carro dele, no estacionamento, e depois me seguiu até aqui. Eli, ele acha que nós passaremos a noite fora de casa. É a grande chance dele. Não precisamos mais torcer para que ele esteja nos vigiando e nos veja sair de casa. Ele já está fazendo os planos neste exato momento. A oportunidade caiu em nosso colo, Eli. Vai ser hoje à noite. Chegou a hora.

— Ele a estava seguindo? Quer dizer, antes de você sair da loja.

— Não... não, acho que não. Ele estava carregando uma cesta com algumas coisas dentro. Acho que não teria chegado tão perto se estivesse me observando. Foi o destino, Eli. E o destino está do nosso lado.

Ele teria chamado o incidente de acaso, ou talvez de sorte, mas não iria discutir por causa disso.

— Recebi um relatório de Sherrilyn. Ele parou em dois mercados diferentes a caminho de Whiskey Beach.

— Talvez tenha atração por mercados.

— Não, ele está sendo cauteloso. Não quer comprar suas coisas pessoais nos mesmos mercados em que comprou meio quilo de carne moída e uma caixa de veneno para ratos.

— Veneno para ratos? Eu nunca ouvi dizer que houvesse ratos em... Meu Deus. — O choque a atingiu primeiro, depois a fúria. — Aquele... aquele filho da puta. Ele está querendo envenenar Barbie? Aquele arremedo vagabundo de ser humano. Ainda bem que eu não sabia. Eu teria lhe dado outro chute no saco.

— Calma, tigresa. Para que horas é nossa reserva?

— Nossa o quê?

— Para jantar.

— Oh. Eu não pensei nessas minúcias.

Eli conferiu o relógio.

— Tudo bem. Vamos sair por volta das seis. Você já combinou tudo com Maureen?

— Sim, eles vão ficar com Barbie. Vamos fazer o que planejamos. Sair daqui levando Barbie, que deixaremos na casa de Maureen. Depois retornamos a pé pelo lado sul e então... droga.

Ela levou as mãos à cabeça e executou uma pequena dança sem sair do lugar.

— Jantar fora. Terei que usar sapatos de salto alto para a coisa parecer real. Tudo bem, tudo bem, vou enfiar um par de tênis na bolsa para calçar quando voltarmos. E não me olhe assim. Calçados são importantes.

— Vamos repassar tudo de novo. E preciso lhe explicar como Sherrilyn vai se enquadrar no plano.

— Então vamos fazer isso lá embaixo. Preciso guardar o que comprei no mercado. Depois tenho que pensar em algo para usar para nossa falsa noite romântica dublê de emboscada.

♦ ♦ ♦ ♦

ELI ANALISOU o plano sob todos os ângulos possíveis, depois repetiu mais uma vez, sob uma perspectiva diferente. Passou algum tempo na passagem, depois atrás das prateleiras, verificando o alcance da câmera de vídeo e testando-a. Agora seria apenas um apoio, pensou.

Se as coisas corressem mal, ele contaria com reforços.

— Você está questionando a si mesmo — disse Abra, enquanto verificava o ajuste do vestido que pusera sobre uma camiseta preta e shorts de ioga.

— Eu acreditava totalmente no sistema. Eu era parte dele. Agora, estou burlando o sistema.

— Não, você está inserido no sistema, só que de outra forma. Isso é uma declaração de princípios, Eli, já que o sistema falhou com você. Você tem direito de defender sua casa e de fazer o que for possível para limpar seu nome.

Ela decidiu colocar brincos, não só para completar a indumentária como também porque os brincos aumentavam sua autoconfiança.

— Além disso, você tem direito de se divertir fazendo isso.

— Você acha?

— Sim, acho.

— Que bom, porque estou me divertindo. E vou continuar a me divertir. Você está com uma aparência ótima. Sem a menor dúvida, vou levá-la a Boston para jantar e para uma noite inesquecível quando isso tiver terminado.

— Eu gostaria muito, mas tenho uma ideia ainda melhor. Quando tudo terminar, você dá uma daquelas festas de que falou. Tem que ser uma festança.

— É uma ideia melhor, mas vou precisar de ajuda.

— Por sorte, não só estou livre como também disposta a ajudar você.

Ele segurou a mão dela.

— Teremos um monte de coisas para conversar. Depois.

— Teremos um verão longo e, tenho certeza, feliz, para conversar sobre tudo, sobre qualquer coisa.

Ela virou o pulso dele para verificar a hora.

— São seis em ponto.

— Então é melhor sairmos.

Eli levou para baixo as sacolas de viagem, enquanto Abra recolhia o que eles haviam separado para a cadela. No térreo, Eli entrou em contato com Sherrilyn.

— Estamos saindo de casa agora.

— Você tem certeza de que quer fazer isso, Eli?

— É assim que eu quero resolver o assunto. Telefono outra vez quando estivermos de novo dentro de casa.

— Certo. Vou me posicionar. Boa sorte.

Ele pôs o celular no modo de vibração, e o enfiou de novo no bolso.

— Lá vamos nós.

— Cara feliz — disse Abra, levantando com dois dedos os cantos dos lábios dele. — Lembre-se de que você está saindo para jantar fora e para passar a noite num hotel de luxo com uma mulher extremamente sexy. E tudo indica que vai se dar bem várias vezes.

— Considerando que vamos passar pelo menos parte da noite numa passagem escura de um porão escuro e o resto da noite, provavelmente, conversando com os policias, será que eu ainda terei sorte?

— Eu garanto.

— Está vendo meu rosto feliz?

Eles saíram da casa.

— Sabe o que eu estou adorando? — perguntou ela, enquanto abria a porta traseira do carro para que Barbie entrasse e para guardar as sacolas de viagem. — Estou adorando o fato de que ele está nos observando neste momento, achando que *ele* é que está tendo sorte.

Eli fechou a porta e a tomou nos braços.

— Vamos oferecer um pequeno show para ele.

— Com todo o prazer. — Entusiasticamente, Abra abraçou Eli e levantou o rosto para receber o beijo. — Trabalho de equipe — murmurou, com os lábios encostados nos dele. — É assim que fazemos as coisas em Whiskey Beach.

Ele abriu a porta do passageiro.

— Lembre-se, quando chegarmos à casa de Maureen, teremos que andar depressa. Não sabemos quanto tempo ele vai esperar.

— Depressa é a velocidade de que mais gosto.

Quando pararam na casa de Maureen, Eli pegou a sacola com sua muda de roupa e os tênis de Abra.

Maureen abriu a porta do chalé antes que eles se aproximassem.

— Escutem, vocês dois, Mike e eu estivemos conversando e...

— Tarde demais.

Assim que entrou na casa, Abra abriu o zíper de seu vestido. Enquanto se livrava dele, Eli tirava o paletó e afrouxava a gravata.

— Se nós esperássemos, vigiássemos e logo depois chamássemos a polícia...

— Alguma coisa poderia assustar o cara — disse Eli, a caminho do lavabo com uma calça jeans e uma camiseta preta. — Ele poderia sair antes que os policiais chegassem à casa.

— É mais do que isso. — Abra tirou os sapatos altos, enquanto Eli fechava a porta. — Ele precisa fazer parte disso. Eu preciso ajudá-lo. Já conversamos sobre isso.

— Eu sei, mas se ele realmente matou alguém...

— Ele matou. — Para simplificar as coisas, Abra se sentou no chão e calçou os tênis. — Provavelmente matou duas pessoas. E hoje à noite vamos montar a armadilha que vai levá-lo à prisão.

— Vocês não são policiais — observou Mike.

— Hoje à noite somos. — Abra esperou que Eli saísse do lavabo. — Estamos até parecendo. Onde estão os meninos?

— Lá em cima, brincando. Eles não sabem de nada a respeito disso, e não queremos que nos ouçam conversando com vocês a respeito do que não sabem.

— Eles vão se divertir com Barbie. — Abra deu um beijo em Maureen e outro em Mike. — Telefono para vocês assim que terminarmos. Rápido — disse ela, dirigindo-se a Eli. — Pelos fundos.

— Estou indo atrás de você. — Ele parou por um momento. — Não vou deixar que nada aconteça a ela. Se houver alguma chance de que isso aconteça, suspendo tudo.

— Não deixem que nada aconteça a nenhum de vocês. — Seguindo os passos deles, Maureen os viu passar dos fundos de seu chalé para os fundos do chalé de Abra. — Mike? — Ela estendeu a mão para trás a fim de segurar a mão do marido. — O que devemos fazer?

— Pegar os meninos, o cachorro e dar um passeio.

— Um *passeio*?

— Na praia, amor. De lá poderemos ver a Bluff House e, talvez, ficar de olho nas coisas.

Ela apertou a mão dele.

— Bem pensado.

♦ ♦ ♦ ♦

$\mathcal{E}$LI DESTRANCOU a porta lateral da Bluff House e rapidamente religou o alarme, virando-se para Abra em seguida.

448

— Cuidado.

— Pare com isso — disse ela, dirigindo-se para o porão. — Não são nem seis e dez. Fomos rápidos.

Assim que fechou a porta, Eli acendeu sua lanterna para iluminar a escada e o caminho até a passagem. Poderia levar apenas alguns minutos, pensou, ou horas.

— Provavelmente, ele vai esperar até o crepúsculo ou mesmo até escurecer, achando que tem toda a noite.

— Faremos o que for preciso.

Ela se esgueirou com ele por trás do armário e entrou na passagem.

Por enquanto, eles poderiam usar a luz da passagem. Abra tomou posição nos degraus para verificar o monitor do laptop e a babá eletrônica que haviam instalado no terceiro andar. Após verificar a câmera de vídeo mais uma vez, Eli ligou para Sherrilyn.

— Estamos dentro da passagem.

— Suskind ainda não se movimentou. Quando e se isso acontecer, eu aviso vocês.

— Vai ser quando.

— Pensamento positivo — aprovou Abra, quando Eli desligou o telefone.

— Com certeza ele não veio a Whiskey Beach para surfar nem para tomar banho de sol. Seu objetivo está nesta casa e esta é a chance dele para fazer uma nova tentativa. Quando ele sair do Sandcastle, nós apagamos a luz.

— E ficamos em silêncio absoluto, como em um submarino. Já entendi tudo, Eli. Se ele for para o terceiro pavimento, a babá eletrônica o registrará. Se vier aqui para baixo, o que é muito provável, nós o registraremos. O sol vai se pôr em menos de duas horas, se ele esperar tanto. Provavelmente, vamos esperar algum tempo.

Naquele momento, eles estavam imobilizados, sem poder sequer dar uma volta para aliviar a tensão.

— Nós devíamos ter trazido um baralho — comentou ele. — Como não trouxemos, por que você não me conta como seria sua academia de ioga se você tivesse uma.

— Ah, esperanças e sonhos? Posso passar um bocado de tempo assim.

Mas em menos de uma hora ela se interrompeu e inclinou a cabeça.

— É o telefone? O telefone da casa?

— Sim. Pode ser qualquer um.

— Ou pode ser ele, certificando-se de que não há ninguém aqui. — Ela abanou a cabeça quando o telefone parou de tocar. — Daqui não conseguimos ouvir se estão deixando uma mensagem.

Momentos depois, o celular de Eli vibrou em seu bolso.

— Ele está saindo — disse Sherrilyn. — Com uma mochila grande. Vai usar o carro. Fique na linha um minuto para eu ver o que ele vai fazer.

Eli murmurou a informação para Abra e viu seus olhos brilharem de expectativa.

Nenhum medo, pensou ele. Absolutamente nenhum.

— Ele usou o estacionamento de um chalé de aluguel, a cerca de duzentos metros da Bluff House. Agora saiu do carro e está se dirigindo a pé para sua casa.

— Estamos preparados para ele. Espere aqueles quinze minutos antes de dar o telefonema.

— Com certeza. Você tinha razão a respeito dessa parte, Eli. Espero que esteja certo sobre o resto. A gente se vê.

Eli desligou e guardou o telefone.

— Você fica aqui, como combinamos.

— Tudo bem, mas...

— Sem *mas*. Nós não temos tempo para mudar o plano. Fique aqui em silêncio e apague a luz.

Ele se deteve um momento para se inclinar e lhe dar um beijo.

— Lembre-se de que estou cobrindo você — disse ela.

— Estou contando com isso.

E com que ela permanecesse ali dentro, a salvo.

Ele saiu da passagem e fechou o painel, postando-se atrás do armário e esperando que seus olhos se acostumassem à escuridão.

Poderia simplesmente ligar a câmera, permanecendo junto com Abra no esconderijo. Mas precisava ver, ouvir, participar diretamente de tudo e estar a postos para interferir, caso necessário.

Ele não ouviu a porta dos fundos se abrir. E não sabia ao certo se ouvira passos ou os imaginara. Mas ouviu o rangido da porta do porão e o som de pisadas na escada estreita.

Está na hora do show, pensou, e ligou a câmera.

O homem chegou devagar, iluminando o caminho com a lanterna. Eli observou o amplo feixe de luz varrer o porão, desde o compartimento do gerador até a área seguinte. Então, chegou à parte antiga. O homem que segurava a lanterna não era mais que um vulto. A luz da lanterna passeou pelas paredes, pelo chão e, finalmente, pelo armário.

Durante os segundos em que a luz banhou o armário e a parede, o coração de Eli começou a palpitar. Ele se preparou, disposto — talvez ansioso — para lutar.

Mas o facho de luz seguiu em frente.

Estou seguro agora, pensou Eli, enquanto uma luz de trabalho era acesa. Foi quando viu Suskind pela primeira vez.

Vestira-se de preto, como ele mesmo. Seus cabelos estavam cortados curtos, com mechas louras. Uma nova imagem, concluiu Eli, uma forma de se misturar com os turistas.

Ele olhou pelo visor da câmera e ajustou o foco minuciosamente. Suskind pegou a picareta. Os primeiros golpes do ferro contra o chão duro, firmes e secos, foram como música para os ouvidos de Eli.

Agora você está perdido, pensou ele. Te pegamos.

Ele teve que refrear o impulso de sair do esconderijo para confrontar Suskind. Ainda não, ordenou a si mesmo. Falta pouco.

Como estava preparado para ouvi-las, ele identificou as sirenes, ainda que abafadas pelas paredes grossas. Suskind continuou a cavar o chão. Gotas de suor começaram a brotar em seu rosto, apesar do ar frio.

Quando as sirenes silenciaram, Eli começou a marcar o tempo. Suskind se imobilizou quando ouviu passos ecoarem acima e segurou a picareta como se esta fosse uma arma. Depois abandonou a postura beligerante e, olhando de um lado para outro, abaixou-se para apagar a luz de trabalho.

Eli lhe deu dez segundos no escuro, enquanto calculava sua localização pela respiração ofegante. Saiu de trás do armário e acendeu a lanterna.

Suskind ergueu um braço para proteger os olhos do clarão.

451

— É melhor largar a picareta e acender a luz de novo.

Suskind semicerrou os olhos e segurou a picareta bem firme. Eli esperou que ele começasse a se mexer.

— Tente alguma coisa e vou lhe dar um tiro. Estou com a Colt .45 Peacemaker da coleção do terceiro andar apontada para o seu peito. Pode ser que você não conheça essa arma, mas ela está carregada e ainda funciona.

— Você está blefando.

— Experimente, então. Por favor. E faça isso antes que os policiais cheguem aqui embaixo. Você tem uma dívida de sangue comigo por causa da minha avó. Eu ficaria muito feliz em cobrar essa dívida.

O som de passos ressoou na escada. Os dedos de Suskind embranqueceram ao redor do cabo da picareta.

— Eu tenho direito! Esta casa é tão minha quanto sua. Tudo o que há nela também é meu. E o dote é *mais* meu.

— Você acha? — replicou Eli, despreocupadamente. Depois gritou: — Aqui atrás. Acendam algumas luzes. Suskind está segurando uma picareta de maneira ameaçadora.

— Eu deveria tê-lo matado. — disse Suskind entre dentes. — Eu deveria tê-lo matado depois que você assassinou Lindsay.

— Você é um idiota. E esse é o menor dos seus problemas.

Eli se afastou um pouco, só um pouco, quando a primeira luz foi acesa na extremidade mais distante da área. Depois desviou o olhar — novamente só um pouco — e olhou para Abra.

Ele a ouvira se posicionar atrás dele, deixando de lado a segurança.

Corbett, Vinnie e outro policial fardado entraram no recinto, de armas em punho.

— Largue isso — ordenou Corbett. — Largue isso agora. Você não tem outra saída, Suskind.

— Eu tenho todo o direito de estar aqui!

— Largue isso. Levante as mãos e faça isso *agora*.

— Todo o direito! — Suskind largou a picareta. — O ladrão é ele. O assassino é ele.

— Só mais uma coisa — disse Eli descontraidamente, enquanto se interpunha entre os policiais e Suskind.

— Quero que você se afaste, sr. Landon — ordenou Corbett.

— Sim, entendi.

Mas primeiramente... Ele esperou até que Suskind o olhasse nos olhos, até ter certeza de que estavam se encarando. Então, deu um soco no rosto de Suskind, impulsionado por toda a raiva, toda a dor e todo o sofrimento do ano anterior.

Quando Suskind se chocou contra a parede, Eli deu um passo para trás e ergueu as mãos para demonstrar que havia terminado.

— Você tinha uma dívida de sangue comigo — disse, abaixando uma das mãos para mostrar a Suskind a mancha de sangue que tinha nos nós dos dedos.

— Você vai pagar por isso. Vai pagar por tudo isso.

Eli não parou para pensar quando Suskind remexeu em algo na traseira da calça. O segundo soco arremessou Suskind no chão, fazendo a pistola que ele sacara cair com estrépito no chão.

— Já me cansei de pagar.

— Ponha as mãos onde eu possa vê-las — vociferou Corbett, quando Suskind se mexeu. — Agora, mãos para o ar! Fique aí atrás, sr. Landon — avisou Corbett, chutando a pistola para longe. Depois, acenou para Vinnie.

— Xerife.

— Sim, senhor.

Vinnie levantou Suskind e o colocou de rosto contra a parede para procurar outras armas. Em seguida, removeu o coldre que estava nas costas de Suskind e o entregou ao outro xerife assistente.

— Você está preso por arrombamento, violação de domicílio, invasão de propriedade e dano patrimonial — disse, enquanto algemava Suskind. — Acusações adicionais incluem duas lesões corporais graves. E parece que teremos de acrescentar ocultação de arma perigosa com o objetivo de infligir ferimentos.

— Leia os direitos dele — ordenou Corbett. — E o prenda.

— Com certeza.

Vinnie levantou o polegar para Eli, sutilmente. Ele e o outro xerife-assistente seguraram os braços de Suskind e o levaram dali.

Corbett guardou sua arma.

— Você fez uma bobagem. Poderia ter levado um tiro.

— Não levei. — Uma vez mais, Eli olhou para sua mão manchada de sangue. — Ele estava me devendo.

— Sim, acho que sim. Você armou isso. Armou essa cilada.

— Eu?

— Recebi um telefonema da sua investigadora. Ela disse que tinha acabado de observar Justin Suskind entrando ilegalmente na Bluff House e achava que ele estava armado. Estava preocupada com a sua segurança.

— Está me parecendo uma atitude razoável e responsável, principalmente levando em conta que ele entrou ilegalmente e estava armado.

— E vocês dois estavam por acaso aqui no porão?

— Nós estávamos... explorando as passagens. — Abra enlaçou o braço no de Eli e deu um sorriso maroto. — Uma brincadeirinha de piratas. Então ouvimos barulhos aqui. Eu não queria que Eli saísse, mas ele achou que tinha de sair. Eu estava prestes a subir para chamar a polícia quando nós ouvimos vocês chegando.

— Que conveniente. Onde está a cadela?

— Dormindo na casa de uns amigos — disse Eli, impassível.

— Cilada. — Corbett abanou a cabeça. — Você poderiam ter confiado em mim.

— Eu confiava. E confio. Pelo bem de minha casa, de minha avó, de minha vida. E de minha mulher. Tanto confio em você que gostaria de lhe contar uma história antes que você interrogue Suskind. Parte da história tem relação com acontecimentos recentes. Sei quem matou Lindsay ou estou bem próximo de saber.

— Você tem minha atenção.

— Vou lhe contar a história, mas gostaria de assistir ao interrogatório. Quero estar lá.

— Se você tem informações ou provas relativas a um homicídio, não pode barganhar.

— Tenho uma história e uma teoria. Acho que você vai gostar de ambas. Acho que até o detetive Wolfe vai se interessar. Quero assistir ao interrogatório, detetive. A barganha vai ser boa para nós dois.

— Pode vir comigo. Iremos conversando sobre o assunto.

— Nós iremos daqui a pouco.

Corbett suspirou.

— Leve sua investigadora também.

— Sem problema.

— Cilada — repetiu Corbett, baixinho, e se encaminhou para a escada.

— Você não ficou ali dentro — disse Eli para Abra.

— Se achou que eu ficaria, você pode me amar, mas não me conhece. Ele deu um leve puxão nos cabelos dela.

— Na verdade, a coisa aconteceu quase como eu imaginei.

— Deixe eu ver essa mão. — Com delicadeza, ela levantou a mão dele e beijou delicadamente os nós dos dedos machucados. — Isso deve estar doendo.

— Sim, está. — Ele riu um pouco, mas fez uma careta quando flexionou os dedos. — Mas é uma dor gratificante.

— Eu me oponho radicalmente à violência, exceto quando é empregada em defesa própria ou para defender outras pessoas. Mas você tem razão. Ele estava lhe devendo. — Ela beijou a mão novamente. — Confesso que gostei de ver você batendo naquele pilantra.

— Isso não me parece uma oposição à violência.

— Eu sei. E me envergonho. Agora que estamos a sós, eu gostaria de mencionar uma coisa: você tinha um revólver. Isso não fazia parte do plano que nós combinamos.

— Foi uma espécie de emenda.

— Onde está ele? Eu desliguei a câmera assim que os policiais chegaram

Sem dizer nada, Eli foi até o armário, onde depositara o revólver.

— Como eu acho que conheço você, e imaginei que você não iria ficar ali dentro, não quis correr nenhum risco. Não com você.

— Um revólver grande, de caubói — comentou ela. — Você teria usado?

Ele se fizera a mesma pergunta quando retirara o revólver da caixa trancada e o recarregara. Enquanto olhava para Abra, pensou no que ela era e no que representava para ele.

— Sim, se fosse preciso, se eu achasse que ele conseguiria passar por mim e chegar a você. Mas, como eu disse, a coisa aconteceu do jeito que eu imaginei.

— Você se acha muito esperto.

— Exceto por um período relativamente curto, quando minha mente ficou bloqueada, eu sempre fui esperto.

Ele a enlaçou com um dos braços, puxou-a para si e a beijou no alto da cabeça.

Eu conquistei, não foi?, pensou ele. Isso faz de mim um homem muito esperto. — Preciso entrar em contato com Sherrilyn para pedir a ela que se encontre conosco no posto policial. E vou recolocar isso aqui no lugar.

— E eu vou pegar a câmera e telefonar para Maureen, para dizer a ela que está tudo resolvido. Trabalho de equipe.

— Gosto da forma como isso soa.

◆ ◆ ◆ ◆

CORBETT SE SENTOU diante de Suskind e o observou longamente. Ele não pedira um advogado — ainda —, o que Corbett achava uma idiotice. Mas as idiotices frequentemente tornavam seu trabalho mais fácil; portanto, não era ele quem iria reclamar. Ele pediu que Vinnie se sentasse perto da porta. Gostava do jeito do xerife-assistente e sentia que sua presença na sala seria valiosa.

Mas se concentrou em Suskind, nos tiques nervosos do homem, no modo como seus dedos se abriam e fechavam sobre a mesa, no espasmo de um músculo do queixo machucado e inchado. E na linha dura e inflexível de sua boca, em que um dos lábios estava rachado.

Nervoso, sim, concluiu Corbett, mas completamente imbuído da presunção de que estava certo.

— Então... aquele grande buraco na Bluff House — começou Corbett. — Deve ter dado muito trabalho. Você recebeu alguma ajuda?

Suskind ficou olhando para ele sem dizer nada.

— Acho que não. Tenho a impressão de que isso foi seu trabalho e sua missão, não uma coisa para ser compartilhada. Você disse que era... seu "direito", não foi?

— É o meu direito.

Abanando a cabeça, Corbett se recostou na cadeira.

— Você vai ter que explicar isso. Eu só estou vendo o amante da esposa de Landon que foi pego entrando ilegalmente na casa de Landon para cavar um grande buraco no porão.

— A casa é tão minha quanto dele.

— Como assim?

— Sou um descendente direto de Violeta Landon.

— Desculpe, eu realmente não estou familiarizado com a árvore genealógica da família Landon. — Ele olhou para Vinnie. — Você está mais bem informado, xerife?

— Claro. É a mulher que supostamente salvou o marinheiro que sobreviveu ao naufrágio do Calypso, num passado muito distante. Ela cuidou dele até ele recuperar a saúde. Algumas versões dizem que eles começaram a transar e foram pegos.

— Não era um marinheiro, era o capitão. Capitão Nathanial Broome. — Suskind bateu com o punho na mesa. — Ele não sobreviveu, apenas. Ele sobreviveu com o Dote de Esmeralda.

— Bem, existem muitas teorias e histórias a esse respeito — disse Vinnie.

Suskind socou a mesa.

— Eu sei a verdade. Edwin Landon matou Nathanial Broome porque queria o dote. Depois, expulsou a própria irmã de casa e convenceu seu pai a deserdá-la. Ela estava grávida do filho de Broome.

— Parece que ela não teve muita sorte — comentou Corbett. — Mas isso foi há muito tempo.

— Ela estava grávida do filho de Broome! — repetiu Suskind. — E quando estava morrendo, mergulhada na pobreza, aquele filho, então já adulto, implorou a Landon que ajudasse sua irmã, que a deixasse voltar para casa. Mas ele não fez *nada*. É assim que os Landons são. Eu tenho todo o direito de pegar o que é meu, o que era dela, o que era de Broome.

— Como você descobriu tudo isso? — perguntou Vinnie prosaicamente. — Há um monte de histórias circulando sobre esse tesouro.

— São só histórias. O que estou dizendo é um *fato*. Levei quase dois anos para juntar as peças, uma de cada vez. Tenho cartas escritas por James Fitzgerald, o filho de Violeta Landon com Nathanial Broome. Cartas que me custaram dinheiro. Elas revelam em detalhes o que Violeta lhe contou a respeito do que aconteceu naquela noite em Whiskey Beach. Fitzgerald desistiu de reivindicar seus direitos. Eu não desistirei!

— Me parece que você deveria ter conversado com um advogado — observou Corbett. — Em vez de cavar buracos num porão com uma picareta.

— Você acha que eu não tentei? — Suskind se inclinou para a frente, rubro de cólera. — Só consegui evasivas e desculpas. Já faz muito tempo. De qualquer forma, ela não teria herdado nada legalmente. Uma reivindicação legal é impossível. Mas e a minha reivindicação consanguínea, minha reivindicação moral? O dote era um butim que pertencia ao *meu* ancestral, não aos Landons. Então, é meu.

— Então, com base nessa reclamação moral e consanguínea você entrou ilegalmente na Bluff House em diversas ocasiões e... Por que o porão, especificamente?

— Violeta contou ao filho dela que Broome a instruiu a esconder o tesouro lá para que ficasse a salvo.

— Tudo bem. Mas você não acha que ao longo de algumas centenas de anos alguém pode ter encontrado esse tesouro e talvez gastado tudo?

— Ela escondeu o tesouro, que é meu por direito.

— E você acha que esse direito o autoriza a arrombar uma casa, destruir um patrimônio privado e empurrar uma velha senhora escada abaixo?

— Eu não a empurrei. Não pus a mão nela. Foi um acidente.

Corbett ergueu as sobrancelhas.

— Acidentes acontecem. Como foi esse?

— Eu precisava dar uma olhada no terceiro andar. Os Landons têm um monte de coisas guardadas lá. Eu queria ver se poderia encontrar alguma coisa que me desse informações mais específicas sobre o dote. A velha senhora se levantou, me viu, correu pela escada e caiu. Foi assim. Não toquei nela.

— Você a viu cair?

— É claro que a vi cair. Eu estava lá, não estava? A culpa não foi minha.

— Tudo bem, vamos deixar tudo bem claro. Você entrou ilegalmente na Bluff House na noite de vinte de janeiro deste ano. A sra. Hester Landon estava na casa, viu você, tentou fugir de você e caiu na escada. É isso mesmo?

— Correto. Nunca toquei nela.

— Mas você tocou em Abra Walsh na noite em que ela entrou na Bluff House, depois de você ter cortado a energia e entrado lá ilegalmente.

— Eu não a machuquei. Eu só precisava... segurar ela um pouco, até conseguir sair da casa. Ela me atacou. Assim como Landon me atacou hoje à noite. Você *viu* isso.

— Eu vi você procurar uma arma que tinha escondido. — Corbett olhou para Vinnie.

— Sim, senhor. Eu presenciei a mesma coisa. E nós temos a arma como prova.

— Você teve sorte por só ter levado alguns socos. Agora vamos voltar à noite em que você e Abra Walsh se esbarraram na Bluff House.

— Eu acabei de lhe dizer. Ela me atacou.

— Essa é uma versão interessante. E Kirby Duncan também atacou você antes que você lhe desse um tiro e jogasse o corpo dele pelo penhasco do farol?

O músculo do queixo de Suskind se mexeu novamente e ele desviou o olhar.

— Não sei de que você está falando nem quem é Kirby Duncan.

— Quem era. Vou refrescar sua memória. Ele é o detetive particular de Boston que você contratou para vigiar Eli Landon. — Corbett levantou a mão antes que Corbett pudesse falar. — Vamos poupar tempo. As pessoas sempre acham que não deixam pistas, por isso você entrou no escritório e no apartamento de Duncan e se livrou dos registros. Mas, quando as pessoas estão sob pressão, se esquecem de pequenas coisas. Como cópias de segurança. E coisas que elas mesmas guardam e que irão aparecer quando nós mandarmos uma equipe dar uma busca na sua casa aqui e outra equipe para revistar seu apartamento em Boston.

Ele fez uma pausa para que Suskind assimilasse as palavras.

— Além disso, a pistola que você sacou estava registrada em nome de Kirby Duncan. Nós já confirmamos isso. Como você se apoderou da arma de Duncan?

— Eu... achei.

— Foi só um golpe de sorte? — Corbett sorriu para ele. — Onde você encontrou? Quando? Como? — Corbett se inclinou para a frente. — Você não tem respostas. Pense nisso e, enquanto estiver pensando, acrescente mais outra coisa. Muita gente acha que estará a salvo se usarem luvas ou limparem a arma. Mas não pensam em usar luvas quando carregam uma arma. Você plantou a arma na casa de Abra Walsh, Suskind, mas não eram as impressões digitais dela que estavam nas balas que foram extraídas do corpo de Duncan. Adivinhe de quem eram.

— Foi legítima defesa.

— É uma alegação razoável. Me conte a respeito.

— Ele me atacou. Eu me defendi.

— Atacou você como Abra Walsh?

— Eu não tive escolha. Ele me atacou.

— Você matou Kirby Duncan e empurrou o corpo dele pelo penhasco?

— Sim, em legítima defesa. E peguei a pistola dele. Ele arremeteu contra mim, armado, e nós lutamos. Foi legítima defesa. Tenho direito de me defender.

— Você tem direito de violar um domicílio privado, de cavar buracos nele, de abandonar uma mulher muito machucada que caiu da escada porque você invadiu a casa dela enquanto ela estava dormindo, de atacar outra mulher e de matar um homem? Você vai descobrir que a lei não lhe dá nenhum desses direitos, Suskind. E terá bastante tempo para refletir sobre isso na prisão, quando estiver cumprindo sua sentença de prisão perpétua por homicídio qualificado.

— Foi legítima defesa.

— Você vai dizer isso também quando tiver que explicar por que matou Lindsay Landon?

— Eu não matei Lindsay! Landon matou Lindsay, e vocês da polícia deixaram ele escapar. Dinheiro, família ilustre. É por isso que ela está morta e ele, em liberdade, morando numa casa que é minha por direito.

Corbett olhou para o espelho de duas direções, e meneou ligeiramente a cabeça. Quase soltou um suspiro. Esperava que não estivesse cometendo um erro, mas trato era trato.

— Como você sabe que Landon matou Lindsay?

— Porque foi ele. Ela tinha medo dele.

— Quem lhe disse que ela tinha medo do marido?

— Ela ficou destruída depois que ele a confrontou em público naquele dia. Disse que não sabia o que ele seria capaz de fazer. Tinha feito ameaças, disse que ela se arrependeria e que pagaria caro. Está nos registros! Eu prometi que iria cuidar dela, cuidar de tudo. Ela me amava. E eu a amava. Landon já se afastara dela, mas, quando descobriu sobre nós, não conseguiu suportar a felicidade dela. Foi até a casa e a matou. Depois comprou a polícia e ficou em liberdade.

— Wolfe também foi comprado?

— Com certeza.

Corbett olhou em volta e acenou com a cabeça quando Eli entrou na sala.

— Eli Landon entrando no interrogatório. Sr. Suskind, podemos também poupar tempo e esclarecer logo isso se o sr. Landon fizer parte deste interrogatório. Se você tiver alguma objeção à presença dele, basta dizer isso e ele sai.

— Tenho muitas coisas para dizer a ele, aqui e agora. Seu canalha assassino.

— Era isso mesmo o que eu iria dizer. Mas vamos conversar.

Eli tomou assento à mesa.

Capítulo 30

◆◆◆◆

— Você não a queria mais.

— Não — concordou Eli. — Não queria. E quis menos ainda quando descobri que ela tinha mentido para mim, me traído, me usado. Ela sabia o motivo de você ter iniciado o romance? Sabia que você a estava usando para obter informações a meu respeito, a respeito da Bluff House, da família e do dote?

— Eu a amava.

— Talvez sim. Mas não começou a dormir com ela por amor. Você fez isso para me sacanear e para saber tudo o que eu pudesse ter contado a ela a respeito do dote.

— Eu a *conhecia*. Eu a compreendia. Você nem sabia quem era ela.

— Meu Deus, você tem razão. Nem se discute. Eu não a conhecia, não a queria e não a amava. E não a matei.

— Você foi até aquela casa e, quando ela mandou você para o inferno e pediu para você sair, dizendo que ela e eu iríamos ficar juntos, iríamos nos casar e recomeçar nossas vidas, você a matou.

— Seria difícil você se casar com ela, considerando que você já tinha uma esposa.

— Eu já tinha dito a Eden que queria o divórcio. Quando Lindsay lhe disse que nós dois ficaríamos livres, você não aguentou. Você não a queria, mas também não queria que ninguém mais ficasse com ela.

— Pensei que sua esposa só tivesse ficado sabendo a respeito de você e Lindsay depois da morte de Lindsay.

Suskind cerrou os punhos sobre a mesa.

— Ela não sabia a respeito de Lindsay.

— Você disse a sua mulher, mãe de seus dois filhos, que queria o divórcio, e ela não fez nenhuma pergunta?

— O que houve entre mim e Eden não é da sua conta.

— Mas é estranho. Lindsay e eu, com certeza, não fomos muito civilizados e razoáveis quando estávamos nos encaminhando para o divórcio. Um monte de discussões, um monte de acusações e recriminações. Acho que sua esposa é uma pessoa melhor, do tipo que sairia de cena e deixaria você fazer o que quisesse. Para onde você e Lindsay iriam na noite em que ela morreu? Vamos lá, Justin, ela estava fazendo as malas, nós tínhamos tido uma briga feia e ela estava deprimida. Você estava apaixonado por ela e já pedira o divórcio a sua esposa. Lindsay não sairia da cidade sem você.

— Não é da sua conta o lugar para onde nós iríamos.

— Mas quando você apareceu para pegá-la...

— Era tarde demais! Você já a tinha matado. A polícia estava lá.

Quando ele se pôs de pé, Vinnie simplesmente se aproximou, pousou a mão em seu ombro e o fez sentar-se novamente.

— Fique sentado.

— Tire suas mãos de mim! Vocês são tão culpados quanto ele. Todos vocês. Eu não pude nem parar naquela noite, não pude nem ver o corpo dela. Só pude perguntar a um dos vizinhos, que estava parado na chuva, o que havia acontecido. Ele me disse que tinha ocorrido uma espécie de arrombamento e a mulher que morava na casa estava morta. Ela estava morta e você já estava começando a escapar impune.

Sem dizer nada, Eli olhou para Corbett, passando a bola tacitamente.

— O que você está dizendo agora não bate com suas declarações anteriores à polícia a respeito do assassinato de Lindsay Landon — observou Corbett.

— Eu sei como são as coisas. Você acha que sou burro? Se eu admitisse ter estado perto da casa, os policiais teriam me acusado. Ele matou Lindsay. — Suskind apontou o dedo para Eli. — Vocês *sabem* disso, mas me mantêm preso aqui por eu ter feito o que eu tinha direito de fazer. Façam seu trabalho. Prendam ele.

— Se eu tenho de fazer meu trabalho, tenho de saber exatamente o que ocorreu. A que horas você passou na casa dos Landon em Back Bay?

— Por volta de sete e quinze.

— E depois?

— Fui direto para casa. Eu estava meio enlouquecido, não conseguia pensar. Eden estava preparando o jantar e me contou que acabara de ouvir um noticiário dizendo que Lindsay tinha sido morta. Eu perdi o controle. O que você esperava? Eu amava Lindsay. Estava fora de mim. Eden me ajudou a ficar mais calmo e a pensar melhor. Ela estava preocupada comigo e com nossos filhos. Então disse que contaria à polícia que eu havia estado lá, com ela, desde as cinco e meia, e que nós não precisávamos enfrentar um escândalo e as pressões pelo que Landon havia feito.

— Ela mentiu.

— Ela protegeu a mim e a minha família. Eu a decepcionei, mas ela me apoiou. Ela sabia que eu não tinha matado Lindsay.

— Sim, ela sabia — concordou Eli. — Ela sabia que você não tinha matado Lindsay. E sabia que eu não tinha matado Lindsay. Ela lhe forneceu um álibi, Justin, no qual a polícia acreditou. E você lhe deu um álibi que a situava em casa, com você, sendo uma boa esposa, tomando umas margaritas e preparando o jantar para vocês dois. Quando na verdade ela tinha ido confrontar Lindsay, que a deixou entrar na casa.

— Isso é mentira. Uma mentira ridícula e oportunista.

— E Lindsay, provavelmente, disse a ela alguma coisa parecida com o que disse a mim na última fez que falamos. Que lamentava muito, mas era assim que as coisas eram. Que ela o amava e vocês dois tinham direito a serem felizes. Então, num acesso de raiva, Eden pegou o atiçador e a matou.

— Ela não seria capaz disso.

— Você sabe que não é bem assim. Eden atacou Lindsay porque a mulher que ela achava ser amiga dela a tinha feito de boba. A mulher que ela pensava ser amiga dela estava pondo em risco tudo o que ela mais prezava. O marido com quem ela vivia e em quem confiava a havia traído, e estava prestes a destruir o casamento deles para ficar com a esposa de outra pessoa.

— E ela não disse simplesmente que você poderia ter o divórcio — acrescentou Corbett. — Vocês brigaram, ela pediu explicações e você lhe disse que estava apaixonado por outra pessoa. E disse quem era.

— Isso não importa.

— Quando? Quando você lhe falou a respeito de Lindsay?

— Na noite anterior ao assassinato. Isso não importa. Eden me protegeu, e tudo o que pediu em troca foi que eu desse mais uma chance ao nosso casamento, mais alguns meses. Ela fez isso por mim.

— Ela fez isso por ela mesma. — Eli se pôs de pé. — Vocês dois fizeram tudo por vocês mesmos, e que se danasse o mundo. Você poderia ter ficado com Lindsay, Justin. Tudo o que eu queria era o anel da minha avó. Mas Eden queria mais do que isso, e o usou para obter o que queria. É difícil criticá-la.

Ele saiu da sala e foi se juntar a Abra, que se levantou do banco no qual esperava e o abraçou fortemente quando ele a enlaçou com os braços, quando encostou sua fronte na dela.

— Foi difícil — disse ela, baixinho.

— Mais do que imaginei que seria.

— Me conte.

— Vou contar. Tudo. Mas vamos para casa, está bem? Vamos dar o fora daqui e ir para casa.

— Eli. — Vinnie saiu apressadamente da sala de interrogatórios. — Espere um segundo. — Ele fez uma pausa e observou o rosto de Eli. — Como você está?

— No fim das contas? Bem. É bom tirar esse peso das costas e começar a pensar que tudo terminou.

— Fico feliz em ouvir isso. Corbett me pediu para lhe dizer que, quando ele tiver terminado com Suskind, vai entrar em contato com Wolfe diretamente. Eles vão deter Eden Suskind e conversar com ela. Se quer saber minha opinião, acho que ele vai a Boston para participar pessoalmente do interrogatório.

— Isso é com eles. Eu estou fora. Nada disso agora faz parte da minha vida. Obrigado pela ajuda, Vinnie.

— Foi parte do trabalho, mas você pode me pagar uma cerveja qualquer dia desses.

— Quantas você quiser.

Abra contornou Eli, segurou o rosto de Vinnie e pousou os lábios suavemente nos dele.

— Ele vai pagar as cervejas, mas isso é da minha parte.

— Isso é melhor do que cerveja.

— Vamos para casa — repetiu Eli. — Isso terminou.

◆ ◆ ◆ ◆

𝑀AS NÃO terminara. Não inteiramente.

Na manhã seguinte, com Abra a seu lado, Eli se sentou diante de Eden Suskind.

Embora pálida, seu olhar era firme e sua voz, absolutamente calma.

— Agradeço por vocês terem vindo a Boston. Sei que foi uma inconveniência.

— Você disse que tinha uma coisa para me dizer, para dizer a nós dois — lembrou Eli.

— Sim. Quando vocês vieram à minha casa, pude notar que havia alguma coisa poderosa entre vocês. Eu sempre acreditei nisso, nesse elo, nessa conexão e nas promessas que nascem disso. Eu construí minha vida adulta com essa premissa, mas minha vida acabou desmoronando. Então, resolvi falar com vocês dois. Tenho conversado bastante com a polícia desde a noite passada, na presença do meu advogado, é claro.

— Você teve bom senso.

— Justin nunca teve, mas ele sempre foi impulsivo e até um pouco imprudente. Eu equilibrava isso, pois tenho tendência a refletir sobre as coisas, a pesar as opções. Formamos uma boa equipe por muito tempo. Você sabe a que me refiro quando falo de equilíbrio — disse ela a Abra.

— Sim, sei.

— Achei que você saberia. Agora que Justin confessou... bem, confessou tantas coisas que, agora que eu sei o que ele fez, posso e quero seguir em frente. Não posso mais protegê-lo, dar-lhe equilíbrio e torcer para que ele recupere o juízo e coloque nossa família em primeiro lugar. Isso nunca irá acontecer. A polícia acha que ele matou um homem a sangue-frio.

— Sim.

— E que provocou sérios ferimentos na sua avó.

— Sim.

— É a obsessão dele. Isso não é uma desculpa, é apenas um fato. Cerca de três anos atrás, o tio-avô dele morreu e Justin encontrou umas cartas, um diário, coisas que ligavam a família dele à sua e ao tal do dote.

— Eram informações sobre Violeta Landon e Nathanial Broome?

— Sim. Não sei muito a respeito do assunto, pois ele escondia de mim as informações que conseguia. A partir desse ponto, tudo começou a mudar. Ele continuou a fazer pesquisas, às vezes pagando honorários exorbitantes. Não vou entendiá-lo com os problemas que Justin teve no passado, sua tendência a culpar os outros pelos próprios fracassos, erros e defeitos. Mas devo lhe dizer que quanto mais informações ele obtinha a respeito dos próprios antepassados mais ele achava que você e sua família eram culpados por tudo o que ele não tinha e que gostaria de ter. Quando soube que eu conhecia sua esposa e que trabalhava com ela de vez em quando, ele viu isso como um sinal. Quem sabe? Talvez fosse.

— Ele passou a desejar Lindsay.

— Sim. Mas não sei até que ponto. Ele ocultou tudo de mim. Mas sabe o que eu penso, sinceramente? Ele começou a convencer a si mesmo de que a amava porque ela era sua. Ele queria o que era seu, e via isso como um direito. Eu não sei nada a respeito do imóvel em Whiskey Beach, do investigador ou das entradas ilegais na sua casa. Só sabia, naqueles meses que antecederam a morte de Lindsay, que meu marido estava se afastando de mim e mentindo para mim. Nós sempre sabemos isso, não? — disse ela a Abra.

— Sim, provavelmente sim.

— Tentei de tudo, até que finalmente desisti de discutir com ele a respeito dos horários e do dinheiro e convenci a mim mesma que era melhor aguardar. Ele já tinha tido obsessões antes, mas acabava sempre recuperando o juízo.

Ela fez uma pausa e enfiou uma mecha de cabelos atrás da orelha.

— Dessa vez foi diferente. Ele me disse que ia pedir o divórcio. Assim, como se não fosse mais que uma formalidade. Ele já não queria continuar com nossa vida e não conseguia mais fingir que me amava. Não quero entediá-lo com os detalhes, repito, mas ele me deixou arrasada. Nós brigamos e dissemos coisas horríveis, como as pessoas costumam fazer. Ele me disse que estava envolvido com Lindsay e que ela era sua alma gêmea, essas trivialidades, e que eles pretendiam viver juntos.

— Deve ter sido uma coisa terrivelmente dolorosa — comentou Abra, quando Eden se calou.

— Foi horrível. O pior momento da minha vida. Tudo o que eu amava, tudo em que eu acreditava estava escorregando por entre meus dedos. Ele sugeriu que contássemos aos meninos no fim de semana para que eles tivessem tempo suficiente para assimilar o golpe. Enquanto isso, ele dormiria no quarto de hóspedes e nós manteríamos as aparências. Juro a você que consegui ouvir Lindsay dizendo essas palavras, tinham o jeito dela, a entonação dela. Entende o que eu quero dizer?

— Sim, entendo.

Com os ombros muito aprumados, ela meneou a cabeça.

— O que vou dizer agora será sem a presença do meu advogado, da polícia ou de um gravador. Mas acho que vocês merecem ouvir isso, merecem que eu diga isso a vocês.

— Eu sei que você matou Lindsay.

— Você não está interessado em saber o que aconteceu naquela noite? Em saber por que e como?

Antes que Eli pudesse responder, Abra pousou a mão sobre a dele.

— Eu estou. Eu gostaria de saber.

— Aí está o equilíbrio de que eu falei. Você quer ir embora porque está muito furioso, mas ela o encorajou a ficar, porque saber o que houve o ajudará a encerrar esse assunto, como você sempre quis.

— Você tinha que falar com ela — observou Abra.

— Você não faria o mesmo? Ele telefonou para mim dizendo que era melhor não dizer nada aos meninos durante alguns dias. Lindsay estava deprimida por ter discutido com você, Eli, e precisava se afastar da cidade por alguns dias. E ele precisava estar com ela. Ela precisava, ele precisava. Não importava o que a família dele precisava. Acho que eles extraíram o pior um do outro. O lado mais egoísta.

— Talvez você tenha razão.

Eli virou a mão para entrelaçar os dedos nos de Abra e pensou em como era afortunado.

— Então, sim, fui falar com ela, fui tentar argumentar com ela e até implorar a ela. Lindsay estava enraivecida, ainda muito enraivecida por causa da briga de vocês e do que você tinha dito a ela. Olhando em retrospecto, acho que ela também se sentia um pouco culpada. Mas não o bastante. Ela me deixou entrar na casa e me levou até a biblioteca, pois queria encerrar logo o assunto, passar uma borracha no passado, para que ela e Justin pudessem seguir em frente. Mas nada do que eu disse fez diferença para ela. Nossa amizade não significava nada, meus filhos não significavam nada, meu casamento não significava nada. Nem o sofrimento que ambos estavam causando. Supliquei-lhe que não levasse meu marido nem o pai dos meus filhos. Ela disse que eu deveria amadurecer. Era assim que as coisas eram, era assim que as coisas funcionavam. Depois me disse coisas horríveis, coisas cruéis, perversas, e virou as costas para mim. Ela me descartou como se eu não fosse nada.

Após uma pausa, Eden cruzou as mãos sobre a mesa.

— O resto está enevoado. Foi como se eu estivesse observando outra pessoa, outra pessoa que pegou o atiçador e desferiu um golpe. Eu perdi a cabeça.

— Pode ser que isso funcione — disse Eli prosaicamente —, se seu advogado for tão bom quanto você.

— Ele é muito bom. Independentemente disso, eu não fui até aquela casa com a intenção de fazer mal a Lindsay. Fui implorar a ela. Quando voltei a mim, quando já era tarde demais, pensei na minha família, nos meus filhos e no que aquilo acarretaria. Eu não poderia mudar o que havia feito naquele momento de insanidade. Só poderia tentar proteger minha família. Então, fui para casa. Cortei as roupas que tinha usado, botei tudo numa sacola, junto com um peso, fui até o rio e joguei tudo lá. Depois voltei para casa e comecei a preparar o jantar. Quando Justin retornou, estava histérico. Foi quando percebi que poderíamos proteger um ao outro, como devia ser, como se supõe que deve ser. Depois tentaríamos deixar tudo para trás e reconstruir nosso casamento. Senti que ele precisava de mim. Lindsay teria arruinado Justin. Na verdade, foi o que ela fez. E o que deixou para mim foi um homem que eu não conseguia consertar, não conseguia salvar. Então, deixei que ele fosse embora e fiz o que tinha de fazer para me proteger.

— Mas ficou de braços cruzados e permitiu que o que você tinha feito arruinasse a vida de Eli.

— Eu não consegui impedir isso, nem mudar isso, embora lamentasse, sinceramente, que alguém que fora atraiçoado como eu fosse perder tantas coisas a mais. Mas, no final, eu não arruinei a vida dele. Lindsay fez isso. Ela arruinou a vida dele, a minha vida e a vida de Justin. Mesmo morta, ela nos arruinou a todos. Meus filhos agora ficarão marcados para sempre.

A voz dela fraquejou um pouco, mas se normalizou em seguida.

— Mesmo quando meu advogado fizer um acordo com o promotor, e tenho certeza de que vai fazer, eles ficarão marcados. Vocês terão seu equilíbrio, sua chance de construir um futuro. Eu terei dois filhos destroçados pelo que o pai deles fez por egoísmo e a mãe deles fez por desespero. Vocês estão livres. Mas, embora eu talvez não receba uma pena que vocês considerem justa, eu jamais serei livre.

Eli se debruçou sobre a mesa.

— Seja o que for que Lindsay tenha feito ou pretendesse fazer, ela não merecia ter morrido por isso.

— Você é mais bondoso que eu. Mas podemos retroceder à raiz dos acontecimentos. Seu ancestral cometeu um assassinato por cobiça e se livrou da própria irmã pela mesma razão. Se não fosse por isso, nós não estaríamos aqui. Na verdade, eu sou apenas uma peça na engrenagem de tudo.

— Acreditar nisso talvez a ajude a atravessar as próximas semanas.

Eli se levantou.

Uma vez mais, Abra pousou a mão sobre a dele enquanto se levantava.

— Pelo bem de seus filhos, espero que seu advogado seja tão bom quanto você acha.

— Obrigada. Eu realmente desejo tudo de bom para vocês dois.

Ele tinha que sair daquela sala, tinha que se afastar dali.

— Deus do Céu — foi tudo o que conseguiu dizer quando Abra segurou suas mãos.

— Há pessoas que são mentalmente perturbadas, mesmo que os sintomas não apareçam. Elas mesmas não percebem nem entendem isso. Talvez as circunstâncias tenham perturbado a mente dela, Eli, mas ela nunca perceberá isso.

— Eu poderia conseguir uma pena leve para ela — afirmou ele. — Ela pegaria cinco anos e sairia com dois.

— Fico feliz por você já não ser um advogado de defesa.

— Eu também.

Ao ver Wolfe em frente a eles no corredor, Eli apertou a mão dela.

— Landon.

— Detetive.

— Eu estava errado, mas você tinha todos os requisitos.

Quando Wolfe continuou a caminhar, Eli se virou.

— É só isso? É só isso que você tem a dizer?

Wolfe olhou para trás.

— Sim, é só isso.

— Ele está envergonhado — comentou Abra, que se limitou a sorrir quando Eli lhe lançou um olhar aturdido.

— Ele está envergonhado, mas também é um idiota. Vamos esquecer esse sujeito e esperar pelo carma.

— Sobre o carma, não sei, mas vou tentar esquecer esse homem.

— Ótimo. Vamos comprar umas flores para Hester e dar as excelentes notícias à família. Depois vamos para casa ver o que acontece.

Ele tinha algumas ideias a esse respeito.

♦ ♦ ♦ ♦

*E*LI AGUARDOU alguns dias, deixando que as coisas se assentassem para ambos. Ele recuperara sua vida e não precisava tomar conhecimento das reportagens acerca da prisão de Eden Suskind pela morte de Lindsay nem da prisão de Justin Suskind pela morte de Duncan para saber disso.

Havia recuperado sua vida, mas não a vida que tivera antes. E isso o deixava feliz.

Ele fez planos, alguns junto com Abra: dariam uma grande festa na Bluff House para comemorar o Dia da Independência. Também mostrou a ela os esboços preliminares para a instalação de um elevador, de modo que sua avó pudesse voltar para casa e viver confortavelmente.

Outros planos ele não compartilhou com Abra. Durante algum tempo.

Ele aguardava, passeava com a cadela, escrevia, passava tempo na companhia da mulher que amava. E começou a enxergar a Bluff House sob uma nova luz.

Ele escolheu uma noite em que havia uma brisa suave, a promessa de um belo pôr do sol e a expectativa de uma lua cheia.

Fazendo sua parte, lavou a louça do jantar, enquanto ela permanecia sentada em frente ao balcão da cozinha, preparando sua programação para a semana seguinte.

— Acho que, manobrando um pouco, eu poderia incluir aulas de zumba no outono. Essa dança é popular por algum motivo, e eu posso conseguir um diploma.

— Aposto que sim.

— A ioga continuará a ser minha atividade principal, mas gosto de acrescentar outras coisas para manter o interesse.

Levantando-se, ela espetou a nova programação no quadro.

— Por falar em manter o interesse, eu gostaria de lhe mostrar uma coisa no terceiro andar.

— Na passagem? Está pensando em brincar de piratas?

— Talvez, mas há outra coisa primeiro.

— É uma pena que a gente não possa abrir esse andar na nossa festança de julho — disse ela, enquanto o seguia. — Mas ainda está muito entulhado de coisas, e seria complicado. Mas, cara, nós poderíamos arrebentar.

— Talvez algum dia.

— Adoro essa história de "algum dia".

— Engraçado, eu percebi que também gosto. Demorei um pouco para perceber.

Ele a levou até a velha ala dos criados, na qual havia um balde com uma garrafa de champanhe.

— É uma comemoração?

— Espero que sim

— Eu também adoro comemorações. Você deixou umas cópias heliográficas aqui. — Ela se aproximou da mesa que ele havia destapado e estudou os desenhos. — Eli! Você começou a fazer os projetos para o seu escritório. Ah, que ótimo! Vai ser uma coisa maravilhosa para você. Você vai acrescentar uma porta para o terraço? Grande ideia! Assim, você poderá entrar e sair por este lado, poderá sentar no terraço e contemplar a paisagem. Você não me contou nada!

Ela deu um rodopio.

— São apenas esboços preliminares. Mas eu queria ter alguma coisa no papel para lhe mostrar.

— Bem, preliminares ou não, são um bom motivo para estourarmos uma rolha.

— Não é esse o motivo.

— Há mais coisas?

— Sim, muito mais. Veja, o arquiteto deixou esse espaço em branco. É onde estamos agora, com o banheiro ali na frente. Pedi a ele que só o delimitasse, mas o deixasse em branco.

— Mais projetos. — Ela rodopiou em uma direção, depois na outra. — Tem muita coisa que você poderia fazer nesse espaço.

— Na realidade, não. Mas você, sim.

— Eu?

— Você poderia montar sua academia.

— Minha... Oh, Eli, é muita bondade sua, muita delicadeza, mas...

— Escute só. Seus alunos poderão entrar por aqui, pelo terraço. São três andares de subida, mas, que diabo, eles estarão vindo para se exercitar e a subida faz parte. Se você estiver dando aula para idosos, sempre haverá o elevador. E tem também essa área, aqui nesse ponto. Você poderá ter uma sala para massagens terapêuticas. Eu vou trabalhar aqui, na ala norte, uma área privativa. Portanto, nada vai interferir no meu trabalho. Perguntei a vovó o que ela achava e ela achou ótimo. Então você tem carta branca.

— Você andou pensando bastante.

— Tenho que pensar. E tudo gira em torno de você. De nós. Da Bluff House. Em torno de... bem, de algum dia. O que você acha?

— Eli.

Atônita, ela passeou pelo amplo aposento. Simplesmente já conseguia visualizar a academia.

— Você está concretizando um dos meus sonhos mais caros, mas...

— Você poderia retribuir o favor e concretizar o meu.

Ele enfiou a mão no bolso e retirou um anel.

— Esse não é o que dei a Lindsay. Não queria lhe dar aquele anel; então, perguntei a vovó se ela poderia me dar outro. É antigo, e um dos que ela mais gosta; por isso, gostaria que ficasse com você, uma das pessoas de que ela mais gosta. Eu poderia ter comprado um, mas queria lhe dar uma joia da família. É um gesto simbólico. Você gosta de símbolos.

— Meu Deus! Ah, meu Deus!

Ela não conseguia tirar os olhos da esmeralda, perfeitamente lapidada.

— Eu não queria lhe dar um diamante. Convencional demais. De qualquer forma, essa pedra me lembra você. Seus olhos.

— Eli! — Ela esfregou a mão sobre o peito, como que para manter seu coração batendo. — É só que... Eu não tinha pensado nisso.

— Então pense agora.

— Eu achava que algum dia nós fôssemos morar juntos, oficialmente. Seria o passo seguinte.

— Podemos dar esse passo, se for tudo o que eu posso obter no momento. Sei que estou sendo muito rápido e sei que já cometemos grandes erros. Mas esses erros ficaram para trás. Eu quero me casar com você, Abra. Quero iniciar uma vida de verdade com você, uma família com você. Quero compartilhar um lar com você.

Ele quase poderia jurar que sentiu o anel arder em sua mão como uma brasa viva.

— Quando olho para você — continuou —, vejo todos os dias e todas as possibilidades que existem neles. Eu não gostaria de esperar para começar, mas posso. Vou esperar, mas você tem que saber que não só me ajudou a dar a volta por cima, a ver realmente a vida que eu queria e poderia ter, mas você é a vida que eu desejo.

O coração de Abra não parou de bater, mas como que aumentou de tamanho. Ela olhou para ele, para as janelas atrás dele, banhadas de rosa e dourado pelo sol poente, e pensou: o amor existe. Bem diante de você. Aceite o presente.

— Eu te amo, Eli. Confio no meu coração, aprendi a fazer isso. Acho que o amor é a coisa mais poderosa e importante do universo, e você tem o meu amor. E eu quero o seu. Podemos construir a vida que ambos desejamos. Acredito nisso. Podemos construir essa vida juntos.

— Mas quer esperar.

— Não, droga! — Ela riu e praticamente voou até ele. — Meu Deus! Aqui está você. O amor da minha vida.

Ela o abraçou com força e encontrou os lábios dele com os seus, mergulhando, mergulhando, mergulhando naquele primeiro beijo da nova vida.

Ele girou com ela, sem largá-la.

— Eu teria morrido se tivesse que esperar.

— Você precisa agarrar a felicidade quando ela aparece.

Ela estendeu a mão.

— Oficialize.

Depois que ele colocou o anel no dedo dela, ela o enlaçou de novo, mantendo a mão esquerda levantada, para captar a luz do crepúsculo.

— É lindo e é quente.

— Como você.

— Me encanta que seja antigo, que esteja há muito tempo com sua família. Me encanta saber que faço parte da sua família. Quando você pediu o anel a Hester?

— Quando nós levamos as flores para ela, depois de falarmos com Eden Suskind. Eu não podia pedir você em casamento, não queria pedir você em casamento até que aquilo tudo estivesse terminado. Agora, é uma vida nova para nós dois. Aceite este espaço, Abra, me aceite. Vamos aceitar tudo.

— Tudo é exatamente o que vamos aceitar. — Eles se beijaram longa, suave e amorosamente. — E depois construiremos mais.

O anel refletiu os últimos raios do sol flamejante, como fizera nas mãos das mulheres da família Landon ao longo de gerações.

Depois, cintilou à luz minguante, como o fizera em um baú arrastado até as areias de Whiskey Beach, juntamente com o arguto capitão do naufragado *Calypso*.

Impresso no Brasil pelo
Sistema Digital Instant Duplex da Divisão Gráfica da
DISTRIBUIDORA RECORD DE SERVIÇOS DE IMPRENSA S.A.
Rua Argentina, 171 – Rio de Janeiro, RJ – 20921-380 – Tel.: (21) 2585-2000